ANSELM AUDLEY

Die Zeit der Ketzer

Buch

Überraschend wird bei Probegrabungen in Lepidor, einer armen und unbedeutenden Grafschaft auf der wunderschönen Wasserwelt Aquasilva, ein gewaltiges Eisenerzvorkommen freigelegt. Da sich der Graf gerade in dringenden Geschäften auf einem weit entfernten Kontinent aufhält, schickt man seinen jungen Sohn Cathan, damit er ihm die frohe Botschaft vom plötzlichen Reichtum Lepidors überbringt. Für den wohl behüteten Cathan ist es das erste Mal, dass er seine Heimat verlässt. Bald schon gerät der Grafensohn in den unerbittlichen Sog geheimnisvoller politischer Ränke und blutiger religiöser Intrigen. Bereits seit vielen Generationen leiden die Bewohner Aquasilvas unter der erbarmungslosen Gewaltherrschaft der Domäne, eines fanatischen Priesterkultes um den grausamen Feuergott Ranthas. Mit eiserner Hand klammern sich die fundamentalistischen Geistlichen an die Macht und unterbinden jeden Fortschritt. Gelegentliche Aufstände von Freiheitsliebenden werden stets ebenso rasch wie brutal von den Sacri niedergeschlagen, einer mordlüsternen Eliteeinheit von Heiligen Kriegern. Cathan stößt auf eine Gruppe von »Ketzern«, die sich voll und ganz dem verzweifelten Kampf gegen die Übermacht der religiösen Eiferer verschrieben haben. Er schließt sich ihnen an und wird zum Widerstandskämpfer ausgebildet. Als sich herausstellt, dass in Cathan die mächtige Magie des Wassers schlummert, schöpfen die Rebellen neuen Mut ...

Autor

Der achtzehnjährige Anselm Audley studiert Alte und Neuere Geschichte im englischen Oxford. Bereits als Schüler begann er mit der Arbeit an seiner epischen »Sturmwelt-Saga«. Selten hat der Debüt-Roman eines so jungen Autors für ähnliches Aufsehen gesorgt wie »Die Zeit der Ketzer«.

Weitere Bände sind in Vorbereitung.

Anselm Audley

Die Zeit der Ketzer

Die Sturmwelt-Saga 1

Aus dem Englischen
von Tim Straetmann

BLANVALET

Die Originalausgabe erschien 2001
unter dem Titel »Heresy«
bei Earthlight,
an imprint of Simon & Schuster UK Ltd, London.

Umwelthinweis:
Alle bedruckten Materialien dieses Taschenbuches
sind chlorfrei und umweltschonend.

Blanvalet Taschenbücher erscheinen im
Goldmann Verlag, einem Unternehmen der
Verlagsgruppe Random House GmbH.

Deutsche Erstveröffentlichung August 2002
Copyright © der Originalausgabe 2001 by Anselm Audley
Copyright © der deutschsprachigen Ausgabe 2002
by Wilhelm Goldmann Verlag, München,
in der Verlagsgruppe Random House GmbH
Umschlaggestaltung: Design Team München
Umschlagillustration: Agt. Schlück/White
Satz: deutsch-türkischer fotosatz, Berlin
Druck: GGP Media, Pößneck
Titelnummer: 24150
Redaktion: Marie-Luise Bezzenberger
UH · Herstellung: Peter Papenbrok
Made in Germany
ISBN 3-442-24150-2
www.blanvalet-verlag.de

1 3 5 7 9 10 8 6 4 2

Für meine Eltern

Danksagungen

Die Arbeit an diesem Buch hat sich lange hingezogen, und ich möchte allen danken, die diesem Projekt in verschiedenen Stadien Hilfestellung geleistet und dadurch verhindert haben, dass ich während des Schreibens wahnsinnig wurde: meinen Eltern und meiner Schwester Eloise; Dr. Garstin, Naomi Harries, Gent Koço, Polly Mackwood, Olly Marshall, John Morrice, John Roe, Tim Shephard, Poppy Thomas. Besonderer Dank gebührt James Hale; niemand könnte einen besseren Agenten haben.

Umfang am Äquator laut den Berechnungen der Ozeanografen-Gilde 65,397 Meilen

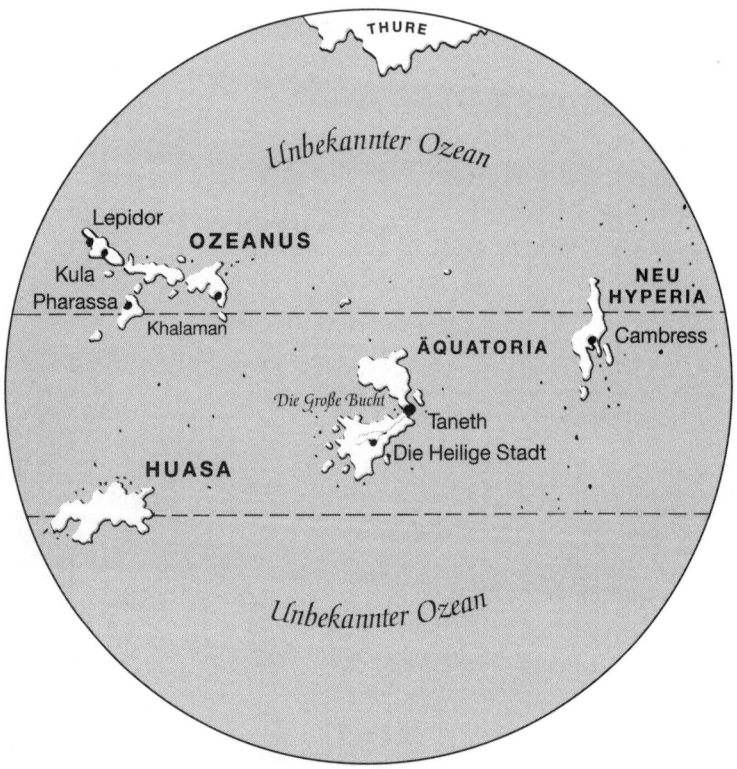

THURE

Unbekannter Ozean

Lepidor
OZEANUS
Kula
Pharassa
Khalaman

NEU HYPERIA

Cambress

ÄQUATORIA

Die Große Bucht

Taneth

Die Heilige Stadt

HUASA

Unbekannter Ozean

Kontinente

Anmerkung:
Mit einem Durchmesser von ca. 20.000 Meilen ist Aquasilva ein weit größerer Planet
als die Erde; aus Gründen der Lesbarkeit sind die Kontinente daher größer dargestellt,
als es der Wirklichkeit entspricht.

Kreon Eirillia
Kartograf seiner Kaiserlichen Majestät
Orosius Tar'Conantur

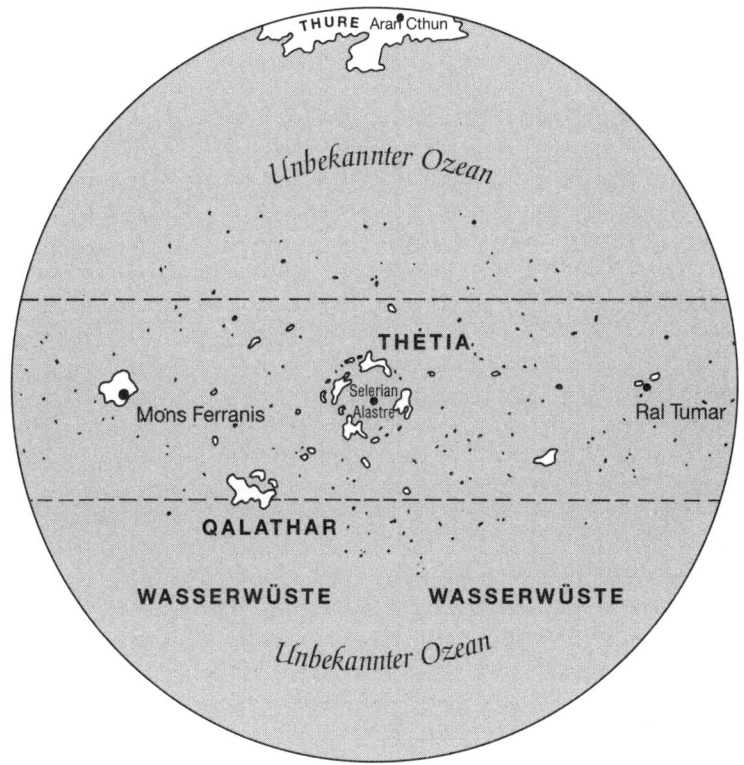

THURE Aran Cthun

Unbekannter Ozean

THÉTIA

Selerian
Alastre

Mons Ferranis

Ral Tumar

QALATHAR

WASSERWÜSTE   WASSERWÜSTE

Unbekannter Ozean

Inselgruppen

Anmerkung:
Mit einem Durchmesser von ca. 20.000 Meilen ist Aquasilva ein weit größerer Planet
als die Erde; aus Gründen der Lesbarkeit sind die Kontinente daher größer dargestellt,
als es der Wirklichkeit entspricht.

Erster Teil

Die Reise

Kapitel I

»EISEN! EISEN!«

Der Ruf hatte seinen Ursprung in dem Tumult in der Nähe des Eingangs zu den Edelsteinminen und schallte durch den Wald. Kreischend flogen die Vögel auf, die auf den Zweigen der Zedern gehockt hatten. Ich trieb meine Pferde weiter; die Räder des Streitwagens wirbelten den feinen Staub auf, der in Wolken hinter mir über dem Weg schwebte. Erst als der Weg abrupt hinter einem Baum abbog, zog ich die Zügel an und nahm das Tempo des Wagens zurück.

Vor mir wurden die Bäume von Gras abgelöst, das die Hänge der sanft abfallenden Vorberge bedeckte. Zu meiner Rechten befand sich die steinerne Mauer, die den Hof der Edelsteinminen umgab; ihre Wachtürme waren verlassen. Ich konnte sehen, dass eine Menge Menschen unter dem weit geöffneten Eingangstor versammelt waren. Was machten sie da? Hatte es einen Unfall gegeben? Oder einen Aufstand? Das hatte uns gerade noch gefehlt.

Sie entdeckten mich, als ich mein Gefährt auf dem Todesstreifen vor der Mauer langsamer werden ließ und schließlich wendete. Ein paar Fuß von ihnen entfernt hielt ich an.

Ein großer Mann, einer der wenigen, der statt der Tunika eines Arbeiters richtige Gewänder trug, löste sich aus der Menge, die sich mir jetzt zuwandte. Auf seinem Gesicht zeigte sich freudige Erregung. Dann war es also kein Aufstand, und auch kein Unfall.

»Welch ein Glück, dass Ihr gekommen seid, Erbgraf Cathan; Ranthas sei mit Euch.« Der Bart des Mannes war kurz gestutzt, und auf seinem eingeölten Haar lag eine pudrige Staubschicht. Sein Gesicht war schmal und hager. Die Augen lagen tief in ihren Höhlen, doch aus ihnen leuchtete die gleiche Begeisterung wie aus denen der anderen.

»Was soll die ganze Aufregung, Maal?«, fragte ich ihn. »Was ist so wichtig, dass ihr deswegen aufgehört habt zu arbeiten, wo das Schiff doch jeden Tag eintreffen kann?« Jeden Tag – das hieß, wenn der Coriolis-Sturm über dem Meer sich bald auflöste. Es war bereits der zweite in diesem Monat, und das Schiff war schon einmal mit Verspätung gekommen.

»Wir haben Eisen gefunden, Herr! Der Ranthas-Priester, der uns angeboten hat, uns bei unseren Bergbauarbeiten zu helfen, hat eine große Schicht von dem roten Erz entdeckt!«

Zuerst hätte ich mich beinahe geweigert, ihm zu glauben. Eisen? Hatten wir diese ganzen letzten elenden Monate tatsächlich auf einem der wertvollsten Rohstoffe gesessen, die es überhaupt gab, und keine Ahnung gehabt? Es gab nur wenige Eisenvorkommen auf Aquasilva. Die schwimmenden Inseln gaben einfach nicht genug von dem Erz her, um den Bedarf der Stahlgießereien – und in letzter Konsequenz den der Armeen der Kontinente – zu befriedigen. Nach Flammholz und den daraus hergestellten Materialien war Eisen der teuerste Rohstoff.

»Ist das sicher?«, fragte ich mit unbewegtem Gesicht. Ich wollte vor den Minenarbeitern meine Aufregung nicht allzu deutlich zeigen.

Statt zu antworten, rief Maal jemanden aus dem Gedränge heran. Es waren gar nicht so viele Menschen, wie ich anfangs gedacht hatte; ungefähr zwölf oder fünfzehn Mann hatten sich hier versammelt, größtenteils Aufseher und Vorarbeiter. Jemand warf von weiter hinten einen Felsbrocken über die Köpfe der anderen hinweg. Maal fing ihn geschickt auf und reichte ihn mir.

Eines der Pferde wieherte, während ich den Felsbrocken in der Hand drehte und die grauschwarzen Einsprengsel darin betrachtete.

»Kann man es abbauen?«

»Der Priester geht davon aus. Er ist mit Haaluk in der Mine.«

»Halt mal jemand die Zügel!«, befahl ich. Einer der Männer trat vor und nahm sie, und ich stieg aus dem Streitwagen.

»Bring mich zu dem Priester«, sagte ich zu Maal. »Und ihr anderen geht wieder an eure Arbeit.«

Vor mir öffneten die Männer eine Gasse, um mich durchzulassen. Maal führte mich über den Hof ins Innere der Palisade. Auf der einen Seite standen mehrere Gebäude, während sich auf der anderen die Gräben vom Tagebau befanden. Genau gegenüber gähnte das schwarze Loch des Bergwerkseingangs. Ich war nicht besonders begierig darauf, da hineinzugehen – ich hasse Höhlen –, doch das hier war wichtig. Also würde ich einfach versuchen müssen, nicht daran zu denken, dass ich mich unter der Erde befand. Diese Edelsteinmine war der Hauptgrund für die Existenz des Clans Lepidor, des nördlichsten der fünfzehn Clans auf dem Kontinent Ozeanus, der gleichzeitig auch der am weitesten nördlich gelegene Clan auf der ganzen Welt war. Vor dem Tuonetar-Krieg war hier noch keine Stadt gewesen; vor hundertfünfzig Jahren jedoch hatte ein Trupp von Schürfern reiche Edelsteinvorkommen entdeckt, und kurz danach hatte sich eine Gruppe von Flüchtlingen aus Ozeanus und dem Archipel hier angesiedelt und einen neuen Clan gegründet.

Eigentlich waren wir sogar ziemlich gut dran – ganz in der Nähe gab es reiche Fischgründe, und die Berge boten hier einen weitaus besseren Schutz vor den Stürmen als anderswo; eine Folge davon war der üppige Baumbestand entlang der Küste. Ich war sehr froh darüber, denn dadurch wirkte das Lepidor-Territorium weniger öde als die Gebiete einiger weiter südlich gelegener Clans, die so ungeschützt waren, dass dort keine Bäume wachsen konnten, was sie zu ausgesprochen deprimierenden Aufenthaltsorten machte.

Mein Haus war seit seiner Gründung an der Macht; irgendein

weit entfernter Vorfahr hatte der Stadt einen außergewöhnlichen Dienst erwiesen, woraufhin die anderen Häuser ihn einstimmig zum Anführer gewählt hatten. So lautete zumindest die offizielle Version. Für mich hatte die ganze Sache immer ein bisschen zweifelhaft geklungen, und ich vermutete, dass die Wahrheit etwas weniger ehrenhaft war. Doch das alles war längst Geschichte, und mein Vater, Graf Elnibal II., galt als einer der tüchtigsten der fünfzehn gegenwärtig regierenden Grafen von Ozeanus.

Unser größtes Problem war im Augenblick die Tatsache, dass der Preis für Edelsteine in den letzten fünf Jahren immer weiter gefallen und die Mine somit weniger profitabel geworden war; in den letzten Monaten hatten der Graf und die Kaufleute sich anstrengen müssen, um finanziell über die Runden zu kommen. Wir würden natürlich auch ohne die Mine überleben. Entlang der Küste gab es fruchtbares Ackerland und ausgedehnte Fischgründe, so dass wir kaum verhungern würden. Und die Wälder würden uns mit Holz versorgen, so dass auch die Güterausfuhr nicht völlig zum Erliegen käme.

Doch ohne die Edelsteine gäbe es nichts Wertvolles mehr, womit wir Handel treiben könnten, und so würde der Clan Lepidor sich zu einem Ackerbau-Verband zurückentwickeln, der es nicht mehr wert war, Clan genannt zu werden. Und da ich weder nur einen schlichten Verband erben, noch zusehen wollte, wie der Wohlstand meines Clans weiter abnahm, hatte ich mir genauso viel Sorgen um die Zukunft gemacht wie alle anderen.

Bis jetzt. Mein Kopf schwirrte angesichts der Möglichkeiten, die sich plötzlich auftaten. Wenn das Eisenvorkommen groß genug war, und wenn es ausgebeutet werden konnte, wären wir wieder reich, sobald die erste Ladung in Pharassa, der Hauptstadt von Ozeanus, verkauft war. Vielleicht wären wir sogar in der Lage, einen Kontrakt mit einem der Großen Häuser abzuschließen, um es über den Ozean nach Taneth, der Handelsmetropole von Aquasilva, zu transportieren. Es war eine lange Reise, und ich wusste, dass sie auch viel gefährlicher war, aber die Eisenpreise wären dort deutlich höher.

Ich duckte mich unter dem hölzernen Gebälk des Eingangs hindurch und betrat den Tunnel, der von drei Flammholzfackeln erleuchtet wurde. Ein Stück weiter vorn konnte ich zwei Stimmen hören.

»… sage, das Flöz erstreckt sich Hunderte von Fuß weit.«

»Ich kenne die Felsen hier, Domine, und deshalb sage ich, das ist völlig unmöglich.« Das war die Stimme des Bergwerks-Verwalters Haaluk-Itti; sie klang viel rauer als die sanfte, gedämpfte Stimme des Ranthas-Priesters. Haaluk hatte vor zwei Jahren nach einem Streit mit einem Kaufmann sein Heimatland verlassen müssen, und er würde sich noch ein weiteres Jahr um Lepidors Minen kümmern, ehe wir ihn wieder an seine Heimat verlieren würden. Es war eine Schande; trotz seiner ätzenden Bitterkeit war er ein guter Verwalter.

»Ah, Erbgraf Cathan«, sagte der Priester, als er mich sah. Sein Gesicht lag im Schatten.

Haaluk, der bisher mit dem Rücken zum Eingang gestanden hatte, wirbelte herum. »Zweifellos habt Ihr es mitangehört«, sagte er. »Ich sehe mich leider gezwungen, bezüglich der Ausdehnung des Vorkommens eine andere Meinung zu vertreten als Domine Istiq – trotz seiner Weisheit.« Priester wurden immer *Domine* genannt; es war ein Titel, der noch aus der alten Sprache stammte.

»Inwiefern unterscheiden sich Eure Einschätzungen?«, fragte ich Haaluk.

»Seine Erträge sind doppelt so groß wie meine.«

»Lohnt es sich, das Vorkommen auszubeuten, wenn wir Eure Zahlen zu Grunde legen?«

»Auf jeden Fall. Der Domine wird es Euch erklären«, antwortete er barsch.

15

»Ihr müsstet Euch darüber im Klaren sein, dass meine Berechnungen lediglich auf groben Schätzungen beruhen«, sagte Domine Istiq, »aber ich gehe davon aus, dass es hier genügend Erz gibt, um jeden Monat eine Menge zu verkaufen, die dem Gegenwert von zehntausend Corons entspricht, und zwar mehr als anderthalb Jahrhunderte lang.«

Ich versuchte, die zu erwartenden Gewinne im Kopf zu überschlagen, doch es gelang mir nicht. Im Kopfrechnen war ich noch nie besonders gut gewesen; wenn man mir ein Stück Papier gab, sah das ganz anders aus.

»Eure Ausgaben belaufen sich auf ungefähr zweitausend Corons, Erbgraf Cathan«, sagte Istiq. »Das heißt, es bleiben Euch achttausend – oder zumindest vier, nach Abzug anderer Kosten wie dem Zehnten und einer Händlerprovision.« Diese ganz nebenbei eingestreute Bemerkung sollte uns daran erinnern, dass wir dann wieder unsere Abgaben an den Tempel der Domäne zu zahlen hatten, Abgaben, die dieses Jahr zurückgestellt worden waren, um uns das Überleben zu erleichtern. Der Avarch von Lepidor war zwar kein Einheimischer, aber er hatte dem Tempel mehr als sechsundzwanzig Jahre vorgestanden und war jetzt mehr Lepidorianer als Priester; er war stets überaus hilfsbereit und rücksichtsvoll.

»Diese Berechnungen habt Ihr auf der Grundlage von Haaluks Schätzungen durchgeführt?«

»Ja. Nach meinen Schätzungen reichen die Vorkommen dreihundert Jahre.«

Ich fand das nicht besonders Besorgnis erregend. »Wie auch immer. Wir kommen wieder in die Gewinnzone.«

»Ihr werdet Bergleute aus Pharassa anwerben müssen, die Erfahrung im Eisenabbau haben, und solche Männer sind sehr begehrt. Und Ihr braucht auch einen Kontrakt mit einem Händler aus Pharassa oder Taneth.«

»Nicht zu vergessen die cambressianische Admiralität«, fügte ich hinzu, als ich mich an den dritten möglichen Markt erinnerte. Istiq machte jedoch ein zweifelndes Gesicht. »Werdet Ihr zum Abendessen zurück in die Stadt kommen?«, erkundigte ich mich.

»Ich danke Euch für Euer Angebot, aber ich werde noch ein bisschen hier bleiben und zusehen, ob wir die genaue Ausdehnung dieses Flözes feststellen können.« Istiq verbeugte sich, und ich erwiderte die höfliche Geste, bevor ich mich umdrehte und mich auf den Rückweg den Tunnel hinauf machte. Ich fluchte, als ich mir dabei beinahe den Kopf an einem der Stützbalken anschlug. Maal folgte mir.

Blinzelnd trat ich wieder auf den im hellen Sonnenlicht liegenden Hof hinaus, der jetzt von dumpfen, hämmernden Geräuschen widerhallte. Die Bergleute zertrümmerten das Erz mit Flammholzhämmern und schmolzen alles bis auf den reinen Edelstein weg. So war es mir zumindest von den Ausführungen meines Tutors in Erinnerung geblieben. Ich fand die ganzen Arbeitsabläufe im Bergbau noch uninteressanter als Theologie-Lehrstunden; beides hatte nichts mit dem Meer zu tun.

»Werdet Ihr jetzt in die Stadt zurückkehren, Lord Cathan?«, fragte Maal.

»Ja«, antwortete ich. »Die Arbeit sollte für den Rest des Tages ganz normal weitergehen. Haaluk soll heute Abend mit ein paar Zahlen zu mir kommen. Ich brauche ein paar harte Fakten, bevor ich irgendetwas unternehmen kann.«

Eigentlich war es meine Mutter, in Abwesenheit meines Vaters unsere rechtmäßige Regentin, die irgendwelche Entscheidungen treffen würde. Ich war noch nicht alt und vor allen Dingen noch nicht erfahren genug, um während der Abwesenheit meines Vaters seine Pflichten vollständig zu übernehmen, und so saß ich auf der Estrade und der Erste Ratgeber flüsterte mir die Ratschläge von Gräfin Irria ins Ohr. Seit mein Vater weg war, hatte ich tatsächlich versucht, den Lektionen über die Staatskunst mehr Aufmerksamkeit zu schenken, denn es war einfach ärgerlich, nicht genug zu wissen, um eigene Entscheidungen treffen zu können.

Ich ging quer über den Hof zurück und trat unter den Torbogen, wobei ich bemerkte, dass auf den Tortürmen jetzt wieder Wachposten standen, die die umliegenden Hügelhänge nach Anzeichen von barbarischen Räuberbanden absuchten. Natürlich war es nicht besonders wahrscheinlich, dass sie welche finden würden – es gab im Umkreis der Stadt nur einen einzigen Pass über die Berge, und der war gut bewacht, genauso wie die Zufahrten an der Küste.

Der Mann, dem ich meinen Streitwagen anvertraut hatte, gab mir die Zügel zurück. Ich hatte meine Handgelenkschützer nicht abgenommen, daher wickelte ich mir die Zügel um den Unterarm, ließ die Peitsche schnalzen und schlug den Weg ein, der zur Stadt hinunterführte.

Es war ein erfrischendes Gefühl, hinter dem perfekt ausgebildeten Gespann die Straße entlangzurasen, und die Geschwindigkeit entschädigte mich mehr als genug für die Stöße, wenn die Räder über lockere Steine oder durch flache Schlaglöcher holperten. Die Straße zeigte allmählich erste Anzeichen von Verfall, und ich entdeckte ein oder zwei Löcher, die groß genug waren, um darin ein Rad zu verlieren. Wir würden Straßen-Steinmetze mit vernünftigen Werkzeugen brauchen, um die Reparaturen durchzuführen – das hieß, wenn wir genug Geld für das Flammholz hatten. Nun, das Eisen sollte eigentlich helfen, dieses Problem zu lösen.

Der Weg wurde weniger kurvig, als ich das Haupttal erreichte, und ich fuhr an gewaltigen Zedern vorbei, zwischen denen immer wieder Streifen offenen Landes lagen. Ein- oder zweimal kam ich an von Pferden gezogenen Karren vorbei, auf denen Holzfäller saßen und die Baumstämme von den Schlagplätzen an den Hängen abtransportierten. Dann machte die Straße eine lang gezogene Kurve, und die Bäume blieben hinter mir zurück, als ich Lepidor erreichte.

Die Stadt war auf einem Vorgebirge erbaut, mit einer Lagune im Osten – zu meiner Rechten –, die als Hafen diente. In Richtung Westen verlief die Küste leicht geschwungen, und mein Blick fiel auf Ackerland und Akazienplantagen, die sanft zu einem langen Sandstrand hin abfielen. Schimmernde, aus Steinen erbaute Mauern, die sich quer über das Vorgebirge zogen, schützten die Stadt; direkt hinter ihnen konnte ich die Häuser des Landviertels erkennen.

Lepidor war keine große Stadt. Die letzte Volkszählung, die vor zwei Jahren aus Steuergründen durchgeführt worden war, hatte etwas weniger als zweitausend Einwohner ergeben. Doch was ihr an Größe fehlte, machte sie durch Sauberkeit und durch ihre Architektur wieder wett. Ich hatte die meisten anderen Städte in Ozeanus schon einmal gesehen, und selbst wenn ich zugab, meinem Zuhause gegenüber besonders loyal zu sein, hielt ich Lepidor doch für das beste Gemeinwesen überhaupt und ihre Gebäude für die schönsten.

Jedes Bauwerk im Innern der Stadtmauern, die die Außenseite des Vorgebirges säumten, war aus dem für diese Gegend typischen weißen Stein erbaut, und manche der Häuser waren drei Stockwerke hoch. Über den säulengeschmückten Fenstern des ersten Stockwerks spross auf jedem Dach ein grüner Garten; seine Wurzeln steckten in Erde, die größtenteils mit den Händen hinaufgeschafft worden war. Es gab einige Dinge, die noch nicht einmal Flammholz vollbringen konnte. Ein oder zwei der größeren Gebäude wurden von kleinen Kuppeln gekrönt.

Im Oberflächenhafen, der ebenfalls von Wällen geschützt war, konnte ich Lagerhäuser und Kais erkennen, außerdem die Masten von neun oder zehn Fischerbooten, und an der einen Seite ein kleines Gebäude mit einer Kuppel. Das war das oberste Ende von Lepidors Unterwasserhafen, in dem die Mantas anlegten und Lepidors einziges Unterwasser-Kriegsschiff seinen Liegeplatz hatte.

Ich raste über den grünen, offenen Landstrich, der vor der Stadt lag, und durch das Tor des Landviertels, des äußersten der drei Stadtbezirke. Die Wachen, die ich beide kannte, winkten grüßend, und ich winkte zurück, als ich an ihnen vorbeipreschte. Jenseits des Tores musste ich das Tempo verringern, aber zumindest führte die Hauptstraße fast gerade durch die Tore in die anderen Bezirke, das Palast- und das Uferviertel. Alle drei Bezirke waren kreisförmig angelegt und jeweils von eigenen Wällen geschützt – das mussten sie auch sein, um angemessenen Schutz vor den Stürmen zu bieten. Dies war einer der anderen Gründe, warum ich gerne hier lebte – weil die Stürme hier weniger stark waren, konnten unsere Wälle etwas niedriger sein, und so konnten wir auf solche dunklen, hoch aufragenden Monstrositäten verzichten, wie es sie in einigen anderen Städten gab.

Ich durchfuhr das innere Tor zum Palastviertel, in dem sich der Große Marktplatz und die Amtsgebäude befanden – und der Palast, mein Zuhause.

Der fürstliche Palast – in Wirklichkeit eher ein herrschaftliches Haus als ein Palast – erhob sich am Ende der Hauptstraße, nur ein paar hundert Fuß entfernt. Auf beiden Seiten der Straße reihten sich Läden aneinander, jeder mit einer Markise versehen, die auf die Straße ragte. Ihre Tische waren voller Waren, und ihre Inhaber nickten dem langsam vorbeifahrenden Streitwagen freundlich zu. Ich lenkte meine Pferde um den fetten Händler Shihap in seiner grünen Robe herum, der verbissen mit seinem Freund, dem Aetherschild-Ingenieur, feilschte.

»Was für ein wunderbarer Tag, nicht wahr?«, rief Shihap, wobei er sein Gefeilsche kurz unterbrach. »Ihr seht ja so glücklich aus!«

»Das bin ich auch, glaubt mir«, entgegnete ich. »Und Ihr werdet es ebenfalls sein, wenn das Geld wieder zu fließen beginnt.« Die

20

Geschichte von dem, was da draußen in den Minen entdeckt worden war, würde sich bis zum Einbruch der Nacht sowieso in der ganzen Stadt verbreitet haben, daher würde es keinerlei Schaden anrichten, wenn ich das erste Gerücht ausstreute. Ich trieb die Pferde weiter, ehe Shihap Gelegenheit hatte, nachzufragen. Sollte doch derjenige, den Haaluk schicken würde, um die Neuigkeiten zu überbringen, die Freude haben, den Bürgern genau zu erzählen, was eigentlich geschehen war.

Ich verlangsamte den Streitwagen noch zweimal, um ein paar Leute zu grüßen, dann erreichte ich endlich den kleinen Platz vor dem Palast. Die Ställe lagen versteckt auf einer Seite an die Außenmauer gelehnt – natürlich auf der Leeseite –, und ich übergab den Streitwagen einem Diener, der herbeigeeilt kam, um mir die Zügel abzunehmen. Ich löste die Bänder meiner Gelenkschützer und ließ sie – genau wie meine Peitsche – im Streitwagen zurück. Mein Vater schätzte es ganz und gar nicht, wenn überall im Palast irgendwelche Ausrüstungsgegenstände herumlagen.

Zwei Wachen saßen unter dem Torbogen des Palasttors. Wie üblich spielten sie mit Kupfermünzen. Sie winkten mich freundlich vorbei und in den kleinen Hof des Palasts. Er hatte kaum dreißig Fuß Durchmesser. Auf einer Seite führte eine Treppe in die Höhe, und überall wuchsen Pflanzen zwischen den Pflastersteinen. Auf der anderen Seite befand sich die Tür zum Bankettsaal und zum Ratszimmer, während sich am Fuß der Treppe der Dienstboteneingang verbarg. Auch dies war alles viel kleiner als beispielsweise in Lexans Palast in Khalaman, aber es wirkte auch weitaus freundlicher – und für mich war es mein Zuhause.

Ich rannte nach oben, nahm dabei immer drei Stufen auf einmal und hätte mir fast den Kopf an einem der Stützbalken angeschlagen, die das mit Ziegeln gedeckte Dach trugen.

»Wo ist meine Mutter?«, fragte ich den ersten Diener, den ich in dem hell getünchten Korridor oben zu Gesicht bekam.

21

»Zusammen mit dem Ersten Ratgeber im oberen Ratszimmer, Herr.«

Ich verlangsamte mein Tempo ein bisschen, ging jedoch immer noch mit raschen Schritten den gefliesten Korridor entlang. Stimmen drangen durch die geschlossene Tür des dritten Raumes auf der linken Seite, und ich klopfte.

»Wer ist da?«, erklang die volle Altstimme meiner Mutter.

»Ich bin's«, sagte ich.

»Komm rein.«

Ich stieß die Tür aus Zedernholz auf und trat ein. Das Ratszimmer war ein großer Raum mit einem Weißholztisch in der Mitte. Dies war das Zimmer für geheime Beratungen; öffentliche Versammlungen wurden im Großen Saal abgehalten, weil wir uns nie einen vernünftigen Sitzungssaal hatten leisten können. Um den Tisch herum standen zwölf Stühle, einer davon mit einem roten Baldachin. Auf diesem Stuhl saß meine Mutter, während der Erste Ratgeber gleich zu ihrer Rechten Platz genommen hatte.

»Was ist los?«, fragte meine Mutter. Sie durchschaute meinen gelassenen Gesichtsausdruck sofort. In ihrer Jugend hatte sie als sehr schön gegolten, und jetzt, mit über vierzig, war sie immer noch beeindruckend. Ihr langes, ungewöhnlich dunkelblondes Haar war im Nacken zusammengebunden, und sie sah stolz und königlich aus. Sie trug ein langes, weiß-grünes Gewand.

»Ich habe meinen Pferden ein bisschen Bewegung verschafft und bin dabei zur Mine gefahren. Domine Istiq und die anderen haben genug Eisen gefunden, um uns …« – ich versuchte, mich an die Zahlen zu erinnern – »für das nächste Jahrhundert viertausend Coron Gewinn zu verschaffen.«

»Eisen?« Bei meinen Worten hatte Atek sich halb von seinem Stuhl erhoben. Unser Erster Ratgeber war der Cousin meiner Mutter und drei Jahre jünger als sie. Er hatte sie begleitet, als sie meinen Vater geheiratet hatte, weil ihr Vater, Ateks Vormund, vom wüsten Ruf seines Neffen genug gehabt hatte. Ich hatte diese Seite von ihm niemals kennen gelernt, und alle Verwandten meiner Mutter waren übereinstimmend der Meinung, dass er zu einem vernünftigen Mann und guten Ratgeber herangereift war. Seit sein Vorgänger vor nunmehr zwei Jahren gestorben war, war er der Erste Ratgeber und Kanzler meines Vaters. Ich wollte den Toten gegenüber nicht respektlos erscheinen, doch ich zog Atek dem mürrischen, griesgrämigen Pilaset vor. Atek war braunhaarig und stämmig, wobei mir auffiel, dass die mangelnde körperliche Betätigung ihn allmählich fett werden ließ. Er trug eine weiße Robe mit roten Säumen, die um die Taille gegürtet war.

»Eisen«, bestätigte ich. »Domine Istiq und Haaluk sind sich ziemlich sicher, obwohl sie sich nicht darüber einigen können, ob das Vorkommen nun eineinhalb oder drei Jahrhunderte reichen wird.«

»Wie kann es sein, dass wir das nicht schon früher entdeckt haben?«, fragte Atek, während er mit einem benommenen Gesichtsausdruck auf seinen Stuhl zurücksank.

»Weil wir noch nie einen speziell für Bergbau-Angelegenheiten ausgebildeten Priester hier hatten«, erwiderte meine Mutter. »Und bevor er gekommen ist, haben wir in diesem Bereich des Hügels noch nie gesucht.«

Es war schieres Glück, dass wir überhaupt auf Domine Istiqs Dienste zurückgreifen konnten: Er war einer von drei Überlebenden aus einem Manta, der vor drei Monaten vor Kap Inselende von einem Strudel vernichtet worden war. Sobald er sich wieder erholt hatte, hatte er uns angeboten, ein paar Probeschürfungen in unserer Mine durchzuführen, damit er beschäftigt wäre, bis ein anderer Manta von seinem Bestimmungsort, Mons Ferranis, eintreffen und ihn mitnehmen würde. Ich hatte bisher noch nicht viel Kontakt mit ihm gehabt, obwohl es eine meiner Unterwassersonden gewesen war, die sein antriebsloses Rettungsboot entdeckt hatte, das aufs offene Meer hinausgetrieben war. Das war ein Triumph für mich gewesen, denn so hatte ich schließlich meinem Vater beweisen können, dass die Zeit, die ich auf See oder mit den Ozeanografen verbrachte, doch nicht völlig nutzlos gewesen war.

»Ich habe Haaluk befohlen, bis heute Abend ein paar endgültige Zahlen für uns zusammenzustellen«, sagte ich. »Domine Istiq würde lieber bis zum Anbruch der Dunkelheit draußen bleiben, wie er es immer tut.«

»Du hast richtig gehandelt«, sagte meine Mutter, und auf ihrem Gesicht leuchtete ein warmes Lächeln.

»Wir müssen Graf Elnibal eine Nachricht schicken«, sagte Atek und kam damit zu dem gleichen Schluss wie Istiq. »Wir werden einen Frachtvertrag mit einem Händler aus Taneth oder Pharassa abschließen müssen, um das Eisen zu den Gießereien zu transportieren.«

»Könnten wir nicht hier eine Eisenindustrie aufbauen?«, überlegte meine Mutter laut. »Wenn wir aus dem Eisen Waffen fertigen, bevor wir es verschicken, würden sich die Gewinne verdoppeln.«

»Und außerdem würde uns das zu einem bevorzugten Ziel für Piraten machen«, erinnerte sie Atek. »Solange wir kein Geld haben, vernünftige Verteidigungsanlagen aufzubauen, wird es besser sein, das Eisen einfach zu verkaufen. Das werde ich auch deinem Mann vorschlagen.«

»Wo sollte das Eisen denn deiner Meinung nach verkauft werden?«, erkundigte ich mich.

»In Taneth«, antwortete Atek unverzüglich.

Meine Mutter stimmte ihm zu, und ich war ziemlich sicher, dass auch mein Vater denselben Gedanken gehabt hätte. Was die anderen beiden möglichen Märkte anging, so war Pharassa näher und sicherer, doch die Preise waren vergleichsweise niedrig, da dort die Nachfrage nach Eisen gering war. Ozeanus verfügte bereits über eine Eisenmine, also würde dort der Markt für unser Metall auch nicht groß sein. Die andere Möglichkeit war die, die Istiq anscheinend nicht gern gehört hatte: Cambress, auf dem Kontinent Neu Hyperia. Aber bis dorthin war es nahezu doppelt so weit wie nach Taneth, und die Gewinnspanne wäre viel kleiner.

Außerdem führte der Kurs nach Cambress gefährlich nah am Territorium unseres Todfeindes Graf Lexan von Khalaman vorbei.

»Wen sollen wir schicken?«, fragte meine Mutter. »Elnibal ist gerade mal zwei Wochen weg, und der Kongress dauert immer mindestens einen Monat.«

»Diesmal vielleicht auch kürzer«, sagte Atek. »Die Halethiter bedrängen die Grenzen der Städte von Äquatoria, und aus diesem Grund dürften viele Grafen rasch wieder nach Hause streben.«

»Was bedeutet, dass wir zu einer Entscheidung kommen müssen, bevor das Handelsschiff eintrifft. Wer auch immer geht – er muss schnell nach Pharassa gelangen und sich dort einen Platz auf einem der Militär-Mantas sichern, die Kurierfahrten nach Taneth unternehmen.«

»Ich sollte gehen«, meinte Atek.

»Ich brauche dich hier«, erinnerte ihn meine Mutter.

»Aber wir können niemand anderen schicken.«

»Es muss sich doch jemand finden lassen! Gibt es denn niemanden, der sowieso fahren wollte, und dem wir dann einfach ein Päckchen anvertrauen können?«

»Niemand von ausreichendem Format. Keiner der wichtigeren Händler hat vor zu fahren.« Plötzlich schaute Atek mich an. »Andererseits – Cathan könnte gehen, vorausgesetzt, er hat einen Begleiter.«

Ein Schauer durchlief mich; ich hatte die verzweifelte Hoffnung gehegt, dass jemand mich erwähnen würde, und mir bereits überlegt, ob ich es nicht selbst vorschlagen sollte. Dass meine Mutter von dieser Idee alles andere als begeistert sein würde, wusste ich, noch ehe sie einen Ton gesagt hatte.

»Nein!«, widersprach sie. »Er trägt während der Abwesenheit seines Vaters offiziell die Verantwortung. Wenn er nicht hier ist, wird jeder wissen, dass eigentlich ich regiere, und damit werden wir uns bei der Domäne kaum beliebt machen.«

»Das wissen sowieso alle«, wandte Atek ein. »Außerdem kann sein Bruder als Aushängeschild dienen.«

»Sein Bruder ist fünf Jahre alt; hast du das etwa vergessen?«, entgegnete meine Mutter in scharfem Ton. »Was ist, wenn es wieder so einen Sturm gibt wie vor drei Monaten, und das Schiff mit Cathan an Bord sinkt? Was soll ich dann meinem Mann sagen?«

»Wenn Elnibal nicht benachrichtigt wird, muss er noch einmal nach Taneth reisen, und zwar zu einem Zeitpunkt, wenn Lexan und unsere anderen Feinde aus jeglicher Schwäche einen Vorteil ziehen können – und *das* wird dann weit gefährlicher sein. Entweder Cathan oder ich – einer von uns beiden muss gehen. Es gibt keine Alternative.«

»Ich würde es vorziehen, wenn du gehst, Atek«, sagte sie nach einer kurzen Pause.

Ich beschloss, dass es jetzt an der Zeit war, meine eigenen Interessen zu vertreten, bevor meine Mutter eine Entscheidung zugunsten von Atek traf.

»Mutter, ich sollte Taneth besucht haben, bevor ich das erste Mal zu einem Kongress gehe. Und auch Äquatoria. Courtières' Söhne sind inzwischen schon alle da gewesen.« Courtières war einer unserer Verbündeten.

Ich wusste, dass meine Argumentation schlüssig war, und mein Vater hätte mich ohne Zögern ziehen lassen. Doch meine Mutter wollte mich ständig vor allem und jedem beschützen!

Ich sah, wie sie mich anschaute, während Atek verständnisvoll nickte.

»Dann hängt also dein Herz daran zu gehen?«

»Ja!«

Ich sah, wie der Schatten eines Zweifels über ihr Gesicht huschte. Doch dann sagte sie: »Meinetwegen.«

Ich war mir meiner Würde zu sehr bewusst, um in die Luft zu springen und irgendetwas herauszuschreien, innerlich jedoch jubelte ich in den höchsten Tönen. Clanerben mussten ein bisschen vom Rest der Welt gesehen haben, bevor sie die Nachfolge antraten, und ich hatte das Gefühl, dass ich bis jetzt noch nicht genug gesehen hatte.

Ohnehin hätte ich schon bald ein oder zwei Jahre außer Haus verbringen müssen, um zu lernen, wie Politik, Handel und Religion wirklich funktionierten, um mich mit den Grundlagen der Ozeanografie vertraut zu machen und den Umgang mit Mantas und Oberflächenschiffen zu erlernen. Es war eine Lehrzeit, die die Söhne aller Adligen und führenden Kaufleute durchmachten, doch bis jetzt hatte ich noch nicht den geringsten Hinweis bekommen, wann es bei mir so weit sein würde.

Nicht, dass ich noch viel über Schiffe oder Ozeanografie hätte lernen müssen. Ich hatte in meinem Leben bisher nahezu ebenso viel Zeit im Wasser wie an Land verbracht – was einer der Gründe war, warum mein Vater davon überzeugt war, dass der Rest meiner Erziehung zu kurz kam. Aber er war nie in der Lage gewesen, mich für längere Zeit vom Meer fern zu halten.

Ich war noch nie weiter von Lepidor weg gewesen als vor zwei Jahren in Pharassa, der Hauptstadt von Ozeanus – ich hätte meinen Vater vor drei Jahren zum letzten Großen Kongress begleiten können, doch damals war ich krank gewesen. Pharassa war eine mächtige Stadt, aber sie lag immer noch in Ozeanus, meinem Heimatkontinent, und ich hatte noch nie den Ozean überquert.

Und wenn man den Ozean überquerte, war das offensichtliche Ziel Taneth, eine der zwei größten und reichsten Städte von ganz Aquasilva; man erzählte sich, dass jede Stunde ein Manta in den Hafen einlief oder ihn verließ, und für Segelschiffe galt das Gleiche im Fünfminutentakt. Taneth war die Handelsmetropole von Aquasilva – und ich hatte schon immer einmal dorthin gewollt.

»Wen sollen wir ihm als Eskorte mitgeben?«, fragte Irria.

»Jemanden, der das Meer schon einmal überquert hat und dem wir trauen können.«

»Ist nicht einer der Akolythen des Tempels in die Heilige Stadt gerufen worden, um dort weiterzulernen?«

»Ich glaube schon. Ein viel versprechender junger Mann, der auch schon in Neu Hyperia und Äquatoria war. Wir werden ihnen zwei Wachen mitgeben. Ich werde die Angelegenheit mit dem Hohepriester besprechen.«

»Dann tu es gleich«, ordnete meine Mutter an. Atek stand auf, verbeugte sich vor uns beiden und verließ den Raum. Er zog die Tür hinter sich zu.

»Es wird eine lange Reise werden«, sagte meine Mutter. »Und auf See gibt es wenig zu tun. Lerne von dem Akolythen so viel du kannst, sowohl über die Welt als auch über den Glauben der Domäne. Wenn er sich als Fanatiker erweist, darfst du seine Lehren nicht kritiklos glauben. Es sollte ein Gleichgewicht in der Welt herrschen, und die Länder derjenigen zu plündern, die sich ihrer Lehre nicht unterwerfen, wie es die Priesterschaft tut, ist nicht richtig.« Sie stand auf und trat ans Fenster.

»Atek hat Recht, du hast noch nicht genug von der Welt gesehen. Was du bisher von der Priesterschaft gesehen hast, ist nur das Gute. Dies hier ist nur eine kleine Stadt, und deshalb gibt es hier nur einen Tempel mit vier Priestern und zehn Akolythen. Aber in der Hauptstadt und den anderen großen Städten und in den Ländern der Priesterschaft rund um die Heilige Stadt auf Äquatoria gibt es Tausende von Kriegerpriestern. Das sind Fanatiker – Priester, die besser kämpfen können als die meisten anderen Männer und an die reinigende Kraft von Feuer und Schwert glauben. Der Primarch schickt sie gegen diejenigen, die nicht an Ranthas glauben. Städte und ganze Völker sind von ihnen vernichtet worden. Sie werden Sacri genannt, das bedeutet ›die Geweihten‹.« Meine Mutter spuckte die letzten Worte förmlich aus. Ich hatte sie noch nie so erregt gesehen – normalerweise war sie ruhig und gefasst, außer bei den seltenen Gelegenheiten, wenn sie mit meinem Vater stritt.

Ich versuchte zu verstehen, was meine Mutter gerade gesagt hatte. »Wen soll man denn anbeten, wenn nicht Ranthas?«

»Bevor ich dir das sage, musst du schwören, niemals irgendjemandem zu enthüllen, was ich dir jetzt offenbaren werde, oder auch nur die geringste Andeutung verlauten zu lassen, dass du von diesen Dingen weißt. Nicht einmal deinem Bruder gegenüber. Und ganz gewiss nicht gegenüber dem Akolythen.« Sie wirkte auf eine Weise nervös, wie ich es noch nie bei ihr erlebt hatte, und fingerte an ihrem Gürtel herum.

»Bei was schwören?«

»Bei der Ehre des Clans.«

»Bei meinem Erbe und dem Clan meiner Geburt, und beim Fortbestand unseres Hauses schwöre ich, dass ich das, was ich jetzt erfahren werde, geheim und vor aller Welt verborgen halten werde«, sagte ich. Dann wartete ich.

»Was ist die Grundlage der Religion der Domäne?«, wollte sie wissen.

Ich war ein wenig verwirrt, und es dauerte einen Augenblick, bis ich antwortete. Ich hatte erwartet, dass sie mir etwas erzählen würde, nicht, dass sie Fragen stellte, deren Antworten auf der Hand lagen.

»Ranthas, die Verkörperung des Feuers, aus dem alles Leben kommt.« Ich zitierte diese Passage wörtlich aus den Fibeln, die der Avarch benutzt hatte, wenn er mir Unterricht erteilt hatte.

»Und was ist sein Geschenk an Aquasilva? Erzähl mir, was der Katechismus darüber sagt.«

29

»Flammholz ist Ranthas' Geschenk«, rezitierte ich eine der Predigten, die jedem Kind von den Priestern des Tempels eingehämmert wurden. Sie auswendig zu lernen war eines der langweiligsten Dinge gewesen, die ich jemals getan hatte. »Es schenkt Aquasilva Licht und Wärme und Energie, und in ihm manifestiert sich der Wille des Gottes. Mit Hilfe von Flammholz überqueren wir die Ozeane und halten die Stürme fern. Mit ihm führen wir Krieg und schließen Frieden, alles durch die Gabe Ranthas'.«

»Feuer ist doch ein Element, oder?«, fragte sie.

»Aber natürlich. Feuer, Erde, Luft, Wasser, Licht und Schatten sind alles Elemente, aber Feuer ist das beherrschende – und das, welches mit seiner Macht über das Licht Aquasilva zusammenhält.«

»Und es ist das einzige Element, das die Menschen mit der Gabe der Magie versieht, um zu heilen und zu zerstören?«

»Natürlich.«

»Und warum hat dann keines der anderen Elemente Götter oder Magie? Flammholz mag lebenswichtig sein, aber wir brauchen auch Wasser, um am Leben zu bleiben, Luft, um zu atmen, und Erde, um Getreide und andere Dinge anzubauen. Und ohne Schatten gibt es keine Nacht.«

»Feuer ist der Schöpfer«, sagte ich dickköpfig; ich war mir immer noch nicht sicher, wovon meine Mutter eigentlich redete.

»Cathan, *Feuer* ist nur eines von sechs Elementen. Die anderen haben alle ihre eigene Gottheit, ihre eigene Magie, ihre eigene Macht. Einige sind potenziell weitaus mächtiger – und weitaus freundlicher – als der Feuergott. Leben wir nicht auf der Oberfläche eines endlosen Ozeans, der den größten Teil von Aquasilva bedeckt? Dieser Ozean ist die Domäne von Thetis, der Göttin des *Wassers*. Die Leere, die Himmel über den Stürmen, die selbst die Ozeane an Größe übertreffen, sind die Heimat des *Schattens* und seines Geistes Ragnar. Dann gibt es noch *Erde* und ihren Herrscher Hyperias, nach dem Neu Hyperia ursprünglich benannt wurde.

Die anderen beiden sind schließlich Althana, die Göttin der Winde – der Luft –, und Phaetan, der Gott des Lichts. Sie alle haben eine Geschichte der Anbetung, die ebenso alt ist wie das Feuer, und einst wurden sie alle toleriert. Das Thetianische Kaiserreich wurde auf der Anbetung von Thetis begründet.«

Ihre Stimme war trotz ihrer ketzerischen Worte ziemlich eindringlich, und ich fand, dass sie da ein wahrlich schwindelerregendes Konzept vor mir ausgebreitet hatte.

»Jeder, der dabei erwischt wird, wie er eine der Gottheiten der anderen Elemente anbetet, wird auf dem Großen Platz seiner Stadt bei lebendigem Leib verbrannt. Schon allein von ihnen zu wissen ist gefährlich.« Die Stimme meiner Mutter war nur noch ein Flüstern. »Ich verlange von dir nur eines: Dass du das, was ich dir gesagt habe, nicht vergisst, und dass du dir die Werke Ranthas' in dem Wissen ansiehst, dass andere Kräfte das Gleiche erreichen können, ohne deshalb die höchsten zu sein.«

»Das ist das Gegenteil von allem, was man mich gelehrt hat«, protestierte ich.

»Zu lehren ist der Schlüssel zur Kontrolle«, sagte sie. »Erinnere dich an deinen Schwur.«

»Das werde ich tun«, versprach ich ihr und stand auf.

Ihre Stimme nahm wieder einen normalen Tonfall an, als sie sich ebenfalls erhob.

»Du musst dich auf deine Reise vorbereiten und deinen Freunden Lebewohl sagen.«

»Und meinem Bruder.«

»Wie nett von dir, daran zu denken«, sagte meine Mutter und öffnete die Tür.

Wir traten hinaus auf den Korridor und gingen auf die offene Tür an seinem Ende zu, die auf einen kleinen Dachgarten hinausführte, von dem aus man aufs Meer hinausblicken konnte. Der Himmel war praktisch wolkenlos; nur kleine weiße Streifen beeinträchtigten seine azurblaue Weite, und das Meer kräuselte sich unter einer leichten Brise.

In dieser Nacht fand ich ein kleines Stück Papier unter meinem Kissen. Die Handschrift darauf war die meiner Mutter. Ganz oben hatte sie die Anweisung hingeschrieben, dass ich es nicht mitnehmen sollte, denn wenn man es bei mir finden würde, so wäre das mein Tod.

Ich lernte es auswendig, bevor ich es in den Ofen warf.

Aus einer Chronik, die vom letzten thetianischen Hohepriester der alten Religion verfasst wurde.

… Und so geschah es, dass ich bei der Gedenkfeier meines Bruders stand und über den leeren Ozean schaute, dorthin, wo die Kontinente lagen, die einst grün gewesen und nun zerschmetterte Ödlande waren. Ich habe mich oft gefragt, ob dies alles auch dann geschehen wäre, wenn mein Vater noch gelebt hätte, doch dann habe ich mich an die ständigen Kriege erinnert, die getobt hatten, bevor all das geschehen ist. Wir haben eine Welt verloren, doch jetzt haben wir die Chance auf einen dauerhaften Frieden und einen Neuanfang. Ich hoffe nur, dass Aetius' Schatten in Frieden ruhen kann, und dass wir der Vision treu bleiben, für die so viele gestorben sind. Ich werde nie wieder kämpfen oder Magie wirken können, und selbst jetzt kann ich ohne Cinnirras Hilfe noch nicht einmal zu Fuß vom Hafen hier heraufgehen. Auch wenn ich vielleicht etwas von meiner Kraft wiedererlangen werde, so werden mein Sohn und mein Neffe Thetia nun führen, und ich hoffe, dass es ihnen gelingt, eine bessere Welt zu schaffen als die, in der ich gelebt habe.

Heil und Lebewohl,
Carausius Tar'Conantur

Das klang nicht wie die Schriften jenes Carausius, von dem man uns erzählt hatte, dem Bruder des Erzdämons Aetius, der Aquasilva in einen schrecklichen Krieg gestürzt hatte. Ich fragte mich, was meine Mutter mir wohl damit sagen wollte und woher es stammte.

Kapitel II

Die Kais des Oberflächenhafens glänzten noch immer feucht vom letzten Sturm, als ich zwei Tage später mit dem größten Teil meiner Eskorte an Bord der Handelsbark *Parasur* ging. Suall, ein gorillaähnlicher Gardist, trug das ganze Gepäck, während sein normalwüchsiger Kamerad Karak hinter ihm herschlenderte. Drei kleine Klumpen Eisenerz lagen in Leinen eingeschlagen unten in meiner Tasche; das waren die kostbaren Warenproben, die wir brauchen würden, um einen Kontrakt auszuhandeln, und ich hatte sie am sichersten Platz verstaut, den ich finden konnte.

Als wir über die schlüpfrigen Steine gingen, erschien der Kapitän der *Parasur* oben auf der Gangway und winkte uns zu, heraufzukommen. Ich bemerkte, wie die Planken erzitterten, als ich sie betrat. Anscheinend hatte Kapitän Bomar genauso wenig Geld für Reparaturen wie wir.

»Willkommen an Bord, Lord Cathan. Es ist eine Ehre, dass Ihr auf meinem Schiff reist.«

»Ich danke Euch.« Ich nickte Suall zu, der mit einem Grinsen antwortete und das Gepäck den achtern gelegenen Niedergang hinuntertrug, auf den der Herr des Schiffs gezeigt hatte. Bomar war ein hagerer, knochiger Mann mit einem Bart, der für jemanden in seiner Position ziemlich kurz war; er trug ein braunes Gewand, das schon bessere Tage gesehen hatte. Er kommandierte die *Parasur* schon, so lange ich mich erinnern konnte. Das Schiff segelte regelmäßig die Küste entlang, und Bomar kaufte Edelsteine aus Lepidor, Wein aus Kula, und verschiedene andere Produkte von den kleinen Ansiedlungen auf den Inseln entlang seiner Route. All diese Waren wurden dann in Pharassa zu einem höheren Preis verkauft; die Gewinnspanne für die Edelsteine war in letzter Zeit allerdings stark gefallen, und Bomar hatte bereits etwas darüber gemurmelt, in Zukunft nicht mehr zu kommen. Seit jedoch die Neuigkeit von der Entdeckung der Eisenmine die Runde gemacht hatte, hatte er zweifellos die Gewinne kalkuliert, die er einstreichen könnte. Sein Schiff war zwar nicht dafür geeignet, Erz zu transportieren, aber die Bevölkerung von Lepidor würde wachsen, und das hieß für ihn, dass er mehr Leuten etwas verkaufen könnte.

»Dürfte ich Euch fragen, wo der Priester ist? Es ist unbedingt erforderlich, dass wir sobald wie möglich ablegen, sonst erreichen wir den Ankerplatz bei Hulka nicht mehr vor Einbruch der Nacht.«

Ich drehte mich um, ließ meine Blicke über den Hafen schweifen und fragte mich, wo mein Reisegefährte blieb, doch dann sah ich zwei rot gewandete Männer eilig die Straße herabkommen, die zu den Kais führte. Das eine war die zerbrechliche Gestalt des alten Avarchen, des Hohepriesters von Lepidor. Der andere, der eine Tasche über der Schulter trug, musste der Akolyth Sarhaddon sein.

Als sie ihre Schritte beschleunigten und um die Ecke des Hafenbeckens bogen, warf ich noch einmal einen Blick auf den Palast, wo sich die Sträucher auf dem Seebalkon in der Brise wiegten. Ich konnte meine Mutter dort stehen sehen; sie trug ein dunkelgrünes Gewand, und neben ihr konnte ich meinen kleinen Bruder Jerian ausmachen. Sie winkte nicht, aber ich sah, wie sie den Kopf neigte, und ich hob zur Antwort die Hand und winkte.

»Es tut mir sehr Leid, dass wir so spät kommen«, entschuldigte sich der Avarch, als die beiden das untere Ende der Gangway erreichten; er gab Sarhaddon einen freundlichen Schubs.

»Ich versichere Euch, dass uns das keinerlei Ungemach bereitet, Pontifex«, sagte Bomar ehrerbietig, wobei er den offiziellen Titel eines Avarchen benutzte. Er trat einen Schritt zur Seite, um Sarhaddon an Bord zu lassen.

»Ich glaube Euch nicht so recht«, erwiderte der Avarch freundlich. »Möge Ranthas mit Euch sein.« Er wandte sich an Sarhaddon, der auf der mir gegenüberliegenden Seite der Gangway über der Reling lehnte.

»Und auch mit dir, Sarhaddon. Es war mir ein großes Vergnügen, dich zu unterrichten, und ich bin sicher, dass in der Heiligen Stadt eine große Bestimmung auf dich wartet. Komm zurück und besuche uns noch einmal, bevor sie dich zum Primarchen machen.«

»Primarch« war der Titel des ranghöchsten Priesters; er stand noch über den Exarchen, die auf jedem Kontinent die höchste Macht der Domäne darstellten. Ganz offensichtlich hatte Sarhaddon entsprechende Ambitionen gezeigt, wenn der Avarch darüber Witze machte. Doch ich hatte das Gefühl, dass der alte Mann Sarhaddon gern hatte – und dass auch ich ihn mögen würde. Der Avarch war einer meiner Lehrer, der interessanteste von allen, auch wenn das, was er lehrte, langweilig war.

Der Avarch winkte und ging den Kai entlang davon, wobei er den Hafenarbeitern Ranthas' Segen erteilte. Unverzüglich gab Bomar Anweisungen, die Gangway an Bord zu ziehen und die Halteleinen loszumachen. Seeleute rannten auf dem Deck herum, während das Schlepptau des Hafenkutters am Bug der *Parasur* befestigt wurde; alles war bereit, das Schiff aufs offene Meer hinauszuschleppen.

»Auf geht's!«, rief Bomar, und von weiter vorn erklang das Dröhnen einer Trommel. Ich ging so schnell ich konnte zum Bug und lehnte mich über das rechte Dollbord, wo das Masttau festgezurrt war. Voraus erhöhte der Schleppkutter die Schlagzahl; die Ruder auf der Backbordseite bewegten sich schneller, als das Schiff sich auf die Hafenausfahrt zudrehte. Während wir aus dem Hafen geschleppt wurden, schaute ich noch einmal nach Lepidor zurück, betrachtete die Werkstätten und Tavernen rund um den Hafen. Der vertraute Anblick schien mir jetzt, da ich die Stadt für drei Monate verließ, um mich auf die andere Seite der Welt zu begeben, noch lebendiger. Ich war noch nie so lange von zu Hause fort gewesen.

Ein oder zwei Menschen auf dem Kai winkten mir zu, als wir die Hafeneinfahrt passierten, dann fiel der Kutter ab, und der Kapitän der *Parasur* ließ die Segel setzen, um Kurs auf den Anlegeplatz Hulka zu nehmen. Das Schiff begann sich im Rhythmus der kleinen Wellen zu wiegen, doch das war kein Problem; ich war noch nie in meinem Leben seekrank gewesen.

»Es ist immer ziemlich beängstigend, wenn man sein Heim verlässt«, sagte eine Stimme links von mir, »aber Ihr solltet die Vorteile sehen: Ihr werdet wahrscheinlich schon bald wieder hier sein; *ich* hingegen werde wohl nie wieder hierher zurückkehren.«

Ich drehte mich abrupt um und sah mich Sarhaddon gegenüber. Ein freundliches Lächeln lag auf seinem Gesicht. Er hatte die Kapuze seines Akolythengewands zurückgeschlagen und zeigte ein aufgewecktes, lebendiges Gesicht, braune Haare und fröhliche grüne Augen.

»Wer seid Ihr?… Lieber Himmel, ich müsste es eigentlich wissen. Ihr seid Cathan«, sagte Sarhaddon. »Ich werde im fortgeschrittenen Alter allmählich vergesslich.«

Ich lachte. »Wenn Ihr alt seid – was ist dann der Avarch?«

»Eine gute Frage«, entgegnete der Akolyth. »Der Geist eines Geistes?«

»Gibt es denn solche Dinge in der höheren Theologie?«

»Ich weiß es nicht. Aber er ist immer noch ein nettes altes Relikt.«

Mein erster Eindruck war richtig gewesen: Ich mochte Sarhaddon. Der Akolyth hatte einen wachen Verstand und ein gewisses burschikoses Auftreten. Beides würde ihn auf der wochenlangen Reise zu einem angenehmen Begleiter machen.

»Wie alt seid Ihr denn wirklich?«, wollte ich wissen.

»Dreiundzwanzig. So ungefähr. Wollen wir uns irgendwo ein etwas trockeneres Plätzchen suchen?«

Die Gischt, die jedes Mal aufgewirbelt wurde, wenn der Schiffsbug in ein Wellental tauchte, kam uns allmählich unangenehm nahe. Wir verließen den Bug und gingen an der eingezogenen Gangway entlang, wobei wir einen Bogen um die Seeleute machten, und setzten uns schließlich auf einige in Packleinwand gewickelte Stoffballen. Von diesem Aussichtspunkt aus konnten wir die Küstenlinie direkt voraus sehen, während an Steuerbord Lepidor allmählich verschwand.

»Warum werdet Ihr in die Heilige Stadt geschickt?«, fragte ich.

»Weil ich –«, er ahmte den schwülstigen Tonfall eines Prälaten nach, »– in meinem Studium außerordentliche Tüchtigkeit gezeigt habe. Sagen sie zumindest. Die Wahrheit ist, dass ein entfernter Verwandter von mir Vierter Primarch ist und alle Unterstützung braucht, die er kriegen kann, um einen Platz auf der Leiter zu überspringen und Zweiter Primarch zu werden, wenn der alte Primarch endlich stirbt.«

»Der Primarch liegt im Sterben?«

Sarhaddon veränderte seine Position ein wenig. Er starrte ein lose herumhängendes Tau an, das anscheinend Anstalten machte, gegen seine Schulter zu schlagen.

»Ja. Ranthas' gegenwärtige Inkarnation auf dieser Welt hat ihre Lebensspanne erfüllt und wird schon bald hinaufgerufen werden und sich zu den Göttern gesellen. Unterdessen wird unter den weniger hohen Sterblichen ein Gerangel um die besten Plätze einsetzen.«

Ich war fasziniert von diesem kurzen Einblick in die private Welt der Priesterschaft, die gemeinhin nur als Domäne bekannt war.

Dies war eine Seite, an die ich nie zuvor gedacht hatte, die aber bestätigte, was mir meine Mutter gestern erzählt hatte. Doch allein darüber nachzudenken erschien mir schon fast wie Blasphemie.

»Wie wird der neue Primarch gewählt?«, fragte ich.

»Das ist ein Geheimnis, über das selbst ich kaum etwas weiß«, sagte Sarhaddon. »Es genügt zu sagen, dass am Ende einer der Exarchen oder ein Unter-Primarch an der Spitze steht, durch eine Abstimmung dorthin gelangt oder von den Mächten auserwählt wird – was auch immer. Es wird wahrscheinlich jemand sein, der einen ziemlich harten Kurs einschlägt, jemand, der das Gefühl hat, dass die Domäne in den letzten Jahren zu nachlässig mit Häretikern umgegangen ist. Allerdings wird es kein Radikaler sein.«

»Dann werden sie also schärfer gegen jedes Anzeichen von Ketzerei vorgehen.«

»Wahrscheinlich. Ich persönlich habe für den radikalen Flügel der Verehrer Ranthas' nichts übrig. Das sind ziemlich engstirnige Fanatiker und Eiferer. Ketzerei sollte natürlich ausgerottet werden; wie sollte die Welt sonst auch funktionieren? Aber es ist nicht nötig, in jedem Winkel danach zu suchen.«

Sarhaddon sog die Wangen nach innen, so dass sein Gesicht ganz eingefallen aussah, und rollte die Augen. »Ihr seid Häretiker, abgeschnitten vom Lichte des Heiligen Ranthas! Ihr werdet in die endgültige Dunkelheit jenseits der Welt geworfen und von den Dämonen der Todeskreise verschlungen werden! Das heißt, wenn sie euch verdauen können!« Sarhaddon bog sich vor Lachen, genau wie ich. Zwei Seeleute, die nicht allzu weit weg standen, schauten neugierig zu uns herüber.

»Sind sie wirklich so schlimm?«, wollte ich wissen, als ich endlich wieder ein Wort herausbringen konnte.

»Noch viel schlimmer!«, sagte der Akolyth. »Sie sind wirklich schrecklich!«

»Wir umrunden gerade die Landzunge im Süden von Lepidor«,

rief Bomar, der auf dem Deck über uns an der Reling lehnte, zu uns herunter. »Wenn ihr Landratten noch einen letzten Blick zurück werfen wollt, solltet ihr das besser jetzt gleich tun.«

Ich eilte zur Reling hinüber und sah zu, wie die weißen Mauern und Türme der Stadt langsam hinter dem mit Büschen und Gestrüpp bewachsenen Vorgebirge verschwanden. Zwei Männer, die in den Felsspalten nach Möweneiern suchten, winkten zur *Parasur* herüber, als wir vorbeiglitten. Und dann war Lepidor außer Sicht; für mindestens drei Monate hatte ich meine Heimatstadt gerade eben zum letzten Mal gesehen. Es würde allerdings noch ein paar Stunden dauern, ehe wir das Territorium meines Clans endgültig verlassen hatten.

Sarhaddon war genau wie ich ein bisschen nachdenklich geworden, als wir die Landzunge umrundet hatten. Er stammte zwar ursprünglich aus Äquatoria, doch wie Atek gesagt hatte, hatte er mehr als fünf Jahre in Lepidor zugebracht. Der Avarch hatte mir erklärt, dass junge Akolythen immer für eine gewisse Zeit in einen abgelegenen Tempel geschickt wurden, um die grundsätzlichen Aufgaben der Priesterschaft zu erlernen, auch wenn sie das Potenzial hatten, in hohe Ämter aufzusteigen.

»Dies dürfte allerdings eine interessante Reise werden«, sagte Sarhaddon ein paar Minuten später. »Viel besser als damals, als ich nach Lepidor gekommen bin, denn damals hatte ich nur so einen barschen alten Kerl als Begleiter.«

Die Sonne versank hinter den Bergen im Landesinnern, und der Himmel wurde rasch dunkler. Was anfangs noch bläulich und rötlich gewirkt hatte, war längst zu einem dunklen Purpur geworden, als wir außerhalb unseres Clan-Territoriums für die Nacht Anker warfen. Bomar hätte mit seinem Schiff natürlich auch nachts weitersegeln können, doch entlang des nächsten Küstenabschnitts machte ein großes Korallenriff, das sich vom Ufer bis weit ins offene Meer erstreckte, das Navigieren in der Dunkelheit nahezu unmöglich. Ich erinnerte mich, dass es vor drei oder vier Jahren mal einen Plan gegeben hatte, einen Kanal in das Riff zu sprengen. Mein Vater war damals sehr enthusiastisch gewesen, doch die Ozeanografen hatten darauf hingewiesen, dass der äußere Teil des Riffs abbrechen und in die offene See hinaustreiben könnte, wo er eine noch viel größere Gefahr darstellen würde.

Die *Parasur* glitt in eine kleine Bucht, die auf beiden Seiten von Vorgebirgen abgeschirmt wurde; am Ende erstreckte sich ein Strand landeinwärts, bis er in einen kleinen Wald überging. Eine dicke Steinmauer erhob sich an der dem Land zugewandten Seite; sie sah so ähnlich aus wie die Begrenzung einer Stadt.

»Das ist ein Aetherwall«, sagte Bomar, als ich ihn danach fragte. Das Schiff hatte im klaren Wasser der Lagune Anker geworfen, und die Mannschaft ruhte sich unter Deck aus. »Ihr habt scharfe Augen. Das Bergvolk in dieser Ecke ist ein ziemlich unfreundlicher Haufen, noch schlimmer als die Burschen in der Nähe von Lepidor; daher hat Euer Vater diese Palisade errichten lassen, um die Seeleute vor nächtlichen Angriffen zu schützen. Wir machen hier immer Zwischenstation, und seit es den Wall gibt, habe ich nur noch ein einziges Mal Ärger mit kreischenden Wilden gehabt.«

»Heute Nacht wird es keine Probleme geben«, meinte ein Seemann und schwang drohend sein Schwert. »Sie machen ihre Waffen aus Eisen; die halten gutem Stahl wie dem hier nicht stand.«

»Auch der beste Stahl nützt nichts, wenn man nicht wach bleibt«, sagte Bomar zu dem Mann, ehe er sich unter Deck begab. »Nun, meine Herren, ich werde Euch jetzt Eure Kajüten zeigen. Es sind die besten, die es an Bord gibt, doch ich fürchte, sie machen nicht viel her. Seid Ihr daran gewöhnt, an Bord eines Schiffes zu schlafen?«

»In letzter Zeit nicht mehr, aber das ist kein Problem«, antwortete ich. Bisher hatte ich Lepidor immer nur an Bord eines Manta verlassen und noch nie auf einem Oberflächenschiff. Doch ich hatte in den Übungsbooten ein paar Nächte auf See verbracht. Mein Vater hatte das nie gern gesehen, weil es sehr gefährlich war, falls ein Sturm aufkam.

Sarhaddon schüttelte den Kopf. »Ich bin auf einem Manta hierher gekommen.«

»Es ist nicht viel anders als ein Bett an Land, solange das Wetter nicht schlecht wird. Möchtet Ihr Euch zum Abendessen an Deck zu uns gesellen? Wir werden den Fisch essen, den ein paar meiner Männer heute Morgen gefangen haben.«

»Und was esst Ihr, wenn Ihr keine Möglichkeit gehabt habt, so etwas zu tun?«, fragte ich.

»Dann gehen wir entweder an Land und jagen, oder wir essen getrockneten Fisch, der genauso schlecht schmeckt, wie es sich anhört.«

Bomar führte uns den Niedergang unterhalb des Achterdecks hinunter und dann einen engen Korridor entlang, von dem fünf Türen abgingen. Sarhaddon hatte eine der Passagierkabinen – eine winzige Zelle mit einem kleinen Bullauge. Ich hingegen würde Bomars Kajüte bekommen, die Steuerbordhälfte des großen Raums am Ende des Korridors, doppelt so groß und weitaus bequemer.

Suall und sein Kamerad, die bei der Mannschaft schlafen würden, hatten unsere Taschen bereits vor einiger Zeit heruntergebracht. Jetzt hockten sie oben an Deck und spielten Karten.

Das Abendessen wurde in der Kajüte eingenommen, die der meinen gegenüberlag: der Backbordhälfte des großen Raums am Heck, dessen Einrichtung aus einem abgetretenen Teppich und ein paar ziemlich mitgenommenen hölzernen Möbeln bestand. Der Raum wurde nur von ein paar flackernden Öllampen in Wandhalterungen erleuchtet, und ich konnte kaum die Gesichter der Umsitzenden erkennen, geschweige denn sehen, was ich aß.

Während die Schiffsköche das Essen für die Offiziere und Mannschaften vorbereiteten, saßen am Tisch zwei Seeleute und erzählten, nachdem sie unverzüglich von ihren Kameraden, Bomars Stellvertretern – dem Ersten und Zweiten Offizier, dem Navigator und dem Proviantmeister –, dazu aufgefordert worden waren, unglaubliche Geschichten über ihre eigenen Heldentaten oder die ihrer Freunde. Jedes neue Hirngespinst wurde von einem Chor spöttischer Jubelrufe begrüßt. In meinen Augen war die beste Geschichte die von einem Piratenschiff in der Nähe der Ethna-Inseln, die der Steuermann erzählte. Die Piraten hatten anscheinend ein kleines Handelsschiff versenkt und waren kurz danach von einer cambressianischen Fregatte ausgemacht worden. Als der Piratenkapitän die Flucht ergriffen hatte, hatte die Fregatte die Jagd aufgenommen, war dann aber vor der Südküste der Insel auf eine verborgene Untiefe gelockt worden. Von der darauf folgenden Plünderung hatten die Piraten monatelang gezehrt.

Das Essen, das schließlich irgendwann serviert wurde, war nicht so gut, wie ich es von Lepidor gewöhnt war, doch es war passabel. Danach drehten sich die Gespräche um Frauen. Sarhaddon schienen die zotigen Bemerkungen der Seeleute nicht zu stören; andererseits wurde nur von wenigen Priestern – den Sacri, den Inquisitoren und denen, die sich in ein Kloster zurückgezogen hatten – erwartet, dass sie im Zölibat lebten.

Die Stammeskrieger machten in dieser Nacht keinen Ärger; als wir am nächsten Morgen aus der Bucht segelten, hatte ich fast den Eindruck, als existierten sie überhaupt nicht.

»Was werdet Ihr in der Heiligen Stadt lernen?«, fragte ich.

Die *Parasur* bahnte sich ihren Weg durch die kleinen Wellen vor dem östlichsten Zipfel der Insel Haeden, auf der Angehörige unseres Clans und des mit uns verbündeten Clans Kula lebten. An Backbord konnte ich eine öde, felsige Küste erkennen, die ein kleines Stück weiter landeinwärts in ein Gebirge überging. Felsblöcke bedeckten die Hänge des Gebirges kahl und öde bis zum Meer herunter. Die Küste selbst bestand zum größten Teil aus schwarzen und grauen Klippen. Meilenweit konnte ich weder in der einen noch in der anderen Richtung irgendwelche Pflanzen oder Tiere entdecken; allerdings waren die Gipfel des Gebirges von Wolken umhüllt, so dass man sie nicht sehen konnte.

Bomar unterbrach unsere Unterhaltung; er kam zu uns herübergeschlendert, nachdem er zuvor eindringlich die große Kohlenpfanne an Deck angestarrt hatte.

»Heute könnt Ihr den Berg Hesion sehen«, verkündete der Kapitän. Er deutete auf eine Lücke am Fuß zweier Berge, durch die man einen weiteren Berg sehen konnte, der sich in vielleicht zehntausend Fuß Höhe abrupt in zwei kahle Spitzen teilte, die nochmals etwa fünftausend Fuß aufragten. »Ich habe einen Freund bei den Truppen von Kula, und der hat mir erzählt, dass in dem Gebirgssattel zwischen den beiden Spitzen eine alte Festung liegt.«

»Wie alt?«, fragte Sarhaddon.

Bomar zuckte die Schultern. »Bildet Euch selbst ein Urteil darüber. Seit dem Krieg kontrollieren die Stämme dieses Gebiet. Sie haben die Festung anscheinend benutzt, bis ein Blitz die Wälle und den Hauptturm zerstört hat, als sie nach einem Überfall dort vor einem Unwetter Schutz gesucht haben.« Er öffnete den Mund, um noch mehr zu sagen, doch dann entdeckte er einen Felsen direkt auf unserem Kurs und rannte zum Steuermann hinüber, um ihn gehörig zusammenzustauchen.

»Ein interessantes Ablenkungsmanöver«, meinte Sarhaddon. »Allerdings auch ein Beweis für Ranthas' Macht. Er hat die Barbaren für ihre Weigerung, ihm zu folgen, bestraft.« Trotz der vielen Stürme, waren Unwetter mit Donner und Blitz in der Gegend von Haeden und – meinem Vater zufolge – auch im Bereich des Haeden-Nurien-Sturmbands und des darunter liegenden Pharassa-Liona-Sturmbands ziemlich selten. Dies war schlicht eine weitere Eigentümlichkeit der Stürme.

»Warum sollte irgendjemand Ranthas' Macht anzweifeln?«, fragte ich, als wir uns wie üblich auf den Tuchballen unterhalb des Achterdecks niederließen.

»Es gibt immer noch Menschen, die an die anderen Elemente glauben, die die Allmacht Ranthas' und Seiner Taten anzweifeln. Es sind eigentlich nur sehr wenige, doch die Furcht vor ihnen wird von den Kommandeuren der Sacri und fanatischen Hohepriestern über alle Maßen angefacht. Nur im Archipel gibt es mehr Ketzer als Gläubige.«

»Stellen die denn eine Bedrohung für die Domäne dar?«

»Bei den Himmeln, nein!«, wehrte Sarhaddon ab. »Es ist nur einfach falsch, Ranthas' Überlegenheit anzuzweifeln, grundsätzlich falsch. Das ist die Sünde, die sie begehen. Aber davon einmal abgesehen sind sie für sich betrachtet keine Bedrohung. Die Priester der anderen vier Elemente bekämpfen sich untereinander. Sie haben keine organisierten Strukturen, und es gibt auch kein echtes Bündnis zwischen ihnen. Die meisten von ihnen würden der Domäne so oder so nichts antun, wie der Exarch von Pharassa mir gesagt hat. Das Problem ist, dass man in der Domäne glaubt, jede Abweichung sei gefährlich. Deshalb wird versucht, sie auszulöschen, anstatt sie zu bekehren und auf den richtigen Weg zurückzuführen. Doch jeder Häretiker, der verbrannt wird, sorgt dafür, dass eine weitere Generation uns hasst.«

»Ist diese Ansicht weit verbreitet?«, erkundigte ich mich. Eine große Möwe war auf dem Schiff gelandet und musterte uns mit ihrem Knopfauge. Wir starrten zurück, und einen Augenblick später flog das Tier wieder davon.

»In den Provinzen schon. Aber in Äquatoria selbst nicht, zumindest glaube ich das. Es gibt dort nicht viele Ketzer, aber dort befinden sich die Heilige Stadt und die Ranthas geweihten Stätten. Die Domäne schickt die Sacri und die halethitischen Armeen los, um jegliches Aufflammen von Häresie zu ersticken.«

Ich erinnerte mich an das, was meine Mutter mir erzählt hatte. Unabsichtlich hatte Sarhaddon jedes einzelne Wort bestätigt. Doch wenn Sarhaddon und der Hohepriester von Pharassa Häretiker lediglich als Abweichler ansahen, die bekehrt werden mussten, konnte das Problem doch eigentlich gar nicht so groß sein.

»Was werdet Ihr dann also in der Heiligen Stadt tun ... oder lernen?«, wiederholte ich die Frage, die ich bereits einige Augenblicke zuvor gestellt hatte.

»Ich werde die Schriften von Ranthas' Propheten studieren, und die Lehren der Alten, und die Interpretationen anderer heiliger Texte. Außerdem ist die Heilige Stadt der einzige Ort, wo die Zeremonien und Geheimnisse gelehrt werden, die man kennen muss, wenn man Avarch werden will.«

»Dann werdet Ihr Euch also hauptsächlich geistigen Studien widmen.«

»Es gibt auch ein Ertüchtigungsprogramm, um den Körper zu läutern. Wenigstens behauptet man das. Ich glaube, es besteht in erster Linie darin, den hübschesten Sklavenmädchen nachzujagen, zumindest nach den Aufsehern zu urteilen, die sie ausschicken. Und diejenigen, die außergewöhnliche Fähigkeiten zeigen und von Ranthas gesegnet sind, können Magier werden und sind dann in der Lage, weit mehr göttliche Macht zu lenken als normale Avarchen.«

»Ich glaube, ich habe vor ein paar Jahren mal einen Magier in Pharassa gesehen.« Ich erinnerte mich vage an einen Priester von ungewöhnlichem Aussehen inmitten einer Reihe hochrangiger Würdenträger. Damals war ich allerdings erst sechs gewesen, daher war die Erinnerung nicht besonders klar.

»Sie tragen flammenfarbene Roben.«

»Ja, dann muss es wirklich ein Magier gewesen sein. Er hat an einer Prozession teilgenommen und sich ganz in der Nähe des Königs von Pharassa aufgehalten.«

»Ich weiß sogar, wie er heißt«, sagte Sarhaddon und grinste.

»Dieser Magier wird Itaal genannt. Er hat sich das Vertrauen des Königs erschlichen und flüstert ihm seither seine Ratschläge ins Ohr. Ein völlig verkommener Taugenichts mit einem Harem von ein paar Dutzend Sklavenmädchen.«

»Darf er das denn?«

»Laut den Propheten nicht. Aber einige Lehren der Propheten werden heutzutage von niemandem mehr beachtet – außer von den Fanatikern. Dabei ist das meiste wirklich nur gesunder Menschenverstand. Wozu soll man zölibatär leben, selbst wenn man im Dienste von Ranthas steht?«

»Nun, vielleicht reinigt es den Geist«, schlug ich scherzhaft vor.

»Der ist weit weniger rein, wenn er kein Ventil für die ablenkenden Gedanken hat, die von Zeit zu Zeit aufkommen«, gab Sarhaddon halb im Spaß und halb im Ernst zurück. »Natürlich behaupten einige von ihnen, sie wären so rein, dass sie solche Gefühle ignorieren können. Das sind die wirklich Gefährlichen. Meistens sind das Fanatiker. Der Schlimmste ist ein Sacrus namens Lachazzar; er ist der wirkliche Kommandeur von einem der drei Sacri-Kapitel. Er ist nicht nur von jeglichen weltlichen Gedanken unbefleckt, sondern er glaubt außerdem noch, dass die Domäne ihre Armeen einsetzen sollte, um die Religion noch weitaus strenger durchzusetzen. Tatsächlich ist es sein innigster Wunsch, dass die Domäne die ganze Welt beherrschen soll.«

»Und wie viel Macht hat er?«

»Ihr lernt schnell, Cathan«, meinte Sarhaddon grinsend. »Viel zu viel, doch im Augenblick halten der Zweite Primarch und der Kommandant der Sacri ihn in Schach. Da der Zweite Primarch mit ziemlicher Sicherheit zum Ersten Primarch gewählt werden wird, wird Lachazzars Einfluss in Zukunft eher eingedämmt werden. Mit ein bisschen Glück wird er nach der Wahl mit hundert Sacri nach Huasa geschickt, um alle Stämme im Landesinnern zu bekehren.«

»So hört sich das also an, wenn in der Domäne jemand ins Exil geschickt wird?«

»Eigentlich eher in den Tod. Zumindest soweit die Cambressianer es mir erzählt haben. Die Barbaren dort sind die stärksten, denen man jemals begegnet ist. Wenn man das Territorium der Clans verlässt, nimmt man auf eine Reise die Küste entlang eine Schwadron mit, auf eine Reise ins Landesinnere sogar eine ganze Armee.«

»Trotz ihrer scheinbaren Heiligkeit hat die Domäne dann also Mittel und Wege, um mit allem fertig zu werden?«

»Mit allem und jedem«, bestätigte Sarhaddon. »Die Domäne ist nämlich eigentlich ein riesiges Imperium mit kleinen Hoheitsgebieten überall auf der Welt, das seine Verbindung zu den Göttern dazu nutzt, die eigenen Interessen voranzutreiben. Es gibt nicht sehr viele, bei denen Ranthas wirklich an erster Stelle steht.«

»Was für eine Art von Priester wollt Ihr denn werden?«

»Sagen wir es einmal so: Ich habe nicht vor, ein fetter, machthungriger Prälat zu werden«, erklärte der Akolyth und starrte hinaus auf die rollenden, blaugrauen Wogen und die kreisenden Möwen. »Und auch kein bigotter, engstirniger Sacrus oder Inquisitor. Aber was ist mit Euch? Habt Ihr vor, Euer ganzes Leben als Graf von Lepidor zu verbringen?«

»Was könnte ich denn sonst tun?«, antwortete ich. Aber Sarhaddons Worte hatten mich ins Grübeln gebracht, und ich begann mich zu fragen, wie es wohl wäre, wählen zu können. »Lepidor ist mein Clan, und wie klein er auch sein mag, er muss regiert werden und braucht einen guten Herrscher. Ich hoffe, dass ich ein solcher Herrscher sein werde. Und wenn nicht ich, dann eben mein Bruder.«

»Habt Ihr Euch niemals gewünscht, dass Euer Leben nicht auf diese Weise vorgezeichnet wäre? Ich hatte immer die Freiheit, meine eigene Wahl zu treffen, und selbst jetzt, da ich mich entschieden habe, Priester zu werden, stehen mir immer noch viele Möglichkeiten offen.«

»Der Adel ist nicht dafür vorgesehen, irgendeine Wahl zu haben, aber – ja, ich habe mich gefragt, wie es wohl wäre, wenn ich nicht an Lepidor gebunden wäre. Ich nehme an, ich würde schnurstracks in die Gilde der Ozeanografen eintreten.« Im Stillen fragte ich mich, ob ich wohl weniger abenteuerlustig war. Oder war es irgendetwas anderes?

»Vielleicht habt Ihr Euer Pflichtgefühl so sehr verinnerlicht, dass es Euch einschränkt, ohne dass es Euch bewusst wird. Dennoch, von jetzt an bis zu dem Zeitpunkt, da Ihr Graf werdet, werdet Ihr ein Leben in der großen weiten Welt führen; Ihr werdet ein Jahr lang Lehrling eines Kaufmanns sein und einige Zeit damit verbringen zu lernen, wie man kommandiert.«

»Mein Bruder ist der Glücklichere. Er hat die freie Wahl, genau wie Ihr sie gehabt habt.«

»Und wie ich sie immer noch habe. Das Einzige, was man in der Domäne nicht werden kann, ist ein reicher Handelsfürst. Denkt in fünf Jahren darüber nach, wenn Euer Vater Euch in der Erbfolge übergehen will.« Ich nahm diese Andeutung ein bisschen übel, weil ich fand, nur ich allein dürfe über derlei Dinge spekulieren. Aber Sarhaddon lächelte, und mir wurde klar, dass er nicht ernsthaft glaubte, dass so etwas passieren könnte.

»Bis dahin werdet Ihr natürlich bereits Zweiter Primarch sein?«

»*Zweiter?* Ich werde natürlich Primarch sein, mein Bester!«

»In fünf Jahren?«

»Ach was, viel früher!« Sarhaddons ausgelassener Ausruf schreckte einige Seeleute auf, die – wie üblich – neugierig zu ihren merkwürdigen Passagieren herüberblickten.

Wir erreichten Kula, die Hauptstadt des einzigen anderen Clans auf Haeden, kurz vor Sonnenuntergang am vierten Tag, nachdem wir Lepidor verlassen hatten. Die Stadt war genauso groß wie Lepidor, aber sie war auf einer Insel erbaut, die mit dem Festland nur

48

durch zwei Dämme verbunden war, die den Oberflächenhafen umschlossen. Im Hafen befanden sich ein kleines Schiff und die Fischereiflotte, doch meine Aufmerksamkeit wurde von etwas angezogen, das alles andere als ein gewöhnlicher Anblick war: ein Kriegs-Manta, der an der dem Ozean zugewandten Seite der Stadt auf einen behelfsmäßigen Landungssteg gezogen worden war. Arbeiter schwärmten in Guppen über seine blaue Oberfläche, und ich sah drei oder vier große Risse in seiner Polypen-Panzerung. Von einem kurzen Flaggenmast hing die grün-silberne Flagge von Cambress schlaff in der schwülen Abendhitze.

Es war ein heißer, windstiller Tag, und wir hatten fast den ganzen Morgen in einer Flaute gesteckt, die für so viel Verspätung gesorgt hatte, dass Bomar keine Chance mehr hatte, alle seine Geschäfte in Kula an einem einzigen Tag zu erledigen.

»Ich werde allen genügend Geld geben, damit ihr irgendwo an Land zu Abend essen könnt. Heute ist es schon zu spät, um Handel zu treiben; das erledigen wir morgen früh«, verkündete Bomar seiner Mannschaft. Er stand auf dem Achterdeck, und seine Blicke schweiften immer wieder neugierig zu dem cambressianischen Manta hinüber. »Braucht Ihr auch etwas?«, fragte er uns, wobei er ganz offensichtlich erwartete, dass dem nicht so war.

Sarhaddon setzte zu einer Antwort an, doch ich schnitt ihm das Wort ab.

»Nein, wir brauchen nichts. Wann werden wir morgen weitersegeln?«

»Am späten Vormittag, so ungefähr vier Stunden nach Sonnenaufgang.«

»Wir werden hier sein«, sagte ich, und dann zog ich Sarhaddon hinter mir her vom Schiff und auf den Kai.

»Was geht hier eigentlich vor?«, wollte der Akolyth wissen.

»Es besteht kein Grund, unsere Reisekasse mit den Kosten für eine Nacht in einem Gasthaus zu strapazieren. Graf Courtières von

Kula ist ein alter Freund meines Vaters; er ist zwar im Augenblick nicht hier, aber ich kenne seinen Sohn. Wir werden im Palast willkommen sein.«

»Ich verstehe. Ich beuge mich in dieser Angelegenheit Eurem gesunden Menschenverstand. Wo geht's lang?«

»Ist das denn nicht offensichtlich?« Wir standen auf dem Kai, direkt vor dem Tor, das den Hafen von der Stadt trennte. Vor uns führte eine breite Straße genau auf einen geschäftigen Marktplatz zu. Dahinter erhob sich ein Gebäude mit einem fünfstöckigen Turm. Es war das größte Bauwerk auf Haeden und der ganze Stolz des Grafen.

Die Besitzer der Marktbuden, an denen wir vorbeikamen, als wir die Hauptstraße entlanggingen, packten bereits zusammen. Sie trugen die Waren hinein und ließen die Markisen herab. Nur die wenigsten von ihnen schenkten uns Beachtung. Auf dem Marktplatz selbst sah es genauso aus. Auch hier waren alle Händler im Aufbruch begriffen; übrig blieben nur die beiden Soldaten vor den Palasttoren, die die kahlen Stände während der Nacht bewachen sollten, und ein paar Katzen, die in den Abfällen herumwühlten.

»Guten Abend, Herr, guten Abend, Akolyth«, sagte der Wachposten zur Linken. Es war ein junger Mann, an den ich mich von meinem Aufenthalt hier im Vorjahr nicht erinnern konnte. Das war allerdings nicht sonderlich überraschend – es hatte damals so schrecklich gestürmt, dass die meisten Soldaten in ihren Unterkünften auf der gegenüberliegenden Straßenseite geblieben waren. »Herr« war der Titel für einen Fremden, dessen Rang man nicht kannte, von dem man aber vermutete, dass er höher war als der eigene. »Können wir Euch irgendwie behilflich sein?«

»Ich bin Erbgraf Cathan von Lepidor und dies hier ist Akolyth Sarhaddon«, sagte ich. »Erbgraf« war – wie der Name schon sagte – der Titel des Erben eines Grafen. »Wir wollen Erbgraf Hilaire besuchen.«

Die Augen des Mannes weiteten sich, doch sein Kamerad nickte und sagte: »Tretet bitte ein. Der Erbgraf bewirtet gerade den Kommandanten der *Löwe*, aber er wird über Eure Anwesenheit erfreut sein. Meraal hier wird Euch zu ihm bringen.«

»F-folgt mir«, stammelte der andere Wachposten und führte uns durch das offene Tor in einen großen Lichthof abseits des kleinen Hofs. Während wir durch die mit Steinplatten gefliesten Korridore gingen, entspannte ich mich allmählich. Dies hier war genau der Ort außerhalb Lepidors, der am ehesten wie zu Hause war, und ich erinnerte mich an viele glückliche Tage, die ich hier verbracht hatte, während die Grafen sich beraten hatten. Ich war geschwommen, hatte gejagt und mich im Kampf mit Carien, dem zweiten Sohn des Grafen, geübt. Carien war ein Jahr älter als ich und hatte bereits als Lehrling bei einem Kaufmann in Taneth angefangen.

»Er ist hier drin«, sagte Meraal und blieb vor einer mit Bronze beschlagenen Holztür stehen. Aus dem Raum dahinter konnte man die Stimmen mehrerer Männer hören. Sie klangen laut und freundlich. Anscheinend bewirtete Hilaire die Cambressianer wahrhaft fürstlich. Meraal klopfte zögernd an die Tür.

»Was ist?«, erklang von drinnen eine Stimme. Sie wirkte ziemlich hoch für einen Mann. Ich erkannte Hilaires Tonfall.

»Erbgraf Cathan von Lepidor ist hier, Euer Gnaden.«

Man konnte Schritte hören, während alle Gespräche erstarben. Dann wurde die Tür aufgerissen, und im Türrahmen stand ein dünner Mann von sechsundzwanzig Jahren. Er hatte braunes Haar und trug eine fürstliche weiße Robe.

»Willkommen, Cathan!«, rief er mit warmer Stimme und führte uns beide hinein. »Es ist viel zu lange her, dass wir uns gesehen haben. Wer ist dein Freund?«

»Das ist Akolyth Sarhaddon. Mein ›Begleiter‹.«

»Auch er sei mir willkommen.« Der Erbgraf kniff die Augen zusammen. »Dein Begleiter – wohin begleitet er dich denn?«

»Nach Taneth.«

»Du musst mir unbedingt erzählen, warum du dich auf eine so weite Reise begibst, während dein Vater nicht zu Hause ist. Doch zunächst möchte ich euch vorstellen.« Hilaire machte eine ausladende Geste, die die anderen drei Männer im Zimmer – die alle um den Tisch herumsaßen – mit einschloss.

»Xasan Koraal, Kapitän des cambressianischen Manta *Löwe*, sein Stellvertreter Ganno und der Handelsbeauftragte Miserak von Mons Ferranis.«

Alle drei neigten leicht den Kopf, während ich sie so höflich wie möglich musterte. Xasan war kräftig gebaut, mit ungewöhnlich sandfarbenem Haar und einem freundlichen Lächeln; sein Stellvertreter Ganno hatte schwarze Haare und ein schmales Gesicht. Wirklich erstaunlich war allerdings Miserak. Seine Hautfarbe war deutlich dunkler als die der anderen Cambressianer, und sein Gesicht hatte eine etwas andere Form. Ich hatte gewusst, dass die Bewohner von Mons Ferranis dunkelhäutig waren, doch ich hatte noch nie einen gesehen.

Der Erbgraf klatschte in die Hände, um Bedienstete herbeizurufen, und ließ mehr Stühle bringen. Als sie kamen, wurden Gläser mit Wein gefüllt, und wir setzten uns, während Hilaire von uns wissen wollte, was wir vorhatten.

Kapitel III

Hilaire lauschte gebannt, als ich ihm von dem Eisenfund und den Gründen für meine Reise nach Taneth erzählte. Die Gegenwart der cambressianischen Offiziere garantierte, dass jede wichtige Person schon bald davon erfahren würde, doch da Bomars Seeleute sowieso dafür sorgen würden, dass sich das Gerücht verbreitete, spielte das keine Rolle. Nichts, was irgendwie mit Handel zu tun hatte, blieb lange ein Geheimnis.

Ich musterte Hilaire und entdeckte die Profitgier in seinen Augen. Das Eisen würde Lepidor mehr Geltung verschaffen, und davon würde auch Kula seinen Nutzen haben, denn die Schiffe würden auf ihrem Weg entlang der Küste auch hier anlegen. Dennoch würden die Kulaner eifersüchtig werden: Lepidor würde sich von einem typischen, unbekannten Clan – wie auch Kula einer war – zu einem der größten Rohstoffproduzenten von Ozeanus entwickeln. Was für ein Glück es doch war, dass Kula in militärischer oder anderer Hinsicht nicht deutlich mächtiger war als Lepidor, und dass Graf Courtières der älteste Freund meines Vaters war.

»Werdet Ihr Euch in Taneth um einen dauerhaften Kontrakt bemühen?«, erkundigte sich Xasan, der cambressianische Kapitän. »Mit einem der Großen Häuser?«

»Ich denke schon. Unser Erster Ratgeber hat gesagt, dass das wahrscheinlich der Wunsch meines Vaters sein wird.«

»Wie auch der Eure, junger Mann«, sagte Miserak, der bislang geschwiegen hatte. »Nehmt an diesen Verhandlungen teil. Lernt, wie solche Dinge ablaufen. Bei nichts kann man mehr lernen als bei einem guten Geschäft.«

»Bevor Ihr wieder aufbrecht«, sagte Xasan, »werde ich Euch eine Liste der Häuser geben, die für so etwas am besten geeignet sind. Die meisten Häuser haben nicht die geringsten Skrupel und würden keinen Augenblick zögern, Euch zu betrügen oder den Kontrakt zu beugen. Es gibt nur einige wenige, die sich buchstabengetreu an ihre Kontrakte halten, und das sind meist die größten, wenn auch nicht die protzigsten.«

»Ich danke Euch«, sagte ich, und ich meinte es ernst. Wenn Xasans Informationen so gut waren wie seine Absichten, konnte uns das Hunderte von Corons und einige Wochen der Suche ersparen.

»Entschuldigt, wenn ich mich erkundige, da Ihr dies sicher schon zuvor gefragt worden seid«, wandte sich Sarhaddon nach ein paar Sekunden der Stille an Xasan, »aber was ist mit Eurem Schiff geschehen?«

Ich war genauso neugierig wie er.

»Wir sind angegriffen worden, das ist geschehen«, erwiderte Ganno. Er hatte einen rauen Akzent, den ich noch nie zuvor gehört hatte. Ich fragte mich, ob er überhaupt Cambressianer war.

»Es hat vor ungefähr einer Woche draußen im Ozean eine Unterwasser-Sturmwoge gegeben; wahrscheinlich habt Ihr an der Küste von Lepidor noch die letzten Ausläufer gespürt«, erklärte Xasan. »Wir wurden auf offener See davon erfasst und beinahe in die Tiefe gerissen, und wir sind nur um Haaresbreite davongekommen – nicht zuletzt weil Ganno ein so geschickter Steuermann ist. Sobald wir konnten, haben wir Kurs auf die Küste genommen, um dem nächsten möglicherweise heraufziehenden Sturm zu entgehen und eine sichere Höhle zu finden, in der wir auftauchen konnten. In dem ganzen Küstenabschnitt gibt es nur eine einzige solche Höhle, und wir haben einen ganzen Tag danach gesucht, konnten sie jedoch nicht finden. Schließlich haben wir die Mündung der Lyga erreicht. Die Stelle ist alles andere als perfekt – es gibt dort eine Menge Strömungen und Strudel –, aber es war die einzige Möglichkeit, und die *Löwe* war immer noch leck. Wir haben Wachen aufgestellt, denn die Eingeborenen in jener Gegend sind nicht besonders freundlich; sie würden ihre Seele verkaufen, um einen Manta in die Finger zu kriegen.«

»Aber wie sich herausstellte, hätten wir uns um die Eingeborenen gar keine Sorgen zu machen brauchen«, mischte Miserak sich ein. »Ein anderer Manta hat uns angegriffen.«

»Ein anderer Manta?«, wiederholte ich und fragte mich gleichzeitig, wer es wohl wagen würde, ein Schiff aus Cambress anzugreifen, auch wenn es dreißigtausend Meilen von der Stadt entfernt geschah. Man legte sich einfach nicht mit den Cambressianern an; nach allem, was ich wusste, waren sie schließlich die besten Seeleute der Welt.

»Und er war groß, viel größer als unserer«, sagte Ganno. »Siebenhundertfünfzig Fuß von einer Flügelspitze zur anderen, mit abgedunkelten Fenstern. Und 'ner schwarzen Panzerung.« Das verwirrte mich zutiefst. Ich wusste, dass die Panzerung eines Mantas immer blau war – das war die Farbe der Polypen, aus denen sie hergestellt wurde –, wie sollte man da an eine schwarze Panzerung kommen?

Xasan nahm den Faden wieder auf. »Da wir nicht mit einem Angriff vom Meer her gerechnet hatten und unsere Sensoren auf das Land gerichtet waren, konnten wir das Ding erst ausmachen, als es nur noch ein paar hundert Fuß entfernt und schon dabei war, seine Impulskanone aufzuladen. Unsere eigene Kanone war beschädigt, aber den Wachen ist es gelungen, einen Torpedo abzufeuern; ich habe nicht erkennen können, ob er sein Ziel getroffen hat. Dann fing das schwarze Ding an, uns ernsthaft zu beschießen, hat versucht, die Schilde zu durchbrechen. Sie haben uns sogar angerufen und uns aufgefordert, uns zu ergeben, diese verdammte Höllenbrut.«

Danach erzählten alle drei die Geschichte weiter, und ich verbrachte die meiste Zeit damit, mir aus den drei Beschreibungen Stück für Stück zusammenzureimen, was tatsächlich passiert war. Die *Löwe* war an vier Stellen getroffen worden, und an ihrer Panzerung waren ernsthafte Schäden entstanden. Der angreifende Manta hatte auch Torpedos auf die Cambressianer abgefeuert, bevor er schließlich ohne erkennbaren Grund abgedreht und wieder Kurs auf das offene Meer genommen hatte und schon bald im Zwielicht verschwunden war.

»Ich habe noch niemals von etwas Ähnlichem wie diesem schwarzen Manta gehört«, meinte Erbgraf Hilaire. »In diesen Gewässern operieren nur Mantas aus Pharassa und der Domäne, und warum sollten sie ein schwarzes Schiff bauen und die Cambressianer angreifen? Zwischen Pharassa und Cambress herrscht Frieden, und es wäre glatter Selbstmord für Pharassa, einen grundlosen Angriff durchzuführen. Es wäre möglich, dass der Manta zur kaiserlichen Marine gehört, aber das erscheint mir zweifelhaft; es wäre zu offenkundig, auch wenn das Kaiserreich Cambress hasst. Und was die Domäne angeht … die malen nichts schwarz an.«

Ranthas' Farben waren Rot und Orange; die Domäne glaubte an Licht und Feuer und daran, dass alle Dunkelheit vom Bösen durchdrungen war.

»Was für eine Sprache haben sie denn gesprochen?«, fragte Sarhaddon. »Ich meine, als sie Euch angerufen haben.«

»Die Sprache des Archipels – die gleiche Sprache, die auch alle anderen sprechen. Vielleicht klang eine feine, merkwürdige Nuance darin mit, aber ich kann Euch nicht sagen, woher sie kommen könnte.«

Ganno ergriff wieder einmal das Wort. »Ich kann nur eines sagen: Ich komme nie wieder ohne Begleitung hierher.«

»Wird Cambress denn eine Schwadron ausschicken, um die Angelegenheit zu untersuchen?«, wollte ich wissen.

»Cambress wird eine Schwadron aussenden, wenn der Große Rat und die Admiralität es schaffen, lang genug mit ihren Streitereien aufzuhören, um die entsprechenden Befehle zu erteilen«, sagte Xasan trocken. »Im Augenblick brauchen sie schon stundenlange Diskussionen, um sich darauf zu einigen, welcher Wochentag gerade ist.«

»Es ist schlimmer als bei den Halethitern«, stimmte Miserak ihm zu.

Das Halethitische Reich war die beherrschende Macht auf dem Heimatkontinent Äquatoria – des einzigen Kontinents, der auch im Landesinnern von zivilisierten Menschen bewohnt wurde. In den

Jahren nach der Zerstreuung waren sie von einer kleinen Kolonie zu einer Großmacht aufgestiegen und hatten den Rest des Kernlandes erobert.

In den vergangenen Jahren hatte sich ihr Reich entlang der Zwillingsflüsse Ardanes und Baltranes in Besorgnis erregender Weise immer weiter zum Meer hin ausgebreitet. Das halethitische Territorium grenzte mittlerweile direkt an die von Taneth beherrschten Gebiete. Zum Glück für den Rest von uns besaßen die Halethiter keine Unterwasserhäfen oder Mantaanlegestellen und auch keine nennenswerte Flotte. Die Tanethaner kontrollierten mit ihren etwas mehr als fünfzig Kriegsmantas die Flussmündungen und hinderten die Halethiter daran, weiter vorzudringen, während die Thetianer sich als Geldgeber betätigten, um den Status quo zu erhalten. Obwohl ich nur sehr wenig über diese Region wusste, fürchtete ich mich bei dem Gedanken, dass die Halethiter jemals durchbrechen könnten.

Doch was am wichtigsten war: Sie wurden bei all ihren Eroberungen und Angriffen von der Domäne vollauf unterstützt. Das ging sogar so weit, wie Sarhaddon erzählte, als er die Angelegenheit später ausführlicher schilderte, dass fanatische Sacri-Kontingente häufig an der Seite der halethitischen Armeen gegen Siedlungen der Häretiker im abgelegenen Hochland von Äquatoria kämpften.

»Haben sie in jüngster Zeit einen Feldzug durchgeführt?«, fragte der Erbgraf.

»In jüngster Zeit nicht, aber es gibt ein paar andere schlechte Neuigkeiten. Reglath Eshar ist aus dem Exil zurückgekehrt.«

Hilaires Lächeln war wie weggewischt, und er griff nach seinem juwelenbesetzten Kelch. »Reglath? Fürst Reglath, der Bruder des Königs der Könige?«

»Genau der. Er ist in einem abgelegenen Fischerdorf weit im Südosten aufgetaucht, außerhalb der Grenzen des halethitischen Gebiets, und als der König davon erfahren hat, hat er ihn mit offenen Armen willkommen geheißen. Es heißt, Reglath soll sich verändert haben, dass er selbst das bisschen Menschlichkeit, das er mal besaß, verloren hat.«

»Und dieses bisschen war schon winzig genug«, knurrte Ganno.

»Wer ist dieser Reglath Eshar?«, fragte ich vorsichtig und blickte dabei von Hilaire zu Xasan. Ich wollte mir meine Unwissenheit nicht allzu deutlich anmerken lassen – aber ich wollte auch unbedingt wissen, worüber sie eigentlich sprachen.

»Habt Ihr denn noch nie von ihm gehört?« Xasan rückte sich auf seinem Divan zurecht und zupfte an seinem lohfarbenen Kapitänsumhang. »Ich nehme an, Lepidor hat nichts mit Haleth zu tun, so dass deren Angelegenheiten Euch auch überhaupt nicht betreffen. Jetzt, wo Ihr vorhabt, mit Taneth Geschäfte zu machen, wird sich das allerdings ändern.«

Der cambressianische Kapitän erzählte mir, dass Reglath Eshar der Blutsbruder des gegenwärtigen halethitischen Königs der Könige sei. Niemand wusste genau, wo er eigentlich hergekommen war; bis vor sechs Jahren hatte man noch nie von ihm gehört, doch er hatte bewiesen, dass er ein vorzüglicher Soldat war. Er hatte mehrere Schlachten für den damaligen König der Könige gewonnen, und nachdem er die letzte Zuflucht der Galdaeaner erobert hatte, hatte es so ausgesehen, als würde sein Ruhm den seines Blutsbruders Alchrib, des Thronerben, weit übersteigen. Vor einem Jahr hatte Alchrib seinen Vater ermordet und sich selbst die Krone aufgesetzt. Reglath hatte sich gerade auf einem weiteren Feldzug befunden, und der neue König hatte Meuchelmörder hinter ihm hergeschickt, doch Reglath hatte sich ihnen entziehen können und war anschließend untergetaucht. Alchrib hatte verkündet, Reglath sei ins Exil geschickt worden, doch er hatte nicht angeordnet, dass er getötet werden sollte. Seit jenem Zeitpunkt hatte niemand mehr etwas von Reglath gehört.

»Warum hat Alchrib ihn dann wieder willkommen geheißen?«,

fragte Hilaire. »Reglath stellt doch zweifellos eine Gefahr für die Macht seines Blutsbruders dar.«

»Es könnte sein, dass Alchrib glaubt, er könnte Reglath unter Kontrolle halten; vielleicht haben sie ja auch eine Art Handel abgeschlossen. Für uns besteht die größte Gefahr darin, dass Reglath der beste Kommandant ist, den die Halethiter haben. Taneth und ihre Trabanten werden nun in noch größerer Gefahr sein.«

»Aber doch sicher nur die kleinen Clans und nicht Malith oder Ukhaa?«

»Wenn die Halethiter gegen Malith oder Ukhaa ziehen, ist es durchaus möglich, dass die Städte nach langer Belagerung fallen. Und wenn Malith fällt, ist das Tor für die Halethiter offen; dann können sie Taneth direkt bedrohen. Taneth selbst ist natürlich uneinnehmbar, denn es liegt auf einer Insel, und die Halethiter besitzen keine Flotte. Aber das Gebiet, über das die Stadt herrscht, könnte drastisch schrumpfen, und der Handel in die Gebiete flussaufwärts würde Einschränkungen unterliegen.«

»All diese Überlegungen gehen natürlich von der Voraussetzung aus, dass die Halethiter glauben, sie könnten Taneth wirklich bedrohen oder angreifen«, sagte Miserak. »Der König der Könige ist schlau genug, um zu begreifen, welche Bedeutung der Handel mit Taneth für sein Volk hat. Genau wie seine Verbündeten in der Domäne. Daher ist es wahrscheinlicher, dass er einen großen jährlichen Tribut fordern wird; die tanethanischen Kaufleute werden bezahlen, und das Leben wird so weitergehen wie bisher.«

Tributzahlungen waren ein auf der ganzen Welt akzeptierter und gebräuchlicher Ersatz für Krieg und Fremdherrschaft. Das war zwar teuer – Pharassas Forderungen hätten Lepidor vor ein paar Jahren beinahe ruiniert –, aber, wie ich vermutete, immer noch besser als Krieg. Ich wusste, dass es Kaufleuten in Kriegszeiten nicht allzu gut ging – abgesehen von Waffenhändlern natürlich. Da die meisten Clans von Aquasilva von Kaufleuten regiert wurden, würden sie für gewöhnlich jedem Unterdrücker Tribut leisten – normalerweise entweder den Halethitern oder dem thetianischen Kaiserreich – und weiter ihren Geschäften nachgehen. Davon würden beide Parteien profitieren: Die Kaufleute hatten etwas davon, wenn sie weiter friedlich Handel treiben konnten, der Empfänger der Tributzahlungen hingegen hatte etwas von dem Geld.

Kleinere Staaten auf Äquatoria hatten es manchmal für unter ihrer Würde gehalten, Tribute zu bezahlen; sie hatten sich geweigert und waren prompt vernichtet worden – ich fragte mich, wie sie so blind sein und nicht erkennen konnten, wie hoffnungslos unterlegen sie waren. Jeder klar denkende Aquasilvaner stellte den Profit über den Stolz; die einzigen Ausnahmen waren möglicherweise die Halethiter und die Bewohner des Archipels.

»Es wäre das erste Mal, dass die Halethiter Verstand zeigten«, sagte Xasan. »Normalerweise können sie nicht weiter denken als bis zur Spitze ihrer Schwerter.«

»Nun, Städte im Landesinnern sind eine Sache; Taneth ist etwas ganz anderes. Und außerdem verfügen die Tanethaner noch über ein paar nette Kleinigkeiten wie etwa eine Elefanten-Kavallerie, der die Halethiter nichts entgegenzusetzen haben, und sie werden vom Rest der Welt unterstützt.«

»Ist der Rest der Welt denn vernünftig genug?«, fragte Sarhaddon und nahm einen großen Schluck aus seinem Weinglas. Ich hatte meines bisher noch nicht angerührt und trank jetzt ein paar kleine Schlucke, um nicht unhöflich zu erscheinen. Es war »Gästewein«, der beste im Haushalt, der für den Besuch bedeutender Gäste reserviert war. Dass der Erbgraf einem einfachen Mantakapitän seinen besten Wein angeboten hatte, zeigte, wie lang der Schatten von Cambress war.

»Sollten wir jedenfalls«, erwiderte Xasan. »Wenn wir mit unserem Gezänk aufhören würden«, fügte er einen Augenblick später hinzu.

Miserak warf dem Cambressianer einen düsteren Blick zu, doch ich hatte den Eindruck, dass er keinen Groll hegte, sondern lediglich auf etwas hinauswollte.

»Vielleicht auch darüber, wem Mons Ferranis gehört?«, fragte der Erbgraf. »Abgesehen von Euren internen Streitereien.«

»Das ist im Moment bei uns ein wunder Punkt«, entgegnete Ganno, »und das wird wahrscheinlich noch ein Weilchen so bleiben. Aber ich habe keinen Zweifel daran, dass die Admirale mit ihren Streitereien aufhören und etwas unternehmen werden, wenn Taneth tatsächlich bedroht wird.«

»Ich glaube, wir machen uns zurzeit zu viele Sorgen«, sagte Xasan. »Selbst wenn die Halethiter Malith angreifen sollten, und wenn sie das Angebot von Tributzahlungen zurückweisen sollten, wird es noch zehn Jahre oder mehr dauern, bis Taneth ernsthaft in Gefahr ist. Und in zehn Jahren kann eine ganze Menge geschehen.«

»Und was genau soll das bedeuten?«, fragte Miserak scharf.

»Nicht viel«, erwiderte Xasan kühl.

»Ich möchte einen Trinkspruch ausbringen«, verkündete Hilaire laut. »Auf Frieden, Wohlstand und die geistige Verwirrung der Halethiter.«

»Darauf trinke ich!«, sagte Miserak und leerte seinen Kelch in einem Zug.

Von nun an drehte sich das Gespräch um Dinge von weitaus geringerer Bedeutung; meistens ging es um irgendwelche Schwierigkeiten beim Handel. Als der Abend hereinbrach, kamen Bedienstete herein und entzündeten die Öllampen, die auf Marmorsäulen aufgestellt waren. Jenseits der Fenster verstummten die wenigen noch vom Hafen heraufschallenden Geräusche.

Später aßen wir im persönlichen Speisesaal des Grafen zu Abend; dieser Raum war größer als der, in dem wir gesessen und uns unterhalten hatten, und sein Fußboden war in einem geometrischen Muster gefliest. Ich erinnerte mich, dass ich ihn schon einmal während eines langwierigen diplomatischen Empfangs angestarrt hatte. Auch das Essen war von einer Qualität, wie es geehrten Gästen zustand, und eine willkommene Abwechslung zu dem Fisch an Bord der *Parasur*. Es war eine alte Tradition, dass man Seeleuten im Hafen keinen Fisch anbot, weil sie schon so viel davon aßen, während sie auf See waren, und sich über jede Abwechslung freuten.

»Wann läuft Euer Schiff morgen aus?«, fragte der Erbgraf Sarhaddon, als wir alle um den Tisch herumsaßen.

»Irgendwann am späten Vormittag, wenn Bomar mit seinen Geschäften fertig ist.«

»Oh, Ihr seid tatsächlich mit Bomar unterwegs?« Hilaire grinste. »Er hat auf dem Hinweg bei mir um eine Audienz nachgesucht und sich darüber beklagt, dass ihn einer der Händler übers Ohr gehauen hätte. Dabei war in seinem Hauptbuch nur eine Null an der falschen Stelle. Nun, ich biete Euch natürlich meine Gastfreundschaft für diese Nacht. Ich lasse Euch eine Stunde vor Eurer Abfahrt von einem Dienstboten wecken, wenn Ihr bis dahin noch nicht von allein aufgestanden seid.«

»Wenn Ihr nichts dagegen habt, Lord Hilaire, würden wir uns jetzt gern zurückziehen«, sagte Xasan und gähnte. »Es war ein langer Tag, und morgen warten noch weitere Reparaturarbeiten auf uns. Ich würde Euch beiden ja anbieten, Euch nach Pharassa zu bringen, doch die *Löwe* wird noch vier oder fünf Tage brauchen, bis sie wieder voll einsatzfähig und kampfbereit ist. Oh, und ich sollte jetzt besser die Liste schreiben.«

»Bring uns etwas zu schreiben«, befahl der Erbgraf einem Sklaven, der davoneilte und kurz danach mit einem Stück zusammengerolltem Papier und einem Federkiel zurückkehrte; er reichte beides Xasan. Der cambressianische Kapitän stützte die Schreibtafel auf seinem Knie ab und fing an zu schreiben.

»Ich werde die Häuser in der Reihenfolge ihrer Größe auflisten. Ein größeres Unternehmen hat im Allgemeinen mehr Geld, um dafür zu sorgen, dass die Schiffe in gutem Zustand sind. Das Haus Hiram ist das größte, und zudem das zweitgrößte von ganz Taneth. Es treibt Handel mit der ganzen Welt. Das zweite ist das Haus Banitas; es ist kaum kleiner. Drittens wäre da Haus Jilreith, das nur mit dem Osten und dem Norden Handel treibt; es unterhält keinerlei Beziehungen zu Huasa, Thetia oder dem Landesinnern von Äquatoria. Viertens das Haus Dasharban, ein neues Haus, das sich im Aufwind befindet und es noch weit bringen wird. Und fünftens das Haus Barca. Es ist ein altes Haus, und es wäre beinahe durch jahrelange Misswirtschaft ruiniert worden, aber jetzt hat es ein neues Oberhaupt, das wegen seiner Ehrlichkeit einen guten Ruf genießt. Jeder Einwohner von Taneth, den Ihr danach fragt, wird wissen, wo sich die fünf entsprechenden Herrenhäuser befinden. Es könnte sein, dass es schwierig wird, mit den Häusern Jilreith oder Barca Kontakt aufzunehmen, da beide über Festungen entlang des Deltas verfügen.«

»Ich möchte Euch noch einmal danken«, sagte ich.

Xasan stand auf, und die Übrigen taten es ihm nach.

»Auf dass Ihr ein günstiges Geschäft macht und der Glanz des Wohlstands auf Lepidor scheint.«

»Auf dass Euer Schiff alle Kämpfe gewinnt und der Glanz des Wohlstands auf Cambress scheint.«

»Und auf Mons Ferranis!«, sagte Miserak und warf Xasan erneut einen düsteren Blick zu. Dann brachen beide in Gelächter aus, wozu sicher nicht zuletzt der Wein beitrug, den sie getrunken hatten.

Bedienstete führten Sarhaddon und mich in große, schön eingerichtete Zimmer, die zum Meer hinausgingen. Meines kannte ich gut: Ich hatte hier schon mehrere Male übernachtet, doch ich war viel zu müde, um noch irgendetwas anderes zu tun, als einfach einzuschlafen.

Ich hatte am Abend zuvor zwei Gläser Wein getrunken, die ich am nächsten Morgen spürte; das war gefährlich nahe an meiner Grenze, und ich hatte Glück, dass ich überhaupt von allein aufgewacht war. Von den Cambressianern war nichts zu sehen, ebenso wenig von Erbgraf Hilaire, doch als wir in die Küche kamen, um uns ein paar Vorräte mitzunehmen, saß Miserak dort auf einer Bank in der Ecke. Obwohl er am Abend zuvor eine ganze Menge getrunken hatte, schien er einen völlig klaren Kopf zu haben.

»Passt auf den schwarzen Manta auf, Jungs«, sagte er freundschaftlich, als wir wieder aufbrechen wollten. »Schließlich werdet Ihr an besagter Flussmündung vorbeikommen. Oh, und dann wäre da noch etwas. Xasan war gestern Abend zu stolz, um es zu erwähnen. Da ich nicht zu seiner Mannschaft gehöre, ist mein Stolz auch nicht verletzt, aber behaltet es für Euch.«

»Was?«, fragte Sarhaddon. Ich bemerkte, dass er ein wenig zusammenzuckte, als ein Sonnenstrahl durch eines der Fenster auf sein Gesicht fiel. Er hatte gestern Abend viel mehr getrunken als ich.

»Das Schiff wurde von einer Frau kommandiert. Die Stimme, die uns aufgefordert hat, uns zu ergeben, war ganz eindeutig die einer Frau, und wir haben die Stimme einer zweiten Frau im Hintergrund gehört. Sie klangen beide ein wenig gedämpft, aber es waren ganz eindeutig Frauenstimmen.«

»Das wird ja immer absonderlicher«, bemerkte Sarhaddon, nachdem wir uns von Miserak verabschiedet und den Palast verlassen hatten und durch das geschäftige Treiben des frühen Morgens zurück zum Hafen gingen. »Außerhalb von Mons Ferranis verfügen nur die Bewohner des Archipels über irgendwelche Kriegerinnen, doch das sind alles zeremonielle Tempelwachen, so wie der Rest ihrer Armee.«

»Bei den Mons Ferratanern gibt es Kriegerinnen?«, fragte ich überrascht und versuchte, mir so etwas bildlich vorzustellen.

»Die Mons Ferrataner sind ein merkwürdiger Haufen. Sie verfügen über eine Elitetruppe, die nur aus Frauen besteht und ihren in höchsten Ehren gehaltenen Besitz bewacht. Doch auch wenn sie einen Grund hätten, einen cambressianischen Manta anzugreifen, und glaubten, damit durchzukommen – von hier bis Mons Ferranis braucht man drei Monate. Die Mons Ferrataner haben hier oben keine Interessen, und sie hätten es niemals geschafft, unbemerkt durch all die Patrouillen zu schlüpfen, die die Städte bewachen. Das ergibt alles keinen Sinn.«

Wir schritten zur Begleitmusik der kreischenden Möwen durch das Hafentor und sahen, dass die Segel der *Parasur* soeben gehisst wurden.

»Sieht so aus, als wären wir für Meister Bomars Geschmack ein bisschen spät dran«, sagte ich, als ich den Kapitän der *Parasur* entdeckte, der auf dem Achterdeck stand und heftig winkte. »Wir sollten uns lieber etwas beeilen.«

Zwar wäre ich beinahe auf einem toten Fisch ausgerutscht, und Sarhaddon stieß sich das Knie an einem Anker, doch wir schafften es in Rekordzeit um das Hafenbecken herum und auf die Gangway der *Parasur*.

»Wo habt Ihr nur so lange herumgetrödelt?«, wollte Bomar wissen.

»Es ist immer noch eine halbe Stunde früher, als Ihr uns gesagt hattet«, meinte Sarhaddon.

»Zur Hölle damit! Wir müssen bei Einbruch der Dunkelheit die Mündung dieses von allen Teufeln verfluchten Flusses weit hinter uns gelassen haben! Ich habe nicht die Absicht, mein Schiff an eine Flotte von Günstlingen der Dunkelheit zu verlieren!«

Voraus hatte Kulas Kutter bereits das Schlepptau eingeklinkt, und Bomars Erster Offizier gab den Befehl zum Ablegen. Suall, mein gorillaähnlicher Begleiter, half den Seeleuten. Kula war freundliches Gebiet, daher war es nicht notwendig gewesen, dass er uns begleitet hatte. In Pharassa würde das anders sein.

»Wir sind bereit zum Auslaufen!«, rief der Erste Offizier.

65

»Rudert!«, brüllte Bomar zum Kommandanten des Kutters hinüber, der mit einem vergnügten Grinsen antwortete und dann seiner Mannschaft einen Befehl zubellte. Ich konnte sehen, dass Bomar vor Ungeduld fast schon auf und ab hüpfte, als die *Parasur* langsam herumschwang und aus der Lagune geschleppt wurde. Wir nahmen unsere angestammten Plätze auf den Tuchballen wieder ein und beobachteten, wie die Umgebung an uns vorbeizog. Die Gerüche des Hafens nach Tauen, Teer, Werg und Fisch blieben allmählich hinter uns zurück, als wir durch die Hafeneinfahrt gezogen wurden. Auf offener See machte Bomar nur so lange Halt, um dem Lotsen die Börse mit seinem Lohn zum Kutter hinüberzuwerfen, bevor er alle Segel setzen und das Schiff volle Fahrt in südwestliche Richtung aufnehmen ließ.

Die Mannschaft der *Parasur* hatte sich am vergangenen Abend ganz offensichtlich mit der Besatzung des cambressianischen Manta unterhalten, und dabei waren sie natürlich alle völlig betrunken gewesen. Es erschien mir nur zu natürlich, dass die Cambressianer übertrieben hatten, was die Stärke des Angreifers anging, um die Schmach zu mindern, dass sie in einem Augenblick der Unachtsamkeit überrascht worden waren. Doch sie hatten das Ganze bis zur Lächerlichkeit übersteigert. Ohne Zweifel hatte die Geschichte schon in Pharassa die Runde gemacht, wenn sie dort anlegten, und dann würde niemand mehr ohne bewaffnete Eskorte die Küste hinaufsegeln. Und das wäre nun ganz und gar nicht gut für den Handel.

Wenn man den Erzählungen der Seeleute Glauben schenkte, war die *Löwe* von mindestens zehn schwarzen Mantas angegriffen worden, die alle über eine große Anzahl von Impulskanonen-Batterien und sechzehn Torpedowerfer verfügt hatten. Doch da das Wasser ziemlich flach gewesen war, waren mehrere ihrer Geschosse danebengegangen; jeder vernünftige Mann wusste schließlich auch, dass es ziemlich schwierig war, in Küstennähe zu kämpfen, selbst für die

Diener übler, Blut saugender Kreaturen, die es gewohnt waren, im Dunkeln zu sehen. Die Cambressianer hatten sich tapfer geschlagen und drei der feindlichen Schiffe schwer beschädigt – so schwer, dass sie einfach in der Dunkelheit verschwunden waren, und daraufhin war ein Geheul, das einem Schauer über den Rücken jagte, und eine unirdische Musik aus dem Wasser zu hören gewesen.

»Es ist schon erstaunlich, wie sehr die Dinge übertrieben werden können, nicht wahr«, meinte Sarhaddon nachdenklich, während wir im Licht der Mittagssonne durch die Wellen pflügten; mittlerweile saßen wir unter einem der Sonnensegel, die zu dieser Tageszeit immer aufgespannt waren, weil die Sonne schrecklich heiß vom Himmel brannte. »Wenn wir nicht gestern Abend die wahre Geschichte von Xasan und Miserak gehört hätten, woher wüssten wir dann, was wir glauben sollen? Nach allem, was wir wissen, könnte Reglath Eshar seinen Ruf als Kommandeur durch einen einzigen Angriff in einer einzigen Schlacht errungen haben; das hat sich zunächst als Gerücht herumgesprochen und ist dann über alle Maßen aufgebauscht worden, so dass seine Feinde jetzt bereits fliehen, wenn sie nur seinen Namen hören.«

»Seeleute sind ein abergläubisches Völkchen, und sie sind anfälliger für Übertreibungen als andere«, sagte ich und dachte gleichzeitig über seine Worte nach. »Ich könnte mir vorstellen, dass ein nüchterner Kaufmann in der Lage wäre, das ganze Drumherum zu durchschauen und zu erraten, was tatsächlich geschehen ist; er würde auch begreifen, dass die *Löwe* einen Kampf mit drei Mantas gar nicht hätte überstehen können – geschweige denn von zehn Angreifern.«

»Ich weiß nicht. Vielleicht«, sagte Sarhaddon. Sein Blick war auf die unruhige See gerichtet. »Aber immerhin konntet Ihr jetzt einmal erleben, wie Geschichten – und Mythen – entstehen. Möglicherweise sind Xasan und seine Mannschaft in fünfzig Jahren die strahlenden Helden eines lange vergangenen Zeitalters, die tapfer gegen eine teuflische Horde gekämpft haben, bis Ranthas einen Blitz aus dem Himmel herabgeschickt und sie gerettet hat. Oder irgendetwas anderes in der Art. Vielleicht werden sie auch zu Propheten Ranthas', und irgendwer wird eine Prophezeiung des Xasan erfinden. Noch eine etwas fragwürdige Eigenart der Domäne. Wir erfinden Prophezeiungen, habt Ihr das gewusst? Jeder Magier, der irgendwelche Prophezeiungen von sich gibt, wird unverzüglich eingesperrt, seine Worte werden aufgezeichnet. Und dann werden sie verändert, so dass sie zu den Plänen der Domäne passen. Aus diesem Grund steht auch in so vielen von ihnen *Vernichtet alle Häretiker*. Manche Magier erdichten ihre ›Voraussagen‹ sogar ziemlich zynisch.«

»Sind die Fanatiker denn nicht dagegen?«

»Die Fanatiker sind *niemals* gegen etwas, das ihnen eine Entschuldigung gibt, noch mehr Ketzer zu verfolgen. Sie sind an der Reinheit des Glaubens an Ranthas interessiert, das stimmt, aber sie werden ihre Aufmerksamkeit erst dann auf die Domäne selbst richten, wenn alle anderen Häretiker ausgelöscht sind. Lachazzar ist anders; er glaubt, dass zuerst das Haus in Ordnung gebracht werden muss, aber er gehört nun wirklich einer extremistischen Randgruppe an.«

»Ihr malt ein sehr düsteres Bild von der Domäne«, bemerkte ich und schaute Sarhaddon an. Ich konnte nur sein Profil sehen, das immer noch in unbestimmbare Weiten starrte. Er verfiel oft in diese Phasen der Nachdenklichkeit, und wenn er so war, konnte ich erkennen, was er wirklich war. Ein Träumer, hatte ich bereits vor zwei Tagen geschlossen, allerdings einer, der mit beiden Beinen fest auf dem Boden der wirklichen Welt stand.

»Es scheint der Wahrheit zu entsprechen. Ich kann nur hoffen, dass ich etwas bewirken kann, dass ich etwas tun kann, um die Gegebenheiten zu verändern und etwas von dem Mystizismus zurückzubringen, der verloren gegangen ist. Und das Ganze, ohne

68

dass dabei Hunderte oder Tausende von Menschen getötet werden, so wie Lachazzar es vorziehen würde.«

Sarhaddons Stimme nahm einen beinahe einschläfernden Tonfall an, lullte meine Sinne ein. Ich bemühte mich, die sich in mir ausbreitende Benommenheit abzuschütteln, die damit einherging, bis ich wieder die Bewegungen des Schiffes spüren und das Rauschen des Wassers unter dem Rumpf hören konnte.

»Glaubt Ihr, dass Euch das gelingt?«, fragte ich. Ich wollte Sarhaddons innere Ruhe nicht stören.

»Wenn ich hoch genug aufsteige, kann ich vielleicht eine Stadt reformieren. Als Primarch würde ich aus der Domäne das machen, was sie ursprünglich einmal sein sollte – eine Organisation, deren Ziel es ist, Ranthas anzubeten und für die Bildung der Menschen zu sorgen.«

Nach einer langen Pause schüttelte Sarhaddon den Kopf und riss seinen Blick von den fernen Weiten los. Um uns herum saßen die Seeleute in kleinen Gruppen beisammen und spielten. Sie spielten mit hölzernen Marken, denn ihre Heuer hatten sie entweder bereits ausgegeben oder sie war noch in Bomars Händen. Bomar selbst lag auf dem Vorderdeck schnarchend auf einem Segeltuchballen unter einer Markise. Nur der Steuermann und ein weiterer Seemann waren an Deck, und dann waren noch drei Männer als Ausguck eingeteilt und lösten einander in kurzen, regelmäßigen Abständen oben im Krähennest ab.

»Was haltet Ihr denn von diesem schwarzen Manta, Cathan?«, wollte Sarhaddon wissen. »Sind das jetzt Kreaturen der Nacht, abtrünnige Pharassaner, thetianische Geheimagenten, Meuchelmörder aus Mons Ferranis oder Fanatiker der Domäne? Ihr habt noch nicht viel darüber gesagt, was Ihr denkt, sondern bisher nur Fragen gestellt.«

»Das liegt daran, dass Ihr das Problem für mich gelöst habt.« Ich trug nur eine Tunika, trotzdem war mir noch immer unangenehm heiß. Ich nahm einen kräftigen Schluck von dem verdünnten Zitronensaft, der an Bord des Schiffes getrunken wurde, um den Durst zu löschen.

»Ich habe nur Vermutungen angestellt.«

»Aber Ihr wisst viel mehr darüber, wie die Welt funktioniert, als ich«, sagte ich. »Die geheimnisvolle Fehde zwischen Mons Ferranis und Cambress ist in Lepidor nicht gerade Tagesgespräch; eigentlich haben wir kaum etwas davon mitbekommen.«

»Warum solltet Ihr auch? Das ist große Politik von der anderen Seite der Welt. Ich erkläre Euch später, was dort passiert; man sollte dabei klar denken können, und diese Fähigkeit wird von der Hitze einfach aufgesogen.« Sarhaddon lehnte sich gegen die Planken der Bordwand.

»Ihr werdet weiter darüber nachdenken, und ich werde so lange zuhören, bis ich eine Erklärung dafür gefunden habe, warum irgendjemand mitten in der Nacht einen cambressianischen Manta angreifen und sich dann davonmachen sollte.«

»Es ist hoffnungslos!« Sarhaddon warf verzweifelt die Arme in die Luft. »Vegetiert denn der menschliche Verstand nur noch so vor sich hin, wenn man sein Leben in einem Palast verbringt?«

Am nächsten Tag und in der folgenden Nacht trieb Bomar seine Männer bis an den Rand der Erschöpfung und ließ dann drei oder vier Stunden nach Sonnenuntergang im Hafen der kleinen Siedlung Korhas Anker werfen. Es war ein kleines, von freundlich gesonnenen Stammesmitgliedern bewohntes Fischerdorf. Am nächsten Morgen kam das Oberhaupt des Dorfes – ganz offensichtlich ein reinblütiger Stammeskrieger, wie auch der größte Teil der Bevölkerung – zu uns herunter, um uns zu begrüßen. Bomar entschuldigte sich für unsere späte Ankunft, doch merkwürdigerweise reagierte das Dorfoberhaupt weder mit Entsetzen noch mit Furcht, als man ihm von dem schwarzen Manta erzählte. Er nickte nur weise mit dem runzligen Kopf, tauschte ein paar Früchte und Vorräte gegen einige Stücke aus der Fracht der *Parasur* ein und wünschte uns viel Glück auf unserer weiteren Reise.

Auch in der nächsten Nacht geschah nichts Aufregendes, und am Morgen des vierten Tages, nachdem wir Kula verlassen hatten – dem siebten seit unserem Aufbruch aus Lepidor –, umrundeten wir die Insel Vextar und sichteten Pharassa.

Kapitel IV

Die Stadt, die auch das Juwel des Nordens genannt wurde, war auf einer großen Insel erbaut worden, die ein paar hundert Fuß vor der Küste des Festlands lag. Weiße Häuser, viele davon mit Säulen verziert und von ganzen Säulengängen umgeben, erstreckten sich am Ufer entlang und ragten an den Flanken des zentralen Hügels übereinander auf, wobei sie immer reicher und opulenter wurden, je weiter es hügelan ging. Jedes Haus wurde von einem Dachgarten gekrönt, dessen üppiges Grün Lepidor und Kula beschämte, und in vielen dieser Gärten standen Flaggenmasten mit den Wappen der Familie ihrer Eigner. Auf der Ebene am östlichen Ende der Insel wetteiferte ein gewaltiger, imposanter Zikkurat – ein Stufenturm – mit dem Hügel und ließ alles andere in Sichtweite winzig erscheinen, was bei einer Höhe von zweihundert Fuß auch kein Wunder war. Er wurde von zwei identischen Altären gekrönt, von denen dünne Rauchsäulen in den blauen Himmel aufstiegen.

Hinter der Insel konnte ich einen großen Komplex von Werften und Docks erkennen, darunter ein Areal, das groß genug war, um sogar Archen zu bauen; selbst aus dieser Entfernung konnte ich ihre Masten sehen. Mehr Schiffe als Lepidor in sechs Monaten anliefen, glitten unter den wachsamen Augen zweier Schwadronen von je sechs Galeeren, die den Kaiserlichen Delphin am Mast führten, in den Hafen hinein oder liefen aus.

Und diese riesige Metropole, die vor uns im Sonnenlicht glitzerte, war nur halb so groß wie Taneth im Delta, wenn man den Berichten Glauben schenken durfte.

An der Einfahrt zum Oberflächenhafen von Pharassa nahm uns ein Kutter in Empfang, der mit Seeleuten in groben, grünen Tuniken bemannt war. Das Boot sah genauso aus wie die Kutter in Lepidor oder Kula, was nicht sonderlich überraschend war; schließlich waren sie in der gleichen Werft für den gleichen Zweck gebaut worden.

Der Offizier, der den Kutter befehligte, winkte und rief Bomar zu, er sollte sein Schlepptau herunterwerfen. Bomar tat, wie ihm geheißen, und schon bald wurden wir in den Hafen gezogen. Ich war beeindruckt von der Ähnlichkeit mit Kula. Auch der Hafen von Pharassa war eine Lagune zwischen der Insel und dem Festlandufer. Der Unterschied lag in der Größe; der Hafen von Pharassa erstreckte sich Hunderte von Fuß an der Stadt entlang und nahm einen großen Teil der landeinwärts gelegenen Seite ein. Werften ragten ins Wasser; jede war so groß, dass immer fünf oder sechs Schiffe gleichzeitig ins Dock konnten, und hinter den Werften zogen sich Reihen um Reihen von Lagerhäusern hin.

Ungefähr auf halbem Weg erregte ein großes, pyramidenförmiges Gebäude meine Aufmerksamkeit; es erhob sich sechs oder sieben Stockwerke über der Wasseroberfläche, und um seine Außenseite zogen sich rundum Balkone. Dies war das kaiserliche Marinehauptquartier für Ozeanus, und das Kommandozentrum der Marine des Clans von Pharassa, umgeben von vor Anker liegenden Linienschiffen und Fregatten der Oberflächenflotte. Als ich das letzte Mal hier gewesen war, hatte man mich zu einer Besichtigung des Komplexes mitgenommen, und ich erinnerte mich an mein ehrfürchtiges Staunen angesichts der schieren Größe einiger Schiffe oder der großen Tunnel und Kavernen unter der Insel, die als Frachträume dienten und das militärische Hauptquartier mit dem Unterwasserhafen auf der anderen Seite verbanden. Die Häfen von Pharassa waren Jahrhunderte vor dem Niedergang des thetianischen Kaiserreichs gebaut worden, sogar Jahrhunderte vor dem Auftauchen der Tuonetar. Nun boten sie dem größten Flottenverband der kaiserlichen Marine außerhalb von Thetia eine Heimat – als ich letztes Mal hier gewesen war, hatte er aus achtundzwanzig Linienschiffen, neunzehn Fregatten, unzähligen kleineren Einheiten und einundzwanzig Mantas bestanden.

Ich riss mich vom Anblick der Pyramide los, denn jetzt zog uns der Kutter mitten durch den von Schiffen aller Arten wimmelnden Hafen; hier gab es alles – von Leichtern, die kaum größer als die Kutter waren, bis hin zu den Archen der Handelshäuser, weißen, sechsmastigen Giganten, die selbst die Pyramide überragten.

»Die da ist aus Taneth«, sagte Bomar, als wir an einer der Archen vorbeiglitten, an deren Fockmast eine schwarz-grün-rote Flagge träge in der Brise wehte. Zwei mit Meerholz betriebene Schlepper zogen sie gemächlich durch das Wasser, und die anderen Schiffe machten Platz. Auf dem Achterdeck der Arche stand arrogant eine Gestalt in einer kostbaren blauen Robe. »Der Pfau da oben auf dem Deck ist bestimmt ihr Kapitän – und der ist noch nicht einmal ein Mitglied des Hauses. Daran könnt Ihr sehen, wie reich sie da unten sind.«

Die durchdringenden Hafengerüche waren hier sogar noch stärker als in Kula. Aus dem Klangteppich aus Geschrei und den Geräuschen, die beim Entladen der Schiffe entstanden, tönte ein Hämmern hervor, das – genau wie das Klirren von Metall auf Metall – von den Werften entlang des Militärhafens herüberklang. Zwei mittelgroße Handelsschiffe wurden in Richtung auf das offene Meer backbord an uns vorbeigezogen, nur wenige Zoll voneinander entfernt. Ihre Kapitäne schienen sich heftig über das bisschen Wasser zwischen ihnen zu streiten, während die Mannschaften auf an Deck aufgestapelten Ballen aus gebleichtem Tuch hockten und interessiert zuhörten.

Ein anderes Schiff, eine fünfmastige Galeone mit der orange-gelben Flagge eines Handelshauses, kreuzte voraus unseren Kurs, worauf der Kommandant des Kutters eine wahre Litanei von Flüchen vom Stapel ließ. Nachdem die Schimpftirade vielleicht eine halbe Minute gedauert hatte, geruhte der Kapitän der Galeone über die Bordwand herabzuschauen und sich mit einem steifen Nicken für etwaige Unannehmlichkeiten zu entschuldigen. Bomar erklärte uns, dies sei ein weiteres tanethanisches Schiff, das zum Haus Foryth gehörte.

Schließlich glitt die *Parasur* auf einen Liegeplatz zwischen zwei ähnlichen Küstenschiffen, von denen eines fast völlig verlassen war; seine Mannschaft genoss ganz offensichtlich die Freuden, die Pharassa zu bieten hatte. Das andere Schiff wurde gerade zur Begleitmusik einer Unmenge von Flüchen beladen. Sein Kapitän winkte Bomar freundlich zu; ich nahm an, dass die beiden sich kannten.

Nachdem die *Parasur* sicher vertäut war, kam Bomar aufs Mittelteck zu Sarhaddon und mir. Suall und der andere Gardist hatten sich wieder unsere Taschen umgehängt.

»Ihr seid gute Passagiere gewesen. Ich wünsche Euch in Taneth alles Gute, Cathan, und möge Ranthas auf Euch herablächeln. Das Gleiche wünsche ich Euch in der Heiligen Stadt, Sarhaddon. Und ich freue mich darauf, Euren Vater, den Grafen, mit Neuigkeiten von mehr Wohlstand für ganz Lepidor zurückkommen zu sehen.«

Er geleitete uns die Gangway hinunter und kümmerte sich dann wieder um seine Angelegenheiten. Ich warf einen Blick zurück auf die *Parasur*. Es war keine schlechte Reise gewesen, dachte ich. Tatsächlich war es sogar sehr interessant gewesen. Besonders der Halt in Kula und der Abend mit den Cambressianern.

Dann zog Sarhaddon mich am Arm, und wir machten uns auf den Weg entlang der Docks.

»Wo gehen wir eigentlich hin?«, fragte ich.

»Zuerst zum Militärhafen. Die Flotte unterhält die schnellste regelmäßige Verbindung von hier nach Taneth; sie transportiert offizielle Nachrichten der Regierung und Botschafter. Für hochrangige Leute wie Euch ist die Überfahrt kostenlos, und ich kann so tun, als ob ich zu Eurer Entourage gehöre. Falls der Kuriermanta heute nicht ablegt, müssen wir uns anschließend überlegen, wo wir bleiben. Was ist mit dem hiesigen lepidorischen Konsul?«

»Wir können es ja versuchen«, antwortete ich. »Ich kann den Mann allerdings nicht ertragen. Er erinnert mich immer an ein Krokodil, das im Schilf lauert. Mein Vater kommt ganz gut mit ihm zurecht, aber ich würde eher bei einem Fischhändler schlafen.«

»Ich verstehe. Nun, das heißt, wir haben drei Möglichkeiten. Die Mantas laufen alle sechs Tage aus, daher hoffe ich, dass wir nicht allzu lange warten müssen. Eine Verspätung von einer Woche könnte bedeuten, dass wir die Ratsversammlung von Aquasilva verpassen; Euer Vater wäre dann schon wieder auf dem Heimweg. Wenn wir nicht das Glück haben sollten, dass heute Nachmittag ein Schiff fährt, können wir entweder im Palast bleiben, oder im Tempel, oder in einem Gasthaus. Letzteres würde ich nicht unbedingt vorschlagen: Unsere Mittel reichen nicht für die Sorte Gasthäuser, in denen man verhältnismäßig sicher ist, und wenn Ihr Euch vielleicht auch mit Kampfkünsten auskennen mögt, so gibt es dort Schläger, die dreißig Jahre Erfahrung haben.«

»Was spräche denn für den Tempel?«

»Es ist dort ziemlich luxuriös, der Aufenthalt ist umsonst, und Ihr werdet dort noch mehr über die Domäne erfahren. Ah, dort ist der Militärhafen.«

Wir marschierten gerade über einen Geländestreifen zwischen der Stadt und den Wällen der Flottenbasis. Ich konnte oberhalb der

Brustwehr die Köpfe patrouillierender Wachposten erkennen sowie die Mündungen von ein oder zwei Impulskanonen. Ein paar Dutzend Meter voraus fuhr eine lange Reihe von Bauholzkarren, die aus der entgegengesetzten Richtung kamen, durch das Tor, hinter dem die Werften für die Kriegsschiffe lagen; sie wurden von ein paar Männern kontrolliert, die silberne Brustplatten, Helme mit Helmbüschen und Schwerter an der Seite trugen.

»Überlasst das mir«, sagte Sarhaddon, als wir das Tor erreichten. Er wandte sich an den befehlshabenden Offizier und fragte: »Wo können wir erfahren, wann das Schiff nach Taneth geht?«

Der Offizier drehte sich um, und seine Blicke wanderten über Sarhaddons beste Akolythenrobe und über mein eigenes dunkles Gewand mit der gemusterten Schärpe hinweg. »Wer seid Ihr?«

»Erbgraf Cathan von Lepidor mit Begleitung.«

»Habt Ihr Referenzen?«

Die hielten hier tatsächlich Wache. Ich griff in meinen Beutel, dessen Lederriemen mit Silberfäden durchwirkt waren, und zog eine Pergamentrolle hervor, die mit dem Clansiegel von Lepidor zusammengebunden war. Dies war der Beweis, dass ich wirklich derjenige war, der zu sein ich vorgab. Ich würde die Rolle brauchen, um mir die Überfahrt auf dem Manta zu sichern und mir Zutritt zum Kongress von Taneth zu verschaffen.

Der Offizier nahm die Rolle, die nicht versiegelt war, und warf einen prüfenden Blick darauf. Er schien sie in Ordnung zu finden, denn er gab sie mir zurück und deutete auf das Tor.

»Geht ins Büro von Hafenmeister Goraal, das erste auf der linken Seite, wenn Ihr drinnen seid.«

»Ich danke Euch«, sagte Sarhaddon. Ich nickte dem Mann zum Dank ebenfalls zu, und dann schritten wir an den beiden wachsamen Soldaten in ihrem Schuppenpanzer vorbei und unter dem kühlen Torbogen hindurch. Die freie Fläche dahinter schwirrte vor Geschäftigkeit.

Der Hof von Pharassas Militärhafen hatte sich nicht im Geringsten verändert, seit ich ihn vor drei Jahren zum ersten Mal gesehen hatte. Lagerhäuser und Schuppen waren an die äußere Mauer angebaut, deren Inneres wie dunkle, mit Waffen, Tauwerk, Segeltuch und Bauholz voll gestopfte Höhlen wirkten.

Ein breiter Kai zog sich vor uns entlang; er war vielleicht vierzig Fuß breit und wimmelte förmlich vor Leben – Karren voller Holz, Gruppen von Soldaten, Seeleute, die Segeltuchballen vorbeischleppten. Dahinter umschlossen Landungsstege immer zwei Liegeplätze für die Schiffe, deren Größe deutlich variierte. Ein oder zwei waren gerade erst angekommen oder wollten eben wieder aufbrechen; auf ihren Decks hasteten die Männer hin und her, doch die meisten waren nur mit ein paar schläfrigen Wachen bemannt. Weiter weg, am hinteren Ende, konnte man das Gerippe eines Schiffs erkennen, das sich auf der Helling befand.

Ein kleines Stückchen weiter führte eine breite Steinbrücke zu der Pyramide, vor deren Haupteingang jetzt ein Springbrunnen aus kristallklarem Wasser sprudelte; der war früher nicht dagewesen, wie ich mich erinnerte, und ich fragte mich, wo sie mitten im Hafen so klares Wasser herbekamen. Eine Gruppe von Männern zog einen Handkarren mit einer Statue darauf auf die Pyramide zu. War das ein weiteres Dekorationsstück für das Arbeitszimmer irgendeines Admirals?

Das Büro des Hafenmeisters ähnelte der Marktbude eines Händlers. Die vordere Wand war zur Hälfte weggebrochen worden und bildete jetzt eine Theke, hinter der der Hafenmeister saß. Im dahinter liegenden Raum arbeiteten drei oder vier Schreiber emsig an Aether-Konsolen. Die Theke lag im Schatten einer braunen Markise, die ganz offensichtlich früher einmal als Segel gedient hatte.

Es warteten bereits ein paar Leute. Nach ihrer Kleidung zu schließen, waren es entweder Seeleute oder Offiziere, daher stellten Sarhaddon und ich uns hinter ihnen an, während meine beiden

77

Wachen sich zur Seite zurückzogen und dort warteten. Der erste Mann in der Warteschlange schien sich qualvoll lange über irgendeine Kleinigkeit auszulassen, die irgendetwas mit einem Kutter zu tun hatte. Schließlich schienen sie zu einer Einigung zu kommen, und er stapfte mit dem typischen rollenden Gang eines Mannes, der lange auf See gewesen war und erst seit kurzem wieder festen Boden unter den Füßen hatte, davon. Die Nächsten in der Schlange wurden mit ihren Angelegenheiten schneller fertig, und es war eine willkommene Erleichterung, als wir endlich unter der Markise anlangten; mein Gewand war ein bisschen zu warm, um in der heißen Sonne herumzustehen.

Der Hafenmeister war ein großer Mann in einer grünen Robe, der einen unmodisch langen blonden Bart hatte.

»Erbgraf Cathan von Lepidor würde gerne an Bord des Kuriermanta nach Taneth übersetzen«, erklärte Sarhaddon. Es war für einen Mann meines Ranges ganz normal und wurde eigentlich erwartet, dass ich jemanden hatte, der als mein Sprachrohr und Berater diente, und Sarhaddon schien diese Aufgabe von sich aus übernommen zu haben. Ich hatte nichts dagegen – jeder war besser als Suall.

Ich händigte auch diesem Mann die Rolle mit dem Siegel von Lepidor und den Unterschriften von Gräfin Irria und dem Ersten Berater Atek aus. Hafenmeister Goraal schaute sie sich sorgfältiger an, als es der Offizier am Tor getan hatte, schließlich jedoch nickte er zustimmend und gab sie mir zurück.

»Ihr seid Graf Elnibals Sohn?« Er sprach mich direkt an.

»Ja.«

»Er ist auf dem Weg zur Ratsversammlung vor einigen Wochen hier durchgekommen. Ist das Eure gesamte Entourage?«

Er runzelte die Stirn und schaute sich um, ob er außer uns beiden noch jemanden entdecken konnte.

»Das ist meine gesamte Entourage; hinzu kommen nur noch zwei Wachen«, sagte ich. »Und das ganze Gepäck.«

»Ihr zieht es vor, mit leichtem Gepäck zu reisen, wie ich sehe. Da ich annehme, dass Ihr es eilig habt, die Versammlung noch zu erreichen, bevor sie endet, kann ich Euch sagen, dass Ihr Glück habt. Die *Paklé* läuft morgen früh von Port zwölf aus; findet Euch drei Stunden vor Sonnenaufgang im Unterwasserhafen ein. Ich nehme an, Ihr benötigt hier keine Unterkunft?«

»Wir wissen noch nicht genau, wo wir bleiben werden«, sagte Sarhaddon. »Wir sind gerade erst angekommen.«

»Am besten wärt Ihr natürlich im Palast aufgehoben, aber wir können Euch auch oben in Zimmern der höheren Offiziere unterbringen. Von denen wohnt keiner wirklich hier, sie haben alle Paläste auf dem Hügel. Kommt bei Sonnenuntergang zurück, wenn Ihr unsere Hilfe benötigt. Morgen früh wird Euch Euer Siegel die Tore öffnen.«

Sarhaddon dankte ihm, und wir verließen den Militärhafen.

»Dann müssen wir also eine Unterkunft für eine Nacht finden«, sagte Sarhaddon, als wir am Anfang der Straße standen, die in die Stadt führte – die Hauptstraße, nicht die, die durch das Hafenviertel ging.

»Habt Ihr irgendwelche Vorschläge?«

»Der Palast ist am bequemsten. Im Tempel …, nun, das ist schwer zu sagen. Sie versuchen immer, dafür zu sorgen, dass die Aristokratie wohlwollend auf sie herabblickt. Für jemanden, der sein Amt politischen Erwägungen verdankt, ist der Exarch trotzdem nicht wirklich schlimm. Er ist derjenige, der die Ketzer für unbedeutend hält.«

Wir bogen von der breiten, überfüllten Straße in eine ebenso breite Prachtstraße ab, die jedoch noch voller war. Eine große Gruppe prächtig gekleideter Männer ritt mitten auf dieser Straße dem Palast entgegen. Hinter ihnen kämpfte sich ein mit Weinfässern voll beladener Karren voran.

»Ich glaube, wir sollten ihnen folgen«, sagte ich. »Wenn sie zum Palast gehen, machen wir einfach kehrt und marschieren zum Tempel. Wahrscheinlich nutzen ein paar jüngere Söhne oder Ratsmitglieder die Gelegenheit für Saufgelage, da doch der König und sein Sohn in Taneth sind.«

»Tut das der ganze Adel hier?«, fragte Sarhaddon leichthin. Er mochte schlauer sein als ich und mehr Lebenserfahrung haben, doch ich wusste zumindest, was die Aristokratie von Pharassa veranstalten konnte. Nicht dass das ein großer Verlust für ihn gewesen wäre: Sie waren kein sonderlich interessanter Haufen.

»Der dritte Sohn des Königs von Pharassa ist ein unverbesserlicher Schürzenjäger. Normalerweise ist immer jemand da, der ihn in die Schranken weist, aber dieses Jahr hat der Thronerbe seinen Vater nach Taneth begleitet, und daher vermute ich, dass die Vorsichtsmaßnahmen, die sie getroffen haben, nicht funktionieren. Der zweite Sohn ist in dieser Hinsicht nicht besonders nützlich – er ist ein religiös angehauchter Wahnsinniger, der es mit härenen Hemden und solchem Zeugs hat.«

Menschen aller Nationalitäten drängten sich in den Straßen, Reiche wie Arme, und am Straßenrand reihten sich üppige Stände und Buden aneinander. Wir gingen vom tiefer gelegenen Teil der Stadt hügelan und gelangten in die Viertel der angeseheneren Kaufleute, der Seidenhändler, der Goldschmiede, der Juweliere und der Weinhändler. Die Kleidung der Leute wurde immer modischer und feiner, mit Borten statt mit Streifen in verschiedenen Farben.

Pharassas Architektur unterschied sich geringfügig von der Lepidors oder Kulas. Es gab eine Menge geriefter Säulen, und die Gebäude waren häufig viereckig und wiesen keine Kuppeln auf. Der Hauptmarktplatz war anscheinend einst ein Platz gewesen, auf dem sich die Politiker versammelt hatten, und ich konnte mich an eine Inschrift über der Tür eines alten Tresorraums erinnern: *Republica Pharassae*. Republik von Pharassa. Sie war vor zweihundert Jahren von Aetius zerstört worden – behauptete die Domäne. Mittlerweile war ich mir da nicht mehr so sicher.

Als die Reiter sich durch das vordere Tor des auf dem Hügel thronenden Palasts schoben, dessen fünfstöckige Türme und architektonische Eleganz die Stadt beherrschten, machte ich Halt.

»Ich werde auf keinen Fall im Palast bleiben, wenn sie eines ihrer wilden Gelage feiern. Wie bequem und luxuriös es auch sein mag, es ist es nicht wert, von diesen betrunkenen Taugenichtsen Landjunker genannt zu werden.«

»Ihr klingt ziemlich verbittert«, meinte Sarhaddon und schaute mich an.

»Ich muss eine puritanische Ader haben. Ich habe mich noch nie bemüßigt gefühlt, mich zur Zerstreuung zu betrinken.« Tatsächlich war das gar nicht der eigentliche Grund.

»Wenn ich mich recht an ein paar Priester in Taneth erinnere, scheint mir das eher rettender Anstand zu sein. Kommt, wir sollten den Hügel lieber wieder hinuntergehen. Wenn wir zum Tempel wollen, sind wir im völlig falschen Teil der Stadt.«

Nicht dass man den Tempel nicht von so ziemlich jedem Punkt aus hätte sehen können, dachte ich, als wir uns dem riesigen, hoch aufragenden Gebäude näherten. Der Avarch von Lepidor hatte mir erzählt, dass alle Tempel der Domäne nach dem gleichen Muster erbaut wurden: ein großer Zikkurat, dessen Größe und Höhe den Reichtum der Stadt widerspiegelte, umgeben von einer großen Zahl kleinerer Gebäude, die sich rund um seinen Fuß gruppierten. Der Zikkurat von Pharassa war dreistöckig: ein gewaltiger erster Stock, der gut achtzig Fuß hoch war, darauf eine breite Plattform, gefolgt vom zweiten und dritten Stock von fünfzig beziehungsweise zwanzig Fuß Höhe. Oben auf der dritten Plattform befanden sich die beiden Altäre, deren vergoldete Oberflächen im Sonnenlicht glänzten. Die einzelnen Ebenen erreichte man über eine riesige Treppe, die auf der Vorderseite vom Hof aus nach oben führte, und über zwei weitere, etwas weniger imposante Treppen, die seitlich emporführten und sich auf der Plattform des ersten Stocks in einer

Art Torhauskonstruktion mit der Haupttreppe vereinigten. Das Ganze war eine atemberaubende Monstrosität, und ich konnte nicht anders – ich fühlte mich daneben einfach demütig.

Noch während wir hinaufstarrten, tauchte oben bei den beiden Altären eine Prozession aus rot gewandeten Priestern auf und begann mit langsamen, gemessenen Schritten, die Mitteltreppe herabzusteigen.

Sarhaddon blinzelte in die Sonne, die sich mehr oder weniger direkt über den Priestern befand; das grelle Licht machte es schwer, etwas zu erkennen. »Der Mittagssegen«, sagte er. »Er wird traditionell in den Zikkurats erteilt.«

Wir näherten uns den umstehenden Gebäuden; ihre Außenseiten bildeten eine feste Mauer mit einem einzigen Tor, das in den zentralen Hof führte. Durch dieses Tor strömten unablässig Menschen hinein und hinaus. Die meisten von ihnen gehörten zu den ärmeren Schichten, Arbeiter und kleine Händler. Sie hatten im Hof gerade ihre tägliche Aufwartung gemacht – oder waren eben im Begriff, es zu tun. Die wohlhabenderen Einwohner von Pharassa – die Mehrheit der Kaufleute und die angeseheneren Handwerker – würden später ihre Aufwartung machen, wenn es kühler geworden war und nicht mehr so viele Menschen unterwegs waren. *Religion nach gesellschaftlichem Rang,* dachte ich zynisch.

Wir durchquerten das mächtige Tempeltor mit seinen gewaltigen Türpfosten aus bemalten Ziegeln und traten in den überfüllten Hof. Sarhaddon deutete auf die andere Seite, auf ein weiteres, kleineres Tor links der Treppe zum Zikkurat. »Das ist der Eingang zum Bereich der Priester«, sagte er. »Aber zuerst müssen wir uns durch diese Meute wühlen.« Die Menge war pausenlos in Bewegung, und die Menschen drängelten und schubsten einander in ihrem Bemühen, die Altäre in der Mitte zu erreichen.

»Vielleicht wäre es besser, am Rand entlang außen herumzugehen«, sagte ich. »Dort ist es nicht ganz so voll.«

Wir schoben uns an der Rückseite und der linken Seite des Hofs entlang. Die Mauern spendeten nur wenig Schatten, während die Sonne gnadenlos herabbrannte. Die Prozession, die wir die Altäre auf der Spitze des Zikkurats hatten verlassen sehen, verschwand gerade hinter dem Gebäude; sie kam immer noch die Treppe hinab, die – wie ich jetzt sehen konnte – jenseits der Mauer, die den Tempelkomplex vom äußeren Hof trennte, den Boden erreichte.

»Hm, ich frage mich bloß, was die hier machen?«, sagte Sarhaddon, als wir uns dem kleinen Tor näherten. Ich hatte keine Ahnung, was er meinte, doch als ich mich umschaute, verstand ich seine Worte.

An der Tür zum Tempelkomplex standen Kriegerpriester der Sacri, die ersten, die ich zu Gesicht bekam. Zwei Männer bewachten den Eingang; sie trugen weiße Hosen und weiße Hemden und darüber eine karmesinrot lackierte Rüstung. Beide hielten eine Lanze in der rechten Hand, und zu ihrer Linken ruhte jeweils ein Schild auf dem Boden. Ihre Helme, die ebenfalls karmesinrot lackiert waren, wurden von Helmbüschen gekrönt, und unterhalb der Augen bedeckte ein Tuch von der gleichen roten Farbe ihr Gesicht, verbarg alles außer ihren Augen. Ich spürte ihre bedrohliche Ausstrahlung und war froh, dass noch nie welche in Lepidor aufgetaucht waren.

»Was wollt Ihr hier?«, richtete einer von ihnen das Wort an uns. Seine Stimme war vollkommen ausdruckslos – eine kalte, unmenschliche Stimme, fand ich.

»Ich bin Akolyth Sarhaddon von Lepidor, und ich begleite Erbgraf Cathan aus eben jener Stadt bei seinem Aufenthalt im Tempel.«

»Wir wurden nicht über Eure Ankunft informiert. Könnt Ihr Euch ausweisen?« Er erhob nicht einmal die Stimme, als er seine Frage stellte. Ich erschauerte.

Sarhaddon warf mir einen Blick zu, und einmal mehr zog ich die Rolle aus meinem Beutel und reichte sie dem Sacrus. »Ranthas sei mit Euch, Erbgraf Cathan, möge Sein Licht Euren Besuch hier erleuchten«, sagte er, als er sie mir einen Augenblick später zurückgab und uns anschließend durchwinkte. Dann drehte er sich um und bellte einem Novizen, der im Innern wartete, einen Befehl zu, woraufhin der Junge prompt losrannte. »Es wird gleich jemand kommen, der würdig ist, Euch zu empfangen.«

Als wir uns in dem bisschen Schatten befanden, das der Torbogen spendete, zog ich fragend eine Augenbraue in die Höhe. Aber Sarhaddon bedeutete mir mit einer Handbewegung zu schweigen, und ich fragte mich, ob er wohl nervös war. Im Innern befand sich ein kleinerer Hof, der von einem Säulengang umgeben war. Rechter Hand konnte ich die Treppe sehen, die an der Vorderseite des Zikkurats nach oben führte. Zwei- und dreistöckige Gebäude ragten zu beiden Seiten vor dem Fuß des gewaltigen Tempels auf. Der Novize verschwand in der Dunkelheit des gegenüberliegenden Säulengangs. Einen kurzen Augenblick später entwickelte sich dort drüben aufgeregte Geschäftigkeit, und dann tauchten zwei Priester mit vier oder fünf Akolythen im Schlepptau auf.

»Ich grüße Euch, Erbgraf Cathan«, sagte der Sprecher der Priester, ein überaus kräftig gebauter Mann mit einer ausgeprägten Adlernase. Sein Gewand war rot – eine Farbe, die den Priestern vorbehalten war – und von guter Qualität, und seine Gürtelschärpe war mit Goldfäden durchwirkt. »Ich bin Tempelmeister Dashaar, und das hier ist Gästemeister Boreth. Ich habe gehört, dass Ihr eine Unterkunft sucht.«

»Was für einen besseren Ort als diesen hier könnte es wohl geben?«, erwiderte ich unsicher.

»Ihr habt natürlich Recht. Es ist offensichtlich, dass Ihr bereits in Ranthas' Licht wandelt.« So wie er es sagte, klang es aufgesetzt, wie auswendig gelernt. »Und Akolyth Sarhaddon ist Euer Begleiter?«

»Ja, das ist er.«

»Dann wird ihm der volle Respekt zuteil werden, der einem Mitglied Eurer Entourage zusteht.« Dashaar runzelte die Stirn. »Sind dies Eure einzigen Begleiter?«

»Ich reise gern mit kleinem Gefolge.« Suall und Karak schien er noch nicht einmal wahrzunehmen.

»Kommt herein. Wir sollten Euch nicht noch länger in der Sonne herumstehen lassen«, sagte Dashaar. »Kommt herein. Wir werden Räumlichkeiten finden, die Eurem Rang angemessen sind und dafür Sorge tragen, dass Etlae Euch empfängt. Der Exarch ist bedauerlicherweise im Augenblick nicht hier; er ist in der Heiligen Stadt.«

Wer war Etlae? Während ich mit Dashaar und seinen Begleitern ins Innere des Tempels schritt und die Akolythen Suall und Karak die Taschen abnahmen, wunderte ich mich über Dashaars überschwängliches Willkommen. Der Mann war ein gerissener, aalglatter Schmeichler, das konnte ich sehen. Doch war es üblich, vor allen Adligen zu katzbuckeln, so unbedeutend sie auch sein mochten? Dieses Willkommen ging ganz sicher weit über das hinaus, was mir im Palast zuteil geworden wäre – aber warum das Ganze für einen Clanerben aus einer Ecke, die selbst die Pharassaner als das Ende der Welt betrachteten? Ich musste aufpassen und einen klaren Kopf behalten.

Kaum hatten wir den schattigen Säulengang hinter uns gelassen und waren durch eine breite Tür tiefer ins Innere des Tempels getreten, stellte ich erstaunt fest, wie üppig dieser ausgestattet war. Er kam ganz sicher dem Innern des Palasts hier in Pharassa gleich und übertraf alles, was es in Kula oder Lepidor gab. Die Fußböden bestanden aus Mosaiken oder poliertem weißem Marmor; die Wände waren mit geschmackvollen, kostbaren Fresken geschmückt, und die Säulen waren aus vergoldetem Zedernholz. Selbst die Innenwand der Kuppel über unseren Köpfen war in leuchtenden Farben bemalt. Duftlampen brannten in regelmäßigen Abständen, und ihr Rauch erfüllte das ganze Gebäude mit einem süßen, träumerischen Geruch. In dieser Art Luxus konnte man sich schon verlieren, dachte ich.

Dashaar führte uns die Treppen hinauf in ein großes Vorzimmer und forderte uns auf, uns in die gepolsterten Sessel zu setzen. Schnell wurde Wein gebracht und in goldene, mit Halbedelsteinen besetzte Kelche gefüllt.

»Ich sehe, dass Ihr unsere Dekoration bewundert«, sagte Boreth. Er war kleiner als Dashaar, aber kaum weniger ölig. »Dieser Tempel wurde erbaut, um Ranthas zu rühmen, und wie könnte man ihm mehr Ehre erweisen als damit, dass man den Orten, die mit ihm verknüpft sind, die allergrößte Aufmerksamkeit entgegenbringt?«

»Was sind das für Leute, Dashaar?«, fragte eine gebieterische Stimme. Alle Anwesenden wirkten überrascht, und Sarhaddon erhob sich aus seinem Sessel und sank auf ein Knie nieder. Ich war nicht weniger erstaunt, als ich einen Blick auf die Sprecherin erhaschte. Sie war durch eine Tür gekommen, die nach draußen führte – zumindest ließ die leichte Brise, die durch die Öffnung wehte, darauf schließen.

Es war eine Frau, groß, hager und in das Weiß und Gold eines Exarchen gekleidet. Ihr Gesicht war teilweise hinter einem Schleier verborgen, aber man konnte dennoch eisengraues Haar, das am Hinterkopf zu einem Knoten zusammengesteckt war, und scharf geschnittene, entschlossene Gesichtszüge erkennen.

»Du darfst dich erheben, Akolyth. Ich grüße Euch, ehrenwerte Gäste. Ich bin Etlae, Dritte Primarchin des Elements und Oberpriesterin des Nordens.«

Meine Augen wurden groß, und ich vollführte die Verbeugung, die von jemandem meines Ranges angesichts einer Primarchin erwartet wurde. Sie war also nichts Geringeres als eine Primarchin – aber eine Primarchin des Feuerelements, nicht des Gottes selbst. Ich fragte mich, was sie wohl hier in Pharassa machte?

»Ich … bin Cathan, Erbgraf von Lepidor.«

»Und was führt Euch in den Tempel statt in den Palast?«

»Ich habe es vorgezogen, den Banditen aus dem Weg zu gehen, die während der Abwesenheit des Königs im Palast das Sagen haben.«

»Wärt Ihr nicht doch lieber bei ihnen?« Schwang da tatsächlich ein bisschen Humor in ihrer Stimme mit?

»Nein. Da ich aus der Provinz stamme, bin ich ausgelassene Feste nicht gewöhnt.«

»Ich verstehe«, sagte sie und musterte mich eingehend. »Und für wie lange kommen wir in den Genuss Eurer Gesellschaft?«

Sie hatte die Art eines Lehrers, der ein kleines Kind über ein Vergehen ausfragt, was ich mehr als nur ein bisschen ärgerlich fand. War unsere Entscheidung, hierher zu kommen, am Ende doch falsch gewesen?

»Bis morgen.«

»Gut.« Sie drehte sich um. »Ich hoffe, ich werde Euch heute Abend beim Essen wiedersehen.« Ohne ein weiteres Wort rauschte sie mit raschelnden Gewändern durch eine Tür an der hinteren Wand des nächsten Zimmers davon.

»Wohnt sie hier?«, fragte ich, um das unbehagliche Schweigen zu durchbrechen, das sich nach ihrem Abgang auf unsere Gruppe herabgesenkt hatte.

»Normalerweise ist sie in Taneth«, erwiderte Dashaar, »und beehrt uns nur selten mit ihrer Gegenwart.« Schwang da ein Hauch Bitterkeit in seiner Stimme mit?

Eine Oberpriesterin des Nordens, die nur gelegentlich das Gebiet besuchte, für das sie verantwortlich war. Ich fragte mich, ob sich dieses Muster womöglich auch andernorts in der Domäne wiederholte. War häufige Abwesenheit hier die Norm? Dashaar und Boreth unterhielten sich ein Weilchen mit uns über allerlei unwichtige Dinge, bis ein Novize in einem braunen Gewand erschien und zögernd verkündete, dass nun eine Zimmerflucht für die Gäste vorbereitet sei. Boreth entließ ihn in harschem Tonfall, und der junge Mann machte, dass er wegkam. Dann wandte Boreth sich wieder lächelnd an uns und bat uns, ihm zu folgen. Wir gingen durch weitere Korridore und dann eine Treppe hinauf, an deren Ende Boreth eine Tür aufhielt und uns bedeutete hindurchzutreten. Wir gelangten in einen kurzen Gang und schließlich in meine Gemächer.

Die Suite, die man mir zugewiesen hatte, übertraf meine Räume zu Hause – oder, genauer gesagt, den ganzen Palast in Lepidor – bei weitem. Reich verzierte, gewobene Matten waren auf dem Fußboden aus polierten Fliesen ausgebreitet, und die Wände waren mit Bas-Reliefs und Wandbehängen bedeckt, die von meisterhaften Könnern ausgeführt worden waren. Räucherfässchen standen in den Ecken; die Luft war allerdings nicht ganz so rauchgeschwängert, weil der Raum sich auf einen breiten Portikus öffnete, von dem aus man einen Blick auf den gesamten Komplex hatte. Ich war froh darüber. Nach ein paar Minuten im Tempel hatte ich den alles durchdringenden Geruch als bedrückend empfunden. Wie konnte man so etwas nur tagtäglich aushalten? Die beiden Wachen und Sarhaddon würden in den Zimmern schlafen, die vom Korridor abzweigten, und sich einen Waschraum teilen; ich hatte einen eigenen.

»Sind dies hier Gästequartiere?«, fragte ich Boreth. Dashaar hatte sich entschuldigt, noch bevor wir das Vorzimmer verlassen hatten.

»Ja. Sie sind reserviert für die Besuche weltlicher Würdenträger wie Ihr es seid. Werdet Ihr den Tempel noch einmal verlassen müssen?«

»Der Erbgraf muss in der Stadt noch einige Geschäfte erledigen«, entgegnete Sarhaddon prompt. »Wir werden später am Nachmittag zurückkehren.«

»Ich werde dafür sorgen, dass die Wachen Bescheid wissen. Falls

Ihr am Abendessen des Tempelkapitels teilzunehmen wünscht, es wird nach Sonnenuntergang im Refektorium des Exarchen eingenommen, wobei er selbst wohl kaum zugegen sein wird. Ihr seid außerdem zur Sonnenuntergangszeremonie bei den Hochaltären eingeladen. Habt Ihr sonst noch irgendeinen Wunsch?«

»Nein, vielen Dank.«

Boreth verbeugte sich und zog die Tür hinter sich zu. Als unsere beiden Wachen sich in ihre eigenen Zimmer zurückgezogen hatten, schloss Sarhaddon die Tür des Hauptraums. Dann lehnte er sich dagegen und schüttelte erstaunt den Kopf.

»Was ist los?«

»In meiner Erinnerung war dieser Tempel hier immer schon ziemlich luxuriös«, sagte er mit gesenkter Stimme. Gleichzeitig gab er mir ein Zeichen, dass ich so leise wie möglich sprechen sollte.

Ziemlich luxuriös?, dachte ich. Und was sollte diese Heimlichtuerei?

»Nichts ist mehr wie es war. Dashaar und Boreth sind neu; keiner der beiden war damals hier, als ich hier war. Boreth kommt seinem Akzent nach aus Taneth. Und es wimmelt von Sacri, die sich in den Schatten verbergen.«

»Ich habe keine gesehen, außer den beiden am Tor.«

»Ihr haltet Eure Augen auch nicht richtig offen. Ihr wart zu sehr damit beschäftigt, wie ein betäubter Ochse die Dekoration anzustarren. Und diese Primarchin kann einen das Fürchten lehren.«

»Glaubt Ihr, dass uns jemand belauscht?«, fragte ich und ließ meine Blicke durch den Raum schweifen. Nach einer kurzen Pause fügte ich hinzu: »Bei der kriege ich eine richtige Gänsehaut.« Sie war so unverschämt zu mir gewesen, dass es mir gleichgültig war, ob jemand mitbekam, dass ich ihr gegenüber nicht gerade freundlich eingestellt war.

»Ihr habt Recht, wir werden mit ziemlicher Sicherheit belauscht. Dies sind Quartiere für geehrte Gäste; garantiert hockt ein Akolyth in den Dachbalken und hört alles, was wir sagen, damit die Priester jedes zweckdienliche Geheimnis mitbekommen. Aber wie auch immer, *Ihr habt gesagt, wir müssen uns unbedingt mit dem Konsul Eures Vaters treffen.*« Seine letzten Worte wurden mit solchem Nachdruck ausgesprochen, dass ich erst nach einem Moment der Verwirrung begriff, was er wirklich meinte.

»Natürlich müssen wir das. Er sollte es auf diese Weise erfahren, bevor er irgendwelche Gerüchte aufschnappt.«

Wir begaben uns durch die Gänge zurück zum Tor, wobei wir uns in den kreuz und quer verlaufenden Korridoren zweimal verirrten. Beim zweiten Mal gingen wir eine Treppenflucht hinab, die laut Sarhaddons Erinnerung direkt zum Haupthof führte, nur um schließlich festzustellen, dass am Ende der Halle eine verriegelte Tür auf uns wartete, die ein Weiterkommen unmöglich machte. Sarhaddon fluchte leise vor sich hin, und wir kehrten um, doch als wir an einem durch einen Vorhang abgeteilten Zimmer zu unserer Linken vorbeikamen, hörten wir plötzlich Stimmen. Ich erstarrte.

»Wird der Exarch von Cambress nicht dagegen protestieren?«, fragte die Stimme eines Mannes.

»Der cambressianische Exarch wird keine Probleme machen«, sagte Etlae. »Er ist von einer plötzlichen Krankheit befallen worden, und es wird ihm unmöglich sein, am Konklave zur Wahl des neuen Primarchen teilzunehmen. Wenn die Cambressianer nicht ständig darauf bestehen würden, ihre eigenen Kandidaten auszusuchen, wären sie ein weit geringeres Ärgernis. Er ist der Einzige, der Lachazzar jetzt noch aufhalten könnte, aber er wird nicht dort sein, verlasst Euch drauf.«

»Gut.«

Sarhaddon zerrte wild an meinem Arm. Wir hörten erst auf zu rennen, als wir den Hof erreichten, und sobald wir das äußere Tor des Tempels hinter uns gelassen hatten, rannten wir erneut, bis wir in die anonyme Sicherheit der Stadt eingetaucht waren.

Kapitel V

Wir gingen schweigend die Hauptstraße entlang und auf den großen Marktplatz hinaus; er war riesig, sieben- oder achtmal so groß wie der in Lepidor, und voll unzähliger Verkaufsbuden und Marktstände. Einige davon waren praktisch dauerhafte Läden, mit in der Brise flatternden Seidendächern und Pavillons mit teppichbelegten Fußböden. Selbst die kleineren zeugten von einem Wohlstand, wie man ihn entlang der Küste im Norden niemals fand.

Obwohl sich die Stände über ein großes Gebiet verteilten, drängten sich in den Gängen zwischen ihnen die Menschen. Mehr als einmal wurden wir gegen die Seite eines Stands gedrückt, wenn ein Kaufmann, der reich genug war, sich eine Eskorte leisten zu können, sich den Weg freimachen ließ.

»Warum sind wir hier?«, fragte ich Sarhaddon, als der dritte Mann von dieser Sorte an uns vorbeikam und wir beinahe die Waren eines Tuchhändlers umgeworfen hätten. Der Mann schüttelte drohend die Faust – erst gegen uns, dann hinter dem vorbeiziehenden Kaufmann her –, und verfluchte ihn und uns gleichermaßen.

»Nur für den Fall, dass sich irgendjemand gewundert hat, wieso wir den Tempel in solcher Hast verlassen haben, oder uns entdeckt hat und versucht, uns zu folgen«, antwortete Sarhaddon. »In diesem Gewühl kann uns niemand auf den Fersen bleiben.«

»Und wohin gehen wir?«

»Ich habe keine Ahnung«, antwortete er. »Dieser Ort hier ist ein bisschen zu öffentlich, um wichtige Dinge zu besprechen.« Er überlegte einen Moment und fuhr dann fort: »Wir sollten uns in einen der Gärten im Viertel der reichen Kaufleute absetzen; wir mischen uns einfach unter die Besucher. Niemand wird das Recht eines Grafensohns in Frage stellen, den Frieden und die Stille eines solchen Ortes zu genießen.«

»Frieden und Stille scheinen wir in letzter Zeit eher selten genossen zu haben.«

»Das ist nur allzu wahr, allzu wahr.« Mir kam es so vor, als sei er ein wenig abgelenkt, doch das war ja nicht weiter überraschend.

Schließlich entkamen wir dem Gedränge auf dem Marktplatz und gingen eine kleinere, weit weniger bevölkerte Straße entlang, bis wir linker Hand eine von Mauern umgebene Grünfläche erreichten. Ein angenehmer Geruch nach Laub und Blumen verdrängte den Gestank der restlichen Stadt.

»Dies hier ist der Eingang von der Straße aus«, sagte Sarhaddon. »Er wird bestimmt bewacht. Legt Euer adligstes Benehmen an den Tag, sagt dem Wachposten, wer Ihr seid und tretet so richtig gebieterisch auf.«

Sarhaddons Strategie erwies sich als perfekt für den einzelnen, schmuck herausgeputzten Posten, der in der Nähe des Tores herumstand. Ich vermutete, dass den Bewohnern dieses Viertels eigene Eingänge an der Rückseite des Parks zur Verfügung standen und sie ihn ohne weitere Überprüfung betreten konnten. Andererseits würden sie nicht jeden beliebigen Streuner hereinlassen wollen, der womöglich vorhatte, den Mitgliedern der erlesenen Gesellschaft des Viertels in irgendeiner Weise zu schaden.

Im Innern der Mauern gab es eine verschwenderische Fülle von Pflanzen und Bäumen, Springbrunnen und Wasserspielen und mehr als ein kleines Türmchen mit einem diskreten Privatgemach darin. Ich fühlte mich hier mehr zu Hause, als ich es je getan hatte, seit ich meine Heimatstadt verlassen hatte, wo zwischen den Gebäuden viel mehr Platz war und wo es eine Menge freier Flächen gab. Die Gärten in der Unterstadt von Pharassa waren bereits vor Jahrhunderten angelegt worden, und sie machten einen irgendwie ungemütlichen, unfruchtbaren Eindruck.

»Es scheint, als ob diese Türme den verschiedensten Zwecken dienen«, meinte Sarhaddon, als er in einen hineinschaute und einen

Frauenschal entdeckte, der unachtsam auf einer kleinen, abwärts führenden Treppe liegen gelassen worden war. Aus anderen hörte ich gedämpftes Stimmengemurmel – Hinweise auf Gespräche in verborgenen Zimmern, laut genug, um sofort zu wissen, dass jemand da war, wenn man einen Turm betrat, andererseits jedoch so leise, dass ein draußen postierter Lauscher nichts verstehen konnte. Ich überlegte mir, dass die Pharassaner diese Gärten wahrscheinlich dazu nutzten, Geschäfte abzuschließen, die offiziellen Nachforschungen nicht standhalten würden. Ob es hier wohl Spione gab, die die Gäste belauschten? Das würden die Kaufleute ganz sicher nicht zulassen.

Wir fanden schließlich einen Turm, der gerade nicht benutzt wurde. Das unterirdische Zimmer war klein, aber erfrischend kühl, und das einzige Mobiliar bestand aus einer Steinbank, die sich an der Wand entlangzog.

»Also – kannst du mir vielleicht sagen, worum es nun eigentlich geht?«, wollte ich wissen und wählte dabei bewusst die vertraulichere Anrede. Nach dem, was gerade im Tempel geschehen war, erschien sie mir einfach passender.

»Einfach ausgedrückt«, antwortete Sarhaddon mit einem grimmigen Lächeln, »planen ein paar Verräter, Lachazzar zum neuen Primarchen zu machen.«

»Lachazzar? Dieser Häretiker verbrennende, Schwert schwingende Fanatiker, von dem du mir erzählt hast?« Sarhaddon hatte ziemlich deutlich gemacht, dass Lachazzar einer extremistischen Randgruppe angehörte. Wie konnte es dann Menschen geben, die ihn allen Ernstes zum Primarchen machen wollten?

»Genau der. Es sieht so aus, als würde er von Leuten aus höchsten Kreisen unterstützt.«

»Und was war das mit diesem Exarchen von Neu Hyperia, der aus dem Weg geräumt werden soll?«

»Die Cambressianer – oder, mit anderen Worten, die Einwohner von ganz Neu Hyperia – ernennen ihre eigenen Exarchen«, erklärte Sarhaddon. Er marschierte auf dem kreisförmigen Fußboden hin und her wie ein eingesperrter Bulle.

Das wusste ich, auch wenn ich mich nicht daran erinnern konnte, von welchem meiner Tutoren ich es gehört hatte. Die Cambressianer hatten die Macht dazu vor zwanzig Jahren errungen, als die Domäne zu viel Druck ausgeübt und sich zu sehr eingemischt hatte. Die cambressianischen Admiräle – die Anführer – hatten sämtliche Priester und Magier in ihrem Einflussgebiet eingesperrt und damit gedroht, ein Expeditionskorps gegen die Heilige Stadt selbst zu entsenden. In jener Zeit mussten die Halethiter schwächer gewesen sein, denn jetzt sagte man, dass keine feindliche Armee die Heilige Stadt je erreichen könnte.

Damals war die Domäne zu schwach gewesen, um ihre Beschlüsse durchzusetzen, daher hatte sie am Ende klein beigegeben und der cambressianischen Regierung ziemlich weit gehende Kontrollbefugnisse über die Tempel in ihrem Gebiet eingeräumt, wozu nicht zuletzt das Recht gehörte, Ernennungen in den Avarchaten und Exarchaten zu kontrollieren. Aus diesem Grund war der Exarch von Neu Hyperia – einer der ranghöchsten Exarchen überhaupt, der nur von den Exarchen von Taneth und der Heiligen Stadt an Macht und Bedeutung übertroffen wurde –, normalerweise eine unabhängige Person. Und mit dem Rückhalt, den ihm die Flotte von Cambress gewährte, musste seine Macht ziemlich bedeutend sein.

»Der gegenwärtige Exarch von Neu Hyperia ist keine Ausnahme«, schloss Sarhaddon seine Ausführungen. »Er ist ein gemäßigter, vernünftiger Mann, und seine Unterstützung könnte die Wahl entscheiden. Wenn er vergiftet worden ist – und das habe ich aus diesem Gespräch herausgehört –, werden die Sacri von Neu Hyperia nicht da sein, um die Wahl des Primarchen zu beeinflussen. Ohne ihre Unterstützung und die Gegenwart des Exarchen werden die Gemäßigten an Einfluss verlieren. Du kannst dir ja vorstellen, was in einem solchen Fall geschehen wird.«

Ich wusste nicht viel über die Politik außerhalb von Ozeanus und verstand noch weniger davon, obwohl mein Vater sich alle Mühe gegeben hatte, mir etwas beizubringen. Doch sogar ich konnte erkennen, was Sarhaddon meinte.

Tausende von Menschen würden sterben, und die Hand der Domäne würde noch schwerer auf uns lasten. Gemäßigte Avarchen würden durch Fanatiker ersetzt werden, die ganz versessen darauf waren, jede noch so kleine Spur eigenständigen Denkens auszurotten. Und selbst Neu Hyperia würde in Mitleidenschaft gezogen werden, wenn ich mir auch nur schwer vorstellen konnte, dass eine Organisation, die so zerstreut war wie die Domäne, allzu viel Macht über Cambress haben könnte. Dennoch … die Überlegenheit der cambressianischen Seestreitkräfte – die sogar stärker waren als die von Taneth – währte nun schon seit Jahrhunderten, doch erst vor ein paar Jahrzehnten hatten die Cambressianer zumindest ein wenig Kontrolle über die Domäne gewonnen.

Neu Hyperia … der Manta! Der schwarze Manta, der Xasan angegriffen hatte! Militärische Angelegenheiten waren etwas, wovon ich sehr wohl etwas verstand.

»Dann könnte die Domäne hinter dem Angriff auf Xasan und die *Löwe* stecken.«

Sarhaddon wirbelte jäh herum, seine Augen leuchteten. »Bei Ranthas' Feuer, Cathan! Das könnte es sein! Vielleicht ist Xasan über irgendetwas gestolpert, als er hier war – etwas, das mit dieser Intrige zu tun hat. Selbst wenn er versucht hat, es zu verbergen, könnten sie herausgefunden haben, dass er etwas mitbekommen hat.«

»Oder es war vielleicht ein Ablenkungsmanöver, um die Aufmerksamkeit der Cambressianer hierher zu lenken«, schlug ich vor.

Sarhaddon machte ein verdutztes Gesicht. »Wovon sollten sie Cambress denn ablenken wollen?«

»Von fragwürdigen Vorgängen in Äquatoria? Von der Verlegung großer Mengen Sacri? Ist nur eine Vermutung.«

»Es ist wahrscheinlicher, dass sie befürchten, jemand könnte erkennen, dass zwischen einigen merkwürdigen Ereignissen eine Verbindung besteht, also erfinden sie eine Art Gespenst, um die Spuren zu verwischen. Wie diese Intrige letztlich auch aussehen mag – sie schließt ganz Aquasilva ein.«

Ich spürte, wie mich kalte Furcht ergriff. Diese Menschen hatten den Exarchen von Neu Hyperia vergiftet – oder sie hatten es zumindest vor! Es erschien mir ziemlich unwahrscheinlich, dass sie davor zurückschrecken würden, den lästigen Sohn eines kleinen Adligen und einen ebenso lästigen Akolythen, die zufällig von ihren Plänen erfahren hatten, aus dem Weg zu schaffen.

»Aber wir können nichts tun, außer uns umbringen lassen. Warum sollten wir uns also einmischen?«

»Wir können deinen Vater warnen, wenn wir Taneth erst einmal erreicht haben. Er kann die Warnung dann an die anderen Ratsmitglieder weitergeben; vielleicht können sie ja etwas tun.«

»Wird er uns denn glauben? Werden die anderen uns glauben?«

»Vielleicht … es ist ein Schuss ins Blaue, aber nur so können die Ratsmitglieder überhaupt davon erfahren. Obwohl es dann auch schon zu spät sein könnte. Das Letzte, was ich gehört habe, war, dass Primarch Halezziah rasch dahinsiecht und nur noch wenige Wochen zu leben hat. Er könnte sterben, bevor wir Taneth erreichen – ach, was weiß ich, er könnte bereits tot sein. Die Fahrt von Taneth flussaufwärts zur Heiligen Stadt dauert eine Woche, und dann dauert es noch mal eine Woche, bis man hier ist.«

»Wie wird der Primarch denn nun eigentlich gewählt?« Ich hatte ihm diese Frage schon einmal gestellt; damals war Sarhaddon einer genauen Antwort ausgewichen. Diesmal tat er es nicht.

»Es ist eine Art Abstimmung, wobei alle Exarchen und die drei Unter-Primarchen ihre Stimme abgeben.«

»Wie viele Exarchen gibt es?«

Sarhaddon blieb stehen. Er wirkte nachdenklich. »Zehn: von Ozeanus, Thetia, Neu Hyperia, Äquatoria, Huasa, aus dem Archipel, von Silvernia und den Inseln; und schließlich noch die Exarchen der Orden – der Sacri, der Inquisitoren und der Mönche.«

Mit nur dreizehn Abstimmungsberechtigten hätte bereits die Abwesenheit eines einzigen Exarchen, vor allem eines besonders angesehenen, große Auswirkungen.

»Und wie viele von denen werden voraussichtlich Lachazzar unterstützen?«

»Darüber bin ich mir eben nicht sicher. Dies sind natürlich alles nur Vermutungen, weil ich nicht genau weiß, was da alles im Gange ist oder wie stark die Bündnisse sind. Aber die drei Oberhäupter der Orden werden ziemlich sicher für einen Fanatiker stimmen – je fanatischer, desto besser. Das Gleiche gilt für den Vertreter des Archipels. Die Exarchen von Neu Hyperia und Ozeanus sind beide liberal, der von Silvernia wahrscheinlich auch. Und der zweite Primarch stimmt sicher für sich selbst.«

Das Verhältnis schien ziemlich ausgeglichen … zumindest, solange der Exarch von Neu Hyperia dabei war. Doch wenn Etlaes Intrige Erfolg hatte, würde er nicht da sein. Konnten wir nicht irgendetwas tun? Andererseits war die Ratsversammlung von Aquasilva nicht für die inneren Angelegenheiten der Domäne zuständig – und genau darum handelte es sich hier.

Sarhaddon nahm seine rastlose Wanderung wieder auf, und ich dachte einen Augenblick nach. »Wäre es nicht besser, einfach zu vergessen, dass wir überhaupt etwas gehört haben?«, fragte ich.

Er blieb abrupt stehen und starrte mich gleichermaßen verwirrt wie überrascht an. »Warum?«

»Alles, was wir tun können, würde nur Aufmerksamkeit auf uns lenken – oder auf meinen Vater. Die Versammlung kann nichts unternehmen, und selbst die Cambressianer können der Domäne nicht mehr auf die Art und Weise drohen, wie sie es früher konnten.«

»Dann schlägst du also vor, dass wir die Angelegenheit einfach auf sich beruhen lassen?«

»Würdest du lieber deinen Kopf verlieren?«

»Du hast also Angst, Cathan? Und was ist mit den Tausenden von Menschen, die auf dem Scheiterhaufen enden werden, wenn Lachazzar Erfolg hat?«

»Aber wie können wir denn verhindern, dass Lachazzar der Nachfolger des alten Primarchen wird? Indem wir die Cambressianer warnen? Wenn Halezziah wirklich so krank ist, wie du gesagt hast, kommen wir fast mit Sicherheit zu spät. Dann wird man in Cambress wissen wollen, wie wir das Ganze herausgefunden haben. Und wenn Lachazzar erst einmal Primarch ist, können wir sowieso nichts mehr tun.«

»Wahrscheinlich hast du Recht«, sagte Sarhaddon. Sein Eingeständnis verschaffte mir weder Erleichterung noch Beruhigung; ich fühlte mich nur schäbig, weil ich das Überleben meiner Familie über das Leben Tausender anderer Menschen gestellt hatte. Aber was hätten wir denn tun können?

Als einfacher Akolyth war Sarhaddon nicht eingeladen worden, mit dem Kapitel des Zikkurats zu Abend zu speisen. Er war von einem anderen Akolythen, der noch ein paar Jahre jünger war, abgeholt worden, um im Refektorium zu essen, und ich musste die Gemächer des Tempel-Kapitels allein ausfindig machen. Das war gar keine so leichte Aufgabe, denn es waren überraschend wenig Leute unterwegs.

Als ich mein Zimmer verließ – Boreth und Dashaar waren beide anderweitig beschäftigt –, hatte ich eine ungefähre Ahnung, wohin ich mich wenden musste, doch schon binnen weniger Minuten hatte ich mich hoffnungslos verirrt. Trübsinnig sann ich darüber nach, dass mein Orientierungssinn noch schlechter zu sein schien als meine Arithmetik – etwas, was ich mir niemals hätte vorstellen können.

Schließlich begegnete mir jemand in einem schmalen, gefliesten Korridor im ersten Stock – ich hoffte zumindest, dass ich mich tatsächlich im ersten Stock befand. Draußen war es bereits dunkel, doch hier gab es Hunderte von Lampen – die, wie man mir erzählt hatte, von einem in den Wänden verlaufenden Röhrensystem versorgt wurden, das wiederum von einem unterirdischen Ölreservoir gespeist wurde –, und die holzgetäfelten und mit Wandbehängen verkleideten Wände reflektierten das Licht und verstärkten es dadurch. Alles wirkte warm und eigentlich auch ziemlich freundlich, fand ich, ganz anders als die Pracht und Herrlichkeit bei Tageslicht. Doch ich hatte noch immer keine Ahnung, wo genau ich war, und fragte mich gerade, was mit den paar hundert Bewohnern des Zikkurats geschehen sein mochte, als ein paar Meter voraus ein junges Mädchen aus einer Seitentür auf den Korridor trat. Sie umklammerte etwas, das wie ein kleines Brot und ein Stück getrockneter Fisch aussah. Als sie mich sah, stöhnte sie auf.

»Verflucht! Ausgerechnet …« Dann schaute sie mich etwas genauer an, und ich sah eine gewisse Hoffnung in ihrem Gesicht. »Wer seid Ihr?«

»Jemand, der sich verirrt hat«, gab ich zu.

Sie wischte sich mit dem Handrücken eine Strähne ihres unordentlichen roten Haares aus dem Gesicht und stieß einen erleichterten Seufzer aus. »Ihr seid nur ein Besucher. Wo wollt Ihr denn hin?«

»Zu den Räumen des Kapitels.«

»Oh, Ihr liebt gehobene Gesellschaft. Ein Haufen scheinheiliger, hochnäsiger Opportunisten, die noch nicht einmal einen Hundezwinger verwalten sollten, ganz zu schweigen von einem Zikkurat«, sagte sie verächtlich. »Es ist mir egal, ob Ihr Euch durch meine Worte beleidigt fühlt – was habe ich schließlich zu verlieren?«

»Ich gehöre nicht zur Domäne«, entgegnete ich und fragte mich, wer sie wohl sein mochte. Sie war ungefähr in meinem Alter, vielleicht ein oder zwei Jahre älter, und trug das formlose, braune Gewand einer Novizin. Außerdem war sie genauso groß wie ich, und in den Schultern sogar breiter – was allerdings auch nicht besonders schwierig war, denn ich war dürr wie eine Bohnenstange und ziemlich klein.

»Auf die Idee wäre ich natürlich niemals gekommen. Ihr seht nicht so aus, als würde Euch die Welt gehören. Da Ihr keiner von denen seid, kann ich auch höflich zu Euch sein. Wenn Ihr mich das hier einfach kurz loswerden lasst« – sie hielt das Brot und den Fisch in die Höhe – »zeige ich Euch mit Freuden, wo sich der Schweinestall befindet.«

»Der Schweinestall?«

»Ich erkläre es Euch gleich näher.« Sie huschte an mir vorbei und weiter den Korridor entlang. Ich drehte mich um und sah sie verstohlen in den nächsten Korridor spähen. Dann verschwand sie um eine Ecke. Einen Augenblick später war sie wieder da.

»So viel zum Thema Fasten. Das Kapitel speist Schneehirsch, der den ganzen weiten Weg von Silvernia hierher gebracht wurde, aber die Novizen müssen fasten, um ihren Körper zu reinigen. Oh ja, das ist genau Ranthas' Wille.« Abrupt unterbrach sie ihre Tirade. »Entschuldigung, das habe ich ganz vergessen: Ich bin Elassel Sandriem.«

»Cathan Tauro«, sagte ich.

»Und was für einen Titel habt Ihr?«, fragte sie und setzte sich in die Richtung in Bewegung, in die ich zuvor unterwegs gewesen war.

»Erbgraf. Woher habt Ihr gewusst, dass ich einen Titel habe?«

»Nur Menschen, die einen Titel tragen oder eine Menge Geld besitzen, speisen mit dem Kapitel. Also müsst Ihr entweder ein Aristokrat oder der Erbe einer großen Handelsgesellschaft oder etwas Ähnliches sein. Sie vergeuden ihre Zeit nicht mit Leuten, deren Schatztruhen leer sind oder die keinen Einfluss haben.«

»Wenn Ihr die Domäne so sehr hasst – warum seid Ihr dann Novizin?«

»Mein Stiefvater ist Priester; er ist auf einer sechsmonatigen Missionsreise ins Landesinnere, also hat er mich als Novizin hier aufnehmen lassen, damit ich keinen Ärger machen kann, bis er und meine Stiefmutter zurückkommen. Ich glaube, er hat gehofft, ich würde hier meine Berufung finden, aber so viel Glück wird er nicht haben.« Ihr Tonfall machte deutlich, dass ihr Stiefvater es bereuen würde, sie hierher gebracht zu haben.

»Und was macht Ihr hier?«, wollte sie wissen, während sie mich eine Treppe hinaufführte. Ich entdeckte eine Statue, die ich schon zuvor gesehen hatte, und begriff, dass ich im falschen Stockwerk gewesen war.

»Ich bin unterwegs nach Taneth. Wir haben Eisenerz entdeckt, und jetzt überbringe ich die Neuigkeit und ein paar Proben meinem Vater, der an der Ratsversammlung teilnimmt.«

»Zu welchem Clan gehört Ihr?«

»Lepidor«, antwortete ich, während wir den gut zwölf bis vierzehn Fuß breiten Hauptkorridor des Zikkurats kreuzten und in einen anderen Gang einbogen, der noch prächtiger geschmückt war. Irgendwo spielte jemand auf einer Laute; die Melodie erklang plötzlich aus einem Seitengang, und Elassel blieb abrupt stehen. Ich schaffte es nicht mehr, rechtzeitig anzuhalten, und prallte gegen sie.

»Tut mir Leid«, sagte sie und drehte sich um, während ich gleichzeitig ein, zwei Schritte zurücktrat. »Diesen Musiker habe ich noch nie gehört, und ich dachte, ich kenne alle Lautenspieler, die sich hier aufhalten.«

Ich schwieg einen Augenblick und überlegte, was sie damit meinte. »Ihr meint, Ihr könnt nur durch Zuhören erkennen, wer spielt?«

»Natürlich«, sagte sie, als wäre das die natürlichste Sache der Welt. »Es ist eine Hilfe, dass ich sie alle irgendwann schon einmal gehört habe. Die meisten sind nicht besonders gut, aber wer auch immer da spielt, ist wirklich begabt.«

»Und was ist mit Euch?«

»Ich bin die Beste von allen Novizen und Novizinnen, und besser als die meisten Priester. Es ist das Einzige, was ich kann, ohne über meine Füße zu stolpern.«

Ich war noch nie jemandem begegnet, der so direkt war wie sie, und mit Ausnahme von Courtières' drittem Sohn hatte mich auch noch nie jemand in meinem Alter wie einen Gleichgestellten behandelt. Ich fand das ziemlich erfrischend.

»Wir sind übrigens da, nebenbei bemerkt – die Räume des Kapitels liegen gleich hinter der nächsten Ecke. Ich werde nicht weitergehen, denn sie werden von Sacri bewacht, und wenn ich die sehe, kriege ich eine Gänsehaut. Schade, dass Ihr nicht noch ein bisschen länger bleibt, ich könnte etwas Gesellschaft gebrauchen. Lebt wohl.« Sie lächelte mich an und eilte dann den Weg zurück, den wir gerade gekommen waren. Ich stand noch einen Augenblick verwundert da und fragte mich, warum sie mir so vertraut zu sein schien. Ich hätte sie fragen sollen, wo sie herkam.

Aber ich war sowieso schon spät dran. Ich wollte das Kapitel nicht kränken, also ging ich in die Richtung, die sie mir gezeigt hatte, und bog in einen breiteren Korridor mit einem Paar bronzebeschlagener Doppeltüren am Ende. Davor standen zwei Sacri; sie trugen genau dieselbe Rüstung und dieselbe Uniform wie die, die ich vorhin gesehen hatte.

»Seid Ihr Erbgraf Cathan?«, fragte der zu meiner Linken. Er hatte den gleichen kalten, leidenschaftslosen Tonfall wie der, der am Eingang des Tempels mit mir gesprochen hatte. Wurden sie darin ausgebildet, um so zu sprechen?

»Ja«, sagte ich; unter ihren prüfenden Blicken wurde mir plötzlich klar, dass mein Gürtel ein wenig schief saß. Der Sacrus schwieg eine ganze Minute, dann öffnete er die Tür. »Folgt mir.«

Der Kriegerpriester in der karmesinroten Rüstung führte mich durch einen Kuppelsaal voller Antiquitäten und danach durch eine weitere gewaltige Tür. Wir gelangten in einen hohen Raum, dessen riesige Fenster mit scharlachroten Vorhängen verhängt waren.

Sieben oder acht Priester und eine Priesterin – Etlae – saßen um einen großen, polierten dunklen Holztisch herum. Dashaar, der gerade etwas gesagt hatte, stand auf und fragte mich, wo meine Eskorte sei. Er meinte, Boreth sei losgeschickt worden, um mich zu suchen, sei jedoch unterwegs abgelenkt worden – zumindest dachte ich, dass er etwas in dieser Art sagte. Dashaar entließ den Sacrus und schob mich zu dem noch übrigen freien Sitzplatz, zwei Plätze von Etlae entfernt. Der Tisch war in einer Art und Weise gedeckt, die man nur als Kunstwerk bezeichnen konnte; das Porzellan und die Gläser übertrafen bei weitem alles, was wir in Lepidor hatten.

Als die fünf Gänge nacheinander aufgetragen wurden – jeder neue noch etwas ausgefallener als der vorangegangene –, fiel mir Elassels Bemerkung über den Schweinestall wieder ein. Ich konnte sehen, was sie gemeint hatte. Alle Mitglieder des Kapitels aßen mit Begeisterung und sahen so aus, als täten sie das regelmäßig. Allerdings gab es auch Ausnahmen: Etlae, die nur kleine Mengen der weniger exotischen Speisen zu sich nahm, und ein anderer, großer, hagerer Priester, der so gut wie nichts aß.

Nachdem sie mich ein bisschen über die Eisenmine und darüber, was ich vorhatte, ausgefragt hatten – ich behauptete, ich wüsste nicht, wie groß das Flöz wäre –, drehte sich die Unterhaltung größtenteils um Politik. Ich verstand kaum etwas davon, obwohl ich versuchte, mir so viel wie möglich zu merken. Ein paar der Priester waren ziemlich herablassend, was mich ärgerte, doch ich konzentrierte mich nicht besonders auf die Gespräche. Erst als sich das Essen bereits dem Ende zuneigte, kam noch einmal ein Punkt zur Sprache, der meine Aufmerksamkeit weckte.

Der Schatzmeister hatte sich bereits eine ganze Weile ziemlich geschwätzig über die Einzelheiten einer Handelsvereinbarung ausgelassen, die die Domäne mit einer Gruppe tanethanischer Großer Häuser abgeschlossen hatte, um die Einfuhr in die Heilige Stadt besser regulieren zu können – für mich hörte es sich an, als wären sie dabei, sich ein Monopol zu verschaffen.

»Und der nächste Schritt ist natürlich ein Abkommen, um bei Reisen von einem Kontinent zum anderen die Sicherheit unserer Leute zu gewährleisten«, verkündete er.

»Warum sollten wir so etwas brauchen?«, fragte ein weißbärtiger alter Man, der nur noch halb wach zu sein schien. Er war der Kanzler; dies war – wie ich wusste – eine ehrenvolle Position, die an Avarchen im Ruhestand vergeben wurde.

»Wegen der Angriffe«, sagte der hagere Mann. Auch wenn er nicht »du Narr« hinzufügte, so war doch klar, dass er genau das meinte. »Mehrere unserer Brüder sind bei Angriffen auf See entführt oder getötet worden.«

»Gibt es inzwischen schon irgendwelche Anhaltspunkte?«, wandte einer der anderen sich an Etlac.

»Nein«, erwiderte die Dritte Primarchin. »Vielleicht handelt es sich um eine Gruppe von Abtrünnigen oder um Terroristen. Die Bemühungen der Inquisition werden nicht zuletzt durch die Tatsache behindert, dass es ausgerechnet ihre Leute sind, die immer wieder verschwinden. Aber ich bin sicher, wir werden schon bald eine Antwort finden.« In ihrem Tonfall schwang etwas Endgültiges mit – sie wünschte keine weiteren Diskussionen über dieses Thema.

Allerdings konnte sie mich nicht daran hindern, mich im Stillen zu wundern. Angriffe auf See? Könnte es eine Verbindung zwischen diesen Angriffen und dem schwarzen Manta geben? Vielleicht war der schwarze Manta auch in diesen Fällen der Schuldige.

Später, bevor ich in mein Zimmer zurückkehrte, fragte mich Etlae, ob ich nicht noch einen weiteren Tag bleiben wollte, um als Ehrengast am Fest der Sommerflamme im Zikkurat teilzunehmen; anschließend könnte ich einen Manta der Domäne nehmen, der einen Tag später ablegte – er wäre schneller, daher würde ich nur einen Tag später in Taneth ankommen. Ich lehnte ihr Angebot höflich ab, da mir wieder einfiel, dass die Zeit allmählich knapp wurde – und dass es die Priester der Domäne waren, die angegriffen wurden. Auf einem Manta der Domäne zu reisen, schien mir daher nicht besonders sicher. Außerdem fühlte ich mich in den Händen der kaiserlichen Marine besser aufgehoben als in denen der Priesterschaft. Sarhaddon gegenüber erwähnte ich die Angelegenheit gar nicht erst.

Am nächsten Morgen frühstückten wir in unseren Zimmern und verließen den Tempel anschließend durch die Hintertür. Sarhaddon behauptete, dieser Weg sei kürzer und außerdem sauberer, als durch die Hauptstraßen zum Hafen zu gehen.

Gefolgt von unseren Leibwächtern schlüpften wir hinaus in das frühmorgendliche geschäftige Treiben des Handwerkerviertels von Pharassa, das zwar belebt, jedoch längst nicht so verstopft und schmutzig war wie die großen Durchgangsstraßen. Hier befanden sich die Werkstätten der Handwerker – Goldschmiede, Möbelschreiner, Steinmetze, Lautenbauer –, kurz, alles, was man sich vorstellen konnte. Wenn wir mehr Zeit gehabt hätten, wäre ich gerne bei dem einen oder anderen Hersteller von wissenschaftlichen Instrumenten stehen geblieben, an denen wir vorbeikamen. Ich brauchte unbedingt ein Aether-Spektrometer zur Wasseranalyse – die Ozeanografen von Lepidor besaßen keines, genauso wenig wie der Instrumentenhändler zu Hause. Wahrscheinlich würde ich in Taneth Zeit haben, mir einen zu besorgen, auch wenn mein Vater davon nicht besonders begeistert sein würde. Er unternahm nichts gegen meine inoffizielle Lehrzeit bei den Ozeanografen, aber ich wusste, dass er sich Sorgen machte, dass ich nicht genug Aufmerksamkeit darauf verwandte zu lernen, wie man regiert. Vielleicht hatte Sarhaddon ja Recht gehabt – vielleicht war ich wirklich nicht geeignet, die Nachfolge meines Vaters anzutreten.

Als wir eine Straße überquerten, die ins Kaufmannsviertel und – am Zikkurat vorbei – zu der Straße führte, die wir sonst genommen hätten, sah ich eine verwirrte Menge durch die Gassen strömen, und zum ersten Mal hörte ich trotz des Lärms im Handwerkerviertel Geschrei und laute Rufe.

Sarhaddon blieb abrupt stehen. »Ein Aufruhr«, sagte er und lauschte gespannt. »Das ist ungewöhnlich, so nahe beim Zikkurat. Ich bin wirklich froh, dass ich mich noch an diese Abkürzung erinnern konnte, sonst würden wir da jetzt mittendrin stecken.«

Wenige Minuten später betraten wir das Marineviertel, das den Unterwasserhafen umgab. Schlagartig fühlte ich mich deutlich mehr wie zu Hause – hier waren die Ozeanografen, die Aether-Ingenieure, die Büros der Meerholz-Ernter. An fast jedem Gebäude fand sich das Zeichen einer Gilde, die mit dem Meer zu tun hatte, und die anderen waren Wohnhäuser für die Menschen, die hier arbeiteten. Auch Naturwissenschaftler pflegten oft im Marineviertel zu wohnen – unter strikter Kontrolle der Domäne. Es gab nicht so viele, dass es zu einem eigenen Viertel gereicht hätte, und die Ozeanografie war das Gewerbe, das dem ihren am nächsten kam. Obwohl die Ozeanografen natürlich weitaus wichtiger waren. Die sich ständig verändernden Strömungen und unterseeischen Stürme von Aquasilvas gewaltigen Ozeanen zu verfolgen, war für jede Art von Handel – und für das allgemeine Überleben – lebenswichtig. Ich hatte noch niemals einen unterseeischen Sturm erlebt – dem Himmel sei Dank –, doch ich wusste, welche Zerstörungen sie anrichten konnten.

Nachdem wir noch ein paar Minuten weitergegangen waren – wobei der Lärm des Aufruhrs hinter uns allmählich schwächer wurde –, erreichten wir den Unterwasserhafen. Alles, was ich oberirdisch davon sehen konnte, war ein kreisrundes, fünfstöckiges Gebäude mit einem Spitzturm, das von einer Mauer umgeben war. An den Toren standen Wachposten, doch sie sollten sich nur um Unruhestifter kümmern und fragten uns noch nicht einmal, was wir wollten.

Als wir den Vorhof überquerten und auf den Haupteingang zugingen, warf ich einen Blick zum blauen Himmel hinauf, der mit fedrigen Wolken gesprenkelt war – ich würde ihn nun zwei Wochen lang nicht mehr sehen. Aber wir würden immerhin auf See sein; es war ja nicht so, dass wir für vierzehn Tage in einer Höhle verschwinden würden, wo es weit und breit kein Wasser gab.

Die beiden Wachen folgten uns durch die Tür ins Innere des Gebäudes. Das Erdgeschoss war nur die Spitze des eigentlichen Bauwerks; hier befanden sich die Eingänge zu den Passagier-Aufzügen und zum Treppenhaus. Wir drängten uns durch die Menge und begaben uns über die Treppen zwei Ebenen weiter hinunter zum ausgedehnten Kontrolldeck. Hier gab es eine große offene Fläche, die von Aether-Sichtanzeigen, Kabinen mit Personal und Konsolen umgeben war. Über die Köpfe der Menge hinweg konnte ich die den einzelnen Kontinenten zugeordneten Bereiche ausmachen und fand schließlich die kaiserliche Marine in einer großen, eigenständigen Sektion.

»Seid Ihr Erbgraf Cathan?«, fragte ein schmalgesichtiger junger Mann in der dunkelgrünen Uniform eines Leutnants, der hinter dem Pult stand. Er musste ziemlich laut sprechen, um das Stimmengewirr im Raum zu übertönen.

»Ja«, antwortete ich und zog meinen offiziellen Pass heraus. Gleich darauf gab er ihn mir zurück.

»Ich bin Leutnant Ierius, der Einsatzoffizier der *Paklé*. Wenn Ihr mir bitte folgen würdet?«

Er führte uns zu einem Zwillingsschacht, um den keine Menschen herumstanden. Als einen Augenblick später der Lift – eine Plattform mit einem Geländer – von weiter oben heruntergeglitten kam, begriff ich, dass dieser Schacht ausschließlich dem Militär vorbehalten war. Von dem Liftführer abgesehen, der an einer Seite vor einer Schalttafel stand, wurde er nur von ein paar Matrosen benutzt.

»Welche Ebene, Leutnant?«, erkundigte sich der Liftführer.

»Fünfzehn.«

»In Ordnung.« Es gab einen leichten Ruck, und einen Augenblick lang hatte ich das Gefühl, als sinke mir der Magen in die Kniekehlen. Dann setzten wir uns in Bewegung, ließen die helle Deckenbeleuchtung und das geschäftige Treiben der Empfangshalle hinter uns und sanken hinab in die Nabe von Pharassas zentralem Hafen. Ich wusste, dass er einer der größten war – mit einundzwanzig unterirdischen Ebenen und Andockbrücken für einundsechzig Mantas. Hier in Pharassa fiel der Festlandsockel unter der Stadt schnell ab, so dass der größte Teil des Unterwasserhafens frei stand und nicht wie zu Hause in Lepidor in den Fels gebaut war. Nur die Häfen von Cambress, Taneth und Selerian Alastre waren noch größer: Taneth verfügte über neunundsechzig Andockbrücken. Und selbst das wurde noch von dem Hafen von Selerian Alastre, der Hauptstadt von Thetia, übertroffen, der mehr als hundert hatte, wie mir unser Marinehistoriker in Lepidor erzählt hatte.

Während wir Ebene um Ebene in die Tiefe glitten, stiegen ein paar Leute zu oder wieder aus, allerdings nur sehr wenige. Die Kriegsmarine hatte im Augenblick nicht viel zu tun – abgesehen davon, diesen elenden schwarzen Manta aufzubringen –, und daher wimmelte es im Unterwasserhafen nicht gerade von Seeleuten.

»Warum heißt Euer Schiff *Paklé*?«, fragte ich Ierius, während wir ohne anzuhalten an Ebene elf vorbeiglitten. »Diesen Namen habe ich noch nie gehört.«

»Das Schiff ist nach einer sagenhaft schönen Frau benannt, angeblich einer Gemahlin irgendeines alten Kaisers. Der Admiral hat ihn ausgesucht. Ich persönlich glaube, es war der Kosename seiner Geliebten.«

Ierius schenkte mir ein fröhliches Grinsen, das heißt, das Grinsen wäre fröhlich gewesen, hätte er nicht eine Narbe an der Lippe gehabt, die ihn, wie ich fand, ausgesprochen finster aussehen ließ.

Der Aufzug hielt an. Ich dankte dem Liftführer und folgte Ierius durch eine weitere, praktisch leere Vorhalle, die allerdings bei weitem kleiner war als die oben. Die Wände waren durchsichtig und erlaubten einen Blick in die trüben Tiefen, die von Suchscheinwerfern erhellt wurden. Gelegentlich waren die Umrisse eines Manta in ihrem Licht zu erkennen. Wir gingen durch eine Tür und die Brücke entlang – durch deren durchsichtiges Dach ich die *Paklé* sehen konnte.

Sie war ein gewöhnlicher Kriegsmanta der Juwelen-Klasse; ihr hier und da vom Licht eines Bullauges durchbrochener, stumpfblauer Rumpf verschwand irgendwo in der Düsternis. Unter mir und zu meiner Rechten konnte ich ihren Backbordflügel sehen, dessen geschwungene Spitze die etwas hellere Unterseite zeigte, und der breiter wurde, je weiter wir uns von der Nabe entfernten.

Für ihre Konstrukteure mochten sie ganz normal sein, für die meisten Menschen jedoch – und ganz sicher für mich – waren Mantas das Schönste – das heißt, die schönsten Schiffe –, die jemals gebaut worden waren. Wie ihre Namensvettern und entfernten Vorfahren, die Manta- und Stachelrochen, bewegten sie sich mit langsamen Flügelschlägen anmutig durch das Wasser und durchquerten die ungeheuren Weiten des Ozeans mit Geschwindigkeiten von bis zu fünfzehnhundert Meilen am Tag. Es war nur schade, dass sie nicht sehr tief tauchen konnten – nicht mehr als sieben oder acht Meilen, eine winzige Distanz, wenn man bedachte, dass Aquasilvas Weltmeer unergründlich tief war. Selbst die tiefste Tauchfahrt, von der es Aufzeichnungen gab – die von einem ozeanografischen Forschungsschiff vor fünfzig Jahren durchgeführt worden war –, hatte gerade mal eine Tiefe von zehn Meilen erreicht.

Wir erreichten das Ende der Brücke, wo ein anderer Offizier bereits etwas nervös auf uns wartete.

»Da bist du ja endlich, Ierius«, sagte er kurz angebunden. »Kapitän Helsarn ist schon ganz außer sich. Er will sofort los.«

»Aber wir haben doch noch eine gute halbe Stunde«, entgegnete Ierius verwundert, während er uns durch die Tür geleitete.

»Nun, irgendjemand hat ihm Beine gemacht, als sei Ranthas persönlich hinter ihm her. Im wahrsten Sinne des Wortes; es ist ein Magierpriester an Bord.«

»Sind denn jetzt alle da?«

»Alle, die wir mitnehmen wollen.« Am Ende eines kurzen Ganges kamen wir in den Zentralschacht des Manta, einen mit Galerien versehenen Raum, der alle Ebenen des Fahrzeugs miteinander verband, von der Frachtbucht ein Deck unter uns bis zum Observatorium zwei Decks über uns.

»Möchtet Ihr ins Observatorium gehen und zusehen, wie wir auslaufen?«, fragte mich Ierius.

»Ja.« Ich wollte mir die Chance nicht entgehen lassen, einen Blick auf den ganzen Unterwasserhafen werfen zu können.

Ierius befahl einem Matrosen, Suall und seinen Kameraden zu unseren Kabinen zu führen, damit sie das Gepäck abstellen konnten, und geleitete uns selbst hinauf zum Oberdeck, ehe er sich entschuldigte und auf die Brücke zurückkehrte.

Das Observatorium war der einzige Raum an Bord des ganzen Schiffes, von dem aus man direkte Sicht in alle Richtungen hatte, und viele der Passagiere hatten sich anscheinend hier versammelt. Wie ich an ihrer Kleidung erkennen konnte, waren die meisten von ihnen Offiziere oder hohe Beamte aus Pharassa; einen oder zwei weitere hielt ich für wichtige Kaufleute, und Sarhaddon machte mich auf einen Mann in den Farben eines Großen Hauses aufmerksam.

Wir fanden einen Platz an einem der Fenster auf der Backbordseite, die dem Unterwasserhafen zugewandt war. Über und unter uns waren die hellen Lichter der Nabe und die von Scheinwerfern erleuchteten Umrisse anderer Mantas zu sehen.

Einen Augenblick später erzitterte das Deck des Mantas leicht, und ich wusste, dass zwei Decks tiefer der Meerholzreaktor mit den Flügeln und dem Antriebssystem verbunden worden war. Dann gab es zwei gedämpfte Schläge, und das Schiff erbebte erneut, als die Türen der Landungsbrücke geschlossen wurden und die *Paklé* sich aus den Andockklammern löste. Ganz langsam begann der Manta vom Unterwasserhafen wegzutreiben, wobei er sich langsam drehte, bis wir von der Backbordseite aus nichts mehr sehen konnten und uns zum Heck begeben mussten. Kurz darauf begannen die Flügel zu schlagen, zunächst langsam, dann etwas schneller, und dann konnte ich vor dem Hintergrund des Festlandsockels den ganzen Unterwasserhafen im klaren Wasser hängen sehen.

Ich schaute zu, wie er verschwand, blieb sitzen, bis selbst die letzten vagen Umrisse von der Düsternis hinter uns verschluckt wurden und wir draußen im Meer des Lebens waren.

Danach kehrte ich nur noch einmal zum Observatorium zurück, um zuzusehen, wie die *Paklé* Kap Lusatius umrundete und wir das Meer des Lebens verließen und in die grenzenlosen Weiten des Thetis-Ozeans hinausglitten.

Und hier draußen, am äußersten Rand von Ozeanus, griff uns der schwarze Manta an.

Kapitel VI

Ich verließ gerade das Observatorium, als das Schiff heftig erschüttert wurde und das Deck unter meinen Füßen wegsackte. Ich verlor das Gleichgewicht, schlitterte auf die vielleicht zehn Fuß entfernten Fenster des Observatoriums zu.

Einen Augenblick lang starrte ich vor Entsetzen wie gelähmt die Fenster an und fragte mich, ob sie wohl halten würden. Meine Furcht wurde erst von Erleichterung und dann von einem stechenden Schmerz abgelöst, als ich anstatt gegen das Fenster an die Wand prallte. Einen Augenblick später lagen auch alle anderen Menschen im Raum in wirren Haufen benommen dort übereinander, wo sie hingefallen waren. Außerhalb der Fenster leuchteten die Aetherschilde kurz hellblau auf, als sie aktiviert wurden. Dann verblassten sie wieder vor dem Hintergrund des Meeres.

»Alarm! Alarm!«, dröhnte es aus dem Kommunikationssystem. »Alle Mann auf Gefechtsstation!«

Der Manta stabilisierte sich langsam, und der Fußboden war wieder eben. Ich fragte mich, was wohl diesen gewaltigen Ruck verursacht haben mochte – der Manta wäre beinahe seitlich über einen Flügel abgekippt.

Ich rappelte mich auf und versuchte, meine Kleidung abzuklopfen. Im Observatorium wurde es immer wieder hell, wenn neue Schläge den Aetherschild erschütterten. Von wem wurden wir angegriffen? Wer würde einem pharassanischen Manta in einem Gebiet auflauern, das innerhalb der Reichweite der Marinepatrouillen lag?

»Wo sollen wir hin?«, fragte ich Sarhaddon, der sich auf einen der gepolsterten Sessel hatte fallen lassen, die überall im Raum verteilt waren. Ich konnte spüren, wie mein Herz pochte, doch ich war eher verwirrt, als dass ich mich gefürchtet hätte.

»Wir bleiben hier«, entschied Sarhaddon. »Setz dich. Ich kann nicht in meiner Kabine hocken, wo ich nichts sehe, und die ganze Zeit überlegen, was da draußen gerade vorgeht. Hier können wir zumindest etwas sehen.«

Die *Paklé* drehte bei, wich von ihrem Kurs ins offene Meer ab und schwang herum auf den Felssockel des Kaps zu. Ich erschauerte, als ich die Unterwasserklippe erkennen konnte, die in dem – in Vorausrichtung aetherverstärkten – Blickfeld immer größer wurde. In dieser Tiefe war der Fels schwarz und kahl und völlig leblos, eine Wand aus bedrohlicher Dunkelheit, die sich nach beiden Seiten weiter erstreckte als unser Blickfeld reichte. Es war wie die Trostlosigkeit der Tiefsee selbst – eine Klippe, die noch niemals von der Sonne beschienen worden war, auf der sich noch niemals ein Lebewesen getummelt hatte.

Dann erblickte ich den Angreifer, und genau wie Sarhaddon neben mir, keuchte ich auf. Ich hörte entsetzte Schreie von einigen der Kaufleute und Flüche von den mitreisenden Offizieren, die zur Tür eilten. Wahrscheinlich wollten sie auf die Brücke, um ihre Dienste anzubieten.

Es war der schwarze Manta, und er war fast doppelt so groß wie die *Paklé*. Ich hatte nicht den geringsten Zweifel, dass dies das gleiche Schiff war, das auch Xasan angegriffen hatte. Auf der glatten schwarzen Oberfläche zeigten sich keinerlei Lichter, und wenn man ihn ansah, hatte man das Gefühl, man blicke in eine Schwärze, die unendlich viel dunkler war als jede Nacht. Neben mir begann Sarhaddon mit inbrünstiger, fast schon leiernder Stimme Gebete aus dem *Buch Ranthas* zu rezitieren. Einige der anderen im Observatorium schlossen sich ihm an, obgleich ich selbst einen Moment zögerte.

Dann erbebte das Schiff erneut, und als ich etwas, das man nur als Blitze aus der Finsternis beschreiben konnte, vom anderen Schiff her durch das Wasser auf uns zuzucken sah, wandte auch ich mich an Ranthas. Vielleicht gab es ja noch andere Götter, doch Ranthas war der einzige, den ich kannte, und wenn Er der Domäne Macht verliehen hatte, dann konnte er uns jetzt bestimmt auch helfen.

Durch die Fenster auf der Steuerbordseite konnte ich erkennen, dass die *Paklé* jetzt das Feuer erwiderte; helle Aetherkugeln und orangefarbene Flammenstöße jagten durchs Wasser. Doch als sie auf die Oberfläche des anderen Schiffs trafen, verschwanden sie einfach in der absoluten Schwärze.

Die *Paklé* war jetzt nur noch vielleicht tausend Fuß vom Festlandsockel des Kontinents entfernt, und seine bedrohliche Oberfläche füllte den ganzen Bildschirm aus, als wir an dem anderen Manta vorbeischossen. Dann vollführte der pharassanische Manta eine leichte Wendung, und wir umrundeten die dunkle, zerklüftete Spitze des Kaps; wahrscheinlich versuchte der Kapitän, den Fels zwischen uns und den Angreifer zu bringen.

Doch gleichgültig, wie die Beweggründe des Kapitäns auch ausgesehen haben mochten, das Manöver schlug fehl. Nicht einmal eine Minute später riss mich eine gewaltige Erschütterung erneut von den Beinen, und unser Manta wurde langsamer.

Da wir uns auf dem obersten Deck befanden, konnten wir nicht sehen, was der schwarze Manta gerade tat, wenn er sich unterhalb der Flügellinie befand. Wenige Sekunden später jedoch begriffen wir, wo er war.

»Klar zur Abwehr eines Enterkommandos! Feindliche Kräfte auf Abfangkurs!«

Das Schiff zu entern war das übliche Verfahren, um einen Kampf zwischen zwei Mantas zu beenden, wie ich wusste. Waren die Schilde eines Manta erst einmal ausgefallen und seine Waffen unbrauchbar, konnte ein Angreifer versuchen, ihn zu entern, die Mannschaft zu töten oder gefangen zu nehmen und das besiegte Schiff zur eigenen Heimatbasis zu schleppen, wo es wieder in Stand gesetzt und erneut eingesetzt werden konnte.

Der gedämpfte Schlag, der anzeigte, dass die beiden Schiffe jetzt miteinander verbunden waren, ließ die Gebete der Passagiere lauter werden. Dann kam ein Besatzungsmitglied brüllend ins Observatorium gestürzt und warf eine Hand voll Schwerter auf den Fußboden.

»Kämpft um Euer Leben!«, rief der Seemann, und die Gebete verstummten. »Wir werden von einem Geisterschiff angegriffen! Gebete werden Euch kaum helfen, diese Waffen hier vielleicht schon.«

»Du irrst, mein Sohn, aber ich vergebe dir.«

Ich wandte mich wie alle anderen im Observatorium dem Sprecher zu, der hinter dem Besatzungsmitglied aufgetaucht war. Er trug die karmesinrote Robe eines Kriegermagiers der Sacri.

Plötzlich erinnerte ich mich wieder an die Worte des Offiziers, als wir an Bord der *Paklé* gegangen waren. Dies musste der Magierpriester sein! Wenn diese Männer wirklich so mächtig waren, wie ich immer wieder gehört hatte, gab es vielleicht doch noch Hoffnung. Auch wenn sie Häretiker verbrannten – dieser Sacrus konnte jetzt vielleicht unser Leben retten.

»Hoher … ich … ich wusste nicht …«, stammelte der Matrose.

»Ich werde euch im Kampf zur Seite stehen. Bring mich dorthin, wo diese Dämonen versuchen, unser Schiff zu entern.«

Das war, wie sich herausstellte, gar nicht nötig. Denn nur Sekunden später konnte man von irgendwo unter uns undeutliche Kampfgeräusche hören.

Auch wenn ich es immer vorgezogen hatte, den größten Teil meiner Zeit auf See oder bei den Ozeanografen zu verbringen, hatte mein Vater sein Bestes getan, mich kämpfen zu lehren. Ich war so schwächlich gebaut, dass ich nicht über die Kraft verfügte, in klassischer Weise zu fechten und die Hiebe eines Angreifers längere Zeit abzuwehren, doch dafür war ich ziemlich gut in der Blitztechnik, bei der es auf Schnelligkeit und Behändigkeit ankam.

Ich beugte mich vor und hob eine der Klingen auf, die der Matrose uns hingeworfen hatte – es war ein ganz normaler, zweihändiger Marinesäbel, einseitig geschliffen und leicht gekrümmt. Meine Geste musste wohl wie ein Signal gewirkt haben, denn einen Augenblick später taten alle anderen es mir nach. Einige der Passagiere maßen die Klingen mit den prüfenden Blicken erfahrener Kämpfer; sie waren zwar Kaufleute, aber ich vermutete, dass sie irgendwann einmal eine militärische Ausbildung erhalten hatten.

Ich war froh, dass sie mir nicht ansehen konnten, wie mir wirklich zumute war, als der Kampf auf dem Korridor unter uns entlangwogte und der Manta von Lärm widerhallte, der vom Töten und Sterben kündete. Mein Magen hatte sich zu einem Knoten zusammengezogen, und meine Brust war beinahe zu eng für das Herz, das darin hämmerte.

Das Erste, was ich sah, als ich dem Matrosen die breite Treppe vom Observatorium hinunter in den Hauptkorridor folgte, waren sengende Flammen.

Dann sah ich eine Gruppe uniformierter Besatzungsmitglieder, die sich gegen von Kopf bis Fuß in schwarze Rüstungen gekleidete Gestalten – selbst ihre Gesichter waren von Masken bedeckt – zur Wehr setzten und Schritt für Schritt zurückgedrängt wurden. Während ich noch zusah, wurde einer der Männer der *Paklé* von etwas, das wie eine schwarze Wolke aussah, aus der Gruppe herausgerissen; er schrie auf, als er ein paar Fuß weit den Korridor hinuntergeschleudert wurde.

Ich stand wie angewurzelt da, obwohl mein Verstand mir zuschrie, ich solle fliehen; doch meine Furcht lähmte mich. Ich hatte noch nie einen richtigen Kampf gesehen.

Ein Feuerstrahl traf eine der schwarz gerüsteten Gestalten und schleuderte sie zurück. Flackernde Feuerspuren liefen über Rüstung und Wappenrock. Jetzt wandten sich zwei der Angreifer dem Magierpriester zu; als sie vorrückten, glänzten ihre Schwerter kalt im Licht der Aetherplatten an der Decke. Ein weiterer Lichtblitz zischte harmlos durch die Luft, traf die Korridorwand und versengte sie.

Zwei besonders mutige Passagiere griffen die schwarz gerüsteten Gestalten an, droschen mit ihren geliehenen Schwertern auf die schwarzen Rüstungen ein, die anscheinend jedem Angriff widerstanden. Eine der Gestalten drehte ihre Klinge und versetzte einem Passagier einen Hieb mit der flachen Seite an den Kopf, so dass der Mann betäubt zu Boden sank.

Ich versuchte meine Beine zu bewegen, als die beiden Gestalten weiter vorrückten, wobei einer der Angreifer mit einem Hieb seiner behandschuhten Faust gleich drei Männer aus dem Weg wischte. Ein blendend weißes, grelles Licht explodierte direkt vor seinem Gesicht, als der Magierpriester mit einem geliehenen Schwert zuschlug, um das orangefarbene Flammen tanzten. Dieses Mal ging der Hieb durch die Rüstung, schnitt in den Arm des Angreifers, und unter dem schwarzen Helm drang ein Schmerzenslaut hervor. Doch er kam weiter auf mich zu.

In blinder Panik stieß ich zu, zielte auf den Riss in der Rüstung. Mein Schwert traf auf etwas Hartes und bohrte sich dann in weiches Fleisch. Die Gestalt stolperte zurück, aber ich sah, dass die anderen einen Satz vorwärts machten, ließ das Schwert los und wich instinktiv zurück.

Ein anderer Passagier warf sich gegen den zweiten Angreifer, dessen Kameraden immer noch mit der Mannschaft der *Paklé* beschäftigt waren. Das Gesicht des Mannes verzerrte sich vor Schmerz, doch der Angreifer wurde von den Beinen gerissen, und beide landeten der Länge nach auf dem Boden.

»Gut gemacht!«, keuchte der Magierpriester. Sein Gesicht war schweißnass. »Ihr alle.« Noch mehr Feuerbälle schossen aus seinen Fingerspitzen den schwarz gerüsteten Angreifern entgegen, und einige davon trafen ihr Ziel.

Ich spürte, wie jemand mich am Arm packte. Als ich mich umdrehte, sah ich mich Sarhaddon gegenüber, der eine Armbrust umklammerte und mir ein neues Schwert hinhielt.

»Benutz die Armbrust noch nicht!«, sagte der Magierpriester, während die Mannschaft sich wieder fing und die Angreifer etwas zurückgedrängt wurden. »Das könnte sie wütend machen, und noch versuchen sie nicht, uns zu töten. Ich werde euch beschützen, wenn ihr diejenigen auf Abstand haltet, die zu nah herankommen.«

Ich fragte mich, ob die Sacri wirklich so übel waren, wenn man den hier als Maßstab heranzog. Er war nicht verpflichtet, uns zu helfen, und doch stand er in vorderster Front, verteidigte seine Mitpassagiere unermüdlich und verbrauchte seine kostbare Magie, um uns zu beschützen.

Der neue Schwung der Mannschaft erwies sich als nur von kurzer Dauer, und die letzten Männer gingen unter den hämmernden schwarzen Klingen zu Boden. Sechs oder sieben schwarze Gestalten kamen heran, um ihren Kumpanen zu helfen.

»Denkt an eure Befehle!«, ließ sich eine Frauenstimme von weiter hinten vernehmen. »Keine Toten – außer dem Priester.«

»Etlae?«, stieß Sarhaddon ungläubig hervor. »Diese elende Verräterin!«

Ich bekam nicht mit, wie eine der schwarzen Gestalten stehen blieb und eine Aether-Armbrust auf den Priester richtete. Ich sah nur, wie der Magierpriester plötzlich zu stolpern begann; Blut sprühte aus seiner Brust, und dann brach er rücklings zusammen. Mit leerem Gesichtsausdruck starrte ich auf die hasserfüllten Züge des sterbenden Priesters. Dünne Blutfäden rannen aus seinen Mundwinkeln, und seine karmesinrote Robe war feucht von seinem Blut. Was wenige Sekunden zuvor noch eine gebieterische Präsenz gewesen war, war jetzt nur noch ein blutiges, erbärmliches Kleiderbündel. Mir war übel.

»Ergebt euch!«, rief eine der schwarzen Gestalten. »Dann werden wir euer Leben verschonen und euch freilassen. Das gilt auch für dich, Akolyth. Wir sind keine Piraten, und wir wollen keinem von euch ein Leid zufügen. Wir hatten es auf den Priester abgesehen.«

Sarhaddon und ich ließen unsere Blicke zu den anderen Passagieren hinüberwandern. Nach kurzem Zögern ließ ein kräftig gebauter Kaufmann sein Schwert fallen.

»Das ist weder das eigene Leben noch die Sklaverei wert, Freunde.«

Lautes, metallisches Scheppern folgte auf seine Worte, als die sieben oder acht noch im Korridor befindlichen Passagiere ihre geliehenen Waffen fortwarfen. Ich brauchte einen Augenblick, um zu begreifen, was hier geschah, doch dann folgte ich schnell ihrem Beispiel. Der Kaufmann hatte Recht: Es gab keinen Grund mehr weiterzukämpfen; zumindest nicht unter diesen Voraussetzungen.

Zwei der schwarzen Gestalten traten vor und sammelten die Waffen ein, während eine dritte uns zu verstehen gab, dass wir alle wieder nach oben ins Observatorium gehen sollten. Sarhaddon und ich gehorchten, wobei der Akolyth lediglich einen kurzen Blick auf den leblosen Körper des Priesters zu unseren Füßen warf.

Im Observatorium bedeutete uns eine der schwarz gerüsteten Gestalten, uns an die Fenster zu stellen. Mein Magen war immer noch ein einziger, zusammengezogener Knoten. Würden die Angreifer ihr Wort halten? Es hatte schon Piraten gegeben, die die ganze Besatzung eines Schiffs massakriert hatten, um keine Überlebenden zurückzulassen, die von dem Überfall hätten berichten können. Mein Kopf fühlte sich ganz leicht an, und ich stellte fest, dass ich in kurzen, flachen Stößen atmete. Zwar war mir mittlerweile nicht mehr schlecht, aber meine Angst war dadurch nicht geringer geworden. Sollten wir uns so fühlen? Oder war ich der Einzige, der sich fürchtete?

Drei weitere Gestalten betraten den Raum. Obwohl alle drei

Rüstungen und Helme trugen, die auch das Gesicht bedeckten, konnte ich erkennen, dass zwei von ihnen Frauen waren: Ihre im Vergleich zu den anderen schlankeren Figuren verrieten sie.

»Eure Reise wird nicht länger unterbrochen werden«, sagte der Mann. Seine Stimme klang gebildet und kultiviert, mehr wie die eines Aristokraten als die eines Piraten. »Unsere Heiler werden sich um Eure Wunden kümmern, ebenso um die Wunden der Besatzungsmitglieder. Ihr werdet schon bald wieder unterwegs sein.«

»Wer seid Ihr?«, wollte einer der Passagiere wissen.

»Das braucht Ihr nicht zu wissen. Falls Ihr eine Verletzung – auch eine unbedeutende – davongetragen habt, wendet Euch bitte an den Heiler, der gleich hier eintreffen wird – Ihr alle. Meine Männer werden hier bleiben, bis wir wieder aufbrechen, um sicherzustellen, dass es nicht zu unglücklichen Zwischenfällen kommt.«

Eine der beiden Frauen beugte sich zu dem Mann hinüber und flüsterte ihm etwas zu. Als sie geendet hatte, deutete er auf Sarhaddon und mich und sagte barsch: »Ihr beide kommt mit uns. Sofort.«

Ich warf Sarhaddon einen Blick zu, den er mit einem Schulterzucken erwiderte. Er wirkte nicht besonders beunruhigt, und ich fragte mich, wie er sich wohl tatsächlich fühlte. Hatte er auch Angst?

Wir folgten den drei Gestalten die Treppe vom Observatorium hinunter, ein kurzes Stück den Korridor entlang und in die verlassene Messe. Meine Furcht und der Druck auf meiner Brust waren noch stärker geworden, falls das überhaupt möglich war. Sobald wir in der Messe waren, nahmen die beiden Frauen ihre Helme ab, und ich erkannte die Dritte Primarchin Etlae sofort; sie hatte ihr Haar zusammengesteckt, damit es besser unter den Helm passte. Noch immer strahlte sie jene typische gebieterische Aura aus. Doch es war die andere Frau – eigentlich noch ein Mädchen –, die meine Aufmerksamkeit auf sich zog.

Sie konnte kaum älter sein als ich; vielleicht war sie sogar jünger. Ihr glattes pechschwarzes Haar war streng zurückgebunden, und die Form ihres Gesichts – die hohen Wangenknochen und das schmale Kinn – verriet mir, dass in ihren Adern reines thetianisches Blut floss. Genau wie in meinen. Und obwohl ihr Gesicht starr und ihre Miene kalt und distanziert war, fand ich sie schön.

In den grauen Augen, die meinen Blick erwiderten, war kein Fünkchen Wärme, und ich hatte das Gefühl, als schätze sie meinen Wert – wie bei einer Auktion. Es war kein besonders angenehmes Gefühl.

»Ihr beide seid ein Problem«, sagte Etlae. Ihre Stimme klang gereizt. »Ich weiß nicht, warum ihr den Hinweis nicht verstanden habt und unbedingt an Bord dieses Schiffs gehen musstet, aber jetzt seid ihr hier und habt mich erkannt. Das macht euch überaus lästig. Andererseits«, fuhr sie fort und hob eine Hand, um Sarhaddon zum Schweigen zu bringen, der gerade etwas sagen wollte, »töten wir keine unschuldigen Zuschauer.«

Hatte uns der Aufruhr in den Straßen von Pharassa womöglich nur aufhalten sollen? Und das, was sie am vergangenen Abend gesagt hatte – wie hatte ich nur so blind sein können, nicht zu begreifen, was sie mit ihren Worten bezweckt hatte?

»Vor allem keine, die – wie ihr – tapfer genug sind, um gegen uns zu kämpfen«, meinte der Mann. »Ihr mögt zwar irregeleitet gewesen sein, als ihr versucht habt, einen Sacri-Schlächter zu verteidigen, aber ihr habt es wenigstens versucht.«

»Schlächter?«, fragte Sarhaddon.

»Er war ein besonders unangenehmes Exemplar. Er hat zweihundert Menschen zum Tod auf dem Scheiterhaufen verurteilt, während er als Judicator in Huasa gedient hat. Aber das ist nicht weiter wichtig.«

»Was hingegen sehr wohl wichtig ist«, fügte Etlae hinzu, »ist die Frage, was wir mit euch machen sollen. Sarhaddon, du könntest uns jetzt eine Menge Ärger bereiten. Bist du vernünftig genug zu erkennen, dass dies ein Machtkampf ist, aus dem du dich am besten heraushältst?«

Anscheinend wusste Etlae nicht, dass wir ihr Gespräch mit dem unbekannten Mann im Zikkurat von Pharassa belauscht hatten. Andernfalls hätte sie sich wohl kaum so gnädig gezeigt, nahm ich an. Ich sandte Ranthas ein stummes Dankgebet.

»Ich habe nicht den Wunsch, in die Politik der Domäne verwickelt zu werden, Heilige Mutter.«

»Gut. Nur wenige Menschen sind so nachsichtig wie ich. Du wirst einen Eid schwören – bei Ranthas und bei deinen eigenen Eiden als Sein Diener –, dass du meine Verwicklung in diese Angelegenheit niemals jemandem enthüllen wirst. Außerdem werden wir dir dabei helfen, so viel wie möglich von dem, was du gesehen hast, zu vergessen. Wie auch immer, in ungefähr sechs Monaten wird dieses Wissen ohnehin keinerlei Bedeutung mehr haben – für niemanden. Bist du einverstanden?«

Nach einer kurzen Pause nickte Sarhaddon.

»Ja.«

Etlae zog einen Talisman aus ihrer Tasche, der wie eine lodernde Flamme geformt war. Ich erkannte ihn, es war Ranthas' Symbol, das Schmuckstück, das alle Priester trugen, und auf das sie ihre Eide schworen. Eide, die auf einen Flammen-Talisman geschworen worden waren, galten als die bindendsten Gelübde überhaupt; sie konnten sogar Versprechen brechen, die im Namen der Sterbenden, des eigenen Clans oder Hauses gegeben worden waren.

Sarhaddon schwor einen Eid, der jenem recht ähnlich war, den ich am Tage vor meinem Aufbruch zu Hause abgelegt hatte. Dann öffnete Etlae die Tür und befahl dem schwarz gerüsteten Soldaten, Sarhaddon zum Gedankenmagier zu eskortieren.

Sie hatten einen Gedankenmagier dabei? Jetzt wurde es aber wirklich unheimlich; mir gefiel das ganz und gar nicht. Gedankenmagie war eine Disziplin, die ausschließlich der Inquisition vorbehalten war. Ich fragte mich, ob sie wohl einen Inquisitor an Bord hatten – und wenn ja, warum er dann nicht bei Etlae war.

Die Tür schloss sich und Etlae wandte sich wieder mir zu.

»Der Gedankenmagier wird außerdem dafür sorgen, dass alle für ein halbes Stündchen oder so einschlafen, wenn wir verschwinden, nur für den Fall, dass jemand versuchen sollte, uns zu folgen«, sagte sie. »Ihr stellt ein ganz anderes Problem dar als Sarhaddon.«

Ich fühlte mich ziemlich allein, wie ich so dastand und die drei schwarz gerüsteten Gestalten anstarrte; die eine wirkte einschüchternd, die andere so, als verberge sie etwas, und die dritte war völlig undurchschaubar. Der Gedanke, dass diese drei Menschen – oder Etlae allein – meine Zukunft in ihren Händen hielten, machte mir Angst. Ich versuchte mich zu beruhigen, doch es gelang mir nicht.

»Ihr untersteht nicht der Kontrolle der Domäne, müsst Ihr wissen«, sagte der Mann.

»Ich könnte Euch befehlen, einen Eid zu schwören und zu vergessen, aber Ihr werdet immer das Gerangel in Erinnerung behalten, das zu all dem hier geführt hat; Ihr habt vielleicht sogar schon erraten, was hier vorgeht«, fügte Etlae hinzu.

Tatsächlich hatte ich das nicht getan – bis sie das Gerangel erwähnte. Dann verstand ich, was hier vorging. Ihr war nicht klar, dass ich wusste, dass es hier nicht um eine gewöhnliche Meinungsverschiedenheit ging, sondern um einen Machtkampf auf allerhöchster Ebene, und auch dafür war ich dankbar.

»Die Zitadelle.«

Zum ersten Mal hatte das Mädchen etwas gesagt. Ihre Stimme war klar und hatte einen singenden Tonfall, doch sie klang fast ebenso gefühllos wie die der Sacri – wie die Stimme des Königs, wenn er eine Proklamation verlas. Etlae drehte sich zu ihr um, und ich fragte mich, wovon das Mädchen wohl gesprochen hatte, und was das für eine Zitadelle war. Ich wusste nur von einer einzigen Zitadelle, und das war Selerian Alastre, die Hauptstadt von Thetia. Der Name bedeutete Sternenzitadelle.

»Das ist doch wohl nicht dein Ernst, Mädchen! Auf wessen Seite stehst du eigentlich?«

»Natürlich auf unserer, Heilige Mutter. Aber habt Ihr nicht vor einiger Zeit gesagt, er wäre der Sohn von Elnibal von Lepidor?« Etlae sah nicht so aus, als könne sie jemals irgendjemandes Mutter sein, so dünn und knochig wie sie war.

»Das stimmt. Aber was hat das damit zu tun?«

»Auf welcher Seite steht Elnibal, Etlae?«, fragte der Mann. »In dieser Hinsicht hat Ravenna Recht. Er könnte ein wertvoller Rekrut sein, und wir könnten dadurch ein bisschen Zeit sparen.«

Sie diskutierten jetzt untereinander, als wäre ich gar nicht mehr da, daher versuchte ich, mich abzulenken, indem ich überlegte, was sie wohl vorhatten. Der Name des Mädchens war anscheinend Ravenna. Wie passend, dachte ich. Haare so schwarz wie die Federn eines Raben – und auch die bösen Augen dieses Vogels.

Für mich war jetzt offensichtlich, dass ein ernsthafter Streit zwischen unterschiedlichen Parteien innerhalb der Domäne entbrannt war, und Etlaes Fraktion vergiftete nicht nur Exarchen, sondern tötete auch Mitglieder der Opposition, um ihren Kandidaten auf den Thron des Primarchen zu bringen. Das war bestimmt der einzige Grund für diesen geheimnisvollen Angriff und all die Täuschungsmanöver. Was Etlaes Bemerkung hinsichtlich der sechs Monate anging – nun, vermutlich würde sie am Ende dieser Zeitspanne so mächtig sein, dass es ihr dann nicht mehr schaden könnte, wenn etwas von diesen Geschehnissen durchsickerte.

Doch wenn Etlae für Lachazzar arbeitete – warum tötete sie dann Sacri und Inquisitoren, die doch seine Verbündeten waren?

Ravenna trat plötzlich mit leicht gerunzelter Stirn dicht an mich heran. »Bewegt Euch nicht«, sagte sie. Ganz kurz berührte sie meine Wange mit Fingern, die ebenso kalt wie ihr Gesichtsausdruck waren, dann drehte sie sich um und ging wieder an ihren alten Platz zurück. Die anderen beiden sahen sie neugierig an.

»Ich glaube, er hat Potenzial«, verkündete Ravenna. »Er könnte ein mächtiger Aktivposten werden.«

»Du bist ja plötzlich so begeistert, Ravenna«, bemerkte der Mann. »Hast du etwa Interesse an ihm?«

Sie warf ihm einen vernichtenden Blick zu. »Du und deine Phantasie, Onkel! Ich meine, er könnte genauso mächtig werden wie ich.«

Ich spürte, wie mir erneut ein Schauer den Rücken hinablief. Noch eine Magierin? Wessen Magierin? In der Domäne gab es keine Magierinnen, dafür war sie viel zu chauvinistisch. Und was hatte sie da über mich gesagt?

»Meinst du das wirklich ernst?«, fragte Etlae in scharfem Tonfall.

»Absolut. Seht Euch seine Augen an – niemand hat von Natur aus türkisfarbene Augen. Wenn wir ihn ausbilden könnten, könnte er erstaunlich sein. Aber natürlich muss ich erst noch einen richtigen Test machen, um das herauszufinden.«

»Ich bin mir nicht sicher, ob es mir gefallen würde, wenn dort zwei von eurer Sorte rumlaufen, Ravenna«, erwiderte der Mann, den sie »Onkel« genannt hatte. »Eine ist schon schlimm genug. Aber wenn du es sagst …«

»Ihr müsst mit uns zurückkommen«, sagte Etlae. »Das bedeutet zwar, dass Ihr ein Jahr von zu Hause weg seid, aber die Alternativen wären in ein Verlies geworfen oder zum Akolythen gemacht zu werden. Ich kann mir nicht vorstellen, dass diese beiden Möglichkeiten Euch oder Eurer Familie besser gefallen würden.«

Ich starrte sie bestürzt an. Wie sollte ich meinem Vater dann eine Nachricht zukommen lassen?

»Kann ich nicht zuerst nach Taneth fahren? Die Nachricht, die ich überbringen soll, ist für den weiteren Fortbestand von Lepidor lebenswichtig, und ich bin der Einzige, der sie meinem Vater übermitteln kann.«

»Wenn Ihr nach Taneth fahrt, setzen wir alles aufs Spiel. Das können wir nicht zulassen.«

»Ich kann jetzt nicht einfach verschwinden und meinen Vater den ganzen Weg nach Lepidor zurückkehren lassen, wenn er dann gleich wieder losziehen und einen Handelskontrakt abschließen muss. Er ist jetzt in Taneth, und um diese Zeit sind die Piraten nicht allzu aktiv. Wir verlieren Monate, wenn wir jetzt keinen Kontrakt abschließen können; vielleicht gehen wir in der Zwischenzeit sogar bankrott.« Ich riskierte es, etwas hinzuzufügen, auf das mich erst ihre Worte gebracht hatten. »Was nützt Euch mein Vater als Verbündeter, wenn er bankrott ist?«

Es blieb lange still. Etlae schien das Für und Wider abzuwägen und meinte schließlich: »Ihr habt Recht. Wir müssen allerdings ein paar Vorsichtsmaßnahmen treffen, um sicherzustellen, dass Ihr uns nicht entschlüpft. Ich kann Euch versprechen, dass Ihr Eure Zeit in der Zitadelle genießen werdet; Euer Vater hat es jedenfalls getan. Außerdem werde ich Euch eine mündliche Botschaft mitgeben, die Ihr ihm *unbedingt* überbringen müsst. Habt Ihr verstanden?«

»Ja.«

»Ravenna, könnten wir einen Augenblick von deinen Talenten Gebrauch machen?«, erkundigte sich der Mann und griff in einen flachen Beutel an seinem Gürtel. Er fummelte kurz darin herum und brachte dann etwas zum Vorschein, das wie ein flaches Armband aus Metall aussah. »Leite es einfach nur hinein, nachdem er es angelegt hat.«

»Natürlich.«

Er gab das Armband Ravenna, die wieder an mich herantrat. »Streckt Eure linke Hand aus«, befahl sie. Ich brauchte keine weitere Aufforderung: Die Anwesenheit der beiden anderen verlieh ih-

126

ren Worten genügend Nachdruck. Ravenna schob mir das silbergraue Armband über die Hand bis zum Handgelenk und berührte es dann mit dem Finger. Ich verspürte ein leichtes Prickeln, und das Metall wurde dunkelgrau. Das Armband passte gut; es rutschte nicht, saß aber auch nicht so eng, dass es scheuerte.

Ravenna trat wieder zurück. Nur der Hauch eines Duftes schwebte noch einen Augenblick in der Luft.

Etlae wandte sich an mich. »Sagt Eurem Vater *Die Alten grüßen ihn und warten besorgt auf neue Rekruten.*«

»Die Alten grüßen ihn und warten besorgt auf neue Rekruten«, wiederholte ich und fragte mich, was in aller Welt sie damit meinte.

»Erzählt sonst niemandem davon. Vor allem nicht Sarhaddon. Er wird Euch keinen Ärger machen, und wenn er fragt, sagt ihm, Ihr hättet bei Eurem Erbe geschworen. In Taneth werden wir uns bei Euch melden. Das Armband wird Euch an die Botschaft erinnern, uns wissen lassen, wo Ihr Euch aufhaltet, und es für Euch sehr schwer machen, irgendjemand anderem als Eurem Vater zu erzählen, was geschehen ist. Und jetzt kommt mit und gesellt Euch wieder zu den anderen.«

Die *Paklé* war nicht schwer beschädigt worden, daher waren wir kurz nachdem die Mannschaft und die Passagiere aufgewacht waren, bereits wieder unterwegs. Die Passagiere waren von dem Angriff immer noch erschüttert, und die Besatzung war tagelang niedergeschlagen – ich nahm an, dass sie wahrscheinlich betroffen waren, mit welcher Leichtigkeit der schwarze Manta ihre Verteidigung durchbrochen und seine Mannschaft das Schiff gekapert hatte. Die mitreisenden Militärs erklärten lauthals, dass sie beabsichtigten, bei ihrer Rückkehr Druck auf die Admiralität auszuüben, damit die Patrouillen aufgestockt und Versuche unternommen wurden, die Basis der Piraten zu finden. Ich bezweifelte jedoch, dass tatsächlich irgendetwas geschehen würde.

Was mich wirklich interessierte, war die Art und Weise, wie die anderen Passagiere nach dem Angriff mit Sarhaddon umgingen. Viele traten an ihn heran und drückten ihm ihr Bedauern über den schrecklichen Zwischenfall aus, und für den Rest der Reise wurden er und ich – ich wohl nur wegen unserer Freundschaft – von ihnen behandelt, als wären wir die wichtigsten Personen an Bord. Es war fast schon ein bisschen beängstigend, und es zeigte, wie viel Macht die Domäne tatsächlich besaß, denn ich dachte, sie fürchteten sich davor, befragt oder gar der Komplizenschaft mit den Angreifern angeklagt zu werden. Der Kaplan des Schiffs wurde genauso behandelt. Da er und Sarhaddon die einzigen Repräsentanten der Domäne an Bord waren, waren sie auch die Einzigen, denen die Domäne glauben würde, sollte es zu einer Untersuchung kommen.

Der Rest der Reise verlief ohne weitere Zwischenfälle; nur die Stimmung während der Mahlzeiten war ziemlich gedämpft. Vielleicht war es der Schock, vielleicht auch eine vorgetäuschte Trauer um den Magierpriester. Wir begegneten keinen anderen Schiffen – das war allerdings auch nicht zu erwarten gewesen, wenn man bedachte, dass wir einen Ozean von fünfundzwanzigtausend Meilen Breite durchquerten, auf einer Schifffahrtsroute, die so an die tausend Meilen breit war.

Tatsächlich war die Reise sogar ziemlich langweilig, und ich verbrachte viel Zeit mit Lesen, Karten spielen und Gesprächen mit Sarhaddon – schließlich konnte man kaum etwas anderes tun. Wenn ich allein war, brachte ich allerdings auch eine Menge Zeit damit zu, über ein paar der Menschen nachzudenken, denen ich begegnet war: über Elassel und das Kapitel, Xasan und Miserak, doch hauptsächlich über Etlae, Ravenna und ihren geheimnisvollen Begleiter – und über das, was sie vorhaben mochten, wer sie wirklich waren und was es mit dieser Zitadelle auf sich hatte.

Erst später begriff ich, was mich am meisten faszinierte.

Die Magie, die Ravenna und der andere benutzt hatten, war keine Feuermagie gewesen. Die einzigen Flammen im Korridor hatte der Magierpriester ausgesandt. Die Magie unserer Angreifer hatte unter anderem darin bestanden, Matrosen mit einer schwarzen Wolke den Gang hinunterzuschleudern oder Flammenblitze im Flug abzulenken.

Schattenmagie?

Die Lampen an Bord des Manta wurden eingeschaltet und wieder gedämpft, um während der Reise einen Anschein von Tag und Nacht aufrechtzuerhalten; es war noch dunkel, als ich an dem Morgen aufwachte, an dem wir in Taneth ankommen sollten. Die wertvollen Eisenproben waren noch immer in Sualls Tasche, und der Brief meiner Mutter befand sich sicher in der meinen. Heute würde ich Sarhaddon Lebewohl sagen müssen; doch zuvor musste der Akolyth mich noch zu meinem Vater im königlichen Palast bringen. Dann würde er flussaufwärts zur Heiligen Stadt weiterreisen. Wenn er erst einmal dort war, war es sehr gut möglich, dass er den Rest seines Lebens dort verbringen würde. Ich hoffte, dass Sarhaddon in der Hierarchie aufsteigen und wieder in die Welt hinausgeschickt werden würde. Davon abgesehen, dass ich ihn als meinen Freund betrachtete, war ein Priester der Domäne immer ein wertvoller Verbündeter.

»Wir werden Taneth innerhalb der nächsten Stunde erreichen«, verkündete der Kapitän über die Bordsprechanlage. »Eure Papiere werden von der Meeresgarde überprüft werden, und es ist gut möglich, dass auch ein Begrüßungskomitee der Domäne auf Euch wartet – ich werde vorab eine Botschaft schicken, wie es die Vorschriften erfordern, daher könnte es sein, dass Ihr zum Zikkurat mitgenommen werdet. Für all jene, die Taneth noch nie gesehen haben – wir zeigen die Stadt auf dem Aether-Tisch im Observatorium. Ich hoffe, dass Ihr alle – von dem Angriff einmal abgesehen – eine angenehme Reise hattet. Helsarn Ende.«

Es schien, als wären die Verteidigungsmaßnahmen von Taneth

absolut wasserdicht; während der Nacht waren wir von zwei Patrouillen angerufen und aufgefordert worden, uns zu identifizieren, und jetzt, als wir genau wie die anderen Mantas, die nach Taneth unterwegs waren, langsamer wurden, befand sich ein Kriegsschiff backbords und hatte ein wachsames Auge auf die näher kommenden Schiffe. Ich fragte mich, wovor sie sich wohl fürchteten – Taneth war noch nie angegriffen worden, weder zu Land noch vom Meer aus.

Ich ließ mein Gepäck unter Sualls Aufsicht im Zentralschacht zurück und begab mich zu Sarhaddon ins Observatorium, wo sich in dem Aether-Feld im Fußboden ein prächtiges Bild der Stadt abzeichnete, in der wir gleich anlegen würden. Es war mein erster richtiger Blick auf die Handelsmetropole von Aquasilva: Taneth, die Stadt des Goldes.

Kapitel VII

Ich hatte natürlich schon öfter Bilder von Taneth gesehen, aber noch nie dreidimensional. Das Bild auf dem großen, im Fußboden eingelassenen Aether-Feld war eine vollständige Wiedergabe der Stadt mitsamt der umliegenden Inseln. Ich war erstaunt, dass es an Bord des Manta überhaupt genügend ungenutzte Energiereserven gab, um etwas so Komplexes zu erzeugen – der Aether-Generator bezog seine Energie vom Hauptmeerholzreaktor des Schiffs, und ich mochte gar nicht darüber nachdenken, wie viel Energie wohl für dieses Bild verbraucht wurde, denn es war fast fünfzehn Fuß lang und ungefähr neun Fuß breit.

Doch es war weniger die Umgebung als vielmehr die Stadt selbst, die meine Aufmerksamkeit auf sich zog. Taneth war in einer schmalen ruhigen Zone zwischen zwei Sturmbändern erbaut worden und musste daher weder auf die gewaltigen Wälle noch auf den kreisförmigen Grundriss zurückgreifen, die alle anderen Städte auf Aquasilva aufwiesen. Die hügeligen Inseln, die die Wasserstraßen um Taneth herum sprenkelten, waren mit grünen Wäldern bedeckt, und hier und da fanden sich Lichtungen, auf denen einsame Bauwerke standen – Refugien für Mitglieder der Großen Häuser, wie Sarhaddon mir erzählte.

Es dauerte mehrere Augenblicke, bis ich die schiere Ausdehnung der Stadt begreifen konnte. Taneth bedeckte acht oder neun Inseln, die eine kleine Inselgruppe bildeten; die meisten dieser Eilande waren um die sechs- bis neunhundert Fuß lang – zumindest schätzte ich das, nachdem ich mir den an der Seite eingeblendeten Maßstab noch einmal angesehen hatte –, und alle waren mit Gebäuden übersät, zwischen denen sich anscheinend lange Reihen von Bäumen entlang der Straßen dahinzogen. Die etwas größeren grünen Oasen hielt ich für Parks oder Gärten. Die große Insel im Zentrum war mehr als eine Meile lang, und einige der Bauwerke, die dort in den Himmel wuchsen, ließen die Häuser von Pharassa – von den allergrößten einmal abgesehen – klein erscheinen. Der Zikkurat war um die dreihundert Fuß hoch. Und die Gebäude waren nicht weiß, sondern besaßen einen warmen Goldton.

»Wo haben sie denn die Steine herbekommen, um all das zu bauen?«, fragte ich Sarhaddon.

Er zuckte die Schultern. »Ich nehme an, sie sind den Fluss heruntergebracht worden. Aber vielleicht haben sie auch ein paar von den anderen Inseln als Steinbrüche benutzt.«

Ich stand da und starrte den Rest des Bildes an – die großen Brücken, die die äußeren Inseln mit der Zentralinsel verbanden, die Hunderte von Schiffen in den dazwischen liegenden Oberflächenhäfen. Es waren so viele Schiffe, dass mir Pharassa jetzt plötzlich wie Lepidor vorkam.

131

Andererseits lag Taneth auch im Zentrum der Welt.

»Wo ist der Unterwasserhafen?«

»Unter jeder Insel ist einer«, erwiderte Sarhaddon. »Sie brauchen so viel Frachtraum, dass sie alle Inseln ausgehöhlt, zu Lagerhäusern gemacht und in jede einen kleinen Hafen gebaut haben. Wir müssten in den Hafen von Ademar oder Kadreth einlaufen – wenn mich meine Erinnerung nicht trügt, sind das die beiden Militärhäfen.«

Mein Blick blieb auf das vor mir auf dem Boden ausgebreitete Panorama von Taneth gerichtet, bis wir die Randzone des Hafens erreichten.

Jetzt konnte ich durch die Fenster und durch das überraschend klare Wasser den felsigen Untergrund der Inseln sehen; die spindelförmigen Arme eines Unterwasserhafens ragten aus einem Felssockel hervor, der nichts mehr von der ungezähmten Wildheit des Kaps besaß – er war behauen und zu Lagerhäusern, Meeresrochen-Buchten und anderen Bauwerken umgeformt worden. Alle Kanten waren geglättet und abgerundet.

Und dann, als ich bei einem der Unterwasserhäfen, an denen wir vorbeiglitten, hinab auf den Grund schaute, bemerkte ich noch etwas anderes.

Taneth war auf festem Fels gebaut. Die Inseln erhoben sich von einer Felsplatte, die sich ein paar hundert Fuß unter uns befand. Unter dieser Stadt war kein offenes Meer. Stattdessen lag sie – genau wie Lepidor – in Wirklichkeit auf einem Kontinentalschelf. Am südlichen Ende der Fahrrinne, die wir passierten, war das Wasser zwar tiefer, doch man konnte immer noch den Grund erkennen. Zum ersten Mal wurde mir klar, dass der nördliche und der südliche Teil von Äquatoria tatsächlich aus dem gleichen Festlandsockel herauswuchsen.

Die *Paklé* glitt mit langsamen, leichten Flügelschlägen auf eine Landungsbrücke in einer der mittleren Ebenen unter einer Insel zu. Als wir noch ungefähr hundert Fuß entfernt waren, hörten die

Flügelschläge ganz auf, und sein Schwung trug den Manta sanft an die Brücke heran. Wenige Minuten später hatten wir Kontakt, und man hörte ein gedämpftes Geräusch, als die Andockklammern sich schlossen.

»Türen sind geöffnet«, verkündete ein Besatzungsmitglied von unten.

Kaum fünf Minuten, nachdem wir angelegt hatten, waren Zollbeamte – Mitglieder der Meeresgarde von Taneth – im Zentralschacht und überprüften die Passagiere, ob sich unter ihnen gesuchte Kriminelle oder Piraten verbargen. Sie notierten sich unsere Namen und die Gründe für unsere Reise. Soweit ich es beurteilen konnte, war das Ganze ein ziemlich sinnloses Unterfangen, denn wenn die Leute erst einmal in der Stadt waren, konnten sie hingehen, wohin sie wollten. Doch Sarhaddon wies mich darauf hin, dass fast alle Besucher den äquatorianischen Kontinent über Taneth betraten oder verließen, und so war die geschilderte Methode eine Möglichkeit, sich einen Überblick darüber zu verschaffen, wie viele Fremde sich auf dem Kontinent aufhielten. Anscheinend bestanden sowohl die Domäne als auch der Rat der Häuser auf dieser Art von Volkszählung. Und abgesehen vom halethitischen Territorium hatten die Domäne und der Rat in Äquatoria das Sagen.

Überraschenderweise warteten keine Priester der Domäne auf uns.

Ich fragte mich, ob Etlae uns vielleicht den Weg freigemacht hatte, ob sie ihre Beziehungen hatte spielen lassen, so dass die Nachricht von dem Angriff nicht weiter beachtet wurde. Oder vielleicht war die Domäne durch die inneren Streitigkeiten auch nicht mehr so effektiv wie sonst. Wie auch immer, niemanden schien der Tod des Priesters in irgendeiner Weise zu kümmern, und Sarhaddon und ich begegneten auf unserem Weg vom Unterwasserhafen zum an der Oberfläche gelegenen Eingang nicht mehr Beamten als üblich.

Nach der kühlen, feuchten Atmosphäre an Bord des Manta und im Unterwasserhafen traf mich die trockene Hitze von Taneth wie ein Hammerschlag. Ich hatte bisher nie so richtig über den Temperaturunterschied nachgedacht, aber Taneth lag fast auf dem Äquator, und hier war es auch sehr viel trockener als üblich, da die Stürme fehlten, mit denen die anderen Städte zu kämpfen hatten. Mir war, als würde mir die Hitze fast augenblicklich die Kraft aussaugen. Rauch und aufgewirbelter Staub schwängerten die Luft, doch trotzdem konnte ich den Unterschied riechen. Die Luft in Taneth roch nach Pflanzen, die es in Ozeanus nicht gab, und nach warmen Brisen, die von den Sturmbändern über den Dschungeln des nördlichen Äquatoria herangetrieben wurden.

»Du wirst dich schon daran gewöhnen«, sagte Sarhaddon. »Ich glaube, jeder Kontinent riecht ein bisschen anders. Außer Silvernia natürlich, wo es so kalt ist, dass dir die Nase abfriert und abfällt, wenn du sie aus dem Fenster steckst. Zumindest hat man mir das erzählt.«

»Nun, hier ist es wenigstens warm.«

»Du wirst vielleicht feststellen, dass du dich öfter waschen musst, solange du in Taneth bist. Hier trocknet die Haut sehr schnell aus.«

Das glaubte ich ihm sofort.

»Danke. Und wo gehen wir jetzt hin?« Ich schaute mich auf dem kleinen, vor Leben pulsierenden Platz um, auf dem wir herausgekommen waren. Er war von eleganten Gebäuden aus sandbraunem Stein umgeben, mit spitzbögigen Fenstern und breiten Säulengängen, die ebenerdig weit über die Gebäude hinausreichten. Ich stellte fest, dass alle Menschen, die den Hafen verließen, sich den Säulengängen zuwandten; tatsächlich befand sich kaum jemand in der Mitte des Platzes – und wenn, dann unter den Bäumen.

»Wir müssen die Brücke zur nächsten Insel finden. Wir sind hier auf Ademar, und ich glaube nicht, dass es von hier aus eine direkte Verbindung zur Hauptinsel gibt. Wir gehen natürlich zu Fuß; außer Sänften und Handkarren sind in der Stadt keine Transportmittel erlaubt. Beschluss des Rates. In dieser Stadt ist das Wort des Rates Gesetz, und es gibt keine Berufung – außer man ist ein Priester, natürlich.«

»Welcher Rat?« Ich wusste, dass es zwei Arten von Ratsversammlungen in Taneth gab: Zum einen den Senat, dem alle hiesigen Handelsherren sowie die Meister der Gilden und die Anführer der drei tanethischen Clans angehörten. Und dann gab es noch den Rat der Zehn.

»Die Zehn natürlich. Der Senat ist nur ein Allerweltsgremium, das solche Sachen wie Kriege genehmigt. In Wirklichkeit regieren die Zehn im Namen der Großen Häuser die Stadt. Die Handelsherren sind die Einzigen, die hier wirklich zählen.«

Ich erinnerte mich daran, dass mein Vater mir einmal erzählt hatte, die »Republik Taneth« sei in Wirklichkeit nichts anderes als eine verklärte Oligarchie. Sarhaddons Aussage bestätigte seine Worte. Ich konnte es selbst sehen, während wir durch die von Säulengängen gesäumten Straßen gingen, manchmal in den Säulengängen, manchmal im Schatten der Bäume in der Straßenmitte. Das Oberhaupt eines Großen Hauses wurde in seiner Sänfte vorbeigetragen; er war wohl auf dem Weg zum Unterwasserhafen, und ein Stück vor ihm schritten vier stämmige Männer mit Peitschen und Stöcken und drängten alle anderen Passanten beiseite. Ich konnte sehen, wie ein Meister-Ozeanograf und ein Admiral rücklings gegen eine Mauer gedrängt wurden, als die kleine Kavalkade vorbeizog. Die gewöhnlichen Tanethaner schienen so etwas als ganz normalen Bestandteil ihres Lebens zu betrachten, denn sie traten einfach nur zur Seite und gingen dann weiter ihres Weges.

»Wo gehen wir eigentlich hin?«, wollte ich wissen.

»Zum Palast, um nach deinem Vater zu suchen. Dann gehe ich zum Zikkurat, um herauszufinden, wann ich weiter muss. Es gibt ein Schiff der Domäne, das regelmäßig flussaufwärts zur Heiligen

Stadt fährt. Die Fahrt ist umsonst – zumindest für Priester. Alle anderen müssen einen Zuschlag bezahlen.«

»Aber wie sollen wir ihn finden? Im Augenblick halten sich mehr als zweihundert Grafen in der Stadt auf. Wie viele Leute werden wohl wissen, wo einer dieser Grafen sich zu einem beliebigen Zeitpunkt aufhält?«

»Nur die höheren Palastbeamten – eine Lebensform, die einen höchst ärgerlich machen kann, da sie glaubt, dass alle anderen unter ihr stehen. Dein Diplomatenausweis sollte uns Einlass in den Palast gewähren, obwohl die Sicherheitsvorkehrungen straffer sein werden als die Schnüre an der Börse eines Stammeskriegers. Danach – nun, du weißt besser als ich, was bei solchen Kongressen los ist.«

»Ich habe noch nie an einem teilgenommen.«

»Aber du weißt doch trotzdem, was da geschieht, oder nicht?« Sarhaddon winkte Suall und dem anderen Gardisten, und wir traten auf die lange Brücke, die eigentlich ein Säulengang war, der sich über das Wasser spannte. Ich bemerkte, dass jede Brücke, die zur Zentralinsel hinüberführte, gleichzeitig auch die Begrenzung eines Hafens bildete. Die einzigen Schiffe, die sich von einem Hafen zum anderen bewegen konnten, waren diejenigen, die klein genug waren, unter den Brückenbogen hindurchzufahren, wie die Jollen und Barkassen, die an den Anlegestellen der Docks festgemacht waren.

»Mein Vater hat mir erklärt, was eigentlich geschehen *sollte*, aber irgendwie hat sich bei mir die Überzeugung festgesetzt, dass sie die meiste Zeit nur herumhocken und einander von den Scharmützeln erzählen, in denen sie gekämpft haben, als sie jung waren.«

»Und was machen die Jüngeren?«, fragte Sarhaddon grinsend.

»Nun, die gehen wahrscheinlich raus und stürzen sich in irgendwelche Scharmützel. Der Kongress ist eine wundervolle Idee und uralt, aber es gibt niemals genug zu tun, um die Teilnehmer eine ganze Woche lang zu beschäftigen – ganz zu schweigen von einem ganzen Monat.«

»Ich hätte eigentlich vermutet, dass die Halethiter einen Grund zur Besorgnis bieten würden«, meinte Sarhaddon stirnrunzelnd. Es war ungewöhnlich, dass ich über etwas mehr wusste als Sarhaddon, und so gesehen war es eine willkommene Abwechslung, einmal derjenige zu sein, der Antworten gab, und nicht der Fragesteller. Ich freute mich darauf, selbst etwas von dem Kongress mitzubekommen; die ältesten Söhne nahmen meistens erst dann daran teil, wenn ihre Väter entweder zu alt waren oder zu viel zu tun hatten, um sich selbst auf die Reise zu begeben. Es wäre bestimmt eine nützliche Erfahrung für die Zeit, wenn ich selbst an solchen Versammlungen teilnehmen würde, obwohl das – so Ranthas wollte – bestimmt noch einige Zeit dauern würde, da mein Vater erst sechsundvierzig war.

»Die Halethiter sind nur für die Grafen von Äquatoria und den König ein Grund zur Sorge. Ganz offensichtlich kümmern sich die meisten anderen gar nicht darum, sondern sind nur an Angelegenheiten interessiert, die sie selbst in irgendeiner Weise betreffen.«

»Narren«, stellte Sarhaddon geistesabwesend fest. »Das werden sie bereuen, wenn die halethitische Armada über sie kommt.«

»Wird sie das denn tun? Die Halethiter hatten bisher nie etwas anderes als eine Fischfangflotte.«

»Ich glaube nicht. Die Domäne will nicht, dass sie es tun, und die tanethanische Flotte wird sie von Taneth und den hiesigen Werften fern halten.« Ich wusste, dass sich in Taneth die einzigen Werften des südlichen Äquatoria befanden.

»Könnten sie denn nicht eigene Mantas bauen?«

»Sie verfügen nicht über die notwendigen Fachkenntnisse – und selbst wenn sie die hätten, hätten sie noch immer keine Unterwasserhäfen, in denen die Mantas anlegen könnten. Es gibt für sie nur eine Möglichkeit, Mantas zu bauen: Sie müssten Taneth einnehmen – und das ist noch niemandem gelungen.«

»Es gibt immer ein erstes Mal.«

»Aber ich glaube nicht, dass das jetzt sein wird – es sei denn, die Halethiter haben den gesamten Senat bestochen. Doch da sie dafür mehr Geld brauchen würden, als in ganz Haleth vorhanden ist, scheint mir das sehr unwahrscheinlich.«

Nachdem Sarhaddon den Gedanken an Verrat beiseite geschoben hatte, überquerten wir den Rest der Brücke schweigend. Hier waren eine Menge Menschen unterwegs: Arbeiter, Handwerker, Soldaten, Hausfrauen; ihre Kleidung war meist so prächtig, wie es ihr Rang und ihre Geldbörse erlaubten. Die Handwerker trugen Gildenabzeichen an ihren Tuniken. Für mein provinzielles Ohr hatten sie einen starken Akzent und sprachen auch überaus langsam – im westlichen Ozeanus sprachen wir den Inseldialekt, einen deutlich ausdrucksstärkeren und lebendigeren Dialekt als das Tanethanische.

Am anderen Ende der Brücke traten wir wieder ins helle Sonnenlicht hinaus, vorbei an einem Wachhäuschen, dessen Insassen die Vorbeigehenden aus den Schatten wachsam musterten. Sie sind ganz anders als die Wachen in Lepidor oder Pharassa, dachte ich, die in ihren Wachzimmern würfelten oder zu Hause bei ihren Frauen waren und absolut darauf vertrauten, dass nichts geschehen würde, das nicht höchstens zwei von ihnen in den Griff bekommen konnten. Taneth war die glitzernde Hauptstadt, doch ich konnte sehen, dass sie auch noch andere Seiten besaß – nicht zuletzt, dass es eine Stadt war, die ständig am Rande eines Krieges stand.

»Ich glaube, das hier ist die Insel Isqdal«, sagte Sarhaddon. »Oder vielleicht auch Laltain. Wie auch immer, die Brücke zur Föderationsinsel ist gleich da drüben, auf der anderen Seite.«

Am Rande der Insel, auf der wir uns befanden – welche es auch immer sein mochte –, verlief eine breite Straße und trennte die Wohn- und Einkaufsbezirke von den Lagerhäusern und Docks. Sie war mit den gleichen großen, rechteckigen Sandsteinen gepflastert, aus denen auch die übrige Stadt gebaut war, und beiderseits der Straße verliefen breite, abgedeckte Abzugskanäle.

Die Gebäude am Ufer – mit Ausnahme der Docks – ähnelten einander und auch denen in Ozeanus ziemlich stark: Sie waren dreigeschossig, nicht allzu schmuck und wiesen die charakteristischen Säulengänge und kleineren, gewölbten Galerien im obersten Stockwerk auf, die es auf der Insel, auf der wir angekommen waren, nicht gegeben hatte. Auf den Häusern gab es immer noch Dachgärten; ihnen verdankte die Stadt das waldähnliche Aussehen, das mir aufgefallen war, als ich sie auf dem Aether-Feld des Manta von oben gesehen hatte. Jetzt konnte ich die Pflanzen sehen; sie hingen von den Dächern und wuchsen entlang der Straßen, leuchteten in einem anderen, helleren Grün und hatten eher Wedel als Blätter – was natürlich besser zu dem trockeneren Klima von Taneth passte.

Die Straßen waren geräuschvoll und voller Menschen; alle schienen so laut wie möglich zu sprechen. Der Geruch nach Hafen, Tauwerk und Teer hing wie ein unermessliches Miasma überall in der Luft und machte das Luftholen zu einer ziemlich unangenehmen Erfahrung. Außerdem schienen mir die Leute auch nicht besonders sauber zu sein. Taneth gefiel mir längst nicht so gut, wie ich eigentlich gedacht hatte; ich fand, dass die Wirklichkeit hier sich doch ziemlich deutlich von der glitzernden Stadt der Legenden unterschied.

Sarhaddon deutete nach vorn, wo die Straße am Ende der Insel eine Kurve machte. »Ich glaube, wir müssen in diese Richtung«, meinte er. »Aber mach mir keinen Vorwurf, wenn ich mich irre. Und hab keine Hemmungen, die Leute beiseite zu stoßen; niemand wird dir hier Platz machen, es sei denn, du schickst zwei kräftige Diener voraus.«

»Wie hält man es nur aus, hier die ganze Zeit zu leben?«, fragte ich.

»Das ist mir auch zu hoch. Mir geht es genauso wie dir, aber die

Tanethaner können nicht verstehen, wie es Menschen geben kann, die vielleicht *nicht* in einer Stadt von dieser Größe leben wollen.«

Ich stieß mit jemandem zusammen, der plötzlich aus dem Nichts direkt vor mir aufgetaucht zu sein schien. Der Mann ließ eine ellenlange Flut von Beschimpfungen los, drehte sich jedoch nicht um, was mich dann doch einigermaßen verblüffte.

»Deine Mutter war eine Ziege und dein Großvater hat's mit einem Kamel getrieben«, rief Sarhaddon dem Rücken des Mannes hinterher, ging dabei aber bereits weiter. Beim nächsten Mal antwortete ich selbst, doch meine Beleidigungen waren zu einfallslos und kamen zu zögerlich, so dass der andere sie noch nicht einmal bemerkte. Bei uns zu Hause brüllten sich die Leute auf der Straße nicht so an.

»Du musst ihre Vorfahren anzweifeln«, riet Sarhaddon. »Füg einfach ein oder zwei Haustiere in ihren Stammbaum ein. Die andere Möglichkeit ist anzudeuten, dass sie keine guten Kaufleute sind. Tanethaner machen sich im Allgemeinen nur Gedanken um ihre Börse oder um ihre Fähigkeiten, Geld zu scheffeln. Oh, noch eines: Beleidige niemals das Mitglied eines Großen Hauses, außer, derjenige beleidigt dich zuerst, und selbst dann solltest du lieber den Mund halten, wenn es sich um das Oberhaupt oder den Erben eines solchen Hauses handelt. Bei allen anderen ist es egal.«

Wir gingen die Straße entlang und fanden die Brücke, die von Isqdal (oder Laltain) zu jener Zentralinsel führte, die Sarhaddon Föderationsinsel genannt hatte, obwohl der Akolyth keine Ahnung hatte, woher dieser Begriff stammte. Diese zweite Brücke war fast noch bevölkerter als die erste, und ich erblickte hier noch mehr hochrangige Persönlichkeiten.

Die Föderationsinsel, die große Insel im Herzen von Taneth, war sowohl größer als auch prächtiger als die anderen. Die Häuser waren höher, ihre Säulengänge feiner verziert, ihre Eingänge von Portalen aus Zedernholz geschützt. Die Straße am Rande der Insel war eine breite Prachtstraße, die von vier Reihen dicht belaubter Bäume flankiert wurde, welche den mittleren Streifen in einen grünen Tunnel verwandelten. In einigen Gebäuden gab es Kaffeehäuser und Bars im ersten Stock, die ebenfalls wieder mit Galerien versehen waren oder von Bäumen beschattet wurden – das waren die angenehmen Seiten des Lebens in Taneth.

Selbst die Lagerhäuser und Docks waren auf der Föderationsinsel ansehnlicher und in besserem Zustand als diejenigen, an denen wir zuvor vorbeigekommen waren. Viele Schiffe, die hier vor Anker lagen, waren Vergnügungsboote, Passagierschiffe oder Gewürzfrachter, neben denen hier und dort ein fünfmastiges Kreuzfahrtschiff am Kai festgemacht hatte, dessen von Sonnensegeln geschützte Decks verlassen waren. Dies war nicht der Haupthafen, wurde mir nach einiger Zeit klar, sondern nur der Anlegeplatz der Luxusjachten. Wir nahmen die erste Hauptstraße, die ins Inselinnere führte, eine weitere große, von Bäumen gesäumte Prachtstraße, diesmal sogar auf zwei Ebenen: auf den beiderseits gelegenen, ebenerdigen Säulengängen verliefen mit einem Geländer eingefasste Gehwege. Bunt gestreifte Markisen ragten aus jedem Gebäude; einige von ihnen boten Kaffeehäusern Schutz, andere trugen Zeichen, die vom Gewerbe des Bewohners kündeten. Ich muss mit offenem Mund gestarrt haben, während wir die Straße entlanggingen, überwältigt von der Größe dieser Stadt, der Masse der Menschen, die sich darin tummelten, und der Pracht ihrer Bauwerke.

Die Straße führte geradewegs den Hügel hinauf, und nachdem wir eine weitere breite Allee überquert hatten und uns allmählich der Kuppe näherten, veränderte sich das Aussehen der Gebäude erneut. Ich hätte nicht gedacht, dass Taneth noch prächtiger werden könnte – aber genau das war der Fall. Dies hier waren Paläste, jeder freistehend, jeder eleganter als der vorangegangene und noch reicher verziert; jeder Besitzer zeigte seinen Reichtum auf jede nur erdenkliche Weise. Die Paläste lagen ein bisschen von der Straße zurück und waren durch Bäume abgeschirmt. Eine Reihe von Springbrunnen zog sich in der Straßenmitte entlang, und zwei weitere Reihen verliefen jenseits der Bäume – eine wahre Wohltat gegenüber dem Miasma der tiefer gelegenen Stadtviertel. Es waren auch weitaus weniger Menschen zu sehen, und ich begann mich wieder besser zu fühlen, wozu vielleicht auch der feine Sprühnebel der Springbrunnen beitrug, der in der Luft trieb.

»Wir befinden uns jetzt oberhalb des Marktviertels. Das hier sind die Residenzen der Großen Häuser«, erklärte Sarhaddon. Er zeigte nach unten und nach links. »Gleich da unten sind der Große Marktplatz und die Straße, die direkt zum Palast führt. Die meisten weniger reichen Fußgänger, die hier heraufkommen müssen, benutzen die Hauptstraße; die Leute, die du hier siehst, arbeiten fast alle für eines der Großen Häuser. Die Flaggen vor den Gebäuden sagen dir, zu welchem Großen Haus es gehört, wenn du die Farben kennst. Ich kann dir auch nur ein paar nennen – das Rot-Weiße da ist Canadrath; das mit dem Orange und Gelb ist Foryth; Purpur und Gelb ist Hiram … waren die nicht auch auf Xasans Liste?«

»Ich glaube schon«, sagte ich und glotzte dabei die ganze Zeit um mich wie ein Bauerntrampel bei seinem ersten Besuch in der Stadt. Die Liste befand sich ganz unten in meiner Tasche, und ich hatte jetzt keine Lust, sie herauszuholen.

»Mitternachtsblau und Silber … ich frage mich, wer das wohl sein mag?«, überlegte Sarhaddon laut und gab weitere Kommentare ab, während wir den hoch aufragenden Mauern des Palasts immer näher kamen. Das Gebäude, auf das der Akolyth deutete, machte den Eindruck, als hätte es schon bessere Tage gesehen. Die Verzierungen waren verblasst, die Fensterläden abgestoßen; selbst die Flagge sah ein bisschen mottenzerfressen aus.

»Wer immer sie auch sind, sie scheinen harte Zeiten durchzumachen«, sagte ich und fragte mich im Stillen, ob Große Häuser stürzen konnten – um schließlich aufzuhören zu existieren? Oder hatten sich die Häuser seit der Gründung der Stadt nicht verändert? Ersteres erschien mir plausibler – die Tanethaner hatten sicherlich genauso wenig Zeit und Platz für Verlierer wie alle anderen Menschen; eher noch weniger.

Hinter der gewaltigen Mauer, die ganz offensichtlich zu Verteidigungszwecken gebaut worden war und in diesem schmucken Viertel so weit vom Ufer entfernt ein wenig fehl am Platz wirkte, konnte ich die Spitzen der Palasttürme sehen. Als wir allerdings am Fuß dieser Mauer die Straße entlanggingen, bemerkte ich, dass das Mauerwerk an einigen Stellen bröckelig war. Die Mauer wirkte jetzt eher wie ein Schmuckstück als wie ein aus praktischen Erwägungen geschaffenes Gebilde. Andererseits – wenn irgendwelche Invasoren einmal so weit vordrangen, wäre Taneth so oder so verloren. Vielleicht diente das Bollwerk aber auch nur dazu, irgendwelche Aufwiegler abzuhalten.

Das Haupttor des Palasts befand sich am Ende einer Straße, die kerzengerade bis zum Ufer verlief. Als ich die Straße entlangblickte, konnte ich einen großen, von Gebäuden umgebenen Platz ausmachen, auf dem nicht ein freies Fleckchen zu sehen war. Ich nahm an, dass das der Marktplatz war, von dem Sarhaddon gesprochen hatte.

Im Torweg hatte sich eine kleine Schlange von Wartenden gebildet, da die Wachen am Eingang jeden Eintretenden fragten, warum er in den Palast wollte.

»Wir sollten uns besser hinten anstellen«, sagte Sarhaddon. »Das sind Soldaten des Rats der Zehn; für die ist niemand so wichtig, dass sie ihn einfach vorlassen würden.«

Suall und sein Kamerad stellten sich hinter uns in der Schlange an. Mir war ziemlich heiß, denn während die Wachen und die vordersten Bittsteller sich im Schatten befanden, standen wir anderen ungeschützt draußen in der sengenden Hitze. Ich fragte mich, ob die Tanethaner daran wohl besser gewöhnt waren?

Ich war wirklich froh, als wir endlich an der Reihe waren. Einmal mehr überließ ich Sarhaddon das Reden.

»Was wollt Ihr?«, fragte der Wachoffizier, ein großer Mann mit einem gegabelten Bart, knapp.

»Der Sohn des Grafen von Lepidor erbittet Einlass.«

»Lepidor? Davon hat man uns nichts gesagt. Könnt Ihr Euch ausweisen?«

Ich zog den Diplomatenpass, den mir das pharassische Militär für den Manta gegeben hatte, und den Brief der Regentin aus der Tasche und reichte dem Mann beides. Der Wächter las alles durch, dann drehte er sich um und rief einen seiner Untergebenen herbei.

»Haben wir den Siegelabdruck von Lepidor?«

»Ich hole ihn. Auf welchem Kontinent liegt das?«

»Ozeanus, nicht wahr?«, fragte mich der Offizier. Ich nickte.

Eine Minute später war der Untergebene mit einer Rolle zurück, auf der sich die groben Wiedergaben der Symbole sämtlicher Städte von Ozeanus befanden.

»Es passt«, sagte der Offizier, nachdem er einen prüfenden Blick darauf geworfen hatte. »Geht weiter, über den Hof in das große Vorzimmer. Einer der Beamten dort sollte in der Lage sein, Euch zu sagen, wo sich Euer Vater befindet. Ich würde Euch ja einen Mann mitgeben, aber ich kann hier keinen entbehren.« Er winkte uns durch, und wir waren endlich im Palast.

Wir überquerten den Innenhof, der mit Orangen- und Zitronenbäumen bepflanzt und ebenerdig auf allen Seiten von den Gebäuden vorgelagerten Säulengängen eingefasst war, und traten durch die bronzebeschlagenen Zedernholztüren. Hier konnte ich auch wieder den vertrauten Palastgeruch nach Weihrauch wahrnehmen, den schweren Duft von Luxus und Bequemlichkeit.

Ein gelangweilt dreinblickender Beamter saß hinter dem Tisch am hinteren Ende des Raums und feilte sich die Fingernägel. »Der müsste es wissen«, sagte Sarhaddon, und wir durchquerten den

Raum, um den Mann zu fragen, wo wir meinen Vater finden könnten. Doch wir hatten nicht mit der Arroganz der tanethanischen Beamten gerechnet. Der Mann legte bereits los, noch ehe einer von uns den Mund aufgemacht hatte.

»Was macht ihr beiden Herumtreiber hier drin?«

Ich war mir darüber im Klaren, dass ich nicht unbedingt meine besten Kleider trug, aber sah ich tatsächlich so schlimm aus? Andererseits, neben diesem Pfau von einem Beamten …

»Mein Vater ist der Graf von Lepidor«, entgegnete ich; mittlerweile widerte mich die Art und Weise, wie die Tanethaner auf alle anderen herabzublicken schienen, ziemlich an.

»Und ich bin der halethitische König. Wer hat euch reingelassen?«

»Die Wachen. Die einen Diplomatenpass erkennen können, wenn sie einen sehen.« Ich war mir nicht ganz sicher, warum ich diese Bemerkung hinzufügte, die fast schon eine persönliche Beleidigung war, doch ich hatte diese weite Reise nicht unternommen, um dann von einer Hofschranze hinausgeworfen zu werden. Der Mann sah aus, als stünde er kurz vor einem Schlaganfall.

»Wie kannst du es wagen, mir zu unterstellen, ich wüsste nicht, was ich zu tun habe? Zeig diesen Diplomatenpass her!«

Ich wollte dem Mann den Pass über den Tisch reichen, aber er riss ihn mir förmlich aus der Hand.

»Der ist ja von der kaiserlichen Marine.«

»Und von einem aquasilvanischen Beamten ausgestellt, wie Ihr selbst einer seid.«

»Du befindest dich auf gefährlichem Terrain«, zischte Sarhaddon mir zu.

»Der gilt hier nicht. Du bist hier nicht in Ozeanus. Thetia hat hier keine Macht.«

War der Mann womöglich entschlossen, uns aufzuhalten? Und wenn dem so war – warum? Welche Bedeutung könnte ich für die-

sen Beamten schon haben? Es sei denn, er war einer von Etlaes …
aber das war eine innere Angelegenheit der Domäne, und was würde es Etlae bringen, wenn sie dafür sorgte, dass uns der Zutritt zum
Palast verwehrt wurde?

»Wenn Ihr so freundlich wärt, den Grafen zu rufen, wäre er sicher
in der Lage, die Angelegenheit zu klären«, sagte ich in dem Versuch,
trotz der aufreizenden Grobheit des Mannes vernünftig zu sein.

»Das ist völlig ausgeschlossen! Dieser Graf, wer auch immer er
sein mag, möchte während der Kongresses nicht von irgendwelchen Herumtreibern belästigt werden.«

Sieht so aus, als würde er schon belästigt, dachte ich verärgert.
Zumindest, wenn man dieses Exemplar hier als Maßstab nimmt.

»Wachen!«, rief der Mann. Ich verspürte einen Stich der Furcht
und warf Sarhaddon einen ängstlichen Blick zu. Doch in diesem
Augenblick betrat ein zweiter Mann das Zimmer.

»Was ist das hier für ein Tumult?«, wollte er wissen. Ich schätzte, dass der Neuankömmling in den Vierzigern war; er musste sich
irgendwann einmal die Nase gebrochen haben und seine Augen lagen tief in ihren Höhlen. Ein Mann, mit dem ich mich lieber nicht
anlegen wollte. Er trug ein orangefarbenes Gewand und eine goldene Kette um den Hals. So mancher hätte in einem solchen Aufzug lächerlich gewirkt, das hier jedoch war ein Mann, der alles
Mögliche sein mochte, aber eines ganz sicher nicht – lächerlich. Er
sah aus wie jemand, der es gewohnt war, seinen Willen durchzusetzen, und ganz sicher nicht wie jemand, den ich beleidigen wollte.

»Zwei Herumtreiber, die einen Grafen belästigen wollen, Hoher
Ratsherr Foryth.«

»Dann lass sie um Himmels willen hinauswerfen!«

»Unglücklicherweise sind wir keine Herumtreiber, Hoher Ratsherr«, sagte ich kalt. Hoher Ratsherr? Bedeutete das, dass er dem Rat
der Zehn angehörte? Ganz sicher war er Mitglied eines Großen
Hauses; Foryth hatte zu den reicher aussehenden Palästen gehört,

an denen wir hügelan vorbeigekommen waren, mit einer orange-gelben Flagge. Das erklärte vielleicht auch das orangefarbene Gewand.

»Und was seid ihr dann?«

»Der Graf, den wir ›belästigen‹ wollen, ist mein Vater.«

»Wir werden uns später darum kümmern. Doch im Augenblick ist der Kongress in vollem Gange und ich bin in Eile. Nimm sie fest und finde später die Wahrheit heraus.« Foryth setzte sich in Richtung des am anderen Ende gelegenen Ausgangs in Bewegung.

»*Nicht so schnell, Tanethaner!*«

Mein Herz blieb vor Erleichterung beinahe stehen. Wenn es auch nicht mein Vater gewesen war, der diese Worte gesprochen hatte, so war es doch einer der einzigen beiden anderen Kongressteilnehmer, die mich kannten und nicht unsere Feinde waren.

»Ihr gebt Euch anscheinend nicht zufrieden damit, mich zu berauben, sondern versucht jetzt auch noch, den Sohn meines Verbündeten ins Gefängnis zu werfen. Lasst sie in Ruhe, Tanethaner!«

»Haltet Ihr Euch da heraus, Ozeanier!«, schnappte Foryth. »Es könnte mir nicht gleichgültiger sein, wer sie sind. Wachen!«

Die Wachen, die stumm an der Wand gestanden hatten, seit der Beamte sie das erste Mal gerufen hatte, zögerten; sie waren sich nicht sicher, was sie tun sollten.

Die Person, die Foryth unterbrochen hatte, trat durch die Türöffnung in mein Blickfeld, als sie sich gegenüber dem Hohen Ratsherrn aufbaute. Groß und stämmig, wie er nun einmal war, überragte Courtières, der Graf von Kula, den Tanethaner um gute sechs Zoll. Voller Selbstvertrauen hielt er dem Blick des Hohen Ratsherrn stand.

»Tanethaner, es ist mir egal, wer Ihr seid, oder was für eine Position Ihr innehabt. Ihr habt versucht, mich zu betrügen, und jetzt habt Ihr irgendwelche anderen Tricks vor. Ich würde vorschlagen, dass Ihr die Wachen zurückpfeift und versucht, heute keine weiteren Ozeanier mehr zu beschuldigen.«

»Es ist nicht besonders angenehm, mich zum Feind zu haben, Ozeanier.«

»Genauso wenig, wie Euch zum Freund zu haben, scheint mir. Ich werde davon absehen, dem König mitzuteilen, dass die Hohen Ratsherren versuchen, die Männer zu betrügen, von denen er sich Hilfe erhofft. Aber diese beiden hier solltet Ihr in Ruhe lassen.«

Der Hohe Ratsherr warf Courtières, der ihn noch immer ruhig anschaute, einen hasserfüllten Blick zu und gab den Wachen dann mit einem Nicken zu verstehen, dass sie verschwinden sollten.

»Ihr habt gerade einen Fehler gemacht, Ozeanier. Ich hoffe, Ihr werdet ihn nicht eines Tages bereuen.«

»Wenn die Halethiter erst vor Euren Toren stehen, werdet Ihr unsere Hilfe brauchen, Tanethaner. Und die Tatsache, dass wir Provinzler sind, gibt Euch noch lange nicht das Recht, uns zu beleidigen.«

»Ich hätte Euch alle zusammen ins Gefängnis werfen lassen können, aber ich werde heute einmal großzügig sein. Dieses eine Mal«, gab der Tanethaner zurück, während er auf dem Absatz kehrtmachte und den Raum durch eine andere Tür verließ. Es war nicht die, auf die er ursprünglich zugesteuert war, und ich fragte mich, warum?

Courtières richtete seinen Blick jetzt auf den Beamten, der eine Entschuldigung stammelte, dann ein – vermutlich falsches – Lächeln aufsetzte und Sarhaddon und mir bedeutete, ihm zu folgen.

»Sollte ich jetzt nicht lieber gehen?«, flüsterte Sarhaddon mir zu.

»Warte bis später; dann kann mein Vater dafür sorgen, dass du freies Geleit zum Tempel bekommst.«

»Tut mir Leid, was da gerade geschehen ist«, sagte Courtières, während wir durch die relativ leeren Korridore des Palasts schritten. Seine Stimme passte zu seinem Äußeren: Sie war tief und selbstsicher. »Warum bist du eigentlich überhaupt hier? Guten Tag, Akolyth …«

»Sarhaddon.«

»Ach, du warst im Tempel in Lepidor, nicht wahr?«

»J-ja, das war ich«, stammelte Sarhaddon. Er schien erstaunt zu sein, dass der Graf einer anderen Stadt sich nach einem kurzen Besuch noch an ihn erinnerte. Ich kannte Courtières' phänomenales Gedächtnis aus eigener Erfahrung – er konnte sich noch immer daran erinnern, dass ich im Alter von vier Jahren bei einem Besuch in Kula einen Apfel aus der Küche gestohlen hatte.

»Also, was führt dich hierher? Dein Vater erwartet dich nämlich bestimmt nicht.«

»Gute Neuigkeiten.« Ich grinste ihn an, froh darüber, wieder auf festem Boden und unter Freunden zu sein. »Ihr kennt doch den Bergbaupriester, den wir vor ein paar Monaten gerettet haben? Den Schiffbrüchigen?«

»Istiq – so war doch sein Name, oder? Er hat euch geholfen, nach neuen Edelstein-Fundstellen zu suchen.«

»Genau. Er hat am nördlichen Ende der Mine damit angefangen, dort, wo wir bis zum Grundgestein vorgestoßen sind, und hat etwas viel Wertvolleres gefunden.«

»Eisen?«, vermutete Courtières. »Ihr habt Eisen gefunden?«
Ich nickte.

Die Augen des alten Mannes weiteten sich. Dann schlug er mir kräftig auf den Rücken.

»Das sind tatsächlich gute Neuigkeiten, für mich genauso wie für deinen Vater. Jetzt wirst du auf alle Fälle später noch einen Clan haben, den du regieren kannst – die Unsicherheit hinsichtlich der Zukunft ist damit endlich vorbei. Es war klug von dir, den ganzen Weg hierher zu kommen und ihn hier abzufangen, bevor er wieder abfährt. Ich weiß, dass letzten Endes deine Mutter die Entscheidung getroffen hat, aber du hast sicher auch etwas damit zu tun gehabt.« Courtières war außerdem auch noch sehr großzügig und ging viel freizügiger mit Lob und Komplimenten um als mein Vater.

Während wir durch die Korridore gingen, erzählte Courtières

mir ein bisschen darüber, was auf der Konferenz geschehen war; das meiste betraf die wachsende halethitische Bedrohung nach der Rückkehr von Reglath Eshar. Es war ein tröstliches Gefühl, wieder in vertrauter Gesellschaft zu sein: Courtières war der älteste Freund meines Vaters und Zeit seines Lebens sein Verbündeter gewesen – zusammen mit Moritan, dem geheimnisvollen Ex-Assassinen, der zum Herrscher geworden war, bildeten sie eine der fünf Hauptfraktionen von Ozeanus.

Ich hatte nicht die geringste Ahnung, warum Courtières nicht im eigentlichen Konferenzsaal gewesen war, aber wir holten die Grafen ein, als sie nach einer Vollversammlung aus der Halle strömten. Courtières rief den Namen meines Vaters, und auf Graf Elnibals Gesicht verwandelte sich ungläubiges Staunen in freudige Überraschung, als er mit Moritan an seiner Seite auf uns zukam, während sein finster blickender Feind Lexan im Hintergrund zurückblieb.

Kapitel VIII

Mein Vater erdrückte mich schier in seiner Umarmung; dann trat er einen Schritt zurück und musterte mich kritisch.

»Was in aller Welt machst du denn hier?« Er war Soldat gewesen und hatte noch nie dazu geneigt, um den heißen Brei herumzureden. Fast wie Courtières, obwohl mein Vater möglicherweise sogar noch weniger diplomatisch mit dem Hohen Ratsherrn umgegangen wäre.

Ich war so begierig, ihm alles zu erzählen, dass ich all die Worte, die ich mir während der langen, öden Stunden an Bord der *Paklé* zurechtgelegt hatte, vergaß, als wir uns ein bisschen zur Seite begeben hatten. »Eisen! Wir haben Eisen in der Edelsteinmine gefunden. Tonnenweise. Domine Istiq schätzt, dass es dreihundert Jahre lang reichen wird«, sprudelte ich heraus. Auf dem Gesicht meines Vaters rangen Zweifel mit überschäumender Freude. Er fragte nicht, ob ich das wirklich ernst meinte, denn ihm war klar, dass ich wohl kaum halb Aquasilva umrundet hätte, um ihm Witze zu erzählen.

»Hast du Proben dabei?« Er sah sich um. »Lasst uns einen etwas abgeschiedeneren Ort aufsuchen, bevor Lexan und seine schleimigen Speichellecker lange Ohren machen.«

»Hier entlang«, sagte Moritan. Er deutete auf einen mit Mosaiken ausgelegten Gang, der aus dem von Säulen getragenen Empfangsbereich hinausführte, in dem wir standen.

»Wimmelt es in diesen Räumen nicht von Spionen?«, fragte Courtières zweifelnd.

Moritan grinste.

»Ich bin mir sicher, dass der König es zu würdigen weiß, wenn wir ständig seine Spione ausschalten«, sagte mein Vater trocken.

»Er sollte uns eben nicht nachspionieren.« Moritan war ein kleiner Mann mit kurz geschorenem schwarzen Haar, flinken blauen Augen und der Haltung eines hungrigen Wolfs. Seine Blicke schienen ständig hierhin und dorthin zu huschen. »Nicht, wenn er wirklich Geld von uns will.«

»Er sollte auch nicht solche niedrigen Zinssätze anbieten«, fügte Courtières hinzu. Die dritte Tür im Gang war nur angelehnt, und er stieß sie auf und trat in den dahinter liegenden Raum. Es war ein leeres Vorzimmer mit hell getünchten Wänden, die nur von einer schmalen Zierleiste belebt wurden. Durch ein Fenster, das in einen Innenhof hinausging, fiel Tageslicht in den Raum.

Ich stellte Sarhaddon meinem Vater vor, der ihn einen Augenblick lang prüfend musterte und dann zustimmend nickte. »Ich danke dir, dass du darauf geachtet hast, dass mein Sohn in einem Stück hier ankommt, Akolyth.«

»Als er gegen die Piraten gekämpft hat, war das nicht gerade besonders einfach«, sagte Sarhaddon. Ich warf einen Blick auf das dunkelgraue Band an meinem Handgelenk und erinnerte mich wieder an die Worte der Botschaft – und auch an die Warnung, dass Sarhaddon von alledem nichts wissen durfte.

»Piraten?« Moritan zog eine Augenbraue hoch. »Auf der Ozeanusroute?«

»Ich glaube, wir sollten die vollständige Erklärung auf später verschieben«, sagte mein Vater, während er die Tür schloss und uns allen bedeutete, uns zu setzen. Er warf Moritan einen bedeutungsvollen Blick zu und deutete auf das Fenster. Der Ex-Assassine – er war kleiner als ich, was ihn in jedermanns Augen zu einem kleinen Mann machte – schritt wortlos durch den Raum und sprang dann in einer einzigen, fließenden Bewegung auf das Fensterbrett. Einen Augenblick später ließ er sich wieder auf den Boden fallen und bedeutete uns mit einer Handbewegung, dass alles in Ordnung war. Anschließend ließ er die Hand über die gesamte Länge der Zierleiste gleiten, ebenso entlang der Fuge zwischen Boden und Wänden. Zweimal hielt er inne und stopfte Stofffetzen in verborgene Gucklöcher. Ich bewunderte seine Fähigkeiten und seine knappen Bewegungen. Sein Sprung auf das Fensterbrett war einfach perfekt gewesen. Ich hätte mir wahrscheinlich den Schädel eingeschlagen, wenn ich so etwas versucht hätte.

»Jetzt hören uns keine Spione mehr zu – weder königliche, noch die des Rates«, verkündete Moritan. »Diese Stadt ist einfach lächerlich. Man kann noch nicht einmal furzen, ohne dass ein Bericht darüber an den Rat der Zehn geht. Nicht so wie Zuhause, wo wir Lexans schleimige Kröten schon auf eine Meile Entfernung erkennen können und alle Spione in den Palästen für uns arbeiten.«

»Die meisten«, korrigierte Courtières. Moritan machte eine Handbewegung, als schnitte er sich selbst die Kehle durch und setzte sich dann auf den letzten noch freien Stuhl.

»Ich habe ein paar Proben mitgebracht«, sagte ich, während ich in meinem Gepäck herumwühlte, das ich mir von Suall hatte geben

lassen. Jetzt wartete er draußen, bei all den anderen Gefolgsleuten.
»Mutter sagt, du wirst wahrscheinlich einen Kontrakt mit einem Händler aus Taneth abschließen wollen, um das Erz hier zu verkaufen, statt es zu einem niedrigeren Preis in Pharassa an den Mann zu bringen.«

»Sie hat Recht, obwohl sich alles in mir dagegen sträubt, irgendetwas mit diesen tanethanischen Blutsaugern zu tun zu haben.«

Schließlich fand ich den Beutel mit den Proben, nachdem ich mir die Knöchel an etwas Scharfem, Unidentifizierbarem aufgeschürft hatte; ich ließ die Brocken in die Hand meines Vaters fallen. Er gab ein paar davon an die anderen weiter und musterte einen selbstkritisch.

»Haaluk und Istiq haben mir versichert, dass es von guter Qualität ist«, meinte ich, ängstlich bemüht, ihn zu beruhigen.

»Sieht so aus«, knurrte Courtières knapp und rieb mit einem fleischigen Finger über seine Probe. Ich saß wie auf glühenden Kohlen und wartete auf das Urteil meines Vaters.

»Sieht gut aus. Dreihundert Jahre, hast du gesagt?«

Er fragte nach Einzelheiten, wollte wissen, was genau der Priester und der Vorarbeiter der Mine gesagt hatten, selbst nachdem ich ihm ihre Briefe überreicht hatte. Als Herrscher wurde von mir erwartet, dass ich mir jede Kleinigkeit merkte, und in der Vergangenheit hatte er mich oft ausgequetscht, ob ich mich an Unterrichtsstunden erinnern konnte oder nicht. Ich konnte mir meist eigentlich ziemlich gut merken, was Leute gesagt hatten, doch Summen – obwohl ich sie zufrieden stellend ausrechnen konnte – und Listen waren etwas anderes, und meine Erinnerungen an die Gewinnspannen, die Haaluk und Istiq vorhergesagt hatten, waren jämmerlich ungenau.

Nachdem ich alles berichtet hatte, nickte mein Vater zustimmend, und ich entspannte mich ein wenig.

»Es war richtig, dass du die Sachen hierher gebracht hast, und ich glaube, ein tanethanischer Händler ist tatsächlich das Beste«, sagte er und warf einen Blick in die Runde. »Was uns ein neues Problem beschert, meine Freunde, denn es gibt mehr als hundertfünfzig Große Häuser, von denen wir eins auswählen müssen.«

»Die hundertfünfzig besten Betrüger in Taneth«, murmelte Moritan.

»Vielleicht kann ich auch dabei behilflich sein«, meldete ich mich nervös zu Wort und suchte in der Tasche nach der Liste, die Xasan, der cambressianische Kapitän, für mich erstellt hatte. »Wir haben unterwegs in Kula Halt gemacht. Dort war auch ein cambressianischer Kapitän, dessen Schiff von Piraten angegriffen worden war. Er kam mir vertrauenswürdig vor und hat mir eine Liste der ehrenhaftesten Großen Häuser gegeben.«

»Du warst ja *wirklich* fleißig«, meinte mein Vater. »Und hast Weitblick bewiesen. Welche Häuser sind es denn?«

Sein Lob war niemals überschwänglich oder leicht verdient, und ich war glücklich, dass es mir binnen fünf Minuten zweimal zuteil geworden war.

»Hiram, Banitas, Jilreith, Dasharban und Barca.«

»Das schränkt die Auswahl auf fünf Meisterdiebe ein«, kommentierte Moritan. »Schau bloß nicht genauer hin, sonst fängst du an, Schatten zu jagen.«

Mein Vater warf ihm einen Blick zu, in dem sich Belustigung und Ärger die Waage hielten.

»Hast du vielleicht noch irgendetwas Sinnvolles zu dieser Besprechung beizutragen?«, erkundigte er sich.

»Die Jilreith sind von den Foryth abhängig, die eines der mächtigsten Häuser darstellen – und die allergrößten Verbrecher sind.«

»Dann zieh sie noch nicht einmal in Erwägung«, sagte Courtières. »Lord Foryth ist nicht nur ein gemeines, berechnendes Schwein, das überall seine Finger drin hat, er kann auch Cathan nicht leiden. Und das ist nicht Cathans Schuld, das versichere ich dir.

Foryth hat heute Morgen versucht, mich hereinzulegen – deswegen habe ich auch nicht an der Sitzung teilgenommen; ich habe nach ihm gesucht –, und als ich ihn gefunden habe, wollte er gerade noch mehr Ärger machen.« Mir fiel auf, dass Courtières nicht näher darauf einging, was für Ärger; möglicherweise wollte er verhindern, dass mein Vater Foryth zum Duell herausforderte. Denn immer, wenn irgendjemand mich, meine Mutter oder meinen Bruder bedrohte, war es um seine normalerweise gelassene Haltung geschehen.

»Ich glaube es dir.« Den Menschen, die mein Vater als seine Freunde bezeichnete, vertraute er absolut, ein Charakterzug, der in Taneth ganz sicher nicht ratsam gewesen wäre. In Ozeanus hingegen waren die Grenzen zwischen Freunden und Feinden sehr eindeutig. Es gab fünfzehn Grafen, drei in jeder Fraktion, und die Bündnisse waren jahrzehntelang stabil geblieben. In Taneth hingegen wurden – nach allem, was ich gehört hatte – Bündnisse geschlossen, um gebrochen zu werden.

»Weiß irgendjemand hier etwas über eines der anderen Häuser?«

»Ich glaube, das Haus Dasharban steht in den Schwarzen Büchern der Domäne«, sagte Sarhaddon nach einem kurzen Moment. »Es könnte auch ein anderes Haus mit dem Anfangsbuchstaben D sein, aber ich glaube, es war Dasharban. Wenn ich Recht habe, ist es nicht unbedingt die beste Wahl – vor allem dann nicht, wenn Ihr Euch nicht einer Untersuchung durch die Sacri unterziehen wollt.«

»Dann ist Dasharban also draußen«, entschied Courtières kategorisch. Mein Vater nickte zustimmend.

»Wenn niemand etwas über die drei anderen Häuser weiß, werden wir es mit ihnen probieren müssen. Heute finden keine Sitzungen mehr statt, und wir haben auch bereits zu Mittag gegessen.«

Als wir den Raum verließen, meldete sich Sarhaddon noch einmal zu Wort: »Ich hoffe, es macht Euch nicht zu viele Ungelegenheiten, aber ich müsste jetzt zum Zikkurat weiter.«

»Natürlich«, sagte mein Vater. »Ich möchte dir noch einmal dafür danken, dass du Cathan hierher begleitet hast, und ich hoffe, du wirst es noch weit bringen. Du bist in Lepidor immer willkommen.« Er griff in die Tasche seines dunkelgrünen Gewandes und zog eine Geldbörse hervor.

»Wir Ozeanier sind keine Tanethanier; wir bezahlen immer für die Dienste, die uns geleistet werden. Es ist nicht viel, denn im Augenblick sind wir nicht besonders reich, doch wenn es dir hilft, in der Heiligen Stadt einen mächtigen Mentor oder etwas Ähnliches zu finden, würde mich das sehr freuen.«

»D-danke, Graf Elnibal«, stotterte Sarhaddon.

Vor dem Palast schüttelten wir uns zum Abschied die Hände und wünschten einander viel Glück. Ich fragte mich, ob ich ihn wohl jemals wiedersehen würde.

»Arrogante Scharlatane!«, murmelte mein Vater wütend, als wir uns von dem Gebäude entfernten, das das Große Haus Banitas beherbergte. »Wenn die vertrauenswürdig sind, dann bin ich der Kaiser von Thetia.«

Ich schwieg. Wenn mein Vater wütend war, wirkte er so bedrohlich, dass ich nichts zu tun wagte, um ihn weiter zu reizen. Während der letzten drei Stunden hatten wir versucht, einen Kontrakt mit den Großen Häusern Hiram oder Banitas abzuschließen, und waren beide Male gescheitert. Bei Hiram war man zumindest höflich gewesen, und sie hatten auch einen guten Grund gehabt, unsere Offerte abzulehnen: Einer ihrer Mantas war von Piraten gekapert worden, und sie hatten einfach nicht genug Schiffe, um eine Fahrt nach Lepidor zu wagen, in ein Gebiet, in dem sie gegenwärtig keinerlei Verbindungen hatten. Mein Vater hatte hinterher widerwillig zugegeben, dass sie wahrscheinlich wirklich vertrauenswürdig waren und uns einen Gefallen getan hatten, indem sie einen Kontrakt, den sie unmöglich hätten erfüllen können, gar nicht erst abgeschlossen hatten.

Mit Banitas war das etwas anderes: Obwohl dieses Haus von Xasan empfohlen worden war, wirkten seine Vertreter ganz und gar nicht ehrenhaft, und ihre kaum verhüllte Feindseligkeit war nicht nur beleidigend, ich konnte sie mir auch überhaupt nicht erklären. Es war so ähnlich wie bei dem Beamten im Palast und bei Lord Foryth. Aber warum sollte ein Haus auf diese Weise Kundschaft zurückweisen? Sie mussten doch wissen, dass ihnen dies bei den Grafen der Provinzen einen schlechten Ruf einbringen würde. Ihre Entschuldigung war ganz offenkundig eine Lüge gewesen – und gerade diese Tatsache hatte meinen Vater mehr als alles andere verärgert. Es sah ganz so aus, als hätte Moritan Recht gehabt.

»Nun, wir können es genauso gut noch einmal mit dem letzten Haus versuchen, mit Barca«, sagte mein Vater müde, als wir in einiger Entfernung vom Gebäude der Banitas stehen blieben. Die drei Gefolgsleute, die wir als Bedienstete mitgebracht hatten, standen ein paar Schritte von uns entfernt. »Es kann letztlich auch nicht schaden, und wir können uns immer noch ein zweites Mal mit Courtières und Moritan zusammensetzen, wenn es fehlschlägt.«

Die Sonne hatte ihren Zenit längst überschritten und die mittägliche Gluthitze hatte so weit nachgelassen, dass die Menschen jetzt auch den Schatten verlassen konnten. Mein Vater befahl einem Diener, einen der vorbeigehenden Träger anzuhalten und ihn zu fragen, wo das Gebäude des Großen Hauses Barca sich befand und welche Farben es trug.

»Es ist ziemlich weit oben in der nächsten Straße«, berichtete der Gefolgsmann. »Mitternachtsblau und Silber.«

Mitternachtsblau und Silber? Waren das nicht die Farben der Flagge vor jenem heruntergekommenen Haus gewesen, an dem ich mit Sarhaddon auf unserem Weg zur Hügelkuppe vorbeigekommen war? Wenn es wirklich so war, hatte ich plötzlich nicht mehr viel Hoffnung, dort einen reellen Kontrakt abschließen zu können. Andererseits … wenn sie verzweifelt waren, wären sie vielleicht nicht mehr ganz so arrogant. Was hatte Xasan gesagt? Irgendetwas von Jahren der Misswirtschaft, doch jetzt sollte das Haus ein neues Oberhaupt haben.

Wir waren tatsächlich bereits heute Morgen am Haus Barca vorbeigekommen, das jetzt, wo es nicht mehr im vollen Sonnenlicht lag, schon etwas weniger heruntergekommen wirkte. Wie bei allen anderen Gebäuden lag das Erdgeschoss ein paar Stufen über dem Straßenniveau; es hatte nur wenige, dafür jedoch große Fenster mit hoch angesetzten Fensterbrettern, so dass die Vorübergehenden nicht ohne Weiteres ins Innere blicken konnten.

Als wir uns näherten, öffnete sich die Tür, und ein alter Mann in abgetragener blauer Livree erschien. Obwohl er alt war, waren Haare und Bart sauber gestutzt und seine Augen waren immer noch scharf.

»Seid Ihr hier, um den Herrn des Hauses zu treffen?«, erkundigte er sich und verbarg geschickt jegliche Neugier, die er vielleicht empfinden mochte.

»Ja, falls er daheim ist«, antwortete mein Vater; er war wieder so ruhig wie immer – zumindest äußerlich. Ich dankte Ranthas, dass Courtières nicht bei uns war. Der Graf von Kula wusste wirklich nicht, was das Wort »subtil« bedeutete, nicht einmal wenn es um den Umgang mit anderen Potentaten ging. Er hatte unseren alten Feind Lexan mehrfach öffentlich beleidigt, und der König hatte ihn deswegen schon mehrere Male zu sich gerufen und ihn ins Gebet genommen.

»Er ist da. Kommt herein. Wen darf ich melden?«

»Elnibal, den Grafen des Clan Lepidor von Ozeanus, und seinen Erben.«

Der alte Mann winkte uns in ein Vorzimmer, das zwar vielleicht nicht im allerbesten Zustand war, das Äußere des Hauses jedoch Lügen strafte. Leichte, durchscheinende Vorhänge bedeckten die Eingänge, und die Wände wiesen nicht die üblichen tanethanischen

Muster auf, sondern waren in einem intensiven Rostrot gehalten, mit einer wellenförmigen Zierleiste am Fußboden und auf Hüfthöhe. Der geflieste Fußboden war mit einem sandfarbenen Mattenteppich bedeckt. Es war, als trete man in eine andere Welt – aber was für eine Welt? Der Stil und die Dekoration waren anders als alles, was ich bisher gesehen hatte.

Ich bemerkte, dass die Türen zum Innenhof offen standen, und durch die Türöffnung konnte man zu meiner Überraschung einen makellos gepflegten Garten mit einem sprudelnden Springbrunnen in der Mitte sehen, der vor Palmen und anderen tropischen Pflanzen geradezu überquoll.

Nachdem der alte Mann uns mitsamt unseren Bediensteten in das Zimmer geführt hatte, verschwand er durch eine Seitentür, und kurz darauf konnten wir seine gedämpfte Stimme hören.

Ein paar Minuten später öffnete sich die Tür erneut, und der Herr des Hauses Barca trat ein und verbeugte sich. Wir erwiderten die Geste, und während er uns begrüßte, musterte ich ihn.

Ich schätzte, dass er nicht mehr als dreißig Jahre zählte, nur ein paar Jahre älter als Sarhaddon. Er hatte die charakteristischen tanethanischen Gesichtszüge: braune Haut, hohe Wangenknochen, eine markante Adlernase und grüne Augen. Sein dunkelbraunes Haar war gelockt, aber nicht eingeölt; er hatte keinen Bart und trug ein Gewand, das er – nach den Falten zu schließen – offensichtlich gerade erst angelegt hatte. Es war kupferrot und wurde von einem Bronzegürtel zusammengehalten.

»Willkommen in meinem Haus, Graf Elnibal. Ich bin Hamilcar.« Seine Stimme war ein honigsüßer Tenor, und ich hatte heute schon so viele Tanethaner sprechen gehört, dass ich allmählich anfing, mich an den tanethanischen Akzent zu gewöhnen.

»Möge Euer Haus lange gedeihen, Lord Hamilcar. Ich bin Elnibal von Lepidor, und dies ist mein ältester Sohn Cathan.«

»Über welche Art von Geschäft wollt Ihr mit mir sprechen?«

»Ich bin auf der Suche nach einem Kontrakt für den Transport von Eisen.«

Die Formalitäten waren vorbei, doch noch ehe die letzten Worte verklungen waren, hellte sich Hamilcars Gesicht auf. Er sah verhärmt aus, begriff ich auf einmal, wie jemand, der schon alle Hoffnung aufgegeben hatte, und die Worte meines Vaters schienen einen Lichtstrahl in das Haus zu bringen.

»Machen wir es uns etwas bequemer. Wenn Ihr mir bitte folgen wollt?«

Er führte uns durch eine Tür in der gegenüberliegenden Wand in einen Raum, den ich für ein Empfangszimmer hielt, und der noch weit erstaunlicher war als der erste. Noch mehr Matten lagen hier auf dem Fußboden, und vor der Wand mit den Fenstern waren überall Pflanzen aufgestellt. Ich starrte gleichermaßen erstaunt wie interessiert die Wände an: Sie waren mit Fresken bedeckt, die Meeresszenen darstellten und ausschließlich in unterschiedlichen Blautönen gehalten waren. Auf einem Podest in einer Ecke stand die Skulptur eines Delfins; sie war ungefähr einen Fuß lang und mit zerkratztem, abgestoßenem Lapislazuli überzogen. Ich kannte mich mit Kunstrichtungen nicht besonders gut aus, doch ich war mir sicher, dass ich so etwas noch nie zuvor gesehen hatte.

Hamilcar bemerkte meinen Blick und sagte: »Das stammt aus dem alten Qalathar – Achte Dynastie –, aus einem Tempel, der während des Krieges zerstört wurde.«

Ich riss die Augen auf. Aus der Achten Dynastie? Ich wusste nicht besonders viel über qalatharische Geschichte, außer dass während der Achten Dynastie das Thetianische Reich den qalatharischen Thron innegehabt hatte, und sie hatten ihn vor zweihundert Jahren verloren. Der Delfin musste ungeheuer wertvoll sein – wie mochte Hamilcar an ihn gekommen sein, wenn er so arm war? Aber vielleicht war es ja auch ein Familienerbstück.

Während der alte Mann unsere Eskorte in den Innenhof führte, bot Hamilcar uns Sitzplätze an. Als der Diener zurückkehrte, sagte unser Gastgeber: »Bring Erfrischungen für unsere Gäste – den cambressianischen Wein; und lass unverzüglich Palatine herkommen.«

Dann wandte er seine Aufmerksamkeit wieder uns zu; die Hoffnung in seinem Gesicht hatte einem vorsichtigen Optimismus Platz gemacht, doch ansonsten war er jetzt ganz und gar das Oberhaupt eines Großen Hauses, das ein Geschäft abschließen wollte. »Einen Kontrakt für den Transport von Eisen, habt Ihr gesagt, von Lepidor nach ...?«

»Hierher, hatte ich gedacht.«

»Wie viel – und wie oft?«

»Mein Verwalter schätzt, binnen eines Jahres sollten wir eine Produktion von achthundert Tonnen Roheisen im Monat erreichen, obwohl wir zunächst noch die Infrastruktur aufbauen müssen. Die erste Fracht dürfte etwa in vier Monaten fällig sein.«

»Achthundert Tonnen – dafür würde man zwei große Frachtschiffe brauchen, die die Route pausenlos befahren. Der Eisenpreis ist im Moment ziemlich hoch, und er geht eigentlich nur selten in den Keller, das heißt, wir reden hier von durchschnittlich neun- bis zehntausend Corons im Monat. Fünfundzwanzig Prozent Provision für das Haus Barca?« Mein Vater nickte, und Hamilcar fuhr fort, mit solcher Geschwindigkeit im Kopf Zahlen zusammenzuzählen, dass ich ganz grün vor Neid wurde. »Zwei- bis zweieinhalbtausend für mich, dann bleiben Euch sieben- bis siebeneinhalbtausend.«

Die tanethanischen Kaufleute machten zumeist Geschäfte auf Prozent-Basis – das heißt, sie verkauften die Waren im Auftrag des Produzenten für einen Anteil am Gewinn –, statt alles selbst zu kaufen und mit einer höheren Gewinnspanne weiterzuverkaufen. Dies verringerte ihr Risiko, bankrott zu gehen, auch wenn sie ganze Schiffsladungen an Piraten oder an die Elemente verloren. Man hatte mir erzählt, dass die Tanethaner immer ihr Wort hielten, wenn ein Kontrakt erst einmal unterzeichnet war und Abschriften bei verschiedenen Behörden hinterlegt worden waren. Häuser, die ihre Kunden betrogen, wurden vom Rat der Zehn aufgelöst, dessen Mitglieder Angst um ihre Geschäftsbeziehungen hatten – doch nach dem, was ich heute an tanethanischem Verhalten mitbekommen hatte, war ich erstaunt, dass ihnen überhaupt noch jemand in irgendeiner Angelegenheit traute.

Das Gespräch wurde durch die Rückkehr des Dieners unterbrochen, der ein Tablett mit Getränken hereinbrachte.

»Palatine ist unterwegs, mein Lord«, sagte der alte Mann, während er das Tablett auf einem niedrigen Tischchen abstellte, dessen Beine mit Blattgold verziert waren. Er schenkte dunkelroten Wein in Glaspokale – selbst in schwierigen Lebenslagen besaßen diese Tanethaner Luxusgegenstände, die den Schätzen eines Stadtherrschers gleichkamen – und reichte sie herum. Ich hatte noch nie solche Pokale gesehen und fragte mich, ob sie wohl auch qalatharischer Herkunft oder im qalatharischen Stil waren. Und außerdem wussten diese Tanethaner, was ein guter Jahrgang war, wie ich einen Augenblick später bemerkte, als ich einen Schluck von dem Wein trank.

»Palatine arbeitet als meine Sekretärin, solange die richtige krank ist«, erklärte Hamilcar. »Eines meiner Schiffe hat sie im Wasser treibend inmitten einiger Wrackteile gefunden und hierher gebracht. Sie hat keinerlei Erinnerung daran, wo sie herkommt oder wer ihre Eltern sind, aber sie ist klug und wohlerzogen.«

Als ich mein Glas abstellte, erklangen Schritte aus dem Vorzimmer, und dann betrat Palatine den Raum.

Ich war froh, dass ich mein Glas abgestellt hatte, denn andernfalls hätte ich es gewiss fallen lassen.

In dem Augenblick, als ich sie sah, wusste ich, dass sie jemandem ähnelte, den ich gut kannte. Doch es dauerte ein paar Sekunden, bis ich begriff, an wen sie mich erinnerte, und während dieser Sekunden starrte sie mich genauso an wie ich sie.

Ihr Haar war hellbraun, was im Archipel ziemlich ungewöhnlich war – die meisten Menschen dort hatten dunkelbraunes oder schwarzes Haar. Ihre Haut war viel blasser als die aller anderen Anwesenden. Doch was mich wirklich faszinierte, war ihr Gesicht. Sie war nicht sonderlich hübsch, aber trotzdem hatte ihr Gesicht etwas, das die Blicke anzog. Und es war unverkennbar, dass sie mir ähnlich sah.

Ich war nicht der leibliche Sohn meines Vaters, das hatte er mir vor acht Jahren gesagt, als es auch für mich offensichtlich geworden war, dass ich weder meinen Eltern noch meinen Großeltern oder irgendwelchen anderen engen Verwandten ähnelte. Mehr noch, ich hatte ein schmales, fein geschnittenes Gesicht und war von schlankem Wuchs – Merkmale, die man nur bei reinblütigen Thetianern und Exilierten fand. Und von beiden gab es nicht besonders viele.

Palatines Augen waren eher dunkelgrau als blaugrün, und es gab offensichtliche Unterschiede, weil sie eben ein weibliches Gesicht hatte, aber ihre Züge hatten eindeutig mehr Ähnlichkeit mit den meinen als das jedes anderen Menschen, dem ich bislang begegnet war.

»Palatine«, sagte Hamilcar und sah mich seltsam an, »dies sind der Graf von Lepidor und sein Sohn Cathan. Graf, Erbgraf, dies ist meine Sekretärin und geschätzte Freundin Palatine.«

Palatine deutete eine Verbeugung an, als wäre sie es gewohnt, so etwas zu tun – noch etwas Ungewöhnliches, denn das war ein typisch männlicher Gruß –, und setzte sich auf den Platz direkt neben Hamilcar. Während die Verhandlungen weitergingen, begannen meine Gedanken zu wandern, und ich verfiel in meinen alten Zeitvertreib, mir in Tagträumen meine Herkunft vorzustellen – etwas, das ich früher, als ich jünger gewesen war, häufig in langweiligen Unterrichtsstunden getan hatte. Mein Vater – das heißt natürlich Elnibal – hatte mir erzählt, er hätte mich in den Ruinen eines geplünderten Dorfs tief im tumarianischen Dschungel, im Archipel, gefunden, während er dort in dem Jahr, in dem er Graf geworden war, als Söldner gekämpft hatte. Meine wirklichen Eltern, hatte er gesagt, und der Rest der Dorfbewohner waren von den Banditen getötet worden, die er und seine Männer gejagt hatten. Seit mein Vater mir das erzählt hatte, hatte ich mich oft gefragt, wer sie wohl gewesen sein mochten, oder wie sie gewesen waren, doch das waren alles nur müßige Phantastereien. Statt inmitten eines gefährlichen Dschungels aufzuwachsen, war ich jetzt der Erbe einer Stadt, und ich war glücklich; daher beschäftigte ich mich eigentlich nie näher mit meinen richtigen Eltern.

Jetzt jedoch, nach dem plötzlichen Auftauchen dieses Mädchens, das ungefähr in meinem Alter war und mir so ähnlich sah, und das doch enttäuschenderweise keine Erinnerung daran hatte, wer sie war, war ich verwirrt. War sie womöglich eine Verwandte? Und wenn dem so war – wie war sie hierher gekommen – ohne jede Erinnerung an ihre Vergangenheit?

Und dann, gerade als Hamilcar mir eine Frage stellte und ich mich von diesem Gedanken losreißen musste, fiel mir noch etwas anderes auf. Namen, die auf -tine endeten, waren überaus ungewöhnlich, und die einzigen, die ich jemals gehört hatte, waren die der thetianischen Kaiser und Kaiserinnen.

Als die Sonne unterging, unterzeichnete mein Vater in Gegenwart von vier Zeugen – wie es das tanethanische Gesetz vorschrieb – einen Kontrakt mit Hamilcar. Moritan und Courtières bezeugten für meinen Vater, während Hamilcar die Oberhäupter zweier anderer Großer Häuser, Telmoun und Eiza, herbeigerufen hatte. Nachdem Lord Telmoun gegangen war, lud Hamilcar uns alle sowie Lord Eiza, ganz offensichtlich ein Freund von ihm, ein, zum Abendessen zu bleiben.

In Anbetracht der Tatsache, dass bei diesem Essen zwei Gruppen beieinander saßen, die sich gegenseitig völlig fremd waren, war es eigentlich eine recht fröhliche Angelegenheit. Hamilcar schien fast ausgelassen, doch als er uns erzählte, wie sein Haus so tief hatte fallen können, war auch leicht einzusehen, warum.

»Unsere Probleme haben vor zwanzig Jahren angefangen«, setzte er an, nachdem er sein viertes Glas Wein geleert hatte. »Das war das Jahr, in dem der Kreuzzug in den Archipel stattfand – das Jahr, in dem die Domäne das Paradies zerstört hat. Zumindest hat meine Mutter es immer so genannt. Ich selbst bin noch nie im Archipel gewesen, aber wie man an diesem Haus und seiner Einrichtung unschwer erkennen kann, interessiere ich mich sehr für die Inseln und ihre Geschichte. Besonders für Qalathar.«

Das war also der fremdartige Stil, den ich nicht erkannt hatte – qalatharisch.

»Ihr solltet nicht dort hinfahren«, sagte mein Vater. »Nicht jetzt. Ich bin mit siebzehn dort gewesen, bevor das Gemetzel stattgefunden hat. In der Tat hat es dort Orte gegeben, die waren fast das Paradies, doch jetzt ist davon nur noch die Erinnerung übrig.«

Moritan nickte lebhaft; sein Blick war schon etwas verschleiert – es sah ganz so aus, als vertrüge er nicht allzu viel.

»Das Haus Barca hatte eine Menge Geschäftsbeziehungen mit dem Archipel, und nach dem Kreuzzug war davon nichts mehr übrig. Mein Großvater hat den Archipel geliebt; er ist ein Jahr später an gebrochenem Herzen gestorben. Also musste mein Vater die Verantwortung übernehmen, doch er war der Aufgabe des Wiederaufbaus nicht gewachsen. Fünf Jahre lang sind wir gerade so über die Runden gekommen, wobei wir nach und nach Kunden und Kapital verloren haben. Mein Onkel Komal hat angefangen, einen großen Prozentsatz der noch vorhandenen Gewinne abzuschöpfen und hat uns so zu einem schlechten Ruf verholfen. Mein Vater hat es erst herausgefunden, als es bereits zu spät war. Er hat versucht, Komal im Zaum zu halten, aber er war nicht stark genug. Komal hat ihn ermordet und das Haus übernommen. Meine Mutter und ich wurden in eine halb verfallene Festung oberhalb der Meerenge verbannt, die unserem Haus gehört, und mehr als zwölf Jahre lang hat Komal das Haus ausbluten lassen. Er hat nicht hier gelebt, deshalb hatte ich die Möglichkeit, dieses Gebäude mit dem bisschen zu verschönern, was wir noch hatten.«

Hamilcars Mutter hatte ihn in dem Gedanken an Rache aufgezogen, bis Hamilcar schließlich vor acht Jahren in der Lage gewesen war, Komal zu stürzen. Doch das Haus Barca war auf zwei treue Kunden geschrumpft. Keiner von ihnen war besonders einträglich. Hamilcar hatte versucht, das Haus zu reformieren, doch es war ihm nicht gelungen, neue Kunden zu gewinnen. Bis heute.

Mir erschien Hamilcar sehr kühl und distanziert, wenn er von seiner Familie sprach, als beträfen die Ereignisse, von denen er erzählt hatte, jemand anderen und riefen in ihm keinerlei Gefühle wach.

Später fragte Palatine mich aus – über mich, meine Familie und Lepidor. Obwohl der Verlust ihrer Erinnerungen ihr zu schaffen zu machen schien, war sie lebhaft und vergnügt. Zudem war sie schlagfertig und witzig, und ich genoss ihre Gesellschaft praktisch vom ersten Augenblick an – auch wenn es nur freundschaftliche Gefühle waren und niemals mehr sein würde.

Als wir an diesem Abend aufbrachen, kam ich zu dem Schluss, dass es bergauf ging und Lepidors Zukunft gesichert war. Wir hatten gefunden, wonach wir gesucht hatten, und meine lange Reise war nicht umsonst gewesen. Ich war sehr zufrieden, und die schlechte Laune, die mein Vater heute Nachmittag an den Tag gelegt hatte, war völlig verschwunden – er war fast schon heiter.

Moritan bemerkte, Hamilcar hätte keine Seele. Courtières blickte ihn mit ernstem Gesicht an und sagte: »Aber du doch auch nicht, mein Freund.« Sie waren beide hoffnungslos betrunken und fingen an zu lachen und zu kichern. Mein Vater blickte sie scheel an.

»Ihr werdet noch die ganze Straße aufwecken«, warnte er.

»Na und?«, entgegnete Moritan. »Das sind doch sowieso alles Gauner.«

»Auch unser Gastgeber?«

»Er hat keine Seele«, wiederholte Moritan sehr ernst. »Dann kann er auch kein Gauner sein. Courtières hat's gesagt.«

Ich dachte bei mir, dass jemand, der so fasziniert von etwas war wie Hamilcar von Qalathar, ganz sicher eine Seele haben musste, doch das war natürlich kein besonders wichtiges Argument.

Ich hatte noch nicht einmal halb so viel getrunken wie sie, weil ich Alkohol nicht gut vertrug. Alles, was über zwei Glas Wein – oder die entsprechende Menge eines anderen Getränks – hinausging, streckte mich nieder, und das ohne dass ich zwischendurch irgendetwas davon hatte.

Während der nächsten paar Tage nahm ich mit meinem Vater an einigen Ratssitzungen teil (obwohl sie meistens abstumpfend langweilig waren und sich nur darum drehten, dass der König versuchte, allen Anwesenden Geld abzuringen, um damit irgendwelche gegen die Halethiter gerichteten Maßnahmen zu finanzieren). Die eigentliche Arbeit fand abseits dieser Treffen statt, wenn sich kleine Gruppen von Grafen zusammensetzten und Vorschläge ausarbeiteten, die der Vollversammlung dann zur Abstimmung vorgelegt wurden, oder sich untereinander über Handelsabkommen einigten.

Fünf Tage nach meiner Ankunft erzählte ich meinem Vater Etlaes Botschaft.

»So bald schon?«, sagte er. »Wenn die Ältesten dich ersucht haben, Cathan, dann musst du gehen. Du hättest das nächste Jahr ohnehin dort verbracht.«

Ich protestierte nicht, auch wenn ich nicht besonders glücklich darüber war, dass ich Lepidor ein ganzes Jahr lang nicht mehr wiedersehen würde. Aber wenn mein Vater einen Entschluss gefasst hatte, war das endgültig. Zumindest stellte ich ihm alle Fragen über die Zitadelle, die mir einfielen.

»Es ist eine Akademie, auf einer der Inseln des Archipels. Als ich so alt war wie du, bin ich selbst auch dort gewesen. Sie werden dort alles in Frage stellen, woran du bisher geglaubt hast, aber ich kann mich dafür verbürgen, dass sie die besten Lehrer sind, die man sich vorstellen kann.«

Mehr wollte mein Vater zu der ganzen Angelegenheit nicht sagen.

Während der vierzehn Tage in Taneth schloss ich außerdem Freundschaft mit Palatine; wir verbrachten viel Zeit miteinander, wobei wir meistens damit beschäftigt waren, diesen menschlichen Bienenstock namens Taneth zu erforschen. Es war eine unendliche Fundgrube; es gab einfach so viel zu entdecken, und ich war neugierig und wollte wissen, wie all die unterschiedlichen Teile der Stadt aussahen und was dort geschah. Wir besuchten jede einzelne Insel, genau wie den Marktplatz, Unmengen von Kaffeehäusern, den Zikkurat – obwohl Sarhaddon bereits weitergereist war – und die Ozeanografen. Außerdem schaffte ich es tatsächlich, in einem winzigen Laden auf der Insel Laltain – es war doch nicht die, die Sarhaddon und ich am ersten Tag überquert hatten –, den Wasseranalysator zu finden, den ich mir in Pharassa aus Zeitmangel nicht mehr hatte kaufen können. Und wir bekamen nichts mehr vom Haus Foryth zu sehen.

Doch trotz aller Wunder kam ich zu dem Schluss, dass Taneth kein Ort war, wo ich auf Dauer wohnen oder auch nur mehr als eine kurze Zeit verbringen wollte. Gegen Ende der beiden Wochen fing ich an, ein freundliches, leeres Meer zu vermissen, in dem ich schwimmen gehen konnte – das Wasser um Taneth herum war ziemlich sauber und ein Stückchen weiter draußen in der Meerenge auch hervorragend zum Schwimmen geeignet, doch es war auch sehr voll.

Am Tag, an dem wir aufbrechen sollten, gingen Palatine und ich –

nachdem ich meine Sachen gepackt hatte – noch ein letztes Mal in die Stadt; wir wollten Abschied nehmen, da wir wussten, dass wir einander lange Zeit nicht mehr sehen würden. Ich würde ein Jahr im Archipel verbringen, Palatine würde in Taneth sein. Und wenn ich erst nach Lepidor zurückgekehrt war, würde ich mich die meiste Zeit dort aufhalten.

Wir bemerkten die beiden Gestalten nicht, die uns folgten, während wir durch das Handwerkerviertel der Insel Isqdal schlenderten. Ich hörte einen Schlag und Palatines Schmerzensschrei, doch noch bevor ich mich auch nur halbwegs umdrehen konnte, krachte etwas Hartes auf meinen Hinterkopf, und ich stürzte in die Dunkelheit.

Zweiter Teil

Die Zitadelle

Kapitel IX

Als ich wieder zu mir kam, war ich zunächst immer noch benommen, und es dauerte einige Zeit, bis ich so recht wusste, wo oben und unten war. Mein Kopf fühlte sich an, als wäre er mit Wolle ausgestopft, und ich konnte nichts sehen. Panik erfasste mich – war ich irgendwie erblindet?

Nach einiger Zeit war ich mir sicher, dass dies nicht der Fall war, doch um mich herum war es vollkommen dunkel; das Einzige, was ich mit Gewissheit sagen konnte, war, dass ich mich an Bord eines Manta befand. Nach einer Kindheit, die ich auf Seerochen verbracht hatte, und der Reise, die ich vergangenen Monat unternommen hatte, erkannte ich das tiefe Summen der Flammholzmaschinen sofort. Aber auf wessen Manta war ich? Ich fragte mich, wo wir uns wohl befinden mochten – und wo an Bord ich war.

Ich lag auf dem Boden, und als ich mich aufzusetzen versuchte, stellte ich fest, dass meine Hände vorn mit etwas Rauem, Kratzigem zusammengebunden worden waren. Dann durchzuckte mich ein stechender Schmerz; mein Kopf fühlte sich an, als hätte man ihn gespalten. Der Raum kam mir erstickend eng vor. Ich litt zwar nicht unter Klaustrophobie, doch völlige Dunkelheit und ein Gefühl der Enge reichten wohl, um jeden nervös zu machen.

Gelegentlich erklang ein Knirschen und Quietschen, die üblichen Geräusche eines Manta auf Fahrttiefe, doch es war noch ein anderer Laut zu vernehmen, und diesen konnte ich zunächst nicht einordnen. Er gehörte nicht zu dem typischen Knirschen, dafür war er zu regelmäßig. Nach einigen Augenblicken wurde mir klar, dass es Atemgeräusche waren. Außer mir war noch jemand im

Raum. Ich verrenkte mir fast den Hals bei dem Versuch herauszubekommen, wo diese andere Person war, und wurde dafür mit einem neuerlichen stechenden Schmerz belohnt. Danach legte ich mich wieder hin; je klarer mein Kopf wurde, desto unbehaglicher fühlte ich mich. Meine Arme waren völlig verkrampft.

Der Rhythmus der Atemzüge veränderte sich, sie wurden schneller und unregelmäßiger; wer immer es auch war – er oder sie wachte auf. War es jemand, den ich kannte? Das Letzte, woran ich mich erinnern konnte, waren eine Straße in Taneth und ein Schlag auf den Kopf – und allein das aus meinem Gedächtnis hervorzukramen, bereitete mir erhebliche Mühe. Palatine – das war's! Ich war mit ihr zusammen gewesen, als wir überfallen worden waren. Bedeutete das, dass sie hier in einiger Entfernung neben mir lag? Ich hoffte es. Die Vorstellung, in pechschwarzer Dunkelheit mit einem völlig Fremden auf engstem Raum zusammengesperrt zu sein – selbst, wenn dieser Fremde ebenfalls gefesselt war –, machte mir das Herz nicht gerade leichter.

Ich hätte mir keine Sorgen zu machen brauchen. Irgendwo links von mir erklang ein gedämpfter Fluch, und die Stimme, die anschließend sagte: »Wo bin ich? Hier ist es ja schwärzer als in Ragnars Herz!«, kannte ich.

»Wer ist Ragnar?«, wollte ich wissen.

»Wer ist da?«, fragte Palatine zurück. »Oh, du bist's.« Sie stöhnte. Anscheinend hatte sie gerade die gleiche Feststellung gemacht wie ich – dass ihr Kopf ausgiebige Bekanntschaft mit etwas ziemlich Hartem gemacht hatte. »Ich habe nicht die leiseste Ahnung, wer Ragnar ist. Weißt du, wo wir sind?« Sie sprach die Sprache des Archipels – die allgemein übliche Sprache – mit einem deutlichen Akzent, den ich noch nie gehört hatte, bevor ich ihr begegnet war.

»An Bord eines Manta, in der Tiefe«, antwortete ich. »Ansonsten habe ich keinen blassen Schimmer.«

»Ich mag es nicht, wenn man mir auf den Kopf haut«, sagte sie.

Ich fand die Bemerkung ziemlich überflüssig, denn das war doch wohl offensichtlich. »Jemand wird mir da ein bisschen was zu erklären haben.«

»Ich habe so meine Zweifel, ob diejenigen, die uns hierher gebracht haben, zu der Sorte Mensch gehören, die sich entschuldigt«, gab ich zu bedenken.

Trotz meiner großspurigen Antwort hatte ich Angst. Es war beinahe das gleiche Gefühl wie damals, als ich den schwarz gerüsteten Piraten an Bord der *Paklé* gegenübergestanden hatte. Nur dass es diesmal noch schlimmer war, denn ich war hilflos – und ich wusste noch nicht einmal, wo ich mich überhaupt befand.

»Was glaubst du, wer war das?«, fragte Palatine. Ihre Stimme klang ruhig, doch ich konnte ein leichtes Zittern darin hören; ich vermutete, dass sie sich ebenso fürchtete wie ich.

»Wer uns hierher gebracht hat? Nun, entweder die Domäne oder Lord Foryth. Zumindest sind das die beiden einzigen Möglichkeiten, die mir einfallen – außer, es war irgendein Feind von dir oder von Hamilcar. Jedenfalls nehme ich an, dass sie uns nicht freundlich gesinnt sind.«

»Hamilcar hat eine Menge Feinde, und Lord Foryth ist einer davon. Aber was hat Lord Foryth gegen dich?«

Ich erzählte ihr von dem Vorfall im Vorzimmer des Palasts. Palatine hörte schweigend zu.

»Wenn er für das hier verantwortlich ist, dann werden wir für das Spiel eines anderen benutzt. Und was ist mit der Domäne?«

Ich erzählte ihr so viel von Etlae, Ravenna und den schwarz gerüsteten Soldaten, wie ich glaubte vertreten zu können, und wunderte mich, wie sie bei alledem so rational und analytisch bleiben konnte. Bevor sie zu sich gekommen war, war ich beinahe in Panik geraten. Jetzt jedoch fühlte ich mich sicherer.

»Aber wenn sie das waren, dann wird uns doch wohl nichts passieren?«, fragte sie.

»Ich glaube nicht. Aber warum sollten sie uns in den Straßen von Taneth überfallen und entführen, uns fesseln und in irgendeinen dunklen Lagerraum werfen? Sie haben mich erwartet, und ich wäre so oder so bald zu ihnen gekommen.«

»Aber wenn wir deinetwegen gefangen genommen worden sind, dann sind wir, glaube ich, sicher. Dein Vater ist ein Graf und er genießt das Vertrauen des Königs von Ozeanus. Ich kann mir nicht vorstellen, dass Foryth einen Skandal riskiert, nur um sich an jemandem zu rächen, der ihn verärgert hat. Außerdem warst das ja noch nicht einmal du – es war Courtières.«

Eine andere erschreckende Möglichkeit tauchte plötzlich in meinem Verstand auf – ein Gedanke, der die oberflächliche Ruhe wegwischte, die Palatines Anwesenheit erzeugt hatte. »Mein Vater hat erwartet, dass ich heute aufbrechen würde – falls heute immer noch heute ist –, und er mich erst in einem Jahr wiedersieht. Wenn Foryth davon erfahren hat, dann könnte er uns entführen und mit uns machen, was er will, und mein Vater würde die ganze Zeit glauben, dass ich im Archipel bin. Bis er endlich merken würde, dass etwas nicht stimmt, wäre die Spur längst kalt, und Foryth könnte jeder Art von Untersuchung gelassen entgegensehen.«

»Tote Geiseln nützen keinem etwas, Cathan. Vertrau mir, niemand wird uns über Bord werfen wollen.«

»Wie kannst du dir da nur so sicher sein?«, wollte ich wissen, verwundert über ihr Selbstbewusstsein.

»Ich bin mir immer sicher«, sagte sie einfach. »Oder sagen wir zumindest meistens.«

Ich unterdrückte den Drang zu lachen.

Dieses »Ich bin mir immer sicher« war Palatine wie sie leibte und lebte. Selbst als Fremde und Gefangene in einem für sie fremden Land verlor sie niemals ihre Zuversicht. Ich war mir nicht sicher, ob das ein persönlicher Zug von ihr war, oder ob ihr das beigebracht worden war. Und wenn Letzteres zutraf – *warum* war sie dann so gut ausgebildet worden? So etwas gehörte zu jener Art von Ausbildung, die gemeinhin einem Herrscher oder einem Assassinen vorbehalten war. Doch ich war überzeugt, dass sie keine Assassine war. Dann also eine Herrscherin – aber wovon? Die Domäne war fanatisch gegen weibliche Herrscher.

»Was weißt du über diese Streitereien innerhalb der Domäne?«, fragte sie mich einen Augenblick später. In den nächsten paar Minuten – ich nahm zumindest an, dass es ein paar Minuten waren, ich hatte keinerlei Möglichkeit, das genau festzustellen – erzählte ich ihr alles, was ich über die Domäne, Etlae und Lachazzar wusste. Ich betrachtete es als eine willkommene Abwechslung; es war viel besser, als still in der Dunkelheit zu liegen und zu überlegen, was wohl als Nächstes geschehen würde.

Ich hatte ihr bereits so ziemlich alles erzählt und fing allmählich damit an, Dinge zu wiederholen, die ich eben schon gesagt hatte, als ein scharfer Knall und eine Reihe von knirschenden Geräuschen von draußen zu uns hereindrangen – Geräusche, die eher von Menschen stammten, die sich an Bord bewegten, als von dem Schiff selbst.

Einen Augenblick später erklangen erneut knirschende Laute, diesmal etwas näher, dann spürte ich einen kühlen, frischen Luftzug und fühlte, dass sich eine weitere Person im Raum aufhielt. Doch noch immer herrschte völlige Dunkelheit. Warum durfte nirgendwo Licht brennen?

Ich konnte spüren, dass der Neuankömmling sich über mich beugte, und ein paar Sekunden lang spannte sich mein ganzer Körper an, so sehr fürchtete ich, gleich mit der Klinge eines Messers Bekanntschaft zu machen.

Ich spürte tatsächlich ein Messer, aber damit wurde kein Blut vergossen. Die Gestalt schnitt rasch die Fesseln um meine Handgelenke durch und tastete sich dann zu Palatine hinüber, um bei ihr das Gleiche zu tun. Dankbar streckte ich meine verkrampften

Arme – und verzog das Gesicht zu einer Grimasse, als sie zu kribbeln anfingen.

Im gleichen Augenblick, als ich den Geruch von Parfüm wahrnahm, beugte sich Ravenna zu mir herunter und flüsterte mir ins Ohr: »Bekomme ich noch nicht einmal ein Wort des Dankes von dir, Cathan?«

»Dank?«, sagte ich verärgert. »Dafür, dass man mich auf den Kopf geschlagen, gefesselt und in einen pechschwarzen Laderaum geworfen hat, ohne dass ich auch nur die geringste Ahnung gehabt habe, wer dahinter steckt?«

»Dann ist das also deine ganze Dankbarkeit? Wie kleinlich. Ich werde dir die Augen verbinden, denn sie werden einige Zeit brauchen, bis sie sich wieder ans Licht gewöhnt haben, nachdem du so lange im Dunkeln warst. Nebenbei bemerkt, du kannst aufstehen.« Sie verband mir die Augen mit einem Stoffstreifen und verknotete ihn an meinem Hinterkopf.

Als sie zu Palatine hinüberging, durchströmte mich ein tiefes Gefühl der Erleichterung; ich war froh, dass meine Ängste unbegründet gewesen waren. Außerdem wollte ich wissen, warum wir so behandelt worden waren – ganz zu schweigen davon, dass ich natürlich auch verärgert war.

Ich stemmte mich hoch, doch mein erster Versuch, mich aufrecht hinzustellen, wurde von einer Woge aus Schwindelgefühl und Schmerzen hinweggeschwemmt, und ich sackte wieder zu Boden.

»Du bist wohl nicht so stark wie deine Schwester, was?«, fragte Ravenna spöttisch.

»Ich fürchte, da liegt Ihr falsch«, sagte Palatine. »Ich bin nicht seine Schwester.«

»Ihr beide seht euch aber sehr ähnlich.«

»Wie könnt Ihr das sagen? Hier drin ist es doch stockdunkel«, wollte Palatine wissen. »Ihr könnt mich ja nicht einmal sehen.«

»Selbst wenn ich Euch nicht bereits in Taneth gesehen hätte –

wie, glaubt Ihr, hätte ich Eure Fesseln lösen können, wenn ich Euch nicht sehen könnte?«, gab Ravenna mit einem amüsierten Unterton in der Stimme zurück.

Ich versuchte erneut, mich zu erheben, und dieses Mal schaffte ich es mit Ravennas Hilfe. Doch als ich ihren Arm losließ, wäre ich beinahe gestolpert; also musste ich meinen Stolz hinunterschlucken und mich auf sie stützen – was gar keine so unangenehme Erfahrung gewesen wäre, wenn sich in meinem Kopf nicht alles gedreht hätte. Palatine schien einen härteren Schädel zu haben als ich, denn sie konnte allein gehen.

»Nehmt meine Hand, Nicht-Verwandte, oder Ihr lauft gegen die Wand«, riet Ravenna ihr.

»Mein Name ist Palatine.«

»*Palatine?*«, wiederholte Ravenna, während sie langsam weiterging und uns beide mitzog. »Das ist ein ungewöhnlicher Name. Wer hat Euch so genannt? Ich bin mir sicher, dass ich den Namen schon einmal gehört habe.«

»Ich kann mich nicht erinnern!«, sagte Palatine. Zum ersten Mal klang sie zornig.

»Heute bin ich anscheinend nur von Narren und Nichtskönnern umgeben.« Ich fragte mich, wovon die beiden da eigentlich redeten. Palatine war wirklich ein ungewöhnlicher Name, aber nicht ungewöhnlicher als Cathan – oder Ravenna, was das betraf.

Die Tür musste ziemlich schmal sein, denn wir mussten uns seitlich hindurchzwängen. Sobald wir uns in dem angrenzenden Raum befanden, der sich irgendwie größer anfühlte, führte Ravenna mich noch ein paar Schritte weiter und drückte mich auf etwas nieder, das eine Sitzbank zu sein schien.

Und dann wurden meine Augen trotz der Augenbinde von einer plötzlichen Lichtexplosion betäubt.

Es dauerte einige Zeit, bis sie zuließen, dass ich die Augenbinde abnahm. In der Zwischenzeit kümmerte sich ein Heiler um meine

Kopfwunde; er verabreichte mir einen widerlich schmeckenden Trank und wusch mir das Blut aus den Haaren. Als die Binde schließlich abgenommen wurde, leuchtete er mir in die Augen, nickte und sagte: »Ihr werdet noch ein paar Tage eine Beule haben; ansonsten seid Ihr in Ordnung.«

Ich saß in der Admiralskajüte eines Manta, der meiner Schätzung nach viel größer sein musste als die *Paklé*. Die Kajüte, die an der einen Flanke des Manta verlief, war geräumig und hell erleuchtet. Der Fußboden war mit gemusterten Matten ausgelegt, und der Raum war großzügig möbliert, mit einem Tisch, mehreren bequemen Stühlen und geschlossenen Bücherregalen und Bildern an den Wänden. Außer dem Heiler, Palatine und Ravenna war nur noch eine weitere Person anwesend, ein älterer Mann.

»Willkommen an Bord der *Schattenstern*, Cathan und Palatine. Ich bin Ukmadorian, der Propst der Zitadelle des Schattens.«

Seine Stimme klang schleppend und präzise; er war mit Etlae und Ravenna zusammen gewesen, als wir uns das letzte Mal begegnet waren. In das Braun seines Bartes, den er im Stil der Halethiter lang trug, mischten sich graue Strähnen. Er *war* ein Halethiter, wie mir einen Augenblick später klar wurde.

Er musste mir meine Überraschung angemerkt haben, denn er sagte: »Ich bin kein Gefolgsmann des halethitischen Reiches. Ich habe während der letzten siebzehn Jahre im Archipel gelebt.«

»Gehört der Schattenkult nicht zu den verbotenen Kulten?«, fragte Palatine. Ihr Gesichtsausdruck kam mir sonderbar vor, als hätte sie Angst.

»Ja, das stimmt. Das scheint dich zu beunruhigen.«

Palatine schüttelte den Kopf; Enttäuschung malte sich auf ihrem Gesicht. Sie fingerte an einem Stift herum. »Es tut mir Leid, aber ich weiß weder wer ich bin, noch woher ich komme.«

Ich benötigte die ganze Zeit, die dieser Wortwechsel in Anspruch nahm, um zu begreifen, was Ukmadorian gesagt hatte. Wenn er ein

Anhänger des Schattens war … Ich erinnerte mich an das, was mir meine Mutter erzählt hatte, bevor ich Lepidor verlassen hatte.

»Ihr gehört gar nicht zur Domäne – Ihr seid Häretiker!«

»Sehr gut«, sagte Ravenna. »Hat aber auch gedauert, bis du das rausbekommen hast.«

»Aber was ist dann mit Etlae?«

»Etlae ist eine Häretikerin in den obersten Rängen der Domäne. Unser Spion in ihren Beratungen, wenn du so willst. Sie kehrt nicht mit uns zum Archipel zurück, sondern wird sich in die Heilige Stadt begeben, um sich dort um unsere Angelegenheiten zu kümmern.«

Ketzer in der Heiligen Stadt? Das erschien mir kaum plausibel, obwohl ich vermutete, dass es in einer so großen Organisation wie der Domäne auch Verräter geben musste. Doch wenn dies hier Häretiker waren und mein Vater von ihnen wusste … bedeutete das, dass er auch ein Ketzer war? Und warum hatte er mir das nie gesagt?

»Ist mein Vater ein Häretiker?«, fragte ich.

»Ja«, sagte Ukmadorian. »Als er siebzehn war, hat er ein Jahr in der Zitadelle verbracht. Auf diese Weise halten wir das Gedankengut am Leben. Die meisten Familien haben ihre Kinder zur Zitadelle geschickt, schon seit sie gegründet wurde.«

»Könnten wir uns vielleicht zuerst um etwas anderes kümmern, Onkel, bevor wir ihnen genau sagen, worauf sie sich einlassen?«, erkundigte sich Ravenna. »Zum Beispiel, warum Cathan mir eigentlich eine Entschuldigung schuldet.«

Sie war zielstrebig, soviel stand fest. Und schön. Aber sie hatte auch eine scharfe Zunge. Ich empfand fast so etwas wie Bewunderung für sie, doch diese Bewunderung verwandelte sich rasch in Missfallen, vor allem wegen ihrer andauernden Spötteleien.

»Es tut mir sehr Leid, dass ihr gefesselt im Dunkeln liegen musstet«, meinte Ukmadorian unvermittelt, »aber das geschah zu eurer

181

eigenen Sicherheit. Ihr müsst wissen, dass die Männer, die euch niedergeschlagen haben, nicht zu uns gehörten. Wir wissen nicht, wer
sie waren, aber nachdem sie euch überfallen hatten, haben sie euch
in ein nahe gelegenes Haus gezerrt und gefesselt, und die Elemente mögen wissen, was sie mit euch gemacht hätten, wenn wir euch
nicht ebenfalls verfolgt hätten. Um es kurz zu machen: Wir haben
sie überrascht, und es ist uns gelungen, euch zurückzuholen, doch
wir mussten zum Hafen rennen, und sie haben uns verfolgt. Wir
haben euch in den Spind da geworfen, weil es der sicherste Platz auf
dem Schiff ist – selbst wenn sie an Bord gekommen wären, hätten
sie euch nicht gefunden. Ein Stück weiter den Meeresarm hinauf
hätten wir durchaus von einem Kriegsschiff inspiziert werden können, und wir wollten nicht riskieren, dass sie euch finden. Wenn ihr
also Ravenna tatsächlich unterstellt habt, euch entführt zu haben –
nun, ich fürchte, dann schuldet Ihr ihr tatsächlich eine Entschuldigung.«

»Es tut mir Leid«, sagte ich widerwillig zu ihr und versuchte, ihr
triumphierendes Gesicht zu ignorieren. Ich fragte mich, was ich eigentlich getan hatte, um sie zu kränken.

»Er hatte absolut Recht«, widersprach Palatine. »Und könntet
Ihr mir bitte erklären, was hier eigentlich genau vorgeht? Ich habe
nichts dagegen, ein Jahr lang in dieser Zitadelle zu bleiben, denn ich
war eigentlich nur ein Gast in Hamilcars Haus, aber ich habe nicht
die leiseste Ahnung, was hier gespielt wird – abgesehen von dem,
was Cathan mir vorhin erzählt hat.«

»Und woher sollen wir wissen, dass Ihr nicht für die Domäne
spioniert?«, fragte Ravenna, noch bevor Ukmadorian etwas sagen
konnte. Der alte Mann warf ihr einen verärgerten Blick zu, sagte
jedoch nichts und musterte dann Palatine.

Sie spreizte die Hände und blickte Ukmadorian auf eine Weise
an, die auf mich resigniert wirkte. »Wenn Ihr das wirklich glauben
wollt, habe ich keine Möglichkeit, Euch vom Gegenteil zu überzeu-

gen. Ich will nur eins: meine Erinnerungen zurückbekommen – es ist nicht besonders lustig, nicht zu wissen, wer man wirklich ist.« Ihre Stimme bekam einen drängenden Unterton. »Ich arbeite nicht für die Domäne, das müsst Ihr mir einfach glauben.«

Ukmadorian musterte sie längere Zeit stirnrunzelnd und sagte schließlich: »Ich glaube nicht, dass du eine Spionin bist. Es zahlt sich allerdings immer aus, auf der sicheren Seite zu sein. Dein Freund Cathan hat keinerlei Probleme mit dem Armband, und du wirst auch keine haben.«

Meistens nahm ich das schlaff herunterhängende Band an meinem Handgelenk kaum noch wahr. Aber wann würden sie es mir abnehmen?

Ungefähr zwanzig Minuten später schienen Ravenna und Ukmadorian zumindest für den Augenblick davon überzeugt zu sein, dass wir nicht im Dienst der Domäne standen. Sie entriegelten die Tür, führten uns durch einen Gang, zwei Treppen hinauf und ins Observatorium.

Dies war das Schiff, das uns bei Kap Lusatius angegriffen hatte: So groß war kein gewöhnlicher Manta. Die *Schattenstern* war ein Schlachtkreuzer – laut dem Ozean-Code hieß das, dass sie mehr als vierhundertfünfzig Fuß lang war. In einem Aether-Tank vor einer Wand befand sich ein Bild von ihr – der unirdische schwarze Schimmer war verschwunden; das Schiff war jetzt genauso tiefblau wie jeder gewöhnliche Manta. Ich entdeckte mehr Stückpforten als üblich und einen Reservesatz Luftumwandler am Heck.

Was jedoch wirklich meine Aufmerksamkeit erregte, waren die Größe und die Linienführung des Schiffs. Die *Schattenstern* war ein thetianisches Schiff – oder war zumindest einmal eines gewesen –, und aus der Größe der Luftschlitze schloss ich, dass sie ziemlich alt war, so um die fünfzig Jahre. Mantas hatten eine lange Lebensdauer – ihre Rümpfe überstanden Jahrhunderte, solange sie nicht durch Feindeinwirkung beschädigt wurden, und das Innere konnte angepasst werden, wenn neue Erfindungen gemacht wurden und in Gebrauch kamen.

Die Mannschaftsmitglieder, die ich zu Gesicht bekam, stammten – von wenigen Ausnahmen abgesehen – aus dem Archipel; ihre Gesichter waren feiner geschnitten als die der Kontinentalbewohner, und ihre Haut war olivfarben. Sie winkten Ukmadorian und Ravenna fröhlich zu, während sie ihren Pflichten nachkamen. Ich war von ihnen völlig fasziniert. Dies waren die ersten Menschen aus dem Archipel, die ich zu Gesicht bekam, und ich war mir sicher, dass sie mein Volk waren – und Palatines.

Aus den Fenstern auf dem Observatoriumsdeck war nichts zu sehen außer dem leeren Ozean und den trüben Tiefen eine Meile unter der Oberfläche; das einzig Interessante waren die Fische, die gelegentlich ins Scheinwerferlicht schwammen. Ein weiteres Aether-Bild zeigte den schwarzen Felssockel des Kontinents an Backbord, der schnell hinter uns zurückblieb. Ich konnte nicht sagen, in welche Richtung wir uns bewegten.

»Wir sind alle Diener des Schattens«, erklärte Ukmadorian. »Die Domäne bringt uns mit dem Bösen in Zusammenhang, mit Nekromantie und Ähnlichem, doch wir nutzen die Kraft, die aus der Abwesenheit von Licht kommt. Ihr werdet feststellen, dass wir keineswegs böser sind als die Domäne – tatsächlich sogar weit weniger. Doch Schatten ist zu meinem großen Bedauern das am wenigsten mächtige der Sechs Elemente.«

»Dann sind einige von Euch also Magier?«, fragte ich.

»Es gibt nur wenig Magier und sie leben überall verstreut; Schattenmagier sind sogar noch seltener. Das ist eine angeborene Begabung, und die meisten Menschen haben sie einfach nicht, oder nur in sehr geringem Maße. Es gibt ungefähr dreißig Schattenmagier. Die meisten von ihnen verfügen nur über begrenzte Kräfte, etwa vergleichbar mit denen eines niederrangigen Magiers der Domäne. Und es gibt drei mächtige Magier des Schattens, von denen Ravenna hier die beste ist. Ich gehöre nicht dazu, obwohl ich über ein gewisses Maß an Begabung verfüge.« Ich fragte mich, wieso er das wohl zugegeben hatte.

»Gibt es denn mehr Magier der anderen Elemente?«, wollte Palatine wissen.

»Ein paar mehr, so ungefähr fünfzig pro Element. Doch wenn du bedenkst, dass die Domäne hundert sehr starke Feuermagier hat und über dreihundert weitere verfügt, die einigermaßen gut sind sowie über tausend oder mehr, die zumindest Ansätze von Begabung besitzen, wirst du verstehen, wie groß die Kluft ist.«

Er erzählte uns mehr von der Zitadelle, und was wir dort lernen und tun würden. Das meiste davon konnte ich mir nicht merken, denn es war zu viel, um es alles auf einmal zu begreifen; doch ich behielt ein paar Punkte und das Wesentliche von dem, was er gesagt hatte. Und dass die Zitadelle in einem entlegenen Zipfel des westlichen Archipels auf einer ziemlich kleinen Insel erbaut worden war, die von den Zerstörungen des Kreuzzugs verschont geblieben war. Die Reise dorthin würde ungefähr vier Wochen dauern.

Ich war nicht besonders begeistert von der Aussicht, vier Wochen auf einem Schiff zu verbringen, auf dem es nur sehr begrenzte Möglichkeiten gab, sich zu zerstreuen. Doch Ukmadorian teilte uns mit, dass unser Unterricht sofort beginnen würde. Ich erfuhr, dass wir nicht nur die wahre Geschichte von Aquasilva hören, sondern, wenn wir die Zitadelle erst einmal erreicht hätten, auch noch eine ganze Menge anderer Dinge lernen würden.

Außer uns waren noch sechs andere Schüler an Bord des Schiffs, mit denen wir gemeinsam Unterricht haben würden.

Im Laufe dieses Tages lernten wir sie kennen; sechs Jugendliche in meinem Alter, alle aus Äquatoria. Sie kannten einander nicht besser als Palatine und ich, und in der ersten Woche der Reise fanden wir neue Freunde – und Feinde.

Es gab zwei Leute an Bord, mit denen ich nicht zurechtkam. Der eine war Darius, ein kleiner, untersetzter Sohn eines Kaufmanns aus Uqtaal, jener Torstadt, die Taneth beschützte. Er hielt mich für einen hochnäsigen Provinzler, ich sah in ihm einen arroganten Äquatorianer mit mehr Muskeln als Hirn. Es dauerte nicht lange, bis wir merkten, dass wir nicht miteinander klarkamen, doch er versuchte nur ein einziges Mal, sich mit mir anzulegen oder mich einzuschüchtern. Bei dieser einen Gelegenheit bewies ich ihm, dass mein langjähriges Schwimmtraining seine kräftigere Gestalt mehr als wettmachte. Danach gingen wir uns höflich aus dem Weg.

Mein anderer Feind war Ravenna, die ebenfalls an einigen Unterrichtsstunden teilnahm.

Nach ein paar weiteren spöttischen Bemerkungen von ihr fing ich an zurückzuschlagen, obwohl ich darin längst nicht so gut war wie sie. Das machte die ganze Sache nur noch schlimmer, und am Ende der Woche sprachen wir nicht einmal mehr miteinander. Palatine bemerkte, sie freue sich auf die Unterrichtsstunden, weil unsere Sticheleien ungemein unterhaltsam seien. Ich fand das nicht besonders witzig.

Was ich jedoch interessant fand, war die Art, wie Palatine es schaffte, die Gruppe zu übernehmen – ein besseres Wort wollte mir einfach nicht einfallen. Einige der Männer waren anfangs ziemlich misstrauisch, doch sie konnte sie schnell für sich gewinnen; nur *wie* sie das machte, begriff ich ganz und gar nicht. Binnen einer Woche war sie diejenige, deren Vorschläge stets angenommen wurden, und ich fragte mich, wie sie das hinbekommen hatte. Sie dominierte nicht, indem sie rechthaberisch war – wie einige meiner Kusinen zu Hause in Lepidor –, aber sie hatte irgendetwas an sich, das dafür sorgte, dass wir Übrigen uns ihren Wünschen fügten.

Unsere Freundschaft blieb dabei bestehen, auch wenn ich sie

manchmal ein bisschen um ihre Fähigkeiten und die Art, wie alle ihr zuhörten, beneidete. Ganz sicher hatte sie eine sehr gute Erziehung genossen, auch wenn sie nicht die Klügste von uns war. Wir lernten unter anderem, Führungsqualitäten zu entwickeln und zu befehlen, und Palatine hätte an diesen Unterrichtsstunden gar nicht teilzunehmen brauchen. Sie beherrschte all dies im Schlaf, und dieses Wissen hatte den Verlust ihrer Erinnerungen unbeschadet überstanden.

Vier Wochen lang durchpflügten wir den riesigen, endlosen blauen Ozean von Aquasilva, ohne auch nur ein einziges anderes Schiff zu sichten – doch warum sollten wir auch, in einem so unermesslichen Meer? Es war schon selten genug, in der Großen Bucht um Taneth herum einem anderen Schiff zu begegnen, ganz zu schweigen vom offenen Meer. Wir gerieten auch nur in einen einzigen Unterwassersturm. Es war eine wilde Angelegenheit, die wir, angeschnallt in unseren Sitzen im Observatorium, beobachteten, doch die erfahrenen Seeleute wurden leicht damit fertig. Am nächsten Morgen gingen wir wieder auf unseren ursprünglichen Kurs – zumindest nahm ich das an – und setzten unsere Reise fort, als wäre nichts geschehen. Ich hatte gehofft, wir würden vielleicht einem Leviathan oder einem Kraken begegnen, doch auch das war nicht der Fall. Sie würden einen so großen Manta nicht angreifen, und ich hatte schon immer einmal einen sehen wollen.

Äquatoria, Taneth und Sarhaddon nahmen ihre Plätze in meiner Erinnerung ein, momentan vergessen angesichts der Routine und des Zusammenlebens an Bord des Schiffs. Ich lernte mit Ghanthi, einem stillen Tanethaner, Schach zu spielen, und auch wenn er mich ständig besiegte, war es doch das Einzige, worin ich besser war als Palatine.

Jeden Morgen trainierten wir im Übungsraum unter den wachsamen Augen des Waffenmeisters aus dem Archipel, der ebenso gut mit der Klinge umgehen konnte wie mein Vater, anderthalb Stunden mit Waffen. Unter anderem brachte er uns bei, wie man Aetherwaffen abfeuerte. Es überraschte mich nicht sonderlich, dass Palatine am besten mit dem Schwert umgehen konnte, gefolgt von Darius, Ravenna und mir – zumindest solange meines leicht genug war. Ghanthi war ein guter Bogen- und Armbrustschütze, genau wie einige der anderen, darunter eines der Mädchen, die die beste Bogenschützin von uns allen war. Es geschah eher selten, dass Mädchen im Umgang mit Waffen ausgebildet wurden, doch die Häretiker hatten im Gegensatz zur Domäne keine Vorurteile gegen Kriegerinnen. Einer der anderen Jungen erwies sich zu seinem großen Kummer für den Umgang mit den meisten Waffen als ungeeignet, bis der Navigator ihn im Kampf mit dem Messer und im Messerwerfen testete; danach genoss er das Waffentraining genauso wie wir anderen.

In all den Wochen erfuhren wir nichts über die zentralen Prinzipien der Ketzerbewegung, sondern lediglich ein paar nebensächliche Einzelheiten. Dies weckte unsere Neugier – die gestillt werden sollte, sobald wir die Zitadelle erreichen würden. Das hatte Ukmadorian versprochen.

Ich hatte noch nie auf einem so großen Manta Dienst getan, daher nötigte ich den Navigator, mich während der Reise als zeitweiligen Lehrling anzunehmen. Er hämmerte mir – häufig mit ziemlich groben Methoden – die Namen aller Bestandteile des Schiffes ein und zeigte mir sogar, wie man das Ding steuerte. Gelegentlich gesellten sich dabei Ravenna und Palatine zu mir; es war sehr befriedigend, wenn bei einigen dieser Gelegenheiten Ravenna mit *seiner* scharfen Zunge Bekanntschaft machte.

Drei Wochen und vier Tage nachdem wir abgelegt hatten, sichteten wir die erste Insel des Archipels. Ukmadorian wies den Kapitän an, aufzutauchen, so dass wir sie uns ansehen konnten, und im Laufe der nächsten zwei Stunden fuhren wir ziemlich dicht an ihr vorbei. Ich stand lange an der Reling, eingehüllt in eine Vision von etwas, das das Paradies zu sein schien. Es gab keine hohen Berge mit kahlen Ufern oder verkrüppelten Bäumen. Stattdessen sah man lange, geschwungene Sandstrände, die sanft zu einer leuchtend blauen Lagune hin abfielen. Die Küstenlinie dahinter war von sanft wogender Vegetation bewachsen, und gelegentlich konnte man auch eine Lichtung entdecken.

An diesem Abend stieß ich in der Heckkabine auf Palatine, die in ihr Glas Wein starrte; es war schon spät, und alle anderen waren aufs Observatoriumsdeck gegangen, um sich eine andere Insel anzusehen, an der wir gerade vorbeifuhren. Auf Palatines Gesicht lag ein verzweifelter Ausdruck, den ich noch nie zuvor gesehen hatte.

»Was ist los?«, fragte ich.

»Es ist jetzt drei Monate her, dass Hamilcar mich aufgefischt hat, drei Monate, in denen ich mich nur an ein paar Kleinigkeiten erinnert habe. Aber selbst diese Erinnerungen bestehen nicht aus Worten, sondern aus verschwommenen Bildern, die gelegentlich auftauchen. Diese Inseln erinnern mich an zu Hause, Cathan. Ich kann mich weder an einen Namen noch an sonst etwas erinnern, aber ich habe auf solchen Inseln gelebt. Ich hoffe immer wieder, dass ich vielleicht einen Schlüssel finde, und dann fällt mir plötzlich ein, dass der Archipel aus Zehntausenden von Inseln besteht. Und alle Menschen hier sehen aus wie du und ich. Bist du dir sicher, dass du mich noch nie gesehen hast – oder einen Verwandten, der mir irgendwie ähnlich sieht?«

»Ich bin nicht der leibliche Sohn meines Vaters«, sagte ich. »Er hat mich in Tumarian gefunden, und ich weiß genauso wenig, wer meine wirkliche Familie gewesen ist wie du.«

»Hat dein Vater in Taneth noch irgendetwas zu dir gesagt?«

Ich wollte ihr gerade antworten, doch in diesem Augenblick kam Ghanthi hereingestürzt und rief: »Ich hab mir doch gedacht, dass ihr hier seid. Kommt schnell, da draußen ist eine Sternschnuppe!«

Palatines düstere Miene verschwand, wurde von ihrer gewohnten Fröhlichkeit ersetzt, und wir rannten hinauf an Deck und schauten zu, wie der weiße Strahl den Himmel in nordwestlicher Richtung überquerte. Ich musste an die alte Redensart denken, dass eine solche Sternschnuppe den Tod eines großen Mannes anzeigt, und ich fragte mich, wer es wohl sein mochte.

Zwei Tage nachdem wir die Sternschnuppe gesehen hatten, erreichten wir die Zitadelle.

Ich konnte es damals nicht wissen, doch an jenem Tag, als die Sternschnuppe am Himmel erschien, tat Primarch Halezziah in seinen Gemächern in der Heiligen Stadt seinen letzten Atemzug. Es sollte drei Monate dauern, bis die Neuigkeiten von seinem Nachfolger schließlich bis in den abgelegenen Archipel – und damit auch zu uns – drangen.

Kapitel X

Die Insel war größer als alle anderen, an denen wir bisher vorbeigekommen waren – Ukmadorian sagte, sie messe ungefähr zehn Meilen im Durchmesser –, und in ihrer Mitte erhob sich ein kleiner Berg. Um seinen Fuß herum drängte sich ein Durcheinander aus Tälern, Klippen und Graten. Und auf einem dieser Grate, der sich wie eine Halbinsel ins Meer hinausschob, war die Zitadelle errichtet worden.

Das Gebäude sah ganz und gar nicht so aus, als sei es dem Dienst am Schatten geweiht: Entweder war es aus weißen Steinen erbaut oder weiß gestrichen worden, und es erstreckte sich über den ganzen Grat, reichte an einigen Stellen sogar fast bis zum Ufer hinunter. Es sah aus, als wäre es so groß wie eine kleine Stadt, doch ich war überzeugt, dass das nur eine Sinnestäuschung war.

Wir hatten uns alle vorn am Bugfenster zusammengedrängt und schauten zu, wie die Insel langsam größer wurde, bis wir erste Einzelheiten erkennen konnten – Menschen, die auf den weißen Sandstränden unterwegs waren. Manche schwammen sogar im Meer, wie wir bemerkten, als der Kapitän die *Schattenstern* herumschwingen ließ, um in den großen Meeresarm einzulaufen, der unterhalb des zum Landesinnern hin gelegenen Flügels der Zitadelle den Hafen bildete. Es schien hier keinen Unterwasserhafen zu geben, was mich nicht sonderlich überraschte. Unterwasserhäfen zu bauen war teuer, und sie waren nur notwendig, wenn viel Fracht zu verschiffen war.

»Kann man hier tatsächlich im Meer schwimmen?«, fragte Ghanthi Ravenna, die überglücklich schien, wieder zu Hause zu sein – wenn es denn ihr Zuhause war. Sie hatte Ukmadorian »Onkel« genannt, und er war ein Halethiter, obwohl sie selbst ganz bestimmt aus dem Archipel stammte.

»Ja. Immer wenn ihr frei habt – sogar nachts.«

Ich war froh darüber, denn ich erinnerte mich noch gut an Taneth, wo das Wasser zum größten Teil so verdreckt war, dass noch nicht einmal Fische darin schwammen; ich konnte mir nicht vorstellen, wie ich es hätte ertragen sollen, ein ganzes Jahr nicht schwimmen zu können. Ghanthi war an der Quelle des Ardanes aufgewachsen, wo das Wasser wahrscheinlich auch ziemlich schlammig war.

Im Hafen lagen unzählige kleine Segelboote sowie ein paar größere Dreißig-Fuß-Kutter und eine große bewaffnete Korvette. Alle größeren Schiffe führten am Mast eine schwarze Flagge mit einem großen silbernen Stern, den sechs kleinere in einem Muster umgaben, das mir völlig fremd war. Die gleiche Flagge wehte auch über der Zitadelle.

191

Die *Schattenstern* legte schließlich an einem Kai an, der direkt unterhalb der Klippe verlief; wahrscheinlich war das Wasser hier tiefer. Auf dem Kai stand ein etwa zehnköpfiges Empfangskomitee. Mein Gepäck und das von Palatine – also, das war seltsam, dachte ich; woher hatten sie gewusst, dass sie es brauchen würde? – war aus unseren jeweiligen Quartieren in Taneth geholt worden, bevor wir aufgebrochen waren. Ich hatte es auf dem Deck bei all dem anderen Gepäck aufgestapelt, als ich heute Morgen heraufgekommen war. Ich dankte dem Kapitän für seine Unterweisungen – er nahm den Dank mit einem breiten Grinsen entgegen und ermahnte mich, nicht alles wieder zu vergessen – und folgte den anderen die Rampe hinunter.

Eine der Personen, die auf dem Kai warteten, war Ukmadorians Frau; sie stammte aus dem Archipel, wirkte überaus lebhaft und hatte noch immer schwarzes Haar. Jemand anderes wurde von Ravenna voller Wärme begrüßt. Derjenige, der – allein wegen seines Umfangs – unser aller Aufmerksamkeit auf sich zog, war der Hausherr, ein unglaublich fetter Mann aus dem Archipel, der Ukmadorian herzlich begrüßte und sagte: »Wie ich sehe, hast du mir ein paar weitere Probleme mitgebracht, um die ich mich kümmern muss.« Er wies mit der Hand in unsere Richtung, doch sein Tonfall war freundlich.

»Es sind acht Neue. Von zwei Ausnahmen abgesehen alles Kinder des Ordens.«

»Dann sind es jetzt insgesamt einhundertsiebenundfünfzig; so viele hatten wir schon lange nicht mehr. Ich sorge dafür, dass sie eingeteilt und eingeführt werden und so weiter ...«

Er führte uns durch eine breite Tür in der Klippe, eine Reihe von hölzernen Wendeltreppen hinauf und ins Innere der Zitadelle.

Der Meister und seine Assistenten brauchten den ganzen restlichen Tag, bis wir untergebracht waren – zumindest, was die Grundlagen anbelangte. Die Zitadelle besaß einen interessanten Grundriss – sie bestand aus einer Vielzahl von offenen Höfen, die durch überdachte Passagen miteinander verbunden waren. Ein Hof, der drei Jahre lang nicht benutzt worden war, musste geöffnet und gesäubert und die Einrichtung der Räume musste überprüft werden; anscheinend gab es hier jetzt fünfzehn Novizen – so lautete unsere offizielle Bezeichnung – mehr als letztes Jahr um die gleiche Zeit. Man zeigte uns die wichtigen Teile der Zitadelle sowie die Stelle, wo wir uns am nächsten Tag melden sollten. Das ganze Bauwerk war ein riesiges Durcheinander aus Räumen, Gängen und Höfen; es war errichtet worden, um weit mehr Menschen zu beherbergen, als im Augenblick hier lebten. Innerhalb der Zitadelle kümmerte das aus dem Archipel stammende Personal sich um alles, und wir wurden gewarnt, dass es taktlos sei, außerhalb der Unterrichtsstunden den Kreuzzug zu erwähnen, denn die meisten der Bediensteten hatten in jenem Vernichtungsfeldzug Angehörige verloren. Bisher hatten wir noch keine Spuren davon entdecken können, doch die Insel mit der Zitadelle und die Inseln, an denen wir vorbeigekommen waren, waren auch größtenteils unbewohnt und lagen am äußersten Rand des Archipels. Die Legionen der Domäne hatten ihr Vernichtungswerk weiter im Zentrum betrieben – etwa um die Überreste der früheren Hauptstadt Vararu herum oder auf der großen Insel Qalathar.

Die Gemächer, die mir zugeteilt wurden, bestanden aus zwei Zimmern und einer kleinen Waschnische. Der Fußboden war mit einem Mosaik aus blauen Fliesen bedeckt, und die weiß getünchten Wände wurden von Zierstreifen belebt, die zumeist Meeresmotive aufwiesen. Die Möbel waren einfach, aber sauber verarbeitet. Ich empfand den Stil als erfrischende Abwechslung von dem bedrückenden Luxus von Pharassa und Taneth. Und was noch viel wichtiger war: Ich hatte von zwei Bogenfenstern in jedem Raum aus einen wunderbaren Blick über die Insel und hinaus aufs Meer.

Alle aßen um die gleiche Zeit zu Abend, und bei dieser Gelegenheit sahen wir die anderen hundertneunundvierzig Novizen zum ersten Mal. Der große Speisesaal war von Lärm und Gelächter erfüllt; da ich in den letzten paar Wochen meistens kaum mehr als zehn Menschen um mich herum gehabt hatte, wurde ich von der Atmosphäre schier überwältigt. Ein paar Mitglieder des Personals aßen an dem hohen Tisch auf dem Podest; Ukmadorian und seine Frau und noch ein paar andere waren da, nicht jedoch Ravenna und ihr Freund. Die beiden entdeckte ich an einem der anderen Tische.

Nachdem wir mit dem Essen – es gab ein merkwürdig, aber nicht unangenehm gewürztes Fischgericht – fertig waren, stand Ukmadorian auf und klopfte an sein Glas, um für Ruhe zu sorgen.

»Ich hoffe, das Essen hat euch geschmeckt«, sagte er. »Für diejenigen unter euch, die während meiner Abwesenheit hier angekommen sind – ich bin Ukmadorian, der Propst der Zitadelle. Ich heiße euch alle hier herzlich willkommen. Acht weitere Novizen werden sich zu euch gesellen, die mit ihrem Unterrichtsstoff ein paar Wochen hinter den meisten von euch herhinken; bitte helft ihnen, das Fehlende aufzuholen.

Nun, da alle hier sind, wird eure eigentliche Ausbildung beginnen. Ihr seid hier, um in allen Künsten, Fachgebieten und Disziplinen unterwiesen zu werden, die erforderlich sind, um ein vollwertiges Mitglied des Ordens des Schattens zu werden und unseren Widerstand gegen die Domäne am Leben zu erhalten. Viele von euch, und nicht nur die, die aus dem Archipel stammen, haben durch die Machenschaften der Domäne Familienmitglieder oder Freunde verloren. Hier werdet ihr euch die Fähigkeiten aneignen, um sie eines Tages rächen zu können, und hier werdet ihr die Geheimnisse dieser Welt erfahren, die die Domäne zu verbergen sucht. Und ihr werdet außerdem von den großen Verbrechen hören, die sie begangen hat, damit ihr niemals vergesst, warum ihr gegen sie kämpft. Morgen wird euer volles Ausbildungsprogramm beginnen, und in einem Monat werden wir jeden Einzeln prüfen, um festzustellen, ob einer von euch magische Fähigkeiten hat. Ich kann euch garantieren, dass einer oder zwei unter euch sein werden, die diese Kraft besitzen. Doch auch was die große Mehrheit von euch anbelangt, die nicht über solche Fähigkeiten verfügt, so hoffe ich, dass ihr von dem, was wir euch anzubieten haben, profitieren werdet.«

Als wir die Halle verließen und hinaus in die Höfe strömten, fand ich es ernüchternd, dass mehr als die Hälfte meiner Mitnovizen aus dem Archipel stammten; während sich auf den Gesichtern von einigen der anderen auch nach Ukmadorians Worten Gleichgültigkeit spiegelte, sahen die aus dem Archipel alle so aus, als glaubten sie aus vollstem Herzen an Ukmadorian und seine Sache. Ich war immer noch ein bisschen skeptisch, was die ganze Geschichte mit den Häretikern anging – ich hatte bisher noch nichts von den Grausamkeiten gesehen, die die Domäne verübt haben sollte – und außerdem war ich verwirrt von dem, was er gesagt hatte. Doch hier, im Archipel, saß der Hass auf die Domäne tief. Moritan hatte einmal gesagt, der Kreuzzug wäre nicht nur nutzlos gewesen, sondern hätte sogar das Gegenteil der beabsichtigten Wirkung erzielt und nahezu alle Bewohner des Archipels zu Ketzern gemacht. Die Loyalität derjenigen, die ich in der Zitadelle gesehen hatte, schwankte sicherlich nie. Eine von ihnen – so ging zumindest das Gerücht – war die Großenkelin des letzten Pharao von Qalathar, des Oberherrn des ganzen Archipels, der der Domäne von dem Augenblick an, da ihre Soldaten die erste Insel in Brand gesteckt hatten, tapfer Widerstand geleistet hatte, bis er in den schwelenden Ruinen von Vararu getötet worden war.

Wir schlenderten eine Weile auf dem Hof herum, und ich lernte ein paar von den anderen Novizen kennen; einige waren freundlich, andere weniger.

Palatine war zu allen freundlich, doch ich sah, wie sie sich umschaute und den einen oder anderen prüfend musterte, und ich fragte mich, wie sie hier wohl zurechtkommen würde, wo es viel mehr Menschen gab und sie sicher nicht die Einzige war, die etwas zu sagen haben wollte. Ich war in einer merkwürdigen, düsteren Stimmung, während wir durch die Menge schritten.

»Der ist viel zu sehr von sich eingenommen«, sagte Palatine und deutete auf einen hoch gewachsenen Cambressianer, der alle anderen um einen halben Kopf überragte und von einigen seiner Freunde umgeben war.

»Woher willst du das wissen?«, fragte ich; ich hatte nicht mitbekommen, dass sie mit ihm gesprochen hätte.

»Hör zu.« Ich folgte ihr durch die Menge zu Ghanthi hinüber, der ganz in der Nähe des Cambressianers stand.

»Ich frage mich allmählich, ob Ukmadorian überhaupt irgendwann einmal etwas unternehmen wird«, sagte der hoch aufgeschossene Junge gerade. »Bis jetzt hat er uns eine Menge Dinge beigebracht, die wir schon vorher gewusst haben, und er hat vom Kreuzzug erzählt. Ich für meinen Teil bin eigentlich hier, um ein Mitglied des Ordens zu werden, und nicht, um ein bisschen herumzuspielen und Schwertkämpfe zu gewinnen.«

Einen Augenblick später entdeckte er Palatine und schien unverzüglich auf ein anderes Verhalten umzuschalten, das für Gespräche mit Mädchen gedacht war.

»Mikas Rufele«, sagte er und strahlte sie selbstbewusst an.

»Palatine Barca«, erwiderte sie mit einem neutralen Lächeln.

»Und woher kommst du?«

»Aus Taneth.«

»Du siehst aber gar nicht wie eine Tanethanerin aus.«

»Das spielt keine Rolle, und außerdem geht es dich auch nichts an.«

»Deine Verwandte sollte sich lieber vorsehen«, sagte jemand neben mir. »Mikas herrscht über diesen Hühnerstall hier, und er ist schon vor ein paar Wochen angekommen. Er kennt sich aus.«

Ich drehte mich um und sah mich einem schlanken Mädchen aus

dem Archipel in einer hauchdünnen grünen Tunika gegenüber. Sie schenkte mir ein schiefes Lächeln und stellte sich vor.

»Persea Candinal, vom Clan Ilthys.«

»Cathan Tauro, vom Clan Lepidor. Wir sind übrigens nicht verwandt.«

»Tatsächlich? Ihr seht euch viel zu ähnlich, um nicht miteinander verwandt zu sein. Und wo liegt Lepidor? Diesen Namen habe ich noch nie gehört.«

»In Ozeanus.«

»Ich hätte schwören können, dass du aus dem Archipel stammst. Genau wie sie.«

»Soweit ich weiß, ist sie nicht mit mir verwandt. Außerdem glaube ich, sie kann auf sich selbst aufpassen.«

Ich drehte mich wieder zu Palatine und Mikas um. Sie unterhielten sich argwöhnisch miteinander, so wie es sich anhörte, lieferten sie sich ein Wortgefecht. Mikas hatte ein bisschen von seinem Selbstvertrauen verloren, was meiner Meinung nach nicht schlecht war. Er war vielleicht ein wenig anmaßend, aber ich konnte keinen Grund erkennen, wieso ich ihn deswegen nicht mögen sollte.

»Das könnte ein interessantes Jahr werden«, meinte Persea neben mir. »Wenn die beiden für Unterhaltung sorgen. Ich habe so meine Zweifel, ob die Zitadelle für beide groß genug ist.«

»Woher kommt Mikas?«, erkundigte ich mich und überlegte, was sie wohl gemeint haben mochte. Palatine sah nicht aus, als sei sie auf Konfrontation aus, obwohl ich sie nicht gut genug kannte, um das mit Sicherheit sagen zu können.

»Aus Cambress. Sein Vater ist Admiral, und seine Tante ist mit einem der Suffeten vom letzten Jahr verheiratet. Das sind wirklich gute Beziehungen – allerdings zählt das hier nicht.«

»Gefällt es dir bisher hier?«

»Oh ja, sehr. Und von nun an wird es wahrscheinlich sogar noch mehr Spaß machen.«

Am nächsten Morgen wurde ich zur Halle der Träume geschickt, die, von meiner Unterkunft aus gesehen, am anderen Ende der Zitadelle lag. Als ich ankam, waren schon etwa fünfundzwanzig von den anderen dort versammelt und gingen in kleinen Gruppen auf und ab. Palatine war auch da, ebenso Persea, aber sonst niemand, den ich kannte. Auch Mikas war nicht da, und ich stieß einen Seufzer der Erleichterung aus, dass zumindest an dieser Stunde er und Palatine nicht gemeinsam teilnehmen würden. Persea winkte mir zu, und ich durchquerte den Raum, um mich zu ihr zu gesellen.

Die Halle der Träume schien nichts mit Träumen zu tun zu haben; sie war ein großer Raum mit hoher Decke und einer eigenartigen Besonderheit: Es gab mehr Fenster- als Wandflächen. Bis zum Fußboden reichende Fenstertüren führten auf eine breite Galerie hinaus, von der aus man das Meer am Ende der Landspitze überblicken konnte. Die Wände waren meerblau gestrichen, genau wie die Dachbalken. »Halle des Meeres« wäre ein weit treffenderer Name gewesen.

»Warum sind wir hier?«, fragte ich Persea.

»Um euch Skeptikern von den Kontinenten klar zu machen, warum wir gegen die Domäne kämpfen.«

»Skeptiker?«, wiederholte ich peinlich berührt. Obwohl … wenn ich an den Gesichtsausdruck dachte, den einige der nicht aus dem Archipel stammenden Novizen am Vorabend zur Schau gestellt hatten, hatte sie wahrscheinlich Recht.

»Komm schon, Cathan. Ihr alle, die ihr nicht im Archipel geboren seid, steht dem Orden und dieser ganzen Häresie in gewisser Weise skeptisch gegenüber – oder ihr spottet sogar darüber. Und warum auch nicht? Ihr seid alle im Glauben an die Domäne erzogen worden, und Ukmadorians Überredungskünste allein werden nicht ausreichen, um eure Meinung zu ändern.«

»Aber was soll Geschichte dabei bewirken? Sie sagt uns, was sie getan haben, in Ordnung, aber niemand wird seine Meinung ändern, nur weil er von längst vergangenen Grausamkeiten hört, wie schrecklich sie auch gewesen sein mögen. Die Vergangenheit ist schließlich Vergangenheit.«

»Hier nicht«, sagte Persea. »Hier im Archipel ist die Vergangenheit alles, was uns noch geblieben ist.« Sie war zur Zeit der Kreuzzüge noch nicht einmal geboren gewesen.

Unser Gespräch wurde durch die Ankunft eines großen, finsteren Mannes aus dem Archipel unterbrochen, der ganz in Schwarz gekleidet war: schwarze Tunika, schwarze Hose – eine Hose, bei dieser Hitze? –, schwarze Schuhe; in der Hand hielt er einen schwarzen Holzstab. Die Gespräche in der Halle verstummten.

»Das ist Chlamas«, flüsterte Persea hastig. »Einer der drei Magier.«

»Guten Morgen«, sagte Chlamas. Er lächelte nicht. In seinen Worten schwang ein befehlender Unterton mit sowie die Warnung, sich nicht mit ihm anzulegen. »Jene von Euch, die im Archipel geboren wurden, können gehen. Ich wünsche, dass Ihr in einer Stunde wieder hier seid.«

Die dreizehn Novizen aus dem Archipel gingen, und Chlamas ließ seine Blicke über den Rest von uns schweifen.

»Ihr alle werdet sicher schon vom Kreuzzug in den Archipel gehört haben. Die meisten von euch halten ihn für eine Belanglosigkeit, ein Stück Vergangenheit. Geschichte. Schließlich hat er vor dreiundzwanzig Jahren stattgefunden und keine direkten Auswirkungen auf euch in euren gesetzestreuen Städten auf den Kontinenten gehabt. Und warum sollte euch letztlich auch das Massaker an zweihunderttausend Bewohnern des Archipels interessieren?«

Zweihunderttausend? Das musste eine Übertreibung sein. Mein Vater hatte mir erzählt, dass vor dem Kreuzzug ungefähr zwei Millionen Menschen im Archipel gelebt hatten – wenn beide Zahlen stimmten, war damals ein Zehntel der Bevölkerung des Archipels ums Leben gekommen.

Mit unbewegtem Gesicht fuhr Chlamas fort: »Vielleicht denken einige von euch ja auch, dass wir viel zu sehr von dieser Tragödie besessen sind, dass das Leben weitergehen müsste, oder vielleicht sogar, dass die Domäne gar nicht so viele Menschen getötet haben kann. Ich werde euch jetzt zeigen – und ich meine zeigen, nicht erzählen –, was vor dreiundzwanzig Jahren geschehen ist, einschließlich der Gründe, die die Domäne hatte, ein Zehntel aller Bewohner des Archipels zu töten und unsere Städte zu zerstören. Aber denkt immer daran, dass ihr an dem, was gleich folgt, nicht wirklich teilnehmt.«

Er hob seinen Stab, und einen kurzen Augenblick lang schien die Umgebung vor meinen Augen zu verschwimmen.

Dann stand ich zusammen mit allen anderen in einer prächtigen Halle, die viel feiner ausgestattet war als alles, was ich in der Zitadelle bisher zu Gesicht bekommen hatte. Die Halle befand sich ohne jeden Zweifel irgendwo im Archipel, und mehrere Grüppchen von Leuten standen herum und redeten miteinander, so wie wir es eben getan hatten. Am einen Ende der Halle stand ein Stuhl, der ganz aus blauem Marmor gehauen war; das Blau schimmerte hell in den Sonnenstrahlen, die durch die Oberlichter fielen. Auf diesem Stuhl saß ein edel aussehender Mann aus dem Archipel von etwa sechzig Jahren, der ein langes grünes Gewand trug. Meeresduft drang uns in die Nase, der Geruch von feuchter Vegetation und frischen Brisen. Aus einer Ecke der Halle, wo ein paar Spielleute saßen, erklang Musik.

Plötzlich schwangen die Türen am Ende der Halle auf, und drei in karmesinrote Gewänder gekleidete Gestalten kamen hereinmarschiert, schritten genau auf den Mann auf dem Thron zu. Alle anderen Anwesenden drehten sich um und schauten die Neuankömmlinge – drei Magier der Domäne – an.

»Pharao Orethura, warum behindert Ihr die Arbeit der Domäne?«, wollte einer der Magier wissen.

»Ich werde Euch nicht erlauben, auch nur einen einzigen meiner

Bürger zu verbrennen«, erwiderte Orethura ruhig. »Ihr habt fünf-
hundert meiner Untertanen auf Grund falscher Aussagen, die sich
vor einem Gericht niemals beweisen lassen würden, gefangen genommen und sie zum Tode verurteilt.«

»Sie haben sich der Ketzerei schuldig gemacht!«

»Falsch. Ihr habt sie der Ketzerei *angeklagt* und dann versucht,
ihnen unter der Folter Geständnisse abzupressen.«

»Sie haben freimütig zugegeben, dass sie ihre Toten nicht verbrennen.«

»Hier im Archipel oder auf Qalathar haben wir unsere Toten
noch nie eingeäschert, und das wisst Ihr auch. Ihr beabsichtigt,
mein Volk zu verbrennen, weil es sich weigert, den übertriebenen
Zehnten zu zahlen, den Ihr ihm auferlegt habt.«

»Es ist ihre Pflicht Ranthas gegenüber. Ihr kennt das Gesetz.«

»Es ist nicht ihre Pflicht, doppelt zu bezahlen. In meinen Landen wird niemand verbrannt oder bestraft, der nichts Falsches getan hat. Ihr werdet sie freilassen!«

Die Szene veränderte sich. Es war die gleiche Halle, doch zu einem anderen Zeitpunkt, mit mehr Menschen darin. Von der Domäne war niemand anwesend.

»Sie haben aufs Geratewohl zweihundert Menschen gefangen ge-
nommen und verbrannt«, verkündete ein Mann in der vordersten
Reihe der Höflinge mit donnernder Stimme. »Sie brechen unsere
Gesetze, sie töten Unschuldige – und wir tun nichts dagegen?«

»Ich weiß, dass sie Unrecht tun, aber wie sollen wir sie aufhalten?«, gab Orethura zu bedenken. »Das würde Krieg bedeuten,
und wir führen keine Kriege.«

»Wir müssen uns schützen.«

Zwei weitere Szenenwechsel. Jedes Mal wurde der Thronraum
gezeigt, während die Domäne ihre Schreckensherrschaft ausdehn-
te. Schließlich gab der Pharao seinen Höflingen nach und befahl,
dass alle Mitglieder der Domäne, die sich in seinem Land aufhiel-

ten, gefangen genommen und verbannt werden sollten. Sie segelten davon und schworen Rache.

Und kehrten zurück, um Entsetzen zu verbreiten.

Während die äußeren Inseln in Brand gesteckt wurden, führte uns Chlamas durch die Straßen und Häuser von Vararu und zeigte uns, wie die Stadt einst gewesen war. Ich musste erkennen, dass alle Menschen eine dunkle Seite haben, dass diese Seite jedoch gezähmt werden kann. Die Bewohner des Archipels hatten sie gezähmt – Thetis allein mochte wissen, wie ihnen das gelungen war. Ihre Gesellschaft hatte ihre Probleme, die auch wir sehen konnten, doch der Archipel in der Zeit vor dem Kreuzzug kam dem Paradies näher als irgendein anderer Ort davor oder danach.

Wir sahen, wie die Bürger von Vararu nie zuvor benutzte Waffen bereit machten, um sich den hervorragend ausgebildeten Armeen aus Sacri und Kreuzrittern in den Weg zu stellen, die sich auf sie zuwälzten; wir sahen, wie sie Barrikaden um den Hafen und die Stadt herum errichteten, wie sie Wälle aus Holz und Sand aufschichteten. Sie hätten fliehen können, und einige von ihnen schickten auch ihre Kinder fort; viele jedoch waren einfach nicht darauf vorbereitet, irgendwo anders hinzugehen und das Leben aufzugeben, das sie bisher gekannt hatten.

Als die Segel der Schiffe der Domäne am Horizont auftauchten, sich gegen einen Himmel abzeichneten, der noch immer schwarz war vom Rauch der hinter ihnen brennenden Inseln, befahl Pharao Orethura allen Magiern, die gekommen waren, um ihm zu helfen, zu fliehen und so viele Bewohner des Archipels wie möglich zu retten. Denn wenn zur Verteidigung Magie eingesetzt werden würde, käme es zwangsläufig zu einer Anklage, und der Rest der Welt würde es für gerechtfertigt halten, dass sie alle vernichtet worden waren. Er bat die Magier nur um einen einzigen Gefallen, den sie ihm gewährten. Und dann segelten sie in drei kleinen Booten davon und nahmen eine kläglich geringe Anzahl der Kinder von Vararu mit.

Nachdem sie fort waren, fing der wahre Albtraum erst richtig an. Der Kreuzzug hatte vier Jahre vor meiner Geburt stattgefunden, doch mit Hilfe von Chlamas' Magie war ich dort und wurde Zeuge jeder einzelnen unvorstellbaren Gräueltat. Die Fanatiker der Domäne und ihre Verbündeten schwärmten an Land; die Barrikaden und ihre verzweifelten Verteidiger konnten sie nur wenige Minuten aufhalten. All diese Verteidiger – einfache Bürger des Archipels, die Waffen schwangen, mit denen sie nicht vertraut waren – wurden niedergemetzelt, wo sie standen, – auch die wenigen, die sich ergeben wollten. Dann begannen die Magier der Domäne, die Stadt in Brand zu setzen, ihre Blitze verwandelten Menschen und Bäume in lebende Fackeln. Kaltäugige Sacri und blutrünstige Kreuzritter hieben sich methodisch ihren Weg in die Stadt frei; sie zerstörten dabei jedes Haus, töteten jeden Mann und jede Frau, auf die sie stießen: Väter, Mütter, Töchter, Söhne, Kleinkinder, Großmütter, Großväter. Wir sahen und hörten alles so deutlich, als hätten wir danebengestanden – die um Erbarmen flehenden Schreie, die blitzenden Klingen, die Toten und die Sterbenden. Und über allem hing der Gestank, der den Duft der Gärten des Paradieses ersetzt hatte – der Gestank nach Blut und Tod und Rauch.

Sie erreichten blutbesudelt den Palast, ließen uns als geisterhafte Präsenzen im Hintergrund, wie betäubt und gelähmt zurück. Doch noch immer gebot Chlamas der entsetzlichen Vision keinen Einhalt. Innerhalb weniger Minuten verwandelten sich der Palast und die Halle in ein Inferno; die Verteidiger gingen in Flammen auf und starben, ohne die geringste Chance, ihren Feinden auch nur nahe zu kommen. So tötete die Domäne.

Und wir sahen Orethura, den letzten eines zweitausend Jahre alten Geschlechts von Pharaonen, inmitten der Ruinen von Vararu auf einem Scheiterhaufen brennen. Zumindest musste er nicht mit ansehen, wie die große Stadt Poseidonis auf Qalathar, die Stadt, in der er geboren worden war, zerstört wurde.

Chlamas zeigte uns auch das Ende – wie die Sacri die Verwundeten inmitten der qualmenden Ruinen abschlachteten, den Boden mit Salz unfruchtbar machten, alle noch stehenden Gebäude dem Erdboden gleichmachten, und schließlich als letzten rachsüchtigen Frevel den Dschungel abbrannten, der den Rest der Insel Vararu bedeckte, so dass die Hauptstadt des Archipels am Ende nichts weiter war als ein Haufen schwarzer, toter Schlacke, die in einem Meer von Leichen schwamm. Und dann, nachdem auch die letzten Sacri sich wieder eingeschifft hatten und auf dem Weg zur letzten Runde der Inselsäuberungen nach Osten waren, sahen wir, wie die Magier Orethuras letzte Bitte erfüllten, als die Insel auseinander brach und im Meer versank und das ganze Miasma und den Mantel des Todes mit sich in die Tiefe riss. Ein großer Strudel öffnete sich und sog die Trümmer hinab in die leeren Tiefen, die unendlichen Abgründe des Ozeans darunter, bis von Vararu keine Spur mehr zu sehen war.

Erst jetzt holte uns Chlamas zurück in unsere Zeit und in die Zitadelle, weg von der Zerstörung und den Leichenbergen. Es war eine brutale Methode, uns zu bekehren, aber sie funktionierte.

Endlich war ich in der Lage, die Augen zu schließen, aber die entsetzlichen Bilder, die ich gesehen hatte, waren immer noch da, hatten sich tief in mein Gedächtnis eingebrannt. Chlamas hatte sichergestellt, dass ich mich für den Rest meines Lebens an diese Bilder erinnern würde – so intensiv, als wäre ich damals selbst dabei gewesen.

Er wandte sich kurz an die Novizen aus dem Archipel, die nach einer Stunde schweigend zurückgekehrt waren, und gebot ihnen, uns aus der Halle zu geleiten. Dann verließ er den Raum.

Ich begriff jetzt, warum die Anzahl der Insulaner genau der der »Kontinentalen« entsprach. Wie alle anderen, die diese Bilder gesehen hatten, fühlte ich mich krank und elend. Einige von uns erbrachen sich würgend.

Persea nahm meinen Arm und geleitete mich aus der Halle. Ich leistete keinen Widerstand. Sie führte mich durch einige Korridore in einen Hof und in die Sonne. Wir setzten uns auf den Rand eines Springbrunnens.

»Ist es damals wirklich so schrecklich gewesen?«, fragte ich und hörte, dass meine Stimme zitterte.

»Was du gerade gesehen hast, wurde dem Gedächtnis einiger Kreuzritter entnommen, die nach dem Ende des Kreuzzugs gefangengenommen wurden«, sagte sie. »Und es stammt aus den Erinnerungen der Magier, die alles aus der Ferne mit angesehen haben. Genau so ist es gewesen, bis hin zu den kleinsten Einzelheiten, ja, sogar die Windrichtung stimmt. Und es hat sich überall im ganzen Archipel wiederholt, in jeder Stadt und auf jeder Insel, an der sie vorbeigekommen sind. Aber du hast es ja gesehen. Ich sollte es jetzt nicht noch schlimmer machen.«

Ein Teil meines Verstandes weigerte sich immer noch, zu glauben, dass irgendjemand, selbst eine Horde von Barbaren – ganz zu schweigen von zivilisierten Menschen – etwas wie das, was ich gerade gesehen hatte, tun könnte. Aber ich wusste, dass es wahr war, und ich wusste, dass es böse war – mehr als böse … es gab einfach kein Wort dafür.

»Kannst du jetzt verstehen, warum wir sie so hassen?«

Ich nickte stumm. Ich konnte nichts sagen.

An diesem Tag geschah sonst nichts mehr. Sie ließen uns über das nachdenken, was sie uns gezeigt hatten – an diesem ersten Tag von Tausenden, an denen wir uns an diese Bilder erinnern würden. Ich konnte erst abends wieder etwas essen, als ein Gedankenmagier durch alle unsere Quartiere kam und die Wirkung linderte so gut er konnte; er beseitigte eine Menge der traumatischen Empfindungen, doch die Bilder blieben weiter klar und deutlich.

Als wir an diesem Abend schweigend beim Abendessen saßen, war kein einziger Skeptiker mehr übrig – auch die anderen, die von den Kontinenten stammten, hatten nach uns die gleiche Erfahrung gemacht –, und wir alle behandelten die Bewohner des Archipels mit neuem Respekt.

Nach dem Abendessen gingen Palatine und ich nach draußen in einen der Höfe und setzten uns neben einen Springbrunnen.

»Hast du das gewusst, über den Kreuzzug? Ich meine, vor heute Morgen?«, fragte sie.

»Wahrscheinlich nicht so gut wie du. Ich habe ein paar Tatsachen gekannt. Und ich habe gewusst, dass sie große Verwüstungen angerichtet haben. Mein Vater hat mir immer erzählt, dass es schlimm war, aber er hat niemals deutlich gemacht, in welcher Größenordnung sich das alles abgespielt hat.«

»Dein Vater ist doch ein paar Jahre vor dem Kreuzzug hier gewesen, oder?«

»Ja. Aber er hat nie mit mir darüber gesprochen. Ich habe nicht einmal gewusst, dass er ein Häretiker ist. Erst als Etlae mir die Botschaft für ihn mitgegeben hat … Auch, dass es so etwas wie Häresie überhaupt gibt, habe ich erst kurz vor meinem Aufbruch nach Taneth erfahren.«

»Dann weißt du also auch nicht mehr als ich?«

»Ich bin noch nie einem dieser brutalen Priester, von denen sie sprechen, persönlich begegnet, ganz zu schweigen von einem Inquisitor. Bis heute habe ich immer noch an die Domäne geglaubt. Jetzt weiß ich nicht mehr, woran ich glauben soll.«

Das war die Wahrheit; nun, da der Schock allmählich nachließ, war das, was ich am deutlichsten spürte, ein Gefühl der Verwirrung – und der Leere. Mein Glaube an die Domäne war verschwunden, war einfach weg.

»Ich habe schon vorher nicht an die Domäne geglaubt«, gestand Palatine. »Da, wo ich herkomme, bringen wir ihnen keinerlei Achtung entgegen, was viel besser ist.«

»Es gibt nicht viele solcher Orte auf Aquasilva. Ich kenne keine Gegend, in der die Domäne keine Tempel oder keinen Einfluss hat.

Zumindest keine bewohnte Gegend. Die Eiskappe im Norden vielleicht, aber das ist eine völlig kahle Einöde, wo nichts leben kann. Und selbst dort hat die Domäne Außenposten. Mein Vater hat ihnen einmal Vorräte geliefert, als der König ihn darum gebeten hat.«

»Was ist mit dieser anderen Inselgruppe – mit der, die anscheinend niemand erwähnen mag?« Sie lehnte sich rücklings über den Brunnen und stützte sich dabei seitlich mit den Armen ab, um das Gleichgewicht nicht zu verlieren.

»Du meinst Ralentis?« Ich ertappte mich dabei, wie ich instinktiv das Zeichen der Flamme machte, um das Böse abzuwehren, und zwang mich, die Bewegung nicht zu Ende zu führen. »Niemand weiß etwas über Ralentis. Die Ralentianer lassen keine Fremden in ihr Reich, und sie treiben nur Handel, um die Dinge zu bekommen, die sie unbedingt zum Leben brauchen. Nach allem, was ich gehört habe, ist die ganze Insel ständig in Wolken gehüllt.«

»Ich habe nicht das Gefühl, als ob ich dort zu Hause wäre«, meinte Palatine stirnrunzelnd. »Aber ich glaube, dass diese Häresie es wert ist, weiterverfolgt zu werden. Mehr als alles andere will ich wissen, wer ich eigentlich bin, aber ich kann nicht die ganze Zeit damit verbringen, nach meiner Herkunft zu forschen. Heute … habe ich mich an etwas erinnert.«

Ihre Stimme war sehr leise.

»Du hast dich richtig an etwas erinnert?«

»Es war ganz ähnlich wie das, was der Magier uns gezeigt hat; nur hatte ich das Gefühl, ich würde es noch einmal sehen. Es war fast das Gleiche – diese Männer in Rot, die eine Stadt auf einer Insel zerstören, auf beinahe genau dieselbe Weise. Ich glaube, ich habe auf die gleiche Art davon erfahren, denn es wirkte irgendwie unwirklich. Und ich war furchtbar traurig.«

»Dann hast du also gesehen, wie eine Armee der Domäne eine Stadt zerstört hat, die Vararu ziemlich ähnlich war.«

»Ich nehme es an. Ich weiß nicht, wo es war. Aber irgendjemand hat mir schon einmal so etwas gezeigt; ich hatte das Gefühl eines schrecklichen Verlusts. Ich bin mir sicher, dass das nicht einfach auf irgendeine verdrehte Weise die Bilder waren, die Chlamas uns gezeigt hat. Aber was auch immer sie getan haben, es war falsch. Es hätte niemals geschehen dürfen. Die Domäne … Ich habe in Taneth und jetzt hier von ihr gehört, und ich mag sie nicht. Diese Ketzerbewegung will sie wegfegen, und ich möchte dabei mitmachen. Ich habe etwas gefunden, woran ich glauben kann.«

Palatine war sich so sicher. Sie vertraute fest darauf, dass sie die richtige Wahl traf, indem sie sich der Sache der Häretiker hingab, die uns mit diesen Bildern tief getroffen hatten, um uns den Wunsch nach Rache einzuimpfen – selbst in meinem verwirrten Zustand war mir das klar; wieder einmal beneidete ich sie.

Erst sehr viel später wurde mir klar, dass sie schon damals andere Gründe gehabt haben musste, doch von diesem Augenblick an glaubte sie absolut an die Sache der Häretiker. Was sie uns später erzählten, diente nur dazu, diese Überzeugung noch zu vertiefen und ein bisschen mehr von ihrer Erinnerung zurückzubringen.

Ich brauchte ein wenig länger, bis ich so dachte wie sie. Doch in jenem Augenblick hatte ich alles Vertrauen in und jeglichen Glauben an die Domäne verloren – und zwar sowohl als zivilisierte Organisation als auch als Repräsentanten Gottes auf Aquasilva, egal, an welchen Gott ich dabei dachte. Doch ich würde meine Entscheidung aus anderen Gründen treffen und ich würde sogar noch stärker dahinterstehen. Mir mochten zwar Palatines Gewissheit und Überzeugung fehlen, ebenso wie ihr Wunsch, sich zu beweisen, doch sie hatte eben immer andere Beweggründe als die anderen.

Kapitel XI

In dieser Nacht hatte ich Albträume, und ich schlief sehr unruhig. Ich hatte schreckliche Visionen von der Zerstörung Lepidors und Pharassas ... sogar von Taneth, einer Stadt, die ich kaum kannte. Die Bäume in den Parks und auf den Straßen brannten, und schließlich wurden auch die Häuser von den Flammen verschlungen, verwandelten sich die Terrassen und Gärten in lodernde Flammenhöllen; am Ende sank alles in sich zusammen und wurde zu Asche. Und dazwischen immer wieder wahnsinniges Gelächter und monströse Priester in Kapuzenumhängen. Jedes Mal, wenn ich schweißüberströmt aufwachte, verfluchte ich die Häretiker und die Domäne gleichermaßen. Doch selbst wenn ich wach war, schien es mir, als könnte ich immer noch das Gemetzel sehen.

Als unzählige Stunden vergangen waren und noch immer kein Anzeichen von Helligkeit am Himmel zu erkennen war, stand ich auf, zog mich an und kletterte aus dem Fenster. (Mein Zimmer lag im Erdgeschoss; es gab in der Zitadelle nur zwei Gebäudeteile, die mehr als ein Stockwerk hatten.) Ein silberner Halbmond spendete genug Licht, so dass ich mir auf der dem Hafen abgewandten Seite der Halbinsel einen Weg über den felsigen Abhang hinunter zum Meer suchen konnte. Vor mir erstreckte sich der leere, glitzernde Strand etwa eine halbe Meile weit bis zum nächsten Vorgebirge, während zu meiner Rechten, landeinwärts, der Berg ein schwarzer Schatten war, der die Sterne verdeckte.

Die einzigen Geräusche waren das Rauschen der Brandung und die gelegentlichen Schreie der Nachttiere im Dschungel, zusammen mit dem leisen Knirschen meiner Schritte im Sand. Alles war vollkommen friedlich, und die Dämonen, die mich gequält hatten, begannen sich zurückzuziehen.

Ich ging den ganzen Strand entlang bis zum Vorgebirge am anderen Ende. Dort setzte ich mich in den Sand und starrte hinaus aufs Meer. Die Domäne lehrte, dass die Nacht und die Dunkelheit böse waren, und dass diese Dinge nur mit Feuer in Schach gehalten werden konnten. Und da ich in einer Region gelebt hatte, in der es an Selbstmord grenzte, nachts auch nur ein kurzes Stück weit zu gehen, hatte ich ihnen immer geglaubt.

Hier war es jedoch anders. Hier besaß die Nacht eine eigene Schönheit; es war eine andere Schönheit als die des Tages, viel friedvoller. Nach einiger Zeit merkte ich, dass ich schläfrig wurde, und ich ging von der Wasserlinie weg, um mich zwischen ein paar Felsen zu legen.

Ich schlief etwa zwei Stunden am Strand – ohne irgendwelche Albträume – und wachte auf, als die Sonne ihre ersten Lichtspeere über die Felsen und direkt in meine Augen schickte. Ich klopfte mir den Sand von den Kleidern, ging zurück zur Zitadelle und war der Erste beim Frühstück.

Ein paar Minuten später gesellten sich Palatine und Persea zu mir. Palatine hatte einen gesegneten Appetit – wie immer, wenngleich sie nie zunahm –, aber sie sah müde und abgespannt aus.

»Hast du gut geschlafen?«, fragte Persea. Die Frage klang ernst gemeint, es schwang nicht einmal ein Hauch von Ironie darin mit.

Ich sah bei weitem nicht so müde aus wie die meisten anderen, obwohl ich auch nicht so viel Schlaf bekommen hatte, wie ich gerne gehabt hätte und ruhig noch etwas mehr hätte vertragen können.

»Ich habe tatsächlich ein bisschen geschlafen«, antwortete ich.

»Wie um alles in der Welt hast du das geschafft?«, fragte Palatine mit heiserer Stimme und machte mit der Hand eine Geste, die die übrigen nicht aus dem Archipel stammenden Novizen einschloss, die größtenteils völlig erschöpft wirkten.

»Das würde bei dir nicht funktionieren«, sagte ich, da ich es vorzog, den Strand nachts für mich zu haben und nicht wollte, dass alle da draußen herumrannten und nach einer Zuflucht vor ihren Träumen suchten. Außerdem hatte ich so meine Zweifel, ob das, was mich beruhigt hatte, auch die anderen beruhigen würde. Ich fand es viel einfacher, auf eigene Faust ein Refugium vor unangenehmen Dingen zu finden – irgendwo, wo ich für ein Weilchen vergessen konnte, dass überhaupt andere Menschen existierten.

»Eure Albträume werden euch nicht lange quälen«, sagte Persea hilfsbereit. »Höchstens drei Nächte. Es hat irgendetwas mit dieser Insel zu tun, und mit der Tatsache, dass ihr nicht wirklich dort wart. Auch wenn es euch wirklich erschienen ist – euer Verstand weiß irgendwie, dass ihr die ganze Zeit hier wart.«

Beim Gedanken an zwei weitere Nächte wie die, die sie gerade hinter sich hatte, erschauerte Palatine dramatisch.

Auch an den nächsten beiden Tagen fanden keine Unterrichts- oder Übungsstunden oder sonst etwas statt, das zur formalen Ausbildung gehörte. Man ließ uns Zeit, um uns von den Albträumen zu erholen und den Neuankömmlingen die Möglichkeit zu geben, sich einzugewöhnen und die Insel ein wenig zu erkunden. In der nächsten Nacht fand ich erneut Einsamkeit und Ruhe am Strand, doch in der dritten war ich wieder in der Lage, drinnen zu schlafen; zu diesem Zeitpunkt hatten sich die meisten von uns von den direkten Nachwirkungen der Bilder erholt, die Chlamas uns gezeigt hatte. Sie waren jedoch noch immer in unseren Köpfen und stiegen jedes Mal an die Oberfläche, wenn die Domäne erwähnt wurde.

Am dritten Tag begann die Ausbildung, sowohl was unsere geistigen als auch unsere körperlichen Fähigkeiten anging. Morgens wurden Waffenübungen abgehalten, normalerweise mit den beiden Waffen, die wir am besten beherrschten – in unserem Fall Schwert und Armbrust. Die Bewohner des Archipels, ein Volk, das Kriegen einst ausgewichen war, übten Seite an Seite mit uns; viele von ihnen benutzten große Streitkolben mit polierten, dornengespickten

Köpfen aus Obsidian, die mit Leichtigkeit den Schädel eines Mannes zerschmettern konnten.

Wir übten in Gruppen auf einem Rasenstreifen von vielleicht dreihundert Fuß Breite auf der Landseite der Zitadelle. Es gab nicht viel Gras auf der Insel; in diesen tropischen Wäldern schien es normalerweise nicht zu wachsen.

»So«, sagte der Schwertmeister, »und jetzt wollen wir mal sehen, wie gut ihr Neuankömmlinge kämpfen könnt.« Er war ein grimmiger Mann von etwa fünfzig, der ursprünglich aus Cambress stammte, doch er hatte dort nur bis zu seinem ersten Besuch in der Zitadelle gelebt. Was er in der Zeitspanne zwischen seinem ersten Jahr hier und seiner Rückkehr als Schwertmeister gemacht hatte, wurde niemals erwähnt. Ich vermutete, dass er eine Art Freiheitskämpfer oder Assassine gewesen war.

»Wie heißt du?«, bellte er mich an.

»Cathan.«

»Nun, Cathan, dann lass mal sehen, ob du kämpfen kannst. Uzakiah!«

Ein hoch gewachsener, schlanker Junge trat aus der Menge.

Der Schwertmeister gab uns Übungsschwerter, die etwas schwerer als echte Schwerter und weder an den Schneiden noch an der Spitze geschliffen waren. Sobald ich mein Schwert aufhob, wusste ich, dass ich nach ein paar Minuten keine Chance mehr haben würde, und ich verfluchte einmal mehr, dass ich so dünn war und nur über geringe Körperkräfte verfügte.

»Kämpft! Drei Treffer!«

Uzakiah – ein äquatorianischer Name – ging in Kampfstellung; er hielt sein Schwert so, als wäre er damit geboren worden. Er war fast einen Kopf größer als ich, was ihm eine größere Reichweite verschaffte, und er wirkte geübter als Darius.

Wir umkreisten einander wachsam mehrere Minuten lang, dann griff er an. Ich sah, wie sich seine Muskeln anspannten, doch ich entging seiner Finte und dem nachfolgenden Hieb dennoch nur ganz knapp und hatte keine Zeit für einen Gegenangriff, ehe er schnell wieder aus meiner Reichweite zurückwich.

Einen Augenblick später versuchte er es erneut, und dieses Mal gelang es mir, den Hieb zu parieren und zu riposfieren, doch er blockte mich ab. Und dann griff er wieder an, mit der gleichen verwirrenden Schnelligkeit und Eleganz. Dieses Mal erfolgte meine Parade nicht schnell genug, und ich bekam einen Treffer ab.

Ich musste auch den nächsten Treffer hinnehmen – mein Arm begann bereits zu schmerzen –, doch dann wurde er zu selbstbewusst. Bei der dritten Attacke setzte er seinen Ausfall zu hoch an, und ich traf ihn am Arm.

Ich verlor eins zu drei, doch der Schwertmeister sagte nicht, dass ich nicht zu gebrauchen wäre.

»Nächstes Mal besorge ich dir ein leichteres Schwert«, sagte er leise. »Aber du musst trotzdem etwas tun, um mehr Kraft zu bekommen.«

Palatine, die mit dem Schwert viel besser umgehen konnte als mit dem Bogen, besiegte ihre Kontrahentin – ein Mädchen aus dem Archipel – mit einem Minimum an Aufwand. Zumindest sah es so aus.

»Wer hat dir das beigebracht?«, wollte der Schwertmeister wissen, nachdem der Kampf vorbei war.

Es gab eine schreckliche, peinliche Pause, doch dann erwiderte Palatine: »Mein Vater.«

»Dann war er ziemlich gut.« Ich fragte mich, ob Palatine ihre Antwort wohl erfunden hatte, oder ob ein weiteres Bruchstück ihrer Erinnerungen zurückgekehrt war.

Ravenna war der einzige andere Neuankömmling in unserer Gruppe, und der Schwertmeister wusste ganz offensichtlich, wie gut sie kämpfen konnte. Als wir an Bord der *Schattenstern* miteinander gefochten hatten, waren wir ziemlich gleichwertig gewesen. Abgesehen von den Beleidigungen, hieß das natürlich. Sie

wusste genau, wie sie mich schikanieren konnte, und das war ärgerlich, weil ich es ihr nie mit gleicher Münze zurückzahlen konnte.

Wir verbrachten ermüdende anderthalb Stunden damit, Hiebe
gegen dicke Holzpfähle zu führen und rannten dann hinunter zum
Strand, um zu schwimmen und uns vor dem Mittagessen abzuküh-
len. Der Schwertmeister hatte einen seiner Assistenten mit mir zur
Waffenkammer geschickt, damit ich mir ein leichteres Schwert suchen konnte, und danach hatte ich weit weniger Probleme.

Und dann, nach dem Mittagessen, war es an der Zeit, eine weitere unserer felsenfesten Überzeugungen zu erschüttern. Ukmadorian nahm die gleiche Gruppe, die drei Tage zuvor mit den Bildern aus der Vergangenheit konfrontiert worden war, mit in einen
Raum abseits der Hauptbibliothek. Wir setzten uns auf verschiedene Bänke, Tische und Stühle. Die Wände des Raums waren mit
Abschriften von Pergamenten bedeckt, deren Sprache ich nicht ent-
ziffern konnte. Persea und Ravenna waren beide da; alle Mädchen
saßen an einem Tisch. Ravenna sah aus, als wüsste sie schon, was
Ukmadorian uns erzählen würde, und wäre nur vorbeigekommen,
um uns Gesellschaft zu leisten. Auch Mikas und einer seiner Anhänger waren da.

»Was man euch vor drei Tagen gezeigt hat«, begann Ukmadorian, »ist nur die jüngste Gräueltat der Domäne, und diejenige, die
auf euch alle den größten Einfluss gehabt hat. Doch es hat noch
viele andere solcher Taten gegeben. Einige davon wurden im Namen der Domäne vom thetianischen Kaiserreich begangen, und die
Schlimmste von allen vor zweihundertvier Jahren.«

Ich fragte mich, ob es denn noch etwas Schlimmeres geben konnte als den Kreuzzug gegen den Archipel. Wie viele Menschen mussten sie getötet haben, um die zweihunderttausend Toten des Kreuzzugs noch zu übertreffen? Und vor zweihundertvier Jahren – das
war die Zeit, in der Aetius IV. getötet worden war.

Ukmadorian führte uns an diesem und den folgenden Tagen Schritt für Schritt zweihundert Jahre in die Vergangenheit, wobei er uns jedes Mal ein wenig über einen der Pogrome der Domäne erzählte und so unseren Hass auf sie schürte. Nach jenen Bildern waren wir bereit, der Domäne so ziemlich alles zuzutrauen. Doch fünf Tage nachdem wir mit diesen Unterrichtsstunden angefangen hatten, kamen wir zu etwas so Unglaublichem, das zu allem, was man uns gelehrt hatte, so absolut im Widerspruch stand, dass es weit schwieriger zu akzeptieren war.

»Weiß jemand von euch, was im Jahre 2560 geschehen ist?«

»Das war das Ende der Schreckensherrschaft von Aetius IV.«

»Und wie wurde diese Herrschaft beendet?«

»Er hat eine Stadt zu viel angegriffen und ist im Kampf gefallen.«

»Und was hat Aetius während seiner Schreckensherrschaft getan?«

»Er hat einen großen Teil der Weltbevölkerung abschlachten lassen, die meisten Kontinente verwüstet und die Stürme entfesselt. Eigentlich nichts Besonderes«, antwortete eins der Mädchen.

»Sehr richtig. Alle wissen, was er getan hat: Er hat seinen Vater und seinen Onkel ermordet. Dann sind er und sein Zwillingsbruder Carausius darangegangen, die Welt zu erobern. Sie haben große Armeen ausgeschickt und jeden zerschmettert, der sich ihnen in den Weg gestellt hat, und sie haben die Welt in Blut ertränkt. Schön und gut, aber wo sind die Beweise?«

»Die Beweise?«, wiederholte Ghanthi. Er wirkte völlig verwirrt.

»Woher wisst ihr das alles?«

»Aus dem *Buch Ranthas* natürlich«, sagte Mikas. Ein etwas höhnischer Unterton schwang in diesen Worten mit. »Jeder muss das lesen.«

»Und von wem genau wurde das *Buch Ranthas* geschrieben?«

»Von Temezzar, einem Propheten von Ranthas.«

»Der später Primarch wurde. Nun, hat irgendjemand von euch

schon einmal daran gedacht, dass man vielleicht nicht alles glauben sollte, was man liest? Temezzar erwähnt thetianische Armeen, die aus einer halben Million Soldaten bestanden haben sollen, als sie in Äquatoria einmarschiert sind. Nun hatte allerdings der gesamte Archipel, Aetius' ursprüngliches Reich, eine Bevölkerung von gut dreieinhalb Millionen; damals waren es so etwa vier Millionen. Wie können sie dann eine Armee von einer halben Million Mann gehabt haben? So viele hätte man auch mit der gesamten thetianischen Flotte nicht übers Meer bringen können, ganz zu schweigen von Ausrüstung und Nachschub für fünf Jahre.«

»Temezzar hat also offensichtlich übertrieben. Schließlich war er ja auch Äquatorianer«, meinte Persea.

»Und was ist mit den Äquatorianern nicht in Ordnung?«, wollte Darius wissen.

»Oh, sie sind durchaus in Ordnung. Er wird nur einfach die Zahlen verändert haben, damit der Widerstand seines Volkes noch heldenhafter wirkt«, gab Persea ziemlich hitzig zurück.

»Würdet ihr es denn nicht genauso machen?«

»Natürlich würden wir das!« Das Gezänk ging weiter.

Ukmadorian lächelte schwach. »Könnten wir vielleicht zu unserem eigentlichen Thema zurückkehren?« Er wartete, bis sich das Stimmengewirr gelegt hatte. »Temezzar berichtet außerdem, dass die erste Invasion auf dem Kontinent Borealis stattgefunden habe.«

»Wo zur Hölle liegt Borealis?«, rief einer der weniger gebildeten Äquatorianer.

»Damals wurde Ozeanus noch Borealis genannt, du Idiot«, fuhr Ravenna ihn an. »Versuch doch einfach mal zu warten, bis dir etwas erklärt wird, ehe du den Mund aufmachst.«

»Ach, was seid ihr alle toll, was?«, fauchte der Äquatorianer. »Nur weil ihr irgendwo im Archipel in der Schule gehockt habt, statt gegen die Halethiter zu kämpfen.«

»Das reicht jetzt«, schnappte Ukmadorian. »Sei still.«

Der Äquatorianer sank verdrossen auf seinem Stuhl in sich zusammen.

»Also weiter«, fuhr der Propst laut fort. »Temezzar erwähnt auch, dass die Thetianer an der Nordküste des Kontinents gelandet sind. Kommt es euch nicht ein bisschen merkwürdig vor, dass die Thetianer ausgerechnet an der ungastlichen Nordküste landen, wo es fast die ganze Zeit regnet und man kaum etwas zu essen findet, wenn es andererseits reichere Provinzen im Süden gibt, die weit weniger gut verteidigt wurden?«

»Vielleicht ging es ihm um das Überraschungsmoment«, schlug Palatine vor. »Aus dieser Richtung haben sie bestimmt keinen Angriff erwartet.«

»Etwas anderes, was noch erwähnt werden sollte, ist, dass sich Aetius der Hilfe geheimnisvoller, Tuonetar genannter Verbündeter versichert hat, die später bemerkten, wie schlecht er war und sich gegen ihn wandten.« Ukmadorian nahm ein dünnes Buch von dem Bücherstapel auf dem Tisch neben ihm. »Dies ist ein Band der thetianischen Annalen, der kurz nach der Thronbesteigung Valdurs aus den Archiven von Selerian Alastre gestohlen wurde. Er enthält Berichte über die Aktivitäten der thetianischen Armee in den Jahren 2552 bis 2555. Ich sollte vielleicht noch hinzufügen, dass das Material, das sich auf die Jahre 2554 bis 2562 bezieht, auf persönliche Anordnung des Kaisers als geheim klassifiziert ist.«

Er öffnete das Buch an einer Stelle, die er sich wahrscheinlich markiert hatte. »Was das Jahr 2554 angeht – das Jahr, in dem die Invasion begann –, so schließt das Jahrbuch mit den Worten: ›In diesem Jahr standen fünf Legionen in Dienst – zwei auf den Nördlichen Inseln, eine in Liona, eine in Kodalr und eine in Tumarian. Beim Festival von Althana betrug die Zahl der in Feldzügen auf fremdem Boden eingesetzten Männer und Schiffe fünfundzwanzigtausend Mann, siebzehn Mantas der Reichsflotte und ein Schlachtkreuzer. In diesen Zahlen ist auch die Dritte Elefanten-Ka-

217

vallerie enthalten.‹ Ich möchte euch daran erinnern, dass das Festival von Althana im Herbst stattgefunden hat, und keines der Länder, die erwähnt werden, liegt auch nur in der Nähe von Ozeanus. Und dies sind offizielle Urkunden.«

Ich war vollkommen verwirrt, und als ich mich im Raum umschaute, konnte ich feststellen, dass es den anderen genauso erging. Niemand wusste etwas zu sagen. Wenn dies offizielle Urkunden waren, dann musste darin eigentlich die Wahrheit stehen. Doch was war dann mit der Armee im Norden?

»Also … wie lautet denn nun die wirkliche Erklärung?«, fragte ich.

»Das werde ich euch gleich sagen. Doch zuerst solltet ihr darüber nachdenken, warum das Kaiserreich alle Berichte über jene Jahre als geheim einstuft. Vielleicht, um den eigenen Ruf zu schützen, klar. Aber könnte es nicht auch deswegen sein, weil das Material in den Archiven die tatsächlichen Geschehnisse wiedergibt? Es ist allgemein bekannt, dass der gegenwärtige Kaiser – wie auch schon sein Vater – völlig unter der Knute des Exarchen von Thetia steht.«

»Vielleicht hat sich ja irgendjemand mit den Jahreszahlen vertan.«

»Die Jahreszahlen sind korrekt. Die wirkliche Erklärung ist ganz anders. Ihr müsst verstehen, dass die Domäne die Schuld an all den Toten während des ›Tuonetar-Krieges‹, wie sie ihn nennen, allein den Thetianern in die Schuhe schiebt. Die Wahrheit ist, dass die Tuonetar nie und nimmer Verbündete der Thetianer waren. Sie waren niemandes Verbündete. Sie haben Borealis beherrscht, sie haben den größten Teil von Äquatoria beherrscht, und sie besaßen die absolute Kontrolle über ein Reich auf der nördlichen Eiskappe, die wir als Thure kennen. Ihnen hat auch der größte Teil des nördlichen Archipels gehört. Und sie wollten ganz einfach den Rest der Welt.

Die Thetianer hatten Jahrhunderte lang gegen die Tuonetar gekämpft, und zu Aetius' Zeit waren sie im Begriff, endgültig zu verlieren. Sie wurden Insel um Insel aus dem nördlichen Archipel vertrieben, und sie hatten kaum noch irgendwo Verbündete. Im Jahre 2554 begannen die Tuonetar eine große Offensive gegen den gesamten Archipel, und bei einer der ersten Niederlagen ist Aetius' Vater, der alte Kaiser Valentine III., ums Leben gekommen. Genau wie sein Bruder, der Hohepriester Titus V. In der thetianischen Herrscherfamilie hatte es immer Zwillinge gegeben, und der eine Zwilling würde den Thron besteigen, während der andere Hohepriester wurde. Der Hohepriester stand an der Spitze des Sanktionsordens, in dem alle thetianischen Magier versammelt waren. Nach dem Tod des alten Kaisers haben Aetius und Carausius die Macht übernommen und sechs Jahre lang gegen die Tuonetar gekämpft.

Aetius war ein begabter Heerführer, und Carausius war ein sehr mächtiger Magier, doch es gab einfach zu viele tuonetarische Truppen, um sie besiegen zu können. Die Tuonetar drängten sowohl im Archipel als auch auf den Kontinenten weiter und weiter nach Süden, und haben dabei unzählige Menschen getötet. Hunderttausende wurden abgeschlachtet, und nur die wenigen, die gute Sklaven abzugeben versprachen, wurden am Leben gelassen. Schließlich sind die Angreifer auf Thetia selbst gelandet, haben die Städte zerstört und Selerian Alastre besetzt.«

»Wenn die Tuonetar im Begriff waren, den Krieg zu gewinnen, wie kommt es dann, dass wir noch alle hier sind?«, wollte jemand wissen.

»Aetius wurde klar, dass er kurz davor stand, sein Reich zu verlieren. Anstatt seine Truppen daher in Schlachten, die nur in einer Niederlage enden konnten, gegen die Tuonetar kämpfen zu lassen, hat er so viele Kohorten wie möglich zusammengezogen und ist nach Norden gesegelt – nach Thure. Irgendwie ist es ihm und seinen Soldaten gelungen, die Eiskappe unentdeckt zu überqueren, und dann hat er die tuonetarische Hauptstadt Aran Cthun angegriffen.«

Ukmadorian war zweifellos ein sehr guter Geschichtenerzähler, und seine Stimme wob ihren eigenen Zauber. Als er aus dramaturgischen Gründen eine kurze Pause einlegte, saß ich wie auf glühenden Kohlen, weil ich unbedingt wissen wollte, wie es weiterging.

»Der Angriff hat die Tuonetar völlig überrascht. Aetius und seine Männer haben die Stadt eingenommen, und trotz der Verteidigungsbemühungen der Tuonetar ist es ihnen gelungen, die Zitadelle zu erstürmen und die Anführer zu töten. Aetius wurde im Kampf um die Zitadelle getötet – zu einem Zeitpunkt, als er praktisch schon gesiegt hatte –, und Carausius wurde schwer verwundet. Und dann … ist das Reich der Tuonetar im wahrsten Sinne des Wortes auseinander gebrochen. Es gab ein gewaltiges Erdbeben, das Thure verwüstete, während die überall auf der Welt verteilten tuonetarischen Armeen einfach so … dahinschmolzen … Vielleicht sind sie alle desertiert, vielleicht haben sie sich irgendwohin zurückgezogen. Aber die Thetianer hatten schließlich doch noch gewonnen.

Aetius' Heerführer Tanais ist es gelungen, die überlebenden Soldaten um sich zu scharen und sicher zur Küste zurückzubringen; ebenso den verletzten Carausius. Sie sind nach Thetia zurückgekehrt, aber Aetius hatte keine Zwillingssöhne, die sein Erbe hätten antreten können, und Carausius war nicht in der Lage zu herrschen. Daher haben sie einen Kompromiss geschlossen und Aetius' Sohn Tiberius zum Kaiser und Carausius' Sohn Valdur zum Hohepriester gemacht. Carausius selbst hat sich auf eine abgelegene Insel zurückgezogen.

Schon ein Jahr später hatte Valdur Tiberius entthront und ermordet, und dann wandte er sich mit Hilfe der Feuermagier, die im Krieg auf der aquasilvanischen Seite gekämpft hatten, gegen die Wassermagier, deren Anführer Carausius gewesen war. Jeder Wassermagier, den sie aufspüren konnten, wurde gejagt und getötet, das Vermögen des Ordens beschlagnahmt und seine Truppen ans Ende der Welt verbannt. Dann haben die Feuermagier die Domäne gegründet und Valdur proklamieren lassen, dass ihre Religion die einzig Richtige sei.«

Völlige, atemlose Stille herrschte im Raum. Ich war wie betäubt.

»Woher … woher wisst Ihr das alles?«, fragte Palatine.

»Wir haben drei verschiedene Berichte über den Krieg, und außerdem noch eine Menge thetianischer Aufzeichnungen von den zwei oder drei Wassermagiern, denen die Flucht gelungen ist.« Ukmadorian nahm ein hölzernes Kästchen von dem kleinen Tisch hinter ihm und öffnete es ehrfürchtig. Es war mit einem flauschigen Stoff ausgeschlagen, und darin lag ein Buch.

Ukmadorians Erklärung fügte alle Tatsachen so aneinander, dass sie endlich zusammenpassten. Das Ganze war nur so *unglaublich*, dass es mir trotz aller Beweise fast unmöglich war, es zu akzeptieren. Die Geschichte des tuonetarischen Krieges war etwas, das ich immer hundertprozentig geglaubt hatte – so, wie ich zum Beispiel glaubte, dass am Morgen die Sonne aufgeht. Und jetzt war dieser Glaube nicht nur erschüttert, sondern förmlich in den Boden gestampft worden.

»Dies hier ist Carausius' eigene Darstellung des Krieges. Er war ein weiser, mitfühlender Mann, der – wie ich euch schon erzählt habe – seinen Vater und seinen Bruder an die Tuonetar verloren hat. Wir haben außerdem noch einen Bericht, den nach dem Krieg ein Offizier aus einer der Armeen geschrieben hat, und noch eine weitere Chronik, in einer anderen Sprache, die dieselbe Geschichte aus der Sicht eines unter der Oberherrschaft des Kaisers stehenden Staates erzählt – den wir heute übrigens als Provinz Ilthys kennen. Von jeder dieser Schriften liegen mehrere Abschriften in der Bibliothek bereit, so dass ihr sie lesen könnt. Doch wenn ihr wollt, könnt ihr auch kurz einen Blick auf das Original werfen. Es ist mit einem Erhaltungszauber belegt, so dass ihr es nicht beschädigen könnt.«

Wir hätten noch nicht einmal im Traum daran gedacht, es zu berühren, geschweige denn es zu beschädigen. Immer noch wie betäubt stand ich auf und folgte einigen anderen nach vorn. Mikas war einen Schritt schneller als ich und öffnete das Buch. Ich reckte den Kopf, schaute ihm über die Schulter – die feindselige Stimmung zwischen uns, die von seinem Konflikt mit Palatine herrührte, war im Moment vollkommen vergessen – und starrte die Seiten an, während er langsam umblätterte. Die Schrift war sauber und gleichmäßig und wies nirgends die unterschiedlich geformten Buchstaben und Schwankungen eines Schreibers auf. Die Seiten waren von besserer Qualität, die Tinte satter, die Buchstaben dünner und leichter lesbar. Der Text war viel leichter zu lesen als alle anderen, die ich bisher gesehen hatte.

Mikas öffnete das Buch ziemlich weit vorn und las eine Passage laut vor.

»›In jenem Jahr haben wir Azaca einen Staatsbesuch abgestattet, da wir Tehuta zwei Jahre lang nicht gesehen hatten und seine Frau ihm gerade einen Erben geboren hatte. Die ganze Angelegenheit war sehr pompös und zeremoniell, und Admiral Cidelis hat seine besten Schiffe für uns bereit gestellt. Ich kann mich noch gut daran erinnern, wie er uns voller Stolz in dem neuen Flaggschiff herumgeführt hat, das er entworfen hatte.‹«

Ukmadorian sagte ihm, er solle den Nächsten vorlassen, und ich nahm seinen Platz vor dem Kästchen ein. Beinahe widerwillig berührte ich das Buch – schließlich stammte es aus der Bibliothek eines Kaisers – und blätterte ein ganzes Stück weiter. Genau wie Mikas las ich eine Passage laut vor, und war verblüfft von dem Schriftbild und der Stärke des Papiers.

»›An jenem Tag verlor ich einen weiteren Freund und Aquasilva einen standhaften Verteidiger. Ich führte die Elefanten-Kavallerie an der Mittweltküste entlang, auf der Suche nach dem Außenposten der Tuonetar, von dem Berazoilos-‹«, meine Zunge stolperte über die ungewohnten Namen, »›-berichtet hatte. Cinirra hatte die Nachricht schon vor mir erhalten, doch ich konnte ihr ansehen, was darin stand, ohne auch nur einen Blick hineinzuwerfen. In mir war plötzlich eine Leere, die noch immer nicht ganz verschwunden ist.

Er war einer der *lebendigsten* Menschen, denen ich jemals begegnet bin, unermüdlich und immer schier berstend vor Energie. Jetzt war meine Schwester Witwe, ihr Sohn Halbwaise, und Rhadamanthys war tot.‹«

Auch ein paar von den anderen lasen Passagen vor, arbeiteten sich immer weiter zum Ende des Buches vor – und damit auch zu einem für die Thetianer immer ungünstigeren Kriegsverlauf. Palatine las einen Absatz über Aetius' überstürzte Krönung, und nachdem schließlich alle von uns einen Blick in das Buch geworfen hatten, schlug Ukmadorian selbst die letzte Seite auf, wo sich ein Nachtrag befand, den Carausius geschrieben hatte, als er sich bereits zurückgezogen hatte – es war der Text, den meine Mutter abgeschrieben hatte. Er las vor, was da stand.

›*Und so geschah es, dass ich bei der Gedenkfeier meines Bruders stand und über den leeren Ozean schaute, dorthin, wo die Kontinente lagen, die einst grün gewesen und nun zerschmetterte Ödlande waren. Ich habe mich oft gefragt, ob dies alles auch dann geschehen wäre, wenn mein Vater noch gelebt hätte, doch dann habe ich mich an die ständigen Kriege erinnert, die getobt hatten, bevor all das geschehen ist. Wir haben eine Welt verloren, doch jetzt haben wir die Chance auf einen dauerhaften Frieden und einen Neuanfang. Ich hoffe nur, dass Aetius' Schatten in Frieden ruhen kann, und dass wir der Vision treu bleiben, für die so viele gestorben sind. Ich werde nie wieder kämpfen oder Magie wirken können, und selbst jetzt kann ich ohne Cinnirras Hilfe noch nicht einmal zu Fuß vom Hafen hier heraufgehen. Auch wenn ich vielleicht etwas von meiner Kraft wiedererlangen werde, so werden mein Sohn und mein Neffe Thetia nun führen, und ich hoffe, dass es ihnen gelingt, eine bessere Welt zu schaffen als die, in der ich gelebt habe.*
Heil und Lebewohl,
Carausius Tar'Conantur.‹

»Das wurde ungefähr zwei Monate, bevor sein Sohn ihn betrogen hat, geschrieben«, sagte Ukmadorian mit schwerer Stimme. Ich fragte mich, wozu das Buch wohl einmal bestimmt gewesen war: Es enthüllte eine sehr menschliche Seite von Carausius, einen Mann, der im Krieg für Aquasilva gekämpft, seinen Bruder, die meisten seiner Freunde und Tausende seiner Männer verloren hatte, und der im Alter von dreiunddreißig Jahren als ausgebranntes Wrack geendet hatte, der nur noch mit Hilfe seiner Frau ein paar hundert Meter gehen konnte.

Und alles, wofür er gekämpft hatte, war von seinem eigenen Sohn und der Domäne zunichte gemacht worden, weil sie nach mehr Macht strebten.

Carausius' Zeugnis war weitaus ergreifender als Ukmadorians Bericht vom Krieg, weil es eine persönliche Traurigkeit zeigte, die weit über die kühlen Statistiken und großen Geschichten der Welt hinausging.

»Das Geschlecht der Tar'Conantur, so wie wir es heute kennen, ist nur noch ein Schatten der Männer, die in jenem Krieg gekämpft haben. Wie einige von euch vielleicht schon wissen, war Valdurs Sohn Valentine IV. schwach und verantwortungslos, und seine Nachfahren haben der Familie auch keine Ehre gemacht. Doch einst waren die Tar'Conanturs eine große Familie, gleichgültig, was ihr seht oder lest. Und auch Thetia war ein großes Land, ein leuchtendes Beispiel für den Rest der Welt. Was wir heute als Thetia kennen, ist nichts weiter als ein Schatten, eine Erinnerung.

Und jetzt geht«, befahl Ukmadorian. »Das ist alles für heute.«

Wir strömten aus der Bibliothek und gingen hinaus in den warmen Sonnenschein.

»Man kann es kaum glauben«, meinte Persea. »Carausius, die Tuonetar, der große Krieg. Und dass die Domäne auf diese Weise gegründet worden ist, dass sie auf einem Fundament aus Verrat und Blutvergießen aufgebaut wurde ...«

»Die Domäne wurde von entarteten Renegaten gegründet, und sie wird immer noch von entarteten Renegaten regiert«, stieß Palatine heftig hervor. »Haben sie eigentlich jemals in ihrer Geschichte etwas Gutes getan? Oder ist das genau das, was wir glauben sollen, wenn es nach Ukmadorian geht?«

»Sie sorgen für die Armen und jene, die kein Heim haben«, sagte ich und versuchte mich verzweifelt daran zu erinnern, was ich sonst vielleicht noch wusste.

»Ich bin sicher, dass es auch früher schon Menschen gegeben hat, die so etwas getan haben. Alles, was sie getan haben, war, sich so viel Macht anzueignen, dass sie nur noch herumliegen und sich amüsieren können. Und sie bringen alle anderen dazu, zu glauben, dass sie heilig und wohltätig sind. Aber ihr System ist auf Unterdrückung aufgebaut. Natürlich kann man nicht wirklich sagen, dass die Tar'Conanturs viel besser gewesen wären, ganz einfach, weil wir es nicht wissen«, fügte Palatine hinzu.

»Es hat ein paar aufrichtig heilige Primarchen gegeben.«

»Warum musst du schon wieder den Advocatus Diaboli spielen, Cathan?«, fragte Persea so hitzig, wie die Bewohner des Archipels immer redeten, wenn die Sprache auf die Domäne kam.

»Jede Streitfrage hat zwei Seiten.«

»Ja, aber in dieser ganz besonderen Streitfrage sind sie sehr unausgeglichen.«

»Aber sie sind vorhanden. Die Domäne sollte nicht wegen der Taten ihrer früheren Anführer vom Angesicht der Welt gewischt werden. Ich weiß, dass sie schlecht waren, ich weiß, dass sie den Kreuzzug angezettelt haben, aber das ist kein Grund, dass wir nun unsererseits ein Gemetzel anrichten.«

»Wir wollen sie doch gar nicht vernichten. Wir wollen nur ihre Macht brechen und jedem Element den gleichen Status zubilligen.«

»Ja, aber um das tun zu können, werden wir alle Sacri, alle hochrangigen Magier und alle hochrangigen Priester töten müssen. Gar nicht davon zu reden, dass wir uns auch mit ihren Verbündeten werden herumschlagen müssen: den Halethitern und jeder Kreuzritterarmee, die sie ausheben.«

»Ist er eigentlich immer so pessimistisch?«, erkundigte sich Persea bei Palatine.

»Er ist viel zu düster, als gut für ihn wäre«, erwiderte Palatine mit einem breiten Grinsen. »Aber, Cathan, ich bin mir sicher, dass Persea nicht mit dir streiten will.«

Persea tat so, als werfe sie ihr einen finsteren Blick zu. »Eigentlich meint sie, dass ich meine Talente verschwende, wenn ich mich mit dir streite.«

»Du meinst, so wie Ravenna?«, fragte ich.

»Ah, aber Ravenna tut nichts anderes«, wandte Palatine ein.

»Die einzige Möglichkeit mit ihr umzugehen«, flüsterte Persea mir zu, »ist, sie eifersüchtig zu machen.« Sie schob ihren Arm unter meinen, doch Palatine zuckte nur die Schultern. Ich hatte allerdings auch nicht vor, mich zu beklagen.

»Denk daran, dass er mit mir verwandt ist«, bemerkte Palatine.

»Das ist ganz offensichtlich doch nicht das geeignete Mittel, mit ihr umzugehen.« Dennoch zog Persea ihren Arm nicht weg.

»Es gibt kein geeignetes Mittel«, entgegnete Palatine. »Und das wird die Domäne auch noch herausfinden – und dieses Wissen werden sie teuer bezahlen müssen.«

Kapitel XII

»Hast du eine Ahnung, wo wir sind?«, flüsterte ich.

Ich wusste nur, dass wir irgendwo im Dschungel neben einem Baumstumpf standen. Wo genau wir uns befanden, war eine ganz andere Frage. Das schwache, bläuliche Licht einer dünnen Mondsichel sorgte für die einzige Helligkeit, und wir konnten um uns herum nur graue Schatten erkennen. Meine Arme und Beine waren mit einem Muster aus Schrammen und blauen Flecken überzogen, und ich nahm an, dass es den anderen genauso erging.

»Nein. Dieses Mal haben wir uns tatsächlich verirrt. Ich kann nicht einmal mehr die Lagerfeuer sehen«, antwortete Palatine, die kaum mehr als ein schattenhafter Umriss zu meiner Rechten war.

»Wenn ihr auf meine Fähigkeiten als Kundschafterin vertrauen würdet, wäre das alles nicht passiert.«

»Bisher haben uns deine Fähigkeiten als Kundschafterin in drei von Chlamas' Schattenwolken, eine feindliche Patrouille und gegen mehrere Bäume geführt, Ravenna«, gab ich zurück, froh darüber, ihr endlich auch mal eins auswischen zu können.

»Immerhin haben wir die Patrouille in einen Hinterhalt gelockt. Du hingegen hast uns noch nicht einmal den Pfad entlangführen können.«

»Möglicherweise weil darauf noch mehr Patrouillen unterwegs waren.«

»Wollt ihr beiden wohl endlich damit aufhören! Ihr verratet sonst noch unsere Position!«, zischte Ghanthi.

Wir befanden uns mitten in einer Dschungelübung, in einer Nacht, in der nur eine schmale Mondsichel am Himmel stand, um alles noch schwieriger zu machen. Wir waren in drei Gruppen aufgeteilt worden, die von Palatine, Mikas und einem Jungen aus dem Archipel namens Laeas angeführt wurden, und mit dem Auftrag losgeschickt worden, den Wachturm auf dem Gipfel des Berges zu erreichen und zu halten, bis einer der Schattenmagier dort eintraf. Jeder von uns hatte in der ersten Woche ein Armband bekommen – obwohl Palatine und ich schon eins gehabt hatten –, und diese Armbänder wurden dazu benutzt, Verluste zu simulieren. Man hatte uns gesagt, dass wir für eine gewisse Zeit gelähmt sein würden, wenn die Armbänder von Übungsschwertern berührt wurden. Um die ganze Sache noch komplizierter zu machen, gab es noch eine andere Streitmacht im Dschungel. Ukmadorian, sein Stab, seine Helfer und alle, die keine Novizen mehr waren, lagerten rund um den Zentralhügel. In dieser Übung spielten sie die Rolle einer Besatzungsarmee, deren Linien wir durchbrechen mussten, um unser Ziel zu erreichen.

Unter der Führung von Palatine hatten wir eine von Mikas' Patrouillen besiegt, aber jetzt hatten wir uns hoffnungslos verirrt. Und Ravenna, die uns als Augen und Ohren dienen sollte, war keine Hilfe.

»Jemand soll mal auf einen dieser Bäume klettern und sich umsehen«, sagte Palatine ungeduldig zu Ghanthi, der die Nachricht weitergab. Einen Augenblick später war ein Rascheln zu hören, und das Blätterdach über uns geriet in Bewegung, als ein Mitglied unserer Truppe nach oben kletterte.

»Wir sind ungefähr auf halbem Weg zum Berg, auf der Nordseite«, berichtete er einige Augenblicke später. »Ein Stück oberhalb von uns sind mehrere Lagerfeuer auf einer Linie.«

»In welcher Richtung ist oben?«, fragte Palatine und wedelte mit den Händen.

Der Kundschafter deutete in die entsprechende Richtung, und sie nickte.

»Dann müssen wir die Linie ihrer Vorposten erreicht haben, aber hier sind zu viele Pflanzen, als dass man etwas sehen könnte. Wie weit sind sie entfernt?«

»Das konnte ich nicht genau erkennen, aber es sieht aus wie etwa dreihundert Fuß. Nebenbei bemerkt sind wir in einem Tal, und eines der Feuer ist genau vor uns.«

»Danke«, sagte sie. »Gib weiter: Fertigmachen zum Angriff.«

»Was werden wir tun?«, fragte Ravenna.

Palatine erteilte eine Reihe von Befehlen. »Ich will, dass dreißig

Mann im Tal ausschwärmen; du sagst ihnen, in welche Richtungen sie gehen müssen. Sithas befehligt den rechten Flügel, Uzakiah den linken. Ich werde mit den Übrigen hierbleiben. Cathan, du bist unser bester Kundschafter. Sag mir, wie viele Leute bei dem Feuer sind und was sie tun.«

Ich nickte, reichte Palatine das eine Ende meiner Kundschafterspule und befestigte das andere an meinem Gürtel; dann machte ich mich auf den Weg durch den Wald. Genau wie alle anderen war ich ganz in Schwarz gekleidet; drei weiße Winkel an meiner Schulter zeigten, zu welcher Gruppe ich gehörte.

Durch den Wald zu schleichen, selbst bei solcher Dunkelheit, wurde allmählich zu meiner zweiten Natur: Von einem weniger bewachsenen Flecken zum nächsten zu huschen, um das Unterholz nicht zu sehr zum Rascheln zu bringen, und dabei die Schnur, die mir den Weg zurückweisen würde, hinter mir auszurollen. Ich hielt mich im Schatten und wich den Lichtinseln aus, die dort entstanden, wo das Mondlicht durch eine Lücke im Blätterdach fiel. Es war viel zu heiß, und alles war feucht; ich konnte mich noch nicht einmal an einen Baum lehnen, ohne dass mein Hemd nass wurde. Und doch, dachte ich, war in diesem Dschungel eine Schwingung, die es in den Wäldern zu Hause nicht gab. Vielleicht lag es daran, dass es hier viel mehr Lebewesen gab – und nicht alle waren uns freundlich gesonnen.

Ich war noch nicht sehr weit gegangen, als ich einen gelben Schimmer vor mir wahrnahm; ab jetzt bewegte ich mich nur noch im Schneckentempo vorwärts. Es war nicht sehr wahrscheinlich, dass sich viele Leute bei diesem Feuer aufhielten; der Dschungel war ziemlich groß, die Zahl der Menschen hingegen viel zu klein, um alles abzudecken. Da half es noch nicht einmal, dass Chlamas und seine Gefährten mit ihren magischen Kräften für zusätzliche Verwirrung sorgten.

Langsam tastete ich mich vorwärts, kauerte mich im Unterholz zusammen – und wurde dabei gleich wieder klatschnass –, bis ich eine Stelle erreichte, von der aus ich durch eine kleine Lücke im wuchernden Gebüsch etwas erkennen konnte. Am Feuer saßen zwei Männer und eine Frau, die Blicke auf den Wald gerichtet. Sie würden vom Feuerschein geblendet sein und Bewegungen nicht so leicht erkennen wie einer von uns. Es gab keinerlei Anzeichen dafür, dass außer diesen dreien noch andere hier waren.

Ich ruckte dreimal kurz und kräftig an der Schnur, dann, nach einer kurzen Pause, noch zweimal. Es war ein Code, den wir im Voraus ausgemacht hatten, und das Zeichen zeigte Palatine, dass hier drei Leute waren, und dass sie wachsam und nicht schläfrig waren.

Einen kurzen Augenblick später spürte ich vier Rucke. *Geh weiter.*

Ich schob mich ein Stück zurück, weg von dem Lagerfeuer. Dann kroch ich rechts an ihnen vorbei, führte die Schnur um einen Baum, und bewegte mich weiter ins Tal hinein. Ein paar Meter weiter trat ich auf einen Zweig oder etwas Ähnliches, der mit einem Knacken zerbrach, das mir sehr laut erschien. Einen Augenblick lang dachte ich, man hätte mich gehört, und ich rührte keinen Muskel; doch nichts deutete darauf hin, dass jemand sich näherte, und ich stieß einen Seufzer der Erleichterung aus. Wahrscheinlich hatte ich Glück, dass nach dem Sturm, der tagsüber getobt hatte – allerdings weit weniger heftig als die Stürme, die ich von zu Hause kannte –, alles noch so nass war. Andererseits waren meine Kleider von dem Wasser, das aus dem Blätterdach heruntertröpfelte, praktisch durchweicht, und es war nicht sonderlich gemütlich.

Das Tal wurde enger, und als ich weiterschlich, begann der Boden zu beiden Seiten zunächst leicht, dann steiler anzusteigen. Die Spule war mittlerweile fast leer, und Palatine hatte bevor wir aufgebrochen waren eindeutig klargemacht, dass ich nicht weiter gehen sollte als die Schnur reichte.

Ein Stück vor mir bewegte sich etwas. Instinktiv ließ ich mich fallen und erstarrte. Nach einem kurzen Augenblick hörte ich leises Stimmengemurmel und Geraschel.

Ich ruckte mehrere Male kräftig an der Schnur und machte mich auf den Weg zurück zu Palatine, wobei ich mich so schnell wie möglich bewegte – ohne natürlich eine Entdeckung zu riskieren – und erneut einen Bogen um das Lagerfeuer schlug.

»Was ist?«, wollte sie wissen.

Ich berichtete ihr, was ich gesehen hatte.

»Weißt du, wer es war?«

»Nein. Ich nehme an, es waren Mikas' oder Laeas' Leute.«

»Es könnte auch eine von Ukmadorians Patrouillen gewesen sein«, wandte Ghanthi ein.

Palatine brauchte nur einen Herzschlag lang, um zu einem Entschluss zu kommen.

»Ghanthi, ruf jeden Dritten aus der Patrouille zurück und übernimm Uzakiahs Position. Ich werde das Ende des Tales mit dreißig Mann umgehen, und dann werden wir sehen, wie gut die da vorne sind, wenn wir sie von hinten angreifen. Cathan, Ravenna, ihr kommt mit. Uzakiah übernimmt hier den Befehl.«

Wir warteten, bis Uzakiah auftauchte, dann befahl Palatine ihm: »Rückt vor und macht in Sichtweite der Lagerfeuer Halt. Du zählst bis dreihundert, dann greift ihr an, und wenn ihr mit ihnen fertig seid, rückt ihr weiter vor. Und zähl langsam, wie ich es dir gesagt habe.« Wenn sie Anweisungen gab, wirkte sie immer sehr energisch und nüchtern.

»Wird gemacht.«

Palatine versammelte den Rest von uns um sich, und mit Ravenna und mir als Führern schlugen wir einen Bogen und mühten uns mit – wie es mir schien – schmerzhafter Langsamkeit den Hang hinauf. Ich war überzeugt, dass Uzakiah jeden Augenblick angreifen würde, noch ehe wir in Position waren. Doch alles blieb still.

»Das ist der falsche Weg!«, flüsterte Ravenna mir irgendwann zu.

»Ist es nicht. Ich folge den Höhenlinien.«

»Das ist ja schön und gut, aber der Boden folgt den Konturen des Tals nicht genau. Wir sind hier in einer Senke. Vertrau mir.«

»Warum sollte ich?«, fragte ich, aber ich wusste, dass sie wahrscheinlich Recht hatte. Sie konnte im Dunkeln fast ebenso gut sehen wie am Tag, wie sie schon auf der *Schattenstern* bewiesen hatte. Ich konnte zwar dem Geländeverlauf folgen, nicht aber solch kleinen Veränderungen, wie sie sie erwähnt hatte.

»Schwachkopf.« Ich ärgerte mich über die Beleidigung, sagte jedoch nichts.

Wir orientierten uns neu und erreichten bald das ebenerdige Gelände im hinteren Ende des Tals. Es war niemand zu sehen, also schlichen wir uns näher heran und begaben uns in Kampfformation.

Ich hatte mich kaum so hingekauert, dass ich leicht aufspringen und angreifen konnte, als ich aus dem Wald vor mir Kampfgeräusche hörte.

»Wartet!«, zischte Palatine uns zu, als wir uns um sie herum versammelten. Man hörte Schwertergeklirr, gefolgt von dem Lärm von Menschen, die durch das Unterholz brachen.

»Jetzt!« Palatine zögerte eine Sekunde, doch ich sprang auf, rannte den Hügel hinunter und passte dabei auf, dass ich nicht über Baumwurzeln stolperte. Aus dem Dschungel vor uns ertönte jetzt ziemlicher Lärm, und plötzlich tauchten ein Stück weiter vorn Gestalten auf.

Als eine davon sich mit erhobenem Schwert umdrehte, griff ich an; ich nutzte die momentane Verwirrung meines Gegners, um einen Hieb gegen seine andere Hand zu führen, an seiner Deckung vorbei. Ihm – oder ihr? – fiel das Schwert aus den kraftlosen Fingern, und die Gestalt sank zu Boden; ich hatte das Armband getroffen. Mein Gegner gehörte zu den Ausbildern, nicht zu einer der anderen Gruppen: Er trug keine Winkel.

Zwischen den Bäumen kamen noch mehr Schatten hervor, doch als ich mich gegen zwei Kämpfer auf einmal zur Wehr setzen musste, tauchte Ravenna an meiner Seite auf, und kurz danach noch jemand anderes. Und dann brachen ein ganzes Stück voraus weitere Gestalten aus dem Unterholz, so dass diejenigen, die uns in einen Hinterhalt hatten locken wollen, zwischen unseren beiden Truppenteilen eingekeilt waren. Palatines Plan hatte funktioniert.

Wir waren den anderen zahlenmäßig überlegen und machten kurzen Prozess mit Ukmadorian und seinen Wachen. Ravenna entwaffnete Ukmadorian höchstpersönlich, und dann war es vorbei.

»Gut gemacht, Palatine«, lobte er und nahm seinen Helm ab. Seine Leute erholten sich langsam wieder, doch sie stellten keine Bedrohung mehr dar – schließlich waren sie offiziell »tot«. »Und jetzt geht und besiegt die anderen.« Er und seine Leute drehten sich um, passierten Uzakiahs Reihen und verschwanden im Dschungel.

»Gut gemacht«, sagte Palatine – und fauchte uns dann an, wir sollten uns gefälligst in Formation aufstellen, schließlich würden wir jetzt den Hang hinaufmarschieren, direkt auf den Wachturm zu. Der Gipfel des Berges war von einem Ring aus Klippen umgeben, und es führten nur zwei Wege hinauf: Zum einen eine schmale, gewundene Schlucht, zum anderen eine Rampe – die Überreste eines Erdrutsches, bei dem ein Teil einer Felsklippe in die Tiefe gestürzt war.

»Die Schlucht ist leicht zu verteidigen«, sagte Palatine. Während wir langsam weiter vorrückten, gingen wir noch einmal den Plan durch. »Also wird dort auch jemand sein – Mikas, Laeas oder die Ordensleute. Wenn sie auch nur einen Funken Verstand haben, haben sie die meisten ihrer Leute zur Rampe rübergeschickt. Aber wenn sie angegriffen werden, werden die Wachen von der Rampe nicht zu ihrer Unterstützung kommen, denn die können die Rampe nicht schutzlos zurücklassen. Wir gehen weder die Schlucht noch die Rampe hoch. Es gibt eine Stelle in der Nähe der Schlucht, wo man die Klippen hochklettern kann; zumindest glauben Cathan und Ravenna das. Wenn sie oben sind, lassen sie ein Seil runter und wir schaffen so ungefähr zwanzig von euch nach oben, um danach die Schlucht von beiden Seiten zugleich anzugreifen.«

Wir krochen auf unebenem, leicht ansteigendem Grund in zwei Reihen durch den Dschungel, damit ein feindlicher Kundschafter uns möglicherweise nur für halb so stark hielt. Überall um uns herum konnte ich die Geräusche von Tieren hören, die wahrscheinlich von all dem Herumgekrieche völlig verstört waren, doch jeder Kundschafter, der etwas taugte, kannte den Unterschied zwischen schnatternden Affen und kriechenden Menschen. Zumindest in der Theorie.

Wir erreichten den Rand der Klippe, wo die Bäume bis dicht an die Felswand heranreichten. Irgendwo zu unserer Rechten befand sich die Schlucht, die hinauf zum Wachturm führte, aber so schmal und eng war, dass sie von drei Kleinkindern mit Spielzeugschwertern hätte verteidigt werden können. Ich rutschte in einer Schlammpfütze aus und fluchte leise; hier oben waren die Bedingungen eher noch schlechter als bisher, und die Insekten um die Klippe herum schienen mir gegenüber einen besonderen Groll zu hegen. Einige davon waren für meinen Geschmack viel zu groß.

»Ist das hier die Stelle?«, flüsterte Palatine. Von oben waren keinerlei Geräusche zu hören, und es war unmöglich zu sagen, ob nun der Orden die Schlucht hielt, oder Mikas oder Laeas.

»Noch nicht ganz.« Ich hatte ein Zeichen zurückgelassen und hoffte, dass es nicht entdeckt worden war. Waren wir schon zu weit links? Die Klippe wölbte sich zur Mündung der Schlucht hin ein wenig vor, aber ich konnte nicht genau sagen, wo wir waren.

Doch schließlich entdeckte ich mein Zeichen; Ravenna und ich eilten daraufhin zur Klippe. Es gab keine Möglichkeit herauszufinden, ob vielleicht schon eine Gruppe den Wachturm oben auf dem bewaldeten Plateau erobert hatte. Palatine hatte ganz bewusst einen großen Bogen geschlagen, so dass wir den Gipfel *nach* den anderen erreichen würden – zumindest hofften wir das. Es war ein gewagtes Manöver, denn wenn wir zu spät kamen, konnte eine der anderen Gruppen die Übung bereits gewonnen haben. Andererseits hoffte Palatine, dass die anderen beiden Gruppen sich inzwischen gegenseitig kräftig dezimiert hatten, während wir noch über die meisten unserer Leute verfügten.

»Kommst du da hoch, Ozeanier?«, fragte Ravenna. »Oder ist das zu schwierig für dich?«

»Vielleicht solltest du hier unten am Fuß der Klippe bleiben. Viel weiter schaffst du's sowieso nicht.« Ohne auf ihre Antwort zu warten, überprüfte ich, ob das Seil, das ich bei mir trug, richtig aufgewickelt war, suchte mir den ersten Griff in der Felswand und begann den Aufstieg.

Die Klippe war nur ein paar Mannslängen hoch, aber sie ragte beinahe senkrecht in die Höhe und war von dem Wasser, das an ihr herunterlief, nass und schlüpfrig. In mancherlei Hinsicht war es einfacher, eine Felswand emporzuklettern als einen Baum, da man meist mehr Stellen zum Festhalten fand; andererseits schnitt Stein tiefer in Hände und Füße – vor allem der scharfe Granit auf dieser Insel. Ich war froh, dass ich mich entschlossen hatte, Schuhe zu tragen, auch wenn Wasser und Matsch sie bei jedem Schritt glucksen ließen.

Meine Welt verengte sich auf das Stückchen Fels direkt vor mir: Zunächst nach Halt für Hände und Füße suchen, ihn überprüfen und dann mit quälender Langsamkeit Stück für Stück weiter nach oben steigen. Einmal gab der Felsvorsprung, an dem ich mich festhielt, ein wenig nach, und einen schrecklichen Augenblick lang dachte ich, ich würde in die Tiefe stürzen. Aber er brach doch nicht ab, und ich presste mich kurz gegen die Felswand, ohne auf Ravennas ungeduldiges Zischen zu achten.

Und dann war plötzlich kein Felsen mehr vor mir, und ich kroch über den Rand. In ein paar Fuß Entfernung stand eine ausreichend große Palme; ich schlang ein Ende des Seils darum und knotete es fest, warf anschließend den Rest die Felswand hinunter.

»Du zielst genauso schlecht wie du Spuren suchst«, sagte Ravenna, die sich eben an einer Wurzel über den Rand zog. Ich bückte mich nicht, um ihr zu helfen.

Das Seil spannte sich, als das erste Mitglied unserer Truppe begann, daran hochzuklettern. Ich wies Ravenna an, hier zu bleiben und schlüpfte ohne ihre Erwiderung abzuwarten in den Dschungel, um mich davon zu überzeugen, dass wir auch wirklich an der richtigen Stelle waren.

Tatsächlich, dort war die Schlucht, nur ein paar Dutzend Fuß entfernt, doch als ich im Schutz der Bäume hinunterspähte, konnte ich nicht einen einzigen Verteidiger entdecken. Keine Verteidiger? Niemand hätte die Schlucht unbewacht gelassen. Selbst wenn Laeas' oder Mikas' Truppen Ukmadorians Wächter weggeräumt hatten, hätten sie anschließend ihre eigenen Leute hier aufgestellt.

Ich tastete mich langsam die Schlucht entlang und zog mich in den Dschungel zurück, als sie anzusteigen begann und ich vom Grund aus hätte gesehen werden können. Wo waren die Verteidiger?

Das Ganze war eine Falle, das konnte ich spüren. Zoll für Zoll schlich ich weiter vorwärts und lauschte auf irgendwelche Geräusche – auf die Verteidiger oder auf unsere Leute, die die Seile hochkletterten.

Dann blieb ich stocksteif stehen. Mein Herz hämmerte. Ungefähr dreißig Fuß vor mir war ein Baum, in dessen Schatten sich zwei Gestalten versteckten. Sie rührten sich nicht. Auf ihren Oberarmen war ein einzelner Winkel zu erkennen. Etwas weiter vorn waren noch mehr, und als ich auch auf der anderen Seite der Schlucht Ausschau hielt, konnte ich auch dort welche entdecken.

Laeas hatte seinen Gegnern eine Falle gestellt. Wir waren wahrscheinlich schon eingekreist.

So schnell ich es wagte, kehrte ich zum Rand der Klippe zurück. Es waren bereits zehn von unseren Leuten oben, unter ihnen auch Palatine. Ich sagte ihr, was ich gesehen hatte, und was ich vermutete.

»Laeas ist klüger als ich gedacht hätte«, meinte sie. »Aber wenn er so viele Leute hier hat, dann muss er weniger an der Rampe haben. Cathan, du und Ravenna, ihr bleibt mit diesen zehn Mann hier. Uzakiah und ich gehen unten entlang und greifen die Gruppe an der Rampe an.«

»Du lässt uns hier, damit wir von Laeas' Truppen ausgelöscht werden?«

»Wenn wir uns jetzt alle zurückziehen, glauben Laeas' Leute, dass wir fliehen und greifen an. Wenn ich jedoch wieder hinunterklettere, denken sie vielleicht, ich würde noch Verstärkung hochschicken. Greift an, sobald ich vom Fuß der Klippe verschwinde, und versucht, ihre Linien zu durchbrechen und zur Rampe zu kommen. Ihr könnt es schaffen.«

Der nächste Mann zog sich auf die Klippe; dann packte Palatine das Seil, nickte mir zu und trat rückwärts über die Kante hinaus.

Ravenna sah überrascht aus; ganz offensichtlich wusste sie nicht, wie man sich abseilt. Als ich einen Blick über die Kante nach unten warf, war Palatine bereits am Fuß der Klippe angekommen. Ich löste das Seil von der Palme und warf es hinunter. Sie winkte mir zu, führte ihre Leute in den Dschungel davon und ließ mich mit elf Mann und einem Auftrag zurück, der eigentlich ein Selbstmordkommando war. Hoffentlich tat sie so etwas nicht, wenn wir uns jemals auf einem echten Schlachtfeld befinden sollten.

Und dann, während ich noch verunsichert dastand und nichts

237

tat, was uns dem Sieg irgendwie hätte näher bringen können, kam Hilfe von einer Seite, von der ich sie am wenigsten erwartet hätte.

»Sie hätte dir diesen Befehl nicht gegeben, wenn sie nicht davon überzeugt wäre, dass du es schaffen kannst«, sagte Ravenna in einem Tonfall, in dem keinerlei Spott mitschwang, und dann fuhr sie fort: »Also, wollen wir noch lange hier sitzen bleiben?« Das war wieder die alte Ravenna.

Sie hatte Recht. Palatine übertrug nur dann eine Aufgabe an jemanden, wenn sie sicher sein konnte, dass sie erledigt werden würde. Und ich würde sie nicht im Stich lassen. Dies war die größte Übung, die wir bisher gemacht hatten, und ich war fest entschlossen, sie zu gewinnen und Mikas zu beweisen, dass er nicht der beste General war und seine cambressianischen Schläger nicht die besten Untergebenen waren.

Ich bedeutete meiner Gruppe zu warten und kundschaftete die Oberfläche der Klippe aus, um herauszufinden, wie viele von Laeas' schweigenden Wächtern unseren Weg blockierten. Ich zählte vier, so dass jeder Fluchtweg abgeschnitten war; alle standen uns zugewandt und hatten die Schwerter gezogen. Einer der Wächter war Persea, dessen war ich mir sicher; sie war Laeas' Truppe zugeteilt worden. Ich entschied, dass wir den Wächter am äußersten Rand angreifen würden, denjenigen, der am weitesten von seinen Kameraden – und damit von ihrer Hilfe – entfernt war. Persea stand zwei Bäume weiter.

Wir griffen in einem einzigen Ansturm an und sorgten für Chaos und Verwirrung im Dschungel, als wir alle auf einen Punkt losstürmten. Ich hatte allen gesagt, sie sollten einfach weiterrennen, dass wir für niemanden Halt machen und versuchen würden, jeden Kampf zu vermeiden.

Der Wächter – es handelte sich ebenfalls um ein Mädchen – wurde völlig überrascht, doch es gelang ihr, einen Schrei auszustoßen und nach Ravenna zu schlagen, bevor wir sie erreichten. Ravenna parierte den Hieb, dann gingen noch zwei andere aus unserer Gruppe auf sie los, und einen Augenblick später traf jemand das Armband an ihrem Handgelenk. Der eben noch stille Dschungel hallte plötzlich von Geschrei, Geraschel und Schritten wider, als mehrere Gestalten auf uns zugerannt kamen.

»Los!«, rief ich und hastete auf den Schutz der Bäume zu; ich hörte, wie sie mir antworteten, während Laeas' Truppe versuchte, uns den Weg abzuschneiden.

Jemand tauchte mit gezogenem Schwert direkt vor mir hinter einem Busch auf. Ich konnte nicht mehr anhalten und rannte mit voller Wucht in ihn – oder sie, wie ich schnell bemerkte – hinein; wir landeten beide im Unterholz. Sie kreischte, und ich hörte ganz in der Nähe Schritte. Mir war das Schwert aus der Hand gefallen, und ich suchte danach, tastete verzweifelt auf dem Waldboden umher, doch ich spürte nur Erde unter meinen Fingern.

»Nehmt ihn gefangen!«

Einen Augenblick später wurde ich an den Armen gepackt und von dem Mädchen heruntergezogen, die sich aufsetzte und ihre Kleider abklopfte.

»Du bist unser Gefangener!«, rief einer der Angreifer. Ich versuchte zu fliehen – gefangen genommen zu werden war viel, viel schlimmer als »getötet« zu werden –, aber es war vergeblich.

»Freut euch bloß nicht zu früh!«

Plötzlich erstarrte einer der Männer, die mich gepackt hatten, und stürzte zu Boden, einen Augenblick später folgte der Zweite. Ich riss mich los und trat dem Mädchen die Füße unter dem Leib weg. Einen Augenblick später schaltete das Schwert meines Retters auch sie aus.

»Nimm dir ein Schwert!«

Ich hob das auf, das mir am nächsten lag, und wir rannten so schnell wir konnten in den Dschungel.

»Danke«, sagte ich zu Ravenna, als wir schließlich stehen blieben und keuchend nach Luft schnappten. Mein Hemd war völlig verdreckt, von Schlamm und Schweiß durchnässt und hatte an einer Seite einen langen Riss.

Als wir – mittlerweile noch zu neunt – die Rampe erreichten, war dort bereits ein Kampf im Gange. Laeas' Männer wurden zurückgedrängt, hielten den Hang jedoch noch immer.

Ich schaute nach unten, sah die drei Winkel der Angreifer, stürzte mich ins Getümmel und fiel den Verteidigern in den Rücken.

Ich schaltete einen aus, noch ehe er dazu kam, sich umzudrehen, und erblickte Laeas' ausgedünnte Linie, sah seine von den schlaffen Körpern der »Toten« zusätzlich behinderte Truppe schwanken und nachgeben. Dann waren Palatines Leute durchgebrochen. Laeas hatte sich anscheinend mit der Niederlage abgefunden und stieß zu einer Gruppe seiner Leute, die immer weiter zusammengedrängt wurde; hier entdeckte ich ihn und forderte ihn heraus.

»Mit Vergnügen, Cathan, da du heute Nacht meine Nemesis zu sein scheinst.«

Mehr als einen Kopf größer als ich und breiter und kräftiger, machte er einen Satz auf mich zu und schwang sein Schwert in einem schmetternden Rundschlag, der mich von den Beinen gerissen hätte, wenn er getroffen hätte. Ich parierte und ripostierte, versuchte herauszufinden, wie schnell er reagierte. Er war frischer als ich und schien während der Übung nicht in ganz so viele Dornenbüsche gestolpert zu sein – zumindest war er weniger zerkratzt. Aber dies hier war schließlich auch der Archipel, seine Heimat, und er kannte sich in diesem höllischen Dschungel viel besser aus.

Als ich mit einiger Mühe seinen nächsten Angriff parierte, ertönte plötzlich lautes Gebrüll, und einen Augenblick später tauchte Mikas' Armee aus dem Dschungel auf. Sie dürsteten nach Blut und begannen, den Hügel hinaufzurennen und Palatines und Laeas' Männer gleichermaßen niederzuhauen.

»Du hast verloren, Laeas, aber möchtest du vielleicht die Seiten wechseln?«, fragte ich keuchend, während ich zurückschlug.

»Das ist gegen die Regeln.«

»Im Krieg gibt es keine Regeln.«

Er grinste wie ein Irrer und schrie dann: »Laeas für Palatine! Laeas für Palatine! Greift Mikas an! Greift Mikas an!«

Mikas' Angriff geriet ins Stocken, seine Truppen hielten bestürzt inne, als Laeas' Stimme über das Schlachtfeld hallte, und für kurze Zeit erstarben alle Kämpfe.

Dann hob Palatine ihr Schwert, grinste wild und rief: »Ihr alle – auf sie! *Vorwärts!*«

Laeas und ich drehten uns gleichzeitig um, standen kurz nebeneinander und stürzten die Schwerter schwingend den Hang hinab, auf Mikas' Frontlinie zu.

Ich spürte die Erschütterung, als wir auf Mikas' Linie prallten und unsere Schwerter auf die ihren niederhämmerten. Einen Augenblick lang waren wir allein, doch dann waren plötzlich überall um uns herum andere Mitglieder von Palatines oder Laeas' Gruppe, und alle schlugen auf Mikas und seine Leute ein. Von Laeas' Truppen waren nur noch etwa zehn Mann übrig, doch ausgerechnet dieser klägliche Rest – und der Schrecken darüber, dass wir uns verbündet hatten – brachte die Wende. Mikas und seine Leute wurden die Rampe hinuntergedrängt.

»Ergebt euch, dann verschonen wir euch!«

Palatines lachende Stimme war überall entlang der Kampflinie zu hören, während sie unbarmherzig auf Mikas zukam, der bei Darius und seinem Stab, den mürrischen Cambressianern stand. Man konnte ihm seine schreckliche Wut deutlich ansehen.

»Ergebt euch!«, rief ich. »Ergebt euch!«

Der Ruf wurde auch von anderen Mitgliedern unserer Truppe aufgenommen, obwohl ich mitten im dicksten Getümmel steckte und mein Blut beinahe vor Freude sang.

Und dann ließen Mikas' Gefolgsleute die Waffen fallen. Laeas packte mich am Arm; er grinste wie ein wahnsinniger Dämon.

Nur Mikas und seine Leibwache hatten ihre Waffen nicht weggeworfen. Palatine war nur noch drei Schritte von ihnen entfernt, und weitere von unseren Leuten waren direkt hinter ihr.

»Du kannst die Waffen ruhig niederlegen, Mikas«, rief sie, als sie stehen blieb. »Du hast getan, was du konntest ...«

Mikas dachte vielleicht eine Minute lang nach, dann zuckte er die Schultern und warf sein Schwert zu Boden.

»Warum nicht?«, sagte er. »Schließlich gibt es immer noch andere Gelegenheiten.«

Es war vorbei. Laeas stimmte ein »*Palatine! Palatine! Palatine!*«-Gebrüll an, in das zunächst Ravenna und dann auch alle anderen einfielen, die auf der Rampe standen, und der Lärm schallte durch den Dschungel. Ich hatte mich noch nie in meinem Leben so lebendig, so stolz gefühlt wie in diesem Augenblick. Zum ersten Mal begriff ich, wie ein Sieg sich anfühlte. Dieser hier war ohne Blutvergießen zustande gekommen; nach anderen Schlachten, die ich eines Tages auszufechten haben würde, würden unzählige Tote auf dem Schlachtfeld zurückbleiben – doch selbst nach solchen verlustreichen Kämpfen herrschte immer ein Hochgefühl. Dieses Mal gab es keine nüchterne Nachbetrachtung des Gemetzels, um das Hochgefühl zu bremsen, und die Jubelrufe gingen weiter und weiter. Am Ende fiel selbst Mikas ein und umarmte Palatine. Und obwohl ich ein ganzes Stück weit von ihr entfernt stand, konnte ich sehen, wie zufrieden sie war.

Ukmadorian und sein Stab standen am Fuß des Hügels und warteten, bis der Jubel schließlich verstummte.

»Ich erkläre Palatines Gruppe zum Sieger«, verkündete der Propst. »Als wäre das nicht sowieso längst klar.«

Wir gingen wieder den Hügel hinunter, lasen unterwegs diejenigen auf, die während der letzten Kämpfe am Wegesrand zurückgelassen worden waren, und versammelten uns auf der Grasnarbe vor der Zitadelle. Mitten auf der Rasenfläche war ein Freudenfeuer entzündet und an den Bäumen am Rand des Rasens waren Fackeln befestigt worden. Wein war herbeigebracht worden, und jetzt war eine Feier im Gange.

Ich befand mich inmitten einer kleinen Gruppe, die aus den Anführern der Übung sowie Persea, Ghanthi und ein paar anderen bestand, und trank blauen thetianischen Wein.

Palatine hob ihr Glas. »Auf Cathan«, sagte sie, »und seine silberne Zunge.«

Ich wurde rot, doch Laeas schlug mir kräftig auf den Rücken, so dass ich fast mein Glas fallen ließ, und sagte, ich solle lieber meinen Wein austrinken, sonst würde er es tun.

»Und jetzt hör auf zu protestieren, mein Freund«, sagte er. »Du hast mich dazu überredet, die Fronten zu wechseln.«

»Erinnert mich daran, nächstes Mal die richtigen Leute zu bestechen«, bemerkte Mikas. Er schien sich mit seiner Niederlage abgefunden zu haben, zumindest seit die Feier angefangen hatte. »Palatine, dein Glück wird allmählich verdächtig.«

»Ach, aber im Pläneschmieden bin ich längst nicht so gut wie du«, räumte Palatine ein. »Ich habe nur gewonnen, weil Cathan das Richtige getan hat. Eigentlich hättest du den Sieg verdient.«

»Kein Plan übersteht den ersten Kontakt mit dem Feind. Ich wollte wohl ein bisschen zu schlau sein.« Es war das erste Mal, dass ich hörte, wie Mikas zugab, dass er etwas nicht ganz richtig gemacht hatte.

Wir hörten uns an, wie Mikas' Plan ausgesehen hatte, und dann enthüllten Laeas und Palatine die ihrigen. Während sie redeten, kam Persea zu mir und hakte sich bei mir ein. »Ich hätte dich im Dschungel beinahe erwischt«, flüsterte sie. »Aber ich habe so meine Zweifel, ob du überhaupt Freunde brauchst – mit Feinden wie Ravenna.«

243

»Ich war genauso überrascht wie du.«

»Ich weiß nicht. Ich glaube nicht, dass sie dich so sehr hasst wie du sie.«

»Vielleicht, weil sie immer die Oberhand hat.«

Ich war jetzt etwas mehr als einen Monat in der Zitadelle, und die Bilder vom Kreuzzug in den Archipel waren jetzt nur noch eine klare Erinnerung – allerdings war diese Erinnerung immer noch schmerzhaft, so dass ich die Bilder nicht vergessen würde. Wir hatten noch mehr über die Häretiker gelernt, über ihre Ziele, ihre Struktur, ihre Organisation … und über ihre Geschichte. Ich hatte alle drei Berichte über den Tuonetar-Krieg von vorn bis hinten durchgelesen. Carausius' Bericht war leichter zu lesen gewesen als die anderen beiden, doch einige der Dinge, die ich erfahren hatte, nagten beständig an meinem Verstand. Ich vergaß sie nur gelegentlich – etwa im Durcheinander einer nächtlichen Übung wie der heutigen.

Was war am Schluss mit Carausius geschehen? War er zusammen mit seiner geliebten Cinnirra alt geworden, oder war er in einer der Säuberungen umgekommen? Und dann der Brauch, den die Domäne eingeführt hatte, dass der jüngere der königlichen Zwillinge die beiden Jungen aufziehen musste: Der Hierarch, der Herrscher über die Wassermagier, war immer der jüngere Bruder des Kaisers gewesen. Thetis allein wusste, wie sie es schafften, einmal in jeder Generation Zwillinge zu produzieren.

Was meine Ausbildung außerhalb der Lesesäle anging, so hatten sich meine Fähigkeiten im Umgang mit dem Schwert sprunghaft weiterentwickelt. Ich war Uzakiah mit dem Schwert mittlerweile ebenbürtig und mit der Armbrust fast so gut wie Ghanthi. Außerdem hatte ich begonnen, auf einigen kleinen Schiffen und der Korvette des Ordens die schwierige Kriegführung auf See zu lernen. Wir hatten bereits zwei Übungen an Land hinter uns; die eine hatte Palatine gewonnen, die andere ganz knapp verloren. Der Orden bildete uns in allen Arten der Kriegführung aus, genau wie in der

Kunst des Spionierens, des Kundschaftens oder in geheimen Missionen, je nach unseren Fähigkeiten. Ich hatte mich als ziemlich gut erwiesen, wenn es darum ging, in den Schatten herumzuschleichen, und im offenen Feld als nicht ganz so gut.

Persea und ich hatten einige Zeit gebraucht, bis wir zueinander gefunden hatten. Ich mochte sie und genoss ihre Gesellschaft, doch unsere Freundschaft ging nicht sonderlich tief. Sie hatte mich das gelehrt, was die Bewohner des Archipels »die Künste der Nacht« nannten – ein poetisches Volk, diese Insulaner, für die die Liebe eine Kunstform war – und wovon ich zuvor nicht viel Ahnung gehabt hatte; und ich hatte erst recht nicht gewusst, wie viel Spaß diese Künste machen konnten. Palatine schien an solchen Dingen nicht das geringste Interesse zu haben, und ich fragte mich, ob sie durch eine religiöse Verpflichtung gebunden war. Doch das erschien mir nicht sehr wahrscheinlich, denn wenn sie sich an etwas so Bedeutendes erinnern würde, müsste sie sich doch sicher auch an andere Dinge erinnern.

In der Nacht nach der Übung lag ich allein in meinem Bett; Persea schlief ihren Rausch aus, den ihr zu viele Gläser blauer Wein beschert hatten, wie auch die meisten anderen in der Zitadelle. Ich hatte nur ein einziges Glas getrunken, da ich sorgfältig darauf achtete, es nicht zu übertreiben. Ich mochte Wein wirklich gern, doch das Elend, das ich jedes Mal durchmachen musste, wenn ich zu viel trank – und das hieß mehr als ein Glas –, war es einfach nicht wert. Die anderen beklagten sich über ihren Kater; sie hatten keine Ahnung, wie ich mich dabei fühlte, und ich hatte dann noch nicht einmal das Vergnügen gehabt, in der Nacht zuvor so richtig betrunken gewesen zu sein.

Es mochte ungefähr vier oder fünf Uhr morgens sein, als mich jemand kräftig schüttelte. Ich öffnete schläfrig die Augen und sah eine schattenhafte, in lange Gewänder gekleidete Gestalt über meinem Bett aufragen. Einen Augenblick lang stieg Panik in mir auf, und ich versuchte wegzukriechen. Hatten die Häscher der Domäne uns erreicht …?

»Zeit für den Magier-Test«, sagte die Gestalt, und mein unbegründetes Entsetzen legte sich wieder. Aber warum musste das um diese Zeit geschehen? Am Himmel zeigte sich gerade der erste graue Schimmer.

Ich zog mir eine Tunika über und folgte der Gestalt – die in Wirklichkeit gar keine langen Gewänder trug, sondern ebenfalls nur eine Tunika, die ich, schlaftrunken wie ich gewesen war, fälschlicherweise für die Robe eines Inquisitors gehalten hatte – zum unteren Wachturm auf dem Grat oberhalb der Zitadelle. Ein schmaler Pfad führte zwischen den Bäumen hindurch dort hinauf, doch das Unterholz war schon wieder im Begriff, das Gelände zurückzuerobern, und schon nach wenigen Schritten war ich einmal mehr vollständig durchnässt. Es machte mir nichts aus, nass zu sein. Ich mochte nur die immerwährende Feuchtigkeit des Dschungels nicht, vor allem nicht so früh am Morgen, wenn es noch ziemlich kühl war.

Der Wachturm war ein massiges, zweistöckiges Gebäude aus mit Kletterpflanzen bewachsenem grauen Stein. Zwei Fackeln brannten in Wandhaltern rechts und links neben der Tür; ein Mann aus Ukmadorians Stab winkte mich hindurch und wies mich an, die Treppe hinunterzusteigen.

Im Innern befand sich ein runder Raum, der wie ein Wachraum mit einem Stuhl und mehreren Tischen ausgestattet war, in dem sich jedoch niemand aufhielt. In einer Ecke führte eine Wendeltreppe hinunter in die Dunkelheit. Ich verspürte ein leichtes Zittern der Erwartung, das meine Aufregung und das immer noch vorhandene Hochgefühl des Sieges überlagerte, und stieg die Stufen hinunter. Unten fand ich mich am Anfang eines langen, düsteren Korridors wieder, der sich bis unter den Dschungel erstreckte. Warum gab es hier eigentlich so große Keller?

»Bitte nach rechts«, rief jemand. Ich nahm die erste Tür, die ich auf der rechten Seite erkennen konnte. Sie führte in einen noch dunkleren Raum, der nur von einer silbrigen Kugel erhellt wurde, die mitten in der Luft über einem in den Fußboden eingelegten Kreis aus schwarzen Steinen schwebte. In dem schwarzen Steinkreis stand Ravenna, barfuß, mit einem Assistenten zu ihrer Linken. Ihr Gesichtsausdruck war völlig neutral, als bestünde zwischen uns nicht die geringste Verbindung.

»Zieh deine Schuhe aus und stell dich auf den Kreis«, befahl sie.

Ich zog meine Sandalen aus. Der Fußboden war feucht und eiskalt, und der Kreis fühlte sich glatt, trocken und sogar noch kälter an. Die Steine schienen keinerlei Zeichen aufzuweisen, noch nicht einmal Kratzer.

Ravenna suchte meinen Blick und ließ ihn nicht mehr los. Und dann war plötzlich ohne jede Warnung ein gewaltiges Rauschen in meinem Kopf, als ströme ein Fluss hindurch.

Gefolgt von einem Schock und dem Gefühl, als ob jeder Nerv in meinem Körper in Flammen stünde. Meine Muskeln zuckten unkontrolliert und verkrampften sich, und Ravennas Augen waren plötzlich sehr rund und verwundert. Ein silbernes Licht schien über ihre Haut zu tanzen, während ich wie versteinert dastand, unfähig zu schreien. Noch nie in meinem Leben hatte ich solche Schmerzen verspürt. Und dann war schlagartig alles vorbei. Meine Muskeln gaben nach, und ich brach auf dem Fußboden zusammen wie die Opfer des Übungskampfs vergangene Nacht.

Ravenna sackte neben mir zusammen; einen Augenblick später richtete sie sich wieder auf und fragte mit erstaunter Stimme: »Cathan, wer *bist* du?«

Kapitel XIII

Der Assistent trat vor, um uns aufzuhelfen, doch Ravenna sagte: »Könntest du bitte Ukmadorian holen? Und zwar unverzüglich?« Der Mann nickte und verschwand. Ich fühlte mich, als ob jeder Muskel in meinem Körper völlig erschöpft wäre und sich schlafen legen wollte. Ich konnte mich kaum bewegen; jedes Mal, wenn ich es versuchte, schienen alle meine Gliedmaßen von einer überwältigenden Müdigkeit erfüllt zu sein. Aus irgendeinem Grund erschien mir der Raum mittlerweile sehr viel heller als zuvor, doch es war zu anstrengend, den Kopf zu bewegen um zu sehen, wo das Licht herkam.

»Alles in Ordnung?«, fragte Ravenna, und an ihrem Gesichtsausdruck konnte ich erkennen, dass sie wirklich besorgt war.

»Bin … müde.« Es war zum Verrücktwerden, ich war kaum in der Lage zu sprechen.

»Das muss irgendeine Reaktion auf die Magie sein«, meinte sie. »Weißt du, ob dein Vater ein Magier ist?«

»Ich weiß nicht … wer … er ist.«

Sie zog mich ein bisschen aus meiner verdrehten Position hoch und lehnte mich gegen die Mauer. Ich spürte, wie die Erschöpfung ein wenig nachließ, versuchte jedoch noch nicht, mich zu bewegen. Es wurde für mich wohl allmählich zur Gewohnheit, dass Ravenna mir half.

»Willst du damit sagen, dass Elnibal nicht dein Vater ist?«

»Nein. Bin ich denn ein Magier?« Ich konnte es kaum glauben, doch in meinem Kopf drehte sich noch immer alles. Ich fragte mich sogar, ob all das tatsächlich passierte, oder ob ich noch immer schlafend in meinem Bett lag.

»Ja. Und noch dazu ein ziemlich mächtiger. Dir liegt die Magie sozusagen im Blut. Es ist nicht nur so, dass du eine angeborene Begabung für Magie hättest; es ist eher so, als ob du zum Teil aus Magie *bestehst*. Ich weiß nicht, wie ich es erklären soll.«

Einen Augenblick später erschien Ukmadorian im Türrahmen. »Bei den Elementen – was ist geschehen?«

»Cathan ist nicht der, der er zu sein scheint«, erwiderte Ravenna und blickte zu ihm auf. Sie saß noch immer auf dem Fußboden; anscheinend machte ihr die Kälte nichts aus. »Durch seinen gesamten Körper fließt Magie, in einer Art und Weise, wie ich es noch nie gesehen habe.«

»Hast du etwas dagegen, wenn ich mir das selbst einmal anschaue?«, fragte er mich.

»Nein.«

Er ergriff eine meiner fast gefühllosen Hände. Ich empfand eine schwächere Version des Schocks, den ich gespürt hatte, als Ravenna mich getestet hatte, doch dieses Mal tat es wenigstens nicht weh.

»Unglaublich«, sagte er einen Augenblick später.

Und dann musste ich auch Ukmadorian erzählen, dass Elnibal nicht mein Vater war, und was er mir über meine wahre Herkunft erzählt hatte.

»Das ist das Gleiche wie bei Palatine. Sie hat keinerlei magisches Talent, aber auch in ihr ist eine Spur von dem gleichen Ding, das in deinem Blut ist. Ich würde sagen, dass es entweder unter euren direkten Vorfahren eine Reihe von mächtigen Magiern gibt, oder dass ihr zumindest zum Teil *Elementare* seid.«

»Aber nur die thetianischen Kaiser haben jemals Elementare geheiratet«, wandte Ravenna ein.

»Gerade das beunruhigt mich ja – es gibt eine sehr starke Spur des Wasser-Elements in deinem Blut, was genau darauf hindeutet. Magisches Talent ist normalerweise nicht an ein bestimmtes Element gebunden – wenn du wirklich magische Fähigkeiten hast, kannst du lernen, mit jedem Element zu arbeiten.«

»Können wir das nicht ein andermal besprechen, Onkel?«, fragte Ravenna. »Der Test hätte ihn beinahe ausgebrannt, und dieser Raum ist eigentlich nicht besonders gesund.«

»Kannst du gehen?«, erkundigte er sich.

Ich erholte mich allmählich von der Müdigkeit, und auch wenn ich noch körperlich erschöpft war, meinte ich doch genügend Energie sammeln zu können, um aufzustehen.

»Stütz dich auf mich«, bot Ravenna an und half mir zum zweiten Mal auf die Beine. Warum war sie auf einmal so freundlich? Hatte es etwas damit zu tun, dass sie momentan sowieso im Vorteil und ich nicht in der Position war, darauf zu reagieren?

»Geht in einen der oberen Räume«, sagte Ukmadorian. »Oder nach draußen, wenn ihr wollt. Ich möchte euch beide morgen vor dem Mittagessen sehen.«

Oben begegneten wir Laeas. Er wirkte sehr verschlafen, und noch ehe er stehen bleiben und etwas sagen konnte, hatte ihn der Assistent schon die Wendeltreppe hinuntergewinkt. Ich nahm an, dass sie nun, da Ravenna sie nicht mehr unterstützte, wohl schneller arbeiten mussten. Aber warum hatte sie überhaupt aufgehört?

Wir setzten uns in dem ebenerdig gelegenen Raum, der hell erleuchtet war und nach den Verpackungsmaterialien auf dem Fußboden zu schließen als Weinlager gedient hatte, auf eine der Bänke.

»Weißt du wirklich nicht, wer deine Eltern waren oder was sie getan haben, sondern nur, wo sie gelebt haben?«

»Nein. Ich weiß nur das, was ich dir und Ukmadorian gesagt habe – das, was mein Vater mir erzählt hat.«

»Ich würde sagen, du bist ein reinblütiger Bewohner des Archipels – vielleicht sogar ein Thetianer. Wenn man weiß, worauf man achten muss, kann man die Unterschiede erkennen.«

»Und woher kommst du? Du hast eine andere Hautfarbe als die anderen Archipelbewohner.«

»Ukmadorian hat gesagt, ich soll nicht darüber sprechen, wo ich herkomme. Ich glaube allerdings nicht, dass es der gleiche Ort ist wie der, von dem du kommst – es ist ein Ort, wo Elnibal ganz sicher noch nie gewesen ist.«

»Aber du stammst auf alle Fälle aus dem Archipel«, sagte ich. »Nicht von einem der Kontinente.«

»Wie überaus scharfsichtig von dir.«

Einige Augenblicke lang blieb es still, dann fragte ich: »Werde ich jetzt als Magier ausgebildet?«

»Ja«, antwortete sie. »Zusammen mit mir.«

»Soll das bedeuten, dass du mich auch weiterhin als Zielscheibe für deine Spötteleien benutzen wirst?«

»Gefällt dir das denn nicht?«, erkundigte sie sich mit einem schelmischen Lächeln. Es war das erste echte Lächeln, das ich bei ihr gesehen hatte.

Am nächsten Morgen fanden keine Schwertkampfübungen statt; wir alle schliefen bis weit in den Vormittag hinein und holten ein wenig von dem Schlaf nach, auf den wir hatten verzichten müssen, als wir uns im Dschungel gegenseitig aneinander angeschlichen hatten. Am Nachmittag wàr in der Großen Halle eine Manöverkritik angesetzt, an der alle teilnehmen würden; anschließend würden weitere Sitzungen folgen, jeweils getrennt mit den Kommandoführenden und den Mannschaften.

Doch zunächst wurden Ravenna und ich zu Ukmadorian gerufen.

Als ich in sein helles, luftiges Arbeitszimmer auf der dem Meer zugewandten Seite des Vorgebirges trat, war Ravenna bereits da. Sie war wieder wie immer und lächelte nicht, aber sie beleidigte mich auch nicht zur Begrüßung. Ich fand das schon recht ermutigend. Ich hatte einige Zeit wachgelegen und über ihr Verhalten in der vergangenen Nacht nachgedacht, konnte es mir jedoch immer noch nicht erklären. Und trotz des Spotts, den ich hatte ertragen müssen seit ich ihr zum ersten Mal begegnet war, war ich mir nicht mehr so sicher, ob ich sie tatsächlich hasste. Was ich jedoch am frustrierendsten fand, war, dass ich sie nicht ergründen konnte, dass ich mir noch nicht einmal selbst darüber klar war, was ich von ihr hielt.

Ukmadorian lehnte sich auf seinem gepolsterten Stuhl zurück, so wie er es auch an Bord des Schiffes getan hatte. Ich war noch nie in seinem Arbeitszimmer gewesen und die sparsame Einrichtung überraschte mich: Es gab nur einen Schreibtisch, ein paar Stühle, ein paar bemalte Bücherschränke und ein Tischchen mit Getränken. Die Wände waren gleichmäßig hellblau gestrichen, und in einer Ecke standen ein paar Pflanzen. Hinter dem großen Fenster in der einen Wand, das bis zum Fußboden reichte, befand sich ein kleiner Balkon, der über die Klippe hinausragte; darauf standen noch mehr Pflanzen. Und dahinter war nur noch das strahlende Blau des Ozeans.

»Guten Morgen, Cathan«, sagte Ukmadorian. »Setz dich doch.«

Ich nahm auf einem der harten Stühle Platz, die vor dem Schreibtisch standen. Ukmadorian achtete sehr auf Umgangsformen und bestand darauf, dass wir ihn mit »Propst« ansprachen.

»Was letzte Nacht im Turm geschehen ist, zeigt ganz deutlich, dass du ein ganz bestimmter Typus von Magier bist, mit dem wir noch nie zuvor zu tun gehabt haben. Deine Begabung gilt dem Wasser, doch du solltest lernen können, jedes Element zu beherrschen. Manche Menschen können sowieso lernen, mehr als ein Element zu beherrschen; zu ihnen zählt Ravenna.«

»Dann kann ich also dazu ausgebildet werden, mit Schatten, Wind, Wasser … mit allen Elementen umzugehen?«, fragte ich. Es war verwirrend, vor allem, da sie mir vor knapp einem Monat erzählt hatten, dass Magier immer nur ein einziges Element nutzen konnten.

»Das kannst du, wobei du am stärksten sein wirst, wenn du mit Wasser arbeitest. Es wäre allerdings Verschwendung, dich jetzt zur Zitadelle des Wassers zu bringen. Mit einer solchen Begabung wie sie dir im Blut liegt, solltest du in der Lage sein, es aus eigener Kraft zu lernen, wenn man dir anhand eines anderen Elements die grundsätzlichen Prinzipien beigebracht hat – zum Beispiel Schatten.«

Ich konnte immer noch kaum glauben, was er mir da erzählte. Es kam mir vor wie ein Teil einer Kindheitsphantasie, etwas, wovon wahrscheinlich jeder irgendwann einmal geträumt hat – plötzlich über ehrfurchtgebietende Kräfte zu verfügen. Doch in meinem Fall – konnte es wirklich sein, dass mein Vater rein zufällig in einem unbedeutenden Dorf in Tumarian auf jemanden mit solchen Kräften wie denen, die mir zu Eigen sein sollten, gestoßen war? Wenn ich Magie im Blut hatte, was war dann mit meinen wirklichen Eltern geschehen – und mit jenen fremdartigen Kräften, über die sie verfügt hatten? Was war geschehen, dass sie mich verloren hatten?

»Cathan, willst du zum Magier ausgebildet werden?«, fragte mich Ukmadorian. Ich wollte schon antworten, als er warnend eine Hand hob. »Wenn du das willst, musst du ein vollwertiges Mitglied des Ordens werden und dich ganz und gar der Sache der Häretiker verschreiben. Du wirst nicht nach deinem Vater Graf von Lepidor werden können. Ein Magier ist viel zu wertvoll, um ihn zu verschwenden, indem man ihn in einen Winkel der Welt ziehen lässt, in dem die Domäne noch nicht einmal eine wirkliche Bedrohung darstellt.«

Ich war wie vom Donner gerührt. Ich hatte nicht geahnt, wozu ich mich verpflichten musste, wenn ich Magier werden wollte, obwohl ich es mir wohl eigentlich hätte denken können. Sie würden sich meiner Loyalität versichern müssen.

»Aber ich werde nicht die ganze Zeit hier auf dieser Insel verbringen müssen, oder?«, wollte ich wissen. Ich war gerne hier, doch die Vorstellung, Jahr um Jahr auf dieser kleinen Insel in der Gesellschaft einer begrenzten Zahl von Personen verbringen zu müssen, war irgendwie zermürbend.

»Nicht, wenn du es nicht willst. Ich verlange auch gar nicht von dir, dass du dich sofort entscheidest; irgendwann musst du allerdings eine Entscheidung treffen. Du hast das Potenzial, einer der mächtigsten Magier zu werden, die jemals bei uns waren, so wie Thetian einer der besten Anführer ist, die ich je gesehen habe. Du wirst eine Chance bekommen, der Domäne Schaden zuzufügen, viel mehr als du es sonst tun könntest. Und wenn du nicht willst … wirst du ein Jahr hier bleiben, genau wie alle anderen, und danach nach Hause zurückkehren. Wobei wir dann allerdings sicherstellen müssen, dass du deine Macht niemals gegen uns einsetzen wirst.«

Ich verstand die Konsequenzen, die er in seinem letzten Satz angedeutet hatte, und erschauerte. Eigentlich ließen sie mir doch gar keine Wahl, oder? Schließ dich uns an – oder verlier deine Kräfte und geh nach Hause. Wahrscheinlich war diese Haltung eigentlich nicht überraschend, wenn man bedachte, dass es nur so wenige von ihnen gab.

Das Problem war nur – was würde ich *tun*, wenn ich erst einmal ein Magier wäre? Was machten Chlamas und seine Kameraden, wenn sie nicht auf der Insel Novizen unterrichteten? Ich hatte nicht den Wunsch, zu unterrichten; ich wollte den Rest von Aquasilva sehen und mein Leben in vollen Zügen genießen.

»Kann ich darüber nachdenken?«

»Überleg nicht zu lange. Wenn du ausgebildet werden willst, sollten wir so bald wie möglich damit anfangen. Du kannst jetzt gehen. Ravenna, bleib bitte noch hier.«

Ich verließ das Arbeitszimmer; meine Gedanken waren in Aufruhr, und ich machte mich auf die Suche nach Palatine. Sie war mit Persea und Laeas unten am Strand.

»Cathan!«, rief sie mir schon aus einiger Entfernung entgegen und winkte. »Wo warst du letzte Nacht? Wir haben dich gar nicht mehr gesehen, nachdem du zum Turm gegangen warst.«

»Sie haben mich gefragt, ob ich zum Magier ausgebildet werden will oder nicht«, sagte ich und versuchte, ein unbewegtes Gesicht zu machen. »Wie wäre es mit einem guten Rat?«

»Machst du Scherze?«, fragte Palatine.

»Natürlich nicht! Warum sollte ich? Ich könnte der mächtigste Magier werden, den sie seit vielen Jahren gehabt haben.«

»Das hast du dir nur ausgedacht«, wehrte Palatine misstrauisch ab.

»Nein! Sogar Ravenna hat aufgehört, komische Bemerkungen zu machen, weil sie Angst hat, dass sie mit mir zusammen üben muss.«

Erst jetzt waren sie bereit, mir zu glauben. Persea umarmte mich innig, und dann versetzte mir Laeas wieder einen kräftigen Schlag auf den Rücken; allmählich fing ich an, mich an diesen großen Verrückten aus dem Archipel und an seinen Enthusiasmus zu gewöhnen.

»Warum brauchst du wegen dieser Ausbildung unseren Rat?«, wollte Palatine wissen, nachdem die anfängliche Euphorie sich gelegt hatte.

Ich erzählte ihnen, was Ukmadorian gesagt hatte und was ich jetzt für Möglichkeiten hatte.

»Wie gerne möchtest du denn Graf werden?«, fragte Laeas.

»Ich würde schon gerne Elnibals Nachfolge antreten«, erwiderte ich. »Doch der Titel wird nicht immer vererbt; mein Vater könnte auch jemand anderen aus unserem Haus auswählen. Ich nehme an, es würde ihn verletzen, wenn es dazu käme, schließlich hat er Jahre damit zugebracht, mich zu seinem Nachfolger auszubilden. Aber das ist weniger das Problem als die Aussicht, ständig auf dieser Insel zu hocken, monatelang hier sein zu müssen, um mich zu verbessern oder was auch immer. Und ich will auch keine Schachfigur sein, die Ukmadorian und das Konzil der Elementare hierhin und dorthin schieben können, wie es ihnen gerade passt. Es scheint mir, als ob die besten Magier ganz und gar nach der Pfeife des Konzils tanzen und niemals eine Wahl haben.«

»Sie haben Angst davor, die wenigen guten Magier zu verlieren, die sie haben«, entgegnete Persea. »Deshalb beschützen sie sie und setzen sie niemals für etwas Gefährliches ein.«

»Ich will aber nicht beschützt werden«, begehrte ich auf.

»Genauso wenig wie Ravenna«, meinte Persea. »Sie streitet deswegen andauernd mit Ukmadorian, und sie hat sich deswegen auch schon ein- oder zweimal mit dem Konzil angelegt. Ich schätze, sie hat ein ziemlich eingeschränktes Leben geführt und will endlich ihre Freiheit. Aber sie wollen sie nicht verlieren, und deshalb lassen sie sie nicht gehen.«

Ich hatte noch nie erlebt, dass Ravenna anderer Meinung als Ukmadorian gewesen wäre, und schon gar nicht, dass es zwischen ihnen irgendwelche Spannungen gegeben hätte. Sie erschien mir immer wie eine pflichtbewusste Dienerin des Konzils und ihres »Onkels«, des Propstes – obgleich sie inzwischen wusste, dass er in Wirklichkeit gar nicht ihr Onkel war.

»Woher weißt du das?«, fragte Palatine.

»Ich bin gewissermaßen ihre Freundin. Sie ist überhaupt nicht so, wie ihr sie von außen seht, ihr alle. Sie hat ein Temperament wie ein Vulkan, und sie ist sehr heißblütig. Aber sie sieht keine Möglichkeit, Ukmadorians Klauen zu entkommen, weil sie so wertvoll für die Häretiker ist.«

Ravenna? Meinte Persea hier tatsächlich dieselbe Person? Ich war völlig verblüfft – wie konnte Ravenna zwei so unterschiedliche Seiten haben, eine zweite, verborgene, von der ich niemals auch nur eine Andeutung mitbekommen hatte? Und wenn sie solche Probleme mit dem Orden hatte, verhieß das für mich nichts Gutes.

Palatine wandte sich an mich: »Cathan, würdest du etwas für mich tun – auf Treu und Glauben?«

»Und was genau?«

»Mach die Ausbildung zum Magier. Lerne alles, was du kannst, und noch mehr. Werde der mächtigste Magier des Schattens, den sie je gesehen haben, oder was auch immer du in einem Jahr werden kannst. Ich werde dafür sorgen, dass sie dich am Schluss nicht hier behalten, und wenn sie es doch tun, bleibe ich auch.«

»Sagst du es ihm jetzt?«, wollte Laeas wissen. Er lag im Sand und machte ein zufriedenes Gesicht.

Palatine zuckte die Schultern. »Eigentlich kann ich es genauso gut tun, schließlich wird es keinen Schaden anrichten. Ich habe über diese Geschichte nachgedacht, seit sie uns all diese Bücher gezeigt haben. Was haben die Häretiker seither unternommen? Sie haben ein paar Exarchen getötet, sogar einen Primarchen, und sie sorgen dafür, dass die Menschen sich an all diese Dinge erinnern.« Sie wedelte mit der Hand, schloss mit der Bewegung die Zitadelle, die Insel und die Flaggen, die auf dem Gebäude wehten, mit ein. »Vielleicht schaffen sie es sogar, hier und da ein paar Leute zu beeinflussen, und den einen oder anderen Wahnsinnigen aus dem Weg zu schaffen. Aber sie werden nicht mehr, oder? Ukmadorian will uns nicht sagen, wie viele Häretiker es wirklich gibt; ich glaube nicht, dass es sehr viele sind.«

Sie zeichnete mit dem Zeigefinger eine grobe Karte in den Sand. »Hier sind wir, irgendwo im Archipel.« Sie stach mit ihrem Finger ein paar Mal in den Sand, um die verstreuten Inseln darzustellen, dann zeichnete sie einen Ring im Zentrum. »Und hier ist Thetia. Im Archipel gehört der größte Teil der Bevölkerung zu den Häretikern. Ungefähr eine Million Menschen, dazu kommen noch die auf Qalathar. Was Thetia betrifft – wer weiß? Wenn man Ukmadorian glauben will, sind dort alle wahnsinnig. Und dann noch der Rest der Welt. Äquatoria, Huasa, Neu Hyperia, Ozeanus. Ungefähr neun Millionen Menschen, und wie viele von denen sind Häretiker? Ein paar zigtausend, sicher nicht sehr viel mehr.«

Palatine ließ sich wieder auf die Fersen zurücksinken und schaute von einem zum anderen. »Was bringt es uns, wenn wir die Anführer der Domäne töten? Es wird niemanden kümmern, vielleicht werden sie sogar wütend. Und die Inquisitoren werden losstürmen und ein paar Leute verbrennen. Die meisten Menschen auf der Welt kennen keine anderen Götter, und wie sollen wir sie überzeugen? Ihnen allen Chlamas' kleines Schauspiel zeigen?« Ihre Stimme klang verächtlich. »Das ist nicht sehr sinnvoll.«

Laeas nutzte die kurze Pause, um sie zu unterbrechen.

»Palatine, alles, was du gesagt hast, ist wahr; und aus genau diesem Grund können wir auch nicht gewinnen, weil die Domäne so viel größer ist.«

»Warum kann die Domäne diese Kreuzzüge anzetteln, um Menschen zu töten, die sie nicht mögen?«

»Weil sie die Halcthiter benutzen, oder Truppen, die zu den Feinden ihrer Opfer gehören«, sagte Persea.

»Genau, weil alle anderen pausenlos am Kämpfen sind.« Sie schlug mit der Hand auf den Sand. »Die Halethiter kämpfen gegen die Tanethaner. Cambress kämpft gegen Mons Ferranis. Taneth kämpft gegen Cambress und hilft den Mons Ferratanern. Ozeanus hockt im Norden und schmollt. Die Thetianer verbringen ihre ganze Zeit mit den Frauen anderer Männer im Bett, und was den Archipel angeht – ›Schaut mal, hier ist eine Schatzkiste‹.«

Wir anderen sagten nichts und warteten gebannt von ihrer Ausstrahlung darauf, dass sie zum entscheidenden Punkt kam. Sie war eine hervorragende Rednerin, egal ob sie uns von etwas zu überzeugen versuchte oder beim Abendessen einen Witz erzählte.

»Was würde also geschehen, wenn alle anderen sich zusammenschließen? Dann würden sie der Domäne nicht gegen ihre Nachbarn helfen, weil der, der gerade die Verantwortung trägt, das nicht zulassen würde. Wir können nicht darauf hoffen, die Halethiter mit einzubeziehen, weil die glauben, sie wären Gottes Geschenk an Aquasilva. Aber alle anderen – sie könnten die Meere kontrollieren. Nicht einmal Lachazzar und seine Brigade der härenen Hemden können auf eine andere Art reisen.«

»Die Domäne würde jeden Staat und jeden Anführer zerschmettern, der zu mächtig zu werden droht«, wandte Laeas ein. »Genau darum ging es ja im Vierten Kreuzzug.«

»Und vor allem – wie willst du überhaupt alle anderen vereinen?«, wollte ich wissen.

»Mit Hilfe der Halethiter«, antwortete Palatine. Sie veränderte ihre Position, saß jetzt im Schneidersitz im Sand. Sie konnte niemals still sitzen; wenn sie nicht auf und ab ging, fummelte sie immer an irgendetwas herum. »Schon bald wird die Domäne sie nicht mehr kontrollieren können. Sie haben alles erobert, was sie erobern konnten, und jetzt, wo Eshar zurückgekehrt ist, wird ihr König noch mehr wollen. Und wo soll er hin, wenn nicht nach Taneth? Es gibt keinen anderen Ort, wo er an Mantas herankommen kann.« Sie beugte sich vor und bohrte in der Mitte des Schnörkels, der Äquatoria darstellte, ein Loch in den Sand.

»Du glaubst, sie werden Taneth angreifen?«, fragte Laeas.

»Was denkst du denn?«, erwiderte Palatine. »Wo sollen sie denn sonst hin? Er schafft Eshar und hunderttausend Mann dorthin – und wuuusch! Das war dann das Ende von Taneth.« Sie schob Sand über das Loch, das sie gerade gemacht hatte. »Die Domäne will das natürlich nicht, aber was können sie schon dagegen machen?« Erneutes Schulterzucken. »Die Halethiter haben die nötigen Truppen, also kann die Domäne nur versuchen, das Ganze hinauszuzögern. Wenn sie den Tanethanern helfen, sind die Halethiter nicht mehr gut auf sie zu sprechen. Wenn Taneth fällt, wird allen anderen klar werden, dass auch ihnen eine Invasion drohen könnte, und so werden sie alle Haleth den Krieg erklären.«

»Aber du zählst darauf, dass Taneth fällt, damit dein Plan funktioniert«, widersprach Persea entsetzt. »Deine eigene Stadt, und du bist gewillt, sie aufzugeben?«

»Das hier ist nur eine Theorie, und außerdem wurde ich nicht in Taneth geboren. Und Hamilcar hat das immer gesagt.« Sie sah Persea herausfordernd an. »Wie können wir sie aufhalten? Der Rat der

Zehn kontrolliert die Stadt, und das sind alles fette Kaufleute, die sich nur für eines interessieren – für ihre Geldbörsen«, sagte sie mit Nachdruck. »Ich bin kein Lord, was kann ich also tun, um sie aufzuhalten? Hamilcar hat es versucht, und hat es irgendetwas genützt? Nein.«

»Und warum sollte man nicht versuchen, die Herrschaft über Haleth zu übernehmen?«, fragte Laeas unvermittelt. »Das ist ein einzelner Staat, und er könnte die Domäne wahrscheinlich mit einem einzigen Schlag vernichten.«

»Nun, darüber habe ich auch schon nachgedacht, aber dann ist mir klar geworden, wie sehr sie Fremde hassen. Und außerdem sind sie der Feind. Selbst wenn wir sie benutzen könnten, würden alle überlebenden Exarchen zu einem neuen Kreuzzug aufrufen, und wir haben wieder einen Krieg, in dem wieder zu viele Menschen sterben, und dann verlieren die Halethiter, und wo sind wir dann? Wieder am Anfang.« In Palatines Stimme schwang etwas Endgültiges mit; sie war ganz eindeutig überzeugt, dass dies außer Frage stand.

»Ich glaube, ich verstehe deinen Plan«, meinte Persea, »und im Prinzip stimme ich ihm zu. Aber wem würden die anderen alle folgen? Die Könige misstrauen einander, es gibt keinen Pharao mehr, und der thetianische Kaiser ist ein größenwahnsinniger Schläger, dem es gefällt, sich am Leid anderer Menschen zu ergötzen. Niemand, der noch alle seine Sinne beisammen hat, würde ihm folgen.«

»Auch darüber habe ich schon nachgedacht. Es ist kompliziert, und ich müsste jetzt zu viel erklären.« Palatine grinste. »Außerdem habe ich mich noch nicht endgültig entschieden. Aber das werde ich schon bald tun.« Sie faltete die Hände im Schoß und warf mir einen Blick zu. »Also was ist, Cathan, lässt du dich ausbilden?«

Ich dachte über das nach, was Palatine vorgeschlagen hatte, und verglich es mit den Alternativen. Trotz der an den Haaren herbeigezogenen Aspekte ihrer Überlegungen glaubte ich daran, und ich glaubte auch, dass sie tatsächlich Erfolg haben könnte. Ihre Pläne schienen immer zu funktionieren; der von letzter Nacht war ungewöhnlich gewesen, und selbst da war am Ende alles gut ausgegangen. Wollte ich sie und die anderen im Stich lassen, um den Rest meines Lebens in Lepidor zu verbringen? Auf genau das hatte ich gehofft, bevor ich hierher gekommen war, doch jetzt gab es andere Möglichkeiten; jetzt konnte ich andere Dinge tun, und meine Zukunft schien nicht länger festgeschrieben. Nur wegen meinem Vater machte ich mir Sorgen. Er hatte sich so sehr bemüht, aus mir einen Herrscher zu machen, und ich wollte ihn nicht enttäuschen … Aber Palatine hatte versprochen, dass sie in der Lage sein würde, mich von hier wegzukriegen, und über die Zukunft konnte ich mir in elf Monaten immer noch Gedanken machen.

»Ja, ich mach's«, verkündete ich.

»Dann verspreche ich, dass du gehen kannst, wohin du willst, wenn wir von hier fortgehen. Bezeugt ihr das – Laeas, Persea?«

»Bezeugt«, bestätigten die beiden einstimmig.

»Ich gehe nachher zu Ukmadorian und teile ihm meine Entscheidung mit«, sagte ich. »Wenn ich es jetzt gleich tue, könnte es verdächtig hastig wirken.«

»Du solltest dich bemühen, Ravenna besser kennen zu lernen«, meinte Persea. »Sie hasst dich nicht, und sie braucht einen Verbündeten. Chlamas stammt aus dem Archipel, und natürlich gefällt es ihm hier. Er ist besessen von der Idee, ins Konzil aufzusteigen, und der andere Magier wird langsam alt. Sie kann dir helfen.«

»Ich habe sie nicht völlig grundlos beleidigt, als wir uns zum ersten Mal begegnet sind«, protestierte ich, weil ich das Gefühl hatte, dass Persea jetzt mir die Schuld in die Schuhe schob.

»Ich glaube, sie hat einen Grund für all das, Cathan, und ich hoffe, dass du ihn eines Tages erfahren wirst.«

Der Klang der Glocke oben auf der Klippe, der uns zum Mittagessen rief, beendete jede weitere Diskussion.

261

»Laufen wir zur Zitadelle um die Wette?«, fragte Laeas.

»Los!« Er schoss los und ließ den Rest von uns hinter sich. Als wir oben auf der Kuppe ankamen, lag er im Gras und tat so, als räkele er sich dort schon seit Jahrhunderten.

Später an diesem Nachmittag, nachdem die Manöverkritik über die Geländeübung beendet war, ging ich erneut zu Ukmadorians Arbeitszimmer.

»Herein«, rief er, als ich anklopfte. »Ach, Cathan. Na, das ging ja schnell.«

»Welche Wahl hätte ich denn gehabt?«, erwiderte ich. Das war wahrscheinlich die einzige Antwort, die ich auf seine verschleierte Drohung vom Vormittag geben konnte. Etwas förmlicher fuhr ich fort: »Ich würde mich gern zum Magier ausbilden lassen.«

»Hervorragend«, sagte er und grinste breit. Für meinen Geschmack wirkte dieses Grinsen viel zu zufrieden. »Als Magier des Schattens?«

Ich hätte ihm seine Selbstgefälligkeit am liebsten um die Ohren gehauen und verkündet, dass ich mich mit Wasser, meinem natürlichen Element, verbinden wollte. Doch das war etwas, was ich nie ernsthaft in Erwägung gezogen hatte – hier hatte ich Freunde und kannte mich aus. Ich wollte das alles nicht für eine unbekannte und viel größere Zitadelle aufgeben.

»Du wirst jeden Abend Unterricht haben, zusammen mit Ravenna, nachdem die anderen zu Bett gegangen sind. Anfangs wird es ziemlich ermüdend sein, aber nach ein paar Tagen wirst du merken, dass Schattenmagier sehr wenig Schlaf brauchen.«

Er war aufrichtig erfreut und wieder richtig freundlich; von dem Druck, den er heute Morgen auf mich ausgeübt hatte, war nichts mehr zu bemerken. Ich hingegen würde es nicht so schnell vergessen, genauso wenig wie das, was Persea mir über Ravenna und den Druck, dem sie ausgesetzt war, erzählt hatte.

»Wie lange wird diese Ausbildung zum Magier dauern?«, erkundigte ich mich und tat so, als wäre ich in derselben Stimmung wie er. »Oder, genauer, wie funktioniert Magie eigentlich?«

»Im Wesentlichen geht es darum, deinen Verstand zu trainieren, so dass er seine Macht dazu benutzen kann, Dinge, die sich außerhalb deines Körpers befinden, zu beeinflussen. Die meisten Zaubersprüche gründen auf Schatten, obwohl es ein paar Dinge gibt, die alle Magier – auch die anderer Elemente – tun können. Natürlich ist Schattenmagie tagsüber begrenzt und nachts generell viel stärker, im Gegensatz zu den anderen, die nicht von Licht oder Dunkelheit abhängig sind.«

»Und wie lange wird es dauern?«

»Ein paar Wochen, um zu lernen, *wie* es geht, und dann Jahre, um deine Geschicklichkeit zu üben, all die Befehle für die komplizierteren Fähigkeiten zu erlernen – du musst lernen, auf eine ganz andere Weise zu denken – und Erfahrungen zu sammeln, indem du sie benutzt. Am Ende dieses ersten Jahres, in dem noch alle deine Freunde hier sind, wirst du alle Techniken kennen, nur wirst du noch unerfahren und nicht besonders gut darin sein, sie zu handhaben und dich selbst zu kontrollieren. Weil du deinen Verstand benutzt, um die Magie zu lenken, gibt es Beschränkungen, mit wie viel du umgehen kannst. Je besser deine Technik ist, um so mehr Macht kannst du handhaben, bevor das Lenken dich erschöpft.«

»War ich deswegen nach dem Test gestern Nacht so erschöpft?«

Ukmadorian nickte.

»Ravenna musste überprüfen, ob du lenken kannst, daher hat sie eine Menge Macht von den Steinen des Fußbodens – der so eine Art magischer Speicher ist – durch dich hindurchgezogen. Wenn du keinerlei magisches Talent hättest, wäre sie einfach durch dich hindurchgeflossen, in sie hinein und zurück in den Fußboden. Doch du hast instinktiv begonnen, die Magie zu lenken, und weil du überhaupt nicht gewohnt warst, damit umzugehen, bist du praktisch ausgebrannt. Morgen Abend unterhalten wir uns näher darüber. Aber jetzt solltest du dich ausruhen und dich von den Nachwirkungen der letzten Nacht erholen.«

Mit diesen Worten hatte er mich quasi entlassen, daher drehte ich mich um und verließ das Zimmer. Ich stellte fest, dass ich ganz wild darauf war, die Magie auszuprobieren. Vielleicht war es die Aussicht, über so viel Macht zu gebieten, oder auch die Tatsache, dass ich, wer auch immer ich in Wirklichkeit war, einer der mächtigsten Menschen auf ganz Aquasilva werden würde. Vielleicht nicht so wie der längst verstorbene Carausius, dessen Kräfte wirklich außergewöhnlich gewesen waren, aber immer noch ein mächtiger Magier. Und wenn der erste Teil von Palatines geheimnisvollem Plan funktionierte und ich wirklich in der Lage wäre, zu entscheiden, wo ich hingehen wollte, würde ich nicht auf dieser Insel festsitzen und die Aufträge des Konzils der Elementare ausführen, sondern könnte ganz Aquasilva bereisen und dabei helfen, die Strategie vorzubereiten, die die Macht der Domäne ein für allemal brechen würde.

Ich hatte kaum das Ende des Korridors erreicht und war in den nächsten eingebogen, als Ravenna plötzlich im wahrsten Sinne des Wortes aus den Schatten auftauchte.

»Folge mir!«, befahl sie, und genau das tat ich, einen Korridor entlang, durch das große Vorzimmer der Zitadelle, die Treppen hinunter und hinaus auf die Kais des leeren Hafens.

»Hast du angenommen?«, fragte sie mich, als ich etwas außer Atem und schon wieder reichlich verwirrt auf den Steinen des Kais stand.

»Ja«, sagte ich.

»Ja!« Ein schwaches Lächeln stahl sich auf ihr ernstes Gesicht. »Cathan, du bist mein Retter. Hat dir irgendjemand erzählt, was ich wirklich von diesem alten Ziegenbock und seinem Konzil blökender Schafe halte?« Das klang jetzt reichlich abwertend; all die Ehrerbietung, die ich bisher bei ihr beobachtet hatte, war verschwunden. Und zum ersten Mal hörte ich ihre »richtige« Stimme, denn jetzt sprach sie nicht in jenem ausdruckslosen, knappen Tonfall, den sie normalerweise benutzte.

»Persea hat es mir erzählt, und mir gefällt es, wie du das gerade ausgedrückt hast.«

»Gut! Es ist besser, als sie es verdient hätten – die könnten noch nicht einmal einen Tempel führen, ganz zu schweigen von einer Ketzerbewegung. Kein Wunder, dass wir bis jetzt noch nie gewonnen haben. Und jetzt hör zu. Wir werden mehrere Monate lang zusammen die Kunst der Magie erlernen, weil er mir bis jetzt noch fast überhaupt nichts beigebracht hat. Meistens werden uns Chlamas und Jashua – das ist der andere Magier, der ältere – unterrichten. Chlamas trägt alles sofort Ukmadorian und dem Konzil zu, Jashua ist harmlos und eigentlich ganz nett. Ab und zu werden wir es auch mit dem obersten Ziegenbock höchstpersönlich zu tun haben, aber später werden wir uns um einiges selbst kümmern müssen, weil letztlich nicht alles gelehrt werden kann.«

Sie machte eine kurze Pause und schien unsicher, was sie als Nächstes sagen sollte. »Hör zu, es tut mir Leid, wenn ich dich mit meinen Kommentaren verletze. Ich weiß noch immer nicht, ob ich dich jetzt eigentlich mag oder nicht, aber darum geht es auch gar nicht. Keiner von uns will hier bleiben, also können wir genauso gut an einem Strang ziehen. Ich werde versuchen, später nicht mehr ganz so hart zu sein, aber sie brauchen nicht zu wissen, dass wir zusammenarbeiten, deshalb sollten wir die Dinge so weiterlaufen lassen wie bisher. Ich weiß, dass du mich nicht magst, aber wirst du mir helfen?«

»Das werde ich«, erwiderte ich einen Augenblick später. Ich war ziemlich durcheinander.

»Vergiss am besten, was wir gerade besprochen haben, mach mit den anderen deine Pläne, und am Ende dieses Jahres können wir ihnen dann entkommen.«

»Schön.«

Ravenna ging schnell davon, zurück in die Zitadelle. Ich fragte mich, ob ich ihre spöttischen Bemerkungen ein ganzes Jahr lang würde ertragen können, doch ich war völlig verwirrt von dem, was sie gesagt hatte. Und es kam mir nie in den Sinn, zu fragen, was ich eigentlich von dieser Abmachung haben würde. Ich kehrte auf einem Umweg zurück zum Strand und fragte mich, warum mir das alles so vollkommen undurchsichtig vorkam, wo mir doch jeder erklärt hatte, was los war.

Kapitel XIV

Ich kroch den Korridor entlang, die Armbrust unter meinem Umhang versteckt, eingehüllt von einer Wolke aus Schatten. Ein Stück voraus waren Magier auf Posten und bewachten die Tür des Zimmers, in dem mein Zielobjekt eine Beratung abhielt.

Ich hatte allerdings nicht vor, den Raum durch die Tür zu betreten. Nun, da ich wusste, in welchem Zimmer er war, zog ich mich wieder durch den Korridor zurück und begab mich hinaus auf den Hof, der genauso verlassen war wie die angrenzenden Räume. Das Türschloss eines dieser Räume hatte ich vor einiger Zeit entriegelt. Jetzt ließ sich die Tür leicht öffnen, als ich den Griff in die falsche Richtung drehte, und ich schlüpfte hinein; es war ein unbenutztes Schlafzimmer oder so etwas Ähnliches.

Die Läden des großen Fensters auf der anderen Seite waren geschlossen, doch trotz der Dunkelheit konnte ich die Riegel ohne Probleme erkennen und öffnete sie. Jetzt wurde ein dunkles, mit Sternen gesprenkeltes viereckiges Stück Himmel sichtbar, der seine Farbe den interstellaren Staubwolken verdankte. Heute Nacht schien kein Mond; das war auch der Grund, warum ich diesen Versuch ausgerechnet jetzt unternahm: Ich würde viel leichter fliehen können.

Hinter dem Fenster fiel die Klippe steil zum Meer ab, das an dieser Stelle felsig und trügerisch war, und tödlich für jeden, der zu nah am Ufer ins Wasser stürzte.

Ich wickelte das Seil ab und befestigte die Klammer an seinem Ende am Fensterbrett; dann zog ich meine schwarzen Handschuhe an, überprüfte meine Ausrüstung, und sprang mit einem Satz auf das breite Sims, wobei ich sorgsam das Gleichgewicht hielt. Ich schlang mir das Seil um die Hände, setzte mich hin, ließ meine Beine nach außen baumeln und schob mich dann vorsichtig weiter, bis ich am Seil aus dem Fenster hing. Ich hielt meine Nervosität im Zaum, während ich so über dem tobenden Meer hing, und machte einfach nur ruhig weiter. Einmal mehr war ich froh über die Spezialausbildung, die Ukmadorian einer kleinen Elite von uns – den Gewandtesten und Geräuschlosesten – hatte angedeihen lassen. Vieles davon war nicht besonders angenehm gewesen, vor allem die Fluchtübungen, doch in den letzten Tagen hatte es sich bezahlt gemacht.

Ich ließ mich an dem Seil hinunter, bis meine Füße den winzigen Vorsprung zwischen dem Fuß der Mauer und dem Rand der Klippe berührten. Während ich weiter vom Seil aufrecht gehalten wurde, zog ich aus einer Tasche an meiner Hüfte zwei harzüberzogene Polster, die ich über meine Handschuhe streifte.

Das Harz diente als sehr starker, schnell trocknender Klebstoff. Es würde mir ermöglichen, mich an der Mauer festzuhalten, während ich mich auf dem Sims vorantastete, doch ich würde mich schnell bewegen müssen. Denn das Harz würde nicht nur an der Mauer kleben bleiben, wenn ich die Polster zu lange dagegen presste, sondern es würde auch austrocknen.

Ich legte die Hand auf die Mauer zu meiner Linken, spürte, wie das Polster klebte, und schob dann die Füße und den anderen Arm hinterher, seitwärts wie ein Krebs. Ich war unterhalb der Fensterlinie, deshalb würde ich von dem Licht, das aus den meisten von ihnen fiel, nicht angestrahlt werden, und weil es so dunkel war, bestand auch keine Gefahr, dass der einzelne, gelangweilte Wachposten auf dem Balkon mich entdecken würde, ehe ich sehr dicht bei ihm war.

Als ich mich meinem Ziel näherte, spürte ich, wie das Harz zu trocknen begann und beschleunigte meine Schritte so sehr, wie ich es wagte.

Links oberhalb von mir ertönten Schritte, und ich erstarrte. Doch kein Alarmruf war zu hören, und es kam auch kein Pfeil angeflogen, daher schaute ich nach einem kurzen Augenblick auf. Der Wachposten hatte sich mit dem Rücken zum Haus hingesetzt, den Blick hinaus aufs Meer gerichtet; das konnte ich durch das Geländer erkennen.

Jetzt kam der schwierigste Teil der Operation: über die hölzerne Brüstung zu klettern, ohne dass der Posten mich bemerkte. Glücklicherweise hatte ich ein Blasrohr und einen kleinen Beutel mit präparierten Pfeilen mitgebracht – das war eigentlich immer ziemlich nützlich. Es dauerte nur einen Augenblick, das Blasrohr herauszuholen, einen der kleinen Pfeile hineinzuschieben und ihn dem Wachposten in den bloßen Arm zu schießen.

Er schlug ärgerlich nach der Stelle und wischte den Pfeil dabei zur Seite.

»Verdammte Viecher!«, murmelte er.

Zwar machte ich mir mehr und mehr Sorgen wegen des Harzes, doch ich blieb, wo ich war, bis der Kopf des Wachpostens zur Seite sank und er augenscheinlich eingeschlafen war. Er war für mehrere Stunden der Welt entrückt.

Ich zog an den Polstern, doch die klebten jetzt fest. Lautlos fluchte ich vor mich hin. Ich musste die Hände aus den Polstern ziehen –

wobei die Halteschlaufen zerrissen – und dann rasch nach dem Geländer greifen, um nicht in die Tiefe zu stürzen.

Danach war es nur noch eine Angelegenheit von einer Minute, mich über das Balkongeländer zu ziehen und neben der Tür – die offen stand, um frische Luft in den dahinter liegenden Raum zu lassen – hinzukauern. Ich riskierte einen schnellen Blick – selbst hier würden es die als Wachposten dienenden Magier bemerken, wenn ich meine Schattensicht einsetzte.

Um den Tisch herum saßen sechs oder sieben Personen; ein paar drehten mir den Rücken zu, anderen konnte ich in die Gesichter sehen, aber alle beugten sich über etwas, das auf dem Tisch ausgebreitet war. Ich musste noch einmal hinsehen, um mein Ziel zu identifizieren.

Dann löste ich so leise ich konnte das Seil von meiner Taille und streifte es ab, hakte die Armbrust los, die an meinem Gürtel hing, und lud sie mit dem Bolzen, der aus zusammengepressten Blättern gemacht war – die beste nicht tödliche Nachahmung eines normalerweise lebensgefährlichen Geschosses.

Ich lehnte mich um den Türpfosten, zielte und schoss.

In dem Sekundenbruchteil bevor ich aufsprang, sah ich, wie der Pfeil sein Ziel traf, und ich genoss den bestürzten Ausdruck in den Gesichtern der anderen. Dann brach die Hölle los. Ich hetzte zur Balustrade, sprang auf die breite obere Einfassung und warf mich, gerade als die schnellsten Wachen die Tür erreichten, mit einem Satz so weit hinaus ins Nichts, wie ich nur konnte.

Das Wasser war warm, aber dunkel, und sobald ich die Wasseroberfläche berührte, krümmte ich mich, um nicht auf dem Meeresgrund aufzuschlagen. Zwar war ich weit genug von den Felsen entfernt, doch das Wasser war hier trotzdem nur zwanzig Fuß tief. Dann schwamm ich, ohne das Seil, die Armbrust und die anderen Werkzeuge, die ich zurückgelassen hatte, so schnell ich konnte von der Zitadelle weg zum hinteren Ende des Strandes. Ich konnte unter Wasser atmen; das hatte ich schon immer gekonnt – genau wie Palatine. Diese Neuigkeit hatte mich eigentlich gar nicht mehr überrascht.

»Da bist du ja!«, sagte Ghanthi, als ich auftauchte. »Beeil dich, sie sind vollkommen übergeschnappt. Hast du ihn erwischt?«

»Ja!«

Während wir in den Wald hineinrannten und auf Palatines Lager zuhielten, grinste Ghanthi breit. Jetzt war uns der Sieg so gut wie sicher.

»Das habt ihr gut gemacht, ihr alle!« Ukmadorian strahlte.

Die Große Halle war bis zum letzten Platz mit sämtlichen Novizen des Schattenordens gefüllt, und viele Lehrer und Helfer der Zitadelle standen am Rand. Auf den vordersten Plätzen saß das Oberkommando der Schattenstreitmacht, und alle waren sehr zufrieden mit sich: Palatine, Mikas, Laeas, Ravenna, Ghanthi, Darius, Uzakiah, Telelea, Kuamo, Moastra, Jiudan und ich. Zum ersten Mal in drei Jahren hatte ein Orden alle Übungen in dem »Krieg«, den die Novizen der häretischen Orden miteinander ausfochten, gewonnen. Wir hatten Erde, Wind und schließlich, im letzten Kampf, auch Wasser besiegt.

Es war mit das Tollste gewesen, was ich jemals getan hatte. Doch jetzt war die Okkupation der Zitadelle durch Wasser vorbei; sie waren auf ihre eigene Insel zurückgekehrt, und die Glückwünsche waren ausgesprochen worden.

Ukmadorian entließ uns, und wir traten in den sonnigen Nachmittag hinaus; das letzte große Ereignis unserer Lehrzeit in der Zitadelle war nun vorüber. Es blieben noch etwas weniger als zehn Tage, bis wir alle fortgehen würden – nach einer Zeremonie, in der wir als Mitglieder des Ordens des Schattens bestätigt werden würden. Unsere Novizenzeit war vorbei. Anschließend würden wir an Bord der *Schattenstern* die lange Heimreise antreten, nicht länger als unreife Heranwachsende, sondern als voll ausgebildete, geschulte Häretiker.

Auch Ravenna und ich würden dann – mit etwas Glück – ebenfalls aufbrechen.

»Kommt jemand mit auf einen Spaziergang?«, fragte Palatine. »Rüber zum zweiten Strand?«

Laeas, Mikas und Ghanthi stimmten zu, und gemeinsam gingen wir am Waldrand entlang zu dem Strand hinter der ersten Landzunge, wo sich nur wenige Menschen aufhalten würden und niemand etwas mitanhören könnte, was uns nicht dienlich war. Mikas war seit dem ersten glänzenden Sieg über den Orden der Erde vor ein paar Wochen fest von Palatines Sache überzeugt. Er kannte auch ein paar Einzelheiten ihres Plans, allerdings nicht so viele wie ich. Palatine behandelte ihn wie einen Gleichberechtigten, obgleich sie sich ganz sicher besser als Anführerin eignete als er. Aber genau betrachtet behandelte Palatine während der Übungen eigentlich niemals irgendjemanden so, als wäre er ihr unterlegen, sondern als sei er ihr lediglich untergeordnet.

»Cathan hat uns übrigens nicht zuletzt gezeigt, wie verwundbar wir sein können, wenn man versucht, uns zu ermorden«, sagte Mikas. »Nachdem wir die gesamte Führung der Gruppe aus der Zitadelle der Erde getötet haben, hatte dieser Wasseranführer mehr Wachen als der Primarch höchstpersönlich. Aber Cathan hat ihn ausgeschaltet und den Krieg für uns gewonnen.«

»Es war ganz schön riskant«, erinnerte ich ihn. Seit die Aktion beendet war, waren mir Tausende von Kleinigkeiten eingefallen, die hätten schief gehen können, jedoch alle irgendwie geklappt hatten, Tausende von Kleinigkeiten, die bedacht werden mussten, sollte ich so etwas noch einmal tun müssen.

»Aber du hast es geschafft«, wandte Mikas ein. »Und die Domäne verfügt über einen nahezu unerschöpflichen Vorrat an Assassinen.«

»Wohl kaum unerschöpflich«, sagte Laeas. »Es mag viele geben, die willig sind – aber nur wenige, die auch gut genug sind.«

»*Viele* und *wenige* sind relative Begriffe, wenn man es mit der Domäne zu tun hat.«

»Benutze einen Dieb, um einen Dieb zu fangen«, sagte Ghanthi grinsend. »Bis die Domäne ausreichend beunruhigt ist, um von uns Notiz zu nehmen, wird Cathan über ein ganzes Korps von Assassinenmagiern verfügen.«

»Bist du nicht vielleicht ein bisschen zu optimistisch? Es gibt kaum genug Magier, um eine Abendgesellschaft zu veranstalten, ganz zu schweigen davon, ein Assassinenkorps aufzubauen. Außerdem habe ich eigentlich nicht vor, Assassine zu werden.«

»Aber Spaß macht es dir jedenfalls.«

»Es macht Spaß, aber ich glaube nicht, dass ich das gleiche Gefühl haben werde, wenn ich mit einem echten Armbrustbolzen auf jemanden ziele.«

»Denk an den Kreuzzug«, sagte Laeas.

Denk an den Kreuzzug. Er hatte Recht: Wenn ich mir vorstellte, wie ich die Anführer der Domäne aus Rache für den Kreuzzug tötete, klärte das meine Sinne und machte meine Mission erschreckend einfach.

»Ein Magier zu sein ist allerdings auch eine weit größere Hilfe«, meinte Ghanthi. »Und zwei Magier – nun, ich würde sagen, mit eurer Hilfe liegt uns die Welt zu Füßen.«

Ich hatte den Eindruck, dass er das sarkastisch gemeint hatte, doch ich zahlte es ihm nicht mit gleicher Münze zurück.

»Vorausgesetzt, dass sie sich gegenseitig ertragen können«, gab ich zu bedenken und dachte an die dauernden Streitereien, die Ravenna und ich im vergangenen Jahr gehabt hatten.

»Du und Ravenna?«, fragte Palatine ungläubig. »Ihr braucht euch uns gegenüber nicht zu verstellen.«

»Und was soll das jetzt bitte bedeuten?«, wollte ich wissen, während wir über den Kamm kletterten, der die beiden Strände voneinander trennte.

»Pah! Anscheinend verbringt ihr zu viel Zeit damit, eure magischen Fähigkeiten zu nutzen statt euren Verstand. Aber dir ist doch wohl klar, wie sehr du ihre Gesellschaft genießt?«

»Ich soll ihre Gesellschaft genießen?«, entrüstete ich mich. »Ich streite mich fast jedes Mal mit ihr, wenn wir uns begegnen.«

»Schau, dir ist doch bestimmt klar, wie gern du mit ihr streitest, oder?«

»Bist du sicher?«, fragte Ghanthi erstaunt. Er zumindest war anscheinend noch nicht verrückt geworden.

Persea und ich gingen seit ein paar Wochen getrennte Wege, doch Palatine war dabei gewesen, als Persea uns von Ravennas anderer Seite erzählt hatte. Doch ich hatte ihr nie besondere Gefühle entgegengebracht – außer der tief empfundenen Abneigung kurz nach unserer Ankunft. Und dann waren da noch die heftigen Auseinandersetzungen über Ukmadorians besondere Unterrichtsmethoden gewesen.

»Ist sie nicht ein bisschen kühl?«, meinte Laeas. »Ich meine, wenn sie sich nicht gerade aufregt.«

Mir wurde plötzlich klar, dass Palatine ihnen nichts von Ravennas verborgener Seite gesagt hatte, und ich öffnete den Mund, um etwas zu sagen. Doch es sollte ungesagt bleiben.

Wir hatten mittlerweile den Kamm erreicht und gingen jetzt am Rand der Klippe den schmalen Pfad hinunter, der zum Strand führte. Laeas schritt voraus, dann kamen Palatine und Mikas, dann Ghanthi und ich. Palatine musste auf ein Grasbüschel getreten sein und das Gleichgewicht verloren haben.

Ich sah sie stolpern und ausgleiten, wobei sie sich gefährlich zur Seite neigte. Dank meines übernatürlichen Blicks, der sowohl am Tage als auch nachts vom Schatten geschärft war, erkannte ich, dass sie abstürzen würde, ehe einer von uns sie erreichen konnte. Selbst meine blitzartigen Reflexe reichten nicht aus. Ich streckte mit schmerzhafter Langsamkeit den Arm aus, versuchte verzweifelt, sie festzuhalten und Mikas dazu zu bringen, sich schneller zu bewegen. Doch es war zu spät.

Palatine stürzte über die Kante und prallte mit einem grauenhaften Geräusch zwanzig Fuß tiefer auf den Sand.

»Oh Althana, nein!«, stieß Mikas hervor und beugte sich über die Kante. Laeas, der sich gerade herumdrehte, sah, was geschehen war und blieb entsetzt stehen.

Ich drängte mich an den beiden vorbei – wobei ich natürlich darauf achtete, sie nicht über die Kante zu stoßen – und rannte den Pfad entlang, bis er nur noch ein paar Fuß über dem Sand war. Dann sprang ich auf den Strand hinunter und rannte weiter, erreichte Palatines reglosen Körper, ehe einer der anderen überhaupt den Pfad verlassen hatte.

Sie lag schlaff auf dem Rücken und starrte mit glasigen Augen zum Himmel hinauf. Der Sand hatte den Aufprall ein bisschen gedämpft; zumindest atmete sie noch. Ich dankte irgendeiner göttlichen Macht dafür, dass sie noch am Leben war, und rief Ghanthi, unserem schnellsten Läufer zu: »Hol Hilfe! Du musst einen Heiler holen!«

Er blieb kurz stehen und rannte dann den Pfad wieder hinauf, während die anderen zu mir und Palatine hinunterkamen.

»Sie lebt noch«, stellte Mikas fest.

»Ich werde sie untersuchen«, sagte ich. »Ich glaube nicht, dass wir es uns leisten können zu warten.« Wir alle hatten eine medizinische Grundausbildung erhalten, aber ich beabsichtigte nicht, sie zu nutzen. Ich nahm eine von Palatines Händen, schloss die Augen und befreite meinen Verstand von allen unwesentlichen Gedanken. Es hatte endloser, wochenlanger Übungen bedurft, bis ich das endlich schaffte, wann immer ich wollte, und selbst jetzt fiel es mir noch schwer.

Dann schickte ich mein Bewusstsein über die Verbindung zwischen uns in ihren Körper, so wie Ukmadorian es getan hatte, füllte ihn mit Magie, die keinen Auslass hatte, und ermöglichte es mir dadurch, ihn auf andere Weise zu »sehen«. Ich überprüfte ihr Skelett, das ich als silberne Silhouette in ihrem Körper wahrnahm, die durch die völlige Schwärze meines Verstandes schwebte. Sie hatte sich – Thetis sei Dank – nichts gebrochen, und ich gestattete mir einen innerlichen Seufzer der Erleichterung, während ich mich gleichzeitig fragte, was wohl geschehen war. Eigentlich hätte sie sich das Genick brechen müssen, doch ich konnte nirgends einen Knochenbruch feststellen.

Ich begab mich auf eine andere Ebene, betrachtete ihr Körpergewebe und ihr Blut, und sah zum ersten Mal, wovon Ukmadorian und Ravenna berichtet hatten: jenen *fremdartigen* Überzug, die Rückstände von Magie, die Generationen lang in den Körpern ihrer Vorfahren zirkuliert hatte. Die Muskeln ihres Rückens waren durch den Aufprall verletzt worden, doch ansonsten schien sie keinerlei ernsten Schaden genommen zu haben. Woraus bestand Palatine? Sie war in dem ganzen Jahr nicht ein einziges Mal krank gewesen – fast alle anderen hatten irgendwann die eine oder andere leichte Erkrankung durchgemacht –, und jetzt fiel sie von einer Klippe und zog sich keinerlei ernste Verletzungen zu.

Ich drang noch eine Schicht tiefer vor, in die Sphäre des Geistes, die Sphäre, die nur Gedankenmagier beeinflussen konnten. Ich konnte sie zwar erforschen, doch ich konnte dort nicht das Geringste ausrichten. Hier gab es keine einzelne Gestalt, nur ein Wesen, das den gesamten, unbestimmten Raum ausfüllte. Es war nicht nur gefährlich, sondern auch zudringlich, diese Sphäre zu betreten, doch ich musste wissen, ob sie beschädigt worden war.

Hier fand sich etwas, was eigentlich nicht da sein sollte, wie eine Mauer, die quer durch einen Teil von ihr verlief. Aber jetzt, wo ich hier war, konnte ich sehen, dass diese Mauer ernsthaft geschwächt worden war, dass Spuren ihrer Erinnerungen hindurchdringen konnten.

Dahinter lag noch eine weitere Sphäre, die Sphäre der Seele, doch das war ein Ort, der für niemanden erreichbar, und den zu betreten niemand das Recht hatte.

Ich glitt wieder zurück durch die verschiedenen Schichten, bis ich wieder allein war, durchbrach die Barriere, die meinen eigenen Verstand zurückhielt, und erlaubte ihm, wieder in mich hineinzufließen. Meine Augen öffneten sich, ich kippte leicht vornüber und ließ ihre Hand los.

»Cathan!« Das war Laeas' Stimme; sie klang, als wäre er sehr weit weg. Ich riss mich zusammen und warf einen Blick auf Palatines bewusstlose Gestalt.

»Was ist mit ihr?«, fragte Mikas. Furcht malte sich auf seinem normalerweise undurchdringlichen Gesicht.

»Sie ist völlig in Ordnung«, sagte ich. »Es ist unglaublich.«

Die beiden stießen tiefe, erleichterte Seufzer aus. Ich setzte mich hin, lehnte mich gegen einen Felsen, und gemeinsam warteten wir auf die Heiler, die sich um sie kümmern würden.

Mikas, Laeas und ich harrten neben Palatines Krankenbett in einem kleinen Zimmer auf der Krankenstation aus, bis sie aufwachte. Ghanthi blieb draußen, beruhigte die anderen und schaute in regelmäßigen Abständen immer wieder herein. Doch er ließ niemanden zu ihr, außer Ravenna, die zweimal vorbeikam, um nach Palatine zu sehen; sie sah mitgenommen und müde aus, wie schon seit einigen Tagen.

Lange nachdem die Nacht hereingebrochen war und man uns etwas zum Abendessen gebracht hatte, erwachte Palatine endlich aus dem Koma. Sie öffnete die Augen und starrte uns mit einem merkwürdigen Gesichtsausdruck an, doch es dauerte ein paar Minuten, bis sie in der Lage war zu sprechen.

»Orosius«, sagte sie mit schwacher Stimme.

Erschrocken schauten wir einander an. Ich war mir sicher, dass sie nicht erneut die Erinnerung verloren hatte, denn es hatte keinerlei Anzeichen dafür gegeben. Was sollte also dieser Name?

»Wir sind's, Palatine«, sagte Laeas. »Cathan und Mikas und ich.« Palatine wandte den Kopf und sah mich an.

»Du siehst aus wie er«, sagte sie. »Du siehst ihm so ähnlich. Ich frage mich, warum mir das nicht eher aufgefallen ist.« Was redete sie da? Glaubte sie, dass der Kaiser hier war, oder kannte sie einen anderen Orosius?

»Palatine, wo bist du?«, fragte Mikas.

»In der Zitadelle … aber in welcher Zitadelle?« Sie richtete sich etwas auf, stützte sich auf die Ellenbogen und schüttelte den Kopf. Noch immer wirkte sie sehr benommen.

»Du bist in der Zitadelle des Schattens, Palatine«, erwiderte ich. »Wo sonst?«

»Ich wurde in der Zitadelle geboren. Meine Mutter lebt dort.«

Mikas erhob sich, um einen Heiler zu suchen, doch Palatine stieß mit schwacher, krächzender Stimme einen Befehl aus, der ihn abrupt stehen bleiben ließ.

»Bleib hier! Ich bin nicht verrückt!«, beteuerte sie. In ihrer Stimme schwang ein protestierender Unterton mit.

»Aber wovon redest du dann die ganze Zeit?«

»Von dem, woran ich mich erinnern kann – genauso klar, wie ich euch drei hier vor mir sehe: Cathan zu meiner Linken, Laeas zu meiner Rechten und Mikas rechts bei der Tür.«

»Wer waren deine Eltern?«, fragte ich – und fürchtete mich vor der Antwort.

»Mein Vater war Rheinhardt Canteni, Präsident des Clan Canteni. Meine Mutter ist …« Sie verstummte mehrere Atemzüge lang und legte eine Hand an den Kopf. »Meine Mutter ist Neptunia Tar'Conantur, die Schwester des alten Kaisers Perseus. Ich wurde am fünfzehnten Tag des Sommers im Jahr 2752 im Kaiserlichen Palast von Selerian Alastre geboren.«

»Verstehe ich das richtig?«, sagte Ravenna. »Palatine behauptet, die Anführerin der thetianischen Republikaner zu sein, die letztes Jahr ermordet wurde?«

Wir waren in einem der unbenutzten Quartiere, an denen ich zwei Nächte zuvor vorbeigekommen war. Ravenna hatte mich angesprochen, als ich Palatines Zimmer verlassen hatte, um mich ein wenig auszuruhen. Im Zimmer war es stockdunkel, aber ich konnte sie in Grauschattierungen deutlich erkennen, so als blicke ich durch einen Filter.

»Ravenna, der Gedankenmagier hat sie noch einmal untersucht. Sie glaubt es wirklich.«

»Dann bleibt da immer noch das kleine Problem, dass Palatine Canteni vor achtzehn Monaten in allen Ehren bestattet wurde. Ukmadorian hat in der Zitadelle des Wassers Erkundigungen eingezogen. Anscheinend war die Leiche, die sie bestattet haben, definitiv die von Palatine Canteni.«

In der Zitadelle des Schattens gab es keine Thetianer; sie hassten die Tuonetar immer noch viel zu sehr.

»Wie weit ist sie bei klarem Verstand?«, wollte Ravenna wissen.

»Nicht besonders. Sie kann sich daran erinnern, wer sie war, und dazu noch hier und da an ein paar Einzelheiten. Und sie hat nichts aus der Gegenwart vergessen.«

»Weiß sie, wie es dazu kam, dass sie in der Nähe von Äquatoria im Wasser getrieben ist? Hamilcar hat unsere Palatine in der Nähe von Taneth aus dem Wasser gezogen – gerade mal eine Woche, nachdem Palatine Canteni in Thetia ermordet wurde. Es gibt keinen Manta, der sie in einer einzigen Woche so weit hätte bringen können. Was bedeutet, dass sie entweder geflogen ist – oder das alles erfunden hat.«

278

In einer Woche um die halbe Welt … nein, nicht einmal die Thetianer konnten so schnell reisen. Aber wer sollte sie sonst sein? Eine reinrassige Thetianerin, zur Führerin ausgebildet, die die thetianische Sprache perfekt beherrschte und befehlen gelernt hatte – was sie während der Übungskämpfe mit den anderen Zitadellen zu unserem Vorteil eingesetzt hatte.

Und – was mir noch wichtiger war – sie war eine Verwandte von mir. Die einzige Verbindung, die ich zu meiner wahren Familie hatte. Das war etwas, das niemand leugnen konnte, der uns zusammen gesehen hatte.

»Was glaubst du also, was sie ist? Eine Spionin der Domäne, die die letzten fünf Jahre damit verbracht hat, jemand anderes zu werden, um sich ins Haus Barca einzuschleichen?«

»Natürlich nicht ins Haus Barca! Bei uns! Sie sind durchaus zu so etwas fähig.«

»Willst du damit etwa sagen, sie wäre ein Spitzel?«, begehrte ich auf.

»Nein, will ich nicht. Ich sage nur, wir haben ihr vertraut, wir haben sie eine Führungsrolle übernehmen lassen – ohne zu wissen, wer sie wirklich ist. Wir sollten lieber auf Nummer Sicher gehen, ehe es uns hinterher Leid tut.«

»Was schlägst du also vor? Was sollen wir tun? Sie zum Kaiser bringen und ihn fragen, ob er sie kennt oder nicht?«

»Natürlich nicht, du Idiot! Es hat keinen Zweck, mehr Thetianer in diese Angelegenheit einzuweihen, als unbedingt nötig.«

»Was ist das eigentlich für eine Geschichte mit dir und den Thetianern?«, wollte ich wissen. »Ukmadorian weist immer wieder darauf hin, dass wir nichts mit den Tuonetar zu tun haben, aber er lässt keine Gelegenheit aus, die Thetianer fertig zu machen – genau wie du.«

»Er ist ein Halethiter, und die mögen die Thetianer nun mal nicht besonders. Ist das zu hoch für dich?«

279

»Hör endlich auf, dich über meine Intelligenz lustig zu machen! Es ist schließlich nicht so, dass du dich auf einer höheren Daseinsebene bewegst, oder?«

»Du scheinst mir heute Abend beweisen zu wollen, dass du wirklich überhaupt nicht denken kannst.«

»Meine Verwandte ist heute Morgen von der Klippe gestürzt – da möchte ich mich doch für meinen Mangel an Konzentration entschuldigen.«

»Deine Verwandte behauptet, sie sei mit dem Kaiser verwandt. Und nicht nur das, sondern dass sie außerdem eine thetianische Märtyrerin ist, die durch irgendeinen Riss in der Welt erschienen ist, um uns vor der Domäne zu retten.«

»So was nennt man Rache. Die Domäne hasst die thetianischen Republikaner fast ebenso sehr wie der Kaiser, und sie hatten nicht die geringsten Skrupel, ihren Vater zu töten.«

»Komisch, dass sie schon gegen sie intrigiert hat, *bevor* ihre Erinnerung zurückgekehrt ist. Bist du dir denn sicher, dass sie ihr Gedächtnis wirklich verloren hat? Oder ist sie nur eine besonders kluge Schauspielerin, die uns alle zum Narren gehalten hat?«

»Muss es denn eigentlich für alles niedere Beweggründe geben?«, fragte ich zurück.

»Einer wieder zum Leben erwachten thetianischen Republikanerin, die eine Mission verfolgt, die uns alle vor der Domäne retten soll, stehe ich irgendwie ziemlich skeptisch gegenüber. Ich meine, ausgerechnet eine Thetianerin. Alles, was die normalerweise tun, ist Trinken und Orgien feiern.«

»Magst du sie deswegen nicht? Ist bei euch zu Hause jeder Einzelne ein Ausbund an Tugend, der niemals trinkt, niemals eine Affäre hat, und sich niemals die Chance entgehen lässt, etwas zu kritisieren?« Ich machte eine kurze Pause. »Um Thetis' willen, ich weiß noch nicht einmal, wo du überhaupt herkommst. Doch wohl nicht zufällig vom Ende der Welt, oder?«

»Mein Volk hat bereits in Städten gelebt, als deine Vorfahren noch in Hütten gehaust haben, deshalb musstet ihr vorbeikommen und alles zerstören«, erwiderte sie hitzig. Und unterbrach sich, als wir beide fast gleichzeitig bemerkten, wie albern sich das alles anhörte. Und dass ihr gerade eben etwas herausgerutscht war, was sie gar nicht hatte sagen wollen.

»Alles zerstören?«, fragte ich in die lastende, unbehagliche Stille hinein, die auf ihre Worte gefolgt war. »Ich habe gar nicht gewusst, dass ihr mit den Tuonetar zu tun hattet.«

»Die Tuonetar sind nicht die Einzigen, die älter sind als die Thetianer.« Sie schien völlig vergessen zu haben, dass ich alles andere als ein Thetianer war – auch wenn thetianisches Blut in meinen Adern floss.

Qalathars Geschichte reichte mehr als zweitausend Jahre zurück; Qalathar war der einzige Ort, der mir einfiel, der älter war als die Tuonetar. Doch sie war keine Qalathari, zumindest keine reinrassige. Dafür war sie zu hellhäutig, zu zart gebaut.

»Woher kommst du also?«, fragte ich und hoffte, dass sie nicht wieder auf mich losgehen würde.

»Ihr nennt es das obere Qalathar, aber wir nennen es Tehama.«

Kapitel XV

In erster Linie war ich verblüfft; ich schien heute geistig nicht so recht auf der Höhe zu sein. Aber war das angesichts dessen, was man mir heute alles erzählt hatte, wirklich überraschend?

Viel wichtiger war jedoch noch eine ganz andere Frage: War eigentlich irgendeiner von meinen Freunden ein ganz normaler Mensch? Ich konnte gerade eben noch hinnehmen, dass Palatine behauptete, eine Verwandte von Kaiser Orosius zu sein, obwohl ich selbst nicht genau hätte sagen können, inwieweit ich ihr glaubte. Ravenna hatte angedeutet, dass Palatine möglicherweise tatsächlich die war, die sie zu sein vorgab, doch das war zumindest unwahrscheinlich.

Natürlich hatte ich den Namen Tehama schon früher gehört. Seine Bewohner hatten unerklärlicherweise während des Krieges Partei für die Tuonetar ergriffen, und nachdem der Krieg vorbei war, hatten die Thetianer sich gerächt, indem sie sie vollkommen isolierten, alle Mittel zerstörten, die ihnen einen Kontakt mit der Welt ermöglicht hätten. Hoch oben auf ihrem Plateau über Qalathar, von so ziemlich allem abgeschnitten – und doch sollten sie jetzt, zweihundert Jahre später, immer noch existieren?

»Heute ist wohl nicht dein Tag, was Cathan?« Sympathie schwang in Ravennas Worten mit, und das hätte ich von ihr niemals erwartet. Es war etwas, das sie nur gelegentlich zeigte, wie ich noch herausfinden sollte.

»Wie kannst du von mir erwarten, dass ich das glaube?«, fragte ich, immer noch – oder schon wieder – verblüfft. Warum? Warum mussten alle meine Freunde wahnsinnig sein? »Man hat fast zweihundert Jahre lang so gut wie nichts von ihnen gehört.«

»Und? Überrascht dich das? Niemand kann mit uns Handel treiben, also ignorieren sie uns. Dies hier ist der Archipel, das solltest du nie vergessen – hier ist Handel alles. Wir haben die Tuonetar schon vor langer Zeit vergessen, aber weil es so schwierig ist, rein- oder rauszukommen, bleiben wir unter uns. Auf diese Weise lässt uns die Domäne in Ruhe.«

Ich war nicht in der Stimmung für eine weitere Diskussion, und ich war es müde, dort in der Dunkelheit zu stehen und mich mit ihr zu streiten. Für einen einzigen Tag hatte ich einfach schon genug erlebt. Trotzdem war ich nicht in der Lage, das Gespräch abzubrechen und ihr zu sagen, dass ich ins Bett gehen würde.

»Warum für sich bleiben? Wenn es so schwierig ist, rein- oder rauszukommen, dann braucht ihr euch doch auch sicher keine Sorgen wegen der Domäne zu machen, oder?«

»Hast du im letzten Jahr eigentlich nichts gelernt, Cathan? Sie geben niemals auf. Glaubst du wirklich auch nur einen Sekundenbruchteil, sie würden uns in Ruhe lassen, wenn sie wüssten, dass Tehama mehr ist als ein paar armselige kleine Dörfer?«

Warum musste sie mich eigentlich schon wieder in die Enge treiben? »Um der Elemente willen, Ravenna, reg dich ab. Es war blöd, so etwas zu sagen, und es tut mir Leid.«

Aber ich hatte genug. Ich drehte mich um und ging die paar Schritte bis zur Tür; Staub wirbelte unter meinen Schuhen auf.

»Cathan, bitte! Ich wollte dich nicht ärgern.«

»Wozu hast du es mir überhaupt erzählt?«, wollte ich wissen. Ohne eine Antwort abzuwarten, öffnete ich die Tür und ging, rannte so schnell ich konnte weg von ihr, durch die verlassenen Korridore, bis ich in meinem Zimmer angekommen war und die Tür hinter mir zuzog.

Ich war wütend auf sie, weil sie mich in dieses fruchtlose Unterfangen hineingezogen hatte, aber ich war auch wütend auf mich selbst, und ich konnte mir nicht erklären, warum. Meine Hände zitterten, als ich mir ein Glas Wasser einschenkte, und ich versuchte gar nicht erst, einzuschlafen. Stattdessen ging ich zurück zur Bibliothek, griff mir ein Exemplar von Carausius' *Geschichte* und las ein paar Stellen immer und immer wieder, versuchte, irgendwelche Hinweise zu finden, die mir helfen würden.

Ich fand nichts, und es war bereits nach drei, als ich das Buch beiseite legte, das kalte silberne Schattenlicht zerfallen ließ, bei dem ich gelesen hatte, und mich hinlegte, um noch ein bisschen zu schlafen.

Doch selbst jetzt fand ich noch keine Ruhe. Meine Träume waren lauter Albträume: Ich wurde von der Domäne gefoltert, nur dass die Folterknechte alle Ravennas Gesicht hatten; Palatine stürzte von der Klippe, doch als ich ihren Körper erreichte, war es nicht mehr ihr Körper, sondern der graue, von schrecklichen Wunden übersäte Leichnam von Aetius IV.

Es gab keine Atempause, bis mich jemand schüttelte und ich erwachte.

Beinahe hätte ich nach ihm geschlagen, weil ich mich noch immer in einem Albtraum wähnte, doch dann begriff ich, dass es nicht so war. Ich schaute mich um und stellte fest, dass es immer noch dunkel war. Ravenna kniete neben dem Bett, und ich zog hastig das Betttuch zurecht.

»Was ist denn jetzt?«, wollte ich wissen; ich war immer noch schlaftrunken und fühlte mich einmal mehr im Nachteil, was nicht gerade überraschend war.

»Dein Vater ist der Einzige, der uns helfen kann. Er muss wissen, wer du bist, und vielleicht kann er ja sogar Palatine helfen. Willst du nach Hause zurückkehren?«

»Wie denn?«, fragte ich benommen.

»Es wird eine Möglichkeit geben, das verspreche ich dir. Es wird dann leichter für dich sein, von hier wegzukommen, als für mich.«

»Was ist mit Palatine? Sie ist diejenige, die zustimmen muss.«

»Sie kann auch mitkommen. Ich habe vor fünf Minuten mit ihr gesprochen, und sie ist einverstanden.«

»Du warst heute Nacht aber ziemlich fleißig. Oh ja, wenn es einen Weg gibt, werde ich ihn nutzen.«

Ich war eigentlich nicht in der Verfassung, irgendetwas zu entscheiden – schließlich war es mitten in der Nacht und mir schwirrte noch immer der Kopf von den Albträumen. Doch nach dem, was Palatine heute gesagt hatte, wollte ich unbedingt wissen, wer ich wirklich war, und wenn der Seher die Antworten kannte – was wir natürlich nicht genau wussten –, dann wäre es das wert, den ganzen Weg zu ihm auf sich zu nehmen.

»Gut«, sagte Ravenna. »Erwähne unter gar keinen Umständen Tehama gegenüber jemand anderem als Palatine oder mir. Selbst die Bewohner des Archipels können gefährlich sein.«

»In Ordnung«, versprach ich schläfrig.

Sie stand auf und verließ den Raum durch das gleiche Fenster, durch das sie hereingekommen war; ein Hauch ihres Duftes blieb noch ein Weilchen zurück.

Als ich aufwachte, war dieser Duft der einzige Beweis dafür, dass ich mir das alles nicht nur eingebildet hatte.

Am Vorabend des Tages, an dem die *Schattenstern* ablegen sollte, rief Ukmadorian Ravenna und mich in sein Arbeitszimmer. Der Raum wurde von sechs oder sieben Kandelabern sowie einer Öl-lampe erleuchtet, wobei letztere nicht nur einen beißenden Geruch verbreitete, sondern auch merkwürdige Schatten an die Wände warf. Aus irgendwelchen Gründen mochte Ukmadorian keine Ae-ther-Lampen. Vielleicht rochen sie ihm zu sehr nach neumodischer Erfindung.

»Ich habe erfahren, dass du vorhast, morgen die Insel zu verlas-sen, Cathan«, sagte er mit rauer Stimme. Er lächelte nicht bei die-sen Worten.

»Ja, das stimmt«, erwiderte ich mit ausdruckslosem Gesicht.

»Du hast dich bereit erklärt, zum Magier ausgebildet zu werden, was bedeutet, dass du ein vollwertiges Mitglied des Ordens des Schattens bist und meiner Zuständigkeit unterstehst. Deine Aus-bildung ist noch nicht beendet.«

»Meine Ausbildung besteht im Augenblick noch aus zwei Übungsstunden jeden Abend. Ich kann hier nichts mehr tun.«

»Das wird das Konzil entscheiden.«

»Das Konzil ist unfähig, irgendetwas zu entscheiden«, mischte sich Ravenna ein. »Es kann sich noch nicht einmal entschließen, eine Sitzung zu vertagen.«

»Sei still, Ravenna!«, fuhr Ukmadorian sie an. »Ich rede mit Cathan.«

Sie antwortete nicht, und er wandte sich wieder mir zu und fuhr fort: »Ich habe dich vor neun Monaten gewarnt, dass du nicht mit den anderen würdest zurückkehren können. Damals hast du keine Einwände gehabt.«

»Du hast mich nicht gewarnt. Du hast so etwas angedeutet. Ich hatte niemals die Absicht, länger hier zu bleiben als die anderen. Als ich von zu Hause aufgebrochen bin, hatte ich vor, binnen drei Monaten wieder zurück zu sein. Jetzt bin ich schon ein Jahr und drei Monate weg. Außerdem gibt es im ganzen Archipel niemanden, der mir sagen kann, wer ich wirklich bin, also werde ich erst nach Hause fahren und mich dann auf die Suche nach jemandem machen, der das kann.«

»Wir können es nicht riskieren, dich dort draußen in der Welt herumlaufen zu lassen!«

»Ich bin absolut im Stande, da draußen in der Welt selbst auf mich aufzupassen. Ich habe nicht die Absicht, den Rest meines Lebens auf dieser Insel zu verbringen, während dein Konzil vor sich hinpalavert. Ich habe ein Leben zu führen, und dieses Leben gehört dir nicht.«

»Grobheiten werden dich nicht weiterbringen, Cathan«, sagte er kalt; von seiner üblichen Leutseligkeit war nichts mehr übrig. »Ich kann dir einfach verbieten zu gehen. Und ich habe auch die Mittel, dieses Verbot durchzusetzen.«

»Er ist kein Einsiedler, Ukmadorian, genauso wenig wie ich«, schnappte Ravenna. »Du hast auch keineswegs die Absicht, mich jemals aus deinem Griff zu entlassen, noch nicht einmal, mich nach Hause zurückkehren zu lassen.«

»*Du?* Du hast noch weniger Rechte als Cathan, Ravenna. Du kannst dich und deine Leute nicht auf diese Weise in Gefahr bringen. Hört zu, alle beide. Mit diesem Unsinn ist jetzt Schluss. Die

Domäne verfügt über Leute, die jeden von euch über eine halbe Stadt hinweg aufspüren können. Sobald ihr auch nur einen Fuß in eine der größeren Städte setzt, wird man euch ergreifen.«

»Das ist Unsinn«, widersprach Ravenna hitzig. »Aber es passt zu dir und deinem stinkenden Konzil. Spinn weiter dein Netz aus Lügen und sieh zu, was es dir einbringt. Ich bin vor anderthalb Jahren achtzehn geworden, das heißt, deine Vormundschaft ist offiziell beendet. Ich werde mein Leben nicht auf dieser Insel verbringen und dein Joch tragen. Ich gehe mit Cathan und Palatine. Vielleicht schaffe ich es eines Tages sogar bis nach Hause.«

Sie war jetzt richtig in Fahrt, und mir war, als hätte ich Ukmadorian zusammenzucken sehen. Sie hob die linke Hand – die Hand, an der sie das Armband trug –, und ich sah das Armband zersplittern, als wäre es aus Eis.

Einen Augenblick später tat ich es ihr nach und zerbrach das Band, das uns an den Orden des Schattens fesselte. Ich war erstaunt, wie ruhig ich mich dabei fühlte; ein Jahr zuvor wäre ich niemals in der Lage gewesen, Ukmadorian auf diese Weise gegenüberzutreten, wenn er sich in einer solchen Stimmung befand. Jetzt hatte ich keine Angst vor dem, was er tun könnte oder sagen würde, trotz der Tatsache, dass wir noch immer an die Vorschriften innerhalb der Zitadelle gebunden waren. Ich fragte mich, ob diese Veränderung nur auf meine eigene Entwicklung zurückzuführen war, oder ob vielleicht Ravenna etwas damit zu tun hatte.

Nachdem ich mein Armband zerbrochen hatte und die Splitter auf den Fußboden gefallen waren, herrschte vollkommene Stille; Ukmadorian schaute uns abwechselnd an, wie wir Seite an Seite vor seinem Schreibtisch standen. Einen Augenblick lang huschte ein erstaunter Ausdruck über seine Züge, doch er verbarg ihn rasch wieder, und sein Zorn wuchs.

»Ihr alle beide also? Jetzt schon Betrüger und Schwindler?«

»Wenn ich mich dafür entscheide, mit Cathan zusammenzuarbeiten, dann ist das ganz allein meine Sache und noch etwas, was dich nichts angeht.«

»Ihr seid eine Schande für den Orden des Schattens.«

Er hatte verloren, aber er begriff es nicht. Nach allem, was er gesagt hatte, gab es keine Möglichkeit mehr, wie er uns noch hätte überreden können zu bleiben. Und wenn er versuchte, uns zu zwingen …

»Nein!«, sagte ich genauso leidenschaftlich wie Ravenna. »Wir wollen einfach nur ein richtiges Leben führen, statt auf dieser Insel zu hocken und uns nebenbei ein bisschen mit Häresie zu beschäftigen.« Ich hatte »wir« gesagt, ohne lange darüber nachzudenken; ich war so wütend darüber, wie er versucht hatte, uns aufzuhalten, dass ich fortfuhr: »Zweihundert Jahre lang habt ihr auf dieser Insel gehockt und dafür gesorgt, dass eure Magier in Sicherheit waren, damit die Domäne sie nicht erwischt, und in diesen zweihundert Jahren habt ihr nicht das Geringste erreicht. So könnt ihr nicht gewinnen!«

»Möchtest du lieber auf dem Scheiterhaufen verbrannt werden?«, wollte Ukmadorian wissen. »Ihr wisst ja, was mit Häretikern geschieht, die von der Domäne erwischt werden.«

»Wir werden nicht auf dem Scheiterhaufen landen«, sagte Ravenna. »Schließlich wissen wir nur zu gut, wie wir uns tarnen können und dass wir keine Magie einsetzen dürfen.«

Ukmadorian lehnte sich zurück und musterte uns beide mit kaltem Blick.

»Wenn ihr geht, dann ohne eure Magie. Ihr werdet diese Insel nicht verlassen, ohne sie bis auf den letzten Rest aufzugeben.«

»Du Narr!« Ravenna lachte, doch es war kein fröhliches Lachen. »Glaubst du wirklich, du könntest irgendetwas von dem tun, was du uns angedroht hast? Cathan seine Magie abzapfen? Du würdest ihn umbringen. Doch das würdest du nicht tun, weil ich dich nämlich vorher töten würde, *Onkel*.« In ihren Augen blitzte es wütend auf, und als sie sich bewegte, konnte ich ein magisches Feld knistern sehen.

»Willst du mir etwa drohen, Ravenna? Wenn ich will, kann ich alle Lehrer der Zitadelle aufbieten, um euch beide zu überwältigen, und das werde ich auch tun, wenn ihr euch nicht entschuldigt, klein beigebt oder euch unterwerft.«

Doch sie ging ihn erneut an, ohne sich um die möglichen Konsequenzen zu scheren.

»Glaubst du wirklich, dass du das kannst? Draußen in der Welt können wir für die Sache der Häretiker von einigem Nutzen sein. Doch das passt nicht zu deinen kostbaren Plänen, und wenn du uns nicht benutzen kannst, dann darf das auch niemand anderes tun. Sind die Erben von Carausius nur noch kleinliche alte Männer? Die das behüten, was sie haben, und viel zu vorsichtig sind, um etwas anderes zu tun als sich nebenbei mit der Machtpolitik der Domäne zu beschäftigen? Macht es für dich irgendeinen Unterschied, ob Cathan mit dem Kaiser verwandt ist oder nicht? Wir müssen unser Leben führen, Ukmadorian, und wir werden dieses Leben nicht hier verbringen. Wir werden morgen mit der *Schattenstern* abfahren, mit all unseren magischen Kräften, und du wirst uns nicht aufhalten.«

Ukmadorian öffnete den Mund, um etwas zu sagen. Er hatte sich halb von seinem Stuhl erhoben, das Gesicht rot vor Wut, und war anscheinend kurz davor, handgreiflich zu werden.

Und dann, ganz plötzlich, erlosch sein Feuer, und er ließ sich wieder auf den Stuhl sinken. Er sah hager und besiegt aus und schien schlagartig um zehn Jahre gealtert. Und er sagte nur noch ein einziges Wort, leise und feindselig: »Geht.«

Wir drehten uns um und gingen hinaus, ohne ihn eines weiteren Blickes zu würdigen. Im Hinausgehen legte Ravenna mir den Arm um die Schulter, ganz bewusst, doch Ukmadorians Gesicht konnte ich nicht sehen.

Wir zogen die Tür hinter uns zu und schritten den Korridor entlang. Nachdem wir um die Ecke gebogen waren, bedeutete Ravenna mir mit einer Handbewegung zu warten und huschte davon. Bereits einen Augenblick später kehrte sie zurück.

»Er hat sich nicht bewegt«, sagte sie zufrieden.

»Wieso ist er plötzlich so zusammengebrochen?« Ich ging auf das vordere Tor zu. Draußen, auf dem grasbewachsenen Übungsplatz, brannte ein Freudenfeuer. Das Abschiedsfest war bereits im Gange.

»Er hat den Willen verloren, sich uns noch länger entgegenzustellen«, sagte sie. »So etwas ist früher schon ein paar Mal geschehen. Deshalb war ich auch an Bord des Schiffes, das euch angegriffen hat. Er wollte nicht, dass ich mitkomme, aber ich habe mit ihm gestritten, und am Ende hat er einfach nachgegeben.«

»Wird er versuchen uns aufzuhalten?«

»Nein«, sagte sie. Es klang überzeugt. »Und wenn er es doch tut, sind wir darauf vorbereitet.«

»Und was ist mit Chlamas und den anderen?«

»Wenn er keinen Einspruch erhebt, werden sie es auch nicht tun. Aber wollen wir jetzt nicht lieber gehen und den Abend genießen? Ich bin fast zwei Jahre lang auf dieser Insel gewesen, und dies ist meine letzte Nacht.«

»Ich habe gehört, sie sollen einen der besseren Weine aus dem Keller geholt haben.«

»Das will ich hoffen. Letztes Jahr haben sie das auch getan.«

Wir blieben in der Vorhalle stehen, und sie sah mich – den Kopf leicht zur Seite geneigt – mit einem sehr ernsten, unergründlichen Gesichtsausdruck an.

»Danke, Cathan. Ich bin manchmal schrecklich zu dir gewesen, und das tut mir Leid. Aber es hat so ausgesehen, als würde es dir gefallen, mit mir zu streiten, nachdem du erst mal den Dreh raushattest.«

Dieser Satz war die einzige Entschuldigung, die ich jemals von ihr zu hören bekommen sollte. Aber ich empfand keinen Groll, und mir wurde klar, dass sie und Palatine Recht hatten. Es hatte mir gefallen, mich in den vergangenen Monaten mit ihr auf dieser Ebene zu messen – und ich verabscheute sie nicht mehr.

Das Fest war bereits in vollem Gange. Ein paar Musikanten aus dem Archipel spielten auf; sie stammten von einer der nahe gelegenen, von Häretikern bewohnten Inseln. In den Bäumen am Rand der Rasenfläche waren Fackeln befestigt, und Laternen hingen an Pfählen und den Mauern der Zitadelle. Rechts von dem Freudenfeuer war eine große Fläche zum Tanzen freigelassen worden, während der Tisch mit dem Wein links davon stand.

Wir holten uns etwas zu trinken und machten uns dann auf die Suche nach Palatine.

Es war nicht schwer, sie zu finden. Selbst im flackernden Schein der Fackeln war Laeas' große Gestalt auf der anderen Seite des Freudenfeuers unschwer auszumachen. Und im Allgemeinen war dort, wo Laeas war, Palatine nicht weit – genau wie Mikas und Ghanthi. Palatine hatte fast nur männliche Freunde, obwohl niemand von uns jemals mehr als ein guter Freund für sie gewesen war.

Sie sahen uns kommen und begannen zu jubeln, was mich ein bisschen verlegen machte. Ich war mir nicht sicher, ob sie jubelten, weil wir Ukmadorian ausgetrickst hatten – obwohl sie das natürlich noch gar nicht wissen konnten –, oder weil wir uns endlich einmal nicht stritten.

»Und – habt ihr es getan?«, wollte Palatine, die uns breit grinsend entgegenkam, wissen.

»Wir verlassen morgen die Insel!«

Ghanthi stieß die Faust in die Luft, und Laeas grinste wie ein Irrer. Mikas hob sein Glas.

»Trinken wir auf Cathan und Ravenna!«

Sie prosteten uns inmitten des ausgelassenen Treibens lauthals zu, und dann vergaßen wir die Formalitäten und die Domäne und alles andere und genossen den Abend. Palatine war gut in Form, und man merkte es ihr nicht im Geringsten an, dass sie vor einer Woche von der Klippe gestürzt war oder dass sie behauptete, ein Mädchen zu sein, das bis vor ein paar Monaten Thetias Licht der Hoffnung gewesen war. Laeas verbrachte eine Stunde damit, Ghanthi dazu zu ermutigen, ein ganz bestimmtes Mädchen zum Tanzen aufzufordern, und er selbst tanzte mit fast ebenso vielen unterschiedlichen Partnerinnen wie Palatine mit verschiedenen Partnern. Da das in ihrem Fall praktisch bedeutete, dass sie mit jedem anwesenden Mann tanzte, brachte sie es auf eine beeindruckende Gesamtzahl. Im Vergleich zu den beiden war ich nicht besonders unternehmungslustig; doch ich war glücklich über diesen letzten Abend in Gesellschaft meiner Freunde – Laeas, Mikas und Persea würden mit einem anderen Schiff abreisen, das zunächst Kurs auf die Hauptstadt des Archipels in Qalathar nehmen und dann Mikas nach Cambress bringen würde. Unter normalen Umständen würde es Jahre dauern, bis wir uns – wenn überhaupt – wiedersahen, doch Palatines Weigerung, die Herrschaft der Domäne anzuerkennen, erforderte ein anderes Vorgehen. Mit etwas Glück würde ich die meisten von ihnen innerhalb der nächsten paar Jahre wiedersehen.

Ich tanzte mit Persea, mit ein paar anderen Mädchen, die ich kannte, und mit Ravenna. Sie konnte sehr viel besser tanzen als ich: Obwohl sonst eigentlich ziemlich leichtfüßig, war ich als Tänzer ein hoffnungsloser Fall. Sie dagegen tanzte ausgezeichnet, so dass ich sie einfach führen lassen konnte und meine eigene Ungeschicklichkeit gar nicht bemerkte, und als der Tanz zu Ende war, bedauerte ich es wirklich.

Der Abend verstrich in einer Atmosphäre allgemeinen Wohlwollens: Darius und ich, die nie gut miteinander ausgekommen waren, tranken einander zu und versprachen uns gegenseitig, unsere Feindschaft zu vergessen. Ich verbrachte viel Zeit damit, mit Palatine und den anderen zu sprechen. Meistens drehten sich diese Gespräche um das, was wir im vergangenen Jahr getan hatten. Wie das eine Mal, als ich aus Versehen durch das falsche Fenster gestiegen und in einem Mädchen-Umkleideraum statt im Hauptquartier der Feinde herausgekommen war, oder wie Mikas einmal irrtümlich einen Felsvorsprung für Laeas gehalten und mit dem Übungsschwert angegriffen hatte, das dabei natürlich zerbrochen war. Laeas schien es nichts auszumachen, mit einem Felsvorsprung verglichen zu werden, und er war überglücklich, als Ghanthi schließlich doch mit seiner Angebeteten tanzte.

Es wurde eine Menge Wein getrunken, auch wenn ich mich wie üblich zurückhielt – nichts von alledem, was ich über Magie gelernt hatte, hatte meine Trinkfestigkeit verbessern können. Als das Fest sich dem Ende zuneigte, packte Laeas eines der leeren Weinfässer – ein riesiges, hölzernes Ding –, hob es hoch über den Kopf und schleuderte es ins Feuer, wo es mit einem spektakulären Funkenschauer und unter dem zustimmenden Gebrüll der Menge landete.

Doch alle schönen Dinge müssen einmal enden, und das galt schließlich auch für dieses Fest. Gegen zwei Uhr früh, als auch die widerstandsfähigsten Köpfe allmählich die Wirkung des Weins verspürten, veranstaltete das Personal der Zitadelle ein Feuerwerk. Ein paar Minuten lang erfüllten Galaxien aus Fünkchen in allen Farben den Himmel, und das Geheul der Raketen gellte in unseren Ohren, und alles endete mit einem letzten leuchtenden, siebenstufigen, zerberstenden Stern, der einen Augenblick lang wie eine silbrige Sonne aufblühte und uns alle in seinem Glanz badete.

Und dann standen wir wieder im Schein des Lagerfeuers, und die Zeit für Gespräche war vorbei.

Für die meisten von uns.

Ich war mir nicht ganz sicher gewesen, wo ich diese letzte Nacht verbringen würde, aber ich war dann doch völlig überrascht, als

Ravenna sich zu uns gesellte, während ich mit Palatine sprach, und mich fragend ansah.

Ich sagte Palatine, Laeas und den anderen gute Nacht – zumindest denen, die ich finden konnte, denn die Novizen waren überall in der Zitadelle und auf der Insel verstreut – und ging dann mit Ravenna; wir schritten parallel zum Strand am Waldrand entlang. Nach und nach blieben der Feuerschein und der Lärm hinter uns zurück, und die Stille der Nacht senkte sich auf uns herab.

Schweigend marschierten wir dahin, und nachdem wir die erste Landzunge – die, wo Palatine gestürzt war – hinter uns gelassen hatten, gingen wir hinunter zum Strand, zogen unsere Sandalen aus und liefen barfuß durch den nassen, von den ausrollenden Wogen überspülten Sand.

Die Nacht war jetzt völlig friedlich, und noch dazu wunderschön; sie war fast wie jene erste Nacht, nachdem man uns den Kreuzzug gezeigt hatte, als ich aus meinem Zimmer geflohen war, um meinen Albträumen zu entkommen. Einer der Monde war voll; er stand am klaren, sternengesprenkelten Himmel über uns und tauchte den Strand in weißes Licht, tüpfelte die dunkelgraue See mit blau phosphoreszierenden Flecken. Der zweite Mond hing als schmale, perfekte Sichel, umgeben von ein paar Sternen, tief über dem Horizont, weit weg vom strahlenden Blau und Rot der interstellaren Staubwolken, die große Bereiche des Himmels bedeckten. In manchen Nächten konnte man sogar die Ringe erkennen – eine dünne, silberne Linie, die in einem gewaltigen Bogen durch den Kosmos verlief –, heute Nacht jedoch waren sie nicht zu sehen, nur die Monde.

Ein wenig später machten wir Halt, nachdem wir eine palmenbestandene Sandbank überquert hatten, die den Rand einer Lagune kennzeichnete. Hier schwappten nur freundliche Wellen an den sanft geschwungenen Strand, und es war womöglich noch ruhiger als zuvor. Das Wasser war sehr klar, und im Mondlicht konnten wir bis zum Meeresgrund sehen, konnten das Rippenmuster erkennen, das die Wellen in den Sand gemalt hatten.

»Ich habe dir mal erzählt, dass es ein besonderes Erlebnis wäre, nachts zu schwimmen«, sagte Ravenna. »Hast du es jemals versucht?«

»Ein paar Mal«, antwortete ich.

»Es ist nicht dasselbe, wenn man allein ist.«

»Wollen wir?«

Ich schlüpfte aus meinen Kleidern und schwamm hinaus, bis das Wasser tief genug war, um zu tauchen, und spürte gar nichts, nur eine unglaubliche Ruhe und Frieden.

Hinterher saßen wir im Sand; keiner von uns beiden wollte das intensive Gefühl von Frieden und Wohlbefinden stören. Ich konnte mittlerweile verstehen, warum dies mit dem Paradies verglichen worden war: es hatte etwas Seltenes und Kostbares an sich, denn es gab nur wenige Orte wie diesen, wo man Einsamkeit und fast vollkommene Stille finden konnte, ohne ständig auf irgendwelche Geräusche zu horchen, die vielleicht einen der kontinentalen Stürme ankündigten.

»Ich habe dir versprochen, dass ich dir eines Tages erzählen würde, warum ich mich anfangs so verhalten habe«, begann Ravenna mit ruhiger Stimme. Sie hatte irgendeinen merkwürdigen Schattenzauber benutzt, damit ihre Haare nicht nass wurden, und sie hingen jetzt offen herunter; es war das erste Mal, dass ich ihr Haar so sah – eine wogende Masse, die ihr über Schultern und Rücken fiel, und dabei ihr Gesicht und ihr Lächeln einrahmte.

»Und warum hast du dich so verhalten?«

»Ehe ich dir begegnet bin, war ich mir über alles, was mich selbst betraf, sehr sicher. Aus irgendwelchen Gründen konnte ich dich nicht einordnen; schon allein der Gedanke an dich hat mich beunruhigt, und ich dachte, das läge daran, dass ich dir nicht getraut habe, dass du auf der Seite der Domäne wärst. Beim zweiten Mal war ich mir immer noch nicht sicher, deshalb habe ich weiter auf dich eingeprügelt. Erst bei der Nachtübung und etwas später beim Magie-Test ist mir klar geworden, warum ich das überhaupt getan habe. Ich hoffe, ich habe dich nicht allzu sehr verletzt?«

»Wenn du es genau wissen willst, ich hatte Angst vor dir«, gestand ich. »Du hast so getan, als ob du auf einem höheren Niveau wärst, und diese Idee hat sich in mir festgesetzt. Ich habe allerdings niemals so richtig verstanden, warum du mich immer weiter verspotten musstest.«

Sie lachte. »Also haben wir uns gegenseitig nervös gemacht. Na schön, zumindest hat keiner von uns gedacht, der andere wäre hinter ihm her.«

Wieder herrschte Stille. Eine leichte Brise kühlte einen kurzen Moment lang meine Haut und ließ mich leise erschauern, dann zog sie weiter und brachte die Blätter des Dschungeldachs ganz schwach zum Rascheln. Ich fragte mich, ob wohl irgendetwas Magisches an dieser Insel war? Oder lag es daran, dass ich mich jetzt nachts ruhiger fühlte, da ich ein Schattenmagier war?

»Wir waren so sehr darauf bedacht, diese Insel zu verlassen«, meinte Ravenna schließlich. »Und ich bedaure es auch nicht. Aber es gibt ein paar Dinge, die ich vermissen werde. Diese Strände, und das Schwimmen, und die Freiheit, überall hingehen zu können, ohne Angst vor Stürmen oder Stammeskriegern haben zu müssen. Wenn wir von hier weggehen, werden wir keinen anderen Ort finden, der genauso ist, so friedlich. Bei Tehama könnte ich es mir noch vorstellen, aber dort ist es immer bewölkt, als würde über dem ganzen Land ständig eine Dunstglocke hängen.«

»Ich werde das Gefühl von Weite vermissen«, murmelte ich träumerisch. »Hier sind wir auf allen Seiten vom offenen Meer umgeben, und wohin wir auch blicken, gibt es freien Himmel, selbst jenseits der Berge.«

»Glaubst du, wir kommen noch einmal irgendwo hin, wo es so

ähnlich ist?«, fragte sie nachdenklich. »Ob wir uns jemals wieder so friedlich fühlen werden? Sobald wir den Archipel verlassen, sind wir wieder ein Teil der Welt da draußen und ständig in Gefahr, entdeckt zu werden. Dann haben wir noch ich weiß nicht wie viele Jahre vor uns, in denen wir nicht hierher zurückkommen dürfen, weil Ukmadorian uns möglicherweise nicht wieder fortlassen würde.«

»Ich werde das hier vermissen«, entgegnete ich bedauernd. »Aber zu viel Friede kann auch langweilig sein.«

»Zuviel Friede kann niemals langweilig sein. Der Archipel war einst das Paradies – als alles noch friedlich war. Der Krieg ist etwas, das wir immer hassen sollten.« Sie schloss die Augen. »Und trotzdem gehe ich davon aus, dass dieser Krieg einem bestimmten Zweck dienen wird.«

»Ausgerechnet du willst Konflikte vermeiden?«

Sie öffnete die Augen wieder. »Konflikte ja, keinen Krieg. Trotzdem, lass uns einander versprechen, dass wir eines Tages zum Archipel zurückkehren werden, vielleicht, wenn alles vorbei ist. Es kann zumindest nicht schaden.«

»Versprochen. Ich wünschte, ich könnte eines Tages so am Ufer von Thetia sitzen – Thetia, wie es einmal war. Warum muss die Domäne alles zerstören, was sie berührt?«

»Sie wurde auf Verrat begründet, und sie überlebt durch Verrat. Aber denk daran, was du gelernt hast, Cathan: Die Tuonetar haben versucht, diese Welt zu zerstören. Sie sind mit der Hand des Friedens gekommen und mit Blut. Sie haben Millionen Menschen getötet, aber sie haben nicht gewonnen. Wir sind immer noch hier, die Welt ist immer noch hier. Die Domäne ist nur ein Schatten der Tuonetar, und am Ende werden sie nicht gewinnen!«

»Im Augenblick wäre es mir ehrlich gesagt wichtiger, zu wissen, wer ich wirklich bin.«

»Es ist merkwürdig: In den letzten Tagen hast du einen ersten Hinweis darauf gefunden, wer du bist, und ich bin daran erinnert worden, wer ich bin – und das ist etwas, was ich am liebsten vergessen würde.«

Ich war zu verzaubert, um irgendetwas zu erwidern, aber ein Teil von mir fragte sich einmal mehr, warum Ravenna immer alle Antworten zu haben schien. Und warum ich ihr immer folgte.

Wir redeten noch ein bisschen weiter, und zum ersten Mal stritten wir uns überhaupt nicht. Es muss wohl eine Stunde später gewesen sein, als wir verstummten, allerdings eher aus Müdigkeit als dass uns der Gesprächsstoff ausgegangen wäre. Ich merkte, dass dies alles war, was sie gewollt hatte, und ich war mir noch immer nicht sicher, was ich jetzt eigentlich von ihr halten sollte. Wir legten uns nebeneinander hinter ein paar Felsen, die uns am Morgen vor der Sonne schützen würden, in den Sand.

»Da oben muss es so viel mehr geben als auf dieser Welt«, sagte sie träumerisch, während sie zum Himmel hinaufstarrte. »Dinge jenseits der Domäne und unserer anderen Angelegenheiten. Vielleicht auch ein paar Antworten …«

»Antworten? Worauf denn?«

»Auf so viele Fragen … Auf jede Frage muss es eine Antwort geben, wo kämen wir denn sonst hin?«

Während ich genau wie sie zum Himmel hinaufschaute und mir allmählich die Augen zufielen, hätte ich fast das winzige, blitzende Lichtpünktchen übersehen, das sich schneller bewegte als jeder Stern.

»Was glaubst du ist das?«, fragte ich sie und zeigte ihr, was ich entdeckt hatte.

»Ein Teil der Vergangenheit? Oder vielleicht auch ein Teil der Zukunft? Wer weiß?« Sie rückte sich ein wenig zurecht.

Ich verfolgte den merkwürdigen Lichtfleck auf seinem Weg über den Himmel, bis ich schließlich aufhörte mich zu wundern und einschlief. Ravennas Kopf ruhte auf meiner Schulter.

Dritter Teil

Der Clan

Kapitel XVI

Keine dreißig Meilen vor Pharassa stießen wir nach einer langen, ereignislosen Reise auf Piraten.

Ich saß mit Palatine, Ravenna und einem anderen Akolythen aus Ozeanus in Palatines Kajüte, einem der größten Räume auf dem oberen Passagierdeck der *Schattenstern*; wir spielten Karten. Es waren nur noch so wenig Menschen an Bord, dass wir uns unsere Unterkünfte praktisch frei wählen konnten, und wir hatten uns die Suiten angeeignet, die früher – zu den Zeiten, da die *Schattenstern* noch Kampfeinsätze gefahren war – für den Admiral und seinen Stab reserviert gewesen waren.

Der Alarm ertönte. Ein durchdringendes Heulen, das unser Gespräch zerschnitt und mich aufspringen ließ. Ravenna, die mit Geben an der Reihe gewesen war, ließ den Kartenstapel auf den Boden fallen und fluchte.

»Was ist denn jetzt schon wieder los? Eine Delfinschule?«, fragte sie und bückte sich, um die Karten wieder einzusammeln.

»Gehen wir nachsehen.« Palatine schob ihren Stuhl zurück, erhob sich und marschierte auf die Tür zu. »Lass die Karten doch liegen.«

Wir folgten ihr aus der Kajüte und den Korridor entlang. Das Kreischen des Alarms heulte noch immer durch die Gänge, und die roten Warnlichter an der Decke flackerten. Weitere Türen öffneten sich, und zwei oder drei andere traten auf den Gang heraus.

Das Deck begann sich leicht zu neigen, als wir den vorderen Treppenschacht erreichten, und ich musste mich am Geländer festhalten, um nicht ins Stolpern zu kommen. Ich konnte Seeleute sehen, die zwei Ebenen unter uns am Fuß des Treppenschachts hin und her rannten, und hörte Befehle, die auf der Brücke erteilt wurden.

Das Erste, worauf ich einen Blick warf, nachdem wir die Brücke erreicht und uns hinter die Geländer am hinteren Ende gequetscht hatten, um der Mannschaft nicht im Weg zu sein, war die Szene auf dem Aether-Tisch. Wochenlang hatte sie – wann immer ich auch hierher gekommen war – nur die *Schattenstern* gezeigt, die durch einen leeren Ozean kreuzte. Jetzt waren drei weitere Mantas zu sehen.

Der eine sah aus wie ein Handelsschiff, doch ich konnte die Farben auf den Hörnern nicht erkennen und daher nicht sagen, zu welchem Haus er gehörte, weil mir die Armlehne eines Stuhls den Blick versperrte. Die anderen beiden waren schlanke kleine Kaperschiffe, kompakt und sehr gut bewaffnet. Das erste Kaperschiff verfolgte noch immer das Handelsschiff, das in dem verzweifelten Versuch, dem als blaue Streifen erkennbaren Feuer aus den Impulskanonen des Verfolgers zu entgehen, in einem Bogen herumschwenkte. Ich hoffte, die Hausinsignien sehen zu können, wenn es vollständig gewendet hatte. Das zweite Schiff hatte die Jagd abgebrochen und kam jetzt auf die *Schattenstern* zu. Woher nahmen die ihr Selbstvertrauen? Sogar ein entmilitarisierter Schlachtkreuzer sollte ihnen gewachsen sein.

»Feuer!«, befahl der Kapitän, und ich sah, wie die Waffensysteme der *Schattenstern* zum Leben erwachten. Neues Impulskanonenfeuer zog durchs Wasser, diesmal jedoch auf das Kaperschiff zu, gefolgt von Feuerlanzen und ein paar Torpedos aus den unteren Rohren.

»Ich habe die Piraten identifiziert, Kapitän!«, meldete einer der Seeleute, der hinter uns an einer Informationskonsole gehockt hatte. »Den Büchern nach sind diese Fregatten vor zwei Jahren der cambressianischen Marine gestohlen worden. Man nimmt an, dass sie jetzt Teil einer Kaperflotte sind, die von einem Stützpunkt im nördlichen Äquatoria aus operiert. Es sind Doppel-Reaktor-Schiffe!«

»Bei den Elementen!«, sagte der Kapitän; ein besorgter Ausdruck lag plötzlich auf seinem Gesicht. »Erhöht die Schildstärke so weit es geht, und feuert die Druckladungen ab!«

Ich klammerte mich fester an das Geländer, als der erste Schuss des Angreifers die *Schattenstern* traf; die Schilde lenkten ihn harmlos über die Oberfläche der Hülle. Der Kapitän schien besorgt, und er hatte auch allen Grund dazu. Ich hatte noch nie ein Doppel-Reaktor-Schiff gesehen, doch der Kapitän der *Schattenstern* hatte mir auf dem Weg zur Zitadelle von ihnen erzählt, und ich wusste, dass zwei Reaktoren anstatt einem die Feuerkraft und die Verteidigungssysteme eines Schiffs vervierfachten.

»Kapitän, Druckladungen sind illegal, und der Manta des Handelshauses wird uns möglicherweise melden.«

»Das Haus wird den Mund halten, wenn die wissen, was gut für sie ist. Schießt die Ladungen ab!«

»Aye, aye, Kapitän.«

Zwei schwarze, eiförmige Schemen schossen aus einer Stückpforte im Bauch der *Schattenstern* heraus und rasten auf unterschiedlichem Kurs dahin. Der eine glitt über, der andere unter das Piratenschiff. Ich fragte mich, was eine Druckladung eigentlich genau bewirkte; vermutlich konnte man mit solchen Geschossen die Aetherschilde durchdringen.

Kurz darauf fand ich es heraus, als die beiden eiförmigen Geschosse direkt über und unter dem Schiff explodierten, wobei das obere etwas weiter von ihm entfernt war. Einen Augenblick später wurde das Piratenschiff wie von einer gewaltigen Faust nach oben geschleudert, und dann mit derselben Wucht wieder nach unten gerissen. Seine Impulskanonen hörten auf zu feuern. Sofort brach das zweite Piratenschiff den Angriff auf den Frachtmanta ab und kam herangeschossen, um das beschädigte Schwesterschiff zu unterstützen.

»Weiterfeuern, bis sie abdrehen«, ordnete der Kapitän an. Auf der Brücke herrschte gespannte Stille, während wir warteten; die einzige Bewegung im Raum kam von dem flackernden Licht auf dem Aether-Tisch.

Dann begannen die Flügel des ersten Piratenschiffs zu schlagen, und als die *Schattenstern* zu feuern aufhörte, glitten die beiden Kaperschiffe ins Zwielicht des Ozeans davon. Der Kapitän machte ein zufriedenes Gesicht.

»Kann mir irgendjemand sagen, zu welchem Haus dieser Manta gehört, bevor ich Verbindung mit ihm aufnehme?«

»Die Farben sind Mitternachtsblau und Silber; ich weiß nicht …«

»Haus Barca«, sagte Palatine sofort. »Das sind Freunde.«

»Oh, das ist dein Haus, nicht wahr?«, fragte der Kapitän. »Das hatte ich ganz vergessen. Ruf sie an, Funker, und leg mir die Verbindung auf die Brücke.«

Einen Augenblick später erschien das aetherisierte Bild der Brücke des anderen Mantas auf dem vorderen Bildschirm der *Schattenstern* und überlagerte den Blick nach draußen ins Meer. Ich konnte die Besatzung der Brücke erkennen, und während ich den Kapitän des anderen Schiffs noch nie gesehen hatte, entdeckte ich ein Gesicht, das ich ganz eindeutig erkannte.

Hamilcar Barca.

Ich sah zu, wie Hamilcar und sein Kapitän dem Kapitän der *Schattenstern* dankten und dann berichteten, was geschehen war. Die Piraten waren zweifellos von Hamilcars Feinden, dem Haus Foryth angeheuert worden, die auf diese Weise ihn und sein Haus auf einen Schlag hatten loswerden wollen. Sie hatten ein paar Meilen weiter hinten angegriffen, und das Barca-Schiff hatte versucht, ihnen zu entkommen, jedoch keinen Erfolg gehabt. Wir waren genau im richtigen Moment gekommen, die Schilde des Handelsmantas waren gerade im Begriff gewesen zusammenzubrechen.

Palatine wartete, bis Hamilcar seinen Bericht beendet hatte; erst dann trat sie ins Blickfeld des Aetherschirms.

»Palatine!«, entfuhr es Hamilcar, und ein Lächeln huschte über sein ernstes Gesicht. Er sah immer noch genauso abgehärmt aus wie beim letzten Mal, doch er wirkte irgendwie glücklicher. »Wo in Ranthas' Namen bist du das ganze letzte Jahr gewesen? Alles, was Elnibal mir gesagt hat, war, dass du zufällig von ein paar Freunden von ihm gekidnappt worden bist und dass es ein Jahr dauern könnte, bis du zurückkommen würdest.«

»Ich kann es wirklich nicht erklären – jedenfalls nicht jetzt«, sagte Palatine. »Wohin seid ihr unterwegs?«

»Nach Lepidor, um die erste Ladung Eisen zu übernehmen.«

Das war ein unglaublicher Glücksfall, denn es würde uns ersparen, in Pharassa auf ein Schiff warten zu müssen.

»Könntet Ihr uns in diesem Fall vielleicht mitnehmen?«, fragte ich.

»Natürlich«, antwortete Hamilcar. »Wer ist *wir*?«

»Palatine, eine Freundin und ich.«

Hamilcar beäugte Ravenna ziemlich misstrauisch, als sie durch die Luke kam, und seine Begrüßung war alles andere als herzlich. Ravenna wirkte ebenso reserviert, und ich fragte mich, warum Hamilcar sie anscheinend nicht mochte, obgleich sie noch kein einziges Wort gesagt hatte. Ich war, was sie anbelangte, mit mir selbst immer noch nicht ganz im Reinen, auch nach jener letzten Nacht in der Zitadelle, aber ich verstand nicht, was er für ein Problem mit ihr hatte. Die *Schattenstern* blieb an Hamilcars Manta, der *Fenicia*, angedockt, und die Mannschaft half seinen Leuten, ein paar Schäden zu beheben. Der Kapitän der *Schattenstern* ließ außerdem zusätzliche Munition herüberbringen – für den Fall, dass die Piraten noch einmal angreifen sollten –, darunter auch zwei Druckladungen. Er erinnerte den Kommandanten der *Fenicia* noch einmal daran, dass diese nur im Extremfall eingesetzt werden durften. Nachdem alles verstaut und die wichtigsten Reparaturarbeiten abgeschlossen waren, sagten wir der *Schattenstern*, ihrem Kapitän und den anderen Lebewohl, und dann trennten sich die beiden Schiffe wieder voneinander und gingen auf unterschiedlichen Kurs. Die *Schattenstern* setzte ihre Reise nach Pharassa fort, um dort die letzten Passagiere abzusetzen und die Ozeanier aufzunehmen, die im nächsten Jahr in der Zitadelle studieren würden, während die *Fenicia* einen nördlichen Kurs nach Lepidor einschlug.

An diesem Abend aßen wir drei – Hamilcar konnte Ravenna schließlich schlecht ausschließen – in Hamilcars Quartier. Unser Gastgeber und Ravenna wechselten ein paar Worte in kühlem Tonfall, beachteten einander ansonsten jedoch die meiste Zeit nicht.

»Was hast du in den letzten achtzehn Monaten denn getrieben?«, wollte Hamilcar wissen, nachdem sein Diener den ersten Gang aufgetragen und den Raum wieder verlassen hatte. Es war ein tanethanischer Salat, den ich eigentlich gern mochte, doch nach einem Jahr im Archipel schmeckte er ungewöhnlich, und ich aß langsam.

»Das kann ich dir nicht sagen«, antwortete Palatine. »Wir mussten schwören, nichts zu erzählen.«

»Hat es irgendetwas mit der Domäne zu tun? Ich mag sie genauso wenig wie Euer Vater, Cathan.«

»Palatine, denk daran, worauf wir uns geeinigt haben«, schnappte Ravenna, bevor Palatine etwas sagen konnte. »Cathan und ich sind in weit größerer Gefahr als du.«

Palatine war nicht auf den Mund gefallen: »Ravenna, wenn Hamilcar der Domäne irgendetwas erzählt, wird er genauso verhaftet wie wir. Ich traue ihm jedenfalls.«

»Traue niemals einem Tanethaner«, mahnte Hamilcar freundlich.

»Meine Mutter hat mir gesagt, ich sollte niemandem trauen, der etwas gewinnen könnte, wenn er mich verrät.« Palatine zuckte die Schultern. »Wenn du uns betrügst, würde das auch Lepidor ruinieren, warum solltest du das wollen? Und außerdem hast du mir das Leben gerettet, anstatt mich wie einen zu kleinen Fisch zurück ins Meer zu werfen.«

»Du warst ein Geschenk des Meeres«, entgegnete Hamilcar. »Und ich bin niemals undankbar.« Er sah sie verwirrt an. »Du hast von deiner Mutter gesprochen. Kannst du dich denn jetzt daran erinnern, wer sie ist?«

»Sie heißt Neptunia, und sie ist Thetianerin. Mein Vater ist tot; er hieß Rheinhardt Canteni.«

»Präsident Rheinhardt? Der thetianische Reformer?«

»Wer sonst?«

»Ich kann die Ähnlichkeit erkennen«, sagte Hamilcar und schaute sie bei diesen Worten prüfend an. »Ich bin ihm einmal begegnet.«

»Und was bringt uns das jetzt?«, fragte Ravenna gereizt. (Warum musste sie sich eigentlich andauernd einmischen? Um Himmels willen, hier trafen sich zwei Freunde nach langer Zeit wieder.) »Willst du ihm etwa alles erzählen? Ich meine – auch wenn er ein Freund ist, er ist trotzdem keiner von uns.«

Palatine warf ihr einen finsteren Blick zu und schwieg dann eine ganze Weile, anscheinend tief in Gedanken versunken. Hamilcar aß langsam weiter, wobei er den Blick nicht von Palatine abwandte.

»Wenn unser Plan gelingen soll, ist es wichtig, dass uns ein Großes Haus unterstützt«, sagte Palatine und starrte dabei in die Schwärze, die jenseits der Bullaugen des Mantas wogte. Nachdem sie noch einen kurzen Augenblick nachgedacht hatte, blickte sie erneut Hamilcar an.

»Du lebst für Gewinne, nicht wahr, Hamilcar? Je mehr, desto besser.«

»Ja.« Hamilcar schienen die Wortgefechte, aus denen er ausgeschlossen worden war, genauso wenig zu beunruhigen wie die Tatsache, dass Palatine sich dem Thema sehr weitschweifig näherte. Ich fragte mich, ob er nicht ein wenig *zu* geduldig war und ob er etwas zu gewinnen hatte, wenn er uns verriet.

Besaßen Tanethaner überhaupt so etwas wie Moral? Vielleicht hatte seine kurze Freundschaft mit Palatine den Test einer einjährigen Trennung nicht überstanden.

»Wie weit würdest du gehen, um Gewinne zu machen?«

Ravenna hatte die Augen geschlossen und lehnte sich auf ihrem Stuhl zurück; ich spürte, dass sie ihre Schattensicht einsetzte, um zu überprüfen, ob jemand vor der Tür stand. Moritan wäre natürlich gründlicher gewesen. Er hätte den ganzen Korridor abgeriegelt und den Raum auf Abhörgeräte untersucht, aber wir verfügten nicht über seine Erfahrung. Ravenna würde alles entdecken, was offensichtlich war, und mehr hätte auch ich nicht tun können. Ich überlegte, wie es dem kleinen Assassinen wohl gehen mochte, was sein Clan machte. Viel wichtiger jedoch war – wie ging es Lepidor? Das würde ich Hamilcar später noch fragen müssen. In der Zitadelle hatte ich kaum an Lepidor gedacht, doch während der ganzen Heimreise hatte ich mich nach meinem Zuhause und den vertrauten Gesichtern gesehnt.

»Das hängt davon ab, wie groß die Gewinne sind«, antwortete Hamilcar. »Und sie müssten schnell zu erzielen sein, vage Versprechungen von Profit in zehn Jahren würden nicht reichen.«

»Würdest du deine Geldbörse über Ranthas stellen?«

»Du meinst, würde ich irgendetwas tun, das dazu führen könnte, dass ich als Häretiker auf dem Scheiterhaufen ende?«

Ravenna durchbohrte Palatine förmlich mit ihren Blicken, doch diese fuhr ungerührt fort: »Würdest du dich mit Häretikern abgeben?«

Jetzt war Hamilcar an der Reihe, einen Moment zu überlegen. »Da müsste schon ein großer Gewinn herausspringen, selbst wenn es darum ginge, Freunden wie dir zu helfen. Aber ich bringe der Domäne keinerlei wie auch immer geartete Gefühle entgegen. In meiner Familie war niemand besonders religiös; meine Mutter war eine Ketzerin, und sie hat alle Grundsätze der Domäne, die meine Tutoren mich gelehrt hatten, aus mir herausgeprügelt. Nachdem sie gestorben war, habe ich festgestellt, dass ihr ganzes Zimmer voll häretischer Bücher war.«

»Würdest du dann also eine häretische Rebellion unterstützen? Waffen an die Häretiker verkaufen, ihnen gelegentlich ein Darlehen geben …«

»Die Rebellion müsste eine Chance auf Erfolg haben«, erwiderte Hamilcar.

»Das wird sie haben«, versprach Palatine. »Man wird erst in der allerletzten Minute mitbekommen, dass es Häresie ist.«

»Also das habt ihr im vergangenen Jahr getan«, meinte Hamilcar. »Ihr habt irgendwo im Archipel gesteckt und seid Häretiker geworden.«

»Was gibt es am Archipel auszusetzen?«, fragte Ravenna streitlustig.

»Was kümmert das Euch?«, gab Hamilcar zurück. Ich hatte den Eindruck, dass seine höfliche Gelassenheit langsam ins Wanken geriet. »Ihr stammt nicht aus dem Archipel.«

»Ich habe lange genug dort gelebt, um zu wissen, dass er bei weitem besser ist als Taneth.«

»Entschuldigung«, mischte sich Palatine hastig ein, während ich mich tiefer in meinen dünn gepolsterten Stuhl sinken ließ, um nicht in den Streit hineingezogen zu werden. »Wirst du es tun oder nicht, Hamilcar?«

»Bevor ich irgendeine Entscheidung treffe, würde ich gern ein bisschen mehr über euren Plan wissen«, sagte er. »Ich mag gegrilltes Fleisch, aber nicht, wenn ich der Ehrengast bin. Und noch etwas, Palatine …«

»Ja?«

»Es heißt, du wärst vor achtzehn Monaten ermordet worden.«

»Ach ja«, entgegnete Palatine. »Du glaubst nicht an Magie, stimmt's? Nun, dann dürfte das Ganze etwas schwierig zu erklären sein.«

Ich denke nicht, dass Hamilcar uns wirklich geglaubt hat, aber er sperrte sich weder allzu heftig gegen unsere abenteuerlichen Erklärungen, wie sie hierher gekommen war, noch machte er sich darüber lustig. Ravenna beobachtete unsere Bemühungen amüsiert schweigend, wobei sie Hamilcar völlig ignorierte. Tehama erwähnten wir natürlich mit keiner Silbe.

Schließlich hob Hamilcar die Hand und verkündete: »Ich akzeptiere, was ihr sagt; ob ich es nun wirklich glaube oder nicht. Doch egal, ob ihr *tatsächlich* Thetianer – Tar'Conanturs – seid oder es nur vorgebt, ihr werdet so oder so eine große Bedrohung für die Domäne darstellen – und auch einen Brennpunkt des Widerstands.«

»Für diejenigen, die an die thetianische Überlegenheit glauben«, warf Ravenna ein.

»Das sind weit mehr als ihr glaubt«, sagte Hamilcar. »Die Oberhäupter der Großen Häuser hassen Thetia, aber sie haben auch die Geschichtsbücher gelesen. Ich kann mich an einen qalatharischen Beamten erinnern, der vor zwei oder drei Jahren auf einer diplomatischen Mission in Taneth war – er hieß Ramunou oder so ähnlich. Er hat gesagt, es gibt eine Menge Menschen in Qalathar, die eine thetianische Restauration begrüßen würden, weil sie es satt haben, von den Kontinenten ausgebeutet zu werden.«

»Wir Qalathari haben unseren eigenen Pharao«, widersprach Ravenna entrüstet. »Wir würden keine Fremdherrschaft willkommen heißen.«

Ich warf ihr einen überraschten Blick zu; ich hatte gedacht, ihre nicht tehamanischen Vorfahren stammten von einer der Inseln, nicht direkt von Qalathar. Natürlich hätte ich von selbst darauf kommen können. Die Qalathari galten als besonders kämpferisch.

»Ihr seid eine Qalathari?«, fragte Hamilcar.

»Ja.« Ravenna sah aus, als verbäte sie sich jeden Kommentar.

»Interessant. Aber, Cathan, ehe Ihr darüber nachdenkt, eine Rebellion anzuzetteln, solltet Ihr Euch erst einmal in Eurer Heimat umschauen. Das wäre zumindest mein Vorschlag.«

Ich fuhr überrascht zusammen. »Wie meint Ihr das?«

»Der heutige Piratenangriff war schon der zweite, seit Ihr verschwunden seid. Eines meiner Schiffe wurde in der Nähe des Kaps der Stürme angegriffen, als es mit einer Ladung Erzproben auf dem Rückweg nach Taneth war. Glücklicherweise war der Kapitän dieses eine Mal hellwach, und sie haben die Piraten zurückgeschlagen.«

»Ihr glaubt, jemand hätte es darauf angelegt, Euch zu vernichten?«

»Ich weiß es sogar ganz genau: Es ist unser alter Freund Lijah Foryth, der wieder einmal dem Rat der Zehn angehört. Er betrachtet den Metallhandel mit Ozeanien als sein ganz persönliches Revier, und er ist wütend, dass man ihm das Handelsabkommen nicht angetragen hat.«

»Mich würde interessieren, ob er weiß, dass er uns beleidigt hat, noch ehe wir überhaupt die Möglichkeit hatten, ihm ein Geschäft vorzuschlagen«, meinte ich. Jener Zwischenfall im Vorzimmer des Saleva-Palasts, wo nur Courtières' rechtzeitiges Eingreifen verhindert hatte, dass Sarhaddon und ich in den Kerker geworfen wurden, stand mir noch deutlich vor Augen. Ich fragte mich, wie es Sarhaddon wohl in der Heiligen Stadt ergehen mochte. Während meines Aufenthalts im Archipel hatte ich meinen Reisegefährten fast vergessen.

Aber jetzt war ich ein Häretiker, und er hatte sich wahrschein-

311

lich unwiderruflich in die Hierarchie der Domäne eingefügt. Hoffentlich war er nicht mit Lachazzars Fanatikern aneinander geraten.

»Foryth wäre eine so unbedeutende Kleinigkeit völlig gleichgültig, selbst wenn Ihr das anders seht. Ich bin überzeugt, dass Foryth entschlossen ist, mich zu ruinieren, damit Ihr gar keine andere Wahl habt, als ihm den Kontrakt anzubieten. Wenn nur zwei Ladungen verloren gehen, wird die Vereinbarung hinfällig, und Foryth hat hier genug Einfluss, um dafür zu sorgen, dass niemand anderes einen Vertrag unterschreibt.«

»Welche Farben führt das Haus Foryth?«, erkundigte sich Ravenna unvermittelt, als wäre ihr plötzlich etwas eingefallen.

»Gelb und Orange. Warum fragt Ihr?«

»Palatine und Cathan sind in Taneth entführt worden – aber nicht von uns. Wir haben sie einige Zeit später gerettet, aber wir haben herausgefunden, dass die Männer, die es getan hatten, im Dienste eines Hauses standen. Wir haben sie durchsucht, und einer von ihnen hatte einen Pass in den Farben Orange und Gelb.«

»Dann hat das Haus Foryth also schon damals gegen uns gearbeitet«, sagte Hamilcar. »Ihr wisst nicht zufällig, hinter wem sie in erster Linie her waren – Cathan oder Palatine?«

»Ich weiß nur das, was ich Euch gerade eben erzählt habe. Wenn Ihr allerdings einmal darüber nachdenkt« – ihr Tonfall war überaus herablassend, als spräche sie mit einem Kind – »werdet Ihr zu dem Schluss kommen, dass Palatine als Geisel wertlos für sie gewesen wäre; Ihr kanntet sie schließlich kaum. Sie waren hinter Cathan her.«

Hamilcar antwortete nicht, und ich dachte, dass er bemerkenswerte Selbstbeherrschung an den Tag legte, indem er sie völlig ignorierte. Er wandte sich wieder an mich.

»Ich nehme an, Euer Vater wird Eure Hilfe zu Hause einige Zeit ganz gut gebrauchen können. Wenn Ihr also vorhaben solltet, schon bald wieder abzureisen – könntet Ihr Eure Pläne dann eventuell ändern?«

Warum wollte Hamilcar, dass ich meinem Vater half? Zum einen ging ihn das überhaupt nichts an, und außerdem konnten die Geschäfte in Lepidor auch mein Vater und sein Erster Ratgeber Atek führen. Ich fragte mich, ob irgendetwas nicht in Ordnung war – aber wenn dem so wäre, hätte Hamilcar es doch bestimmt erwähnt, oder?

Ich wollte zwar nach Hause zurückkehren, aber ich wollte dort nicht bleiben. Wenn wir wirklich eine Bewegung gegen die Domäne ins Leben rufen wollten, wäre Lepidor ganz sicher nicht der geeignete Ort, um damit anzufangen – dazu war es zu isoliert und lag zu weit draußen im Randgebiet.

»Ich muss noch nicht nach Hause«, sagte Ravenna.

»Dies ist eine merkwürdige Route, um vom Archipel nach Qalathar zu fahren«, bemerkte Hamilcar.

»Der Weg, den ich einschlage, um nach Hause zu gelangen, geht Euch nichts an«, gab sie zurück.

»Das hatte ich mir fast gedacht«, erwiderte er. Doch Ravenna ignorierte den Seitenhieb.

Mein Quartier an Bord der *Fenicia* war schlicht und zweckmäßig, ein weiterer Hinweis darauf, dass Hamilcar nicht im Geld schwamm. Er hatte uns erzählt, dass die Profite aus dem Eisentransport bisher dazu gedient hätten, die Gläubiger seines Hauses zu bezahlen, und dass er darauf hoffte, auch auf dieser Reise wieder einen guten Gewinn einzustreichen. Doch die finanzielle Durststrecke war noch längst nicht überwunden, und es würde noch einige Jahre dauern, bis er genügend Geld angespart haben würde, um etwa seine Mantas aufzurüsten – die *Fenicia* bewegte sich durchs Wasser wie eine plumpe Schnecke – oder neue Unternehmungen anzugehen. Wenn er einen Manta an die Piraten verlor, würde ihn das mit ziemlicher Sicherheit ruinieren, weil ihm dann nicht mehr genügend Frachtkapazität zur Verfügung stünde, um das Eisen zu transportieren.

Mir war nicht klar, was ich dazu beitragen sollte, Lord Foryths Korsaren zu bekämpfen – schließlich war ich weder ein erfahrener Kapitän noch ein brillanter Stratege. Palatine könnte vielleicht helfen – tatsächlich wäre sie von deutlich größerem Nutzen als ich.

Nachdem ich alles ausgepackt hatte, was ich dringend brauchte, zog ich mein Exemplar der *Geschichte* aus meiner Tasche und setzte mich auf einen einigermaßen bequemen Stuhl. Ich hatte mir dieses Buch in der Bibliothek der Zitadelle gegen ein Entgelt anfertigen lassen, und wenn es auch nicht ganz so gut lesbar war wie das mit Hilfe von Magie verfasste Original, so war es doch in einem ordentlichen Zustand und enthielt den ganzen Text.

Ich öffnete das Buch ziemlich weit hinten, suchte nach Hinweisen, was nach dem Krieg auf Qalathar geschehen war, und nach weiteren Informationen über die geheimnisvollen Hochländer, die sich mit den Tuonetar verbündet hatten. Es stand irgendwo auf Seite vierhundert oder so.

Etwas fiel aus dem Buch auf meinem Schoß, und ich hob es auf. Es war ein Stück Pergament, das von einem größeren Stück abgerissen worden war, und darauf standen ein paar Sätze in Ukmadorians Handschrift.

Cathan, las ich,

ich bin vielleicht ein bisschen hart mit Dir gewesen, aber ich trage Dir das, was geschehen ist, nicht nach. Du hast Dich entschieden, Dich mit Ravenna zu verbünden, und ich will Dir dafür viel Glück wünschen. Ich möchte Dich aber warnen, dass sie nicht diejenige ist, die sie zu sein vorgibt, und dass du Dich in Gefahr bringst, wenn Du weiter so engen Kontakt zu ihr hältst. Selbst wenn sie selbst nicht vorhaben sollte, Dir etwas anzutun, könnten es ihre Verbün-

deten tun. *Das sind Menschen, an die weder Du noch Dein Vater herankommen. Und ich will nicht miterleben, wie Du deine Begabung verschwendest.*

Der Zettel war nicht unterschrieben.

Ich starrte das Blatt einen Augenblick lang an und riss es dann mit heftigen Bewegungen in kleine Stücke. Obwohl ich Tausende von Meilen von der Zitadelle entfernt war, versuchte Ukmadorian noch immer, mich zu kontrollieren und meine Gedanken zu vergiften. Doch ich hatte mich von dem alten Narren befreit, und das sollte auch so bleiben.

Kapitel XVII

Drei Tage später erreichten wir Lepidor; so mitgenommen die *Fenicia* auch sein mochte, sie schaffte die Strecke von Pharassa nach Lepidor doppelt so schnell wie die *Parasur*. Ich fand die *Fenicia* außerdem bequemer, wenn auch ein bisschen langweiliger. Den leeren Ozean anzustarren war nicht ganz so interessant wie die Kontinente anzusehen.

Ich war sehr froh darüber, endlich wieder nach Hause zu kommen, auch wenn ich nicht die Absicht hatte, allzu lange hier zu bleiben. Es war ja schön und gut gewesen, einmal achtzehn Monate woanders zu verbringen, und größtenteils hatte es mir auch gefallen. Aber es war einfach nicht dasselbe wie zu Hause, und ich freute mich darauf, für eine Weile wieder der Erbgraf von Lepidor zu sein, statt eines häretischen Magierlehrlings. Die Ausbildung zum Magier, und zu lernen, wie man herumschleicht und auf der Lauer liegt, war eindeutig aufregender – manchmal sogar ein bisschen zu aufregend, zum Beispiel, wenn einem gezeigt wurde, wie man aus Fesseln oder Zellen freikommt –, doch es würde schön sein, die vertrauten Gesichter wiederzusehen. Zumindest für ein paar Tage oder Wochen. Es hatte einmal eine Zeit gegeben, da hätte es mir nichts ausgemacht, einen großen Teil meines Lebens in Lepidor zu verbringen, sei es als Graf oder als Ozeanograf, jetzt jedoch …

Wieder stand ich auf der Brücke, als sich die *Fenicia* dem Unterwasserhafen von Lepidor näherte. Nach Pharassa und Taneth wirkte er mit seinen vier Kranbrücken, die sich in einer Spirale um die zentrale Nabe herumzogen, klein. Nur waren es gar nicht mehr vier. Über den unteren Ebenen befand sich eine Konstruktionsblase und das Skelett einer fünften Landungsbrücke. Dann entdeckte ich direkt dahinter auch noch ein weiteres Lagerhaus und fragte mich, was hier vorging. Ich hatte noch nie erlebt, dass so etwas Großes in Lepidor gebaut wurde. Das mussten die Gewinne aus dem Eisenhandel sein, dachte ich, während ich die Nabe musterte. Als wir näher kamen, konnte ich Gestalten in der Empfangshalle ausmachen.

Wir dockten an der vierten Landungsbrücke an, und ich bemerkte weitere Neuerungen – einen zusätzlichen Lift, der seitlich des zentralen Kerns hinunterführte, welcher bisher hinter der Hauptstruktur verborgen gewesen war. Ich bemerkte auch, dass die Landungsbrücke größer war. Die Ladeplattformen, auf denen die Fracht umgeschlagen wurde, waren erweitert worden, und ein Verbindungstunnel führte von der Plattform zum oberen Ende des neuen Lagers.

»Ich habe vergessen, Euch hiervon zu erzählen, Cathan«, sagte Hamilcar lächelnd. »Ihr werdet Lepidor kaum wiedererkennen; hier hat sich im vergangenen Jahr eine ganze Menge geändert. Euer Vater steckt alle Gewinne sofort wieder in die Stadt.«

Ich war mir noch nicht ganz sicher, wie mir solche gewaltigen Veränderungen an meiner Heimatstadt gefielen, doch Thetis sei

Dank war der Niedergang, den wir alle so gefürchtet hatten, aufgehalten und in einen Aufschwung verwandelt worden. Damals noch eine Stadt, die nicht einmal genug Geld besessen hatte, um die Rodung des Waldes zu bezahlen, baute Lepidor jetzt neue Landungsbrücken im Unterwasserhafen – eine kostspielige Neuerung, und ganz sicher eine, die mein Vater nicht leichtfertig in Angriff genommen hatte.

Die Andock-Klammern packten den Rumpf der *Fenicia*, und einen Augenblick später öffneten sich die Luken, nachdem das Wasser abgelaufen war. Wir dankten dem Kapitän, und Hamilcar bedeutete mir, als Erster in den Treppenschacht hinauszutreten – die *Fenicia* war nur ungefähr halb so groß wie die *Schattenstern* und hatte nur zwei Stockwerke – und dann den Korridor und die Landungsbrücke entlangzugehen. Ich nahm meine Tasche – es war dieselbe, mit der ich aufgebrochen war, nur dass sie jetzt anstelle von Eisenerzproben den Stab eines Magiers enthielt –, und die anderen traten beiseite, um mich vorbeizulassen.

Mein Vater stand auf dem mit einem Teppich ausgelegten Laufsteg des Kerns, am Ende der Landungsbrücke. Ich sah, wie ein ungläubiger Ausdruck auf seinem Gesicht erschien, als er mich entdeckte. Ganz offensichtlich hatte er nur Hamilcar erwartet. Und dann hatte ich gerade noch Zeit, meine Tasche fallen zu lassen, ehe er mich in seine schraubstockgleiche Umarmung zog.

»Cathan!«, stieß er hervor, und ich konnte die Freude in seinem Gesicht erkennen. »Wo bist du nur die ganze Zeit gewesen? Du bist gewachsen!«

»Ich bin immer noch einen halben Kopf kleiner als du«, erinnerte ich ihn.

»Nicht in diesem Sinne, du Narr. Du bist durch die Tür gekommen, als gehöre sie dir, anstatt hindurchzuschlüpfen, wie du es früher immer getan hast. Es ist schön, dich wieder hier zu haben – obwohl ich meine Zweifel habe, ob du unsere Stadt überhaupt wiedererkennst.« Jetzt entdeckte er Palatine, Ravenna und Hamilcar, die ein Stück hinter mir die Landungsbrücke entlangkamen. »Da ist ja auch Palatine. Willkommen in Lepidor!«

»Und das ist Ravenna, aus der Zitadelle«, stellte ich vor.

Mein Vater begegnete Ravenna nicht mit der Kühle, die Hamilcar ihr gegenüber gezeigt hatte; er lächelte sie an und hieß sie als Gast willkommen. Sie reagierte ihrerseits mit bezaubernder Anmut; jetzt war nichts von der Steifheit zu bemerken, die sie dem Tanethaner entgegengebracht hatte. Ich war froh darüber. Mein Vater konnte ziemlich grob zu Menschen werden, die er nicht mochte. Vor einem Jahr wäre mir das noch gleichgültig gewesen, jetzt jedoch wollte ich nicht, dass sie sich in Lepidor nicht wohl fühlte.

Mein Vater hieß auch Hamilcar willkommen und führte uns anschließend das zentrale Treppenhaus hinauf und hinaus ins Sonnenlicht jenseits der Hafentore.

Ich blieb wie erstarrt stehen, zunächst geblendet vom Sonnenlicht. Dann schaute ich mich um, betrachtete staunend die Veränderungen. Und Hamilcar hatte gesagt, das hätte erst in den letzten Monaten begonnen.

Überall standen Baugerüste und die Straßen hallten von dem Lärm und den Rufen der Arbeiter wider. Sie hatten die Reihe etwas schäbiger Gasthäuser und Krämerläden entlang des Kais im Hafenviertel renoviert, und einige früher ziemlich heruntergekommene Gebäude hatten jetzt makellose Fassaden, und ihre Dächer waren mit üppigem Grün bedeckt. Es gab noch weitere Verbesserungen; so waren ein paar von den alten Gasthäusern durch schickere Bars ersetzt worden.

Doch nicht nur dem Hafenviertel waren die Veränderungen zugute gekommen, wie ich einen Augenblick später feststellte. Einige Häuser waren aufgestockt worden, während neue Türme und sogar hier und da ein Dom die Silhouette als Ganzes verändert hatten. Dann richtete ich meine Blicke auf den zum Landesinnern hin

gelegenen Teil der Stadt, und ich hätte beinahe nach Luft ge-
schnappt, als mir klar wurde, dass das Gebiet jenseits des Osttors
zum vierten Viertel der Stadt geworden war, wobei die dort in die
Höhe ragenden Baugerüste von den unverkennbaren Umrissen einer Gießerei beherrscht wurden. Und was die großen Pavillons auf
dem Marktplatz anging ...

Ich sah meinen Vater an, sprachlos vor Erstaunen. Dies ging weit
über alles hinaus, was ich mir hätte vorstellen können – und gleichzeitig fragte ich mich, *wie das alles möglich war?* Das konnte doch
nicht alles mit den Gewinnen aus der Eisenmine finanziert worden
sein?

»Woher kommt das alles?«, fragte ich, fast schon benommen.

»Nachdem Istiq fort war, haben wir einen Bergbau-Erkun-
dungstrupp gerufen. Istiq hatte kaum die Oberfläche angekratzt;
es gibt noch viel mehr als nur die Eisenerzablagerungen. Der ganze Berg ist voller Mineralien, und auf der hinteren Seite gibt es noch
eine weitere Edelsteinschicht. Als wir also die Resultate hatten, haben wir beschlossen, dass wir genauso gut auch hier Waffen herstel-
len können. Das verspricht weitaus höhere Gewinne – und Waffen
sind im Augenblick viel begehrter als Roheisen.«

»Und der Rest des Kontinents kam herbeigeeilt, um sicherzustellen, dass sie bei der ganzen Geschichte nicht außen vor bleiben«,
fügte Hamilcar hinzu. »Sind die Gästehäuser immer noch alle voll?«

»Wir mussten vier neue bauen, um mit dem Andrang Schritt zu
halten.«

Ich sagte das Erste, was mir in den Sinn kam: »Was ist mit der Pi-
ratengefahr?«

»Darum wird man sich kümmern. Ich erzähle dir mehr, wenn
wir im Palast sind – und nachdem du deine Mutter genauso überrascht haben wirst wie mich.«

»Was ist mit Moritan und Courtières?«, fragte ich, als wir die
Hauptstraße hinaufschritten; zuvor hatte mein Vater einen Elefan-

tentreiber abgewiesen – ein Elefant, um Personen zu transportieren? –, weil auf dem Tier nicht genug Platz für uns alle war.

»Moritan und Courtières verdienen eine ganze Menge an all dem hier«, sagte Elnibal. »Klug von dir, dass du an sie gedacht hast. Sie steuern den Löwenanteil der Investitionen bei, ebenso wie eine Menge erfahrener Handwerker. Moritan hat einen Anteil an den Minen erworben – schließlich hat er jede Menge eigene Bergleute –, und Courtières hat die Gießerei bezahlt.«

Also hatten auch unsere Verbündeten Vorteile von unserem neu gewonnenen Wohlstand. *Gut*, dachte ich. Von meinen Studien in der Zitadelle und aus der *Geschichte* wusste ich, dass unzufriedene Verbündete manchmal eine größere Bedrohung darstellen konnten als lebenslange Feinde.

Es dauerte ewig, bis wir den Palast erreichten – obwohl ich ihn noch nicht einmal sehen konnte, weil die Mauern des Hafenviertels und die dahinter liegenden Gebäude mir die Sicht versperrten. Wir machten immer wieder Halt, wenn irgendjemand meinen Vater – und bei mehreren Gelegenheiten auch mich – freundlich begrüßte und Aufseher lächelnd von ihren Bauplätzen herüberkamen. Es waren jetzt mehr Fremde hier als früher, und irgendwie war die ganze Atmosphäre anders geworden. Ich konnte spüren, dass es die kleine Stadt, die ich verlassen hatte, nicht mehr gab; die Entdeckung der Eisenmine hatte alles grundlegend verändert.

Als wir auf den Marktplatz kamen – wir mussten warten, während ein wichtiger Dachbalken an Ort und Stelle gebracht wurde, und husteten im Staub der Steinbohrer –, trafen wir auf Shihap, den Tuchhändler, den ich vor achtzehn Monaten zum letzten Mal gesehen hatte, als ich die andere Hauptstraße entlanggaloppiert war, um meiner Mutter so schnell wie möglich von der Entdeckung zu berichten. Er war der Erste in der Stadt gewesen, der davon erfahren hatte, und zu meiner Überraschung konnte er sich ebenfalls an jenen Tag erinnern.

»Ich grüße Euch, Cathan!«, rief er und trat aus seinem purpur und weiß gestreiften Verkaufsstand, an dessen Spitze Fahnen im Wind flatterten. »Seid Ihr froh, wieder hier zu sein? Habt Ihr Euch all das hier erträumt, als Ihr mir von dem kleinen Eisenerzlager in den Hügeln erzählt habt?«

»Nun, *Ihr* habt das ganz gewiss getan, Shihap«, sagte mein Vater und ließ den Blick über die karmesinroten, mit Silberborte besetzten Gewänder des fetten Kaufmanns gleiten. Obwohl ich ein paar Fuß von dem Mann entfernt war, konnte ich das teure Öl riechen, mit dem er seinen Bart getränkt hatte.

»Ich habe einfach nur die Situation, die sich ergeben hat, zu meinem Vorteil genutzt. Aber schließlich habe ich auch einen guten Geschäftssinn.«

»Und ein paar ausstehende Darlehen.«

Shihap zuckte wegwerfend die Schultern und wandte sich an Ravenna und Palatine. »Ihr seid noch nie hier gewesen, verehrte Damen. Besucht doch gelegentlich einmal meinen Verkaufsstand. Ich bin mir sicher, dass ich Eure Aufmerksamkeit auf ein paar erstklassige Waren lenken kann ...«

Wir gingen weiter, überquerten den Marktplatz, auf dem heute ein so geschäftiges Treiben herrschte, wie ich es an einem ganz normalen Tag noch nie erlebt hatte. Es war fast ebenso viel los wie vor sechs Jahren, als der große Jahrmarkt des Nordens in Lepidor abgehalten worden war. Außerdem gab es eine Menge Händler, die ich nicht erkannte – Menschen, die neu in Lepidor waren –, und diejenigen, die ich erkannte, hatten sich ebenfalls verändert. Ihre Kleidung war besser, ihre Haltung überheblicher, ihre Stände prächtiger.

Die letzte große Überraschung war schließlich der Palast selbst. Ich konnte ihn erst richtig sehen, als wir auf einer Höhe mit den letzten Verkaufsbuden waren, und selbst dann hätte ich ihn beinahe nicht wiedererkannt.

Der stille, etwas baufällige Hof war nicht mehr baufällig. Das Mauerwerk war ausgebessert und frisch gestrichen worden. Die Ziegel auf dem Dach der Galerie und des Treppenhauses waren neu, heil und teurer.

Links vom Zentralgebäude, wo früher die Stallungen gewesen waren, an die sich der Garten angeschlossen hatte, erhob sich ein vollkommen neues Bauwerk; es war im gleichen bescheidenen Kolonialstil gehalten wie das alte, doch obenauf prangte eine blaue Kuppel, deren Durchmesser ich auf mehr als hundert Fuß schätzte. Mein Vater hatte einen richtigen Rats- und Thronsaal bauen lassen.

»Wo hast du bloß das Geld für das alles her?«, fragte ich meinen Vater, und auf meinem Gesicht musste sich meine Überraschung gezeigt haben. Ravenna sah belustigt aus, doch Palatines Gesicht war ernst und ein bisschen traurig.

»Die nächste Schiffsladung wird die Schatzkammer wieder auffüllen«, sagte er stolz. »Gefällt es dir?«

»Ob es mir gefällt? Es ist wunderbar!« Ein paar von den anderen Veränderungen hatten in mir ein gewisses Unbehagen hervorgerufen, doch als ich die Kuppel ansah, spürte ich einen gewaltigen Stolz in mir aufsteigen, dass mein Clan jetzt reich genug war, um sich ein solches Symbol seiner Macht leisten zu können. Säle mit einer Kuppel darüber waren der deutlichste Ausdruck von Erhabenheit, das wusste ich, und auf meiner Reise nach Taneth vor achtzehn Monaten hatte ich die anderen Städte um ihre Kuppeln beneidet. Jetzt hatten wir unsere eigene, und sie war viel größer als jede andere nördlich von Pharassa.

Mir war jetzt klar, warum Lijah Foryth Hamilcars Kontrakt in die Hände bekommen wollte. Doch wie groß waren dann Hamilcars Schulden? Er strich ein Fünftel der Gewinne ein – das hätte doch mehr als genug sein müssen, um jeden Gläubiger zufrieden zu stellen.

Die beiden Wachen am Tor – sie trugen neue Uniformen, wie ich sogleich bemerkte, und machten einen wachsameren Eindruck als sonst – winkten uns in den Hof, in dem jetzt ein Springbrunnen in Form einer Megäre prangte. Meine Mutter stand am Fußende der Treppe, neben ihr der Erste Ratgeber Atek sowie eine kleine Gruppe von Beamten und Bediensteten. Sie war genauso überrascht, wie mein Vater es gewesen war, aber ihre Begrüßung war weniger herzlich. Sie hatte sich nicht verändert, wenn man davon absah, dass ihre Gewänder prächtiger waren als früher und die Nadel, mit der sie ihren Zopf festgesteckt hatte, aus Gold und nicht mehr aus Silber bestand.

»Du hast versprochen, dass du nur drei Monate weg sein würdest«, sagte sie.

»Nun, ich war noch nie besonders gut in Arithmetik.«

Sie lächelte warm. »Dein Bruder wird wissen wollen, wo du gewesen bist. Du wirst ihn kaum noch wiedererkennen, so sehr ist er gewachsen.«

»Er ist jetzt schon sieben, nicht?«, sagte ich und stellte dabei plötzlich fest, dass ich nicht mehr wusste, wann Jerian Geburtstag hatte.

»Ja, seit letztem Monat. Courtières hat ihm ein Übungsschwert geschenkt, und seither hat er nichts anderes mehr getan, als damit herumzufuchteln.«

Ich stellte ihr Ravenna und Palatine vor und begrüßte den Ersten Ratgeber Atek. Seine Gewänder waren so zerknittert wie immer, aber sein Bauchumfang hatte etwas zugenommen. Dann gingen wir die Stufen zur Empfangshalle hinauf, wo ein Willkommensfest für Hamilcar vorbereitet worden war. Die Empfangshalle war ein großer, hoher Raum, der während meiner Abwesenheit neu gestrichen worden war; an einer Seite zog sich die Südseiten-Kolonnade hin, die aufs Meer hinausging. Bedienstete standen herum und reichten kleine Gläser mit blauem Wein; auch ihre Livree war neu, wie ich bemerkte. (Wäre es nicht einfacher, die Dinge zu zählen, die gleich geblieben waren?) Mir wurde plötzlich klar, dass Lepidor so heruntergekommen gewesen war, dass jede Veränderung eine Verbesserung gewesen wäre, doch irgendwie vermisste ich die alten, abgetragenen, geflickten Livrees, bei denen unserem Wappen, dem stilisierten Seehund, ständig eine Flosse oder der Schwanz fehlte.

Ich unterhielt mich einige Zeit mit meinen Eltern und Atek über das, was geschehen war – über die Ereignisse in der Zitadelle würden wir später in geheimer Runde sprechen –, und schaute mich dann nach Palatine um. Mir war plötzlich wieder eingefallen, wie verloren sie ausgesehen hatte, als wir uns dem Palast genähert hatten.

Ich fand sie am Ende des Balkons; sie starrte über die Palastgärten hinweg aufs Meer hinaus, ein leeres Weinglas in der Hand. Ein Stück zur Linken flatterte das Banner der Domäne vom Dach des Tempels, der ebenfalls ein Stockwerk höher war als früher.

»Was quält dich?«, fragte ich sie ohne große Vorrede, nachdem ich mich neben sie gestellt hatte.

Palatine drehte sich nicht um. »Die Kuppel – und alles andere. Ich glaube, ich bin einfach neidisch. Eure Kuppel sieht wie die aus, die wir in Cantenar hatten; vielleicht ein bisschen kleiner. Aber das meine ich eigentlich gar nicht. Ich beneide dich, Cathan. Hier hast du das Leben und die Sicherheit, die ich vor elf Jahren verloren habe. Ein Zuhause, Eltern, die dich lieben, auch wenn sie nicht deine leiblichen Eltern sind, einen Bruder.

Mein Vater ist vor elf Jahren gestorben – meine Mutter hat immer gesagt, er wurde vergiftet. Doch selbst davor habe ich ihn kaum zu Gesicht bekommen. Er konnte die Familie meiner Mutter nicht leiden, deshalb habe ich mich meist auf den Ländereien der Canteni aufgehalten, während er in Selerian Alastre war. Und meine Mutter … meine Mutter ist immer furchtbar beschäftigt. Sie war ständig in der Hauptstadt und hat sich um den Kaiser und seine Leute gekümmert. Es war nicht besonders lustig, auch nicht als ich endlich auch dort hingezogen bin, weil es einfach keine schöne Stadt ist. Ich hatte immer Lehrer, die besten Fechter als Übungspartner, Kameraden … aber niemals wirklich Eltern.«

Nicht einmal ein Hauch von Selbstmitleid lag in Palatines Stimme, nur eine sanfte Traurigkeit.

»Als Perseus gestorben ist, hat es so ausgesehen, als würden sich die Dinge ändern. Es gab so viel zu tun, so viele Möglichkeiten. Orosius hätte so brillant, so großartig sein können, eine letzte Chance für die Tar'Conanturs, um zu beweisen, dass sie die Mühen wert sind, die wir ihretwegen auf uns genommen haben. Stattdessen hat er sich mit der Domäne verbündet, und jetzt höre ich, dass er Leute, die er nicht mag, in einer riesigen, zum Gefängnis umgebauten Festung einkerkert, und diese Leute werden nie wiedergesehen. Die Domäne zerstört alles, was sie berührt; sie ist wie eine Seuche, eine Fäulnis. Und jetzt komme ich hierher, an diesen friedlichen Ort, wo du lebst, und muss erkennen, dass die Abgesandten der Domäne auch hier am Werk sind.« Der Hass in ihrer Stimme verblüffte mich, ein Hass, den ich zuvor nie bemerkt hatte.

»Wir werden sie aufhalten«, sagte ich unsicher.

»Ja, aber wir haben noch nicht einmal angefangen und sehen uns hier bereits einer Bedrohung gegenüber. Denn genau das ist Haus Foryth. Die Domäne greift immer dort an, wo man sie nicht sieht; sie sind hinterhältig. Alles wäre anders, wenn wir nur ein paar von den Legionen von Aetius dem Großen hätten. Aber schau dich doch einmal um: Würden sie hier überhaupt überleben?«

Als höre der Planet selbst ihr zu, begannen sich im Osten Wolkenformationen aufzutürmen; sie wuchsen mehr und mehr in die Höhe, je länger ich zusah. Ein weiterer Sturm. Das Erbe der Domäne. Palatine hatte Recht; ich brauchte wirklich nur aus dem Fenster zu sehen, um zu begreifen, warum ich sie hassen sollte.

Wir gingen wieder hinein, und ich berichtete meinem Vater von den Sturmwolken.

»Sie nähern sich von Osten?«, vergewisserte er sich.

Ich nickte.

»Die meisten großen Stürme der letzten paar Wochen sind aus dem Osten gekommen. Eine Zeit lang kamen sie von Westen, gegen die vorherrschende Windrichtung, und wir hatten schon angefangen, uns Sorgen zu machen. Zumindest scheinen sie jetzt wieder zur Normalität zurückzukehren.« Er trug einem der Dienstboten auf, eine Verbindung zum Beobachtungsposten herzustellen, und gab Anweisungen, in zehn Minuten eine Sturmwarnung herauszugeben. In der Zwischenzeit hatte ich meine Aufmerksamkeit wieder dem Empfang zugewandt. Ich sprach kurz mit Atek über Taneth, denn er verstand zwar eine Menge von Handelsrouten und solchen Dingen, doch er war nie dort gewesen. Mein Vater hatte ihn ganz offensichtlich angewiesen, mich nicht zu fragen, wo ich gewesen war, zumindest nicht in der Öffentlichkeit; ich hatte keine Ahnung, ob Atek ebenfalls ein Häretiker war. Allerdings war er der Cousin meiner Mutter, und er war mit ihr zusammen aufgewachsen. Ich konnte mir kaum vorstellen, dass er nicht auch dazugehörte.

Genau zehn Minuten nachdem ich meinem Vater von den Wolken erzählt hatte, hallte das vertraute, singende Heulen der Sturmsirene durch die Stadt.

Spät an diesem Abend, nachdem alle anderen zu Bett gegangen waren, fand ich endlich eine Gelegenheit, allein mit meinen Eltern zu sprechen. Ich betrat das Empfangszimmer, das den privaten Gemächern meiner Eltern angegliedert war und von Aether-Lampen in warmen Schattierungen und ein paar Fackeln beleuchtet wurde. Schwere Wandteppiche und dicke Vorhänge vor den Fenstern machten den Raum beinahe schalldicht; selbst das Heulen des

Sturms drang kaum von draußen herein. Hinter den dicken Mauern des Palasts war es nur noch als schwaches Hintergrundgeräusch zu vernehmen, doch der Sturm hatte seine volle Stärke noch längst nicht erreicht.

Ich ließ mich in einen der weichen Lehnstühle aus Pharassa sinken. Es war schon seltsam – auch ozeanische Möbel hatten zu den Dingen gehört, die ich vermisst hatte. Die Bewohner des Archipels hielten mehr von Kissen als von Stühlen, und selbst die imitierten ozeanischen Möbel, die in der Unterkunft meines Vaters in Taneth gestanden hatten, waren von jemandem hergestellt worden, der das Vorbild nie gesehen hatte.

»Wie war es in der Zitadelle?«, erkundigte sich mein Vater, während ich an einem Fruchtsaftgemisch nippte. Ich hatte während des Empfangs fast zu viel getrunken – zwei Gläser schienen wie üblich alles zu sein, was ich vertragen konnte.

»Es hat mir gefallen.« In groben Zügen schilderte ich, was geschehen und wie es gewesen war, wobei ich Palatine oder Ravenna ebenso wenig erwähnte wie unseren letzten Streit mit Ukmadorian. Von seinem bösen Briefchen einmal abgesehen, hatte der Propst nicht weiter gegen unsere Abreise protestiert.

»Dann bist du also ein Magier«, meinte Elnibal, nachdem ich meinen Bericht beendet hatte. Ich hatte erwartet, dass er überrascht sein würde, doch das war er nicht. Ich war auf merkwürdige Weise enttäuscht.

»Hast du so etwas erwartet?«, fragte ich in dem Versuch herauszufinden, warum meine Neuigkeiten ihn nicht sonderlich beeindruckt hatten.

»Ich habe es gewusst«, entgegnete er. »Ich habe es schon immer gewusst.«

»Ravenna ist ebenfalls eine Magierin, nicht wahr?«, wollte meine Mutter wissen.

»Wie kommst du denn darauf?«, wich ich aus.

»Sie benutzt die Schattensicht. Ich war auch einmal in der Zitadelle; und als ich dort war, hatte einer meiner Freunde, die mit mir dort waren, ein bisschen magisches Talent. Ich kann es immer noch spüren, wenn jemand Schattensicht benutzt. Wie mächtig ist sie?«

»Mächtiger als ich«, sagte ich. »Glaube ich zumindest.«

Es wurde still im Zimmer, und meine Eltern sahen einander verlegen an.

»Vater«, sagte ich, »das, was du mir erzählt hast – dass du mich in den Ruinen eines Dorfes gefunden hast –, stimmt das? Du musst es mir jetzt sagen.«

»Nein, das war nicht die Wahrheit«, erwiderte er geradeheraus. »Aber die Wahrheit ist so seltsam, dass ich es nicht riskieren konnte, sie dir zu erzählen, ehe du in der Zitadelle gewesen warst.«

»Palatine behauptet, sie wäre eine Verwandte des Kaisers – eine Frau, von der ich gedacht hatte, sie wäre letztes Jahr ermordet worden.«

»Palatine sieht dir ein bisschen ähnlich, und es kann gut sein, dass sie Recht hat. Was ich dir jetzt erzähle, darfst du an niemanden weitergeben, noch nicht einmal an deine Blutsverwandten.« Elnibal fingerte an einem von der Kante des Lehnstuhls herunterhängenden losen Faden herum; er schien sich ausnahmsweise einmal nicht recht wohl in seiner Haut zu fühlen.

»Vor zwanzig Jahren, als ich als Söldner in Tumarian gekämpft habe – das ist das Gebiet eines Clans im östlichen Teil des Archipels –, habe ich zusammen mit Moritan und Courtières ein paar Tage in Ral Tumar verbracht, als wir frei hatten. Wir haben versucht, in vier Tagen den Wein in sämtlichen Schenken der Stadt zu probieren.«

Ich versuchte mir die drei vorzustellen, wie sie tranken und lärmend zechten. Es gelang mir nicht.

»Eines Abends sind wir sehr lange geblieben – ich weiß nicht mehr, warum – und kamen erst so gegen zwei Uhr früh aus dem

Schankraum, mitten hinein in einen Sturm. Auf dem Heimweg sind wir in einen Kampf hineingestolpert.«

An dieser Stelle gebot ich ihm Einhalt, und nachdem er mir sein Einverständnis gegeben hatte, benutzte ich eine Methode, die Ukmadorian mir beigebracht hatte, mittels der man dem eigenen Verstand die Erinnerungen eines anderen quasi aufpfropfen konnte.

Und dann war ich selbst dort, in jener Straße in Ral Tumar, vor zwanzig Jahren.

Die drei Freunde kamen schlitternd zum Stehen, als sie drei erschöpfte Männer in weißen Uniformen erblickten, die vier Gestalten in roten Kapuzengewändern gegenüberstanden. Die Straße war schlüpfrig vom Blut, und zwei weitere Weiß gekleidete lagen in Blutlachen auf dem Boden.

Einer der Weißen rief um Hilfe; seine Stimme klang völlig verzweifelt, und Elnibal, Courtières und Moritan zogen ihre Schwerter. Ein bisschen schwankend eilten sie auf die roten Gestalten zu, schließlich waren sie alle betrunken. Ein weiterer Weißer – der, der um Hilfe gerufen hatte – fiel eine Sekunde später, doch das Auftauchen von drei weiteren Kämpfern sorgte dafür, dass sich das Blatt wendete. Zwei der roten Gestalten wurden ins Jenseits befördert, eine dritte, die ein Bündel gegen die Brust gepresst hielt, machte sich daraufhin eilends davon.

Mein Vater, der von den drei Freunden der schnellste Läufer war, rannte hinter dem Fliehenden her, während Moritan und Courtières zurückblieben, um den letzten Roten zu erledigen.

Mein Vater wäre im strömenden Regen – der zudem auch die Sicht behinderte – mehrmals fast ausgerutscht, doch nach ein paar Dutzend Schritten hatte er den Fliehenden eingeholt und versetzte ihm einen unsicher geführten Schwerthieb in die Rippen. Der Mann stöhnte auf und stürzte, landete auf dem Rücken. Dann begann das Bündel zu wimmern, und ich begriff, dass ich mich selbst sah – so, wie ich vor zwanzig Jahren ausgesehen hatte. Ich war in eine grobe Decke eingewickelt, unter der man die Enden eines seidenen Wickeltuchs erkennen konnte. Es war ein Schock, zu begreifen, dass dieses kleine Bündel einst ich gewesen war.

»Du stiehlst also Kinder?«, fragte mein Vater zornig. Doch er sollte keine Antwort mehr erhalten.

Er löste mich aus dem Griff des Toten, steckte sein Schwert wieder in die Scheide und nahm mich mit zu den anderen. Der letzte der weiß gekleideten Männer war ebenfalls gefallen; der Griff eines Dolchs ragte aus seinem Bauch. Um ihn herum lagen die Leichen von drei Roten und vier Weißen. Ich glaubte einen Moment lang, auf der Brust des sterbenden Mannes ein silbernes Delfinemblem gesehen zu haben, doch das einzige Licht kam von den Aether-Lampen, und sein Untergewand war mit Blut vollgesogen.

»Wer ist dieses Kind?«, drängte mein Vater ihn. Ich konnte sehen, dass der Mann im Sterben lag. »Und wer seid Ihr?«

»Ich bin Baethelen … vom Clan Salassa. Dieses Kind …«, er keuchte, hustete Blut, und Moritan hob hilflos die Arme. Aber der Mann klammerte sich irgendwie immer noch ans Leben. »Wer seid *Ihr*?«, fragte er, und seine Stimme klang schrecklich heiser. In seiner Kehle schien sich Flüssigkeit anzusammeln.

»Elnibal, Erbgraf von Lepidor.«

»Lepidor … wo liegt das?«

»In Ozeanus. Was wollt Ihr von mir?«

Der weiß gekleidete Mann griff mit einer zitternden Hand nach unten und zog einen Lederriemen aus seinem Hemd, an dem ein Medaillon befestigt war. Als er es hochhielt, war sein Gesicht grau vor Schmerzen, und er verlor immer mehr Blut, obwohl Moritan versuchte, die Blutung mit einem der Umhänge der Toten zu stillen.

»Erkennt Ihr das hier?«

Ich erkannte es nicht, mein Vater hingegen schon.

»Es ist thetianisch – das Medaillon eines Richters.«

»Ich war einst der Kanzler von Thetia. Bitte … schwört, dass Ihr dieses Kind großziehen und der Domäne niemals etwas davon verraten werdet, was hier geschehen ist.«

Courtières' Augen waren weit aufgerissen, doch mein Vater griff nach dem Medaillon und sagte: »Ich schwöre es.«

Ein weiterer schrecklicher Krampf schüttelte den sterbenden Mann; er krümmte sich zusammen und versuchte zu schreien, doch es kam nur ein Blutschwall aus seinem Mund. Er sank auf die Steine zurück.

»Cathan …« Seine Glieder zuckten ein letztes Mal, und dann war er tot. Mein Vater und seine Freunde standen allein mit dem Kind im Regen.

»Wir sollten lieber zusehen, dass wir hier wegkommen«, meinte Moritan. »Am Morgen werden hier sicher Patrouillen vorbeikommen, und die werden wissen wollen, was passiert ist und wer dieses Kind ist.«

»Er hat es uns nicht gesagt«, sagte mein Vater.

Die Szene verblasste vor meinem geistigen Auge, während ich in die warme Behaglichkeit des Zimmers in Lepidor zurückkehrte.

»So ist das damals gewesen«, beendete mein Vater seine Schilderung. »Wie wir davongekommen sind und all das ist nicht weiter wichtig.«

»Sind Moritan und Courtières auch Häretiker?«, wollte ich wissen.

»Ja, das sind sie. Courtières war nie in der Zitadelle – sein Lehrer war ein cambressianischer Anhänger des Erdelements. Moritan war dort, aber er ist zum Atheisten geworden; er würde niemals die Domäne unterstützen, aber der Archipel ist ihm ebenfalls ziemlich gleichgültig.«

»Deine Freundin Palatine …«, ergriff meine Mutter das Wort. »Das ist ein ungewöhnlicher Name … Ich bin mir allerdings sicher, dass ich ihn erst vor kurzem gehört habe.«

»Das hast du auch«, sagte ich. »Der aufgehende Stern der Republikanischen Partei in Thetia war eine junge Frau von einundzwanzig Jahren namens Palatine Canteni. Es hieß, sie wäre vor anderthalb Jahren ermordet worden.«

»Und du glaubst, sie ist diese Frau?«

»Ich weiß es nicht«, sagte ich gleichermaßen zu mir selbst wie zu ihnen. »Aber sie ist anscheinend eine enge Verwandte von mir.«

»Du bist ganz sicher ein Thetianer, aber weiter kann ich dir leider nicht helfen«, entgegnete mein Vater und stand auf. »Wir können uns morgen Abend weiter über die Zitadelle und ein paar andere Dinge unterhalten.«

Ich wünschte meinen Eltern eine gute Nacht und ging in mein altes Zimmer, das sich ein Stockwerk über der Empfangshalle im Eckturm befand. Dort war auch mein Gepäck hingebracht worden, und ich hatte es schon vorhin ausgepackt. Jetzt saß ich auf meinem Stuhl, starrte hinaus in den Sturm und grübelte über das nach, was mein Vater vor zwanzig Jahren gesehen hatte.

Ich hatte das Medaillon des Richters nicht erkannt, aber ich wusste, was es war. Solche Medaillons waren Symbole höchster gesetzlicher Macht im Kaiserreich, und sie wurden für jeden Träger eigens angefertigt. Sie konnten nicht nachgemacht oder gestohlen werden … Warum also hatte der Kanzler von Thetia in einer Seitengasse von Tumar sein Leben geopfert, um ein Kleinkind zu retten? Wer war ich, dass ich auf diese Weise vor der Domäne beschützt werden musste?

Ich war ein Verwandter von Palatine, doch noch nicht einmal mein Vater wusste, wer ich wirklich war – was bedeutete, dass niemand es mir sagen konnte. Es erschien mir auch nicht sehr wahrscheinlich, dass ich die Antwort in irgendwelchen Archiven finden könnte, denn wenn es irgendwo niedergeschrieben worden wäre, hätte sich schon längst jemand an meine Fersen geheftet.

Ich fühlte mich furchtbar einsam und enttäuscht; Palatine zu finden hatte meine Hoffnungen wachsen lassen, und jetzt waren sie wieder zunichte gemacht worden. Ich war mir sicher, dass ich schließlich herausfinden würde, wer ich wirklich war, denn Palatine konnte nur eine begrenzte Anzahl von leiblichen Vettern haben … doch das konnte noch Jahre dauern.

Kapitel XVIII

Am nächsten Morgen wütete der Sturm noch immer. Da auch die beiden letzten Unwetter jeweils drei Tage angedauert hatten, würde dieser es wohl auch tun. Auch wenn die Domäne das Studium der Stürme verboten hatte, war doch allgemein bekannt, dass Stürme zyklisch auftraten; häufig folgten mehrere von etwa gleicher Stärke und Dauer dicht aufeinander.

Mein Vater berief eine Ratsversammlung ein; er nutzte die Gelegenheit, da keines der Ratsmitglieder mit eigenen neuen baulichen Projekten beschäftigt war. Es war eine öffentliche Sitzung, daher bat ich Ravenna und Palatine, als Zuschauer an der Sitzung teilzunehmen, damit sie sehen konnten, wie so etwas in Lepidor ablief. Ich selbst war ein nicht abstimmungsberechtigtes Ratsmitglied; ich durfte an den Treffen teilnehmen und mich auch zu Wort melden, doch ich durfte nichts entscheiden.

Der Ratssaal – es gab auch noch ein Versammlungszimmer, in dem geheime Beratungen abgehalten wurden – hatte sich kaum verändert, ganz im Gegensatz zum Rest der Stadt. Es war ein großer Raum im zweiten Stockwerk, mit einer gewölbten Decke und reichen Wandbehängen. Auf dem Fußboden lag noch immer derselbe dunkelblaue Teppich. Ich war froh, dass mein Vater ihn noch nicht ausgetauscht hatte, denn ich liebte die Farbe. Der ovale Ratstisch und die Stühle waren kaum weniger elegant – sie waren aus altem, polierten Weißholz gemacht.

Mein Vater saß an einem Ende des Tischs, mit dem Rücken zu den hohen Fenstern am Ende des Saals; die Vorhänge waren wegen des Sturms zugezogen. Atek saß zu seiner Linken, und zu seiner Rechten hatte der Vorsitzende des Rats, Osman Tailiennus, Platz genommen. Osman war schon seit Jahren Vorsitzender, wobei ich nie recht verstanden hatte, warum, denn er schien vollkommen unfähig zu sein, irgendwelche Entscheidungen zu treffen.

Ich saß neben Atek; ich wusste, dass man mir diesen Platz nicht zuletzt deswegen zugeteilt hatte, damit er und mein Vater mich besser im Zaum halten konnten. Mein Vater sagte, dass ich einen eigenen Platz bekäme, wenn ich ein vollwertiges Ratsmitglied würde, und ich hatte es noch nicht gewagt, ihm mitzuteilen, dass ich nicht vorhatte, allzu lange zu bleiben.

Mich eingerechnet waren es vierzehn Ratsmitglieder. Dazu gehörten Janus Tortelen, der Hafenmeister, Gaius Siana, der Avarch, Shihap und Konteradmiral Dalriadis, der Kommandeur von Lepidors Marine und den dazugehörigen Truppenkontingenten. Konteradmiral war der Rang, den er in der Marine des Kaiserreichs bekleidete, da diese hier draußen jedoch nur dem Namen nach existierte, hatte er die Machtbefugnisse eines richtigen Admirals.

Als wir den Saal betraten, hatten mit Ausnahme von Siana und Dalriadis bereits alle Ratsmitglieder ihre Plätze eingenommen, und die Galerie, die auf der dem Platz meines Vaters gegenüberliegenden Seite des Raumes lag, war zur Hälfte besetzt. Ich konnte meine Mutter auf dem Stuhl sitzen sehen, der für sie reserviert war, und ein paar Plätze weiter Ravenna und Palatine. Unsere Blicke kreuzten sich; Palatine grinste, während Ravenna jenes halbe Lächeln zeigte, das für sie so typisch war. Sie zu sehen, half mir, mit den Schmetterlingen in meinem Bauch fertig zu werden. Ich fragte mich, woran es wohl liegen mochte, dass ich mich zwar nicht davor gefürchtet hatte, über einer steilen Felsenklippe an einer Mauer hochzuklettern, jetzt aber nervös wurde, weil ich in meiner Heimatstadt und mit Menschen, die ich kannte, an der ersten Ratsversammlung in Friedenszeiten teilnehmen sollte.

Einen Augenblick später kam Dalriadis hereingerauscht, übergab seinen blauen, mit einer Kapuze versehenen Regenumhang einem Diener und setzte sich direkt auf seinen Platz neben mir. Er zog die Mundwinkel leicht nach oben, als er mich sah – das war sein Willkommensgruß an den Rat. Ich kannte Dalriadis ziemlich gut, und ich mochte ihn, obwohl er ziemlich hart mit mir umgesprungen war, als er mich an Bord unseres Manta, der *Marduk*, in allem unterwiesen hatte, was die Seefahrt betraf. Ich überlegte, ob die Gewinne aus dem Eisenhandel uns wohl auch einen neuen Manta bescheren würden. Da die Meerholz-Vorräte allmählich schwanden, wurden Mantas immer teurer, doch ein zweiter würde eine Menge ausmachen, falls wir von einer großen Anzahl Piraten angegriffen werden sollten.

Mein Vater klopfte mit seinem Hammer auf den Tisch und sagte: »Wo ist Avarch Siana?« Ich fand, dass der Hammer merkwürdig fehl am Platze wirkte – er war aus Mahagoni und schon ziemlich mitgenommen, im Gegensatz zu den makellosen Stühlen und dem Tisch.

Während die Gespräche auf der Galerie verstummten, erwiderte Tortelen: »Ich habe ihn vor ungefähr einer Stunde gesehen, und da hat er gesagt, dass er herkommen wollte.«

Mein Vater wollte gerade noch etwas sagen, als die Tür zum Ratssaal weit aufschwang und Siana, auf seinen Stock gestützt, herein kam. Die letzten grauen Haare in seinem Bart waren mittlerweile weiß geworden, doch ansonsten sah er immer noch genauso aus wie damals, als er vor achtzehn Monaten Sarhaddon zum Kai gebracht hatte. Wie alt war er inzwischen – dreiundsiebzig?

»Es tut mir Leid, dass ich zu spät komme«, entschuldigte sich der alte Mann, während er zu seinem Stuhl humpelte und sich langsam niederließ. »Aber es ist ein *Consigno* aus der Heiligen Stadt angekommen.«

Ein *Consigno*, hatte Sarhaddon mich gelehrt, war ein Brief höchster Dringlichkeitsstufe von den obersten Rängen der Domäne, der normalerweise wichtige Anweisungen enthielt.

»Dürfen wir erfahren, was darin gestanden hat?«, fragte mein Vater.

»Ich muss es dem Rat offiziell verkünden.«

Mein Vater nickte und eröffnete die Sitzung. »Dann ist Eure Bekanntmachung der erste Punkt auf der Tagesordnung, Avarch.«

»Meine Herren, bitte verzeiht, wenn ich nicht aufstehe«, begann Siana entschuldigend. Dann fuhr er fort: »Der *Consigno* enthält Anweisungen, die sich auf meinen Nachfolger beziehen. Primarch Lachazzar ist zu dem Schluss gekommen, dass die langjährigen, wertvollen Dienste, die ich hier in Lepidor geleistet habe, eine Beförderung notwendig machen – ich werde den im Augenblick nicht besetzten Posten eines Kanzlers des Zikkurats von Pharassa übernehmen. Mein Nachfolger, Avarch Midian, wird in Kürze eintreffen, um meinen Platz hier einzunehmen.«

Einen Augenblick lang blieb es still, dann begann mein Vater zu klatschen und entfachte damit eine Woge von Applaus und Glückwünschen. Aber – Siana *ging fort*? Er war seit der Regierungszeit meines Großvaters, mehr als fünfundzwanzig Jahre lang, Avarch gewesen, und wir hatten nicht erwartet, dass er so schnell ersetzt werden würde. Warum wurde er gerade jetzt befördert und versetzt, um den zwar prestigeträchtigen, aber inhaltsleeren Posten eines Kanzlers in einem Zikkurat zu übernehmen?

Und sein Nachfolger versprach nichts Gutes. Midian war ein halethitischer Name. Die Avarchen von Ozeanus sollten Einheimische sein, keine Fremden. War Midian womöglich irgendein wirrköpfiger Fanatiker?

Ich konnte meine Bedenken nicht in aller Öffentlichkeit während der Sitzung äußern, also hielt ich den Mund; später war noch genug Zeit, diese Dinge zu besprechen. Würde es wohl etwas nützen, Siana zu fragen, ob er irgendetwas über Midian wusste – und wenn ja, was?

»Wir bedauern es sehr, dass Ihr geht, und wünschen Euch für Eure neue Position alles Gute«, sagte mein Vater.

Es gab noch einmal ein paar Minuten lang Gemurmel, bis er die Ordnung wiederhergestellt hatte, dann fragte er Siana: »Wann wird Euer Nachfolger eintreffen?«

»Sein Schiff hat Taneth vor vier Tagen verlassen, also wird er in etwas weniger als zwei Wochen hier sein.«

»Dann werden wir Anfang nächster Woche Euch zu Ehren ein Bankett abhalten, sobald wir es einrichten können. Ich fürchte, das ist nur eine sehr dürftige Belohnung für fünfundzwanzig Jahre als Avarch, doch Eure Oberen haben so schnell entschieden, dass wir keine passendere Abschiedsfeier zustande bringen können.«

Wir machten mit dem ersten aufgelisteten Tagesordnungspunkt weiter, bei dem es um Hafengebühren ging, doch meine Gedanken schweiften ab. Ich hätte es wohl kommen sehen sollen: Siana war ein freundlicher alter Mann ohne besondere Fähigkeiten, gerade recht für einen verschlafenen, im Niedergang begriffenen Außenposten, wie Lepidor es bis vor kurzem gewesen war. Für eine Stadt jedoch, die schnell zur größten Metropole nördlich von Pharassa heranwuchs, würde der Primarch jemand brauchen, der charismatischer und wahrscheinlich auch fanatischer war. Jemanden, der das Amt eines Avarchen nur als Stufe auf dem Weg zum Exarchen sah – und zum Primarchen.

Wenn Midian ein Protegé von Lachazzar war – was ich befürchtete –, würde uns das alle in große Gefahr bringen, vor allem mich und Ravenna. Doch zum ersten Mal stellte ich fest, dass ich mir mehr Sorgen um Ravenna machte.

Die meisten Punkte auf der Tagesordnung handelten wir ziemlich schnell ab. Atek hatte mir vor der Sitzung gesagt, der letzte Punkt sei der wichtigste: der von einer der Fraktionen des Rats eingebrachte Vorschlag, die Annullierung des Kontrakts mit Hamilcar zu verlangen, wenn auch nur eine einzige Ladung verloren ging. Es schien eine Anti-Barca-Gruppe zu sein, der die Wahl nicht gefiel, die mein Vater hinsichtlich seines Handelspartners getroffen hatte – was wussten diese Narren denn schon –, und die sobald wie möglich ein Bündnis mit einem größeren Haus schließen wollte. Das Geld des Hauses Foryth war also bereits am Werk, genau wie Palatine es gesagt hatte.

Der Sprecher der Gruppe war Mezentus, ein Kaufmann mit scharf geschnittenen Gesichtszügen, der den Gewürzhandel in Lepidor beherrschte. Er wurde vor allem von Haaluk unterstützt, dem Verwalter der Mine. Der hätte doch eigentlich schon längst in sein Heimatland zurückkehren sollen?

»Haus Barca ist bereits zweimal von Piraten angegriffen worden, Graf, wobei beim zweiten Überfall nur der Zufall Schlimmeres verhindert hat. Wollen wir wirklich unseren Ruin riskieren – zu einem Zeitpunkt, da von jeder neuen Ladung so viel abhängt? Lepidor wird eine Menge Schulden machen müssen, falls eine Ladung nicht durchkommt, doch wenn das dann noch ein zweites Mal geschehen sollte, würde uns das ebenso ruinieren wie Haus Barca.«

»Die Piratenüberfälle sollen uns dazu bringen, genau das zu tun«, widersprach mein Vater. »Mit dem Geld, das Haus Barca durch den Eisentransport verdient, wird es in der Lage sein, die Verteidigungssysteme der eigenen Schiffe zu verbessern und vielleicht sogar neue Schiffe zu kaufen. Wir haben mehr davon, wenn wir eine langjährige Geschäftsbeziehung auf Vertrauen aufbauen, als wenn wir uns beim ersten Anzeichen von Problemen einen neuen Partner suchen.«

»Vertrauen wird uns nicht helfen, wenn wir bankrott gehen«, sagte Haaluk streitlustig.

»Die *Marduk* wird dafür sorgen, dass wir nicht bankrott gehen«, erwiderte Dalriadis. »Wir werden die *Fenicia* auf ihren nächsten Fahrten eskortieren.«

»Jetzt müssen wir schon Lepidors Verteidigungskräfte schwächen, um unsere Fracht zu schützen«, protestierte Mezentus. »Das kann doch nicht richtig sein.«

»Lepidors Verteidigungskräfte sind im allerbesten Zustand«, bemerkte der Admiral trocken. »Ganz im Gegensatz zu den Menschen, die sie verteidigen.«

Elnibal erteilte ihm wegen des Kommentars eine Rüge, doch ich hatte den Eindruck, dass dies mehr der Form halber geschah, als dass er es wirklich ernst meinte. Mezentus starrte den Admiral finster an.

»Ich hatte nicht vor, irgendjemanden zu schmähen«, beteuerte Dalriadis unschuldig und breitete in einer Geste, die den ganzen Saal umfasste, die Arme aus.

»Gut«, sagte Shihap. »Aber wie auch immer – wer sagt eigentlich, dass diese Verteidigungskräfte vor allem dazu da sind, Menschen zu schützen? Kümmert euch nicht um die Leute – denkt an all das schutzlose Geld, das es in der Stadt gibt. Wir können uns selbst schützen …«

»Und wie, Shihap?«, unterbrach ihn Dalriadis. »Indem wir uns über die Piraten hinwegwälzen?«

Shihap grinste gutmütig – ich wusste, dass ihm sein Gewicht keinerlei Kopfzerbrechen bereitete und es ihm daher gleichgültig war, wenn andere darüber Witze machten – und fuhr fort: »… Aber was ist mit dem Geld?«

»Nun, es könnte in Eurer Geldkassette bleiben, geschützt von mehr Befestigungen als die Heilige Stadt.«

»Meine Herren, dies ist eine ernsthafte Ratssitzung«, tadelte mein Vater, doch die anderen lachten. Hatten Dalriadis und Shihap, die beide laut Atek das Haus Barca ohne Vorbehalte unterstützten, das Ganze womöglich vor der Sitzung abgesprochen?

Mezentus kochte, als ihm klar wurde, dass die Aufmerksamkeit der anderen längst nicht mehr bei der Frage war, die er aufgebracht hatte. »Ich verlange eine Abstimmung«, beharrte er. Ich fragte mich, ob das besonders klug von ihm war; wollte er tatsächlich schon so früh zeigen, von welcher Seite er Unterstützung erhielt?

Wie es sich herausstellte, wurde er von mehr Ratsmitgliedern unterstützt, als ich erwartet hatte: Der Antrag wurde mit acht zu fünf Stimmen abgelehnt. Ob Foryth dabei wohl die Hand im Spiel hatte – oder waren hier womöglich noch ganz andere Kräfte am Werk, von denen ich nichts ahnte? Sianas Nachfolger war eine unbekannte Größe: Wenn es noch einmal zu einer solchen Abstimmung kommen sollte, auf wessen Seite würde er stehen? Mezentus brauchte nur zwei weitere Angehörige des Rats zu überzeugen, um eine Mehrheit zu haben.

Allerdings konnte mein Vater gegen jede Entscheidung, die mit weniger als zehn Stimmen gefällt wurde, noch immer sein Veto einlegen. So gesehen waren wir also sicher.

Nach Mezentus' Antrag erklärte mein Vater die Sitzung für geschlossen. Ich hatte kein einziges Wort gesagt, in erster Linie, weil ich von den meisten Dingen, die besprochen worden waren, nicht die geringste Ahnung hatte. Ich kannte noch nicht einmal die Namen der Straßen oder die Geschäfte, die erwähnt worden waren. In gewisser Weise war es fast so, als wäre dies hier gar nicht mehr mein Zuhause. Bevor ich aufgebrochen war, hatte ich über alles Bescheid gewusst, doch jetzt schien es so viel mehr zu geben, das ich nicht kannte.

Das Publikum stand auf und verließ in eifrige Gespräche vertieft den Saal, während Ravenna und Palatine zu mir herunterkamen. Wir trafen uns etwas abseits von den anderen Ratsmitgliedern, die in kleinen Gruppen ebenfalls den Raum verließen. Wenn Blicke töten könnten, hätte Mezentus Dalriadis niedergestreckt, als der Admiral eine besonders witzige Bemerkung machte und mehrere der Umstehenden lachten.

»Das war sehr lehrreich«, lautete Palatines Urteil. »Euer Admiral ist sehr gut darin, die Leute abzulenken.«

»Bekommt ihr hier eigentlich überhaupt einmal etwas geregelt?«, wollte Ravenna wissen. »Oder sabotieren diese beiden da jeden Vorschlag, den sie nicht mögen, und verwandeln jede Ratssitzung in eine Komödie?«

»Ich kann mich erinnern, dass sie das schon öfter getan haben«, gab ich zu. »Ich musste mir jede öffentliche Sitzung von der Galerie aus ansehen, seit ich fünfzehn bin, damit ich lerne, was hier vorgeht. Früher war das alles allerdings längst nicht so wichtig. Sie haben normalerweise endlos über irgendwelche winzigen Änderungen bei irgendwelchen Gebühren gestritten, und Mezentus hat sich nach Kräften beteiligt. Heute war es nicht das Gleiche … Es ist, als würde er jetzt an all das glauben.« Mezentus' Verhalten hatte in mir ein gewisses Unbehagen aufkeimen lassen. Er und Shihap waren stets einander wohlgesonnene Rivalen gewesen, und ihre Diskussionen hatten sich auf den Ratssaal beschränkt. Doch jetzt hatte Mezentus seine eigene kleine Fraktion, und seinem Blick nach zu schließen, würde er mit Shihap kein Glas Wein mehr leeren.

»Es hat sich alles verändert, nicht wahr?«, meinte Ravenna und bewies einmal mehr ihre unheimliche Fähigkeit, meine Gedanken bis in die letzte Einzelheit nachzuempfinden. Sie machte immer hilfreiche Vorschläge, aber ich ärgerte mich gewaltig darüber, wie sie immer zu *wissen* schien, was ich gerade fühlte und dachte. Woher kam nur dieses Wahrnehmungsvermögen – las sie meine Gedanken? »Du bist zurückgekommen, aber es ist nicht mehr so wie früher, und man geht auch nicht mehr so nett miteinander um.«

Palatine unterbrach uns, als ich gerade aussprechen wollte, was mir als Erstes durch den Kopf geschossen war – und das wären keine besonders freundlichen Worte gewesen.

»Immerhin haben sie sich nicht gegen deinen Vater gewandt, Cathan«, gab sie zu bedenken. »Oder gegen Lepidor. Mezentus und seine Kumpane wollen immer noch das Beste für eure Stadt und deine Familie – nicht einmal Haus Foryth will das ändern. Es geht nur um Hamilcar – ihn mögen sie nicht.«

»Aber das ist auch etwas, was sich geändert hat«, protestierte ich. »Sie haben ihn alle mit offenen Armen empfangen, als er gekommen ist, um die erste Ladung abzuholen. Und jetzt wollen sie den Kontrakt bei der erstbesten Gelegenheit brechen. Mezentus war immer stolz darauf, ein Mann zu sein, der zu seinem Wort steht; jetzt will er unsere ganze Stadt entehren.«

»Aber nur, damit die Stadt umso mehr gewinnen kann. Er ist einfach nur irregeleitet«, sagte Palatine. »Was auch immer sich in dieser Stadt verändert haben mag – der Rat steht noch immer hinter deinem Vater. Daran zumindest hat das Eisen nichts geändert.«

»Aber wird es das nicht noch tun? Wenn Mezentus sich schon so sehr gewandelt hat, kann er sich dann nicht noch mehr ändern?«

Ich stellte fest, dass sich ein paar Leute ohne besonderen Grund ganz in unserer Nähe herumdrückten, und zog die anderen hinaus. Wir verließen den Ratssaal durch die Tür, die auf den Palasthof hinausging, und dann führte ich die beiden zu einem der nach Westen hin gelegenen Gemächer im oberen Stockwerk, das ich mir als privates Refugium hergerichtet hatte, um außer meinem eigenen Zimmer noch einen weiteren Raum zu haben. Es war ziemlich klein und dunkel, auch wenn die Sonne schien, doch es hatte einen offenen Kamin, etwas, das es in meiner Unterkunft – die in einem neueren Flügel des Palasts mit den Segnungen einer Wandheizung lag – nicht gab. Es war primitiv, doch während eines Sturms hatte es entschiedene Vorteile, was Wärme und Behaglichkeit betraf.

In dem Raum herrschte ein graues Zwielicht, aber ich kannte ihn in- und auswendig. Ich brauchte nur ein paar Sekunden und eine Zunderbüchse, um mit den getrockneten Meerholztang-Scheiten, die im Kamin lagen, ein Feuer zu entfachen. In der Zwischenzeit hatte Palatine die anderen Lampen entzündet, deren Schirme ihr Licht warm und einladend machten.

»Du hast einen Sinn für Gemütlichkeit«, bemerkte Palatine, während sie sich auf eines der mit Wollstoff bezogenen Sofas sinken ließ, die vor dem Kamin standen. Ich hatte Gobelins an die ansonsten kahlen, weiß getünchten Steinwände gehängt; vorher hatte der Raum ungefähr so freundlich gewirkt wie der tanethanische Vorzimmer-Beamte. Ravenna und ich setzten uns gegenüber von Palatine auf das andere Sofa.

»Ich finde das alles ziemlich verdächtig«, sagte Palatine einen Augenblick später nachdenklich, während sie wie gebannt in die tanzenden Flammen starrte. Ich fragte mich, ob sie wohl jemals zuvor ein offenes Feuer im Innern eines Hauses gesehen hatte; in Thetia war es doch bestimmt zu warm dafür. Nicht, dass wir viel Holz gehabt hätten, das wir verbrennen konnten. Mein Feuerholz waren die Reste, die vom Maschinenkern der *Marduk* übrig geblieben waren, nachdem er das letzte Mal gereinigt worden war; niemand war reich genug, frisches Meerholz zu verbrennen.

»Inwiefern?«, fragte Ravenna, während sie das Band löste, das ihre Haare zusammenhielt, und sie mit einem Kopfschütteln über ihre Schultern verteilte. Sie sahen irgendwie merkwürdig aus, fand ich, als wollten sie lieber lockig als glatt sein. Als ich sie betrachtete, erinnerte ich mich an die andere Seite der Auseinandersetzung, daran, warum ich mich so schuldig fühlte, wenn ich ihr misstraute, und warum ich mich über Palatines und Hamilcars Verhalten ärgerte.

»In diese Geschichte sind zwei verschiedene Gruppen verwickelt. Das Haus Foryth will den Eisenkontrakt, deshalb versuchen sie, Ratsmitglieder zu kaufen und Hamilcar durch Sabotage kaltzustellen. Das ist offensichtlich, wir können nachvollziehen, warum sie es tun. Aber die Domäne – was macht die Domäne?« Sie beugte sich vor und unterstrich ihre Worte wie üblich mit weit ausholenden Gesten. »Sie ersetzen den Avarchen, obwohl er sich sowieso bald zur Ruhe gesetzt hätte, und schicken ihn auf diesen unbedeutenden Posten in Pharassa. Wieso tun sie das? Sie hätten warten können, hätten ihm einen weniger angesehenen Posten geben können. Lachazzar verteilt Ehrungen nicht ohne Grund.«

»Vielleicht wollen sie mehr Kontrolle über uns gewinnen?«, schlug ich vor.

»Und warum warten sie dann nicht einfach noch ein paar Monate und schicken diesen Midian erst einmal als Stellvertreter? Wieso diese plötzliche Eile?«

Ravenna wischte sich eine Haarsträhne aus dem Gesicht und starrte in die Ferne. »Vielleicht hat es gar nichts mit Lepidor zu tun? Vielleicht ist das Ganze ein Teil der internen Machtkämpfe? Vielleicht will Lachazzar Midian schnell befördern und muss ihn ein Jahr oder so als Avarch dienen lassen, bevor er ihn zum Exarchen machen kann? Vielleicht wird er aber auch hierher geschickt, um aus dem Weg zu sein. Es tut mir Leid, dass ich euch nicht weiterhelfen kann, aber wir haben auch noch nichts von Etlae gehört.«

»Es gibt doch sicher noch andere gute Avarchate?«

»Für sie ist es kein Verlust, Siana den Posten dieses Kanzlers zu geben«, sagte ich. »Sie haben viele Ehrentitel zu verleihen, und Sarhaddon hat mir erzählt, dass sie einfach neue erfinden, wenn sie welche brauchen.«

»Aber selbst wenn es sie nichts kostet«, beharrte Palatine, »warum warten sie nicht? Es gibt etwa dreihundert Avarchate. In ein, zwei Monaten wird garantiert ein anderes frei. Das hier ist nicht einfach nur ein normaler Austausch – sie haben irgendetwas vor. Da bin ich mir ganz sicher.«

»Ich werde Siana fragen, ob er etwas über Midian weiß«, sagte ich. »Er war einer meiner Lehrer; ich kenne ihn also eigentlich recht gut, und ich werde mich so oder so mit ihm treffen. Ich glaube allerdings, es ist besser, wenn ich allein zu ihm gehe; er hat noch nie mit einer von euch gesprochen, und es würde die ganze Geschichte wahrscheinlich komplizierter machen, wenn ich euch mitnähme.«

An diesem Abend hüllte ich mich in einen schweren Sturmmantel und machte mich durch die windigen, regennassen Straßen auf den Weg zum Schrein, der ein Stück vom Palast entfernt lag. Ich tat nichts, was irgendwie verdächtig gewesen wäre, obwohl mir das nichts nützen würde, sollte der Grund für meinen Besuch bekannt werden. Dem freundlichen Dienst habenden Priester erzählte ich, dass ich nach meiner langen Abwesenheit dem Avarchen meinen Respekt bezeugen wollte, und er führte mich die vertraute Treppenflucht hinauf und in Sianas Arbeitszimmer.

Der Avarch hatte nie einem asketischen Lebensstil zugeneigt, und als er mehr und mehr unter Rheuma und Arthritis zu leiden begann, war das Zimmer mit immer mehr Möbeln voll gestellt worden. Auf jedem Sitzplatz lagen Kissen, und wenn die Sonne nicht schien, brannte immer ein Feuer im Kamin. Ich hatte mich stets gefragt, woher die Domäne die finanziellen Mittel für derartige Extravaganzen nahm. Der Teppich unter meinen Füßen fühlte sich sehr weich an.

An der einen Wand stand ein Regal voller alter Schnitzereien; mir waren sämtliche Details jeder einzelnen Figur vertraut, denn ich hatte sie während Sianas Theologieunterricht stundenlang angestarrt. Ich hatte mich niemals genug für Metaphysik interessiert, um mich lange auf seine Worte zu konzentrieren.

»Komm herein, Cathan«, ließ sich eine Stimme aus einem fein geschnitzten Stuhl vernehmen, der vor dem Feuer stand.

Meine Füße sanken in den dicken Teppich ein, als ich den Raum durchquerte und zu Siana trat. Ich kniete vor dem Stuhl nieder, um seinen Segen zu empfangen, und fragte mich dabei im Stillen, ob das jetzt eigentlich noch irgendeine Bedeutung hatte.

»Setz dich«, sagte er, nachdem er mir seinen Segen erteilt hatte, und deutete auf einen nicht ganz so fein geschnitzten Stuhl mit ein paar Kissen weniger darauf, der dem seinen gegenüberstand.

»Du hast dich verändert, Cathan. Du hast dich sogar sehr verändert. Ich habe zwar noch keine zwei Worte mit dir gewechselt, seit du zurückgekommen bist, aber ich kann sehen, dass du nicht mehr der gleiche Mensch bist, den ich früher einmal unterrichtet habe.« Er saß auf seinem Stuhl, die gichtigen Hände auf die Armlehnen gelegt, und seine tief in den Höhlen liegenden Augen waren unverwandt auf mein Gesicht gerichtet. Er sah sogar noch zerbrechlicher aus als früher, und ich fragte mich, ob er vielleicht krank war.

»Ich war in Taneth – und im Archipel«, sagte ich. »Das reicht, um einen Menschen zu verändern.« Ich wählte meine Worte mit Bedacht, denn ich hatte Angst, meine Erklärung könnte zu langatmig klingen. Auch wenn ich diesen Mann gut kannte, war er immer noch ein Avarch – ein hochrangiges Mitglied der Domäne. Ein Feind. Ich fand es immer noch schwierig, mir vorzustellen, dass Siana und Lachazzar irgendetwas gemeinsam haben könnten.

»Hat Sarhaddon dich sicher nach Taneth geleitet?«

»Ja, das hat er getan, und er war ein sehr angenehmer Reisegefährte.«

Siana lächelte schwach. »Ich habe nichts mehr von ihm – oder auch nur über ihn – gehört, seit er von hier weggegangen ist. Ich hoffe, dass er einen Gönner gefunden hat, der mächtig genug ist, um ihm auf die erste Sprosse der Leiter zu helfen.«

»Er schien mir nicht allzu sehr daran interessiert zu sein, in der Hierarchie aufzusteigen. Nicht ernsthaft.«

»Das war er auch nicht. Aber ich könnte mir vorstellen, dass sich das geändert hat, nachdem er erst einmal in der Heiligen Stadt angekommen ist. Die Heilige Stadt bietet denen, die klug genug sind, sie zu erkennen, viele Möglichkeiten, und Sarhaddon ist in der Tat sehr klug. Wer weiß, wenn du einmal hier herrschst, kommt er vielleicht als Avarch wieder hierher zurück. Schon in wenigen Jahren wird Lepidor ein wichtiger Ort sein.«

Ich erkannte, dass dieser Zeitpunkt genauso geeignet war, meine Frage zu stellen, wie jeder andere. »Könnt Ihr mir etwas über diesen Midian erzählen, den sie hierher schicken? Will er Karriere machen?«

Einen Augenblick lang war mir, als hätte ich einen Schatten über Sianas Gesicht huschen sehen, doch ich war mir nicht sicher, ob es nicht nur eine Täuschung gewesen war, hervorgerufen durch das flackernde Licht des Feuers.

»Midian«, sagte der Avarch mit schwerer Stimme, »ist ein Protegé Lachazzars. Er stammt aus einer der ältesten halethitischen Familien; sein ältester Bruder ist einer der Generale von Reglath Eshar, und ein anderer Bruder ist ein höherer Avarch. Und er ist ein Sacrus. Sarhaddon hat dir bestimmt ein bisschen über die Politik der Domäne erzählt, wie instabil die Position eines jeden Einzelnen ist, aber wenn Midians Karriere im selben Tempo weitergeht, wird er die Robe eines Exarchen tragen, noch ehe er vierzig ist.«

Mir sank das Herz, und ich versuchte verzweifelt, mir meinen Schrecken nicht anmerken zu lassen. Es hätte uns kaum schlimmer erwischen können, noch nicht einmal, wenn Lachazzar selbst als Avarch hierher gekommen wäre. Palatine hatte Recht gehabt: Sie schafften Siana aus dem Weg, um Platz für einen waschechten religiösen Eiferer zu schaffen.

Siana seufzte und lächelte mich schwach an. »Ich kann sehen, dass dir diese Vorstellung nicht gefällt, und ich kann dir deswegen keinen Vorwurf machen. Midian gehört zu jenen Menschen, die an die absolute Macht der Domäne glauben. Sie nennen es spirituellen Aufstieg. Für ihn hat die Domäne den göttlichen Auftrag zu herrschen –

nicht nur über Seelen, sondern auch über ganze Staaten. Falls dein Vater irgendwelche Häretiker in der Stadt kennt, denen gegenüber er ein Auge zudrückt, wäre er gut beraten, wenn er ihnen mitteilen würde, dass sie verschwinden sollen, bevor Midian eintrifft. Es wird nicht lange dauern, bis die Geier über dem Marktplatz kreisen.«

Ich muss totenblass geworden sein, und ich fühlte mich plötzlich elend. Nicht nur Lepidor war jetzt in Gefahr, sondern auch mein Leben, das meiner Eltern, Palatines und Ravennas. Im Zeitraum einiger weniger Herzschläge war Häresie von einer Idee, mit der wir auf einer sicheren Insel im Nirgendwo gespielt hatten, zu etwas geworden, was mich töten konnte.

»Ist alles in Ordnung, Cathan?«, fragte Siana.

Ich riss mich zusammen so gut es ging und versuchte, mich unbekümmert zu geben. »Ja, mir geht es gut. Ich habe niemals erfahren, wie Lachazzar zum Primarchen gewählt worden ist«, fügte ich in dem Versuch hinzu, ihn ein bisschen abzulenken. »Sarhaddon hat mir erzählt, dass er als Teil einer extremistischen Randgruppe betrachtet wurde, als eine Art Außenseiter in der Heiligen Stadt, und dass die gemäßigte Person, die zum nächsten Primarchen gewählt werden würde – wer auch immer es sein würde –, ihn mit hundert Sacri losschicken würde, um die Ralentianer zu bekehren. Er war noch nicht einmal Unter-Primarch – wie konnte er also gewählt werden?«

Siana warf mir einen scharfen Blick zu. Er durchschaute das Ablenkungsmanöver, und als ich mich bereits zu fragen begann, ob er vielleicht die Wahrheit erraten haben könnte, antwortete er mir endlich.

»Lass niemanden wissen, was ich dir jetzt erzählen werde, denn diese Informationen sind nur Mitgliedern der Domäne bekannt. Eigentlich darf ich es niemandem sagen. Aber es ist nur fair, es dir zu erzählen, denn deine Leute werden mit Midian zu tun haben, während ich das Ende meiner Tage in Pharassa verbringen werde.

Fast bis ganz zum Schluss, wenige Tage vor Halezziahs Tod und der Wahl, galt Kareshurban, der Zweite Primarch, als der offensichtliche Nachfolger. Er ist vielleicht ein bisschen konservativer als Halezziah, aber auch der Richtige, um ein paar Jahre lang zu herrschen, die Dinge am Laufen zu halten und keine radikalen Reformen einzuleiten. Er ist achtundsechzig, also wäre er in ein paar Jahren gestorben und es wäre wieder jemand anderes an der Reihe gewesen.

Ungefähr zwei Wochen bevor Halezziah starb, haben die Sacri ein Nest von Häretikern entdeckt, die sich im Palast eines der liberaleren ortsansässigen Avarchen verborgen hatten und über ein geheimes Waffenversteck und irgendeinen revolutionären Plan verfügten. Lachazzar hat die Säuberung unverzüglich in die Hand genommen und hat den Avarchen und jeden in der Stadt, der auch nur im Geringsten verdächtig wirkte, verhaftet. Das Ganze hat ausgesehen, als wäre es den Häretikern beinahe gelungen, die Domäne zu vernichten, und so ist Lachazzar als Held aus der ganzen Angelegenheit hervorgegangen. Danach hat er die große Anzahl von Soldaten in der Stadt dazu benutzt, das Konzil der Exarchen zu ›überreden‹, ihn zu wählen.«

»Ihr wollt damit sagen, er hat die Hierarchie gezwungen, ihn zu wählen?«

»Ja, das hat er getan«, sagte Siana. Seine Stimme klang jetzt sehr müde. Er schien ein bisschen zusammenzuschrumpfen, als er seine Gewänder enger um sich zog. »Viele der Älteren sind fort, sind von Sacri und Fanatikern ersetzt worden. Die Domäne ist nicht mehr das, was sie noch vor fünf Jahren war. Überall Fundamentalisten, und selbst der Glaube der Frömmsten ist in Frage gestellt worden.«

Ich erinnerte mich an Etlae und die Ränke, die sie geschmiedet hatte, die Angriffe auf Mitglieder der Domäne und Sacri, das Gespräch, das Sarhaddon und ich zufällig im Zikkurat von Pharassa belauscht hatten. Sie hatte versucht, Lachazzar zum Primarchen zu machen. Warum? Welchen Nutzen sollte es haben, jemanden zu wählen, dessen Beitrag zum Wohle Aquasilvas sein würde, rechts, links und im Zentrum Säuberungen durchzuführen und im Verlauf dieses Prozesses Tausende von unschuldigen Menschen zu töten?

»Was glaubt Ihr, wie lange wird Midian hier bleiben?«, fragte ich.

»Das hängt davon ab, ob Midian weiter in besonderer Gunst stehen wird, ob Lachazzar am Leben bleibt. Aber wenn Lachazzar am Leben bleibt, dürfte Midian binnen zwei Jahren General einer Sacri-Einheit oder Exarch werden.«

Zwei Jahre. Zwei lange Jahre würde dieser plündernde Wolf an Lepidors Herzen fressen. Zwei Jahre lang würde mein Vater ständig auf der Hut sein müssen. Und Jerian – was, wenn Midian darauf bestehen würde, seine Erziehung zu übernehmen, was sein Recht war? Würde mein Adoptivbruder von Midians Einfluss korrumpiert werden?

Siana lenkte unsere Unterhaltung jetzt auf weniger schwierige Themen – wie etwa, was ich in den achtzehn Monaten, die ich weggewesen war, gemacht hatte. Ich erzählte jedem, der mich fragte, dass ich mich der Art von Ausbildung unterzogen hatte, der sich jeder in meiner Position unterzog: Ich hatte gelernt zu kämpfen und einen Manta zu führen, hatte Kriegserfahrung gesammelt, aber all das natürlich nicht in der Zitadelle. Der Avarch fragte mich außerdem, was ich von Taneth gehalten hätte. Er war mehrere Jahre lang dort gewesen, doch seine Erinnerung an diese Zeit verblasste allmählich, daher wollte er, dass ich ihm erzählte, wie es jetzt dort war.

Ungefähr eine halbe Stunde später verkündete er, dass er jetzt zu Bett gehen wolle und dass es an der Zeit für mich wäre zu gehen.

»Warte einen Augenblick, Cathan«, sagte er in befehlendem Tonfall, als ich aufstand. Ich fragte mich, was er mir wohl jetzt noch sagen wollte, und ließ mich wieder auf meinen Stuhl sinken.

»Ich habe dein Gesicht gesehen, als ich dir von Midian erzählt habe. Ich werde dich nicht fragen, warum du dich so vor ihm fürchtest. Aber ich möchte dir folgendes sagen.

Die Mitglieder der Domäne sind die Botschafter Ranthas' auf Aquasilva. Wir agieren als Mittler zwischen Ihm und der Menschheit, und wir schützen die Menschheit vor den schlimmsten Stürmen, die unsere Welt überziehen. Das meiste von dem, was wir tun – die grundlegende Arbeit der Domäne –, hat nichts mit der Heiligen Stadt, der Hierarchie oder etwas in dieser Art zu tun. Ich weiß nicht, ob du an Seelen glaubst oder nicht, aber die meisten Menschen tun es, und wir sind die Einzigen, die sich um die Bedürfnisse der Seele kümmern.

Ich will, dass du nicht vergisst, dass Midian und seine Schlächter nicht das wirkliche Gesicht der Domäne sind, dass diese unbarmherzige Jagd auf alle, die sich nicht fügen wollen, nicht das ist, womit wir uns eigentlich beschäftigen. Die häretischen Ideen sind entstanden, weil unsere Gründer keinen Platz für Kompromisse gelassen haben. Ich bin mir sicher, dass du die *Geschichte* gelesen hast – es wäre sehr ungewöhnlich, wenn du es nicht getan hättest, denn die meisten Anführer der Clans tun es. Die Domäne steht für Einigkeit. Keine Religionskriege, keine konfessionellen Streitereien; eine lenkende Macht, die trotz all ihrer Fehler über die Welt wacht. Midian wird sterben, Lachazzar wird sterben, und in ein oder zwei Jahrzehnten wird diese extremistische Bewegung vergessen sein. Du bist hier aufgewachsen und hast gesehen, was die Hüter eines Tempels tun sollten. Vergiss das nicht, ganz egal, was Midian auch tut.

Gute Nacht, Cathan.« Er lehnte sich in seinem Stuhl zurück und schloss die Augen, und ich erhob mich leise und verließ das Zimmer.

Ich nahm meinen Umhang und kehrte auf kürzestem Wege zurück in den Palast, um meinen Vater zu fragen, ob wir Lepidor mit dem nächsten Schiff wieder verlassen konnten.

Kapitel XIX

»Nein«, wiederholte mein Vater noch einmal.

Ich starrte ihn ungläubig an, wie er da hinter seinem Schreibtisch im gräflichen Arbeitszimmer saß. Vor ihm auf dem Tisch lagen unzählige Dokumente. Er war müde und hatte gerade ins Bett gehen wollen, als ich mit den Neuigkeiten, die ich von Siana über Midian erfahren hatte, hereingeplatzt war.

»Wenn du nach nur zwei Tagen wieder abreist, wird Midian anfangen, Fragen zu stellen, wenn er ankommt. Die Domäne ist der Ansicht, dass alles sie etwas angeht, und wir dürfen ihnen keinen Grund geben, in Lepidor Nachforschungen anzustellen. Oder wäre es dir lieber, wenn die Hälfte der Bevölkerung auf dem Scheiterhaufen endet?«

»Und was sollen wir dann tun?«, begehrte ich auf. »Warten, bis Midians Inquisitoren anfangen, überall herumzuschnüffeln? Nach allem, was wir wissen, könnte er ebenso gut selbst ein Magier sein.«

»Das ist höchst unwahrscheinlich.« Mein Vater lehnte sich auf seinem Stuhl zurück und rieb sich die Augen. »Cathan, ich muss sowieso hier bleiben, daher bin ich in genauso großer Gefahr wie du. Zweitens, Midian wird *nicht* annehmen, dass wir Häretiker sind. Er wird anfangen, Ketzer zu jagen, aber nicht im Palast. Die Domäne muss eherne Beweise haben, nur dann darf sie jemanden von uns gefangen nehmen, und sie glauben, dass die Adligen zu ihren leidenschaftlichsten Anhängern gehören – es sind die niederen Schichten, besonders die Kaufleute, die ihnen Sorgen machen.« Ich wusste, dass die Adligen die Domäne hauptsächlich deswegen schätzten, weil sie den Clanführern half, alle anderen im Zaum zu halten. Die meisten Adligen waren eben Narren.

»Und wie erkläre ich es ihm dann, wenn ich wirklich abreise?«, wollte ich wissen.

»Wo ist dieser Ort, auf den du dauernd anspielst? Es klingt, als ob du planst, so oder so fortzugehen«, erwiderte er ein bisschen ärgerlich. »Was hast du mir noch alles nicht erzählt?«

Ich fluchte innerlich; ich hatte nicht vorgehabt, es ihm jetzt schon zu sagen.

»Wir müssen herausfinden, ob Palatines Geschichte der Wahrheit entspricht – denn wenn sie wahr ist, kann ich vielleicht auch herausfinden, wer ich wirklich bin.«

Der Zorn meines Vaters ließ nach. Er stand auf und bedeutete mir, ihm ins Wohnzimmer zu folgen und die Tür hinter mir zuzumachen.

»Setz dich, Cathan, und erzähl mir ganz genau, was in der Zitadelle geschehen ist.«

»Das ist eine lange Geschichte«, sagte ich.

»Nur das über die Magie.«

Ich erzählte ihm fast alles von der Magie und Palatines Abstammung, angefangen von der Prüfung auf magische Fähigkeiten am Ende des ersten Monats bis hin zu dem Streit am letzten Abend. Das hieß, alles außer meinen Gefühlen – und Zweifeln –, was Ravenna betraf. Mein Vater hörte schweigend zu und unterbrach mich nur ein- oder zweimal, um eine klärende Frage zu stellen. Ich fand das alles merkwürdig nervenaufreibend.

Als ich geendet hatte, sagte er: »Das heißt, du glaubst – oder zumindest Palatine glaubt –, dass ihr beide mit den Tar'Conanturs verwandt seid.«

Ich nickte zustimmend.

»Was weißt du davon, was in den letzten paar Jahren in Thetia geschehen ist?«

»Nicht viel, nur ein paar Dinge über Orosius und seinen Vater.«

»Kaiser Perseus II., der vor ungefähr drei Jahren gestorben ist, war ein schwacher Mann, der niemals Kaiser hätte werden dürfen. Sein älterer Bruder wurde bei einem Schiffsunglück getötet, und ihr Vater ist daraufhin vor Schreck tot umgefallen, also hat Perseus den

Thron bestiegen. Er war kein besonders guter Herrscher; er war schwach und leicht zu beeinflussen. Er hatte eine künstlerische Ader, aber das ist kein Vorteil bei einem Kaiser.«

Was auch immer sein eigentliches Anliegen war, Elnibal näherte sich ihm auf Umwegen. Ich wollte etwas sagen, doch er hob die Hand, um mir Schweigen zu gebieten.

»Unter Perseus hat das Kaiserreich, abgesehen von einigen wenigen Inseln, die Kontrolle über alle Gebiete außerhalb von Thetia selbst verloren. Der Exarch hat im wahrsten Sinne des Wortes das Land regiert und den Kaiser fast wie eine Marionette behandelt. Ich habe gehört, dass eine gewaltige Geldsumme aus der Staatskasse verschwunden ist. Der Exarch hat sogar eine Heirat für Perseus arrangiert, mit einem Mädchen aus einem der fundamentalistischen Clans. Doch ungefähr vierzehn Tage vor der Hochzeit ist der Kaiser einer Frau namens Aurelia begegnet. Nach allem, was man hört, hat er sich auf den ersten Blick in sie verliebt.

Dieses eine Mal in seinem Leben schaffte er es, seine Autorität als Kaiser geltend zu machen, und er wies seinen persönlichen Geistlichen an, ihn und die Frau zu trauen. Als das bekannt wurde, gab es einen öffentlichen Aufschrei, weil niemand wusste, wo Aurelia hergekommen war, welchem Clan sie angehörte oder wer ihre Eltern waren. Der Exarch war außer sich vor Wut; er drohte, Perseus zu exkommunizieren, aber der Kaiser hat sich durchgesetzt, und schließlich lenkte die Domäne ein.

Der Hauptgrund, warum der Kaiser seine Autorität hatte geltend machen können, war ein Mann namens Rheinhardt Canteni, der sich gerade selbst zum Präsidenten von Canteni gemacht hatte. Er brachte die wenigen Clans, die wirklich an Reformen interessiert waren, dazu, den Kaiser zu unterstützen, und seine Unterstützung gab den Ausschlag. Außerdem verliebte Canteni sich in Perseus' Schwester Neptunia, und aus Dankbarkeit richtete der Kaiser den beiden eine Staatshochzeit aus.

Beide Paare hatten Kinder; Rheinhardt eine Tochter – Palatine –, und Perseus einen Sohn – Orosius. Zum Zeitpunkt von Orosius' Geburt wurde eine angebliche Intrige aufgedeckt, den Kaiser zu stürzen und aus Thetia eine Republik zu machen. Der Reichskanzler war in die Sache verstrickt und es heißt, er wurde hingerichtet. Ich habe dir gestern Abend erzählt, warum das nicht stimmen kann, aber ich fürchte, ich habe nicht die geringste Ahnung, was dahinter gesteckt hat.«

Ich hatte den Eindruck, dass er mir an dieser Stelle nicht die ganze Wahrheit sagte, doch ich war mir nicht sicher. Ich wollte nichts sagen und konnte immer noch nicht erkennen, worauf er hinauswollte.

»Unter der Schirmherrschaft von Perseus wurden die Reformer stärker. Sie schafften es, in die thetianische Politik ein paar neue Maßnahmen einzuführen, die die Clans ermutigen sollten, keine Trinkgelage mehr abzuhalten und sich stattdessen wieder dem Handel zu widmen. Eine Zeit lang sah es so aus, als würde es Thetia tatsächlich gelingen, aus den eingefahrenen Gleisen auszubrechen.

Dann starb Rheinhardt; er wurde höchstwahrscheinlich vergiftet. Die Domäne kennt sich ausgezeichnet mit Giften aus, genau wie mit allen anderen Methoden, einen Menschen unauffällig umzubringen. Zur gleichen Zeit wurden andere führende Reformer in Misskredit gebracht oder erpresst, um sie zum Schweigen zu bringen, und die Reformbewegung war am Ende.

Als Perseus ein paar Jahre später starb, wurde seine Frau von der Domäne ins Exil getrieben. Ihr gemeinsamer Sohn Orosius hatte einige hervorragende Eigenschaften, und er wurde von beinahe ganz Thetia respektiert. Es schien, als wäre er endlich der Führer, den die Thetianer so lange vermisst hatten.

Aber es kam anders; Orosius wurde krank, und als er sich wieder erholt hatte, war er fest in den Händen der Domäne – und er war inzwischen verrückt geworden. Rheinhardts Tochter Palatine begann, sich für Reformen auszusprechen, und schaffte es, die Herrschaft über den Clan ihres Vaters zu erlangen. Dann wurde sie ermordet – zumindest nehmen wir das an. Es geschah ausgerechnet am Vorabend des Tages, an dem sie in der Versammlung eine Maßnahme vorschlagen wollte, die der erste Schritt gewesen wäre, aus Thetia eine Republik zu machen. Seit damals sind die Reformer eingeschüchtert, Orosius zeigt, wie wirklich übel die Tar'Conanturs sein können, und die Domäne hat den gesamten Archipel fest unter Kontrolle.

Die Domäne hat Aquasilva zweihundert Jahre lang beherrscht, indem sie dafür gesorgt hat, dass die Kontinente und Städte pausenlos aufeinander losgingen. Und dass die Händler der Aristokratie misstrauen und umgekehrt. Mittlerweile ist der Hass viel zu groß, als dass ein Mann von einem der Kontinente ernsthaft daran denken könnte, sich auf den Thron des Reichs zu setzen, weil die anderen alles versuchen würden, das zu verhindern. Thetia ist eine Ausnahme, weil es immer so isoliert war.

Im Augenblick unterstützt der größte Teil der Aristokratie die Domäne. Es stimmt, sie finden den Zehnten schikanös, doch die Domäne hilft ihnen dabei, die unteren Schichten der Bevölkerung unter Kontrolle zu halten. Wenn sich diese Situation aus irgendeinem Grund ändern und die Domäne ihren Rückhalt in der Aristokratie – oder beispielsweise auch bei den Kaufleuten – verlieren sollte, wären die Thetianer die Einzigen, denen alle anderen folgen würden. Jeder hätte seine eigenen Absichten und Ziele, aber keiner hätte das Gefühl, sich einem verhassten Feind unterworfen zu haben.

Das wird nicht geschehen, solange Orosius Kaiser ist, aber wenn es stimmt, was Palatine behauptet, dann könntet ihr beide ein Sammelpunkt sein, nicht nur für Thetia, sondern auch für den Rest der Welt.«

»Aber Midian wird die beiden Palatines sicherlich miteinander in Verbindung bringen«, wandte ich ein.

»Palatine Canteni ist tot, zumindest für die Öffentlichkeit. Wenn Midian wirklich ein Halethiter ist, wird er die Thetianer sowieso verachten und sich nicht weiter für Palatine interessieren. Um das Ganze noch mehr abzusichern, werden wir eine Geschichte für euch erfinden. Und was sonstige Vorsichtsmaßnahmen angeht – du musst alle Dinge, bei denen denkbar wäre, dass man sie mit dir oder der Zitadelle in Verbindung bringen könnte, zu mir bringen. Ich werde sie irgendwo verstecken, wo Midians Schergen sie nicht finden, und wenn sie die ganze Stadt auf den Kopf stellen. Und was Palatines Namen angeht – nun, er ist ungewöhnlich, aber nicht völlig unbekannt.«

»Und was ist mit Ravenna?«, fragte ich, während ich mir gleichzeitig kaum noch vorstellen konnte, dass wir es schaffen könnten. Doch irgendwie schien es meinem Vater immer zu gelingen, solche Probleme zu lösen. Ich bedauerte, dass Moritan nicht da war, denn er war ein wahrer Meister der Intrige.

»Ravenna stammt aus dem Archipel, genau wie du. Ich könnte die beiden eigentlich als entfernte Verwandte ausgeben.« Er tippte sich mit einem Finger abwesend gegen den Wangenknochen, eine Geste, die bedeutete, dass er angestrengt nachdachte. »Ja, das könnte gehen.« Er grinste mich an. »Sie sollten wirklich lieber sehr entfernte Verwandte sein, denn Midian müsste blind sein, um nicht zu merken, wie du Ravenna ansiehst.«

Ich ignorierte die Bemerkung und wünschte mir, die Leute würden nicht so viel Gefallen daran finden, mir das ins Gesicht zu sagen. So offensichtlich konnte es doch bestimmt nicht sein – ich wusste ja noch nicht einmal selbst genau, was ich für sie empfand. Außerdem war das schließlich ganz allein meine Sache – und natürlich ihre. Alle anderen ging es nichts an.

»Hör zu«, sagte mein Vater. Er war jetzt wieder ernst. »Es ist nur für ein paar Monate, dann kann ich euch gehen lassen, wohin ihr wollt, ohne dass ein Verdacht aufkommt. Ihr könnt meinetwegen sogar nach Selerian Alastre gehen, obwohl es mir persönlich lieber wäre, wenn ihr es nicht tut. Aber im Moment brauche ich dich hier; du musst mir helfen, diese Stadt zu regieren und diesen Fanatiker abzuwehren.«

»Und was ist, wenn er es doch herausfindet?«, wollte ich, noch immer unsicher, wissen.

»Wenn wir das Ganze vernünftig planen, wird er es nicht herausfinden. Und ohne seine Sacri hat er keine Möglichkcit, uns hier unter Arrest zu stellen.«

Ich wünschte, ich hätte genauso viel Zuversicht verspürt, wie aus den Worten meines Vaters klang.

Eine Woche später – einen Tag bevor Midian eintreffen sollte – hielten wir das Abschiedsbankett für den Avarchen Gaius Siana. Siana würde am nächsten Tag abreisen und dabei das Schiff benutzen, das Midian hierher gebracht hatte. Es konnte in einer Stadt nur einen Avarchen geben, das war eine Tradition in der Domäne, und deshalb musste Siana Lepidor am selben Tag verlassen, an dem sein Nachfolger seinen Posten übernahm.

Es war eine formelle Angelegenheit, dieses Lebewohl der Stadt für ihren alten Avarchen, daher war förmliche Kleidung erwünscht, genau wie bei Midians Ankunft am nächsten Tag. Ich hatte erst drei Tage zuvor herausgefunden, dass Palatine keine angemessene Kleidung besaß – warum sollte sie auch, wenn sie so etwas noch nie zuvor benötigt hatte? Mein Vater wies mich an, unverzüglich mit ihr zum Maßschneider von Lepidor zu gehen, mit einer offiziellen Anordnung, dass Palatine mit höchster Priorität behandelt werden sollte.

Der Schneider hatte gestöhnt, uns bitterböse Blicke zugeworfen und Verwünschungen über unzufriedene Kunden und Geschäftseinbußen vor sich hingemurmelt. Doch dann hatte er Palatine widerwillig mit in sein Anprobezimmer genommen, um ihre Maße zu nehmen. Danach folgte ein weiterer Ausbruch, dass er unmöglich in drei Tagen ein Gewand machen könnte, weil er keine Schnittmuster hätte, und was seine Frau und seine vier Kinder tun sollten, wenn er seine anderen Kunden im Stich ließe – er wäre ruiniert.

Wir mussten einen zehnprozentigen Aufschlag bezahlen, damit er endlich einwilligte – obgleich ich genau wusste, dass der fette, mondgesichtige Schneider bei seiner alten Mutter wohnte und gar keine Kinder hatte. Das meiste Geld, das er verdiente, vertrank er. Wenigstens er hatte sich also kein bisschen verändert, auch wenn sein Laden größer geworden war.

Palatine entschied sich für einen grünen Stoff – sie erzählte mir, dass Grün die Farbe des Clans Canteni sei –, und der Schneider versprach, das Kleid rechtzeitig zum Bankett fertig zu haben.

Palatine hatte bezweifelt, dass er sein Versprechen würde halten können, doch am Abend des Banketts war das Kleid fertig – auch wenn wir zehn Minuten vor dem offiziellen Beginn des Abends zur letzten Anprobe hetzen mussten, wobei der Gehilfe des Schneiders sich über die Knöpfe beklagte.

Das Bankett wurde, genau wie der vorangehende Empfang, im neuen Flügel des Palasts abgehalten; die frisch gestrichenen Wände sahen immer noch unnatürlich neu und hell aus, und es roch auch noch ganz leicht nach Farbe. Als wir ankamen, dankte ich kurz Althana, der Herrin des Windes, für das gute Wetter, das sie uns beschert hatte. Bei so vielen Gästen würde es im Innern heiß werden, und wenn es draußen gestürmt hätte und alle Fenster und Türen verschlossen gewesen wären, wäre es schnell stickig geworden.

Der Türsteher – einer der Bediensteten des Palasts – ließ uns durch den breiten, viereckigen Torweg vom äußeren Hof in die belebten, gut beleuchteten Korridore im Innern. Es gab zwei große Empfangsräume, deren Fußböden mit dem gleichen blauen Teppich bedeckt waren, der auch im Ratssaal lag. Ein Dachaufsatz aus Glas verlief in der Mitte der Dächer, um mehr Licht hereinzulassen als das, was an Tageslicht durch die drei großen Fenster an der Westseite fiel.

Meine Eltern waren bereits da, und bei ihnen befand sich zu meiner Überraschung auch Jerian. Ich fragte mich, wieso meine Eltern darauf vertrauten, dass er sich bei einer solchen Veranstaltung benehmen würde.

Der Erste, dem wir begegneten, war Dalriadis, der mit dem Ersten Offizier der *Marduk* zusammenstand. Beide trugen ihre Marineuniform, dunkelblau mit silbernen Tressen.

»Guten Abend, Palatine, Cathan«, grüßte der Admiral und lächelte leicht. »Ein wunderschönes Kleid, Palatine. Ich bin überrascht, dass der Schneider es geschafft hat, sich lang genug von seinem Bier loszureißen, um es anzufertigen.«

»Das Bier ist trotzdem nicht schlecht geworden«, sagte der Erste Offizier, ein großer, leicht gebeugter Mann mit einem krausen Bart. »Haaluk hat es stattdessen ausgetrunken.«

»Er hat seine Sorgen ertränkt«, meinte Dalriadis. »So wird Lord Foryths Geld wenigstens einer sinnvollen Verwendung zugeführt.«

»Die Welt wäre ein schönerer Ort, wenn irgendjemand Lord Foryth ertränken würde«, bemerkte ich.

»Ich neige dazu, Euch zuzustimmen. Aber Ihr seid ihm doch schon einmal begegnet, oder?«

»Ich glaube nicht, dass ›begegnet‹ das richtige Wort dafür ist.«

Wir schritten weiter durch die Menge der Menschen in ihren formellen Gewändern – zumeist Schattierungen von Rot, Blau oder Dunkelgrün – und hielten nach Ravenna Ausschau. Ich entdeckte sie bei einem der Fenster; sie beendete gerade ein Gespräch mit Hafenmeister Tortelen. Ihr Haar war auf die gleiche Weise zusammengebunden wie damals an Bord der *Paklé*, als ich sie zum ersten Mal gesehen hatte, und sie trug ein dunkles, meergrünes Kleid.

»Wie ich sehe, habt ihr es geschafft«, begrüßte sie uns mit ernster Stimme. »Cathan, mir gefällt das, was du da anhast. Und Palatine, du hast die Farbe deiner Familie gefunden.«

»Das ist etwas, was wir nicht jedem erzählen sollten«, warnte Palatine.

»Man könnte sich hier drin zum Kaiser erklären, und die einzige Reaktion, die man bekommen würde, wäre, dass ein Ratsmitglied einen bittet, jemand anderem ein paar Zeilen zu schreiben.« Ihre Blicke huschten dorthin, wo Tortelen mit dem Rücken zu uns stand; er war in ein angeregtes Gespräch mit Dalriadis' Erstem Offizier vertieft.

»Was hat er gewollt?«, erkundigte ich mich.

»Er wollte, dass ich meinen ›Einfluss‹ auf dich benutze, um herauszufinden, wie du wirklich über Hamilcar denkst.«

»Sie spielen sogar hier ihre Machtspielchen?«, knurrte ich, verärgert darüber, wie die Politik sich selbst in Ereignisse wie dieses hineindrängte. In der Welt draußen wurden vielleicht alle Geschäfte bei Treffen wie diesem hier erledigt. Doch Lepidor war immer anders gewesen – ein gesellschaftliches Ereignis war ein gesellschaftliches Ereignis. Bis jetzt.

»Ich erinnere mich an eine Trauerfeier«, sagte Palatine plötzlich, den Kopf leicht zur Seite geneigt, »auf der ich ein Gespräch zwischen einem General und einem Minister mitgehört habe. Sie haben nicht über denjenigen gesprochen, der gestorben war, und auch nicht darüber, wie sehr sie um ihn trauern, sondern darüber, wer sein Nachfolger werden würde. Und das Ganze während des Gottesdienstes, während der Exarch ein Gebet gesprochen hat. Ich weiß, wir mögen die Domäne nicht, aber das war ein Gottesdienst und keine Besprechung. Ich war wütend.«

Ich warf ihr einen erstaunten Blick zu, doch sie zuckte nur die Schultern – eine höchst verstörende Bewegung in dem figurbetonten Kleid, das sie trug.

»Ich kann mich an dies und das erinnern«, sagte sie.

»Auch an ganz bestimmte Menschen?«

»Es sind nur kleine Bruchstücke. Der Einzige, an den ich mich klar erinnern kann, ist mein Lehrer im Fach Kriegsführung, denn der war sehr groß. Wie auch immer, jetzt ist nicht der richtige Zeitpunkt, um darüber zu reden. Sollen wir das Fest genießen?«

»Du meinst hingehen und jeden fragen, auf wessen Seite er steht?«, sagte ich und war überrascht, wie verbittert ich war. Was für eine Heimkehr war das? Es schien, als wäre alles schief gegangen, was nur schief gehen konnte.

Ravenna warf mir erneut einen Blick zu, doch der Anflug von Sympathie in ihren Augen erstarb bereits einen Herzschlag später – sie musste meine Geste am Vortag gesehen haben. Doch ich fühlte mich nach dieser Beobachtung nicht besser, nur allein.

Wir gingen hinüber zu meinem Vater und Siana, um sie wissen zu lassen, dass wir da waren. Palatine schaffte es irgendwie, einem Dienstboten aufzulauern und für uns etwas zu trinken zu besorgen, obwohl man nirgendwo in unserem näheren Umkreis einen Bediensteten entdecken konnte.

»Guten Abend«, grüßte Siana, als er uns entdeckte. Der alte Priester war in seine mit Goldborte verzierte rote Avarchen-Robe gekleidet, sein bestes Zeremoniengewand. Die Goldborte sollte nur als Muster ausgeführt sein und durfte keine nichtreligiösen Objekte oder Symbole darstellen, doch er hatte mir schon vor langer Zeit die Siegel gezeigt, die in das Muster eingearbeitet waren – Lepidors Wappen. »Ihr seht wundervoll aus«, sagte er zu Ravenna, und ein Lächeln legte sein zerfurchtes Gesicht in noch mehr Falten.

»Danke«, sagte sie. Ich glaube, ich war der Einzige, der bemerkte, welche Wirkung die Liebenswürdigkeit des Avarchen auf sie hatte. Zu wenige machten ihr ehrliche Komplimente.

»Genau wir Ihr, meine Liebe«, wandte er sich an Palatine, und ich sah, dass er sie aufmerksam musterte. Einen Moment lang huschte ein verwirrter Ausdruck über sein Gesicht … oder hatte er sie erkannt? Ich konnte es nicht sagen. Doch er schüttelte ganz leicht den Kopf, und dann sah sein Gesicht wieder aus wie immer.

»Versuch doch zur Abwechslung einmal etwas zu essen, Cathan«, wandte er sich dann an mich. »Du bist immer noch so dürr wie ein Skelett, und offensichtlich bist du halb verhungert, nachdem du achtzehn Monate von Zephehat und seiner exzellenten Kochkunst getrennt warst.« Zephehat war der beste Küchenchef des Clans und besser als die meisten anderen Köche, die ich während meiner Reise in den verschiedenen Palästen und Zikkurats kennen gelernt hatte. Dieser unbeschwerte Kommentar war typisch für Siana; das war seine Art, mit folgenschweren Augenblicken in seinem Leben umzugehen. Wenn er fort war, würde es in Lepidor nicht mehr so schön sein, und nach allem, was man von Midian gehört hatte, schien er noch nicht einmal zu wissen, was ein Witz war.

Wir gingen ein Stück beiseite, damit die nächsten Neuankömmlinge meinen Vater und den Avarchen begrüßen konnten. Ich nippte an meinem Getränk und schaute mich im Saal um. In der Nähe des Eingangs zum Bankettsaal war Mezentus in eine heftige Diskussion mit den Oberhäuptern einiger Häuser vertieft.

Ich machte Palatine auf ihn aufmerksam.

»Wollen wir rübergehen und ihm sagen, wie sehr wir uns freuen, ihn zu sehen?«, schlug ich vor.

Palatine grinste. »Wir wollen doch nicht zu freundlich zu den Oberhäuptern der Häuser sein, oder? Er kann nicht gleichzeitig versuchen, sie auf seine Seite zu bringen und mit uns sprechen.«

Wir gingen zu der kleinen Gruppe hinüber. Mezentus stand mit dem Rücken zu uns, doch ich sah, wie einer der anderen nickte, und Mezentus drehte sich blitzschnell zu uns um. Ein falsches Lächeln lag auf seinem Gesicht.

»Guten Abend, Erbgraf.«

»Guten Abend, Mezentus«, erwiderte ich. »Erlaubt mir, Euch meine entfernten Kusinen Ravenna und Palatine vorzustellen.« Glücklicherweise hatte einer der Cousins meines Vaters in ein Haus auf dem Archipel eingeheiratet, ich hatte also tatsächlich Verwandte dort. Mezentus konnte nicht wissen, dass ich sie noch nie gesehen hatte. Tatsächlich war ich ziemlich froh darüber; sie lebten auf den Weltende-Inseln, laut Persea der ödeste Ort nördlich von Silvernia.

Wir schafften es, Mezentus' Unterredung zu unterbrechen und die Gruppe zu sprengen. Es war nicht so, dass sie Pläne geschmiedet hätten oder etwas in der Art, doch es kam nur selten vor, dass so viele Vorstände der Häuser versammelt waren, und Mezentus war bestimmt dabei gewesen, sie darüber auszuhorchen, wie sie zu Hamilcar standen.

Dabei fiel mir plötzlich ein: Wo war Hamilcar überhaupt? Es war sonst gar nicht seine Art, zu spät zu kommen.

Ein paar Augenblicke lang unterhielt ich mich höflich mit dem Oberhaupt von Haus Setris, bis Mezentus von Dalriadis eingefangen wurde, der wahrscheinlich ein paar subtile Beleidigungen loswerden wollte. Ich entschuldigte mich und machte mich auf die Suche nach Hamilcar.

Ich konnte ihn nicht finden; erst etwa zehn Minuten später, als ich zu meinem Vater hinüberblickte, sah ich Hamilcars unverwechselbare Silhouette, die wie immer über die Menge hinausragte. Er war in einen grünen Anzug gekleidet, der selbst für Alltagskleidung ein bisschen schäbig aussah. Warum trug er nichts, was dem offiziellen Anlass angemessen gewesen wäre?

»In meinem Quartier hat es ein Missgeschick gegeben«, sagte er. Ich fand, dass er ziemlich wütend aussah. »Ein Wasserrohr ist gebrochen, und das Wasser hat den größten Teil meiner Garderobe durchnässt. Ich musste mir diesen Anzug von Eurem Haus leihen, und die Näherin hat ein Weilchen gebraucht, um ihn zumindest einigermaßen passend zu machen.«

Ich fühlte mit ihm; es war wirklich Pech, auf einem Fest keine angemessene Kleidung tragen zu können. Der Anzug musste einst meinem Großonkel gehört haben, er war bei weitem der Größte in der Familie meines Vaters gewesen.

»Ihr solltet Euch vielleicht mit dem Oberhaupt des Hauses Sestris unterhalten«, riet ich, immer noch zornig darüber, dass dieses Abschiedsfest sich in ein politisches Ränkespiel verwandelte. »Der dicke Mann in Gelb dort, Mezentus, hat ihn vorhin bearbeitet, und er ist nicht sicher, ob Ihr der richtige Kaufmann für den Eisentransport seid.«

»Ich danke Euch«, sagte Hamilcar. Dann fuhr er fort: »Wisst Ihr, allmählich habe ich es satt, dass solche Feiern immer auf ein und dasselbe hinauslaufen – diese Gäste versuchen jene Gäste dazu zu überreden, ihre Pläne zu unterstützen. Ich weiß nicht, ob Ihr das in dieser Form kennt, doch in Taneth darf man sich keinen Augenblick in Sicherheit wiegen. Niemand trinkt auf Festen, weil sie alle Angst davor haben, Geheimnisse ihres Hauses auszuplaudern, wenn sie angetrunken sind.«

»Das hier ist nicht viel besser«, meinte ich und ließ meine Blicke düster über die in kleinen Gruppen beieinander stehenden Gäste schweifen. Und dabei hatte das Bankett noch nicht einmal angefangen.

»Doch, in einer Hinsicht schon«, sagte Hamilcar.

»Tatsächlich?«

»Ihr Clansleute stoßt Euch nicht gegenseitig einen Dolch in den Rücken. In Taneth braucht man nach großen Festen eine Eskorte, weil Typen wie Lijah Foryth ihre privaten Schlägerbanden losschicken, die die Gäste auf dem Heimweg überfallen.«

Während der nächsten halben Stunde schlenderte ich durch die beiden Räume und versuchte das Fest zu genießen, so wie ich es vor der Entdeckung des Eisenvorkommens getan hätte. Das hatte die Stimmung im Clan zum Schlechteren verändert, sinnierte ich. Vorher, als alles noch so unsicher gewesen war, hatten alle es damit wettgemacht, dass sie aus sich herausgegangen waren, Feste veranstaltet und versucht hatten, den Niedergang mit einem Mantel der Fröhlichkeit zu verhüllen. Nun, da die Zukunft gesichert war, waren sie alle wieder ernst und rangelten um Macht und Einfluss. Ob es in den abgelegenen Häusern auch so war? Oder nur hier in Lepidor?

Als das Bankett begann, fand ich mich zwischen Siana und Ravenna wieder. Ravenna war eigentlich nicht von ausreichend hohem Rang, um mit am Hohen Tisch zu sitzen, doch die beiden Frauen unseres Hauses, die normalerweise dort gesessen hätten, waren nicht da – die eine stand kurz vor der Niederkunft und die andere war in Kula im Krankenhaus und erholte sich von einem Sturz.

Zu meiner Linken, auf der anderen Seite von Siana, saßen mein Vater, meine Mutter, Hamilcar und drei Würdenträger des Hauses; zu Ravennas Rechten befand sich der Gesandte aus Pharassa, der Repräsentant des Königs. Mezentus und sein Zirkel saßen nicht am selben Tisch – ich nahm an, mein Vater hatte bei der Tischordnung ein bisschen nachgeholfen. Haaluk saß Dalriadis gegenüber, am Kopfende eines der niedereren Tische, während neben Mezentus der uralte knorrige Meisterozeanograf Platz genommen hatte. Ich konnte Palatine sehen, die ein paar Plätze von Dalriadis entfernt am mittleren Tisch saß.

Die Vorspeisen wurden aufgetragen, und dann kam der erste Gang: frittierter Feuerfisch.

»Es gibt eine Geschichte über einen Primarchen und einen Feuerfisch«, sagte Siana, als die Platten vor uns abgestellt wurden. »Es ist schon ein paar hundert Jahre her; die Domäne hatte gerade einen neuen Primarchen gewählt, einen Mann aus Äquatoria, der noch nie das Meer gesehen hatte. Während des Banketts, das anlässlich seiner Inthronisierung stattfand, brachten die Diener eine Platte mit einem großen Feuerfisch herein und setzten sie vor ihm ab. Er ordnete an, dass Feuerfisch wegen seiner Farbe in Zukunft nur noch von ihm und seinen Exarchen gegessen werden durfte.

Die übrigen Priester waren darüber natürlich alles andere als glücklich, also heckten sie einen Plan aus. Sie ließen tonnenweise Feuerfisch anliefern – der natürlich mit Geld aus der Schatzkammer des Primarchen bezahlt wurde – und wiesen die Köche an, täglich Feuerfisch für den Primarchen zuzubereiten. Schließlich konnte er den Geschmack nicht mehr ertragen, aber es blieb natürlich das Problem mit seinem Edikt – er wollte auf keinen Fall das Gesicht verlieren. Daher schlugen die Priester vor, dass er die gesamten restlichen Vorräte aufkaufen und Ranthas opfern sollte. Sie stapelten sämtliche Küchenabfälle auf, die sie finden konnten, und deckten sie mit einer Schicht Feuerfischfleisch zu, so dass der Primarch dachte, alle Fische wären verbrannt worden. Sobald er ihnen jedoch den Rücken zudrehte, schlugen sich die Priester auf seine Kosten mit Feuerfisch den Bauch voll. Der nächste Primarch hat das Edikt natürlich aufgehoben.«

Sianas Geschichte verlieh der Domäne etwas Menschliches; das Bild von den Priestern, die ihren Primarchen austricksten, passte irgendwie nicht zu Lachazzar und seinen Sacri.

»Aber erzähl das bloß nicht weiter«, flüsterte Siana. »Die Leute, die jetzt an der Macht sind, mögen keine Witze über Primarchen.«

Das klang schon vertrauter. Während ich den Feuerfisch aß, fragte ich mich, wie lange es wohl gedauert haben mochte, bis der Primarch ihn nicht mehr sehen konnte. Es war mein Lieblingsfisch, und ich hätte viel mehr davon essen können, wenn er nicht so selten gewesen wäre.

Ravenna war angesichts des Monologs des pharassanischen Botschafters kaum zu Wort gekommen. Einmal jedoch, als er verstummte, um den Feuerfisch aufzuessen, ehe die Platten wieder abgetragen wurden, sagte sie in ihrem üblichen kalten Tonfall zu mir: »Sind die immer alle so still?«

Die Geräuschkulisse unterschied sich meiner Meinung nach in nichts von dem üblichen Bankettgemurmel.

»Nicht, dass ich es bemerkt hätte«, erwiderte ich.

»An dem Tisch, an dem Mezentus sitzt, ist es sehr still, während es an dem von Haaluk sehr ausgelassen zugeht.«

»Ist das irgendwie bedeutsam?«

»Es war nur eine Beobachtung«, meinte sie, wandte sich wieder dem Botschafter zu und fragte ihn etwas über pharassanische Weine.

»Sie hat Recht, weißt du«, ließ sich Sianas trockene Stimme ziemlich dicht an meinem linken Ohr vernehmen. »Sie sind wirklich sehr still da drüben.«

»Aber die meisten an dem Tisch sind gar keine Kumpane von Mezentus«, wies ich auf das Offensichtliche hin.

»Nein, das nicht. Aber sie müssen höflich sein und können sich nur in der gleichen Lautstärke unterhalten wie er. Und Mezentus trinkt zwar ziemlich viel, wird aber nicht laut.«

»Vielleicht hat Lord Foryth ihn dieses Mal dafür bezahlt, dass er den Mund hält«, sagte ich.

Die Bediensteten trugen den ersten Gang ab und brachten den Hauptgang. Es war gebratener Selka, wunderbar zubereitet. Doch ich konnte mich nicht so recht darauf konzentrieren. Und mein zweites Glas Wein rührte ich nicht an.

Es geschah gegen Ende des Fests, nachdem ein paar Lautenspieler unter tosendem Applaus die Galerie der Spielleute verlassen hatten. Ich hörte, wie Hamilcar etwas zu meiner Mutter sagte, doch er wurde von Mezentus unterbrochen, der von seinem Stuhl aufsprang.

»Das hat Euch gefallen, was?«, fragte er Hamilcar laut. »Hat Eure Seele besänftigt, nicht wahr?«

Siana erhob sich von seinem Stuhl und wandte sich Mezentus zu. »Ich werde nicht zulassen, dass Ihr in diesem Saal einen Gast beleidigt, Mezentus.«

»Ich … ich beleidige ihn doch gar nicht, Ava-… Avarch. Aber seine Seele muss doch besänftigt werden, oder nicht? Sie wird schließlich vom Geist seines Onkels heimgesucht.«

»Mezentus!«, fuhr mein Vater ihn an. »Verlasst sofort den Saal!«

»Und was ist mit dem Mör-… mit dem Mör-… Mörder, der an Eurem Tisch sitzt, Graf? Ein Wolf im Schafspelz, und er wird Euch auch umbringen, wenn Ihr nicht aufpasst. Der Tanethaner hat seinen Onkel getötet. Oh ja, das hat er.«

Schockiertes Schweigen senkte sich auf den Saal herab; dann wandte Siana sich an einen der Dienstboten. Der alte Mann bebte beinahe vor Zorn; ich hatte ihn noch nie so wütend gesehen.

»Bringt diesen Mann zum Tempel und sperrt ihn in eine Büßerzelle.«

»Und was ist mit dem Mörder?«, wollte Haaluk wissen.

»Nur die Gassenkinder in Taneth erzählen dieses Gerücht noch weiter«, sagte Hamilcar zornig. Er wirkte kalt und unversöhnlich, jeder Zoll ein tanethanischer Aristokrat. »Ihr tätet gut daran, Euch nicht mit ihnen gemein zu machen.«

Kapitel XX

Die Menschen, die im Empfangsraum des Unterwasserhafens von Lepidor um mich herumstanden, machten den Eindruck, als fühlten sie sich nicht besonders wohl. Ich sah, wie Dalriadis einen kurzen Blick auf die Uhr warf, und selbst Siana, der in die Gewänder eines einfachen Priesters gekleidet war und sich auf seinen Stock stützte, wirkte unruhig.

Erneut verlagerte ich mein Gewicht von einem Bein aufs andere und fragte mich im Stillen, warum Midians Manta so lange brauchte, um anzudocken. Was machte der Mann? Segnete er die Türen, um Häretiker abzuhalten?

Ich schaute aus den großen Fenstern am hinteren Ende der Landungsbrücke. Der Manta hatte zwar angelegt, doch ich war zu weit weg, um zu erkennen, ob sie die Luftschleusen bereits miteinander verbunden hatten. Er hatte vor beinahe zehn Minuten seinen Liegeplatz erreicht, doch seither hatten wir nichts mehr von dem Manta gesehen.

Ein lautes Kreischen und dann ein Dröhnen hallten durch die Landungsbrücke, und ich sah, wie mein Vater und die anderen Ratsmitglieder erstarrten und wie ihre Blicke zu den großen Fenstern hinüberzuckten.

Ein weiteres Dröhnen ertönte, als die Türen aufschwangen, und dann war ganz kurz das Geräusch von Stimmen zu vernehmen. Dann hörte ich, wie sich entlang der Landungsbrücke Schritte näherten. Ich zupfte meine Ärmel zurecht und richtete meinen Blick auf den Eingang.

Während die Schritte näher kamen, überlegte ich plötzlich, wie viele Schritte Midian wohl machen müsste, um die gesamte Länge der Landungsbrücke zu durchschreiten. Doch meine Berechnungen wurden abrupt beendet, als Avarch Midian aus der Eingangstür der Landungsbrücke trat und ich unseren neuen Hohepriester und Ketzerverbrenner zum ersten Mal zu Gesicht bekam.

Mein erster Gedanke war, dass er ganz und gar nicht wie ein Fanatiker aussah. Er war ein breitschultriger Mann mit dem traditionellen halethitischen gekräuselten Kinn- und Schnurrbart und einem offenen, freundlichen Gesicht. Seine Avarchen-Robe war sehr viel prunkvoller als Sianas es jemals gewesen waren. Sie war mit Unmengen goldener Fäden verziert, doch ich konnte keine Bilder erkennen, ganz im Gegensatz zu dem stilisierten Seehund auf Sianas Ärmeln. Wie die Tradition es verlangte, trat Siana vor und streckte ihm mit beiden Händen den Amtsstab entgegen.

»Seid in Ranthas' Namen willkommen, Avarch Midian vom Clan Lepidor. Euch übergebe ich die Pflicht, für diese Seelen zu sorgen.«

Midian verbeugte sich, streckte dann die Hände aus und nahm den Amtsstab entgegen. »*Domine* Siana, ich nehme diese Pflicht an, die Ihr mir auferlegt habt. Möge Ranthas Eure Schritte in Frieden leiten.«

Siana trat zurück, als Midian seinen Stab hochhob. Als ich niederkniete und damit dem Beispiel der anderen Anwesenden folgte, schoss ein stechender Schmerz durch meinen Kopf; er war so heftig, dass ich beinahe die Arme hätte ausstrecken müssen, um das Gleichgewicht zu halten. Es war ebenso schnell vorbei, wie es aufgetreten war, doch als ich aufschaute, begegnete mein Blick dem Midians, und ich erkannte, dass er es bemerkt hatte.

»In Ranthas' Namen Euch allen meinen Segen, und mögt Ihr immer von Seinen Flammen geschützt werden.«

Es gab eine kurze Pause, dann erhob sich mein Vater wieder. »Willkommen beim Clan Lepidor, Avarch«, sagte er.

»Es ist eine Ehre für mich, hier zu sein.«

Anschließend schritt mein Vater mit den beiden Avarchen – dem alten und dem neuen – durch die dicht gedrängte Menge zurück zum Lift. Sie würden jetzt ein privates Treffen im Tempel abhalten, bei dem es um den religiösen Zustand des Clans gehen würde; danach würde Siana Lepidor an Bord des Manta, der Midian gebracht hatte, verlassen.

Sobald der Lift außer Sicht war, eilten die Ratgeber auf die Treppen zu; sie wollten die stickige Atmosphäre des kleinen Empfangsraums so schnell wie möglich hinter sich lassen. Meine Aufgabe war

371

es, mich um Midians persönliches Gefolge zu kümmern, die Priester und ihre Familien, die einen Teil von Sianas Leuten ersetzen würden. In jedem Tempel wurden einige Posten an die Familienangehörigen oder Günstlinge des Avarchen vergeben, und drei oder vier von Lepidors Priestern und Akolythen würden Siana nach Pharassa begleiten.

Als ich die Stimmen der anderen aus dem Laufgang der Landungsbrücke herüberklingen hörte, befanden sich nur noch zwei jüngere Akolythen – die Einzigen, die nicht für Midians Empfang im Tempel benötigt wurden – im Empfangsraum. Beide waren ungefähr in meinem Alter; der eine hatte einen kahl geschorenen Kopf und wirkte ziemlich reserviert, der andere, der Sarhaddon gekannt hatte, hatte braunes lockiges Haar und ein freundliches Lächeln.

»Wisst Ihr vielleicht zufällig, wie viele Leute er mitbringt?«, flüsterte der Zweite.

Ich zuckte die Schultern. »Keine Ahnung. Er ist ein Halethiter, und die reisen nicht unbedingt mit leichtem Gepäck.«

Einen Augenblick später geriet Midians Gefolge in unser Blickfeld. Als ich ein Stück vortrat, um ihren Anführer zu begrüßen – einen würdevollen Mann in den Vierzigern –, zählte ich einschließlich des Anführers drei vollwertige Priester, zwei Akolythen, vier Frauen und ein Kind. Und zwei weitere Personen.

Eine davon war Elassel, das Mädchen, das ich im Zikkurat von Pharassa kennen gelernt hatte; sie trug jetzt nicht mehr die Gewänder der Domäne, sah jedoch gleichwohl immer noch wild und rebellisch aus. Die zweite war ein Gedankenmagier.

»Warum? Warum hat er einen mitgebracht?«, fragte Palatine, während sie in meinem Zimmer auf und ab schritt. »Was soll ihm ein Gedankenmagier hier draußen nützen? Glaubst du, er argwöhnt, dass es hier Magier gibt?«

»Wie könnte er?«, mischte Ravenna sich ein. »Die entsprechenden Anordnungen müssen erteilt worden sein, lange bevor wir hier angekommen sind, und es gibt keinen Grund, uns zu verdächtigen.«

»Was ist, wenn es noch einen anderen Magier in der Stadt gibt?« Palatine ließ sich schwer auf einen Stuhl fallen.

»Das wäre möglich«, sagte ich und versuchte die Tatsache zu verbergen, dass ich Angst hatte. Auch wenn die Domäne die Clanführer nicht grundsätzlich belästigte, wären wir völlig ungeschützt, falls der Gedankenmagier auch nur den leisesten Hauch von Magie bei Ravenna oder mir feststellte. Selbst wenn er nur wahrnahm, dass irgendwo Zauberei am Werk war und er selbst uns nicht fand, würden sie jemand holen, der es konnte … und dann wäre es aus.

»Kann er euch auch dann finden, wenn ihr wirklich überhaupt keine Magie einsetzt?«, wollte Palatine wissen.

»Es gibt eine Möglichkeit«, sagte Ravenna. Sie saß auf dem Stuhl beim Schreibtisch. Ihr Gesicht war womöglich noch ernster als sonst, und sie starrte den Teppich an, der den Fußboden bedeckte. »Wenn er irgendeine Art von Magie eingesetzt hat, als er einem von uns ganz nahe war, hat er gemerkt, was los ist. Außerdem gibt es noch ein paar andere Möglichkeiten, wie er es ganz zufällig herausfinden kann. Und wenn sie anfangen, mit Kristallkugeln nach Magiern zu suchen, sind wir natürlich ernsthaft in Schwierigkeiten.«

»Könnt ihr nicht irgendetwas tun, um euch abzuschirmen?«

»Uns abzuschirmen? Das …«

»Ich meine nicht, euch zu schützen. Ich meine etwas, das es unwahrscheinlicher macht, dass er euch entdeckt.«

Ich zermarterte mir das Gehirn, versuchte mich zu erinnern, ob irgendetwas, was Chlamas oder Jashua in ihren Unterrichtsstunden gesagt hatten, uns helfen könnte. Sie hatten uns ein paar Methoden gelehrt, wie wir uns den Magiern der Domäne gegenüber tarnen konnten. Die meisten dieser Methoden jedoch funktionierten nur, wenn es darum ging, *einen* Magier zu tarnen. Doch es gab zwei von uns in Lepidor, und aus irgendeinem Grund machte es das einem Feind leichter, uns einzeln aufzuspüren.

Und es gab nichts, was wir gegen einen Gedankenmagier hätten tun können.

»Ich glaube nicht, dass es eine Möglichkeit gibt«, begann ich, doch Ravenna schnitt mir das Wort ab.

»Es *gibt* eine Möglichkeit«, sagte sie. »Aber es ist eine, die mir nicht besonders gut gefällt, und es ist sehr gefährlich, sie zum ersten Mal einzusetzen, wenn ein Gedankenmagier in der Nähe ist.«

Sie hob den Blick vom Teppich und schaute erst mich und dann Palatine einen Augenblick lang an. Ich fragte mich, was sie wohl vorschlagen wollte – Chlamas, Jashua und all die alten Bücher hatten sehr eindringlich darauf bestanden, dass man der Entdeckung durch einen Gedankenmagier nur entgehen konnte, indem man sich unauffällig verhielt und hoffte, dass alles gut ging. Glücklicherweise gab es nicht besonders viele Gedankenmagier.

»Cathan, kannst du dich noch daran erinnern, was du getan hast, als Palatine von der Klippe gestürzt ist?«, fragte Ravenna und warf mir erneut einen Blick zu. Waren das Zweifel, was ich da in ihrem Gesicht zu erkennen glaubte?

»Ich habe Magie benutzt, um festzustellen, wie schwer sie sich verletzt hatte.«

»Wie tief bist du gegangen?«

»Bis zur Sphäre des Geistes.« Ich sah sie argwöhnisch an – sie schien mir sehr zögerlich, und das war so untypisch für sie, dass es ganz und gar nichts Gutes verhieß.

»Ich glaube, es wäre möglich, dass wir unsere Magie … aufbewahren … indem wir sie in die Seelen-Sphäre schicken. Das würde uns Sicherheit verschaffen, außer, der Gedankenmagier berührt uns auch körperlich, während er seine Magie einsetzt.« Ihre Stimme verebbte.

»Aber?«, wollte Palatine wissen.

»Aber wir können es nicht für uns selbst tun. Wir müssen es jeweils beim anderen tun.«

Ich starrte sie in fassungslosem Entsetzen an, doch sie weigerte sich, meinem Blick zu begegnen.

»Kein Wunder, dass es heißt, es wäre unmöglich.«

»Und es wieder rückgängig zu machen ist fast genauso schwierig«, meinte Ravenna abschließend.

»Wir können später noch einmal darüber reden«, sagte ich, stand auf und ging zur Tür. »Ich muss jemanden suchen.«

Ich hatte noch keine Gelegenheit gehabt, mit Elassel zu sprechen, weil sich die Priester möglicherweise eingemischt hätten, doch kurz bevor ich den Tempel verlassen hatte, um zum Palast zurückzukehren, hatte sie mir zugeflüstert, ich solle zu ihr kommen, wenn es mir möglich wäre. Sie hatte mich schon bei unserer ersten kurzen Begegnung vor fünfzehn Monaten neugierig gemacht, und ich spürte, dass ich sie näher kennen lernen wollte.

Etwas nüchterner betrachtet war es außerdem sehr gut möglich, dass sie wusste, warum Midian den Gedankenmagier mitgebracht hatte. Und außerdem wollte ich weg von Ravenna.

Meine Gedanken waren immer noch in Aufruhr, während ich durch die Straßen ging. Die Nachmittagshitze lastete schwer und drückend auf der Stadt, was bedeutete, dass es bald wieder einen Sturm geben würde. Ich überlegte, ob Ravenna ihren Vorschlag wirklich ernst gemeint hatte? Ich wusste, dass es klappen konnte, zumindest theoretisch – aber war der Preis nicht doch zu hoch? Die Vorstellung, dass jemand in meinen Gedanken herumwühlte, war erschreckend – das wäre es für jeden. Ich hatte so etwas Ähnliches getan, nachdem Palatine von der Klippe gestürzt war, aber nur, weil es ein Notfall gewesen war. Ich hatte es ihr erzählt, als sie wieder zu sich gekommen war, und sie hatte gesagt, es wäre in Ordnung gewesen, genau das Richtige in dieser Situation.

Das, was Ravenna vorschlug, war jedoch etwas anderes – selbst wenn es sich wieder um einen Notfall handelte. Eigentlich war es eine tolle Idee, unsere Magie an einem Ort zu versiegeln, der ohne unsere Zustimmung keinem Magier der Welt zugänglich war. Doch wenn die Magie erst einmal dort war, war die einzige Person, die sie wieder zurückholen konnte, diejenige, die sie überhaupt erst dorthin geschafft hatte. Wir müssten uns am gleichen Ort aufhalten und unauffindbar sein, um die Magie wieder zu befreien – und bis dahin würde keiner von uns mehr übernatürliche Kräfte haben als jeder andere normale Mensch. Also überhaupt keine.

Nicht, dass das notwendigerweise etwas Schlechtes war – wir hätten sowieso keine Magie einsetzen können, solange Midians Leute sich hier herumtrieben. Elassels Eltern gehörten zu seinem Gefolge, und ich fragte mich, was für eine Verbindung zwischen ihnen und Midian bestehen mochte.

Morgen würde Midian in einem feierlichen Gottesdienst inthronisiert werden, und im Tempel herrschte Chaos, als ich dort ankam. Akolythen und Tempeldiener trugen Gepäckstücke und Gewänder hin und her. Nur eine Hand voll Menschen beteten vor dem Altar im äußeren Hof, und sie blieben nicht sehr lange; wahrscheinlich wollten sie vermeiden, von den Priestern umgerannt zu werden, die Kisten vom Hafen hereinschleppten.

Ich trat durch den großen Haupteingang und in die hallende, braun getäfelte Vorhalle. Zwei der in Lepidor verbliebenen alten Priester – Siana und sein Gefolge waren vor einer Stunde aufgebrochen – sprachen mit einem der Neuankömmlinge; es war derjenige, den ich für Elassels Vater hielt.

Ich wollte ihre Unterhaltung nicht unterbrechen, daher hielt ich einen vorbeigehenden Akolythen an und fragte ihn, wo Elassel war; es war der Lockenkopf aus dem Hafen.

»Wo das Mädchen ist?«

Ich nickte.

»Wahrscheinlich im Garten. Aber seid vorsichtig, sie ist ziemlich wild.«

»Du meinst, es hat ihr nicht gefallen, dass ihr versucht habt, euch an sie heranzumachen.« Ich verließ die Vorhalle durch eine Seitentür und ging durch den Dienstbotenkorridor in Richtung Garten.

Ich liebte den Tempelgarten. Er quoll fast über vor Pflanzen, die nahezu alles überwuchert hatten; die Bäume standen so dicht beieinander, dass sie fast schon ein Labyrinth bildeten. Doch es war ein Labyrinth, das ich kannte, weil ich hierher geflohen war, wenn Siana zu spät zu den Unterrichtsstunden gekommen war, oder ich war hier spazieren gegangen, wenn die Tempelstunden zu langweilig geworden waren. Nun, wo Midian hier war, war ich froh, dass ich nicht mehr an diesem Unterricht teilnehmen musste. Siana war vielleicht langweilig gewesen, aber zumindest war er kein Fanatiker.

Ich fand Elassel neben einem moosüberzogenen Springbrunnen im hinteren Teil des Gartens; sie saß in einer Grotte, deren Eingang schon vor langer Zeit von Kletterpflanzen überwuchert worden war. Ich drängte mich hindurch. Sie blickte erschrocken auf, entspannte sich aber etwas, als sie mich erkannte.

»Ach, du bist's, Cathan«, sagte sie. »Ich hatte schon Angst, es wäre einer von diesen alten Ziegenböcken, der mir irgendeine Arbeit aufbürden will. Wer hat dir gesagt, dass ich hier bin?«

»Einer von den Akolythen.«

»Man darf Akolythen nicht trauen. Die sind ein neugieriger Haufen. Nebenbei bemerkt, mir gefällt deine Stadt. Der Lautenbauer ist nett.«

Ganz offensichtlich hatte Elassel die gleichen Instinkte, ein bestimmtes Ziel zu finden, wie ich; nur dass sie in ihrem Fall den Instrumentenbauern und nicht den Ozeanografen galten.

»Wie kommt es, dass du mit Midian hierher gekommen bist?«, fragte ich. »Ich dachte, deine Eltern sind Missionare.«

»Aber keine Vollzeitmissionare«, erwiderte sie. »Das war nur eine Pflichtreise. Mein Stiefvater ist eigentlich Protokollführer und Schatzsekretär. Sie haben auf ihrer Mission einen gebraucht, also haben sie ihn mitgeschickt. Ich habe keine Ahnung, warum dieser Widerling Midian ihn dabei haben wollte.«

»Warum hat er einen Gedankenmagier mitgebracht?«, wollte ich wissen. »Die gehören doch eigentlich nicht zu der Sorte Leute, die Avarchen normalerweise mitschleppen.«

Ihr Gesichtsausdruck wurde plötzlich wachsam.

»Warum fragst du mich das?«

»Dies hier ist der Clan meines Vaters, Elassel. Midian gilt als jemand, der gern Jagd auf Ketzer macht, und wenn er einen Gedankenmagier mitgebracht hat, dann bedeutet das Ärger.« Ich sprach leise, doch ich war mir nicht sicher, ob dieser Ort für unsere Unterhaltung wirklich geeignet war. »Ich will nicht, dass er herumzieht und Mitglieder unseres Clans verbrennt.«

»Na schön«, gab sie nach. »Genau aus diesem Grund hat Midian den Gedankenmagier mitgebracht: um Häretiker auszurotten. Bist zu jetzt zufrieden?«

»Ich bin kein Inquisitor«, sagte ich.

Sie lächelte und zupfte abwesend ein Blatt aus ihren Haaren. Sie sah ein bisschen älter aus als bei unserer ersten Begegnung im Zikkurat von Pharassa vor etwas mehr als einem Jahr, doch sie wirkte immer noch genauso unordentlich und herausfordernd wie damals. »Du bist der einzige Mensch, den ich hier wenigstens ein bisschen kenne«, sagte sie. »Dieser Tempel wird in Zukunft kein angenehmer Aufenthaltsort sein – nicht, wenn Midian hier herumrennt und jedem über die Schulter schaut oder sich mit seinen Konkubinen zurückzieht, wenn er sich langweilt.«

»Mit seinen Konkubinen?«

»Diese beiden dunkelhäutigen Schönheiten – nun ja, man könnte sie so nennen –, die du vorhin gesehen hast, als du uns hierher gebracht hast. Midian ist ein adliger Halethiter, und in Haleth glauben sie immer noch an die Sklaverei. Es ist wirklich schrecklich dort. Aber er glaubt, dass für ihn ein Gesetz gilt, und ein anderes für den Rest.«

»Will er wieder Häretiker verbrennen?« Ich schaute mich nervös um, für den Fall, dass sich jemand in den Büschen versteckte und uns belauschte.

»Gibt es einen Ort, wo wir uns besser unterhalten können?«, fragte Elassel, die meine Nervosität bemerkt hatte.

»Kannst du kommen und gehen, wie du willst?«

»Was glaubst du denn?«, sagte sie verächtlich. »Jeder, der mich aufzuhalten versucht, hat verdient, was er dann bekommt. Der Meister der Novizen in Pharassa, diese Schlange Boreth, hat versucht, mich einzusperren. Hah! Ich bin rausgekommen und habe Säure in alle seine Schlüssellöcher geschüttet. Er musste die Reparaturen aus seiner eigenen Tasche bezahlen.«

Ich überlegte, wo sie wohl gelernt haben mochte, mit Schlössern umzugehen, während ich ihr die Stelle zeigte, an der man über die Gartenmauer klettern konnte, und wie man von dort in das enge Gässchen kam, das fast ganz um das Viertel herumführte. Danach war es nicht mehr weit bis zu der Seitentür, durch die man in den Palastgarten gelangte; in den Palast selbst wollte ich sie erst mitnehmen, wenn ich sie ein bisschen besser kannte und sie Ravenna und Palatine vorgestellt hatte. Ich ging zwar nicht davon aus, dass sie für die Domäne arbeitete – oder, was das betraf, für das Haus Foryth –, doch ich wollte meiner Sache absolut sicher sein.

Elassel bestätigte, was Siana mir erzählt hatte, dass Midian hartnäckig jede Art von Häresie verfolgte. Sie sagte auch, dass er denen gegenüber, die nicht auf seiner Liste standen, freundlich und liebenswürdig war. Mit anderen Worten jenen gegenüber, die einen hohen Rang besaßen. Ich hatte keine Zeit mehr, sie noch weiter zu befragen, denn die Glocke des Palasts läutete; sie rief mich und die anderen Ratsmitglieder zu dem Bankett, das zu Midians Ehren abgehalten wurde. Auf einmal gab es hier ziemlich viele Bankette.

Ich verabredete mit Elassel, sie am nächsten Tag in der Straße hinter dem Garten zu treffen, und machte dann, dass ich hineinkam. Ich musste meine von Dornen zerfetzte Tunika noch gegen meinen formellen Anzug tauschen. Zwar war ich schon seit einiger Zeit wieder hier, doch ich war noch immer nicht unten bei den Ozeanografen gewesen; ich nahm mir fest vor, am nächsten Tag endlich einmal hinzugehen.

Es war Mezentus gestattet worden, an dem Bankett teilzunehmen, obwohl er sich beim letzten Mal so beleidigend verhalten hatte. Palatine hatte Hamilcar überredet, ebenfalls zu kommen, obwohl der Tanethaner der Ansicht war, dass es ein Fehler war.

Der Vorwurf, den Mezentus gegen Hamilcar vorgebracht hatte, war anscheinend alt; Hamilcar hatte sich viel Mühe gegeben, ihn zu widerlegen. In Taneth hatte er uns erzählt, wie er seinem korrupten Onkel Komal die Kontrolle über das Haus Barca entrissen hatte. Anscheinend war Komal kaum eine Woche später an einem Schlaganfall gestorben, und das hatte anderen Handelsherren Munition geliefert, die sie gegen Hamilcar verwenden konnten. Nach allem, was ich über Taneth gehört hatte, wäre ein solcher Mord alles andere als unüblich gewesen – nur, dass so etwas normalerweise unauffälliger vonstatten ging.

Dalriadis, der mit einem der Großen Häuser verwandt war, hatte heute Morgen gesagt, dass Hamilcars Geschichte mit ziemlicher Sicherheit wahr sei. Komal war schon lange vorher auf einen Zusammenbruch zugesteuert; dazu hatte sein zügelloses Trinken ebenso beigetragen wie der exzessive Gebrauch exotischer Substanzen. Und er hatte hinzugefügt, dass kein Kaufmann aus einem der Großen Häuser einen Mord auf diese Weise arrangieren würde, weil dies viel zu offensichtlich gewesen wäre.

Midians Willkommensfeier war etwas erfreulicher als Sianas Abschiedsbankett am Abend zuvor, wenn auch aus ganz anderen Gründen. Ich spürte, dass alle nervös und unsicher waren, wenn es um den neuen Avarchen ging. Sein Ruf war ihm anscheinend vorausgeeilt, und die Oberhäupter der Häuser fühlten sich alle unbehaglich; sie fürchteten, Midian könne sich ihr Haus oder sogar – Ranthas behüte! – sie selbst als Zielscheibe für seinen Fanatismus aussuchen.

Wenn er vorhatte, Jagd auf Ketzer zu machen, so war das eigentlich sinnlos. So lange ich mich erinnern konnte, hatten wir kaum jemals Häretiker in Lepidor gehabt. Es hatte zwei oder drei Fälle von Denunziation durch einen übereifrigen Priester gegeben, doch Siana hatte die Anklagen alle aus Mangel an Beweisen fallen gelassen. Es schien mir, als basiere Midians Haltung auf der Annahme, dass es eine Menge Häretiker gab, und aus diesem Grunde war er entschlossen, sie auszurotten, wobei es keine Rolle spielte, wie viele Beweise es für ihre Taten gab.

Beim Bankett war Midian freundlich und jovial; er scherzte, erzählte Geschichten (allerdings keine über ehemalige Primarchen oder die Domäne) und verlieh seiner Begeisterung über den Weinkeller meines Vaters in blumigen Worten Ausdruck. Ich erinnerte mich an das, was Elassel gesagt hatte, und in meinen Ohren klang seine Freundlichkeit nicht echt. Würde er wohl auch nur noch halb so freundlich sein, wenn er die Robe eines Exarchen trug?

Dieses Mal wurde auf dem Empfang nicht um Einfluss und Unterstützung gebuhlt, doch es gab einen unangenehmen Augenblick.

Und zwar gleich zu Anfang, als mein Vater Palatine, Ravenna und mich dem neuen Avarchen vorstellte. Midian machte Ravenna ein Kompliment, genau wie Siana es getan hatte. Siana jedoch hatte seine Worte in die gütige Liebenswürdigkeit eines alten Mannes gekleidet, Midian dagegen starrte sie beinahe lüstern an. Ravennas Lächeln erstarb, und sie bedachte Midian mit einem eisigen

Blick. Einen Augenblick lang verschwand seine freundliche Art, und ich erblickte das, was ich für den wirklichen Avarchen hielt, den Ketzerjäger. Sein Gesichtsausdruck verhieß nichts Gutes für Ravenna.

Dann war es vorbei; Midian lächelte wieder, wenn auch etwas angespannt, und wandte sich dem nächsten Gast zu. Doch er versuchte es bei Palatine nicht auf die gleiche Weise.

Auch der Gedankenmagier war da; sein Gesichtsausdruck erinnerte mich an den eines verblüfften Hundes. Er wirkte ein bisschen abwesend, doch ich hatte nicht vor, ihn wie einen harmlosen Gast zu behandeln. Das Ganze war möglicherweise ein wohl überlegter Trick, um andere von der richtigen Fährte abzulenken und sie die schwarze Robe und den Hammer, der an seiner Seite hing, vergessen zu lassen.

Er war der erste Gedankenmagier, den ich je zu Gesicht bekommen hatte, und seine so gar nicht bedrohliche Ausstrahlung war fast schon enttäuschend. Das meiste, was ich über Gedankenmagier wusste – einmal abgesehen von Jashuas verwirrendem Unterricht –, stammte aus der *Geschichte*. Gedankenmagier waren auch in den Krieg verwickelt gewesen – die Schwester des Kaisers hatte einen geheiratet, einen Mann, der Aetius bis zum Ende treu gedient hatte und in den Ruinen von Aran Cthun umgekommen war. Noch ein Mann, den die Domäne verraten hatte.

Nach dem Bankett traf ich mich in meinen Gemächern wieder mit Palatine und Ravenna. Die meisten Bewohner des Palasts waren zu Bett gegangen; nur die Bediensteten, die unten sauber machten, waren noch auf.

Ravenna kochte noch immer vor Wut.

»Dieser widerliche Kerl!« Sie spuckte die Worte förmlich aus. »Reichen ihm denn seine eigenen Spielzeuge nicht mehr?«

»Sind alle Halethiter so?«, wollte Palatine wissen. »Der Einzige, dem ich bislang begegnet bin, war Ukmadorian, und der war kein schlechter Mensch.«

»Ukmadorian hat Haleth schon vor so langer Zeit verlassen, um auf seiner verlassenen Insel zu vermodern, dass er dir nicht einmal mehr sagen könnte, welche Farbe das Gras in seiner ehemaligen Heimat hat. Und ich weiß genauso wenig über Halethiter wie du – was fragst du also mich?«

»Entschuldige bitte, dass ich den Mund aufgemacht habe«, gab Palatine patzig zurück.

»Und jetzt wird diese Kreatur anfangen, Leute zu verhaften, deren Aussehen ihm nicht gefällt. Ich frage mich, worauf das hinausläuft – wird er die Frauen höchstpersönlich verhören? Vielleicht tut er es ja deswegen.«

Daran hatte ich noch gar nicht gedacht. Aber damit würde er doch sicherlich nicht durchkommen?

»Du bist ihm doch erst ein einziges Mal begegnet, Ravenna«, protestierte ich. »Das kannst du doch noch gar nicht wissen. Vielleicht ist er wirklich ein Lüstling, aber er bleibt trotzdem immer noch ein Fanatiker.«

»Ja, natürlich«, entgegnete sie; ihre Stimme troff förmlich vor Sarkasmus. »Und wo kann er außerhalb von Haleth Frauen finden, die nicht die Möglichkeit haben, sich zu wehren? Wenn ich dein Vater wäre, würde ich Soldaten im Tempel postieren, um den Mann im Auge zu behalten. Aus Sorge um das Wohlergehen des Clans und all so was. Ich bin mir ziemlich sicher, dass Midian nicht das geistige Wohl der Menschen hier im Sinn hat.«

»Ravenna, jetzt übertreibst du aber wirklich«, wies Palatine sie zurecht. Sie ließ einen Kieselstein von einer Hand in die andere fallen. »Vielleicht hat er dich auf die falsche Weise angesehen. Aber du bist sehr hübsch, wenn du dich nicht gerade mit jemandem herumstreitest. Dass er dich lüstern angestarrt hat, muss keineswegs bedeuten, dass er sich einen Harem aus Ketzerinnen zulegen will.«

Ravenna warf ihr einen finsteren Blick zu. »So, dann bin ich also sehr hübsch, ja? Auch verglichen mit dir?«

Palatine hob die Hand. »Tut mir Leid. Ich werde in Zukunft daran denken, dir keine Komplimente zu machen.«

»Lass es lieber bleiben«, sagte Ravenna schroff. Dann wandte sie sich mir zu. »Und – hast du dich schon entschieden, Cathan?«

Ich hatte gehofft, sie würde mich nicht fragen, ehe sie sich ein bisschen beruhigt hatte.

»Nein, habe ich noch nicht.«

»Warum nicht? Dieser Gedankenmagier hat beim Bankett getrunken wie ein Fisch. Heute Nacht wird er völlig weggetreten sein – das ist vielleicht unsere einzige Chance.«

»Bist du sicher, dass er das alles tatsächlich getrunken hat? Er müsste sich doch eigentlich denken können, dass es jetzt an der Zeit wäre, auf der Hut zu sein, für den Fall, dass irgendwelche Magier in der Stadt sind und sich verstecken wollen.« Es war eine armselige Ausrede, und sie durchschaute sie sofort.

»Er ist ein Gedankenmagier. Soweit es ihn betrifft, sind wir gegen seine Magie hilflos. Also wird er erwarten, dass wir uns eher unsichtbar machen, als irgendetwas zu versuchen.«

»Ravenna, mir gefällt der Plan nicht«, sagte ich scharf. Es ärgerte mich, dass sie mich so unter Druck setzte.

»Mir auch nicht, Cathan. Ich will dich genauso wenig in meinen Gedanken haben wie du mich in deinen. Aber willst du stattdessen lieber warten, bis es zu spät ist und sie dich auf dem Scheiterhaufen festbinden? Das ist keine Entscheidung, die du allein treffen kannst, denn wenn einer von uns erwischt wird, dann werden wir beide erwischt. Ich habe den ganzen Abend darüber nachgedacht, und ich würde es lieber darauf ankommen lassen und mit den Konsequenzen leben, als mein Leben zu verlieren – oder auch deins –, wenn dieser Gedankenverdreher merkt, was wir sind.«

Wir standen einander in der Mitte des Zimmers gegenüber, doch dieses Mal konnte ich ihrem Blick nicht standhalten. Ich wandte mich an Palatine. »Könntest du bitte draußen warten, bis wir fertig sind?«

Ich hatte gefürchtet, sie mit dieser Bitte vielleicht zu beleidigen, aber sie nickte nur freundlich und verließ das Zimmer. Keiner von uns sagte ein Wort, bis sich die Tür hinter ihr geschlossen hatte.

Ich trat ein paar Schritte von Ravenna weg und weigerte mich, sie anzusehen. Dann ging ich zum Kamin hinüber und starrte in die Flammen. Sie rührte sich nicht.

Mir wurde klar, dass Ravenna Recht hatte: Dies hier war tatsächlich etwas, das ich nicht allein entscheiden konnte. Doch der Gedanke, jemand könnte in meinen Verstand, in meine Seele schauen, entsetzte mich. Die schrecklichen Träume, die ich gehabt hatte, als ich jünger gewesen war; die Angstzustände und die Wutausbrüche, die einer der Freunde meines Vaters – der Besucher – mich zu beherrschen gelehrt hatte. Würde dies alles jetzt wieder an die Oberfläche befördert werden?

Wir standen beide mehrere Sekunden lang völlig reglos da, dann drehte ich mich wieder zu ihr um. So sehr ich mich auch davor fürchtete, ich konnte nur eine einzige Wahl treffen. Alles andere wäre Ravenna gegenüber nicht fair gewesen.

»Ich werde es tun«, verkündete ich und wich ihrem Blick dieses Mal nicht aus.

»Danke«, sagte sie mit einem leichten Lächeln.

»Wie?«, fragte ich.

»Komm her, dann zeige ich es dir.«

Ich kehrte zurück an die Stelle, wo ich eben noch gestanden hatte. Sie nahm meine Hände und hielt sie fest.

»Verbinde dein Bewusstsein mit meinem, genau so wie du es bei Palatine gemacht hast. Das ist das Einzige, was du selbstständig tun musst. Von da an werden wir zusammen sein.«

Es dauerte mehrere Sekunden, und ich musste mich anstrengen, um meinen Verstand zu leeren, wie ich es gelernt hatte. Dann schickte ich ihn an der Verbindung zwischen uns entlang. Im Nichts sah ich unsere Umrisse silbern vor dem dunklen Hintergrund und stieg durch die verschiedenen Schichten hinab in die Sphäre des Geistes.

Und dann griffen wir nach außen und zogen die Magie an uns heran, ließen nur die angeborene Magie zurück, die Teil meines Blutes war. Und des ihren, wie ich feststellte, und ich fragte mich, woher das wohl kommen mochte.

Während wir die Magie um uns sammelten, spürte ich ein Gefühl von Freude und Vollständigkeit, wie ich es noch nie zuvor erlebt hatte. Und, was noch viel wichtiger war, ich empfand Frieden, fühlte mich befreit von den Beschränkungen der Gedanken.

Und dann, als unser Verstand die Magie durch ein Tor des Nichts in die Seelensphäre steuerten, wogte erneut Chaos um uns herum auf. Ich unterbrach die Verbindung, zog mich voller Entsetzen zurück, und als das letzte Quäntchen meiner Magie weggeschlossen war, stieg ich in Spiralen durch die Schichten auf, kam wieder aus mir heraus und kehrte zurück ins Zimmer. Ich war völlig desorientiert, schwankte und brach auf dem Fußboden zusammen, und noch während ich gegen eine Ohnmacht ankämpfte, brach Ravenna bewusstlos über mir zusammen, als wäre sie niedergeschlagen worden. Irgendetwas in meinem Kopf trommelte wild herum und schlug von innen mit einer Axt auf meinen Schädel ein. Ich schrie vor Schmerz auf, doch da ebbte die Attacke bereits langsam ab.

Als mein Kopf wieder klar wurde, warf ich einen Blick auf Ravenna und sah zu meiner Erleichterung, dass sie noch atmete. Und dann ging die Tür auf, und Palatine kam herein.

Kapitel XXI

Ich setzte den Deckel auf die letzte Ozeansonde und schraubte ihn wieder fest, wobei ich sorgfältig darauf achtete, keine Mutter zu verlieren. Dann, nachdem ich noch einmal eine Runde geschwommen war und alles überprüft hatte, schwamm ich zurück zum Seerochen, der kaum mehr war als ein dunkler Schemen, wie der Schatten einer Wolke auf der hellen Meeresoberfläche. Ich tauchte neben dem Backbord-Flügel auf, und während meine Lungen sich automatisch wieder auf Luftatmung umstellten, zog ich mich auf die glatte Oberfläche.

Die Seitentür des Rochens war offen – eine Luke, die so klein war, dass selbst ich mich bücken musste, um hindurchzusteigen. Ich streifte meine Flossen ab und ließ sie auf dem Flügel liegen, dann nahm ich den Gürtel mit den Probengefäßen mit ins Innere des Rochens, um die Wasserproben, die ich gesammelt hatte, in Sicherheit zu bringen.

Der Seerochen war winzig; seine Spannweite betrug vierundfünfzig Fuß, und im Innern gab es zwei kleine Kabinen; in der größeren konnte ich mich gerade eben hinsetzen. Außerdem hatte das Schiff schon bessere Tage gesehen, doch auch wenn es alt war, war es doch zuverlässig. Und es gehörte mir.

Ich hatte meinen Vater überredet, den Seerochen zu behalten, als die Ozeanografen vor vier Jahren einen neuen, größeren gekauft hatten. Er hatte murrend eingewilligt, weil er – völlig zu Recht – gefürchtet hatte, dass mich dies ermutigen würde, noch weniger Zeit für die Unterweisungen aufzubringen, in denen es darum ging, wie man einen Clan zu regieren hatte. Außerdem hatte er Angst, dass ich mit dem Ding in einen Sturm geraten könnte. Doch er hatte ihn vor dem Schiffsfriedhof gerettet, und ein freundlicher Ingenieur hatte ihn für mich repariert. Ich hatte das Schiff *Walross* getauft, da die Maschine wie ein bellendes Walross klang, wenn ich halbwegs anständig Fahrt machte.

Nachdem ich die Proben verstaut hatte, ließ ich den Gürtel in der Kabine und begab mich wieder nach draußen. Dieses Mal wollte ich einfach nur schwimmen. Ich befand mich über einem Riff in der Nähe der Küste, ein paar Meilen unterhalb von Lepidor – eine gute Stelle, und eine ruhige dazu: An dieser Bucht gab es keine Stadt.

Und Ruhe war genau das, was ich dringend brauchte. Ich hatte sowieso geplant, hier herauszufahren, auch wenn ich es nicht unbedingt hätte tun müssen. Die Ozeanografen hätten sich während meiner Abwesenheit um meine Sonden gekümmert – wie sie es auch für jeden anderen getan hätten –, sie hatten sogar zwei ersetzt, die von einem Sturm zerstört worden waren. Doch ich brauchte einen Ort, an dem ich ungestört nachdenken konnte.

Einen Ort, an dem ich überlegen konnte, was vorletzte Nacht schief gegangen war.

Ich hatte Palatine nicht bis in alle Einzelheiten erzählt, was geschehen war, nur dass am Schluss unserer Verbindung etwas schief gegangen war. Ich hatte untersuchen wollen, ob Ravenna in Ordnung war, doch da meine Magie weggeschlossen worden war, war es mir nicht möglich gewesen. Plötzlich hatte ich mich sehr einsam gefühlt, nun, da die Macht, die ein ganzes Jahr lang ein Teil von mir gewesen war, irgendwohin verschwunden war, wo ich sie nicht erreichen konnte. Und die Erinnerung an jene kurze Sekunde der Verbindung war mir geblieben, obwohl sie zu flüchtig gewesen war, als dass ich sie mir hätte klar vor Augen führen können.

Palatine fühlte Ravennas Puls und meinte, sie könne nichts Auffälliges finden. Doch ich machte mir keine Sorgen um Ravennas Körper – ich machte mir Sorgen um ihren Verstand. Wir hatten keine Möglichkeit mehr, einen Heiler hinzuzuziehen – nicht nach dem, was wir getan hatten –, und außerdem bezweifelte ich, ob ein Heiler ihr überhaupt helfen könnte. Was auch immer geschehen war, es war meine Schuld.

Palatine trug Ravenna in ihr Zimmer, weil ich zu erschöpft und ausgelaugt war. Ich begleitete sie, und dabei stritten wir uns darüber, ob ich im Nebenraum schlafen sollte, für den Fall, dass Ravenna etwas zustoßen sollte. Am Ende behielt Palatine die Oberhand, indem sie mich darauf hinwies, dass ich Ravenna ohne Magie ohnehin nicht helfen könnte – und außerdem würde es sie so sehr in ihrer Würde kränken, dass sie nie wieder ein Wort mit mir sprechen würde. Palatine blieb, um Ravenna das Festgewand auszuziehen und sie ins Bett zu bringen.

Ich verbrachte eine lange, von schlimmen Befürchtungen erfüllte Nacht, in der ich mich die ganze Zeit mit der Frage quälte, wie es Ravenna ging. Selbst als ich endlich einschlief, kehrten die alten Albträume zurück, um mich zu verfolgen, die wilden, formlosen Nachtmahre, unter denen ich jahrelang gelitten hatte, ohne es jemandem zu erzählen.

Ich traf Ravenna beim Frühstück. Sie schien unverletzt und unverändert. Es war ein zu öffentlicher Ort, um sich über irgendetwas Wichtiges zu unterhalten, doch zumindest konnte ich mich selbst davon überzeugen, dass das, was geschehen war, sie nicht verletzt hatte. Wir hatten den ganzen Tag über keine Gelegenheit, darüber zu sprechen, denn zum einen fand Midians Inthronisierung statt, und zum anderen bestand mein Vater darauf, dass ich an der Gerichtssitzung teilnehmen sollte, die für den Nachmittag im Ratssaal angesetzt war.

Jetzt, am nächsten Tag, wusste ich immer noch nicht, warum sie zusammengebrochen war oder warum die Verbindung nicht richtig geklappt hatte. Was war das am Schluss für eine Dunkelheit gewesen – und aus wessen Verstand war sie gekommen? Ich fand, Chlamas, Jashua und Ukmadorian hatten uns nicht genug über den Körper und seine Sphären gelehrt, sondern sich zu sehr darauf konzentriert, wie man Magie wirken und sie als Waffe einsetzen konnte.

Das Problem war, dass es in ganz Lepidor niemanden gab, der sich wirklich mit Magie auskannte – niemanden, dem ich auch nur ein bisschen trauen konnte, abgesehen von Ravenna. In der Zitadelle wäre zumindest einer der Magier in der Lage gewesen, mir zu helfen. Wirklich? Oder hatten sie die Struktur des Körpers in ihren Unterrichtsstunden deswegen ausgelassen, weil sie selbst nicht viel darüber wussten?

Plötzlich durchzuckte es mich, dass es bei allem, was sie uns gelehrt hatten, in gewisser Weise genauso gewesen war – sie hatten uns gelehrt, *wie* etwas funktionierte, aber nicht *warum*. Man hatte mir gezeigt, wie ich Schattenmagie auf jede erdenkliche klassische Weise wirken konnte, und ich hatte mir selbst den Umgang mit Wasser erarbeitet. Doch *warum* man mit diesen Techniken die entsprechenden Effekte erzielen konnte, oder welche Beziehung zwischen Schatten und Wasser bestand, oder was es mit den Schichten des Körpers auf sich hatte – das hatte mich niemand gelehrt. Bei den Ozeanografen war es ganz anders gewesen – ich hatte erst die Theorie verstehen müssen, bevor sie auch nur damit angefangen hatten, mich die Formeln zu lehren.

Ob sie das ganze *Warum* womöglich wegließen, weil es keines gab – weil es keinen wirklichen Grund hinter all dem gab? Magie war etwas, das viele Menschen benutzen konnten, und selbst wenn die Art und Weise, wie Magie funktionierte, letztlich nicht erklärt werden konnte, so galt das doch wohl kaum für das Verhältnis der Elemente zueinander.

Während ich dicht über dem Grund mit seinen stachligen Seeigeln und Plattfischen dahinschwebte – unzählige Wellen hatten sich darauf verewigt –, erinnerte ich mich an das, was der Meister der Ozeanografen mir fast von der ersten Stunde an eingehämmert hatte. *Der Ozean ist mehr als die Summe seiner Teile, Cathan. Al-*

les, was geschieht, ist mit allem anderen verbunden. *Wenn die Strömung in der Bucht von Lepidor die Richtung ändert, verursacht sie Strudel vor Huasa. Wenn das Wasser um Selerian Alastre herum zu kalt ist, werden die cambressianischen Fischer hungern. Vergiss niemals, dass wir nicht nur diesen schmalen Küstenstreifen studieren, sondern die ganze Welt.*

Wie viel hatte Gedankenmagie mit den anderen Elementen zu tun? Nur Gedankenmagier konnten Gedanken beeinflussen, wohingegen ich mich, wenn ich mir Zugang zum Verstand eines anderen Menschen verschaffte, dort quasi nur umsehen konnte. Doch auch das war natürlich schon ein Eindringen. Aber wir hatten in der Sphäre des Geistes etwas getan, das sowohl den Körper als auch die Sphäre der Seele beeinflusst hatte. Hatte es so etwas überhaupt schon einmal gegeben?

Ich war so verbittert und frustriert, dass ich kräftig mit den Beinen ausschlug und beinahe gegen einen Felsen geschwommen wäre. Carausius hatte bestimmt Leute gehabt, die über derlei Dinge Bescheid wussten, und wenn auch vielleicht nur über die persönlichen Aspekte. Ich dagegen strampelte mich ab und suchte nach Antworten auf Fragen, die anscheinend noch nie jemand gestellt hatte. Oder, was noch wahrscheinlicher war, diese Fragen waren schon einmal gestellt worden, doch die Antworten waren mit den Magiern und ihren Bibliotheken verloren gegangen. Selbst wenn die Magier die Massenvernichtung durch die Domäne überlebt hätten, so konnte ich mir doch nicht vorstellen, dass irgendjemand außerhalb der Orden in der Lage gewesen sein sollte, all diese Jahrhunderte lang das Wissen am Leben zu erhalten. Und selbst die Orden hatten so viel davon verloren.

Plötzlich fiel mir etwas ein; ich hielt an und musste mich bemühen, nicht zur Oberfläche hochzutreiben. Meine Bewegungen schreckten einen Schwarm winziger blau-silberner Korallenfische auf. Was war mit dem Besucher? Er hatte mir gezeigt, wie ich die

Träume abblocken konnte, und er war derjenige, der das Geheimnis meiner Geburt kannte. Er war kein Magier, doch vielleicht wusste er trotzdem etwas darüber, und wenn nicht, dann kannte er vielleicht jemanden, der etwas darüber wusste.

Aber der Besucher war schon seit Jahren nicht mehr in Lepidor gewesen, und mein Vater war sich nicht einmal mehr sicher, ob er überhaupt noch am Leben war.

Ich hatte noch immer keine Antworten gefunden, als ich nach ein paar abschließenden Schleifen durch die Felssäulen unterhalb der Klippe zum Seerochen zurückschwamm. Der schwarze Flügel war von den Sonnenstrahlen aufgeheizt, so dass ich eine Schilfmatte darauf ausbreiten musste, ehe ich mich zum Trocknen hinlegen konnte; anschließend wollte ich in die Stadt zurückkehren.

Wie viel wusste Ravenna? Vielleicht kannte sie ja die Antworten, nach denen ich suchte. Es war etwas Außergewöhnliches gewesen, was sie da vorgeschlagen hatte. Wie viel hatte man ihr schon beigebracht, bevor sie zur Zitadelle des Schattens gekommen war? Sie war ebenso eine Magierin des Windes wie des Schattens – hatte ihr Volk, das sie so sehr verachtete, ihr Dinge beigebracht, die über den normalen Umgang mit Magie hinausgingen?

Ich war mir immer noch nicht sicher, als ich die *Walross* unter Wasser zurück nach Lepidor steuerte.

Nachdem ich die *Walross* an einer der Landungsbrücken unter dem Gebäude der Ozeanografen-Gilde angedockt hatte, ging ich hinauf, um ihnen meine Proben und Kopien der Messwerte meiner Sonden zu übergeben. Der Meister-Ozeanograf war im Probenlager und überprüfte, ob auch alles in Ordnung war. Er war ein grimmiger alter Mann mit wallendem weißem Haar und einem mächtigen Schnurrbart; zwar war er älter als Siana, aber immer noch so kräftig, wie er es stets gewesen war, ganz im Gegensatz zu dem gebrechlichen Avarchen. *Ex-Avarchen*, erinnerte ich mich.

»Oh, du bist zurück«, begrüßte er mich. »Du hast ein bisschen Theater verpasst.«

»Hm?« Ich begann, die dünnen Röhrchen in ihre Halterungen im Innern des Schranks zu stecken.

»Der Avarch hat angekündigt, dass er ein Tribunal des Glaubens veranstalten wird. Alle im Clan werden über ihr Wissen hinsichtlich der grundsätzlichen Prinzipien befragt. Diejenigen, die die Ansprüche nicht erfüllen«, an dieser Stelle drehte der alte Mann sich um; ein makaberer Ausdruck lag auf seinem Gesicht, »erhalten *weitere Unterweisungen.*«

Ich dachte daran, was Ravenna Midian unterstellt hatte, und machte mir so meine Gedanken.

»Wann soll das losgehen?«, erkundigte ich mich.

»Heute.«

Ich verstaute das letzte Röhrchen im Schrank und schloss die Tür.

»Diese Proben stammen alle von den südlichen Sonden. Um die Taraway-Landzunge herum gibt es mehr Schlick als üblich; ansonsten ist mir nichts Ungewöhnliches aufgefallen.«

»Hast du auch eine Probe von der Landzunge mitgebracht?«

Ich nickte. »Die ist da drin, bei den anderen.«

»Es freut mich zu sehen, dass du deine Ausbildung nicht vergessen hast.«

Ich ging ins Archiv hinüber und legte meine schriftlichen Berichte dort ab, ehe ich wieder in den Palast zurückkehrte. Palatine kam mir an den Toren entgegen.

»Wo warst du, Cathan? Midian hat uns zur ersten Befragung gerufen, und du bist schon eine halbe Stunde zu spät dran.«

»Ich war unterwegs«, erwiderte ich. »Wenn Midian das nicht passt, dann kann er meinetwegen von einer Klippe springen.«

»Und mir erzählst du, du möchtest kein Aufsehen erregen«, beklagte sie sich, während wir uns auf den Weg zum Tempel machten.

»Ich bin Mitglied der Ozeanografen-Gilde«, sagte ich. »Und ich war in Angelegenheiten der Gilde unterwegs. Er kann sich nicht beschweren; wenn er Tribunale abhalten will, dann muss er sich eben mit den anderen abstimmen.«

»Wie du willst.« Sie zuckte die Schultern.

»Wo ist Ravenna?«, fragte ich.

»Sie ist schon befragt worden. Weißt du noch, was sie vorletzte Nacht über Midian gesagt hat?« Palatine wartete meine Antwort nicht ab, sondern fuhr nach einer kaum merklichen Pause fort: »Ich habe es ihr damals nicht geglaubt, aber jetzt, mit diesem Tribunal-Unsinn ... wer weiß? Vielleicht hat sie ja doch Recht. Und vergiss nicht, dass Midian sie nicht mag. Du hast gesehen, wie lüstern er sie bei dem Empfang angestarrt hat. Sie stammt aus dem Archipel. In den Augen von Schweinen wie ihm hat sie keinerlei Rechte.«

»Worauf willst du hinaus, Palatine?« Normalerweise hielt sie sich nicht so lange mit Einzelheiten auf, es sei denn, sie wollte mich von etwas überzeugen.

»Äh ... vielleicht, wenn Ravenna und du, wenn ihr versuchen würdet, so zu tun, als ob ihr euch liebt. Nicht, dass ihr das wirklich tun würdet«, fügte sie hastig hinzu. Dann begann sie zu grinsen. »Zumindest würdest du es nicht zugeben. Aber Midian darf dich nicht beleidigen, dafür bist du zu wichtig. Und das würde sie wahrscheinlich schützen.«

»Hast du Ravenna schon gefragt?«

»Ich habe sie zuerst gefragt; sie ist reizbarer als du. Sie hat zugestimmt und gesagt, es wäre wahrscheinlich das Beste, wenn wir nicht wollen, dass Midian mit einem Messer im Bauch endet.«

»Wenn sie einverstanden ist, spiele ich auch mit«, sagte ich.

»Ach, Hamilcar ist übrigens weg. Er hat mir aufgetragen, dir in seinem Namen Lebewohl zu sagen, und er meinte, er kommt bald wieder, um die nächste Ladung zu holen. Euer Admiral ist mit ihm aufgebrochen; er wird ihm ein Stück des Weges Geleitschutz geben.«

Ich hoffte, dass das ausreichen würde, und dachte dabei an die

Piratenschiffe, denen wir auf unserem Weg hierher vor Pharassa begegnet waren. Die *Schattenstern* war ein Schlachtkreuzer; sie hatte keine Schwierigkeiten gehabt, mit den Angreifern fertig zu werden – doch was war mit der *Marduk*? Lepidors Manta war bei weitem nicht so kampfkräftig.

Als wir den Tempel erreichten, wartete bereits eine kleinere Menschenmenge im Hof; einer von Midians neuen Priestern stand an der Tür, die ins Innere des Tempels führte. Als er uns sah, winkte er uns heran.

»Der Avarch ist jetzt beschäftigt, er wird Euch heute Abend um acht empfangen.«

»Da können wir nicht kommen«, erwiderte ich ohne nachzudenken. »Wir essen um acht zu Abend.«

»Der Avarch ändert seine Pläne nicht, nur weil irgendjemand vielleicht Einwände hat. Wenn Ihr gekommen wärt, als Ihr heute Nachmittag gerufen wurdet, wäre dieses Problem gar nicht erst aufgetreten.«

Ich starrte den dürren Priester an. Plötzlich war ich wütend. »Wenn Midian mich ein bisschen früher benachrichtigt hätte als gerade mal fünf Minuten vor dem Termin, hätte ich es vielleicht geschafft. Unter diesen Umständen habe ich allerdings nicht die Absicht, meine Pflichten zu vernachlässigen, um ihm jederzeit zur Verfügung zu stehen. Mit allem Respekt natürlich, *Domine*.«

Ich drehte mich um und verließ den Hof; Palatine war dicht hinter mir.

»Um Ranthas' willen, Cathan, was tust du?«

»Ich lasse nicht zu, dass Midian mich in meiner eigenen Stadt herumkommandiert. Wenn er mich schon vor sein Tribunal zitieren will, könnte er das zumindest höflich tun.«

»Bring ihn nicht gegen dich auf. Bitte, sei in Zukunft ein bisschen … diplomatischer … wenn nicht um meinet- oder deinetwillen, dann um Ravennas willen.«

»Wenn Midian lernt, höflich zu sein, werde ich ein bisschen diplomatischer sein. Das hier ist nicht Haleth, auch wenn er das vielleicht denkt, und er hat keinerlei Autorität, wenn es nicht um religiöse Angelegenheiten geht. Ganz sicher nicht die, mich zu jeder Tages- oder Nachtzeit aus dem Palast abzurufen und zu sich zu bestellen.«

»Aber wenn du ihn beleidigst, wird er versuchen, es dir heimzuzahlen. Cathan, du weißt doch, wie gefährlich er ist. Hör bitte auf mich.«

»Palatine, was Midian zu tun versucht, liegt außerhalb seiner Befugnis. Bei diesem Tribunal geht es nicht um Häresie, sondern nur um Bildung. Ich bin vollkommen im Recht, wenn ich ihn ignoriere. Also, kommst du mit, was essen? Ich werde in einer halben Stunde wieder bei der Gilde erwartet.«

Am Ende gab Midian nach und schickte schließlich einen Boten, um zu fragen, wann ich kommen wollte. Sein Tribunal hatte vor mittlerweile drei Tagen begonnen, und sie hatten inzwischen schon mehr als hundert Leute befragt. Ich konnte ihm beweisen, dass ich mehr als genug über die Prinzipien des Glaubens wusste. Auch wenn ich nicht an sie glaubte, waren sie mir in der Zitadelle beigebracht worden – nach dem Prinzip »Lerne deinen Feind kennen«.

Als es in Lepidor jedoch zu einer neuen Krise kam, fragte ich mich allerdings, ob womöglich meine Weigerung daran schuld war. Genau eine Woche nach seiner Ankunft ließ Midian eine Gruppe Stammeskrieger ergreifen, die nach Lepidor gekommen waren, um Handel zu treiben.

Wir unterhielten keine offiziellen Beziehungen zu den Stammeskriegern – oder zu sonst jemandem im Landesinnern –, doch es gab eine Art Abkommen zwischen uns und einem der freundlicheren Stämme. Alle paar Monate führten sie eine kleine Karawane durch den Nordpass und kamen herab in die Stadt, um Pelze gegen Fisch und andere Dinge einzutauschen, die es in den Tälern nicht gab. Solange wir sie in Ruhe ließen, machten sie uns nicht den geringsten Ärger.

Doch das spielte natürlich für Midian keine Rolle. Er ließ die Händler von seinen Priestern vor das Tribunal zerren, um herauszufinden, wie es mit ihrem Wissen um den Glauben bestellt war.

Natürlich wussten sie nichts. Midian ließ die Männer in die Büßerzellen sperren, mit denen vor kurzem auch Mezentus Bekanntschaft gemacht hatte, und ihre Habseligkeiten beschlagnahmen. Mein Vater versuchte zu vermitteln und Midian zu überreden, sie ziehen zu lassen, doch er bewegte sich dabei auf unsicherem Boden: Handelsbeziehungen zu den Barbaren verstießen gegen die Gebräuche der Domäne, und es schien, als wolle Midian sich so unbeugsam wie möglich zeigen und das Gesetz der Domäne buchstabengetreu erfüllen.

Dass er auf die in gegerbte Tierhäute gekleideten bärtigen Stammeskrieger mit äußerster Verachtung herabschaute, machte die Sache nicht besser. Ich hatte nur mit den wenigsten jemals etwas zu tun gehabt – ich konnte ihren Dialekt der Inselsprache kaum verstehen –, doch ich wusste, dass sie ein stolzes, unabhängiges Volk waren, die sowohl einander als auch ihre Frauen weitaus besser behandelten als die Halethiter.

An diesem Nachmittag zog ein Sturm herauf, was uns eine willkommene Atempause verschaffte, da die Stammeskrieger bei solchem Wetter ohnehin die Stadt nicht hätten verlassen können. Mein Vater lud Midian in den Palast ein, um noch einmal zu versuchen, ihn dazu zu überreden, die Männer freizulassen. Er wies mich an, an dem Gespräch teilzunehmen.

Wir trafen uns in dem Zimmer, in dem sonst die geheimen Ratsversammlungen abgehalten wurden. Midian lächelte, als er das Zimmer betrat, doch sobald mein Vater die Stammeskrieger erwähnte, war seine Leutseligkeit wie weggewischt.

»Ich habe gedacht, wir hätten uns darüber schon in aller Ausführlichkeit unterhalten, Graf. Es sind Heiden, die falsche Götter anbeten, und es verstößt gegen Ranthas' Gesetze, sie auch nur in die Stadt zu lassen.«

»Das mag sein, Avarch. Doch wenn diese Stammeskrieger nicht in ihr Tal zurückkehren, wenn der Sturm vorüber ist, wird es Überfälle geben, und einige meiner Untertanen werden sterben. Hier draußen an der Grenze können wir es uns nicht leisten, die Stämme zu beleidigen.«

»Eure Soldaten werden mit den Stämmen doch jederzeit fertig.«

»Natürlich. Doch wenn wir uns die Stämme zu Feinden machen, werden sie anfangen, unsere Außenposten und die Pässe zu überfallen, unser Eigentum und unsere Nahrungsmittel zu stehlen und Menschen zu töten. Ich will nicht, dass Angehörige meines Clans getötet werden, nur weil Ihr Euch nicht an eine Abmachung halten wolltet. Ich habe einen Eid geschworen, meinen Clan zu beschützen, und ich werde diesen Eid nicht brechen.«

»Graf, dies ist eine Angelegenheit, die nur der Gerichtsbarkeit der Domäne untersteht. Es ist Ketzerei, einen anderen Gott als Ranthas zu verehren, und genau dieses Vergehens haben diese Männer sich schuldig gemacht.«

Mein Vater beugte sich über den Tisch und starrte Midian an. »Und warum unterhält die Domäne dann keine Missionsstationen hier, um ihnen den richtigen Weg zu weisen? Dann könntet Ihr sie in Frieden Eurer Herde einverleiben.«

»Aber das haben wir doch versucht. Doch sie hören nicht auf die Vernunft, nur auf brutale Gewalt.«

»Genau. Ihr habt keine Missionsstationen hier, weil es zu gefährlich ist. Ihr wollt Eure Leute nicht in Gefahr bringen. *Und genau das will ich auch nicht!*«

»Ich kann Euch nur warnen, Euch da herauszuhalten, Graf«, sagte Midian. »Ihr habt Eure Befugnisse, und ich habe die meinen.

Und jetzt muss ich mich wieder um meine Angelegenheiten kümmern.« Er verließ den Raum, ohne sich die Mühe zu machen, sich zu verbeugen.

Mein Vater schlug mit der Faust auf den Tisch. »Verdammt soll er sein und in der tiefsten Hölle schmoren! Er wird uns alle eher draufgehen lassen als von seinen verdammten Prinzipien abzuweichen.«

»Können wir irgendetwas tun?«, fragte ich.

Elnibal schaute mich an, als bemerke er zum ersten Mal, dass ich überhaupt da war. Ich hatte während des ganzen Gesprächs neben ihm gesessen, ohne ein Wort zu sagen.

»Nein, wir können nichts tun. Nicht jetzt. Wenn ich mich einmische, wird er den Zorn seiner fanatischen Freunde auf uns herabbeschwören. Ich kann nur eines tun: an den König schreiben und ihm mitteilen, was hier geschehen ist. Vielleicht kann er mit dem Exarchen reden.«

Insgeheim fragte ich mich, ob es bis dahin nicht schon zu spät sein würde.

Der Sturm legte sich nach zwei Tagen, doch Midian ließ die gefangenen Händler nicht frei. Am nächsten Tag ließ er verkünden, dass sie wegen Häresie vor Gericht gestellt würden.

»Er ist verrückt«, sagte Palatine. »Oder völlig blöde.«

»Beides«, erwiderte Ravenna. »Vielleicht richtet sich seine Bezahlung danach, wie viele Häretiker er verbrannt hat, und er macht sich Sorgen, dass sie ihm sein Gehalt kürzen, wenn er hier nicht ein paar Prozesse in Gang bringt.« Es war ungewöhnlich, solche Worte – fast schon ein Scherz – von ihr zu hören, und ich fragte mich, ob das vielleicht ein Teil unseres Schauspiels war.

»Ich will es nicht hoffen.«

Einen Tag nachdem Midian die Prozesse angekündigt hatte, rief mein Vater mich morgens in sein Arbeitszimmer. Er saß hinter seinem Schreibtisch, auf dem sich Berge von offiziellen Dokumenten und Akten stapelten.

»Wir haben nichts von den einheimischen Stämmen gehört«, sagte er. »Ich möchte, dass du zur Mine und zum Pass hinaufreitest, um die Verteidigungsanlagen zu überprüfen. Nimm Palatine mit, wenn du willst, aber lass Ravenna hier. Midian könnte Ärger machen, und ich glaube nicht, dass sie sich genauso gut verteidigen kann wie Palatine. Midian hat heute früh einen Priester zum Pass hochgeschickt, der sich um die Seelen der Wachposten kümmern sollte; ihr werdet ihm möglicherweise begegnen.«

»Bekomme ich eine Eskorte?«, erkundigte ich mich.

»Ich habe dir acht Soldaten zugeteilt. Sie warten in einer Viertelstunde am Stadttor auf dich.«

»Dann gehe ich jetzt los und suche Palatine.«

»Ich habe ihr etwas zu tun gegeben – in der Rüstkammer; sie braucht eine Beschäftigung und darf nicht die ganze Zeit nur so herumsitzen«, sagte mein Vater.

Ich verließ sein Arbeitszimmer und ging zurück in meine Gemächer, um meine leichten Hosen gegen Reithosen auszutauschen und eine wärmere Tunika anzuziehen. Der Pass war zwar nicht allzu weit vom Meer entfernt, aber er lag ziemlich hoch, und dort oben war es bestimmt kalt. Zuletzt schnallte ich mir den Schwertgürtel um.

Die Rüstkammer befand sich in einem Kellergewölbe unter den Soldatenunterkünften auf der anderen Seite des Hauptplatzes. Die Wachen an den Toren machten sich nicht die Mühe, mich anzuhalten, und der zuständige Schreiber bat mich nur darum, mein Schwert am Eingang zurückzulassen und meinen Namen in das Protokollbuch einzutragen.

In den hintereinander liegenden, höhlenähnlichen Räumen und den schmalen Durchgängen dazwischen, die die Rüstkammer bildeten, geschah eigentlich nicht sehr viel, doch die Echos, die die gewölbte Decke zurückwarf, verstärkten jedes leise Scharren zu einem unheimlichen Missklang. Ich hörte Palatines Stimme bereits, als ich noch mehrere Kellergewölbe weit von ihr entfernt war, und ebenso Ravennas.

Sie befanden sich in einem Raum, der so lang und schmal war, dass er fast schon einem Korridor glich, und bei ihnen waren ein paar Soldaten, die die Schwerter im hinteren Teil des Gewölbes inspizierten. Palatine überprüfte den Mechanismus der Armbrüste, die wie Folterinstrumente an den Wänden des Raums hingen. Sie machte laute Angaben über den Zustand der Waffen, während Ravenna, die in der einen Hand ein Hauptbuch und in der anderen einen kleinen Graphitstift hielt, geschäftig Ziffern in eine Tabelle schrieb. Ich hoffte nur, dass Midian die Stiefel und die Kleidung nicht gesehen hatte, die sie trugen; ich war mir ziemlich sicher, dass sie gegen eine der kleinlichen Beschränkungen verstießen, die die Domäne den Gesetzen Ranthas' hinzugefügt hatte.

Ravenna und Palatine drehten sich zu mir um, als ich in den Raum trat. Ich versuchte, so leise wie möglich zu sein, doch meine Stiefelsohlen klangen auf den glatt geschliffenen Steinfliesen schmerzhaft laut.

»Ah, da bist du ja«, flüsterte Palatine. »Wir haben uns schon gefragt, wann du deinen Staatsdokumenten entfliehen könntest.« Sie formte lautlose Worte mit den Lippen und wies mit dem Kopf in Richtung Ravenna. Ich hatte die Maskerade vergessen, die wir um Midians willen veranstalteten; sie musste auch dann durchgehalten werden, wenn er weit und breit nicht zu sehen war. Ich ergriff Ravennas Hand und fragte mich noch während ich es tat, warum mir das so schwer fiel.

»Mein Vater möchte, dass wir beide – du und ich – die Mine und die Verteidigungsanlagen des Passes inspizieren«, sagte ich zu Palatine.

»Und was ist mit mir?«, fragte Ravenna.

Ich musste ihr meine Antwort ins Ohr flüstern, um zu vermeiden, dass die Echos durch das ganze Gewölbe hallten. »Mein Vater will nicht, dass du mitkommst. Es ist zu gefährlich. Wir könnten irgendeiner Bande begegnen, und wenn jemand dich dann kämpfen sieht ...«

»Verdammte Domäne«, flüsterte sie zurück.

Palatine rief einen der Soldaten herbei, der sie ablösen sollte, und ging mit mir nach oben; unterwegs nahm ich mein Rapier mit. Ravenna blieb unten in der Rüstkammer, um den anderen zu helfen; sie hatte nichts zu befürchten, die jüngeren Soldaten würden sich ihr gegenüber nichts herausnehmen – schließlich glaubten sie, dass sie ein Verhältnis mit mir hatte.

Ich stellte fest, dass wir bereits spät dran waren; wir mussten zu den Ställen rennen, um noch Pferde zu bekommen. Ich hatte ein eigenes Pferd, obwohl ich nicht oft mit ihm ausritt und es mir inoffiziell mit einem meiner Vettern teilte. Es war ein Wallach mit bronzefarbener Mähne, dessen ruhiges Wesen meinen dürftigen Reitkünsten entgegenkam. Palatine, die sich vage daran erinnern konnte, alle möglichen merkwürdigen Tiere geritten zu haben – unter anderem silvernianische Elefanten –, bekam einen deutlich feurigeren Hengst mit goldfarbener Mähne.

Unsere achtköpfige Eskorte wartete bereits am Stadttor auf uns, als wir mit ein paar Minuten Verspätung dort ankamen. Die Männer trugen volle Rüstung, wie ich bemerkte, nicht einfach nur die üblichen leichten Kürasse: einander überlappende leichte Metallstreifen auf einer Seidenjacke mit weiten, wattierten seitlichen Schößen, um die Beine zu schützen, und Helme mit Nackenschutz. Ich verfluchte Midians Dickköpfigkeit – all das war unnötig, und es wäre niemals geschehen, wenn Siana noch hier wäre.

Wir ritten aus der Stadt und folgten der Straße, die zunächst durch die Felder und dann weiter aufwärts ins Tal der Zedern führte, das unterhalb der Mine lag. Seit jenem denkwürdigen Tag vor mehr als achtzehn Monaten, als das Eisen entdeckt worden war, war ich nicht mehr hier gewesen, und das Gelände hier oben hatte sich genauso verändert wie der Rest der Stadt. Die Straße, die von Schlaglöchern übersät und voller lockerer Steine gewesen war, war mittlerweile ausgebessert worden und sollte, wie mir einer der Soldaten berichtete, schon bald neu gepflastert werden.

Als rechts der Weg zur Mine abzweigte, ritten wir geradeaus weiter. Wir wollten zuerst hinauf zum Nordpass, weil das weiter weg war – und weil es nicht gerade ein Ort war, wo man festsitzen wollte, wenn ein Sturm aufkam. Außerdem waren die Verteidigungsanlagen des Passes wichtiger als die der Mine.

Sobald wir das Ende des Tals erreichten, fächerten die Soldaten aus und ritten in Formation weiter: vier vor uns und vier hinter uns, wobei sie in Zweiergruppen ritten und zwei Pferdelängen Abstand voneinander hielten. Wir waren noch immer in einem bewaldeten Gebiet, doch rechts und links von uns stiegen die Hänge der Hügel steil an, die Vegetation wurde spärlicher und hörte schließlich ganz auf. Ein ganzes Stück vor uns ragten die grauen Silhouetten der Berge in die Höhe, gewaltig und Ehrfurcht gebietend. Ich erschauerte jedes Mal aufs Neue angesichts der mächtigen Kolosse; und immer, wenn ich die schneebedeckten Gipfel sah, schien es selbst hier unten kälter zu werden.

»Du weißt ja wohl«, sagte Palatine, nachdem wir eine Weile den steinigen Pfad entlanggetrabt waren, »dass jeder andere an deiner Stelle – oder jede andere an Ravennas Stelle – sich über meinen Vorschlag gefreut und seine Rolle gern gespielt hätte. Ihnen hätte man gar nichts sagen müssen! Was ist mit euch beiden los? Ich dachte eigentlich, ich hätte es begriffen, aber jetzt scheint mir, als hätte ich es immer noch nicht verstanden.«

»Ich würde es dir sagen, wenn ich es wüsste«, erwiderte ich; ich wollte meine wirren Gedanken niemandem enthüllen, noch nicht einmal ihr. »Warum vertraust du ihr eigentlich jetzt, wo du es doch anfangs nicht getan hast?«

»Wir sind jetzt in deiner Heimatstadt und sind ihr nicht dorthin gefolgt, wo sie hinwollte. Aber wechsle nicht das Thema. Glaubst du etwa, ich nehme dir ab, dass du nicht weißt, was los ist?«

»Nein, das glaube ich nicht«, antwortete ich. »Sie ist ganz offensichtlich nicht interessiert. Können wir jetzt über etwas anderes sprechen?« Ihre Fragerei machte mich allmählich wütend, obwohl ich wusste, dass sie es eigentlich gut meinte.

»Nein, das können wir nicht«, sagte Palatine mit Nachdruck. »Du glaubst doch nicht wirklich, dass sie nicht interessiert ist?«

»Palatine, ich weiß nicht, was ich glauben soll. Ich will über dieses Thema nicht reden – weder mit dir noch mit sonst jemandem.«

»Schön, dann eben nicht«, meinte sie. »Aber bevor ich es fallen lasse, wollte ich dir nur noch sagen, dass du bloß nicht glauben solltest, sie würde nichts für dich empfinden. Vielleicht ist es dir noch nicht aufgefallen, aber du bist der einzige Mensch, dem Ravenna je erlaubt hat, sie zu berühren, seit ich sie kenne.«

Während des restlichen Ritts schwieg Palatine, und schon bald lenkten wir die Pferde den Steilpfad am hinteren Ende des oberen Tals hinauf, wo die Bäume eher an Gestrüpp erinnerten. Vor uns erhob sich die zweihundert Meter lange Mauer mit ihren drei Türmen und dem Tor, das den einzigen Pass ins Innere von Ozeanus versperrte, den es hier in weitem Umkreis gab. Die einzige Möglichkeit, in die Türme oder auf die Mauer zu gelangen, war durch eine Pforte, die sich seitlich am Zentralturm befand; das sollte kleinere Banden, die auf den schmalen Bergpfaden herumschlichen, daran hindern, die Garnison zu überfallen und das Tor zu öffnen.

Doch sobald wir näher herankamen, merkten wir, dass etwas nicht in Ordnung war. An der Pforte war keine Wache zu sehen, obwohl dort eigentlich immer ein Posten stehen sollte, und auch nach den Köpfen der Soldaten, die normalerweise auf der Brustwehr patrouillierten, hielten wir vergeblich Ausschau.

»Schnell«, befahl ich. Der Ärger über Palatines Aufdringlichkeit wurde von aufsteigender Furcht verdrängt. Wir trieben die Pferde zum Galopp an und preschten so schnell wir konnten die letzten hundert Meter zum Pass hinauf. Oben angekommen, wies der Anführer der Soldaten uns an zu warten.

»Wenn Ihr irgendwelche Kampfgeräusche hört, reitet unverzüglich davon«, sagte er. Zusammen mit den vorderen drei Soldaten stieg er vom Pferd, zog das Schwert und betrat den Zentralturm.

Ich verbrachte eine mir unendlich lang erscheinende Zeitspanne damit, den Turm anzustarren, dessen Silhouette sich vor den Gipfeln und dem strahlend blauen Himmel abhob. Niemand bewegte sich, nur die Pferde tänzelten nervös hin und her.

Dann kam der Kommandant aus der Tür gestürzt.

»Wir sind verraten worden, Erbgraf! Die Männer der Garnison liegen alle betäubt hier drin, und das Tor ist nicht verriegelt. Ich gehe davon aus, dass das schon seit mindestens drei Stunden der Fall ist.«

Die Stämme hatten unsere Verteidigungslinie durchbrochen und waren in unser Gebiet eingedrungen.

Kapitel XXII

»Wohin werden sie sich wenden?«, fragte Palatine, während sie ihr Pferd wendete, so dass sie den Blick über das Tal schweifen lassen konnte.

»Wahrscheinlich zur Mine«, meinte der Kommandant. »Die Stadt und die Siedlungen sind für einen Stoßtrupp aus Einheimischen, der aufs Plündern aus ist, viel zu gut befestigt.«

»Wir wissen nicht, wie viele von ihnen schon auf dieser Seite sind«, gab ich zu bedenken. »Es könnte nur ein einziger Stamm sein, es könnte aber auch sein, dass sich mehrere verbündet haben.«

»Sie wären trotzdem immer noch nicht in der Lage, die Aether-schilde der Stadt zu durchbrechen.«

»Und was ist, wenn es auch in der Stadt Verräter gibt?«, wollte Palatine wissen. »Wenn es hier einen gegeben hat, kann es noch mehr geben.«

»Wir vergeuden nur Zeit, wenn wir hier herumsitzen«, drängte ich. »Ich nehme nicht an, dass der Notfall-Transmitter noch arbeitet?«

»Sie haben die ganze Ausrüstung zertrümmert, einschließlich der Signalfeuer. Es gibt keine Möglichkeit, jemanden zu warnen.« Das Gesicht des Kommandanten war grimmig, und er warf einen unbehaglichen Blick ins Tal hinab.

»Was sollten wir also dann Eurer Meinung nach tun?«, fragte ich ihn.

»Wir können hier bleiben und versuchen, sie zu erwischen, wenn sie wieder raus wollen. Oder wir können zurückreiten und die Mine oder die Stadt warnen.« Während er sprach, tauchten zwei der anderen drei Soldaten auf den Befestigungen auf und rannten auf die beiden kleineren Türme zu.

»Es hat keinen Sinn, hier zu bleiben«, sagte Palatine zu mir. Ich sah, wie ihre Finger mit den Zügeln spielten; sie war nicht so ruhig wie sie aussah. »Zu zehnt können wir nichts gegen eine Armee ausrichten. Wir müssen zurückreiten und sie warnen.«

Ich warf erst ihr einen Blick zu, dann dem Führer der Soldaten. Eigentlich sollte ich das Kommando führen, aber ich war auch derjenige mit der geringsten Erfahrung. Wie sollte ich mich entscheiden? Umkehren und riskieren, in einen Hinterhalt zu laufen? Sicherlich wäre es sinnlos, hier zu bleiben. Ich zauderte eine Sekunde lang.

»Sammelt Eure Männer, Hauptmann«, befahl ich schließlich. »Wir reiten zurück.«

»Das ist eine gute Idee, Erbgraf. Wir machen das Tor wieder

dicht, bevor wir losreiten; das wird sie ein bisschen aufhalten, wenn sie zurückkommen.« Er rannte auf das Tor zu und rief den Männern auf den Befestigungen zu, dass sie herunterkommen sollten. Einen Augenblick später hörte ich ein knirschendes Geräusch, als der Riegel vorgelegt wurde. Es schien von den grauen Hügeln widerzuhallen, und ich war mir sicher, dass die Stämme es gehört hatten.

Es schien eine Ewigkeit zu dauern, obwohl es nur wenige Minuten waren, in denen ich nervös in meinem Sattel hockte. Dann kamen die Soldaten aus dem Torhaus gerannt und bestiegen ihre Pferde. Sie bildeten eine enge Formation vor und hinter uns – diesmal nur mit einer halben Pferdelänge Abstand –, und dann ritten wir den Pfad wieder hinab. Der Kommandant trieb sein Pferd an, sobald der Pfad flacher wurde und etwas gradliniger verlief.

Der Wald links und rechts von uns wirkte auf einmal dunkel und bedrohlich, trotz der Lichtflecken auf dem Waldboden. Jedes Mal, wenn ein Zweig knackte oder ein Vogel trillerte, zuckte ich zusammen. Ich sah Stammeskrieger hinter jedem Busch. Die Flanken der Berge waren grau und kahl, doch selbst dort sah ich Schatten, die sich hinter einzeln aus dem Geröll aufragenden Felsen zusammenkauerten. Doch es gab keine Stammeskrieger im Hinterhalt, nur einen schweigsamen, angespannten Ritt hinab zu der Kreuzung, wo die Straße zur Mine abzweigte. Das Trappeln der Pferdehufe auf dem Pfad erfüllte meine Ohren; keiner von uns sagte ein Wort. Wir verlangsamten erneut unser Tempo, als wir das Ende des oberen Tals erreichten. Schließlich wollten wir nicht geradewegs in eine Falle reiten. Je weiter wir kamen, um so besorgter wurde ich.

Was mochten die Stammeskrieger getan haben? Sie hatten uns mit dem Verräter im Turm überrascht, ein Trick, den sie nur ein einziges Mal anwenden konnten. Was würden sie als Nächstes tun, da sie jetzt innerhalb unserer Verteidigungsanlagen waren? Ich fragte mich, ob die Mine ein Ziel von ausreichender Bedeutung war. Und wie viele von ihnen würden wohl dort sein?

In der Zitadelle hatte ich ein bisschen Spuren lesen gelernt, daher versuchte ich, selbst eine Antwort auf die letzte Frage zu finden, und benutzte dazu die verräterischen Zeichen auf der Straße. Ich verfluchte mich dafür, dass ich auf unserem Weg nach oben nicht aufmerksamer gewesen war. Die Krieger hatten ihre Spuren gut verwischt, doch ich hätte sie eigentlich trotzdem sehen müssen, wenn ich mich nicht so intensiv mit Palatine unterhalten hätte.

Der Anführer der Soldaten zügelte sein Pferd kurz oberhalb der Abzweigung und hob die Hand zum Zeichen, dass wir ebenfalls anhalten sollten.

»Hört Ihr das?«, fragte er.

»Was?« Ich strengte meine Ohren an, doch außer dem Rascheln der Blätter und dem gelegentlichen Kreischen einer Möwe oder dem Schrei eines Falken hörte ich nichts. Zumindest nichts Ungewöhnliches.

»Genau das ist es ja«, sagte der Mann mit grimmiger Miene. »Die Maschinen stehen still. Ich weiß, Ihr seid nicht mehr hier oben bei der Mine gewesen, seit wir das Eisen entdeckt haben, aber von hier aus kann man normalerweise das Summen der Maschinen und das Rasseln der Felsen hören.«

»Wie steht es mit den Verteidigungsanlagen? Sind sie irgendwann verbessert worden?«, fragte ich.

»Nun, es sind Steinmauern errichtet worden, und es gibt ein richtiges Tor, mit einer Flammholz-Kanone. Doch wenn die Stammeskrieger es geschafft haben, sich an die Wachen der Mine anzuschleichen, konnte das Tor vielleicht nicht mehr rechtzeitig geschlossen werden.«

»Und was machen wir jetzt?«

»Wir lassen zwei Männer zurück; die sollen versuchen herauszufinden, was dort vorgeht. In der Zwischenzeit werde ich Euch und Palatine zurück nach Lepidor geleiten. Wir sind ihnen zahlenmäßig bei weitem unterlegen, und Ihr solltet Euch nicht ohne ausreichenden Schutz hier aufhalten.«

»Wissen wir denn, wie viele es sind?«, fragte Palatine. »Wenn sie die Mine erobert haben, blockieren sie vielleicht ein Stück weiter unten die Straße. Wir wollen schließlich nicht in eine Falle reiten.«

»Habt Ihr vielleicht eine bessere Idee?«, schnappte der Hauptmann. Er schien sich in Palatines Gegenwart unwohl zu fühlen, und er war wütend, dass sie ihm widersprochen hatte.

»Wir schlagen uns in den Wald und schicken Kundschafter hoch zur Mine. So können wir herausfinden, wie viele Stammeskrieger hier sind und was sie tun.«

»Und was ist, wenn sie noch nicht in Position sind? Jetzt hätten wir vielleicht noch eine Chance, durch ihre Reihen hindurchzuschlüpfen.«

»Wir verlieren Zeit, während wir hier streiten«, sagte Palatine. »Cathan, du hast hier das Kommando.« Alle schauten mich an, und ich hatte plötzlich ein flaues Gefühl im Magen, als mir klar wurde, dass sie eine Entscheidung von mir erwarteten. Im Stillen verfluchte ich mich dafür, dass ich alle Unterrichtsstunden hatte ausfallen lassen, in denen es um Situationen wie diese gegangen war, um stattdessen mit den Ozeanografen hinauszufahren. Bei allem, was ich über das Meer wusste – hier war ich verloren. Was sollte ich tun? Der Hauptmann war ein erfahrener Soldat, und er kannte das Gelände. Andererseits hatte ich Palatines strategisches Genie in der Zitadelle mehrmals in Aktion erlebt. Würde sie jedoch im Ernstfall wirklich genauso gut sein? Ich schwankte noch immer.

»Schnell, Erbgraf!«, drängte der Hauptmann mit kaum verhohlener Ungeduld.

»Wir werden …« Ich sollte den Satz niemals beenden, denn genau in diesem Augenblick brach rings um uns ein Geheul los, und wild ihre Speere schwingende Stammeskrieger tauchten aus dem

Wald beiderseits des Weges auf. Mein Wallach bäumte sich erschrocken auf, als ein Speer dicht vor ihm in den Boden fuhr, und ich musste mich an seinem Hals festklammern, um nicht herunterzufallen.

»Reitet!«, rief der Hauptmann. Ich gab meinem Pferd die Sporen, während um mich herum die Soldaten ihre Schwerter zogen und die Pferde verwirrt herumtanzten. »Versucht durchzubrechen!«

»Cathan!« Palatines Stimme ertönte direkt hinter mir, während ich mein Pferd die Straße hinablenkte. »Pass auf!«

Ich sah die Stolperdrähte gerade noch rechtzeitig und schaffte es, beiden auszuweichen; jemand anderes schaffte es ebenfalls, doch nach dem Geräusch zu urteilen hatte einer der Soldaten nicht so viel Glück. Ich zog mein Schwert, trieb mein Pferd zum vollen Galopp an und hoffte, auf diese Weise allen Fallen, die weiter unten noch auf meinem Weg lauern mochten, entkommen zu können.

Ich schaffte es nicht. Keine dreißig Meter vor mir kam eine doppelte Reihe mit Wurfspießen bewaffneter Stammeskrieger aus dem Wald gerannt und versperrte mir den Weg. Ich überlegte kurz, ob ich sie einfach niederreiten sollte, doch dann wurde mir klar, dass ich ein leichtes Ziel für ihre Speere war.

Ich zügelte mein Pferd und schaute mich um. Bis auf einen waren alle Soldaten von den Pferden gezogen worden, und einer lag schlaff am Straßenrand. Palatine war diejenige, die es außer mir noch über die Stolperdrähte geschafft hatte, und auch sie hatte jetzt Halt gemacht. Enttäuschung malte sich auf ihrem Gesicht – und sie schaffte es, gleichzeitig wütend auszusehen.

»Steigt ab und werft eure Schwerter weg, oder wir töten euch«, rief jemand hinter uns.

»Tu, was er sagt«, meinte Palatine und ließ ihr Schwert fallen. Einen Augenblick später tat ich es ihr nach und glitt dann vom Pferd. Ich starrte mein Schwert an, das vor mir im Straßenstaub lag, und konnte es nicht ertragen, Palatine in die Augen zu blicken.

Ein paar Herzschläge später wurde ich von zwei drahtigen Stammeskriegern gepackt, die mir die Hände auf den Rücken banden und mich mit ihren Speeren in Richtung der Mine trieben.

Als wir auf der gut erhaltenen Straße auf das Tor der Mine zumarschierten, sah ich, dass der Hauptmann Recht gehabt hatte. Die Mine war eingenommen worden – das Tor stand offen und wurde von ein paar Kriegern mit wilden Gesichtern bewacht. Doch selbst in dieser Situation fiel mir auf, wie viel größer die Mine während meiner Abwesenheit geworden war. Der Vorhof war vergrößert und die primitive Palisade durch eine richtige Mauer ersetzt worden, und hinter dieser Mauer ragten ein paar neue Gebäude in die Höhe. Ein mit Wasser gefüllter Graben verlief dort, wo das Gelände eben war, außen entlang der Mauer; am Tor führte eine Zugbrücke über das Wasser. Während wir durch das Tor gestoßen wurden, erhaschte ich einen Blick auf den deutlich erweiterten Eingang mit Schienen und einem großen Rad sowie auf ein Gebäude, von dem ich vermutete, dass es den Flammholzreaktor beherbergte.

Es gab keinerlei Anzeichen von Aktivität – wenn man von der großen Anzahl Einheimischer absah, die vor dem Eingang zur Mine standen, der mit Kisten verbarrikadiert worden war. Was ging da drüben wohl vor?

Unsere Bewacher trieben uns in die Mitte des Vorhofs, wo sie uns befahlen, uns umzudrehen, so dass wir nun wieder zum Tor schauten. Meine Hände begannen allmählich abzusterben; die Riemen, mit denen man mich gefesselt hatte, schnürten mir das Blut ab.

Die Krieger, die uns aufgelauert hatten – ich schätzte, dass es mehr als fünfzig waren –, kamen durch das Tor hereinmarschiert und stellten sich erwartungsvoll auf, während ein paar von ihren Kameraden sieben gefesselte Soldaten in eines der Gebäude schafften. Einer davon hing reglos, mit blutigem Gesicht im Griff seines Häschers. Worauf warteten sie? Ich wünschte, sie würden sich be-

411

eilen. Was auch immer sie mit uns vorhaben mochten, es wäre mir lieber gewesen, als gefesselt in der Mitte des Vorhofs zu stehen und von sechzig oder siebzig Einheimischen angestarrt zu werden.

Einen Augenblick später sah ich eine kleine schlanke Gestalt in einer Lederrüstung aus dem Gebäude kommen, begleitet von zwei kräftigen Leibwächtern. Sie kam zu uns herübergeschlendert und gab den Wachen ein Zeichen, die uns daraufhin auf die Knie zwangen. Ich stellte fest, dass der Stammeshäuptling nicht größer war als ich. Er war klein und dunkel, mit scharf geschnittenen Gesichtszügen und braunen Augen. Es war schwer zu sagen, wie alt er wohl war, aber ich schätzte ihn auf etwa vierzig.

»Da haben wir also einen größeren Fisch gefangen«, sagte er in der Sprache des Archipels. »Erbgraf, ich bin Gythyn von den Weidiro.«

Ich starrte ihn trotzig an. Scham nagte an meinem Inneren.

»Nun, Erbgraf, vielleicht könnt Ihr uns sagen, warum Ihr die geheiligte Abmachung gebrochen habt und einige meiner Leute festhaltet?«, begann er nach einer kurzen Pause.

»Mein Vater hat die Abmachung nicht gebrochen; das war unser Priester. Er ist neu in der Stadt und wild entschlossen, jede Form von Ketzerei zu bestrafen.«

»*Ketzerei?* Unser Glaube ist Ketzerei?« Die Stimme des Mannes klang gefährlich ruhig.

»Euer Glaube ist nicht der Glaube an Ranthas«, sagte ich. »Für ihn ist das ein Gräuel.«

»Euer Graf ist für die Handlungen seines Priesters verantwortlich.«

»Mein Vater besitzt ihm gegenüber keine Autorität«, protestierte ich. »Wenn er sich eingemischt hätte, um die Gefangenen zu befreien, wäre er auch unter Arrest gestellt worden.«

»Nichtsdestotrotz repräsentiert dieser Priester Euren Clan, und Euer Clan hat sein Ehrenwort gebrochen.«

Ich hatte genug Erfahrungen mit den Barbaren, um zu wissen,

dass sie das Wort eines Mannes als Garantie betrachteten. Sie würden niemals einen Vertrag brechen, ohne es vorher anzukündigen und sich mit der anderen Seite zu einigen. Zum ersten Mal, seit wir gefangen genommen worden waren, verspürte ich Furcht.

»Gibt es irgendeine Möglichkeit, das wieder gutzumachen?«, fragte Palatine.

»Eine Wiedergutmachung dafür, dass Ihr Euer geheiligtes Wort gebrochen habt? Ihr und die anderen werdet mit Eurem Blut sühnen.« Er wandte sich ab.

»Wartet!«, rief ich.

»Wollt Ihr um Euer Leben bitten?«

Obwohl ich vor Angst völlig starr war, ärgerten mich diese Worte dennoch. »Nein, das will ich nicht«, erwiderte ich. »Aber wenn einer Eurer Leute Euch betrogen hat, wäre es dann gerechtfertigt, dass der ganze Stamm deshalb leidet?«

»Habt Ihr eine bessere Idee?«

»Kann ich meine Ratgeberin befragen?«

Er machte ein zorniges Gesicht, sagte aber nur: »Meinetwegen. Beeilt Euch.«

»Können wir irgendetwas tun?«, fragte ich Palatine im Flüsterton.

»Ja.« Sie erklärte mir kurz und in groben Umrissen einen Plan. Ich hatte keine Zeit mehr, ihr noch weitere Fragen zu stellen, denn der Stammeshäuptling unterbrach uns.

»Ihr habt genug Zeit gehabt. Was habt Ihr zu sagen?«

»Würdet Ihr auch eine Wiedergutmachung in Erwägung ziehen, die Euch und Euer Volk hinterher in Frieden leben lässt, ohne die Rache, die mein Vater an Euch üben würde, wenn Ihr mich tötet?«

»Unsere Gesetze verlangen, dass der Bruch eines Vertrags mit Blut bezahlt wird.«

»Wenn wir Euch Eure Krieger – mit den Waren, die Ihr benötigt – zurückgeben, was würdet Ihr dann noch verlangen?«

»Wenn Ihr sie zu uns zurückbringen könnt, warum habt Ihr es dann nicht schon längst getan? Habt Ihr etwa gedacht, wir wären zu schwach, um Rache zu nehmen?«

»Ich werde sie befreien, ohne dass unser Priester zustimmen muss, und so, dass nichts auf meinen Vater zurückfällt.«

»Das ist akzeptabel – wenn Ihr uns auch noch ein Schiff gebt.«

Erneut sank mir das Herz, und ich schaute wieder weg. Er musste doch wissen, dass das vollkommen unmöglich war. »Wenn ich das tue, würde ich von meinem eigenen Volk hingerichtet werden«, sagte ich. »Könnten wir Euch stattdessen nicht Gold geben?«

»Daran bin ich nicht interessiert«, wehrte er ab. Dann wandte er sich an die Männer hinter uns. »Sperrt sie irgendwo ein und sagt den anderen Häuptlingen, es ist Zeit für die nächste Stufe.«

Wir wurden unsanft über den Vorhof und in den gesegneten Schatten eines neuen Gebäudes gestoßen. Ein dürrer Stammeskrieger hinter der Tür sagte in seinem singenden Dialekt etwas zu einem unserer Häscher. Nach einem kurzen Gespräch brachten sie uns ins Obergeschoss und sperrten uns in einen Raum, von dem ich annahm, dass er ursprünglich ein Arbeitszimmer gewesen war.

»Dreh dich mit dem Rücken zu mir«, wies ich Palatine an.

»Warum?«

»Damit ich dich losbinden kann, du Närrin«, fauchte ich. Etwas ruhiger fuhr ich fort: »Tut mir Leid, ich sollte niemanden als Narren bezeichnen.«

Ich betrachtete die ungegerbten Lederriemen ungefähr eine Minute lang, dann drehte ich mich um und stellte mich mit dem Rücken zu ihr, so dass ich meine Hände benutzen konnte. Ich brauchte fünf Minuten, bis ich ihre Fesseln so weit gelockert hatte, dass sie herausschlüpfen konnte. Zwar war ich zuversichtlich gewesen, dass ich es schaffen könnte, doch ich hätte es fast nicht hinbekommen, weil meine Finger so zitterten.

Danach löste sie meine Fesseln. Ich schaute mich in dem Raum um. Regale mit Rechnungsbüchern bedeckten eine Wand, während die Regale vor der zweiten Wand leer waren. Ich fragte mich, was sich wohl darauf befunden haben mochte. Dann gab es noch einen vollkommen leeren Schreibtisch und einen Stuhl. Da das Zimmer sich an der Außenwand befand, war das Fenster schmal und mehrere Fuß über dem Boden.

Ich hatte mich vor dem gefürchtet, was Palatine nun äußern würde, da wir offen sprechen konnten, doch was sie schließlich sagte, war etwas ganz anderes, als ich erwartet hatte.

»Es war nicht deine Schuld, Cathan. Wir saßen in der Falle, seit wir ins obere Tal geritten sind. Wir hätten nichts gegen sie unternehmen können, auch wenn du dich schneller entschieden hättest.«

Ich erwiderte nichts, starrte nur niedergeschlagen zu Boden. Es war doch meine Schuld, denn ich hatte auf dem Weg bergauf die Spuren übersehen, und ich war in den kritischen Augenblicken unentschlossen gewesen. Ganz zu schweigen davon, dass ich mich beim ersten Anzeichen von Ärger zur Flucht gewandt hatte. Was würde jetzt geschehen? Der Häuptling hatte noch andere Stämme erwähnt. Sammelten sie sich zu einem Angriff auf Lepidor? Es würde keine Warnung geben – nicht, solange wir Gefangene waren.

»Cathan, du darfst dir nicht die Schuld geben …«

»Hör auf, mir gut zuzureden, Palatine. Meinetwegen waren wir nicht vorbereitet, als sie zugeschlagen haben. Und ich hätte die Falle erkennen müssen. Es war dumm, die Straße entlangzureiten.«

»Dann fühl dich eben schuldig, wenn du willst. Wenn du lange genug in deinen Schuldgefühlen geschwelgt hast, erzähle ich dir, wie wir hier herauskommen.«

Ich hörte auf zu jammern. Sie hatte mich beschämt, und ich schwieg.

»Ich will nichts mehr davon hören, in Ordnung?«, sagte sie.

»Wie kommen wir hier raus?«, fragte ich verdrossen.

»Kommst du durch das Fenster da?«

Ich ging zum Fenster hinüber, presste mein Gesicht gegen das Glas und versuchte die Entfernung zum Erdboden abzuschätzen.

»Der Graben liegt ungefähr fünfzehn Fuß unter uns, aber er ist nur sechs Fuß tief. Ich muss aufpassen, wo ich lande. Wie auch immer«, bemerkte ich, froh darüber, eine Schwäche in ihrem Plan zu erkennen, »es sind Stammeskrieger auf den Mauern. Auf dem Todesstreifen würde ich keine zehn Fuß weit kommen.«

»In einem Sturm schon. Hier oben regnet es so stark, dass niemand etwas sehen kann. Und dazu kommt noch der Wind – wie sollen sie da auf dich schießen?«

»Es ist ein schöner Tag da draußen – für alle außer für uns.«

»Hast du die Wolken über den Bergen nicht gesehen? Oder warst du zu sehr damit beschäftigt, dich zu schämen? Es wird bald einen Sturm geben.«

Ich war so verblüfft, dass meine Betretenheit schlagartig verschwand.

»Du willst, dass ich in einem Sturm da rausgehe?«

»Warum nicht? Du hast schon schwierigere Dinge getan.«

»Palatine, ich muss da draußen offenes Gelände überqueren, und es ist nicht von Mauern umgeben wie die Getreidefelder. Der Wind packt dich buchstäblich und schleudert dich in der Gegend rum, und ich bin nicht stark genug, um das auszuhalten. Vielleicht wisst ihr Thetianer ja, wie man mit so was umgeht – ich weiß es jedenfalls nicht.«

»Bitte hör mir doch ein einziges Mal zu. Das Wasser in dem Graben fließt den ganzen Weg hinunter zur Stadt, stimmt's? Es kommt irgendwo am Ufer raus.«

Ich war verwirrt; was hatte das denn mit unseren Problemen zu tun?

»Wenn es über den Bergen zu regnen anfängt, wird aus dem Bächlein da draußen ein reißender Strom. Du kannst dich von ihm bis zum Hafen hinuntertreiben lassen, und dann brauchst du dir keine Sorgen über den Wind zu machen. Abgesehen vielleicht von Ästen, die durch die Luft gewirbelt werden. Aber denen kannst du ausweichen.«

Ich stellte mir den Verlauf des Bachs vor. An der Straße im Haupttal entlang, danach durch einen tiefen Kanal inmitten der Getreidefelder, dann kamen einige Biegungen und Windungen, und schließlich mündete er zwischen ein paar Felsen zwischen dem Stadtstrand und dem Uferstrand. Ich wagte es nicht, länger über meine Aussichten nachzudenken, aber Palatine hatte Recht.

Ohne auf meine Proteste zu achten, erklärte sie mir in Umrissen, was sie sich außerdem noch überlegt hatte. Ich würde in die Stadt zurückkehren, meinen Vater warnen, dafür sorgen, dass die Gefangenen ausbrechen konnten und dann auf der Straße zurückkehren.

»Und was machst du in der Zwischenzeit?«, wollte ich wissen.

Sie grinste. »Ich werde die Bergleute retten, die in der Mine eingesperrt sind.«

Palatine erklärte, dass sie während des Sturms, wenn niemand es hören konnte, das Türschloss zerschmettern und quer über den Hof in die Mine rennen würde. Ich wies sie darauf hin, dass sich im Korridor, im Untergeschoss und im Eingangsbereich der Mine Wachen aufhalten würden und dass sie anscheinend vergessen hatte, dass diese Wachen bewaffnet waren, sie hingegen nicht.

»Die über dem Eingang der Mine werden bis dahin wie die Kaninchen ins Innere gerannt sein. Und mit den Übrigen komme ich klar. Wenn ich die Mine zurückerobert habe, komme ich und helfe dir.«

Während draußen der blaue Himmel schnell verschwand, hörten wir auf dem Hof einen Tumult und dann die Geräusche bewaffneter Männer, die durch das Tor marschierten.

»Wo gehen sie hin?«, fragte ich Palatine.

»Woher soll ich das wissen? Vielleicht verstecken sie sich im Wald und greifen die Stadt an, wenn der Sturm vorbei ist. Auf diese Weise überraschen sie alle.«

»Palatine, dein Plan ist verrückt«, sagte ich. »Das Ganze hängt davon ab, dass alles hundertprozentig klappt – dass ich es bis zur Stadt schaffe, dass du an den Wachen vorbeikommst –, und das wird nicht passieren.«

»Bist du immer so pessimistisch, oder hast du einfach nur resigniert?«, gab sie zurück, die Arme vor der Brust verschränkt. »Wie sollen wir denn sonst entkommen, was glaubst du? Du musst dir selbst beweisen, dass du kein Versager bist.«

»Vielleicht schaffe ich es ja sogar, einen angeschwollenen Wildbach hinunterzuschwimmen, aber das ist immer noch keine Entschuldigung dafür, dass ich uns überhaupt erst in diese Situation gebracht habe.«

»Cathan, das alles ist Midians Schuld. Er hat damit angefangen, und er ist der Avarch. Was hätten wir denn tun können? Also – machst du es jetzt oder nicht?«

»Bist du dir sicher, dass du deinen Teil schaffst?«

»Ja. Aber deine Aufgabe ist wichtiger – wir müssen deinen Vater warnen, sonst klappt gar nichts.«

»Ich mache es«, beschloss ich und schickte ein stummes Gebet zu Thetis und Althana, dass wir nicht in ein anderes Zimmer verlegt werden würden, ehe der Sturm losbrach.

Ungefähr eine Stunde später kam jemand in unsere behelfsmäßige Zelle, doch er öffnete nur die Tür, schaute sich um, ob wir immer noch da waren, und ging wieder. Wir hatten die Lederriemen wieder um unsere Handgelenke geschlungen, so dass es so aussah, als wären wir immer noch gefesselt, und der Mann schien keinen Verdacht zu schöpfen.

Ein paar Minuten später, als die Aether-Lichter aufflammten, begann es zu regnen.

Die ersten Tropfen prasselten gegen unser Fenster, und ich konnte sie an der Scheibe hinabrinnen sehen. Schon bald waren es allerdings nicht mehr einzelne Tropfen, sondern ganze Ströme, die das Fenster eher wie einen Wasserfall als wie eine Glasscheibe aussehen ließen. Dankenswerterweise stand der Wind nicht direkt auf das Fenster. Ich schaute mich ein letztes Mal in dem Raum um, der zumindest trocken, hell und warm war. Das Geräusch des Regens auf dem Dach und in dem Graben unter uns war ohrenbetäubend, und der Wind heulte wie tausend verlorene Seelen. Der Himmel war dunkelblau und wurde immer düsterer; kein einziges Licht war am Horizont zu erkennen.

»Bist du bereit?«, fragte Palatine.

Ich erschauerte bei dem Gedanken an das, was vor mir lag. Doch dann erinnerte ich mich daran, wie ich mich auf der Straße gefühlt hatte, und an den Anblick des Stammeshäuptlings, wie er im Vorhof unserer Mine herumstolziert war.

»Ja«, sagte ich. Ich zog meine Stiefel aus, stellte sie in eine Ecke und hob einen der geflochtenen Lederriemen auf. Ich wickelte ihn mir um das rechte Handgelenk; er würde meinen Arm schützen und mochte sich vielleicht auch noch anderweitig als nützlich erweisen.

Ich öffnete das Fenster und setzte mich auf den breiten Sims, wobei ich versuchte, ruhig und gefasst auszusehen. Ich nickte Palatine zu. Aus dem Augenwinkel konnte ich erkennen, dass das Wasser mindestens sechs Fuß höher stand als vorher, ein tobender weißer Wirbel aus Wellen und Treibgut, der beinahe bis zum Rand des Grabens reichte. Das Fenster war fast zu eng, um hindurchzukriechen, und ich musste mich mühsam umdrehen, damit meine Kleider nicht am Rand hängen blieben. Innerhalb weniger Sekunden hatte der Regen, der an den Wänden entlanggepeitscht und ins Zimmer getrieben wurde, mich völlig durchnässt.

Ich schob meine Beine nach draußen und wäre fast abgestürzt, so heftig riss der Wind an mir. Dann stieß ich ein kurzes Gebet an Thetis aus, dass Ihre Wasser mich sicher tragen mochten, und sprang.

Kapitel XXIII

Bei Ranthas, es war eiskalt! Eisiges Wasser spritzte wie tausend Nadeln über meine Füße, meine Beine, meinen Rumpf, und noch bevor mein Kopf ins Wasser tauchte, riss die Strömung mich bereits mit sich. Ich schloss die Augen, als ich unter die Oberfläche gezogen wurde, und dann schleuderte mich eine unvorstellbar schnell dahinrasende Strömung hin und her. Ich wäre in diesen ersten Minuten, in denen ich hin und her geschleudert und unbarmherzig unter Wasser gehalten wurde, umgekommen, wenn ich kein Wasseratmer gewesen wäre.

Ich hatte nicht die geringste Ahnung, wo ich mich befand, und in der Dunkelheit des Sturmkanals gab es kein Oben oder Unten. Ich konnte ein bisschen Licht sehen, doch ich war von dem Aufprall noch immer etwas benommen, so dass ich nicht erkennen konnte, wo es herkam. Ich hätte nicht sagen können, wie weit ich gekommen war, und ich streckte den Kopf nicht aus dem Wasser, weil ich ihn mir nicht an der Zugbrücke stoßen wollte.

Der Strom änderte die Richtung, und ich wurde gegen die steinerne Einfassung des Kanals geschleudert, stieß mir dabei den Arm an. Meine Welt verengte sich auf einen wirren Mahlstrom aus Wirbeln und Wellen, während ich hilflos mitgerissen wurde, in der Dunkelheit umhertastete und die schreckliche Kälte mir durch Mark und Bein drang. Noch nie war mir so kalt gewesen, und es schien kein Ende zu nehmen, keinen Ausweg zu geben. Ich zitterte am ganzen Leib, doch ich konnte nichts tun, um mich warm zu halten.

Etwas raste an mir vorbei, verfehlte meine Schulter nur um wenige Zoll, und dann wurde ich heftig herumgewirbelt, als der Strom erneut die Richtung änderte. Ich war völlig durcheinander und von Panik erfüllt; ich konnte nicht denken, konnte nicht zu den höheren Mächten beten, damit das hier endlich aufhörte, ich konnte nichts weiter tun, als meine Hände vor mich hinzustrecken, um meinen Kopf zu schützen.

Abrupt durchbrach ich die Wasseroberfläche und keuchte, wobei ich immer noch Wasser atmete. Doch bevor ich noch irgendetwas tun konnte – außer festzustellen, dass ich gerade an die Oberfläche gekommen war –, riss eine Unterströmung an meinen Füßen und zog mich wieder hinunter. Ich wirbelte Hals über Kopf herum, als die Strömung mich mitriss.

Ich schaffte es, mich wieder aufzurichten, und kämpfte wild gegen die Strömung an, versuchte, wieder an die Oberfläche zu kommen. Plötzlich hatte ich das Gefühl, als wäre die Welt unter mir weggebrochen, und ich ließ meinen Magen zurück, als ich hinab in die Dunkelheit stürzte … und stürzte … und stürzte.

Und dann, als der Sturz endete und meine Füße beinahe den Grund berührten, tauchte ich in einem schäumenden Teich am Fuße eines Wasserfalls wieder auf.

Ich blickte wild um mich; es war plötzlich noch kälter, als der Wind gegen mein nasses Haar blies, das mir am Kopf und im Gesicht klebte. Wo war ich? Wie weit war ich schon gekommen? Hatte ich die Stadt schon erreicht – ganz sicher nicht. Ein gewaltiges Rauschen erfüllte die Luft, wie das Rascheln von Tausenden von Bäumen; und dann begriff ich, dass es genau das war.

Der Regen schlug mir ins Gesicht, und ich musste den Kopf abwenden, ehe ich die Augen wieder öffnen konnte, dann jedoch konnte ich die undeutlichen Umrisse des Waldes auf einer Seite erkennen, und einen Damm auf der anderen – was war da oben? Über mir grollte noch immer der Donner in den Wolken; gelegentlich zuckten Blitze und erhellten hier und dort die Landschaft. Als ein weißer Blitz den Himmel in blendendes Licht tauchte, konnte ich in einen wirbelnden Hexenkessel aus Wolken hinaufsehen, Schicht um Schicht, Lage um Lage, bis hinauf in die Atmosphäre, als der tiefere Gürtel für einen kurzen Augenblick aufriss.

Dann war es wieder dunkel, und mir wurde klar, dass ich mich in der Nähe der Straße befand und durch das Tal der Zedern getragen wurde. Im Wald neben mir warteten möglicherweise der Häuptling und seine Stammeskrieger auf das Zeichen zum Angriff. Doch in diesem Sturm würden sie mich nicht aufhalten können.

Ein gewaltiges Krachen ertönte ein Stück weit hinter mir; es war kein Donnerschlag, sondern etwas anderes. Einen Augenblick später hörte ich ein lautes Klatschen, als ein mächtiger Zedernast ins Wasser stürzte. Wieder geriet ich in Panik – was war, wenn einer dieser Äste mich beim nächsten Mal traf?

Einen Moment lang wurde ich wieder unter Wasser gesogen und noch weiter in die Tiefe gezogen; die raue Sohle des Kanals zerriss mir das Hemd. Dann tauchte ich wieder auf, und als ich die Augen öffnete, konnte ich neben mir die Umrisse eines Astes ausmachen. Ich griff danach, und obwohl er schlüpfrig war, schaffte ich es, mich mit beiden Händen an ihm festzuklammern. Um mich herum waren noch viel mehr Äste, einige von ihnen waren so groß wie kleine Bäume. Ich zog mich näher an meinen Ast heran und schob meine linke Hand Zoll um Zoll weiter nach oben, um einen besseren Halt zu finden. Wenn ich mich nur festhalten könnte, wäre ich in der Lage, an der Oberfläche zu bleiben und die Äste, die herunterfielen, rechtzeitig zu sehen, um ihnen auszuweichen.

Die Strömung riss meinen Ast mit sich, und als ich ihn fest umklammerte, durchströmte mich plötzlich ein wildes Gefühl der Heiterkeit und Freude, während ich in den Wirbeln und Wogen der reißenden Strömung dahinglitt. Ich hatte mich noch nie so schnell vorwärts bewegt – außer natürlich an Bord eines Mantas oder eines Rochens – und hatte mir noch nie klar gemacht, wie das sein musste. Der Regen prasselte auf meinen Hinterkopf, und mein Körper fühlte sich nicht mehr so kalt an. Stattdessen breitete sich eine beinahe angenehme Taubheit in ihm aus, doch trotz dieser Warnzeichen fühlte ich mich lebendiger als jemals zuvor in meinem Leben.

Ich trat mit den Beinen aus, um meinen Blutkreislauf wieder in Gang zu bringen, während die Strömung mich aus dem Wald und auf das Küstenvorland zutrug, wo der Bach zwischen der Straße und der steinernen Mauer am Rand der Felder verlief. Hier fielen endlich keine Äste mehr ins Wasser, weil es hier keine Bäume mehr gab. Doch es gab auch weniger Schutz vor dem Wind, der über das flache Gelände heulte.

Ich schaute nach vorn und sah die Lichter von Lepidor, die unter der schwach bläulich schimmernden Halbkugel des Aetherschilds glommen, der sich über der Stadt wölbte. Die Mauern kamen näher und näher. Meine Arme waren eiskalt, und trotz der unnatürlichen Heiterkeit hatte ich Angst. Die Kälte zog die Energie aus meinem Körper ab, und ich verfügte nicht über die Körperkraft von Laeas oder selbst Palatine, um ihr noch lange zu widerstehen.

Dann war ich ganz dicht bei den hoch aufragenden Mauern des neuen Stadtviertels. Die Felder zu meiner Linken blieben zurück, wurden zunächst von Gestrüpp und dann vom Strand abgelöst.

Und dann war ich aus der kalten Strömung heraus und trieb in den wärmeren Fluten des Ozeans, die den ganzen Tag lang von der Sonne aufgeheizt worden waren. Ich spürte, wie etwas von meiner Lebensenergie zurückkehrte, und ließ den Ast los. Er hatte mir gut gedient, doch jetzt war es an der Zeit zu schwimmen. Ich wusste, dass die Strömung, die unterhalb der Mauern des neuen Viertels verlief, mich bis zum Unterwasserhafen tragen würde, und daher schlug ich mit dem letzten Quäntchen Kraft, das ich noch hatte, kräftig mit den Beinen aus.

Meine Muskeln fühlten sich bleischwer an, doch ich schaffte es, aus dem ruhigen Wasser bei der Mündung des Bachs dorthin zu kommen, wo die Strömung entlang des Strandes verlief. Die Meeresoberfläche war von Regentropfen gekräuselt, und die Wogen warfen sich gegen die Mauern zu meiner Rechten. Der Hafen schien plötzlich entsetzlich weit weg zu sein. Ich war bereits völlig erschöpft; wie sollte ich es schaffen, den ganzen Weg dorthin zu schwimmen?

Lepidor, sagte ich mir immer wieder. *Du bist der Einzige, der die Stadt retten kann … der die Stadt retten kann … retten kann. Du hast die wichtigste Aufgabe, Cathan. Wenn du es nicht schaffst, ist alles, was die anderen tun, umsonst …* Aber mir war so kalt, und ich war so müde; ich hatte meinen Vater enttäuscht, und ich wollte ihm nicht unter die Augen treten.

Aber jetzt willst du ihn nicht enttäuschen, sagte ich zu mir. *Du bist der Einzige, der ihn warnen kann.*

Ich schwamm immer noch, doch meine Bewegungen wurden immer langsamer, und selbst die relative Wärme des Meeres half nicht viel, während ich mich im Rhythmus der Wellen auf und nieder bewegte. *Mit* den Wellen zu schwimmen, war fast noch schlimmer, als den reißenden Bach hinabzurasen.

Dann erschreckte mich ein unheimliches Geräusch zu meiner Linken fast zu Tode. Einen Augenblick später entspannte ich mich wieder, als ein Seehund auftauchte und den Sturm anbellte, um danach wieder in der Tiefe zu verschwinden. Er war nahe genug gewesen, dass sein Gebell nicht vom Sturm verschluckt worden war. Einen Augenblick später sah ich einen zweiten, ein Stück weiter voraus.

Sie können es – warum kannst du es nicht auch? Aber ich hatte nicht mehrere Speckschichten, sondern nur ein nasses Hemd und ein Paar Hosen. *Schwimm weiter.*

Und irgendwie schwamm ich weiter, durch die Brecher, an den Mauern entlang, während meine Gedanken immer langsamer flossen und ich mir nicht einmal mehr sicher war, wer ich eigentlich war. Etwas schlug kräftig gegen meinen rechten Unterarm – den, um den ich mir die Lederriemen gewickelt hatte. Ich schaute mich langsam und empört um, wollte wissen, wer dafür verantwortlich war. Einen Augenblick später tauchte ein schnurrbärtiger Kopf vor mir auf, und ich hörte ein durchdringendes Bellen nur wenige Zoll von meinem Ohr entfernt. Die Seehunde verhielten sich mir gegenüber alles andere als furchtsam; ich bezweifelte, dass ich einen sehr bedrohlichen Eindruck machte.

Dann kam ich zu der Stelle, wo das neue Stadtviertel ins Hafenviertel überging. Nur noch ein paar Dutzend Fuß zur Rechten und unter mir glommen schwach die Warnlichter des Unterwasserhafens.

Ich schaute mich ein letztes Mal um. Verschwommen kam mir in den Sinn, dass dies sehr wohl das letzte Mal sein könnte, dass ich die Stadt und den Himmel sah – *nein, das wird nicht geschehen, oder du wirst ewig an dieser Schuld tragen* –, dann schlug ich kräftig mit meinen müden Beinen aus und tauchte.

Unter Wasser, im fremdartigen rötlich-weißen Licht der Lampen, sah ich die Seehunde, die in einem stummen Tanz hierhin und dorthin schossen und in Planktonwolken knapp unter der Oberfläche vom Licht angestrahlt faul dahintrieben. Das Ganze war fast schon ein Ballett – eine Welt, die weit entfernt war vom Wüten des Sturms.

Ich will nicht sterben, nicht hier und nicht jetzt, nicht solange noch so viele Dinge nicht erledigt sind. Eines Tages würde ich mir das gern noch einmal ansehen, wenn ich es wirklich genießen kann.

Unter mir ragte die oberste Landungsbrücke ins düstere Zwielicht, und ich konnte die Lichter der Nabe erkennen. Weniger als sechzig Fuß von mir entfernt und nur ein paar Fuß unter der Wasseroberfläche befanden sich die Vorderseite der Klippe und ein überhängender Vorsprung, der den Eingang zum südlichsten Mondteich des Hafens darstellte, von dem aus die Reparaturtrupps tauchten. Ich schwamm darauf zu, mitten durch die anmutig tanzenden Seehunde; irgendwie gehorchten mir meine Arme und Beine wieder. Ich sah den weißen Schimmer der Aether-Lampen, die immer anblieben, falls einmal jemand draußen festsitzen sollte, und dann tauchte ich unter der scharfen Felskante hindurch, und stieg empor, tauchte im Mondteich auf, wo die Helligkeit der Aether-Lichter mich beinahe betäubte.

Meine Füße tasteten nach der Leiter; sie waren so kalt, dass ich die Sprossen kaum spüren konnte, als ich sie gefunden hatte. Ich zog mich hinauf und brach vollkommen erschöpft auf der hölzernen Plattform zusammen.

Ich hatte keine Ahnung, wie lange ich halb betäubt dort gelegen hatte; irgendetwas drückte gegen meinen Oberschenkel, aber ich bewegte mich nicht. Ich war kurz davor, ohnmächtig zu werden, doch mir war klar, dass ich das nicht durfte. Ich zog mich hoch und aktivierte eines der Trockenzimmer – eine Mauernische mit Schlitzen an den Wänden und der Decke, durch die heiße Luft strömte. Ich konnte mich nicht mehr daran erinnern, ob das gefährlich war, aber ich musste irgendwie meinen Blutkreislauf wieder in Gang bringen, sonst würde ich es noch nicht einmal schaffen, die Stufen hochzuklettern, die zu der Hütte über mir hinaufführten, die sich direkt an der Stadtmauer befand.

Den Rücken an eine Wand gelehnt saß ich mehrere Minuten lang in dem heißen Luftstrom, bis meine Kleider endlich zu trocknen begannen und ich mich imstande fühlte, weiterzugehen. Ich durfte keine Zeit verlieren; ich wusste nicht, wie lange der Sturm noch andauern würde. Es konnte noch stunden- oder gar tagelang so weitergehen, doch wenn es nicht mehr so lange dauern würde, musste ich mich beeilen. Ich war so weit gekommen; ich wollte jetzt nicht hier scheitern, nur weil es bequemer wäre.

Meine Kleider waren beinahe trocken. Ich schaltete den Luftstrom aus und tappte mit unsicheren Schritten zu der Leiter hinüber. Ich konnte meine Beine nicht besonders gut spüren – und somit auch nicht bewegen –, und es war die reinste Qual, mich hochzuziehen, während meine Knie immer wieder unter mir nachgeben wollten.

Ich kam im dunklen Innern der Tauchkabine heraus. Die Tür war verschlossen, doch ich hatte keine Zeit, nach dem Schlüssel zu suchen. Ich machte das Licht an, suchte unter all dem Werkzeug nach einem schweren Gegenstand und zerschmetterte das Schloss mit ein paar schweren, ungenauen Schlägen, die das Holz der Tür fast ebenso sehr beschädigten wie das Schloss.

Ich befand mich am hinteren Ende des Hafenviertels, ganz in der Nähe des Gebäudes der Ozeanografen. Taumelnd marschierte ich durch die verlassenen Straßen; der Regen fiel hier, im Innern der Stadt und des Aetherschilds, weit weniger heftig als draußen. Dennoch waren meine nur halb getrockneten Kleider schnell wieder durchnässt, und ich begann erneut zu frieren. Ich verletzte mir den Fuß an einem spitzen Stein, und von da an schoss mir bei jedem Schritt ein stechender Schmerz durchs Bein. Ich konnte das klebrige Blut an meinem Fuß spüren, doch ich durfte nicht stehen bleiben, um irgendetwas dagegen zu tun.

Unter Schmerzen humpelte ich durch die Straßen zum Tor zum Palastviertel. Niemand hielt mich auf. Natürlich, die Wachen würden im Torhaus sitzen und würfeln und trinken. Die Hauptstraße war verlassen, weil jeder, der seine fünf Sinne beisammen hatte, sich um diese Zeit an einem stürmischen Tag drinnen befand; hinter den Rollläden der meisten Fenster konnte man Lichter sehen, warm und einladend.

Ich musste meine Rückkehr geheim halten. Vor allem der Avarch durfte nichts davon erfahren. Midian hatte ohne Zweifel etwas mit dieser misslichen Lage zu tun, und je weniger er mitbekam, desto besser. Ich nahm die erste Seitenstraße zur Linken und folgte den kleineren Gässchen zur Hintertür an der Rückseite des Palasts. Als ich hinter dem Tempel vorbeiging, ertönte die Glocke: Es war die neunte Stunde, früher, als ich gedacht hatte. Im Palast war bestimmt noch jemand wach.

Zum Glück hatten die Wachen die Hintertür noch nicht abgeschlossen, denn den passenden Schlüssel hätte ich nicht dabeigehabt. Ich zuckte zusammen, als die Tür knarrend hinter mir zufiel, doch dann war ich sicher im regennassen Palastgarten. Ich trat auf das Gras, das sich unter meinen schmerzenden Füßen weich anfühlte.

Wie kam ich in den Palast, ohne gesehen zu werden? Es brauchte mich nur ein Mensch zu sehen und es Midian zu erzählen, und der Plan wäre gescheitert, dessen war ich mir sicher. Ich schaute nach oben und konnte gerade noch die der Stadt zugewandten Fenster sehen, die zu den Räumen meiner Eltern gehörten, doch dort brannte kein Licht. Auch bei Atek war alles dunkel. Doch – den Himmeln sei Dank – bei Ravenna brannte noch Licht.

Ich stieß mir den Zeh an und fiel auf die Knie. Ich hatte kaum noch genug Kraft zu stehen, daher kroch ich über den Rasen zu dem Weg, der unter Ravennas Fenster entlangführte. Ich kroch bis zu seinem Rand, hob ein paar kleine Steinchen auf und richtete mich wacklig wieder auf. Ich warf die Steinchen, doch sie verfehlten das Ziel und trafen stattdessen das Rosenspalier, das die Wand zwei Fenster weiter bedeckte. Auch mein zweiter, dritter und vierter Versuch gingen fehl, doch zum Glück steckte niemand den Kopf aus einem der Fenster.

Beim fünften Versuch traf ich Ravennas Fenster mit einem Schauer kleiner Kieselsteine. Ich wartete, doch nichts geschah. War sie gar nicht in ihrem Zimmer? Ich versuchte es noch zweimal, wobei ich beim ersten Mal schon wieder mein Ziel verfehlte.

Dann stieß ich einen erleichterten Seufzer aus, als sich das Fenster öffnete und sie heraussspähte.

»Ist da jemand?«, fragte sie; ich stand am Fuß der Mauer im Schatten.

»Ravenna!«, rief ich, doch es war nur ein Krächzen. Ich versuchte es noch einmal. »Ravenna! Ich bin's, Cathan!«

»Ich kann Euch nicht verstehen«, sagte sie. »Wer ist da?«

Ich hätte vor Verzweiflung beinahe aufgeschluchzt. »Ich bin's – Cathan!«

»Ich kann Euch noch immer nicht verstehen, wer Ihr auch seid«, sagte sie. »Wartet einen Augenblick, ich komme runter.«

Ich sank wieder aufs Gras, achtete nicht auf den Regen und den Schlamm an meinen Kleidern und wartete nur einfach auf sie. Es schien eine Ewigkeit zu dauern, bis sich endlich eine Tür öffnete und ich Schritte hörte. Ein Lichtschein fiel auf das Gras. Dieses Mal sah Ravenna mich sofort und kam zu mir gerannt.

»Wer ... in Thetis' Namen, Cathan! Was ist denn mit dir passiert?«

»Stammeskrieger«, krächzte ich. »Bin geflohen. Du musst mich reinbringen ... niemand darf mich sehen ... Nachricht von Palatine.«

»Ich bin nicht stark genug, um dich zu tragen«, sagte sie. »Geht es, wenn du dich auf mich stützt?«

Ich versuchte aufzustehen, schaffte es jedoch nicht.

»Du hast dir den Fuß verletzt.« Sie ging um mich herum und stellte sich auf meine andere Seite, zog mich hoch. Ich legte ihr einen Arm um die Schulter, kam wacklig auf die Beine und stützte mich dabei schwer auf sie. Qualvoll langsam stolperten wir hinein, und ich lehnte mich gegen die Wand, während sie die Tür schloss. Dann stiegen wir zwei Wendeltreppen hinauf und gingen in Ravennas Zimmer. Jeder Schritt war eine Qual und sandte eine Lanze aus Schmerz durch meinen Fuß. Sie ließ mich sanft auf ihr Bett sinken, und ich fiel erschöpft um.

Ich sagte kein Wort, während sie ein Stück Stoff um meinen Fuß wand, um die Blutung zu stillen, doch dann wurde mir klar, dass ich es noch nicht zu Ende gebracht hatte.

»Bitte … kannst du gehen und meinen Vater holen … ich muss ihm eine Nachricht überbringen … niemand sonst darf davon wissen.«

»Bist du sicher, dass du in Ordnung bist?«

Ich nickte schwach, und sie eilte davon.

Während ich auf Ravennas Bett lag und jede einzelne meiner Prellungen schmerzhaft pochte, tat ich nichts weiter, als an die Decke zu starren. Unter den Decken wurde mir ungemütlich warm, aber ich konnte mich nicht bewegen.

Es konnten nur wenige Minuten vergangen sein, bis mein Vater ins Zimmer gestürzt kam; Ravenna war dicht hinter ihm. Sonst war niemand zu sehen.

»Himmel, Cathan, was ist denn mit dir passiert?«, stieß mein Vater hervor. Er durchquerte mit zwei langen Schritten den Raum, Entsetzen malte sich auf seinem Gesicht. »Wir haben gehört, dass du von den Stammeskriegern gefangen genommen worden bist. Einer unserer Waldarbeiter hat gesehen, wie sie dich in die Mine gebracht haben, und hat es geschafft, sich davonzustehlen und uns Bescheid zu sagen.«

»Ich bin geflohen«, antwortete ich mit schwacher Stimme. »Bin den Bach heruntergekommen, aber das ist jetzt nicht wichtig.« Ich erzählte ihm, was Palatine gesagt hatte, Wort für Wort, so gut ich mich daran erinnern konnte. Nur einmal fragte er nach, um sich etwas bestätigen zu lassen.

»Es ist der einzige Ausweg, der uns bleibt«, sagte mein Vater. »Und soweit ich es sehen kann, ist es ein guter Plan. Aber wie können wir die Gefangenen befreien, ohne dass ich da mit hineingezogen werde?«

»Im Tempel gibt es ein Mädchen – Elassel. Ich kenne sie flüchtig. Sie ist die Tochter eines der Priester, aber sie hasst Midian und die Domäne. Ich glaube, sie ist so eine Art Spezialistin für Fluchtversuche; sie sollte in der Lage sein, dir zu helfen.«

»Wie sieht sie aus?«, fragte Ravenna.

»Lockiges braunes Haar, rabiater Gesichtsausdruck.«

»Die kenne ich«, sagte mein Vater. »Aber wer wird mit ihr Kontakt aufnehmen?«

»Ich«, entschied Ravenna. »Wenn sie mir hilft, lasse ich die Gefangenen frei. Gibt es noch irgendjemanden, dem wir trauen können? Ich glaube nicht, dass zwei Leute reichen.«

»Ich werde losgehen und jemanden suchen. Aber zuerst kümmere ich mich um einen Heiler.«

»Vater, bitte«, flehte ich. »Hol den Heiler, aber lass dir nicht zu viel Zeit.«

»Keine Sorge.« Er beugte sich über mich und packte mich einen Augenblick an den Schultern, dann ging er hinaus.

Die Welt um mich herum begann wieder zu verschwimmen; ich sah Ravennas besorgtes Stirnrunzeln.

»Ich werde sie finden und sie befreien«, sagte sie.

Plötzlich verspürte ich ein überwältigendes Schlafbedürfnis und schloss die Augen. Ich spürte, wie sie meine Hand nahm, und ich versuchte, noch etwas zu sagen. Doch die Worte wollten nicht heraus, und dann dämmerte ich in den Schlaf hinüber.

Was in dieser Nacht sonst noch geschah, erfuhr ich von meinem Vater, Palatine und Elassel, als ich wieder aufwachte.

Mein Vater hatte gerade mit Atek gesprochen, und als er mein Zimmer verließ, eilte er zurück in sein Arbeitszimmer. Er erzählte dem Ersten Ratgeber nichts von dem Plan, die Gefangenen zu befreien – je weniger Leute davon wussten, desto besser. Aber er befahl Atek, so unauffällig wie möglich die Soldaten zusammenzurufen und den Hauptmann der Wache – einen Veteranen und alten Kampfgefährten von ihm – holen zu lassen. Dann schickte er zwei meiner Vettern los; einer sollte Elassel bitten, vom Tempel hierher zu kommen, während der andere Tetricus herbeirufen sollte.

Als der Bote eintraf, hatte Elassel gerade ihren grünen Mantel auf den Boden geworfen und ihren Lautenkasten unter dem Bett hervorgezogen. In der winzigen Kammer, die ihr hier als Zimmer diente, war kaum genügend Platz, um zu üben, und es gab auch keinen Notenständer, aber sie würde es schon hinkriegen. Sie hatte die Noten gerade auf dem kleinen Tisch aufgestellt und die Laute aus ihrem Kasten genommen, als jemand an die Tür klopfte. Schnell schob sie die Laute wieder unter das Bett und schaffte die Noten beiseite – für den Fall, dass es Midian oder einer seiner Handlanger war – und rief: »Herein.«

Doch es war nicht der Priester, sondern ein junger Mann mit zerzausten Haaren und unsicherer Miene.

»Was willst du?«, fragte Elassel. Sie war verärgert, dass er ihre Übungsstunde unterbrochen hatte. Wegen des Sturms hatte sie nicht draußen üben können, und dann hatte dieser schreckliche Wirbel angefangen – von wegen eines Angriffs der Stammeskrieger. Sie machte sich große Sorgen um Cathan; ihre Eltern hatten ihr schlimme Geschichten davon erzählt, was die Stammeskrieger Gefangenen selbst in den friedlicheren Gebieten antaten, in denen sie gearbeitet hatten.

»Seid Ihr Elassel?«

»Wer sollte ich denn sonst sein?«

Er zuckte zusammen, und Elassel beschloss, ein bisschen netter zu ihm zu sein – schließlich gehörte er nicht zur Domäne.

Der junge Mann schaute nervös den Gang entlang und sagte

dann leise: »Graf Elnibal ersucht um Eure Anwesenheit im Palast; er würde in einer bestimmten Angelegenheit gern Eure Hilfe in Anspruch nehmen.«

»Und er hat wirklich mich gemeint? Bist du dir da auch sicher?«

»Vollkommen. Beeilt Euch bitte. Ich möchte nicht, dass uns hier jemand sieht.«

Elassel zog wieder ihren grünen Mantel an. Dann schlich sie mit dem Boten durch die Unterkünfte der Dienerschaft zum Lieferanteneingang; es war ziemlich unwahrscheinlich, dass sich um diese Zeit ein Priester für die Bediensteten interessierte.

Im strömenden Regen rannten sie durch die dunklen Straßen, und der Bote führte sie durch den Hintereingang des Palastes und dann die gleiche Treppenflucht empor, die mir Ravenna einige Zeit zuvor hinaufgeholfen hatte. Sie sah das getrocknete Blut auf den Stufen und fragte, von wem es stammte. Der Bote zuckte nur die Schultern.

Er geleitete sie durch einen vornehmen, mit Teppichen ausgelegten Korridor im Obergeschoss und in ein großes Arbeitszimmer, das von getönten Aether-Lampen in ein warmes Licht getaucht wurde. Hinter dem Schreibtisch saß ein Mann. Sie wusste, dass dies der Graf war, obwohl er heute Nacht sehr vergrämt aussah; auf einem Stuhl vor den Bücherregalen, die eine Wand bedeckten, saß ein ernstes, dunkelhaariges Mädchen.

Der Graf erhob sich und neigte leicht den Kopf. Elassel verbeugte sich schwungvoll; sie hatte noch nie viel vom Hofknicks gehalten.

»Ihr müsst Elassel sein«, sagte der Mann. »Ich bin Graf Elnibal; das hier ist Ravenna.«

Das Mädchen auf dem Stuhl nickte grüßend. Sie wirkte ziemlich kühl und zurückhaltend.

»Was kann ich für Euch tun?«, erkundigte sich Elassel.

»Bevor wir anfangen … Würdet Ihr einen Eid schwören, dass Ihr niemals etwas von dem erzählen werdet, was Ravenna und ich Euch gleich sagen werden, falls Ihr Euch entscheiden solltet, uns nicht zu helfen?«

Elassel fragte sich, was sie wohl vorhatten – und was eigentlich los war. Wozu diese ganze Geheimnistuerei? Und wie sollte sie ihnen von Nutzen sein? Aber wie auch immer, es klang interessant, also schwor sie bei Ranthas.

»Gut«, sagte der Graf, nachdem sie ihren Schwur geleistet hatte. »Und nun – was wisst Ihr über das, was heute geschehen ist?«

»Es hat einen Angriff der Stammeskrieger gegeben, und Cathan wurde gefangen genommen. Ich habe gehört, die Stammeskrieger kontrollieren die Mine und den Pass.«

»Neuigkeiten reisen schnell«, bemerkte Ravenna.

»Was allerdings noch niemand außerhalb dieses Raumes weiß, ist, dass Cathan aus der Mine entkommen ist. Er ist den Fluss heruntergeschwommen und hat es bis hierher geschafft.«

Cathan war entkommen … bei Ranthas! Und das, indem er während eines Sturms den Fluss hinuntergeschwommen war? In ihm steckte viel mehr, als auf den ersten Blick zu erkennen war. Sie hätte sich nie vorstellen können, dass jemand, der so dünn und zerbrechlich aussah, so etwas schaffen könnte.

»Bevor er zusammengebrochen ist – er wird sich nebenbei bemerkt schon bald wieder erholen –, hat er gesagt, dass Ihr vielleicht in der Lage sein könntet, uns bei unserem Plan zu helfen, mit dem wir das Vorhaben der Stammeskrieger vereiteln wollen, die sich wahrscheinlich gerade sammeln, um die Stadt anzugreifen. Es könnte sein, dass es einen Verräter in der Stadt gibt.«

»Was soll ich also tun?«

»Helft uns, die Stammeskrieger zu befreien, die Midian eingesperrt hat, und sie zu den Toren zu bringen. Und falls Ihr Euch Sorgen macht – wenn der Plan gelingt, wird niemand auch nur die geringste Ahnung haben, wer es getan hat.«

Elassel dachte einen Augenblick lang nach. Wenn sie erwischt wurde, trug ihr das höchstwahrscheinlich ernsthafte Probleme ein, und sie hatte nicht vor, sich noch einmal einsperren zu lassen – auch wenn Midians Büßerzellen verglichen mit den Gefängnissen von Haleth das reinste Paradies waren. Und sie war Musikerin, keine Geheimagentin. Andererseits jedoch – warum nicht? Es wäre ein Denkzettel für diesen lüsternen, scheinheiligen Bastard Midian, und sie würde außerdem noch ein paar neue Bekanntschaften schließen.

»Ich werde Euch helfen«, entschied sie. »Ist sonst noch jemand daran beteiligt?«

»Ravenna ist für alles verantwortlich, und dann gibt es noch einen Ozeanografen namens Tetricus, einen alten Freund von Cathan. Er ist ebenfalls hergerufen worden. Aber Ihr seid die Einzige, die das Innere des Tempels kennt und weiß, was dort gerade vorgeht.« Der Graf schritt um seinen Schreibtisch herum und ging zur Tür. »Ich muss jetzt meine Soldaten antreten lassen. Ravenna leitet dieses Unternehmen. Ist das klar?«

Elassel protestierte nicht.

»Der Hauptmann meiner Wache wird in wenigen Minuten hier sein, um Euch ein paar Hilfsmittel zu übergeben. Außerdem könnt Ihr ihn dann auch erkennen, wenn Ihr ihn am Torhaus seht. Ich wünsche Euch beiden viel Glück.«

Kurz nachdem der Graf gegangen war und noch bevor Ravenna etwas sagen konnte, klopfte es an der Tür.

»Herein«, sagte Ravenna.

Der Neuankömmling musste Tetricus sein, vermutete Elassel. Er war ungefähr ebenso groß wie Cathan, aber damit hörten die Gemeinsamkeiten auch schon auf. Tetricus war so breitschultrig und stämmig wie Cathan schlank war. Er hatte struppiges schwarzes Haar, ein breites, grob geschnittenes Gesicht und große Hände.

»Guten Abend, Tetricus«, begrüßte Ravenna ihn. Zum ersten Mal bemerkte Elassel, dass ihre Stimme völlig tonlos war, dass sie immer gleich emotionslos und kurz angebunden klang.

Ravenna stellte Tetricus Elassel vor und ließ ihn ebenfalls Verschwiegenheit schwören, ehe sie ihm berichtete, was der Graf und sie bereits Elassel erzählt hatten. Die beiden schienen damit gerechnet zu haben, dass er mitmachen würde, und Tetricus zögerte auch keine Sekunde, seine Bereitschaft zu bekunden.

»Wie sollen wir das anstellen?«, fragte er. »Und wann?«

»Es muss geschehen, bevor der Sturm abflaut«, sagte Ravenna. »Aber ich habe nicht die geringste Ahnung, wann das sein wird. Elassel, wie sehen die Sicherheitsmaßnahmen im Tempel aus, und wann werden möglichst wenig Menschen wach sein?«

»Er hält die Männer in den Büßerzellen gefangen, die alle an einem kurzen Korridor liegen, in den nur ein Weg hineinführt – oder heraus. Sie werden die ganze Zeit von einem bewaffneten Diener bewacht. Ich glaube, Midian oder einer seiner Kumpane hat die Schlüssel; das ist aber kein Problem. Die meisten im Tempel werden um elf Uhr im Bett sein, und um Mitternacht dürften dann so ziemlich alle außer einem nächtlichen Wachposten, der seine Runden macht, schlafen. Der ganze Tempel ist von einem Flammholzschild umgeben, doch den kann ich von innen ausschalten, wenn ich mit dem Wachposten fertig geworden bin.«

»Wie nahe liegen die Büßerzellen bei den Schlafräumen?«, wollte Tetricus wissen.

»Sie liegen darunter, im Keller bei den Lagerräumen. Es führt nur ein einziger Weg hinunter, und der beginnt in der Hauptvorhalle.«

»Es sieht so aus, als ginge es darum, den Wachposten und den Diener, der die Gefangenen bewacht, auszuschalten, und dann die Türen zu öffnen«, meinte Tetricus. »Ziemlich einfach, wenn wir Blasrohre mit Betäubungspfeilen benutzen. Die Stammeskrieger verwenden so etwas auch; es wird also überzeugend aussehen – als ob ihre eigenen Leute eine Rettungsaktion durchgeführt hätten.«

»Aber zuerst müssen wir Euch irgendwie in den Tempel kriegen, und wenn wir erst die Zellen geöffnet haben, müssen wir die Gefangenen aus dem Tempel und durch die Stadt führen, ohne dass es jemand merkt. Wir können das Haupttor nicht öffnen, ohne alle aufzuwecken, also müssen wir irgendwie anders hineinkommen.«

»Habt Ihr eine Idee, Elassel?«, fragte Ravenna.

»Ich schätze, Ihr werdet über die Mauer klettern müssen«, antwortete sie nach einer kurzen Pause. »Wir brauchen gepolsterte Greifhaken, wenn Ihr so was habt.«

»Kein Stammeskrieger würde so etwas besitzen.«

»Nun kommt schon, niemand wird glauben, dass tatsächlich Einheimische in der Stadt waren«, sagte Elassel spöttisch. »Alle werden annehmen, dass sich hier noch mehr Verräter herumtreiben.«

»Können wir das Haupttor öffnen, wenn wir wieder herauskommen?«, fragte Tetricus.

»Es ist verriegelt. Es dürfte nicht schwer sein, den Querbalken beiseite zu schieben, aber es wird einen Höllenlärm machen.«

Als Elassel einige Zeit später in der Dunkelheit hinter einer Säule hockte und darauf wartete, dass der Wachposten an ihrem Versteck vorbeikam, schien das Ganze plötzlich gar nicht mehr so einfach. Ihre Beine waren völlig verkrampft, und sie war sich nicht sicher, ob sie schnell genug aufspringen könnte, wenn es so weit war. Wo blieb der Kerl nur, um Ranthas' willen? Sie starrte zu der abgeschirmten Aether-Lampe an der gegenüberliegenden Mauer hinüber, der einzigen Lichtquelle in diesem Teil des Tempels. Diese Lampe und die Malereien an der Wand dahinter waren alles, was sie klar und deutlich erkennen konnte.

Schließlich hörte sie, wie sich Schritte näherten. Sie zog einen der kleinen Pfeile aus dem Köcher, wobei sie vorsichtig darauf achtete, dass die Spitze ihrer Haut nicht zu nahe kam, und steckte ihn in das Blasrohr. Sie konnte sich daran erinnern, dass sie schon einmal ein Blasrohr benutzt hatte, doch der Hauptmann der Wache hatte ihnen allen dreien eine kurze Einweisung zuteil werden lassen und sie gewarnt, dass die Reichweite dieser Waffe nur etwa ein Dutzend Fuß betrug.

Elassel setzte das Blasrohr an die Lippen, zielte ungefähr dorthin, wo der Bauch des Wächters – das größte Ziel – sein würde, und wartete. Einen Augenblick später tauchte der Mann auf der anderen Seite der Säule auf, eine gedrungene, mürrisch dreinblickende Gestalt in groben Hosen und einem ebensolchen Wams, die eine abgeblendete Laterne in der Hand hielt. In dem Augenblick, als sie den Pfeil abschoss, fragte sie sich, ob er wohl durch all die Schichten aus grobem Stoff dringen würde.

Sie hätte sich keine Sorgen zu machen brauchen. Eine Sekunde später stieß der Wachposten einen gedämpften Fluch aus und schlug sich gegen die Seite. Er sah sich um, starrte direkt zu ihr herüber und machte einen Schritt auf sie zu. Elassel wich voller Furcht zurück, obwohl ihr Gesicht vollständig verhüllt war und sie sich im Schatten befand.

Und dann, während der Mann die wenigen Schritte zwischen ihnen zurücklegte, gaben seine Beine plötzlich nach und er stürzte zu Boden. Sein Gesicht war zu einer erstaunten Grimasse verzogen. Als Elassel sich aus ihrem Schlupfwinkel herausgewunden hatte, schlief er bereits tief und fest.

Danach war es ein Kinderspiel, die Schlüssel von seinem Gürtel zu nehmen und zu seinem winzigen Dienstraum im Hof hinüberzugehen, wo sich die Kontrollen für den Aetherschild befanden. Sie lagen hinter einer Schutzverkleidung, doch sie erwischte schon beim ersten Versuch den richtigen der fünf oder sechs Schlüssel an der Kette, öffnete die Verkleidung, legte die Hand auf die in einem kalten Licht schimmernde Konsole dahinter und konzentrierte sich darauf, den Schild abzuschalten. Was für ein Glück, dass noch niemand herausgefunden hatte, wie man Aether-Konsolen wirklich sichern konnte. Jeder konnte sie benutzen.

Das schwache, winselnde Geräusch erstarb. Der Schild war ausgeschaltet.

Elassel ging gerade noch rechtzeitig zurück auf den Hof, um Tetricus über die Mauer klettern zu sehen. Er sprang herunter und gesellte sich zu Ravenna, die sich bereits im Hof befand.

»Gut gemacht«, flüsterte Tetricus; Ravenna sagte nichts.

»Hier entlang.« Elassel stellte fest, dass ihr die ganze Sache einen Heidenspaß machte, während sie durch den verdunkelten inneren Torweg und in das Vorzimmer krochen. Zu ihrer Linken gähnte die schwarze Mündung des Treppenschachts; nur unten am Fuß flackerte ein schwaches Licht.

»Fertig?«, fragte Ravenna mit einer Handbewegung. Die beiden anderen nickten.

Sie zog einen Ball aus einer Tasche an ihrem Gürtel, ein weiches Kinderspielzeug aus zusammengebundener Schnur, und ließ ihn die Treppe hinunterrollen.

Einen Augenblick später tauchte der Diener auf. Er beugte sich über den Ball, der vor einer Wand liegen geblieben war. Die beiden schossen ihre Pfeile ab, ehe er sich wieder zurückziehen konnte. Elassel hörte einen Ausruf, in dem Überraschung und Schmerz mitschwangen, und ein paar schnelle Schritte, bevor der Diener ebenfalls zusammenbrach.

Der Korridor lag wieder völlig im Dunkel, und das einzige Geräusch, das zu hören war, waren leise, tiefe Atemzüge. Ravenna nickte Tetricus zu, der zur vordersten Zelle ging und leise etwas durch die Gitterstäbe rief.

Er bekam keine Antwort, und ein paar schreckliche Sekunden lang fragte sich Elassel besorgt, warum keiner der Gefangenen antwortete. Dann erschien ein Stammeskrieger an der Zellentür. Sein Misstrauen war ihm deutlich anzusehen, als er viel zu laut fragte: »Was?«

»Psst!«, zischte Tetricus. »Wir sind hier, um euch zu retten.«

»Uns retten?«, fragte der Händler undeutlich. »Warum?«

»Wir sind Feinde des Priesters, der euch gefangen genommen hat, und euer Stamm wartet auf euch. Werdet ihr uns helfen, eure Kameraden zu wecken, und dann leise mitkommen? Wir müssen euch zum Stadttor bringen; es gibt keine andere Möglichkeit, die Stadt zu verlassen.«

»Wartet eine Sekunde.« Der Mann verschwand wieder im Dunkel der Zelle. Einen Augenblick später hörte Elassel Getuschel und Gemurmel. Die Männer berieten sich. Dann tauchte der Sprecher wieder auf. »Ja, wir kommen mit.«

Elassel machte sich an den Schlössern zu schaffen. Sie übergoss sie mit Säure aus einer Phiole, die sie in ihrem Bündel gehabt hatte, und nur kurze Zeit später standen acht schlaftrunkene barbarische Händler neben ihnen im Korridor. Sie schafften es fast bis auf den Hof, ehe sie jemandem begegneten. Eine Gestalt tauchte aus einem der Seitengänge auf, und Tetricus drehte sich um und schoss einen seiner Pfeile auf sie ab. Die Gestalt stieß einen Schrei aus, und Elassel erkannte die Stimme ihrer Stiefmutter. Sie versuchte zurückzulaufen, doch Tetricus verstellte ihr den Weg.

»Was machst du denn?«, flüsterte er.

»Sie ist meine Stiefmutter«, jammerte Elassel verzweifelt.

»Ihr passiert nichts. Und jetzt lauf!«

Sie führten die Barbaren hinaus in den Hof, und Tetricus und Ravenna schoben den Querbalken vor dem Haupttor zurück. Genau wie Elassel es vorhergesagt hatte, quietschte er dabei wie ein verwundetes Tier.

Danach konnte sie sich nur noch an eine wirre Flucht durch regennasse Straßen erinnern, während hinter ihnen im Tempel Schreie ertönten. Irgendjemand hatte mitgedacht und das Tor zwischen den beiden Stadtvierteln offen gelassen, doch sie begegneten niemandem, bis sie das dem Landesinnern zugewandte Tor des neuen Stadtviertels erreichten. Völlig außer Atem stolperte Elassel in den Schutz des Torbogens, wobei sie beinahe gegen eine Mauer gelaufen wäre. Doch irgendjemand streckte einen Arm aus, um sie aufzuhalten, und als sie aufschaute, blickte sie in das verwitterte Gesicht des Hauptmanns der Wache.

»Alles in Ordnung«, beruhigte er sie. »Ich habe alles unter Kontrolle.«

In diesem Moment ertönte irgendwo über ihnen ein *Wuuusch!*, und einen Augenblick später war die Stadt in einen unheimlichen blauen Schimmer getaucht, während die Doppelexplosion einer Leuchtkugel zu vernehmen war.

Jemand anderes kam und half Elassel ins Torhaus. Sie hörte Hufgetrappel, und einen Augenblick später sah sie, wie die zottigen Ponys der Barbaren gebracht wurden, die hoch mit Waren beladen waren.

»Sagt euren Häuptlingen«, hörte sie den Hauptmann der Wache sagen, »dass …«

Die Wachen brachten sie und die anderen nach drinnen, weg von der Kälte und der Nässe, und führten sie nach oben, damit sie am Feuer im Wachraum ihre Kleider trocknen und sich aufwärmen konnten. Elassel schaute aus dem Fenster und sah, wie die Händler eng zusammengedrängt im Sturm auf dem Dammweg von der Stadt fortritten.

Einen Augenblick später explodierten zwei Flammholz-Granaten direkt über dem Rand des Waldes, in dem die Stammeskrieger auf der Lauer lagen. Das sollte wohl eine Warnung sein. Und dann – gleichsam zur Antwort – sah sie etwas über dem Tal aufblitzen, einen hellen Lichtblitz, der fast unverzüglich wieder vom strömenden Regen ausgelöscht wurde.

»Sie haben es geschafft«, verkündete der Hauptmann sehr zufrieden. »Das kam von der Mine.«

Also hatte auch Palatine Erfolg gehabt. Das würde Midian eine Lehre sein.

Kapitel XXIV

Ich erwachte in meinem Zimmer; Sonnenlicht fiel durch Lücken in den Vorhängen. Es lagen zu viele Decken auf dem Bett, und mir war heiß. Ich rieb mir die Augen und blinzelte zu der Aether-Uhr an der gegenüberliegenden Wand hinüber – der Kreis war ein bisschen mehr als halb erleuchtet. Dem Sonnenstand nach zu urteilen musste es ungefähr sechs Uhr morgens sein.

Aber an welchem Tag? Ich konnte mich daran erinnern, dass ich auf Ravennas Bett zusammengebrochen war, nachdem ich meinem Vater Palatines Botschaft überbracht hatte – und dann an nichts mehr. Das war doch bestimmt nicht erst vor zehn Stunden gewesen? Aber wenn nicht, dann wäre es fast zwei Tage her, und in diesem Fall hätte ich wirklich *sehr* lange geschlafen. Dazu hätte immerhin gepasst, dass ich furchtbar hungrig war.

Ein Heilschlaf würde alles erklären. Ich wusste, dass das eine der besten Heilmethoden war.

Ich kroch aus dem Bett, stand auf und fluchte, als ein stechender Schmerz durch mein Bein schoss. Den Schnitt in meiner Ferse hatte ich schon völlig vergessen. Ich wollte nachsehen, ob er heilte, doch mein Fuß war mit einem Verband umwickelt. Also zog ich mir etwas über und humpelte ins Badezimmer, um zu duschen. Es war niemand zu sehen, und auch nachdem ich mich angezogen hatte und hinuntergegangen war, war noch niemand auf. Die Bediensteten standen normalerweise um halb sieben auf und mein Vater um sieben; er war schon immer ein Frühaufsteher gewesen.

Ich ging in die Küche. Die Feuer im Herd waren noch nicht neu angefacht worden, und ich holte mir alles, was die Speisekammer für das Frühstück hergab. Normalerweise gab es täglich frische Früchte und frisches Brot, doch beides würde erst in etwa einer halben Stunde geliefert werden.

Aus der friedlichen Ruhe, die im Palast herrschte, schloss ich, dass die Barbaren zumindest keine unmittelbare Bedrohung darstellten. Es fühlte sich nicht so an, als sei Lepidor eine belagerte Stadt. Ich erinnerte mich noch an Lexans Angriff, als ich sieben gewesen war; damals war der Palast rund um die Uhr bewacht worden, und überall in den Korridoren hatten erschöpfte Soldaten geschlafen.

Es waren immer noch keine Bediensteten zu sehen, als ich durch die Hintertür aus dem Palast schlüpfte und die Hauptstraße entlangging. Die Straßen waren trocken, aber das Gras im Garten hatte feucht geglänzt, und zwar nicht vom Tau. Es musste in den letzten paar Stunden geregnet haben.

Das Tempeltor stand offen, wie ich feststellen konnte, als ich an dem Gebäudekomplex vorbeiging, doch ich konnte keinerlei Lebenszeichen entdecken. Ich hätte gern gewusst, ob die Geiseln wohl gerettet worden waren, doch es wäre wahrscheinlich nicht besonders taktvoll gewesen, ausgerechnet jemanden aus dem Tempel zu fragen, selbst wenn schon jemand aufgewesen wäre.

Ich bekam meine Antworten, als ich das Tor zum Landviertel erreichte. Oben auf den Wällen taten zwei Soldaten Dienst, und ich klopfte an die Tür des Wachraums, die sich unter dem Torbogen befand. Einen Augenblick später öffnete mir ein blonder Soldat in den Vierzigern, der sich seinen Waffenrock locker über die Schultern gehängt hatte.

»Erbgraf Cathan«, grüßte er grinsend. Doch gleichzeitig lag ein respektvoller Ausdruck auf seinem Gesicht, den ich noch nie gesehen hatte. »Schön, dass Ihr wieder auf den Beinen seid. Was können wir für Euch tun?«

»Ich dachte, ihr wisst vielleicht, welcher Tag heute ist, und könnt mir außerdem erzählen, was passiert ist.«

»Welchen Tag wir heute haben? Ihr macht Euch doch nicht über mich lustig, Erbgraf?«

»Ich habe einige Zeit im Heilschlaf verbracht, aber es ist noch niemand auf und ich habe keine Ahnung, was inzwischen geschehen ist.«

»Nun, heute ist Markttag, das heißt, Ihr habt einen Tag und zwei Nächte geschlafen. Wisst Ihr denn nicht mehr, was Ihr getan habt?«

»Ich kann mich schon noch an das erinnern, was ich getan habe – aber nur bis zu dem Augenblick, als ich im Palast angekommen bin.«

»Nun, das Beste wäre sicherlich, wenn Ihr die Geschichte vom Decurion hört – oder von jemand anderem aus dem Palast –, aber ich erzähle es Euch natürlich auch gern. Kommt mit nach oben.« Er nahm mich mit auf die Mauer, wo er zunächst sich selbst und dann seinen Kameraden vorstellte, einen Rekruten aus einem Haus aus der Stadt, der nur ein paar Jahre älter war als ich. Dann erzählte er mir die ganze Geschichte.

»Wir haben gerade in unserer Unterkunft Karten gespielt, als plötzlich der Centurio reingerannt kommt und schreit, wir sollen unser Zeug schnappen und uns im Hof versammeln. Natürlich hat er uns erst gesagt, warum, als alle da waren und nass wurden. Dann sagt er, eine Armee der Stammeskrieger hätte sich im Wald versteckt und würde darauf warten, im Morgengrauen die Stadt anzugreifen. Aber irgendwie hat die ganze Sache gestunken – ich meine, noch nicht einmal die Stammeskrieger sind so blöd, mitten in einem Sturm anzugreifen. Vielleicht haben sie erwartet, dass jemand sie reinlassen würde.

Wie auch immer, der Tribun kommt und führt uns aus den Unterkünften, aber wir waren gerade erst ein paar Schritte weit gekommen, da kommt ein anderer Decurio die Straße entlanggerannt und brüllt, der Tempel ist angegriffen worden und die Gefangenen sind entkommen. Also sagt der Tribun, wir sollen zurück in den Hof gehen und warten, während er zum Tor runtergeht. Natürlich, er hatte auch einen trockenen Umhang an; wir anderen waren alle schon völlig durchnässt.

Na ja, während wir also im Hof rumstehen, fängt jemand an, drüben bei den Wällen mit Impulskanonen zu feuern. Ich konnte aber nicht sehen, wen sie da im Visier hatten. Ein paar Augenblicke später kommt der Tribun zurück – knochentrocken – und lässt uns wieder wegtreten. Sagt, die Stammeskrieger fliehen.«

»Sie sind einfach geflohen?«, fragte ich.

»Nun, es hat sich herausgestellt, dass jemand die Gefangenen zu ihnen zurückgeschickt hat, damit sie ihren Kumpanen erzählen konnten, dass es keine Hoffnung mehr gibt, weil wir von ihrem dreckigen kleinen Plan wussten. Eure Freundin hatte außerdem die Mine zurückerobert, also konnten sie gar nichts anderes tun als zu ihren Hütten zurückkehren. Seither haben wir nichts mehr von ihnen gesehen oder gehört, und das haben wir alles Euch zu verdanken. Ich kann nicht mal behaupten, dass ich den Fluss im Hochsommer gern mit einem Floß runterfahren würde, und ich würde ihn erst recht nicht während eines Sturms runterschwimmen.«

»Seid Ihr wirklich den ganzen Fluss hinuntergeschwommen, bis hinaus in die Bucht?«, wollte der andere Soldat wissen.

»Ja.« Ich plauderte noch ein wenig mit ihnen und machte mich dann auf den Rückweg zum Palast, wobei ich den Rundgang auf den Wällen benutzte. Unter mir erwachte die Stadt allmählich, doch ich wollte nicht durch die Straßen gehen. Die Wachen taten, als wäre ich eine Art Held. Aber ich war kein Held. Ich verdiente eine solche Bezeichnung nicht. Unter anderen Umständen hätte ich die Aufmerksamkeit vielleicht genossen, doch ich konnte es mir einfach nicht verzeihen, dass ich beim ersten Unternehmen, bei dem ich das Kommando gehabt hatte, gefangen genommen worden war, und ich schämte mich noch immer, wenn ich daran dachte, wie ich im Staub des Minenhofs gekniet hatte.

Der hintere Teil der Palastgärten befand sich direkt unter dem zum Meer hin gelegenen Teil der Mauer; den Wachen war die Sicht auf die Gärten jedoch durch Bäume versperrt. Es gab dort eine Stelle, an der ich direkt unter der Brüstung auf der Gartenseite eine Strickleiter versteckt hatte, so dass ich eine weitere Möglichkeit hatte, den Garten zu verlassen. Ich kletterte die Strickleiter hinunter und ging in den Palast, wo sich die Dienstboten mittlerweile erhoben hatten.

Ich hörte die ganze Geschichte von meinem Vater, als wir im fast völlig verwaisten Speisesaal frühstückten. Er bestätigte, dass sich die Stammeskrieger tatsächlich über den Pass zurückgezogen hatten und die Befestigungen wieder instand gesetzt und neu bemannt worden waren.

»Und was ist mit dem Verräter?«, fragte ich.

Das Gesicht meines Vaters verdüsterte sich. »Einer der Soldaten oben beim Turm hat sich vom Haus Foryth bestechen lassen. Wir haben nicht herausgefunden, warum; er ist zusammen mit den Stammeskriegern geflohen. Ich habe ihn zum Renegaten erklärt, mehr können wir leider nicht tun. Es sieht so aus, als wären auch die Häuptlinge bezahlt worden, daher werden sie ihn wohl beschützen.«

»Foryth hat die Häuptlinge der Stammeskrieger bestochen?«, wiederholte ich ungläubig. Es war schwierig genug, mit den Häuptlingen auch nur ins Gespräch zu kommen, wenn sie einen nicht schon lange kannten und genau wussten, welche Absichten man verfolgte. Vielleicht hatte Foryth Agenten unter den Missionaren. »Wie hast du das herausgefunden?«

»Sie haben überreagiert. Normalerweise hätten sie einen Gesandten geschickt, um zu verlangen, dass ihre Leute zu ihnen zurückgeschickt werden. Sie hätten nicht einfach eine Armee zusammengezogen und uns angegriffen. Und selbst dann hätten sie das Blutgeld, das du ihnen in der Mine angeboten hast, akzeptieren müssen.« Er musste meinen Gesichtsausdruck gesehen haben, denn er fuhr fort: »Es war richtig, ihnen anzubieten, für ihre Leute zu bezahlen. Man muss immer versuchen zu handeln. Den Fluss hinunterzuschwimmen war sehr tapfer, und du hast uns dadurch auch bestimmt gerettet. Aber du kannst so etwas nicht jedes Mal tun, also versuch lieber, dich mit deinem Gegenüber zu einigen. Außer mit dem Haus Foryth.«

Trotz dieser nochmaligen Bestätigung konnte ich mir meinen Fehler immer noch nicht verzeihen; ich sagte ihm allerdings nichts davon. Er würde genau das Gleiche erwidern, was schon Palatine gesagt hatte, und ich glaubte ihnen beiden nicht, so gern ich es auch getan hätte.

Nach dem Frühstück erzählte er mir, dass er an der Küste entlangreisen wollte, um Gesraden und Ygarit zu besuchen, die beiden Clan-Städte, die nicht allzu weit südlich der Stadt lagen, und dass bis zu seiner Rückkehr am nächsten Tag alles meiner Verantwortung unterstand. Ungefähr eine Stunde später verabschiedete ich mich von ihm, meiner Mutter und ihrem Gefolge und ging anschließend wieder hinein, um Atek zu fragen, ob ich irgendwelche offiziellen Termine wahrzunehmen hatte.

Ich ging ins Arbeitszimmer meines Vaters und setzte mich an seinen Schreibtisch, auf dem eine in seiner sauberen Handschrift verfasste Nachricht lag, die mir mitteilte, worum ich mich während seiner Abwesenheit zu kümmern hatte. Es war nicht allzu viel, und ich glaubte nicht, dass ich sehr lange dafür brauchen würde. Die letzte Zeile unten auf dem Zettel lautete: *Ich habe mich um Midian gekümmert; er wird keine Probleme machen.* Das beruhigte mich enorm; ich hatte mir schon Sorgen darüber gemacht, was der Avarch tun würde. Und ich war noch immer neugierig, wer denn jetzt eigentlich die Gefangenen befreit hatte, und wie mein Vater Midian die ganze Geschichte erklärt hatte.

Als ich mich zurücklehnte, um ein paar Papiere zu lesen – ich hoffte, so viel wie möglich bereits frühzeitig erledigen zu können –, klopfte es an der Tür.

»Herein«, rief ich.

Es war Ravenna.

»Schön zu sehen, dass du wieder wach bist«, sagte sie, während ich die Papiere wieder auf den Tisch legte und mich erhob. Ich wollte nicht mit ihr reden, während ich hinter einem Schreibtisch saß.

Sie kam um den Tisch herumgerauscht und umarmte mich zu meiner Überraschung stürmisch. Ausnahmsweise fühlte sie sich einmal nicht an wie ein Eiszapfen. »Lass dich bitte nicht noch einmal gefangen nehmen«, flüsterte sie. »Ich habe mir solche Sorgen gemacht.«

Ich sagte nichts, doch die Wärme, die sie so plötzlich ausstrahlte, rührte mich zutiefst. Es war erst das zweite Mal, dass sie nicht in dem kühlen, knappen Tonfall mit mir sprach, der sonst für sie typisch war. Der Augenblick währte allerdings nur kurz; nach wenigen Sekunden trat sie ein paar Schritte zurück, doch auf ihrem Gesicht lag noch immer ein schwaches Lächeln.

»Was du getan hast, war sehr tapfer, Cathan, auch wenn es eigentlich Palatines Idee war«, sagte sie und ging zum Fenster hinüber.

»Eigentlich nicht.« Ich trat neben sie und schaute hinaus über die Stadt und den Hafen; draußen in der Bucht waren ein paar Segel zu erkennen. »Ich hatte keine Ahnung, dass es so schlimm sein würde. Ich hatte noch nie mit Wasser zu tun – egal, wie schnell es fließt oder wie gefährlich es ist –, mit dem ich nicht umgehen konnte. Bis zu jenem Augenblick. Ich dachte, mein größtes Problem würde sein, aus dem Wald rauszukommen, ohne erwischt zu werden, aber ich habe keinen einzigen Stammeskrieger gesehen. Trotzdem habe ich es nur mit Mühe und Not zum Hafen geschafft.«

Ich erinnerte mich an das Ballett der Seehunde in der stummen Welt unter der Wasseroberfläche. Das war etwas, das ich niemandem erzählen, das ich mit niemandem teilen würde.

»Aber du hast es geschafft, und du bist dann auch noch weitergegangen. Und deswegen mussten die Stämme sich zurückziehen, ohne dass es zu einem größeren Blutvergießen gekommen ist – und das Haus Foryth hat eine Menge Geld verloren.«

»Aber es muss jemanden in der Stadt gegeben haben, der die Tore öffnen sollte. Niemand hätte die Wälle während eines Sturms angreifen können.«

»Wenn es diesen Jemand gibt, werden wir ihn finden«, erwiderte sie und sah mich an. »Geld von Haus Foryth anzunehmen und es zu unterstützen – so wie Mezentus es tut –, ist eine Sache. Aber ich kann einfach nicht glauben, dass sie einen zweiten Verräter gefunden haben, der die Stammeskrieger in die Stadt gelassen hätte. Vielleicht einer von Midians Handlangern.«

»Was nur bedeutet, dass wir ihm nichts anhaben können.«

»Ich bin sicher, dass wir einen Weg finden werden.«

Ein paar Augenblicke lang sagte keiner von uns ein Wort, während wir über die langsam zum Leben erwachende Stadt blickten.

Die Stille wurde von dem lauten Signal des Aether-Kommunikators auf dem Schreibtisch meines Vaters unterbrochen – jemand versuchte, uns anzurufen. Ich ging hinüber und drückte den Empfangsknopf; auf dem Fußboden vor dem Schreibtisch erschien das blau schimmernde Bild von Hafenmeister Tortelen, der vor einer anderen Aether-Konsole saß.

»Wo ist der Graf?«, wollte er wissen.

»Der Graf ist nicht hier.«

»Ich glaube, es wäre besser, wenn Ihr hier herunterkommt, Erbgraf. Vor ein paar Minuten hat unser Fernabtaster einen beschädigten Manta erfasst, der hierher unterwegs ist. Wir haben einen Seerochen hinausgeschickt, um mit ihnen Kontakt aufzunehmen. Sie haben um einen Liegeplatz gebeten; das Schiff hat mächtig etwas abbekommen.«

»Wem gehört der Manta?«

»Er kommt aus dem Archipel – eine Handelsdelegation der Insulaner, die unterwegs nach Thure ist. Doch der kommandierende Offizier ist ein Cambressianer – Admiral Karao.«

Hinter mir hörte ich Stoff rascheln, doch ich drehte mich nicht um.

»Wie lange wird es noch dauern, bis sie hier sind, Janus?«

»Keine halbe Stunde. Sie werden nicht in der Lage sein anzudocken, also müssen wir sie zum Kai des Oberflächenhafens bringen.«

»Ich bin gleich da.« Ich unterbrach die Verbindung mit Janus und schaltete auf das Rufsystem des Palasts um, das auch mein Vater hin und wieder benutzte. »Der Erste Berater bitte ins Arbeitszimmer des Grafen; es ist dringend.«

Ich drehte mich zu Ravenna um und sah, dass ihr Lächeln verflogen war.

»Kennst du diesen Admiral Karao?«, fragte ich sie.

»Er ist ein Adliger aus einem Clan des Archipels, und außerdem ein cambressianischer Admiral. Er hat in beiden Ländern großen Einfluss und zieht an einer Menge Fäden.«

»Und weiter?« Ich wusste, dass da noch etwas sein musste, etwas, das ungesagt im Raum schwebte.

»Er ist ein Häretiker.«

Ein paar Minuten später, nachdem ich mich kurz mit Atek beraten und einen Boten hinter meinem Vater hergeschickt hatte, stand ich an der Mole des Hafens und sah zu, wie der dunkelblaue Rumpf des Mantas im Wasser auf uns zugeschleppt wurde. Die Oberflächen-Andockbrücke, eine plumpe, hölzerne Konstruktion, war von den Hafenarbeitern aus ihrem Schuppen gerollt worden und ragte über die Mole hinaus, um angeschlossen zu werden, sobald der Manta aus dem Archipel, der den Namen *Smaragd* trug, in Reichweite war.

Ich war froh, dass es ein warmer, sonniger Tag war und kein stürmischer Albtraum mehr wie vor zwei Tagen. Tortelen hatte mir erklärt, dass die *Smaragd* von dem unterseeischen Teil des Sturms erwischt worden war, der bei uns getobt hatte. Dieser Sturm war weit größer gewesen, als wir vermutet hatten, und er hatte Lepidor nur mit seinen Ausläufern gestreift. Das Schiff war anscheinend in einem schrecklichen Zustand; der Admiral war sich noch nicht einmal sicher gewesen, ob sie es wirklich bis nach Lepidor schaffen würden.

Außer mir standen nur einige wenige Leute an der Mole – der Stadtrat hielt dies nicht für ein Ereignis, das bedeutend genug gewesen wäre, das Tagesgeschäft ruhen zu lassen – vor allem, da mein Vater nicht anwesend war, der darauf hätte bestehen können. Ich vermutete, es hatte damit zu tun, dass wir keinen Handel mit Cambress oder dem Archipel trieben. Daher standen nur Dalriadis, Tortelen, Atek, Palatine und Ravenna neben mir sowie ein paar Vettern, die als Läufer oder Boten dienen konnten.

Nachdem sie sich quälend langsam genähert und dabei mit ihrem Flügel den Kai gestreift hatte, kam die *Smaragd* schließlich knirschend zum Stillstand. Ihre Tür lag der Landungsbrücke genau gegenüber. Die schimmernde Oberfläche des Mantas war völlig zerschrammt, und ich fragte mich, was in einem Sturm weit draußen, auf offener See, derartige Beschädigungen verursacht haben könnte – schließlich wurden dort keine Felsen oder Äste durchs Wasser gewirbelt.

Die Luke öffnete sich, und ein Mann in einer ziemlich mitgenommenen cambressianischen Uniform trat heraus und kam schnell über die Landungsbrücke auf uns zu. Hinter ihm drängten sich weitere Menschen aus der Luke, und ich bemerkte dünne Rauchfahnen oder Dampfschwaden, die aus dem Innern des Mantas trieben.

Der vorderste Mann war wohl Admiral Karao: Auf dem Kragen seiner indigoblauen Uniform, die an mehreren Stellen zerrissen und mit Brandflecken übersät war, waren zwei Sterne – und eine freie Stelle für einen dritten. In meinen Augen sah er wie ein Thetianer aus – was die Cambressianer ja früher auch gewesen waren –, mit brauner Hautfarbe und nicht ganz so ausgeprägten Gesichtszügen, wie sie im südlichen Archipel typisch waren.

»Willkommen in Lepidor, Admiral Karao«, begrüßte ich ihn. »Ich bin Erbgraf Cathan.«

»Ich danke Euch«, entgegnete Karao. »Ich fürchte, wir machen im Moment nicht den allerbesten Eindruck; der größte Teil unseres Gepäcks ist verschmort.« Er trat einen Schritt zur Seite, um ein paar der Leute, die sich auf der Landungsbrücke drängten, auf den Kai vorbeizulassen. Einige waren Seeleute aus Cambress oder dem Archipel in den Überresten grüner oder blauer Uniformen, während die anderen einfache Bürger des Archipels waren. Ein merkwürdiger Haufen für eine Handelsdelegation, dachte ich im Stillen; es gab ein paar ältere Männer und Frauen darunter, doch genauso viele waren in meinem Alter oder sogar noch jünger.

»Erlaubt mir, Euch mit der Handelsdelegation aus dem Archipel bekannt zu machen, die unterwegs nach Thure ist«, sagte Karao und stellte mir ein paar Zivilisten und Seeleute vor. Warum wollen sie ausgerechnet nach Thure?, fragte ich mich.

Im Gegenzug stellte ich die Männer und Frauen vor, die sich bei mir befanden und die von dem Admiral alle herzlich begrüßt wurden. Eine von ihnen kannte er bereits – Ravenna.

»Du schon wieder«, sagte er mit einem Lächeln, das seine Augen nicht erreichte. »Es ist schön, dich wiederzusehen.«

»Ganz meinerseits, Admiral. Meinen Glückwunsch zu Eurer Beförderung – als wir das letzte Mal das Vergnügen hatten, wart Ihr noch Kommodore. Ich nehme doch an, Ihr erinnert Euch noch an das, was ich damals gesagt habe.«

»Wie könnte ich das vergessen? Du warst schließlich ziemlich direkt.«

»Habt Ihr mich schon ersetzt?«

»Dich könnte man niemals ersetzen, Ravenna. Ich habe jetzt ein anderes Mündel, aber sie ist deine Nachfolgerin, kein Ersatz.«

»Ich hoffe, sie ist als Euer Mündel besser dran, als ich es war.«

»Sie verfügt nicht über deinen temperamentvollen Diskussionsstil.«

»Wenn Ihr mir bitte folgen wollt«, mischte ich mich ein. Leider war ich gezwungen, diesen faszinierenden Schlagabtausch zu unterbrechen. »Wir werden Euch irgendwo hinbringen, wo Ihr Euch frisch machen könnt.«

Ich führte Karao und die Delegation zum Palast. Die Dienstboten waren schon vorher informiert worden, dass übel zugerichtete Überlebende erwartet wurden, und hatten bereits Quartiere für sie vorbereitet. Ein Diener brachte die Seeleute zu den Unterkünften der Soldaten. Unterwegs berichtete der Admiral, dass die *Smaragd* vom Rand eines Höllenstrudels erfasst, kräftig durchgeschüttelt und schließlich sogar auf den Rücken gedreht worden war. Zum Glück hatten sie es geschafft, sich aus dem Strudel herauszumanövrieren, sonst wären sie in einen grauenvollen Tod gerissen worden. Alle Strudel waren gefährlich, das wusste ich aus meiner Ausbildung bei den Ozeanografen, aber Höllenstrudel waren bei weitem die größten – obwohl es Spekulationen gab, dass es noch schrecklichere Dinge geben könnte, Ringstrudel, die das Meer auf Tausenden von Quadratmeilen buchstäblich auf den Kopf stellen konnten. Höllenstrudel konnten Trichter von mehreren Meilen Durchmesser bilden, die Hunderte von Meilen tief waren. Die *Smaragd* hatte Glück gehabt, dass sie entkommen war.

Der Admiral, der mich bat, ihn mit seinem Vornamen – Sagantha – anzusprechen, war ein angenehmer Begleiter, und er redete fast den ganzen Weg bis hinauf zum Palast. Gerade als wir durch das Tor traten und ich die Diener und weitere Mitglieder unseres Haushalts erblickte, die darauf warteten, der ziemlich mitgenommenen Besatzung der *Smaragd* zu helfen, tippte Palatine mir auf die Schulter und sagte: »In der Delegation ist auch jemand aus der Zitadelle.«

453

»Wer denn?«, erkundigte ich mich.

»Persea.«

Die Inselbewohner hatten sich frisch gemacht und alle möglichen geliehenen Kleidungsstücke angezogen. Jetzt leisteten sie mir beim Abendessen im Großen Saal Gesellschaft. Persea schien erfreut, mich und die anderen zu sehen, doch ich hatte bisher noch keine Zeit gehabt, mit ihr zu sprechen. Allerdings hatte ich Ravenna gefragt, wie gut sie den Admiral kannte.

»Vor drei oder vier Jahren war ich einige Zeit lang sein Mündel«, antwortete sie. »Damals war er der cambressianische Konsul in Xianar. Einer seiner … Geschäftspartner … wollte mich heiraten, oder genauer gesagt mein Vermögen, also habe ich ihm gesagt, dass ich nicht bleiben würde. Schließlich bin ich in der Zitadelle gelandet und habe ihn seither nicht mehr gesehen. Bis heute, natürlich.«

Ich hätte gern gewusst, wie Ravenna es geschafft hatte, Saganthas Schutz zu verlassen. Mündel konnten ihren Vormund nur mit königlicher Erlaubnis wechseln – und im Archipel gab es keinen König. Und wie war sie überhaupt Saganthas Mündel geworden? Schließlich stammte sie aus Tehama. Warum hatte sie ihre Heimat eigentlich verlassen? »In Tehama war ich nicht sicher«, war alles, was sie gesagt hatte, als ich sie gefragt hatte. »Der Hohepriester, der dort das Kommando führt, hatte die absolute Kontrolle über mich. Meine Mutter war schon sehr reich, aber alle ihre Brüder sind gestorben, und ich habe auch deren Vermögen geerbt. Ihre Familie wollte nicht, dass die Tehamaner das Geld in die Finger bekommen, also haben sie mich zu Karaos Mündel gemacht.«

Wo mochte ihr Reichtum hergekommen sein? Die Tehamaner waren nicht unbedingt für ihre Handelsaktivitäten bekannt, und warum hätte irgendeine reiche Familie aus dem Archipel ihrer Erbin erlauben sollen, einen Tehamaner zu heiraten?

Während ich mit Sagantha und den anderen beim Abendessen

saß, untersuchten Tortelen und Dalriadis die Schäden an der *Smaragd*.

»Drei Wochen, höchstens vier«, lautete ihr Urteil, als ich sie aus dem Arbeitszimmer meines Vater anrief.

»Sollen wir Euch nach Pharassa bringen, damit Ihr dort vielleicht ein anderes Schiff finden könnt?«, fragte ich Sagantha, der an derselben Stelle stand, wo Ravenna und ich ein paar Stunden zuvor gestanden hatten, und den Blick über die Stadt schweifen ließ.

Er dachte einen Augenblick lang über meinen Vorschlag nach und schüttelte dann den Kopf. »Niemand fährt von Pharassa nach Ralentis, und die kaiserliche Marine wird mir niemals ein Schiff leihen. Könntet Ihr uns vielleicht bei Euch aufnehmen, bis die *Smaragd* repariert ist? Ich weiß, dass wir Euch lästig fallen, aber ich sehe keine andere Möglichkeit.«

»Ihr seid natürlich herzlich eingeladen, in Lepidor zu bleiben, Admiral«, beteuerte ich. »Wir werden zwar nicht in der Lage sein, Euch alle im Palast unterzubringen, aber es wird auch woanders noch genügend Betten geben.«

»Meinen herzlichsten Dank, Erbgraf«, erwiderte er.

Doch ich musste noch etwas hinzufügen, und ich war mir ganz und gar nicht sicher, wie er darauf reagieren würde.

»Da wäre noch eine Kleinigkeit.«

»Und zwar?«

Ich holte tief Luft. »Wir haben seit kurzem einen neuen Avarchen. Er ist Halethiter und ziemlich fanatisch. Zum Beispiel hat er bereits einen Krieg mit den Stammeskriegern angezettelt, weil er ein paar von ihren Händlern wegen Häresie eingesperrt hat. Wenn Ihr Eure Leute vielleicht warnen könntet, sich vorzusehen, was sie sagen, solange sie hier sind …«

»Ich verstehe«, sagte Sagantha. »Im Augenblick schlagen die Wellen im Archipel ziemlich hoch. Wie ist denn der Name Eures Avarchen, nebenbei bemerkt?«

»Midian – seinen Familiennamen kenne ich leider nicht.«

Karao seufzte. »Vielleicht hatten wir es an Bord der *Smaragd* doch besser, als man meinen sollte. Ihr habt den Schlimmsten von allen erwischt. Wenn es Euch irgendein Trost ist – in vier oder fünf Jahren wird er die Tiara eines Exarchen tragen, und dann seid Ihr ihn los.«

In vier oder fünf Jahren? Konnten wir so lange durchhalten?

Ich schickte Boten nach Süden, um meinen Vater zurückzurufen. Karao war ein wichtiger Gast, und mein Vater würde ihn nicht ignorieren wollen. Gegen Nachmittag kehrte er tatsächlich zurück; er war noch nicht einmal bis Gesraden gekommen, daher hatte er sich entschlossen, den Besuch zu verschieben. Er übertrug mir die Aufgabe, Unterkünfte für die Inselbewohner zu organisieren, und ich verbrachte einige Stunden damit, im Palast und in den umliegenden Häusern genügend Zimmer für alle zu finden. Midians Angebot, ein paar von ihnen im Tempel unterzubringen, lehnte ich höflich ab – wir hatten auch so schon genug Ärger.

Nachdem ich alle untergebracht hatte und meine Vettern auf verschiedene kleine Botengänge schicken konnte – was mir durchaus Befriedigung verschaffte –, konnte ich mich endlich davonstehlen und mit Persea sprechen.

Sie, Palatine, Ravenna sowie mehrere jüngere Archipelbewohner saßen zusammen auf dem Rasen und ließen eine Flasche mit irgendeinem alkoholischen Getränk aus dem Archipel kreisen. Persea stellte mich den Übrigen – zwei Männern und vier Frauen – vor. Eigentlich stammten nur zwei von ihnen wirklich von den Inseln; die anderen vier waren Qalathari.

Als ich mich hinsetzte, ließ einer von ihnen seine Blicke über die umstehenden Büsche schweifen, als erwarte er, dass man ihn beobachtete, und meinte schließlich: »Du bist derjenige, der Hiroa ausgeschaltet hat, nicht wahr?«

»Du warst in der Zitadelle?«, fragte ich, erstaunt, dass er so offen darüber sprach. Hiroa war der Anführer der Wasser-Mächte in dem Scheinkrieg der Zitadellen gewesen – derjenige, den ich »ermordet« hatte, indem ich an der Mauer entlanggekrochen war.

»Ich habe zu Wasser gehört«, sagte er. »Du hast dir wirklich einen tollen Augenblick ausgesucht – er wollte uns gerade unsere Strategie erläutern, mit der wir todsicher gewinnen würden.«

»Dann seid ihr also alle Häretiker?«

»Ja«, erwiderte eines der Mädchen, das einen formlosen Hut trug. »Deshalb sind wir hier; es war zu gefährlich in Qalathar.«

»Wie schlimm stehen denn die Dinge im Augenblick im Archipel?«, wollte Ravenna wissen.

»Ziemlich schlimm«, sagte ein anderes Mädchen. »Die Domäne hat Prediger ausgeschickt, die die Häretiker dazu überreden sollen, ihrem Irrglauben abzuschwören – sie verstecken sich nicht mehr. Die Menschen, die keine Häretiker sind, wollen nicht, dass die Domäne sich einmischt, und es hat einen Aufruhr gegeben, als der Exarch versucht hat, jemanden zu verhaften.«

»Wir haben gehört, dass Lachazzar darüber nachdenkt, einen weiteren Kreuzzug anzufangen«, berichtete Persea. »Was auch immer die Domäne tut, im Archipel funktioniert es nicht. Sie mussten uns wegschicken, weil wir von den Alten verlangt haben, mehr Schiffe zu bauen und die Pharaonin wieder einzusetzen.«

»Warum?«, wollte Ravenna wissen. »Das ist doch sinnlos. Selbst wenn ihr sie findet, würde das nur in eine Katastrophe führen. Entweder ihr setzt sie als Galionsfigur wieder ein, und Lachazzar ruft zu einem weiteren Kreuzzug auf, oder die Domäne bekommt Wind davon, entführt sie und benutzt sie auf dem Thron als Marionette.«

»Die Pharaonin ist die Einzige, der alle folgen würden, die einzige Möglichkeit, alle Clans dazu zu bringen, gemeinsam zu kämpfen.«

»Verzeiht mir die Frage«, sagte Palatine stirnrunzelnd, »aber woher wisst ihr überhaupt, dass die Pharaonin noch existiert, dass sie nicht nur Einbildung ist? Niemand hat sie je gesehen.«

Ein paar von den jungen Leuten aus dem Archipel sahen plötzlich zornig aus, und eine rappelte sich auf. »Wie kannst du es wagen, so etwas zu sagen! Niemand hat sie je gesehen, das stimmt – denn wenn jemand sie gesehen hätte, wüsste die Domäne, wer sie ist und wo sie sich befindet.«

»Tekraea, setz dich wieder hin!«, befahl das Mädchen mit dem Hut. »Sie wollte uns nicht beleidigen.« Sie wandte sich an Palatine. »Verunglimpfe niemals den Namen der Pharaonin. Ihr Großvater hat den Archipel gegründet, und sie ist das Symbol all dessen, was wir sind.«

»Außerdem wissen ein paar Leute sehr wohl, wer sie ist«, sagte Persea. »Sagantha ist einer von ihnen, aber er hat einen Eid geschworen, ihren Namen nicht zu verraten.«

»Das macht es leichter, sie zu verstecken, und weil niemand sie je gesehen hat, hat die Domäne noch nicht einmal eine Beschreibung, mit der sie etwas anfangen könnte.«

»Dann ist die Pharaonin also als gewöhnliche Bürgerin getarnt?«, vergewisserte sich Palatine.

»Genau«, bestätigte Persea. »Es gibt ein Gerücht, dass sie zur gleichen Zeit in der Zitadelle gewesen sein soll wie wir, aber ich nehme an, das haben wir nur jemandem mit einer besonders ausgeprägten Phantasie zu verdanken.«

»Wissen die Alten, wer die Pharaonin ist?«, fragte ich.

»Nein.«

Wer wusste es dann?

An diesem Abend kam Elassel zu mir in den Palast. Während sie Midian als Rache für irgendetwas, was er getan hatte, das Wasser abgedreht hatte, hatte sie zufällig gehört, wie er mit einem Gedankenmagier gesprochen hatte. Anscheinend glaubte Midian, die

Pharaonin von Qalathar und dem Archipel sei zurzeit ein Mündel von Sagantha Karao.

Was bedeutete, dass sie zu der Delegation an Bord der *Smaragd* gehören könnte.

Kapitel XXV

»Ich werde das nicht dulden!«, verkündete mein Vater. »Das Verhalten von Haus Foryth ist unverzeihlich. Sie haben einen Streit mit dem Haus Barca, nicht mit meinem Clan.« Er schaute mit kalter Wut auf den tanethanischen Botschafter hinunter. »Ihr werdet Lord Foryth mitteilen, dass ich nicht zögern werde, Gewalt anzuwenden, wenn es noch einen weiteren Sabotageakt geben sollte.«

Atek warf mir einen unbehaglichen Blick zu. Auch ich fürchtete, dass mein Vater wegen des Sabotageanschlags auf den Hafen vor zwei Tagen – die letzte Attacke von Haus Foryth – zu weit gegangen war. Ich wusste, dass dies hauptsächlich daran lag, dass mein Bruder Jerian dem Anschlag beinahe zum Opfer gefallen wäre. Und wir hatten eben erst das Bestattungsritual für die drei Arbeiter abgehalten, die dabei ums Leben gekommen waren. Nur dem wachen Verstand eines von ihnen hatten wir es zu verdanken, dass wir noch einen benutzbaren Hafen hatten. Seiner Geistesgegenwart – und der Unfähigkeit des Agenten von Haus Foryth. Ich konnte kaum glauben, dass jemand so Skrupelloses wie Lord Foryth für eine solche Aufgabe einen Attentäter eingesetzt hatte, der so dumm war. Da er nur eine Sprengladung benutzt hatte, hatte er lediglich erreicht, dass die obere Landungsbrücke jetzt schief stand. Mit zwei Sprengsätzen hätte er den Hafen für Wochen oder gar Monate unbrauchbar gemacht.

»Graf Elnibal«, begann der Tanethaner. Er sah ziemlich nervös aus. Ich fand, dass er auch allen Grund dazu hatte; schließlich war er ein ziemlich kleiner Beamter – das, was uns nach Ansicht der Tanethaner zustand.

Mein Vater ließ ihn nicht ausreden. »Und erinnert Foryth daran, dass er einem Großen Haus vorsteht, nicht einem Clan. Über wie viel Macht und Einfluss er auch in Taneth verfügen mag, wie viele Handelsschiffe er auch besitzen mag, ich bin ein Graf des thetianischen Reichs. Erinnert ihn daran, dass schon früher Große Häuser von Clans vernichtet wurden.«

»Graf Elnibal, Lijah Foryth ist ein mächtiger Mann. Wollt Ihr wirklich, dass ich ihm das in diesen Worten sage?«

»Wenn Haus Foryth sich benehmen will, als wäre es ein Clan, dann werde ich es auch wie einen Clan behandeln.« Dann fiel ihm noch etwas ein. »Und sagt ihm *in genau diesen Worten*, dass er den Kontrakt, den er so unbedingt haben will, vielleicht bekommen hätte, wenn er sich bei der Konferenz benommen hätte wie ein zivilisierter Mensch und nicht wie ein flegelhafter Barbar. Ihr seid entlassen.«

Der Tanethaner wagte es nicht, irgendetwas zu erwidern, sondern verbeugte sich nur und verließ den Saal, in dem eine lastende Stille herrschte. Die Tür schloss sich mit einem widerstrebenden Knarren hinter ihm.

Nachdem mein Vater den Rat entlassen hatte, forderte er ein paar von uns auf, ihm zu folgen, und wir gingen nach oben, ins geheime Beratungszimmer.

»Atek, mach eine Kuriersendung fertig«, befahl er, nachdem wir die Tür hinter uns zugemacht und Platz genommen hatten. »Ich werde dem König schreiben und ihm mitteilen, was hier vorgeht. Seine Verbindungen nach Taneth laufen größtenteils über das Haus Canadrath, das sind keine Freunde von Foryth.«

»Graf, ohne Zweifel übertreibt Ihr ein bisschen«, sagte Atek und blickte sich um Unterstützung heischend zu den anderen um, die um den Tisch herumsaßen – Dalriadis, Shihap und ich. »Das könnte uns in noch größere Gefahr bringen.«

»Ihr seid heute allesamt die reinste Schafsherde«, sagte mein Vater mit grimmigem Gesicht. »*Unternehmt bloß nichts, es wird alles nur noch schlimmer machen.* Mein Sohn Jerian wäre beinahe von den Agenten des Hauses Foryth getötet worden – und jetzt willst du mir erzählen, es wäre zu gefährlich, etwas zu unternehmen? Wer, glaubst du denn, würde sonst noch den Hafen beschädigen wollen? Wenn wir nichts tun, glaubt Foryth, wir seien schwach, und dann wird er seine Bemühungen erst recht verstärken.«

Atek versuchte es noch einmal. »Aber was ist, wenn der Brief den König gar nicht erreicht?«, fragte er. »Wenn er einem von Foryths Helfershelfern im Clan Pharassa in die Hände fällt? Dieser Brief könnte ihn dazu provozieren, etwas noch Drastischeres zu tun – er wäre vielleicht sogar in der Lage, den König auf seine Seite zu ziehen.«

»Dafür hat Foryth nicht genug Geld. Wenn er noch viel mehr ausgibt, fressen seine Kosten sogar den Gewinn auf, den ein über mehrere Jahre laufender Eisenkontrakt bringen kann. Außerdem gibt es immer noch den kaiserlichen Vizekönig, um ihn in Schach zu halten.«

Das zumindest war richtig. Der Vizekönig, Arcadius Tar'Conantur, ein Cousin des Kaisers, hasste die Häuser von Taneth ebenso wie die meisten Thetianer. Doch im Gegensatz zum größten Teil seiner Landsleute aus dem kaiserlichen Kernland hatte er ein reges Interesse am Kaiserreich – wie wäre er sonst auch Vizekönig geworden? Nach allem, was ich gehört hatte, hatten die meisten Thetianer – darunter auch der alte Kaiser – nur Orgien und Saufgelage im Sinn. Arcadius musste sich zumindest ein wenig angestrengt haben, um sich seine Stellung zu verdienen, obwohl er in Wirklichkeit weniger echte Macht hatte als mein Vater.

Nachdem Atek noch einmal versucht hatte, den Grafen davon abzubringen, den Brief zu schreiben, schickte mein Vater uns alle hinaus und machte sich daran, das Schreiben ohne Ateks Hilfe aufzusetzen.

»Was machen wir jetzt?«, fragte Shihap, als wir sicher im Korridor und außer Hörweite waren.

»Schadensbegrenzung«, fauchte Atek; er war genauso gereizt wie mein Vater es gewesen war. »Du gehst zurück zu deinem Laden, ich werde versuchen herauszufinden, wie die Dinge in Pharassa im Augenblick stehen. Cathan, diese Freundin von dir hat doch in Taneth gelebt. Finde heraus, ob sie irgendetwas weiß, das uns helfen könnte – besonders alles, was mit diesem Bastard Foryth zu tun hat.«

»Das meiste, was ich über Foryth weiß, habe ich dir schon erzählt«, sagte Palatine, als ich sie später in meinem Zimmer im Obergeschoss danach fragte. Das Feuer brannte, und obwohl es noch mitten am Nachmittag war, hatte ich die Vorhänge zugezogen. Ein weiterer Sturm war aufgezogen; das Wetter war in den letzten fünf Tagen scheußlich gewesen, und es gab keinerlei Anzeichen einer Besserung. Die Ozeanografen waren der Meinung, dass dies ein Supersturm werden würde, der nicht auf das Haeden-Sturmband beschränkt war. Ich hatte in der vergangenen Nacht kaum geschlafen, was angesichts der fast ununterbrochen tobenden elektrischen Entladungen und des beständigen Donners, der sich wie ein gewaltiges Artilleriegefecht am Himmel anhörte, nicht weiter verwunderlich war.

»Wie wird er wohl auf so etwas reagieren?«

»Das kann ich nicht genau sagen. Hamilcar könnte dir da schon eher helfen, er kennt Foryth viel länger als ich. Ich weiß, dass niemand es wagt, ihm zu drohen. Sie fürchten sich alle viel zu sehr vor ihm. Und er gehört dem Rat der Zehn an, sooft es ihm gestattet ist.

Sie haben da ein merkwürdiges System: Du bist nur einen Monat lang Ratsmitglied, und du kannst nicht zweimal in vier Monaten Mitglied sein. Außerdem gibt es im Senat eine Menge Leute, die ihn unterstützen. Aber bei dem, was dein Vater jetzt tut – vielleicht wird er wütend, vielleicht achtet er aber auch einfach gar nicht darauf.«

»Aber es ist wahrscheinlicher, dass er einen Wutanfall bekommt.«

»Ja.« Palatine lehnte sich auf dem Sofa zurück und starrte ins Feuer. »Also müssen wir überlegen, was er als Nächstes tun wird – und ob wir es vorhersehen können.«

Der Raum wurde plötzlich von einem weißen Blitz erhellt, und draußen dröhnte eine Reihe ohrenbetäubender Donnerschläge, die allmählich zu einem schwachen Grollen abebbten. Ich war froh, dass es vor neun Tagen, als ich den Strom hinuntergeschwommen war, nicht so gewesen war.

»Bis jetzt hatten wir zwei Piratenüberfälle, den Angriff der Stammeskrieger und jetzt diesen Sabotageakt. Und er stopft Leuten wie Mezentus die Taschen mit Geld voll«, sagte ich.

»Aber man sieht, dass er gerne rohe Gewalt einsetzt; er geht nicht besonders subtil vor. Von einem anderen Clan würdet ihr euch das nicht gefallen lassen. Ihr würdet eine Invasionsflotte ausrüsten und ihm den Krieg erklären. Foryth glaubt, er ist anders, weil er das Oberhaupt eines tanethanischen Hauses ist. Aber er will eine Menge Schaden anrichten.« Sie beugte sich vor und stützte das Kinn in die Hand. »Was will er eigentlich?«

»Den Kontrakt für den Eisentransport natürlich.«

»Aber was hat er dann davon, wenn die Stammeskrieger die Stadt erobern? Oder wenn der Hafen zerstört wird? *Warum konzentriert er sich auf Lepidor und nicht auf Haus Barca?* Das ergibt alles keinen Sinn. Für die Hälfte der Summe, die er den Stammeskriegern bezahlt haben muss, hätte er eine ganze Piratenflotte anheuern können. Dann könnte er alles aus dem Wasser schießen, selbst euren Manta, und Hamilcar in den Bankrott treiben.«

»Ich frage mich, ob er so weitermachen wird. Wir haben zweimal Glück gehabt, aber ich kann mir nicht vorstellen, dass unser Glück ewig anhält.«

Palatine dachte eine Weile angestrengt nach. »Du hast Recht. Wir müssen versuchen, seinen nächsten Schritt vorauszuahnen.«

»Aber wie? Es gibt hundert verschiedene Möglichkeiten, wie er uns Schaden zufügen könnte, und wir können seine Gedanken nicht lesen.«

»Aber wir könnten ihn zuerst angreifen. Ich glaube, das versucht dein Vater gerade – er will den König dazu bringen, gegen Foryth vorzugehen. Selbst wenn Foryth eine Invasion wollen sollte, kann er es nicht wagen. Er hat nicht genug Bewaffnete, um eure Soldaten zu besiegen, und seine Leute dürfen Taneth nicht verlassen.« Palatine unterbrach sich. Ihr Gesicht war eine Maske angespannter Konzentration. »Und wie ist es mit einem Bündnis mit einem anderen Haus, einem anderen Clan? Hat das schon einmal jemand getan?«

»Nicht dass ich mich erinnern könnte.« Ich versuchte mir meine Geschichtsstunden wieder ins Gedächtnis zu rufen. »Seit der Gründung von Taneth hat es neun Kriege zwischen Großen Häusern und Clans gegeben. Soweit ich weiß, endeten die meisten von ihnen damit, dass das Haus vernichtet wurde. Glaube ich zumindest. Wie auch immer, er könnte sich nur mit einem anderen ozeanischen Clan verbinden, etwa mit dem von Lexan; andernfalls würde das Kaiserreich über ihn herfallen. Er kann auch keine anderen Häuser in diese Sache hineinziehen, denn dann würden sich vielleicht sogar die Thetianer rühren. Und wenn Lexan uns direkt angreift, werden Moritan und Courtières uns zu Hilfe eilen; Lexan würde seine Verbündeten zusammentrommeln, und dann hätten wir einen richtigen Bürgerkrieg.«

»Also sind beide Seiten etwa gleich stark, und deshalb wird er keinen direkten Angriff versuchen.«

»Nein.« Ein weiterer krachender Donnerschlag schien den Himmel zu spalten. Ich hatte mich in den letzten drei Tagen bereits mehr oder weniger daran gewöhnt. Wo mochten die Leute aus dem Archipel sein – sie hatten sich ziemlich gefürchtet, als das düstere Grollen angefangen hatte. Auf Qalathar oder den kleineren Inseln gab es niemals derart starke Stürme; ein paar der jungen Leute hatten in ihrem ganzen Leben noch keinen einzigen Supersturm erlebt.

»Nun, wenn nicht das ...« Palatine warf in einer Geste der Verzweiflung die Arme hoch. »Wir können hier nicht herumsitzen und versuchen, ihn mittels Gedankenspielchen zu schlagen. Ich habe dir alles gesagt, was ich weiß, aber du musst noch mehr herausfinden. Warum versuchen wir nicht, mit jemand Kontakt aufzunehmen, der einen Spion im Haus Foryth hat? Hamilcar könnte wissen, wer da in Frage käme.«

»Aber dann könnte es schon zu spät sein.«

»Es wäre vielleicht auch eine gute Idee –«, sie zögerte einen Augenblick und fuhr dann fort, »alle eure Schulden bei Vertragspartnern oder Gilden so schnell wie möglich zu bezahlen. Gebt kein Geld mehr aus, bis wir wissen, was wir gegen Foryth unternehmen können. Denn wenn er es wirklich schaffen sollte, etwas zu beschädigen, braucht ihr euch dann zumindest keine Sorgen wegen irgendwelcher Schulden zu machen.«

Sie riet mir, mich auf das Schlimmste gefasst zu machen.

»Ich werde es weitergeben«, versprach ich. »Aber ich bin mir nicht sicher, ob er zustimmen wird.«

Es entstand eine unbehagliche Pause, bis Palatine wieder das Wort ergriff.

»Erinnerst du dich noch an das Gespräch, das wir mit den Leuten aus dem Archipel geführt haben – an dem Tag, an dem sie angekommen sind, unten auf dem Rasen?«

»Ja.«

»Sie haben erzählt, sie hätten zu offensichtlich häretische Ideen und die Pharaonin unterstützt und wurden deshalb mit Sagantha weggeschickt. Findest du es nicht auch ein bisschen merkwürdig, dass sie an Bord eines Schiffes gebracht wurden, das nach Thure unterwegs ist?«

Ich konnte nicht erkennen, welcher tiefere Sinn ihren Worten zugrunde lag. Sie hatte Recht, ich hatte das auch eigenartig gefunden; die wenigen überlebenden Tuonetar, die auf dem gefrorenen Kontinent im Norden ihr Dasein fristeten, besaßen kaum etwas zum Tauschen. Und sie waren im Allgemeinen nicht sonderlich an Kontakt mit der Außenwelt interessiert. Außer wenn es darum ging, die Dinge zu kaufen, die sie zum Überleben brauchten.

»Thure mag zwar eine etwas absonderliche Wahl sein, aber auch dort müssen die Menschen Handel treiben. Und es gibt dort keine Vertreter der Domäne.«

»Der einzige Ort, mit dem die Thurianer normalerweise Handel treiben, ist Ral Tumar im Archipel. Aber daran ist trotzdem noch etwas faul. Thure hat eine Vereinbarung mit der Domäne, und Ketzer sind dort genauso unbeliebt wie in der Domäne. Warum sollten Häretiker also dort hingehen?«

»Die Domäne kann sie in Thure nicht verhaften.«

»Aber die Thurianer können es, und die sind genauso unangenehm wie die Domäne. Also … entweder sie reisen wirklich nach Thure, und dann muss es dort etwas Besonderes geben – oder sie wollen ganz woanders hin.«

Ich war der Ansicht, dass Palatine der ganzen Angelegenheit übermäßig viel Bedeutung beimaß. Schließlich würden die Thurianer wissen, dass die Leute aus dem Archipel Häretiker waren, und was würden sie gewinnen, wenn sie die Delegation an Bord der *Smaragd* gefangen nahmen? Vielleicht hatte der Archipel mittlerweile nicht mehr viel Einfluss, aber nach allem, was ich gehört hatte, war das bei Sagantha Karao ganz anders. Hatte die Bedrohung, die das Haus Foryth und die Domäne darstellten, Palatine zu der Überzeugung gebracht, dass jeder eigene, geheime Pläne verfolgte?

Andererseits hatte sie in der Vergangenheit so oft Recht gehabt, dass ich ihre Idee nicht völlig von der Hand weisen wollte.

»Was glaubst du denn, was sie wirklich tun?«, fragte ich, ohne meine Skepsis zu verbergen.

»Ich bin sicher, dass es irgendetwas mit ihrer geheimnisvollen Pharaonin zu tun hat. Elassel hat gesagt, dass die Domäne glaubt, die Pharaonin sei an Bord der *Smaragd*; in diesem Fall waren sie nicht nach Thure unterwegs, sondern hatten ein ganz anderes Ziel. Wenn sie am nördlichen Zipfel dieser Insel vorbeigefahren wären – ich halte den Norden für wahrscheinlicher als den Süden –, wo hätte sie das hingeführt?«

Ich ging hinüber zu dem großen Globus, den mein Vater in einer Ecke aufgestellt hatte. Palatine stand auf und trat neben mich. Die Aether-Fackeln flackerten im Takt mit den Blitzen, was es schwierig machte, die Beschriftungen zu lesen.

Ich malte mir in Gedanken einen Kurs aus, der an der Nordspitze von Haeden vorbei und dann in Richtung Westen, aufs offene Meer hinausführte. Thure, Tumarian, Liona, die Nördlichen Inseln, Mons Ferranis. Das letzte Ziel erschien mir sehr unwahrscheinlich – es lag nur ein paar tausend Meilen nordöstlich von Qalathar, warum hätten sie dann also diese Route nehmen sollen? Über Thure hatten wir bereits gesprochen. Tumarian? Nicht bei dem Kurs, den sie eingeschlagen hatten. Liona und die Nördlichen Inseln? Das waren unbedeutende Provinzen des Archipels. So lange ich den Globus auch anstarrte, mir sprang nichts Besonderes ins Auge. Außer dass sie ohne Zweifel auf der längstmöglichen Route nach Thure unterwegs waren.

»Du übertreibst bestimmt«, sagte ich. Aber so überzeugt war ich gar nicht mehr.

Es gab noch andere Leute, die Palatines Ansichten teilten. Am nächsten Tag – der Sturm tobte draußen noch immer – klopfte es an die Tür des Arbeitszimmers. Ich saß am Schreibtisch, spannte mich kurz an und schaute auf. War das vielleicht einer von Midians Priestern, der gekommen war, um mich wegen irgendeiner Protokollsache zu plagen? Ich hatte heute schon zweimal Besuch vom Tempel gehabt. Beide Male war es um Belanglosigkeiten gegangen. Mein Vater war einen Tag vor dem Ausbruch des Sturms aufgebrochen, um seine offiziellen Besuche nachzuholen, und ich erwartete nicht, dass er in allernächster Zeit zurückkehren würde. Also trug ich die Verantwortung, wobei ich mich einmal mehr auf Atek und meine Mutter stützte. Ich freute mich nicht gerade auf die wöchentliche Gerichtssitzung, die morgen stattfinden sollte – es wäre das erste Mal, dass ich sie zu leiten hatte.

»Herein«, sagte ich und schaute von dem langweiligen Finanzdokument auf. In Wirklichkeit war ich froh über die Unterbrechung, selbst wenn es sich um einen Priester handeln sollte.

Die Tür ging auf, und Ravenna kam herein. Sie war klatschnass. War der Sturm wirklich so schlimm? Oder kam sie vom anderen Ende der Stadt?

»Ich habe mir gedacht, dass ich dich hier finden würde«, sagte sie, während sie ans Feuer trat und dabei eine Spur aus Wassertropfen auf dem Fußboden zurückließ. »Draußen ist es fürchterlich. Ich hatte noch nicht einmal weit zu laufen, nur von den Soldatenunterkünften hierher, und ich bin trotz des Umhangs völlig durchnässt. Ist es um diese Jahreszeit hier öfter so?«

»Im Frühjahr und im Herbst haben wir solche Stürme ungefähr einmal im Monat. Sei froh, dass du nicht im Winter hier bist; dann ist es so wie jetzt – allerdings wochen- oder sogar monatelang.«

»Selbst im Winter wird es in Qalathar niemals so schlimm.« Sie löste ihre Haare, und noch mehr dicke Wassertropfen fielen auf den Teppich meines Vaters.

»Gibt es etwas Dringendes, oder weswegen bist du gekommen?«, erkundigte ich mich.

»Midian schleicht in der Gegend herum, und der Zeugmeister wollte nicht noch mehr Ärger. Ich bedeute natürlich Ärger, Palatine nicht. Was der alte Ziegenbock überhaupt in der Rüstkammer zu suchen hat – und noch dazu zu so einer Zeit –, weiß ich nicht. Doch ich bin nicht wild darauf, mich im selben Gebäude aufzuhalten wie er, wenn es nicht unbedingt sein muss. Deshalb bin ich hierher gekommen. Was ist, macht dir die Arbeit Spaß?«

»Es ist faszinierend. Du hast ja keine Ahnung, was du alles versäumst.«

»Ich musste solche Dinge auch schon mal tun.«

»Wann war denn das?«, fragte ich neugierig.

»Als ich bei Sagantha war. Ich musste mir meinen Lebensunterhalt verdienen.« Einen Augenblick später meinte sie: »Palatine glaubt, die *Smaragd* ist gar nicht nach Thure unterwegs. Aber du bist nicht ihrer Meinung, oder?«

Also war sie doch nicht nur gekommen, weil sie gerade nichts Besseres zu tun hatte. »Sie kommt mir ziemlich paranoid vor, sieht Intrigen in jeder Ecke«, meinte ich. »Vielleicht existieren ja wirklich welche, aber die meisten davon spinnt Lord Foryth.«

»In diesem Fall ist es allerdings kein Verfolgungswahn«, sagte Ravenna, während sie sich vom Feuer abwandte und sich auf einen Sessel setzte. Sie sah mich mit ihrem typischen, kühlen Blick an. »Diese Reise hat nichts mit Handel zu tun. Die Domäne hat von irgendwoher einen Hinweis auf die Pharaonin erhalten und versucht mit aller Kraft, sie in die Finger zu bekommen. Ich vermute, dass Sagantha den Auftrag hat, sie zu beschützen so gut er kann, und da würde er es sich nur schwerer machen, wenn er nach Thure ginge. Die Thurianer würden sie behalten, um sie als Faustpfand zu benutzen oder sie an Lachazzar verschachern.«

»Du glaubst, die Pharaonin ist auf dem Schiff?«

»Die Vermutung hat einiges für sich. Aber bevor du fragst – nein, ich habe keine Ahnung, wer sie ist, und es ist auch unwahrscheinlich, dass ich es herausfinde. Auch auf dem Schiff hat es noch niemand erraten.«

»Woher willst du dann wissen, dass deine Vermutung stimmt?«

»Haben all diese Staatsgeschäfte dir das Hirn schrumpfen lassen? Ich war früher Saganthas Mündel – er hat mir gegenüber immer noch ein paar Verpflichtungen, und ich weiß, wie man ihn unter Druck setzen kann.«

»Dann weißt du also, wo sie in Wirklichkeit hinwollen?«

»Nein, das weiß ich nicht. Das würde er mir niemals verraten. Doch wenn eines der Mädchen an Bord der *Smaragd* wirklich die Pharaonin ist, dann ist sie ernstlich in Gefahr. Seit sie angekommen sind, versucht Midian die Leute vor sein Tribunal zu rufen, um sie zu befragen. Wenn ihm das gelingt, wird er alle einsperren – und was können wir dann noch tun? Er kann sie nach Pharassa schicken, wo sie außerhalb unserer Reichweite sind. Die Inquisitoren dort könnten bestimmt herausfinden, welche die Pharaonin ist.«

Ich hatte immer noch meine Zweifel hinsichtlich dieser ganzen Geschichte mit der Pharaonin; für mich klang das alles sehr weit hergeholt. Aber wenn Sagantha es bestätigt hatte …

»Worauf willst du hinaus?«, wollte ich wissen.

»Palatine glaubt, dass die Domäne versuchen wird, die Gesandtschaft aus dem Archipel so lange wie möglich hier festzuhalten. Vielleicht so lange, bis ein paar Inquisitoren ankommen. Ich bitte dich, versuch ihnen zu helfen; sorg dafür, dass sie die Reparaturarbeiten beenden und so schnell wie möglich von hier verschwinden. Du verstehst das vielleicht nicht, aber für uns ist die Pharaonin fast eine Göttin. Du hast ja gesehen, wie Tekraea reagiert hat, als Palatine angezweifelt hat, dass sie überhaupt existiert. Sie ist die letzte Verbindung, die wir noch zum alten Archipel und der Zeit vor dem Kreuzzug haben. Und sie ist die einzige Herrscherin der Welt, auf die die Domäne keinen Einfluss hat. Das heißt natürlich außerhalb von Thure, aber Thure spielt ohnehin keine Rolle mehr.«

Am Schluss sprach sie sehr schnell und drängend, als befürchte sie, nicht mehr alles rechtzeitig sagen zu können. Ich konnte mich nicht erinnern, sie jemals so leidenschaftlich erlebt zu haben. Und sie hatte Recht – wenn die Domäne der Pharaonin tatsächlich auf der Spur war, war es dringend geboten, dass wir sie so schnell wie möglich aus Lepidor wegschafften. Im Stillen fragte ich mich allerdings immer noch, wo sie eigentlich hinwollten.

Ich schaltete die Aether-Kommunikationseinheit auf dem Schreibtisch an und stellte eine Verbindung mit dem Büro von Admiral Dalriadis her. Er war nicht da, doch sein Sekretär wusste, wo er sich aufhielt, und schaltete auf eine Einheit in der Nabe des Unterwasserhafens weiter.

»Hier Dalriadis«, meldete er sich, während sein Bild vor dem Schreibtisch auftauchte. »Ah, Cathan, was kann ich für Euch tun?«

»Es sieht so aus, als ob gewisse Leute das Auslaufen der *Smaragd* zu verzögern wünschen. Ab jetzt dürfen sich in der betreffenden Sektion oder an Bord des Schiffes nur noch die Gesandten aus dem Archipel, die Besatzung und Eure Reparaturtrupps aufhalten. Außerdem möchte ich, dass die Luke rund um die Uhr von bewaffneten Wachposten bewacht wird. Wenn irgendjemand von der Domäne auftaucht und Fragen stellt, sagt, es gibt ein Rohrleitungsleck oder etwas in der Art.«

Dalriadis machte einen etwas überraschten Eindruck, doch er widersprach mir nicht. »Nun gut, ich werde mich darum kümmern«, sagte er und fügte mit einem Hauch des bei ihm üblichen Sarkasmus hinzu: »Seid Ihr sicher, dass Ihr nicht auch die *Walross* bewachen lassen wollt? Vielleicht sind ja tanethanische Spione hinter Euren ozeanografischen Messgeräten her.«

»Wenn Euch das so viel Sorgen macht, solltet Ihr Euch selbst darum kümmern.«

»Natürlich. Aber in diesem Fall darf sich dem Schiff nur Marinepersonal nähern.« Er grinste und beendete die Verbindung.

»Und – zufrieden?«, fragte ich Ravenna.

»Das ist zumindest ein guter Anfang.«

»Und was wird sonst noch von mir erwartet, außer gegebenenfalls deine Weisheit und deine Beobachtungsgabe im Hinblick auf die Möglichkeit eines weiteren Sabotageakts zu bewundern?«

»Das kannst du tun, wenn die *Smaragd* wieder sicher unterwegs ist.«

Ich fragte mich, ob Ravenna überhaupt so etwas wie Sinn für Humor besaß; ich hätte sicherlich in dem Jahr, seit dem ich sie nun schon kannte, ein paar Spuren davon entdecken müssen. Musste sie wirklich immer so ernst sein?

Das Licht im Raum flackerte, als ein weiteres Kreuzfeuer von Blitzen durch die Wolkendecke brach. Die Vorhänge waren nicht zugezogen – nicht, dass das irgendeinen Unterschied gemacht hätte. Aber es war erst Vormittag, und es war deprimierend, sie den ganzen Tag zugezogen zu lassen. Ich schob meinen Stuhl zurück und ging zu den breiten Fenstern, um einen Blick hinauszuwerfen. Jetzt befand sich nur noch eine Glasscheibe zwischen mir und dem tobenden Sturm. Aber das war immer noch viel besser als nichts.

Im Augenblick regnete es nicht, daher konnte ich durch den Aetherschild weit hinausblicken. Der Himmel war in alle Richtungen von Horizont zu Horizont von dunklen Wolken bedeckt, ein gewaltiger, blaugrauer Mahlstrom, der mit schwindelerregendem Tempo gen Westen jagte. Die Wolkendecke war nicht lückenlos, sondern hier und dort unterbrochen, und an diesen Stellen konnte man höhere Wolkenschichten erkennen, Schichten um Schichten übereinander. Über dem brodelnden Hexenkessel der tiefsten Lagen, durch die wieder und wieder weiße Blitze zuckten, konnte man weitere Wolkenformationen sich aufblähen sehen; sie dehnten sich mit einer Geschwindigkeit von Tausenden von Fuß pro Sekunde aus, wurden von den titanischen Winden der Atmosphäre vorangepeitscht. Midian und seine Priester hatten am Morgen des zweiten Sturmtages den zweiten Schild hochgefahren, nachdem sie entschieden hatten, dass er nicht abflauen würde, und ich war froh über den zusätzlichen Schutz.

Vor zweihundert Jahren hatte es Stürme wie diesen noch nicht gegeben, genauso wenig wie einen weltumspannenden Winter. Das war ein Erbe der Tuonetar, doch die Domäne hatte Hierarch Carausius zum Schuldigen erklärt, der den Schaden als Einziger bereits zu Beginn des Krieges vorausgesehen und versucht hatte, ihn zu verhindern.

»Schrecklich, nicht wahr?«, meinte Ravenna. Ich hatte gar nicht bemerkt, dass sie neben mich ans Fenster getreten war. »Unsere Vorfahren haben über die Gewalt der Meere geherrscht, aber die Stürme konnten sie nicht aufhalten. Wir wissen nichts über die Stürme – wie sie entstehen und all so was –, und wir können nichts tun, um sie zu kontrollieren.«

»Das liegt aber nicht nur an der Macht der Natur. Ohne die Domäne hätten wir etwas tun können.«

»Niemand war je in der Lage, die Stürme und das Wetter zu beherrschen, noch nicht einmal die mächtigsten Windmagier. Ich glaube nicht, dass wir dafür die Domäne verantwortlich machen dürfen.«

»Um etwas beherrschen zu können, muss man es erst verstehen. Und genau das lässt die Domäne nicht zu. Keine Sturmsonden, keine Himmelsaugen, keine Windmagie – wie sollen wir denn da irgendetwas tun?«

»Da könntest du Recht haben«, sagte sie, während ihre Blicke einem Wolkenwirbel folgten, der am Himmel entlangzog. »Aber diese Stürme sind eine Kombination so vieler Elemente – Wind und Wasser und Schatten –, dass niemand jemals mit ihnen arbeiten könnte. Du brauchtest Magier dreier verschiedener Elemente, die auf eine Weise miteinander verbunden sein müssten, die wir noch nicht einmal in Ansätzen verstehen.«

»Man darf aber immer hoffen.«

»Und selbst wenn du die Stürme kontrollieren könntest – was würde das bringen? Die Atmosphäre ist bestimmt ähnlich wie die Ozeane: ein einziges, geschlossenes System. Du kannst die Stürme genauso wenig aufhalten wie die Strömungen der Meere. Wir könnten sie vielleicht als Waffen verwenden. Aber unter den gegebenen Umständen müssen wir uns mit den lauen Lüftchen unserer Windmagier begnügen.«

Sie hatte schon wieder Recht. Bisher war mir noch niemals so deutlich klar geworden, in welchem Ausmaß die Kontrolle, die die Domäne über alles ausübte, von den Stürmen abhing. Sie waren die Einzigen, die die Städte vor den schlimmsten Auswüchsen der Stürme schützen konnten, die Einzigen, die das Muster kannten, dem das Wetter folgte. Und aus diesem Grund konnte niemand einen Feldzug beginnen oder Krieg führen, wenn ihn die Domäne nicht unterstützte. Ohne die Hilfe der Domäne wäre man den Stürmen auf Gedeih und Verderb ausgeliefert. Alles hing von den Himmelsaugen ab, jenen Sonden, die Aquasilva weit außerhalb der Atmosphäre umkreisten und alles sehen konnten, was vor sich ging.

»Ravenna, weißt du, von wo aus die Domäne ihre Himmelsaugen überwacht?«

»Wahrscheinlich von dem Ort aus, den schon Aetius benutzt hat«, antwortete sie. »Die Himmelsaugen sind viel älter als das Kaiserreich, er hat sie nicht wirklich da hinaufbugsiert. Ich glaube, es gab mal ein Kontrollzentrum in einem alten Fort im Ramada-Tal, im Westen von Mons Ferranis.«

»Das wäre genau der richtige Ort. Nur ein Weg hinein und hinaus, und dazu Hunderte von Sacri, die alles bewachen.«

»Früher muss es allerdings noch ein anderes Kontrollzentrum gegeben haben«, sagte sie und warf einen Blick auf den Globus. »Aetius hat die Himmelsaugen schon benutzt, bevor er den Tuonetar Mons Ferranis abgenommen hat, also muss es woanders ...«

Ich versuchte mich an irgendwelche Hinweise in der *Geschichte* zu erinnern. Nur dort waren Einblicke in die Technologie zu finden, die Aetius benutzt hatte, doch der Autor war an diesen Dingen nicht besonders interessiert gewesen. Für ihn waren die Himmelsaugen nichts als nützliche Werkzeuge gewesen; es hatte ihn nicht interessiert, wie sie funktionierten oder wo sie hergekommen waren. Ich fand diesen Mangel an Interesse mehr als ärgerlich, denn es hätte so viel gegeben, was er uns hätte sagen können. Besonders über die Mantas, die sie benutzt hatten … das war es!

»Die *Aeon*! Da war die Kontrollstelle für die Himmelsaugen, auf einem großen Unterseeboot namens *Aeon*.«

»Und wieder einmal Pech gehabt«, sagte Ravenna. Sie klang nicht sonderlich beunruhigt. Dann zuckte sie die Schultern. »Die *Aeon* wurde auf Befehl von Valdur zerstört, weil es irgendeine Verbindung zwischen dem Manta und Sanktion, Carausius' Stadt der Magier, gegeben haben soll.«

Es war eine schöne Idee gewesen, überlegte ich, wenn auch nicht mehr. Valdur hatte unglaublich viel zu verantworten. Nicht zuletzt auch durch blinde Dummheit. Die *Aeon* war das größte Schiff der Welt gewesen, mit einer enormen Leistungsfähigkeit. Zweifellos hatte ihn die Domäne dazu gebracht, das Schiff zu zerstören.

Was für eine Verschwendung.

Fünf Tage später kehrte mein Vater zurück, vier Tage, nachdem der Sturm aufgehört hatte. Die Dinge standen gut in den Städten, erzählte er mir, abgesehen von dem üblichen Genörgel und dem Protest der einen Stadt, dass nicht genügend von dem Geld, das durch das Eisen verdient wurde, dort ausgegeben wurde. Mein Vater hatte versprochen, dies zu ändern, doch er willigte ein, dieses Vorhaben fürs Erste zurückzustellen, nachdem ich ihm von Palatines Warnung erzählt hatte.

»Ich werde dafür sorgen, dass die Schulden bezahlt werden. Zwar jagen wir möglicherweise nur irgendwelchen Phantomen hinterher, aber immerhin hat deine Freundin schon öfter Recht gehabt.«

Das Abendessen, das an diesem Abend im Großen Saal stattfand, war eine fröhliche Angelegenheit. Alle Mitglieder der Gesandtschaft aus dem Archipel waren da; sie waren viel lockerer, seit der Sturm vorbei war, und Sagantha unterhielt die ganze Gesellschaft mit seinem trockenen Witz. Midian war nicht eingeladen worden.

»Noch eine Woche, dann sind wir mit unseren Reparaturen fertig«, sagte Persea zu mir. »Ich werde es bedauern, von hier wegzugehen, auch wenn ihr diesen fürchterlichen Priester hier habt, der hinter der Pharaonin her ist.«

»Ich bin froh, dass es dir hier gefällt. Wie lange werdet ihr noch an Bord des Schiffes verbringen müssen?«

»Ich bin mir nicht sicher. Drei Wochen oder so, glaube ich. Viel zu lang, und es ist zu eng und man kann überhaupt nichts tun. Es ist furchtbar langweilig.«

»Sei froh, dass Laeas nicht bei euch ist. Dann hättet ihr noch weniger Platz.«

Sie lächelte, und ich fragte mich, wie es dem riesenhaften Jungen aus dem Archipel wohl gehen mochte.

Palatine hatte Persea kurz zuvor ein paar Instruktionen für die anderen gegeben, die sie ihnen überbringen sollte, wenn sie zum Archipel zurückkehrte. Drei Wochen waren eine lange Zeit, und ich fragte mich wieder, wohin sie wirklich fuhren. Das war sicherlich länger als es dauern würde, Tumarian, Thure oder Liona zu erreichen. Aber hatte Persea mir überhaupt die Wahrheit gesagt? Wahrscheinlich hatte Sagantha sie angewiesen, nichts zu sagen, woraus sich vernünftige Schlüsse ziehen ließen. So betrachtet konnte ich mich eigentlich nicht darauf verlassen.

Wir hatten gerade den Hauptgang beendet, als sich die Tür des Saals öffnete und ein Mann in der königsblauen Uniform der Kaiserlichen Thetianischen Marine hereinkam. Ich konnte die Abzeichen eines Hauptmanns auf seinem Kragen erkennen. Was wollte ein Hauptmann der kaiserlichen Marine in Lepidor?

Er kam langsam und sehr förmlich auf das Podest zugeschritten, und in seinem Blick lag etwas, angesichts dessen sich mein Magen zusammenzog.

»Graf Elnibal, wenn ich kurz allein mit Euch sprechen könnte – mit Euch und den anderen Mitgliedern Eurer Familie, die sich hier befinden.«

Was sollte das? War dies irgendein Trick?

Mein Vater stand auf und bedeutete mir und dem Marineoffizier, ihm durch den Seiteneingang ins Vorzimmer zu folgen. Er zog die Tür hinter uns zu.

Der Hauptmann wandte sich an meinen Vater. »Graf Elnibal, mit dem allertiefsten Bedauern fordere ich Euch auf, nach Pharassa zu reisen und an einem Kongress aller ozeanischen Herrscher teilzunehmen. Der König ist tot.«

Kapitel XXVI

Ich schleuderte meine Reisetasche quer durchs Zimmer und ließ mich aufs Bett sinken, froh, endlich wieder zu Hause zu sein. Der Kongress war grauenvoll gewesen, vom Anfang bis zum Ende eine einzige Katastrophe.

Hauptmann Jerezius, der uns die Nachricht überbracht hatte – er hatte sich zum Zeichen seiner Trauer den Bart kurz gestutzt –, hatte Befehle, so schnell wie möglich zu reisen. Auch uns brachte er binnen eines Tages und einer Nacht nach Pharassa, was ein Rekord gewesen sein musste. Als wir ankamen, trauerte die ganze Stadt; schwarze Flaggen hingen von sämtlichen Masten, und über dem Zikkurat schwebte noch eine rauchige Dunstglocke von den Bestattungszeremonien. In der Stadt herrschte Kriegsrecht, und überall stieß man auf Militärkontrollen. Vizekönig Arcadius hatte die Staatsgeschäfte übernommen, und er wollte nichts riskieren. Die Stimmung in der Oberstadt und im Palast war gedämpft, die Clanführer konnten nicht glauben, dass so etwas in ihrer Stadt geschehen sein sollte.

Während der Manta nach Süden gerast war und dabei Unterwasserstürmen und Riffen getrotzt hatte, hatte uns Jerezius erzählt, was er wusste. Der König war nicht einfach nur tot. Und er war auch nicht der Einzige, der nicht einfach nur tot war. Er war ermordet worden.

Es war während einer Ratssitzung am späten Abend geschehen; der König hatte sich mit zweien seiner Söhne und drei anderen Clanführern getroffen. Es war ein ganz normales Treffen gewesen, obwohl es ungewöhnlich war, dass so viele Clanführer sich zur gleichen Zeit in Pharassa aufhielten. Nach Angaben der Überlebenden waren sechs schwarz gekleidete Assassinen, jeder mit zwei kurzen Schwertern bewaffnet, durch die Fenster in den Raum eingedrungen. Die meisten Teilnehmer an dem Treffen waren unbewaffnet gewesen; sie hatten nicht die geringste Chance gehabt. Jerezius war in jener Nacht im Palast gewesen, und er hatte die Spuren des Gemetzels gesehen: Blutspritzer an den Wänden, Blutlachen auf dem Fußboden, und darin zerfleischte Leichen und Glasscherben.

Der König, sein ältester Sohn, zwei Berater und der Graf des Clan Carvulo waren in dem Handgemenge umgekommen. Zwei weitere Berater und ein anderer Graf waren wenig später ihren Wunden erlegen, während der zweite Sohn des Königs und drei andere Männer mit leichteren Verletzungen davongekommen waren. Ein dritter Graf schwebte zwischen Leben und Tod.

Der dritte Graf war Moritan. Ich war hingegangen und hatte ihn im Krankenhaus besucht, doch er war bewusstlos und leichenblass gewesen. Er hatte, nur mit einem Dolch bewaffnet, zwei der Assassinen abgewehrt und einen von ihnen ernsthaft verwundet, war dann jedoch in die Seite und die Schulter getroffen worden. Ich erinnerte mich daran, wie er in Taneth gewesen war – voller Leben und zutiefst zynisch. Ich wollte diese Assassinen in Stücke reißen, aber niemand wusste, wer sie waren.

Sie hatten auch den Vizekönig angegriffen, hatten sich ein paar Minuten später in einem Gang auf ihn gestürzt, doch Arcadius war ein Tar'Conantur, und die waren berüchtigt dafür, dass sie nur schwer umzubringen waren. Er war geflohen, hatte sich eine Pike aus einer Nische in der Wand gegriffen und war dann wieder auf die Mörder losgegangen. Als dann auch noch die Wachen angerannt kamen, hatten die Assassinen beschlossen, dass Besonnenheit der bessere Teil der Tapferkeit war, und waren in die Nacht verschwunden. Sie hatten es bis zum Hafen geschafft, einen Meeresrochen gestohlen und waren hinaus aufs Meer geflohen, wo zweifellos ein Schiff auf sie gewartet hatte.

Alle waren wie betäubt. So etwas war schon seit Jahren nicht mehr vorgekommen. Ein solches Massaker ging weit über die allgemein akzeptierten Clanfehden hinaus, besonders, wenn eines der Opfer ein König war.

»Der Kaiser schäumt wahrscheinlich vor Wut«, sagte der Kapitän des Manta. »Und die Halethiter werden wohl als Sündenböcke herhalten dürfen. Das geschieht ihnen recht, schließlich haben sie so was schon öfter getan.«

Aber Palatine wies zu Recht darauf hin, dass das ein viel zu offensichtlicher Rückschluss war. Und was hatten die Halethiter davon, wenn der König starb? Nichts, was wir uns vorstellen konnten.

Die Clanführer, die noch nicht da waren, und die Erben der Getöteten trafen nur wenige Stunden nach uns ein. Und am nächsten Morgen führte Arcadius den Vorsitz in einem Not-Kongress, das den zweiten Sohn des Königs zu seinem Nachfolger erklärte.

Es gab wirklich keine andere Wahl. Der älteste Sohn, der wahrscheinlich einmal einen guten König abgegeben hätte, war tot, und der jüngste war ein Taugenichts, der über keinerlei nennenswerte Fähigkeiten verfügte. Der zweite Sohn war vielleicht nicht ganz so intelligent, wie sein Vater es gewesen war, doch er besaß viele seiner Tugenden, war tüchtig und in der Lage, selbstständig zu denken. Arcadius, ein aristokratischer Mann Anfang fünfzig, der irgendeine kaiserliche Bevollmächtigung hatte, akzeptierte ihn offensichtlich und hielt vor dem Kongress eine bewegende Lobrede auf ihn. Obwohl eigentlich jeder neue Clanführer einschließlich des Königs genau genommen vom Vizekönig anerkannt werden musste, hätte dieser gar nicht über den Rückhalt verfügt, Einspruch zu erheben. Doch Arcadius warf seinen gesamten Einfluss für den zweiten Sohn in die Waagschale, und da er die notwendigen Fähigkeiten besaß, bestätigte ihn der Kongress als neuen König.

Für uns war dies eine Katastrophe. Der Mann war ein religiöser Fanatiker, der sich mit Ratgebern der Domäne umgeben hatte, und er war ganz wild darauf, dafür zu sorgen, dass ganz Ozeanus stark im Glauben und der Domäne gehorsam war. Was bedeutete, dass wir jetzt keine Verbündeten in hohen Positionen mehr hatten – der neue König würde Midian noch ermutigen und ihn von ganzem Herzen unterstützen, während der Vizekönig sich um nichts kümmern würde, solange seine eigene oder die Position des Kaisers nicht bedroht wurden.

Ohne zu ahnen, dass alles noch viel schlimmer kommen sollte, jubelten wir widerwillig dem neuen König zu, der in der Mitte der Versammlungshalle stand, flankiert vom Exarchen und dem Vizekönig. Nach der Bestattung wurden wir zu einem weiteren Treffen gerufen, in dem es um verschiedene dringliche Angelegenheiten ging. Eine dieser Angelegenheiten war die Frage, wer an Moritans Stelle die Clangeschäfte führen sollte.

Die Ärzte des Palastes hatten mit düsteren Mienen gesagt, dass

Moritan Monate brauchen würde, um sich zu erholen – falls er überhaupt überlebte –, also musste eine Entscheidung getroffen werden, wer sich in der Zwischenzeit um die Geschäfte des Clans Delfai kümmern sollte. Moritan hatte keinen männlichen Erben, und in seinem Haus gab es niemanden, der genügend Erfahrung gehabt hätte, an seiner Stelle zu regieren. Ich wusste, dass dies sehr wohl das Ende von Moritans Zeit als Graf bedeuten konnte, auch wenn er am Leben blieb. Ein anderes Haus könnte leicht auf die Idee kommen, die Gelegenheit zu ergreifen und Moritans Haus zu verdrängen – mit der Entschuldigung, dass der bisherige Graf nicht in der Lage wäre, seine Herrschaft auszuüben.

Da Moritans Tochter die Regentschaft nicht übernehmen konnte – nur Männer durften Clanführer werden –, stimmte der Kongress dafür, dem Avarchen von Delfai die Kontrolle zu übertragen, bis Moritan starb oder wieder genesen war. Mein Vater brachte einen anderen Kandidaten ins Spiel, Moritans Schwager, doch wir wurden haushoch überstimmt und waren gezwungen, uns geschlagen zu geben.

»Irgendjemand hat da eine ganze Menge Geld ausgegeben«, knurrte mein Vater hinterher wütend. Nur drei andere Grafen, unter ihnen Courtières, hatten für seinen Vorschlag gestimmt; normalerweise hätte das Ergebnis viel knapper ausfallen müssen.

»Lexan sieht aus wie die Katze, die die Sahne geschleckt hat«, meinte Courtières und deutete dorthin, wo der Graf von Khalaman selbstgefällig lächelnd saß.

»Er hat nicht das Geld, um so viele Leute zu bestechen. Entweder will die Domäne mehr Kontrolle, oder Foryth tut alles, was in seiner Macht steht, um uns Unannehmlichkeiten …« Mein Vater schaute uns an. »Foryth! Könnt ihr euch nicht vorstellen, dass er etwas mit all dem hier zu tun haben könnte?«

»Einen König ermorden, um einen Transportkontrakt für Eisen zu bekommen?« Wir sprachen leise, damit keiner der Grafen in unserer Nähe uns hören konnte. Die Kongresshalle war ein kreisförmiger Bau, in dem die Sitzreihen, in Logen für die einzelnen Clans unterteilt, rundum am Rand der Halle verliefen. »Aber so etwas würde doch wohl noch nicht einmal Foryth tun?«

»Nun, der Zeitpunkt ist zumindest sehr verdächtig.«

Mein Vater war während der ganzen fünf Tage, die wir in Pharassa blieben, mürrisch und schlecht gelaunt, obwohl er keine Trauer zeigte, nicht einmal, wenn wir unter uns waren. Der tote König war nicht im eigentlichen Sinne sein Freund gewesen, aber sie hatten zusammen gekämpft und sich seit vierzig Jahren gekannt.

Am letzten Tag des Kongresses, als fast schon alles erledigt war, wurden wir beim Verlassen der Halle vom Grafen von Tanathum, einem Clan der pharassanischen Fraktion angesprochen. Er hatte mit uns gestimmt, als es um die Regentschaft für Moritan gegangen war.

»Elnibal«, sagte er leise, »ich bin weder ein Verbündeter von Euch noch von Moritan. Aber mir gefällt nicht, was hier geschehen ist, und ich möchte Euch warnen. Schafft Moritan aus der Stadt, bringt ihn in Courtières' Hospital nach Kula. Wenn er hier bleibt, wird er den nächsten Monat nicht überleben.«

Nach diesen Worten – und noch bevor wir irgendeine Frage stellen konnten – hatte er sich umgedreht und war wieder in der Menge verschwunden. Doch wir befolgten seinen Rat und brachten Moritan in Courtières' Hospital. Es hatte vor allem den Vorteil, nicht nur sicher, sondern auch das Beste in ganz Ozeanus zu sein.

Bevor wir aufbrachen, verlas der neue König im Kongress eine Proklamation, die besagte, dass Häresie die Geißel dieser Zeit war und dass er in Ozeanus keinerlei häretisches Gedankengut tolerieren würde. Er würde den Avarchen und Inquisitoren mehr Macht verleihen, um ihre Befragungen durchzuführen und sich mit jenen zu befassen, die falsche Götter anbeteten. Außerdem verfügte er, dass mit allen bekannten Ketzern oder der Häresie verdächtigen

Personen, die an den Ufern von Ozeanus anlegten, so verfahren werden sollte, wie sie es verdienten.

Arcadius stand neben ihm und lächelte gütig. Ohne Zweifel würde der Kaiser es begrüßen, wenn einer der ihm untertänigen Könige etwas dafür tat, diese lästige Häresie auszurotten, die von Zeit zu Zeit den Frieden im Kaiserreich störte.

Die Proklamation bedeutete nichts anderes, als dass Midian jetzt die Macht hatte, die Gesandtschaft aus dem Archipel vor dem Tribunal zu befragen. Auf dem Rückweg suchten Palatine, Ravenna und ich nach einer Möglichkeit, wie wir ihm einen Strich durch die Rechnung machen konnten, doch uns fiel nichts ein. Mein Vater hatte Palatine mitgenommen, weil er ihren Rat schätzte, während es bei Ravenna eher darum gegangen war, sie vor Midian zu schützen, solange wir nicht da waren.

Jetzt, wieder in meinem Zimmer in Lepidor, starrte ich die Wand an und fragte mich, womit wir so etwas verdient hatten.

Am nächsten Morgen erfuhr ich, dass es noch mehr schlechte Neuigkeiten gab. Die Gesandtschaft aus dem Archipel würde noch eine weitere Woche brauchen, ehe sie aufbrechen konnte; anscheinend hatte jemand ein Felsstück in den Entlüfterstutzen der Backbordmaschine der *Smaragd* gesteckt, was ein Leck und weitere Beschädigungen verursacht hatte, die, wenn sie nicht bemerkt worden wären, eine Kernimplosion verursacht hätten, wenn der Manta wieder unterwegs gewesen wäre. Sagantha war wütend, doch er konnte niemanden dafür verantwortlich machen – irgendwie war der Saboteur an all unseren Kontrollen vorbeigekommen.

Zwei Sabotageakte, und wir hatten den Saboteur noch immer nicht erwischt, hatten noch nicht einmal die leiseste Ahnung, wer er war.

»Das sieht mir mehr nach der Arbeit der Domäne aus«, meinte Ravenna. »Foryth hat nichts davon, wenn die Leute aus dem Archipel hier bleiben müssen.«

»Es ist nicht gut für uns«, kam der Hinweis von Palatine, die mit einem Grashalm herumspielte. Ein heißer Tag neigte sich seinem Ende zu; es war seit Wochen nicht mehr so warm gewesen, und wir saßen auf dem Rasen im Palastgarten.

»Midian hat noch nichts unternommen, nachdem die Proklamation ihn dazu befugt hat, aber wir müssen davon ausgehen, dass er es tun wird. Gibt es irgendeine Möglichkeit, wie wir ihn ablenken oder ihm irgendwelchen Ärger machen können, so dass er nicht dazu kommt, die Leute aus dem Archipel einzusperren?«

»Aber jetzt kann er uns alle einsperren«, wandte ich ein. »Weil wir ihn behindert haben.«

»Kann er das?«, fragte hinter mir eine Stimme, die ich seit vielen Jahren nicht mehr gehört hatte. »Er könnte es immerhin versuchen.«

Ich sah, wie sich Ravennas Augen vor Erstaunen weiteten, rappelte mich auf und drehte mich um.

Der Mann, der hinter mir stand, ließ selbst Palatine klein erscheinen; ich erinnerte mich noch, wie verblüfft ich bei seinem letzten Besuch über seine Größe gewesen war – damals war ich dreizehn gewesen –, und auch jetzt wirkte er keineswegs weniger einschüchternd. Er war über sieben Fuß groß und entsprechend breit. Der Besucher war der größte Mensch, den ich jemals gesehen oder von dem ich jemals gehört hatte. Tatsächlich war er fast schon erschreckend groß, und trotz des Lächelns in seinem wettergegerbten Gesicht hatte er etwas Grimmiges, fast schon Bedrohliches an sich. Die grünen Augen verbargen eine Tiefe, die ich niemals ausloten wollte; irgendwo tief in diesem Mann war eine kalte, unzugängliche Dunkelheit begraben.

»Besucher«, sagte ich und war plötzlich verlegen, dass ich seinen Namen nicht kannte.

Palatine lächelte. »Ihr kennt Cathan auch?«, fragte sie den Riesen.

»Warum sollte ich nicht? Er war genau wie du einer meiner Schützlinge.«

»Wer seid Ihr?«, fragte Ravenna. Ihre Stimme hatte nicht ihren üblichen gebieterischen Klang – ich konnte mir vorstellen, dass selbst sie es schwierig fand, in der Gegenwart dieses Mannes arrogant zu sein.

»Cathan kennt mich als den Besucher, Palatine bin ich unter einem anderen Namen bekannt, den ich Euch vielleicht sagen werde, wenn ich weiß, wer Ihr seid.«

Sie schien nicht beleidigt zu sein. »Ich bin Ravenna Ulfadha aus Qalathar.«

»Ravenna, die Magierin?«

»Dann kennt Ihr mich also?«

»Ich habe von Euch gehört. Was mich betrifft … Ihr habt von Tanais Lethien gehört?«

»Ja, in der *Geschichte* stand etwas über ihn«, sagte sie, und ich sah, wie sie die Augen zusammenkniff. »Er war Aetius' General.«

»Ich bin immer noch Aetius' General, auch wenn er schon vor langer Zeit seinen Frieden gefunden hat, während ich den meinen immer noch suche.«

»Aber das war vor zweihundert Jahren.«

Ich war genauso verblüfft wie Ravenna. Wie konnte dieser Mann Tanais Lethien sein? Er war am Ende des Krieges Mitte fünfzig gewesen, also müsste er jetzt mehr als zweihundertfünfzig Jahre alt sein. Das war doch unmöglich.

»Die Zeit vergeht nicht für alle Menschen gleich schnell«, entgegnete Tanais.

»Er ist wirklich Tanais Lethien«, sagte Palatine. »Glaubt es mir. Aber was tut Ihr hier?«, fragte sie Tanais.

»Ich könnte dich das Gleiche fragen. Ich habe Monate gebraucht, um herauszufinden, wo du hingegangen bist, und bevor ich kommen und dich dort aufsuchen konnte, musste ich mich erst um irgendeinen hochgradigen Schwachsinn in Silvernia kümmern.«

»Wo ich hingegangen bin … was meint Ihr damit?«

»Kannst du dich nicht erinnern?«

Palatine schüttelte den Kopf. »Ich habe das Gedächtnis verloren. Das Erste, woran ich mich erinnern kann, ist, wie ich in Hamilcars Haus in der Nähe von Taneth aufgewacht bin. Ein paar Fetzen aus meiner Erinnerung sind mittlerweile zurückgekehrt, aber es gibt noch so viel, was ich nicht mehr weiß. Ich weiß noch nicht einmal, ob die Erinnerungen, die ich besitze, auch wirklich richtig sind.«

»Weißt du, wer du bist?«, fragte Tanais. Sein Gesicht war völlig ausdruckslos.

»Ich glaube, ich bin Palatine Canteni, die Tochter von Präsident Rheinhardt Canteni und Prinzessin Neptunia … habe ich Recht?« Unsicherheit und Angst malten sich auf ihrem Gesicht, und auf einmal sah sie viel jünger aus als sonst.

»Ja, das bist du.«

Palatine stieß einen Freudenschrei aus, der die Vögel in den umstehenden Bäumen aufschreckte. Ich freute mich für sie, dass sie jetzt endlich wirklich wusste, wer sie war, und dass die Erinnerungen, die zurückgekehrt waren, der Wirklichkeit entsprachen.

»Und was ist mit Cathan?«, fragte sie. »Ich weiß, dass er ein Cousin von mir ist.«

Tanais' Lächeln verschwand, und er wandte sich an mich. »Cathan, es tut mir Leid, aber ich kann es dir jetzt noch nicht sagen.«

Zorn stieg in mir auf. »Dann werdet Ihr also wieder für sieben Jahre verschwinden, ohne mir zu sagen, wer ich bin? Um Thetis' willen, ich bin zwanzig – habe ich nicht das Recht, endlich zu erfahren, wer meine Eltern waren, wenn Ihr es wisst?«

Tanais blieb ruhig. »Wenn ich es dir sage, wirst du Lepidor verlassen müssen. Ihr werdet gar keine andere Wahl haben, keiner von euch beiden. Der Unterschied ist, dass Palatine schon immer gewusst hat, wer sie ist, und ich es deshalb nicht vor ihr verbergen kann.«

»So viele Cousins ersten Grades kann Palatine ja nicht haben.«

»Du bist Palatines Cousin, und du glaubst zu wissen, wer du bist. Wenn dieser Clan sicher ist, werde ich zurückkommen und es dir sagen. Aber jetzt Schluss mit diesem Thema. Ich bin gerade mit Hamilcars Schiff angekommen, und morgen früh werde ich mit dem Küstensegler wieder aufbrechen. Ich würde gern sehen, wie sich die Stadt verändert hat.«

Ich war schrecklich enttäuscht, wenn auch nicht ganz so sehr, wie ich es gewesen wäre, wenn ich gewusst hätte, dass der Besucher kommen würde, und mir schon im Voraus große Hoffnungen gemacht hätte. Ja, vielleicht war ich wirklich ein Tar'Conantur, der Enkel eines Kaisers, aber warum widerstrebte es ihm so sehr, das zuzugeben? Ich wusste doch bereits die Hälfte, was hatte er also davon, wenn er es mir weiter verschwieg?

Doch der riesenhafte Soldat weigerte sich, das Thema noch einmal anzusprechen, und ich bedrängte ihn nicht weiter. Dafür empfand ich viel zuviel Ehrfurcht vor ihm. Einmal abgesehen von seiner schieren Größe und Ausstrahlung – wenn er wirklich Tanais Lethien war, wie er behauptete, hatte er ein mehr als außergewöhnliches Leben geführt. Von ihm erfuhr ich die Geschichte, die Carausius nicht erzählt hatte.

Wie ich es mir ausgerechnet hatte, war er vor zweihundertfünfzig Jahren in einem kleinen Dorf in Thetia geboren worden, war in die Armee des Alten Kaiserreichs eingetreten und unter Aetius dem Großen zum Kommandeur aller Armeen aufgestiegen. Er hatte in den dunkelsten Tagen des Krieges gegen die Tuonetar an Aetius' Seite gestanden und niemals aufgegeben, auch als es so ausgesehen hatte, als wäre Thetia verloren. Und im Gegensatz zu so vielen seiner Freunde und Kameraden hatte er überlebt, hatte selbst die letzte verzweifelte Schlacht überstanden, in der Aetius und der größte Teil seiner Armee umgekommen waren.

Und wie es aussah, hatte er all die Jahre seit der Usurpation überdauert, der letzte Überlebende aus der Ära des Krieges. Als mir klar wurde, was das bedeutete, empfand ich Mitleid mit ihm. Wenn er wirklich Tanais Lethien war, hatte er jeden Freund verloren, den er jemals gehabt hatte, und die Zerstörung all dessen miterlebt, an das er jemals geglaubt hatte. Mit Ausnahme des verrottenden thetianischen Reiches mit seinem Marionetten-Kaiser, einem Mann, der es nicht verdiente, auf Aetius' Thron zu sitzen.

Ich nutzte die Gelegenheit, die mir Tanais' Anwesenheit bot, und versuchte alles über Thetia und – was noch wichtiger war – über Aetius und seine Kameraden, meine entfernten Vorfahren, herauszufinden. Selbst wenn Tanais nicht der sein sollte, für den er sich ausgab, wusste er eine Menge über die Ära, die in der *Geschichte* beschrieben wurde. Je weiter der Tag voranschritt, desto mehr war ich davon überzeugt, dass er tatsächlich Tanais Lethien war, so unwahrscheinlich das auch sein mochte. Die Menschen, über die in dem Buch berichtet wurde, waren für ihn lebendige Wesen aus Fleisch und Blut gewesen, Menschen, mit denen er geredet, getrunken und gestritten hatte. Er hatte das Kaiserreich auf der Höhe seiner Macht gekannt, zu einer Zeit, als es jedem Menschen freigestellt gewesen war, sich seinen Gott auszusuchen.

Als ich ihn nach dem gegenwärtigen Kaiser fragte, wurde sein Gesicht hart.

»Eines musst du über die Tar'Conanturs wissen: Sie können sich genauso leicht zum Bösen wie zum Guten entwickeln. Selbst Zwillinge können die Spiegelbilder des jeweils anderen sein. Orosius …« Er unterbrach sich, starrte in die Ferne. »Orosius macht dem Namen Tar'Conantur keine Ehre. Sein Vater war schwach und gefügig, aber Orosius ist schlimmer. Er ist ein Verräter und ein Feigling, der mit der Verantwortung, die er zu tragen hatte, nicht fertig geworden ist und sich in ein Monstrum verwandelt hat. Und er ist umso gefährlicher, weil aus ihm etwas Besonderes hätte werden können.«

»Ich habe noch nie gehört, dass jemand ihn einen Feigling genannt hat«, warf Ravenna in neutralem Tonfall ein.

»Es gibt mehr als eine Art von Feigheit. Orosius ist zu dem Entschluss gekommen, dass er nicht den gleichen Regeln unterliegt wie alle anderen, dass Kaiser zu sein ihn von der Verpflichtung ausnimmt, ein moralischer Mensch zu sein.« In Tanais' Stimme schwang Verachtung mit, als könne er Orosius' Existenz nur mit Mühe tolerieren.

Hamilcar war wie versprochen mit seinem Schiff zurückgekehrt und hatte die neuesten Nachrichten aus Taneth mitgebracht. Die Aufforderung meines Vaters an Foryth, sich zurückzuhalten, war erst eingetroffen, als er schon wieder unterwegs gewesen war, doch er brachte andere Neuigkeiten mit, die kaum weniger interessant waren. Das Haus Canadrath hatte eine Fehde gegen das Haus Foryth erklärt, aus Rache für einen nicht näher erläuterten Anschlag von Agenten Foryths. Canadrath war das bevorzugte Haus des alten Königs gewesen, und einmal mehr fragte ich mich, ob Foryth etwas mit dem Mord zu tun gehabt hatte, wenn vielleicht auch nur indirekt.

Und es gab auch Neues aus dem halethitischen Reich, berichtete Hamilcar, während er in einem der Empfangszimmer mit uns Wein trank. Er wirkte mittlerweile um Jahre jünger als damals, als wir ihm zum ersten Mal begegnet waren, obwohl er noch immer einen ziemlich besorgten Eindruck machte. Das Vermögen von Haus Barca wuchs, und nach Jahren, in denen es gerade mal kostendeckend gearbeitet hatte, machte es endlich wieder Gewinne.

»Reglath Eshar ist mit einer Armee gegen Kemarea, den letzten unabhängigen Staat, marschiert und hat ihn in weniger als einem Monat erobert. Es hat nur eine einzige Schlacht gegeben. Jetzt gibt es südlich von Taneth nur noch das halethitische Reich, aber natürlich interessiert das in Taneth niemanden. Menschen wie Foryth würden lieber sterben, als einen Teil ihrer Gewinne in den Wiederaufbau von Taneths Verteidigungsanlagen zu stecken. Sie sind sich alle ziemlich sicher, dass ein paar Meilen offenes Wasser Taneth unbesiegbar machen.«

»Aber Ihr seid das nicht?«, erkundigte sich Ravenna.

»Sagen wir mal, ich bin skeptisch. Wenn Eshar Malith oder Ukhaa – eine unserer Torstädte – einnimmt, haben die Halethiter zum ersten Mal Zugang zu einem Oberflächenhafen. Die meisten von ihnen wissen wahrscheinlich noch nicht einmal, wie das Meer überhaupt aussieht, aber ich bin mir sicher, dass sie lernen können, wie man mit Schiffen umgeht. So etwas wie eine uneinnehmbare Stadt gibt es nicht.«

»Was glaubst du, wie lange wird es noch dauern, bis Eshar Taneth angreift?«, fragte Palatine.

»Es dauert höchstens noch ein Jahr, bis er Malith und Ukhaa einnimmt. Danach gebe ich ihm im äußersten Fall fünf Jahre, dann wird er Taneth angreifen. Aber ob er Erfolg haben wird ... ich weiß es nicht. Ich habe nichts davon gehört, dass Eshar Erfahrung im Umgang mit Kriegsschiffen oder der Kriegsführung zur See haben soll.«

»Er kann Renegaten anheuern«, gab Palatine zu bedenken. »Genau wie die Tuonetar es getan haben.«

»Das ist kein besonders glücklicher Vergleich.«

»Aber er ist richtig. Die Tuonetar hatten anfangs auch keine Flotte, und trotzdem haben sie eine Menge Schaden angerichtet.«

»Das Einzige, was Taneth vielleicht eine Atempause gewähren wird, ist etwas, das möglicherweise noch schlimmer ist. Primarch Lachazzar will sich Eshar für einen Kreuzzug ausleihen – entweder gegen den Archipel oder gegen ein Bündnis häretischer Clans in Huasa. Es dürfte noch ein paar Jahre dauern, bis es so weit ist – nicht einmal Lachazzar kann nur wegen ein bisschen Ärger im Archipel und Unzufriedenheit in Huasa zu einem Kreuzzug rufen. Aber wenn die Lage sich verschlechtern sollte ...«

490

»Lachazzar will sich Eshar ausleihen? Davon habe ich bisher noch nichts gehört«, sagte Palatine.

»Das würde für den Archipel noch mehr Leid und Elend bedeuten«, sagte Ravenna. »Woher wisst Ihr das?«

»Mein früherer Vormund ist ein Würdenträger der Domäne in der Heiligen Stadt, und er hat mich besucht, als ich in Taneth war. Er hält mich für einen leidenschaftlichen Anhänger Lachazzars, weil ich auf einer Klosterschule war, daher achtet er nicht so genau auf das, was er sagt, wenn wir uns begegnen.«

»Euer Vormund war ein Mitglied der Domäne?« Ravenna saß plötzlich kerzengerade auf dem Sofa. »Und Ihr wart in einer Klosterschule?«

»Das bedeutet keineswegs, dass mir gefällt, was sie tun«, sagte Hamilcar kalt. »Ebenso wenig wie Ihr gutheißt, was die Tuonetar getan haben, nur weil Ihr Tehamanerin seid.«

Ravenna ließ sich verdrossen wieder in die Kissen zurücksinken.

»Kannst du uns noch irgendetwas erzählen, was er gesagt hat?«, fragte Palatine.

»Ich bin niemand, der Gerüchte verbreitet, und ich werde sein Vertrauen auch nicht grundlos missbrauchen.«

Er ist immer noch Zoll für Zoll ein tanethanischer Kaufmann, rief ich mir ins Gedächtnis. Ich würde ihm wahrscheinlich niemals richtig trauen.

Und dann ertönte die Glocke, die uns zum Abendessen rief, und unterbrach unser Gespräch.

Es war wie gewöhnlich ein Abendessen mit Mitgliedern des Hauses im Großen Saal, an dem auch noch zwei oder drei Freunde meines Vaters aus dem Rat teilnahmen. Mein Vater ließ für Tanais und Hamilcar unseren besten Wein servieren, und der Abend verlief sehr fröhlich.

Als wir mit dem Essen fast fertig waren, unterhielt ich mich ein wenig mit Tanais, der zu meiner Rechten saß, doch er schien nicht recht bei der Sache zu sein. Er schaute immer wieder in die andere Richtung, dorthin, wo mein Vater auf seiner anderen Seite saß. Tanais war so groß und kräftig, dass ich nicht richtig an ihm vorbeischauen konnte, um zu sehen, was ihn zu diesen Blicken veranlasste. Nur wenn der Diener kam, um den Weinbecher meines Vater aufzufüllen, konnte ich etwas sehen. Mein Vater trank weißen anstatt blauen Wein, da er den blauen noch nie so recht vertragen hatte. Aus diesem Grund wurde ihm besonders eingeschenkt.

Einen Augenblick lang starrte ich meinen Vater entsetzt an – sein Gesicht war grau und seine Hände zitterten. Dann schob ich meinen Stuhl zurück und wirbelte herum, gerade noch rechtzeitig, um zu sehen, wie Tanais den Kellner packte und hinter das Podest schleuderte. Einen Augenblick lang war es totenstill im Saal, dann ertönte Ateks Stimme.

»Mein Lord?«, sagte er zu meinem Vater.

Elnibal kippte seitlich von seinem Stuhl und stürzte zu Boden.

»Gift!«, brüllte Tanais. »Er ist vergiftet worden! Ruft einen Heiler!«

Ich spürte, wie sich mein Magen in blinder Panik und Furcht zusammenzog.

»Verriegelt sämtliche Ausgänge des Palastes«, übertönte die Stimme meiner Mutter das plötzlich einsetzende Stimmengewirr. »Wachen an jeden Ausgang! *Sofort!* Niemand darf den Palast verlassen!«

Irgendjemand gab die Befehle weiter, während Tanais meinen Vater aufhob und aus dem Saal trug.

Ich versuchte mir einzureden, dass all dies nicht wirklich geschah, dass alles in Ordnung war, doch es gelang mir nicht. Während im Großen Saal des Palasts ein Tumult losbrach, folgte ich dem großen Mann und seiner Last wie betäubt ins Vorzimmer.

Vierter Teil

Die vergiftete Krone

Kapitel XXVII

Tanais legte meinen Vater gerade auf ein Sofa im Vorzimmer, als die Hausheilerin hereingeeilt kam. Sie war ungefähr vierzig und mit dem Cousin ersten Grades meines Vaters verheiratet; zwar verfügte sie über einige Kenntnisse der Heilkunst, war jedoch keine voll ausgebildete Heilerin. Ich war mir nicht sicher, ob sie meinem Vater würde helfen können.

Sein Atem kam mittlerweile in kurzen, flachen Stößen, und seine Haut hatte einen schrecklichen Grauton angenommen. Jeder Muskel seines Körpers war verkrampft, und er hatte das Bewusstsein verloren.

»Das Gift beeinflusst die Atmung«, stellte die Heilerin besorgt fest. »Ich weiß nicht genug, um dagegen etwas zu unternehmen.«

»Der Heiler des Clans ist schon unterwegs«, sagte meine Mutter. Sie machte einen ruhigen, gefassten Eindruck, doch beim letzten Wort versagte ihr beinahe die Stimme.

»Möglicherweise haben wir nicht so viel Zeit«, wandte Tanais ein. »Sucht irgendjemanden, der sich mit tropischen Giften auskennt, und bringt ihn unverzüglich her.« Niemand wagte es, seine Autorität in Frage zu stellen.

»Ich gehe«, sagte Atek, der hinter meiner Mutter stand.

»Woher wisst Ihr, dass es ein tropisches Gift ist?«, wollte die Heilerin wissen. Tanais' Wut schien sie mehr als nur ein bisschen einzuschüchtern.

»Ich habe genug Leute sterben sehen, um zu wissen, was das ist.«

Hamilcar, der als Erbe eines Großen Hauses einiges über Gifte gelernt hatte, war der Ansicht, es könne sich möglicherweise um ein Gift namens Ijuan handeln, das in den Dschungeln von Thetia vorkam. »Es ist sehr giftig«, fügte er hinzu, »doch es verliert an Wirkung, je länger es nach der Ernte aufbewahrt wird.«

Die Heilerin tat, was sie konnte, doch das war nicht sehr viel, und eine quälend lange Zeitspanne standen wir nur da und schauten zu, ohne etwas tun zu können. Ich betete stumm, bat jeden Gott, von dem ich jemals gehört hatte, meinen Vater nicht sterben zu lassen – und dass der Clan-Heiler wusste, wie er mit dem Gift umzugehen hatte.

Wenige Augenblicke später erschien der Clan-Heiler mit seinem Kasten. Die Menge teilte sich, um ihn durchzulassen, und er kniete neben meinem Vater nieder.

»Wir glauben, dass es Ijuan ist«, sagte Tanais.

»Beeinträchtigte Atmung, graue Hautfarbe …« Der Heiler zog ein in Leder gebundenes Buch aus seiner Tasche und gab es der Hausheilerin. »Schaut nach, ob noch irgendein anderes Gift diese Symptome verursachen kann. Ich glaube, Ihr habt Recht, aber ich muss Gewissheit haben.«

Wir warteten schweigend, um ihn nicht in seiner Konzentration zu stören, während der Heiler eine Phiole aus seiner Tasche zog, sie entkorkte, und meinem Vater ein paar Tropfen in den Mund träufelte.

»Nur Ijuan kann solche Symptome hervorrufen«, verkündete die Hausheilerin einen Augenblick später. »Die Gegenmittel sind Temebore und Meerjungfrauenhaar.«

»Temebore!« Er griff erneut in seine Tasche. »Hier drin ist verdünntes Temebore. Das sollte die Lähmung etwas abschwächen.«

Er gab meinem Vater auch ein bisschen davon, und wenige Augenblicke später konnte ich erkennen, wie die Muskeln des Bewusstlosen sich entspannten und seine Atemzüge etwas tiefer und ruhiger wurden.

»Fürs Erste sollte sein Zustand stabil sein«, sagte der Clan-Heiler. »Aber ich habe kein unverdünntes Temebore, und Meerjungfrauenhaar habe ich überhaupt keins – es wächst nur in Thetia. Ihr werdet ihn nach Kula bringen müssen.«

»Kann man ihn denn in diesem Zustand transportieren?«, fragte meine Mutter.

»Es geht nicht anders. Sie werden ihn heilen können, wenn wir es schaffen, ihn dort hinzubringen, obwohl es eine Weile dauern dürfte, bis er sich wieder erholt hat.«

Einen Augenblick später, als alle mich erwartungsvoll anstarrten, wurde mir schlagartig klar, dass ich soeben – zumindest für den Augenblick – Graf von Lepidor geworden war.

Dabei gab es nichts, was ich weniger wollte.

Ich schaute mich nach Dalriadis um und entdeckte ihn hinter Hamilcar. »Admiral, ruft Eure Leute zusammen. Ich will, dass die *Marduk* in einer halben Stunde zum Ablegen bereit ist. Ihr übernehmt das Kommando. Bringt meinen Vater so schnell wie möglich nach Kula – koste es, was es wolle.«

Dalriadis nickte und rannte davon, während der Heiler rief, jemand solle den Palanquin suchen, der seit der festlichen Ranthas-Prozession vom letzten Jahr noch immer im Palast stand. Meine Mutter schickte weitere Dienstboten los, um Decken zu besorgen.

»Cathan«, sagte Tanais entschieden zu mir, »du musst zurück in den Saal gehen und allen erzählen, was geschehen ist und was ihr jetzt tun wollt. Sie müssen es erfahren.«

Muss ich wirklich?, wollte ich aufbegehren. Ich fand es schrecklich, meinen Vater zu verlassen, solange er so dalag. Ich konnte mich nicht losreißen, bis jemand meine Hand nahm und mich sanft mitzog. Ich drehte mich um, um denjenigen anzuschreien, doch die Worte blieben mir im Hals stecken, als ich Ravennas ernstes Gesicht sah, und dicht hinter ihr Palatine erblickte.

»Komm mit«, sagte sie.

Ich folgte ihr bis zur Tür, dann ließ sie meine Hand los.

497

»Wir sind bei dir«, versicherte Palatine. »Aber du musst gehen und es ihnen sagen.«

Als ich die Tür zur Halle öffnete, schlug mir lautes Stimmengewirr entgegen. Alle Anwesenden saßen oder standen in Gruppen beieinander. Das Podest war leer, das Essen auf dem Tisch war beiseite geschoben worden, als mein Vater zusammengebrochen war. Ein paar Stühle waren umgestoßen worden, und Wein tropfte aus einem umgekippten Glas auf den Fußboden.

Es wurde still, als ich in die Halle trat. Das hier war meine Familie, waren meine Verwandten, meine Freunde; alle waren mit meinem Vater verwandtschaftlich enger verbunden als ich, mir jedoch machten sie plötzlich Angst.

»Graf Elnibal ist vergiftet worden«, verkündete ich unsicher, gewann allerdings allmählich ein bisschen mehr Selbstvertrauen. Alles kam mir gleichzeitig so weit entfernt und doch so wirklich vor, eine Wirklichkeit, der ich nicht entfliehen konnte. »Er ist noch am Leben und wird nach Kula ins dortige Hospital gebracht.«

Das war alles, was ich über die Lippen bringen konnte. Ich stolperte von dem Podest herunter und zurück ins Vorzimmer. Mittlerweile war der Palanquin in den Korridor hinter dem Vorzimmer gebracht worden, und Tanais trug meinen Vater zu ihm hinüber. Ein Kämmerer zog die Vorhänge beiseite, und Tanais legte Elnibal sanft auf die Polster, die von irgendwelchen Stühlen genommen worden waren, um die Sänfte damit auszupolstern.

Tanais wies zwei Wachen an, den Palanquin zum Hafen hinunterzutragen, begleitet von ein paar der Soldaten, die in den Palast gestürzt waren, als sie gehört hatten, was geschehen war. Die Nachricht verbreitete sich bereits wie ein Lauffeuer in der ganzen Stadt. Dann wandte der riesenhafte Mann sich mir zu.

»Cathan, geh mit ihm; nimm Palatine und Ravenna mit. Niemanden sonst, *niemanden*. Bleibt unten im Hafen, bis ihr gesehen habt, dass das Schiff abgelegt hat.«

498

»Was ist mit Euch und mit meiner Mutter?«, fragte ich.

»Wir werden versuchen herauszufinden, wer für diesen Anschlag verantwortlich ist. Deshalb hat deine Mutter auch angeordnet, dass die Türen verschlossen werden sollen.«

Wir folgten den Trägern mit der Sänfte durch das Palasttor und die Hauptstraße hinunter. Sie schienen quälend langsam voranzukommen, aber mir wurde klar, dass sie nur vorsichtig waren und den Palanquin nicht zu sehr durchschütteln oder über lockere Steine stolpern wollten.

Als wir so zum Hafen gingen, schienen die halb fertigen Bauten, an denen wir vorbeikamen und die um diese Zeit verlassen waren, mich zu verspotten. Auf mich wirkten sie wie Symbole für den Reichtum, der all dies verursacht hatte, und plötzlich wünschte ich mir, ich hätte damals, vor vielen Monaten, Domine Istiqs im Meer treibenden Seerochen nicht gefunden, wünschte, wir wären niemals auf das Eisenflöz gestoßen.

Ich tat mein Bestes, die neugierigen oder ängstlichen Blicke der Leute, die auf ihren Türschwellen standen, zu ignorieren – die Neuigkeiten hatten sich mittlerweile in der ganzen Stadt herumgesprochen –, während sich unser kleiner Zug die Straße entlangbewegte. Am Tor zum Hafenviertel tauschten die Wachen, die bisher den Palanquin getragen hatten, ihre Plätze mit zwei Kameraden.

Dalriadis hatte im Hafen alles vorbereitet – das ganze Gebäude war hell erleuchtet, und der Lift war bereit und brachte uns sogleich nach unten auf die Ebene, wo die *Marduk* angedockt hatte. Dalriadis hatte Soldaten und Besatzungsmitglieder beiderseits des Weges vom Lift zum Eingang zur Landungsbrücke Aufstellung nehmen lassen, um den Weg freizuhalten, und wir gingen mit dem Palanquin zwischen ihnen hindurch, die Landungsbrücke entlang zur *Marduk*. Der Kapitän hatte eine Trage vorbereitet, und wir schafften meinen Vater in die Kajüte, die für ihn vorbereitet worden war.

Ich wartete bei meinem Vater, bis der Heiler und sein Gehilfe, die beide mit nach Kula reisen würden, mit ihrer Ausrüstung eintrafen.

Bevor ich den Raum verließ, nahm der Heiler mich beiseite. »Das Schlimmste ist vorbei, Cathan. Wenn er bis jetzt überlebt hat, wird er es auch schaffen. Doch Kula ist der beste und sicherste Ort für ihn; Courtières wird ihn weit besser beschützen können als wir. Es wird einige Zeit dauern, bis er sich erholt haben wird, aber du wirst ihn wiedersehen, das verspreche ich dir.«

Seine Worte besänftigten meine Angst weitgehend, ließen nur eine glimmende Wut zurück. Soweit es mich betraf, gab es nur einen einzigen Menschen, der diesen Anschlag verübt haben konnte.

Ich blieb noch bei meinem Vater und dem Heiler, bis Dalriadis zu uns kam und verkündete, dass alles zur Abfahrt bereit sei.

»Bringt ihn so schnell wie möglich hin, Admiral«, befahl ich. »Einen beschädigten Kern können wir reparieren, wenn es hinterher notwendig werden sollte. Niemand darf diesen Raum allein betreten. Und ich meine wirklich *niemand*, auch nicht der Heiler, *überhaupt niemand*! Außerdem will ich, dass immer zwei Wachen vor der Tür stehen.«

»Gut«, sagte er. »Ihr solltet jetzt besser zum Hafen zurückkehren.«

Ich trat ein letztes Mal zu Elnibal, küsste ihn auf die feuchte Stirn und zögerte, bis der Heiler ein mahnendes Hüsteln ausstieß. Dann ging ich durch den Gang zur Schleuse und verließ den Manta. Nur Sekunden, nachdem wir von Bord gegangen waren, schlossen Soldaten hinter uns die Tür, und beinahe im gleichen Augenblick hörten wir, wie sich die innere Schleusentür zischend schloss.

Kaum waren wir wieder in der Nabe, legte die *Marduk* auch schon ab und glitt in die Dunkelheit des Meeres davon. Die Soldaten gingen kein Risiko ein; sie formierten sich um uns und hielten die Menge auf Abstand, während wir durch die abendliche Düsternis zurück zum Palast marschierten.

»Wer da?«, rief der Wachposten, als wir uns dem Tor näherten. Ich sah, dass eine ganze Schwadron Soldaten das Tor bewachte.

»Cathan«, sagte ich, als einer von ihnen eine Laterne hochhielt.

»Ihr könnt passieren, Herr.«

Im Hof, der mittlerweile von Aether-Fackeln hell erleuchtet war, hielten sich noch mehr Männer auf; als wir zwischen ihnen hindurchschritten, fragte ich mich, ob wohl die ganze Garnison hier war – ich hatte noch nie so viele Soldaten an einem Ort versammelt gesehen. Nur eine Tür war offen, die von zwei weiteren Soldaten bewacht wurde; diese beiden trugen zwar keine Uniformen, ihre Schwerter und Abzeichen jedoch waren nicht zu übersehen.

Drinnen fand ich Tanais und meine Mutter sowie einige Ratsmitglieder vor, die in einem der Empfangszimmer eine Art behelfsmäßiges Untersuchungskomitee gebildet hatten. Sie saßen im Halbkreis auf Sofas und Stühlen, während der Chefkoch in der Mitte des Raumes stand. Sein Gesicht war gerötet, und er machte einen entrüsteten Eindruck.

»Ich lasse keine Fremden in meine Küche!«

»Trotzdem muss ich dich fragen, ob du irgendwann jemanden im Küchenbereich gesehen hast, der dir ungewöhnlich vorgekommen ist?«, beharrte meine Mutter.

»Nein, habe ich nicht.«

»Hast du den Küchenbereich zwischendurch einmal verlassen?«

»Nur ganz kurz, um in die Vorratskammer zu gehen. Doch es war die ganze Zeit über ein Unterkoch im Raum, der es mir sofort gemeldet hätte, wenn jemand vorbeigekommen wäre.«

»Schön. Du kannst gehen.«

Der Koch verließ den Raum, und unter den im Halbkreis sitzenden Personen entbrannte eine zornige Diskussion.

»Diese Fragen führen zu nichts«, beschwerte sich Mezentus. »Und mit welchem Recht habt Ihr überhaupt den Vorsitz in diesem Komitee übernommen, Tanais?«

Statt zu antworten griff Tanais in seine schlichte, grob gewebte Tunika und brachte einen Anhänger zum Vorschein, der die Waagschalen der Justiz über einem Delfinpaar darstellte, das Symbol eines thetianischen Richters. Die Augen der Delfine bestanden aus winzigen schwarzen Steinen. Bis auf die gekreuzten Schwerter unter den Delfinen glich es dem Anhänger, den der sterbende Kanzler getragen hatte, wenn mein Vater sich richtig erinnert hatte.

»Ich bin der Erste Gerichtsbeamte des thetianischen Kaiserreichs. Braucht Ihr noch weitere Erklärungen?«

Diese Medaillons konnten nicht gestohlen werden – die schwarzen Steine beherbergten eine Magie, die bewirkte, dass nur der Besitzer es tragen konnte. Es war sehr schwierig, sie herzustellen, daher wurden sie nur von den höchstrangigen Richtern getragen – vom thetianischen Kaiser, den Mitgliedern des Obersten Gerichtshofes sowie von den Kommandeuren der Armeen und der Flotten, die innerhalb ihrer Streitkräfte die Gerichtsbarkeit innehatten.

Mezentus riss die Augen auf, dann knurrte er widerwillig: »Ich erkenne Eure Autorität an«, und danach wurden die Gespräche wieder aufgenommen.

»Der Koch kann es nicht gewesen sein – zu viele Leute haben sein Alibi bestätigt«, sagte meine Mutter. Dann sah sie mich. »Cathan, wir versuchen den Schuldigen zu finden, bevor er die Beweise vernichten kann. Der Wein deines Vaters ist vergiftet worden, nachdem er aus dem Keller geholt worden war. Es gibt eine ganze Reihe von Verdächtigen, aber allmählich wird der Kreis kleiner.«

Ich war entsetzt. »Du meinst, jemand aus dem Palast hat es getan? Vielleicht sogar jemand aus unserem Haus?«

»Es gibt nicht allzu viele, die es überhaupt gewesen sein können«, meinte Tanais. »Der Mundschenk hatte nichts damit zu tun; er war einfach nur zur falschen Zeit am falschen Ort.«

»Hat irgendeiner der Verdächtigen Verbindungen zu Lord Foryth?«, wollte ich wissen.

»Glaubst du etwa, er steckt auch hinter diesem Anschlag?«

»Ich kann mir niemanden sonst vorstellen, der in Frage käme.«

»Vielleicht Graf Lexan«, ließ sich Palatines Stimme hinter mir vernehmen. »Er hat zumindest auch etwas davon. Moritan ist krank, dein Vater fürs Erste aus dem Weg, also ist als einziger erfahrener Herrscher nur noch Courtières übrig.«

»Du vermutest also, dass er ebenfalls in Gefahr ist?«, fragte meine Mutter scharf.

»Es könnte sein.«

»Ist es schon zu spät, Dalriadis anzurufen und ihm zu sagen, dass er die Warnung weitergeben soll?«

»Courtières wird auch allein darauf kommen.«

»Könnten wir uns vielleicht wieder darauf konzentrieren, herauszufinden, wer das getan hat?«, fuhr ich ungeduldig dazwischen. »Wenn uns das gelingt, können wir ihn selbst fragen, wessen Anweisungen er ausgeführt hat, und dann wissen wir, gegen wen wir uns verteidigen müssen.«

In diesem Augenblick begriff ich zum ersten Mal, warum mein Vater jene Drohung an Foryth gesandt hatte, und dass er ganz und gar nicht überreagiert hatte. Ich war gewillt, das Gleiche zu tun. Doch mein Vater hätte das, was er getan hatte, um Haaresbreite mit dem Leben bezahlt. Wer auch immer für all das verantwortlich war, meinte es tödlich ernst, und nach allem, was ich wusste, war es gut möglich, dass Foryth und Lexan zusammenarbeiteten. Das war eine Möglichkeit, an die ich nicht besonders gern denken wollte.

Ein Ratsmitglied stand auf, um mir seinen Stuhl anzubieten, und ich nahm zwischen Tanais und meiner Mutter Platz, während Palatine und Ravenna hinter mir standen und mir über die Schultern blickten.

»Bringt den nächsten Zeugen herein«, befahl Tanais.

Während der Abend fortschritt und die Menschen im Saal immer ungeduldiger wurden, befragten wir jeden, der möglicherweise den Wein vergiftet oder den Täter gesehen haben könnte. Der Korken der Weinflasche wurde auf kleine Löcher untersucht, durch die jemand das Gift in die Flasche geträufelt haben könnte, doch es wurden keine gefunden.

Die Weinflasche war eine Stunde vor dem Essen aus dem Keller hochgebracht und in den Kühlraum gestellt worden, wo sie geblieben war, bis mein Vater angekommen war. Dann war sie entkorkt und auf das besondere Regal neben der Tür gestellt worden, von wo sie der Mundschenk weggenommen hatte, als er wenige Minuten später eingeschenkt hatte. Nur der Kellermeister, das Küchenpersonal, die Kämmerer oder Saaldiener konnten ihn vergiftet haben.

Doch nachdem wir das festgestellt hatten, standen wir wie vor einer leeren Wand. Wir befragten einen nach dem anderen, kamen dem gesuchten Mordgesellen jedoch keinen Schritt näher.

Um elf Uhr, als die im Saal eingesperrten Menschen allmählich aufsässig wurden, hatten wir nur noch drei Kämmerer zu befragen. Wir machten den Anfang mit dem Oberkämmerer, einem Mann aus einem Haus, das traditionell mit dem unseren verbündet war. Zunächst wollten wir von ihm wissen, wo sich die anderen Kämmerer aufgehalten hatten, und fragten ihn dann, wo er selbst gewesen war.

»Im Saal. Ich habe die Dienstboten beaufsichtigt, die die Tische gedeckt haben. Das war kurz bevor die Gäste hereingekommen sind«, sagte er. »Dann bin ich in die Küche gegangen, um den Koch etwas zu fragen.«

»Und was?«

»Wie viele Gedecke auf dem hohen Tisch benötigt würden.«

Das passte zu dem, was der leitende Koch und die anderen Köche uns vorher erzählt hatten.

»War diese Frage nicht zu belanglos, um dich selbst darum zu kümmern?«, fragte Palatine plötzlich.

»Für Euch mag diese Frage belanglos erscheinen, Lady, für mich jedoch nicht«, sagte der Mann und schien sich über die Einmischung einer Außenseiterin zu ärgern. »Es ist meine Pflicht, auch Einzelheiten die gebührende Beachtung zu schenken.«

»Und du bist vom Saal aus durch die Seitentür in den Küchenbereich gegangen?«, fuhr Tanais fort.

»Ja.«

»Hast du den Wein auf dem Regal bemerkt, als du daran vorbeigekommen bist?«

»Ja. Er stand an seinem üblichen Platz. Ich bin kurz stehen geblieben, um mich zu vergewissern, dass alles so war, wie es sein sollte.«

»War die Flasche sauber, hat sie geglänzt?«, mischte Palatine sich erneut ein; dieses Mal warf Tanais ihr einen gereizten Blick zu.

»Ob sie geglänzt hat? Wieso wollt Ihr das wissen?«

»War die Flasche sauber und hat geglänzt?«, wiederholte Palatine ihre Frage.

»Natürlich«, erwiderte der Mann beleidigt.

Palatine nahm einen Krug von dem Tisch hinter meinem Stuhl. Ich verrenkte mir fast den Hals, um zu sehen, was sie vorhatte.

»Und warum hast du dich dann darüber gebeugt und geblasen? Zwei Leute haben es gesehen, und sie haben gedacht, du hättest nur Staub weggeblasen. Aber es ist merkwürdig, dass du das getan hast, und eine halbe Stunde später entdecken wir eine Verfärbung am Rand der besagten Flasche.«

»Was wollt Ihr damit sagen, Palatine?«, herrschte meine Mutter sie ungeduldig an. »Klagt Ihr diesen Mann etwa an?«

»Ich sage, dass genau solche Spuren zurückbleiben würden, wenn man ein wenig Ijuanpulver über die Tülle dieses Kruges blasen würde«, antwortete Palatine hastig.

Ich drehte mich wieder zu dem Kämmerer um und sah seinen Gesichtsausdruck, als er einen Augenblick unachtsam war. Die anderen mussten es ebenfalls gesehen haben.

»Was hast du dazu zu sagen?«, fragte meine Mutter kalt.

»Das ist das reinste Märchen – Ihr habt keinerlei Beweise.«

»Oh, ich glaube, Palatine hat gerade eben gezeigt, dass wir doch welche haben«, widersprach Tanais.

Ich war entsetzt; ich kannte diesen Mann seit vielen Jahren, er hatte fast sein ganzes Leben lang im Palast gedient. Er würde uns doch nicht betrügen?

Und dann, als sein Gesicht sich zu einer hasserfüllten Fratze verzog, begriff ich, dass er uns allerdings betrogen hatte. Er griff in seine Tasche, zog eine schwarze Kugel von etwa zwei Zoll Durchmesser heraus und warf sie nach Tanais, mitten hinein in die Gruppe.

»Sterbt, ihr alle!«

Die Kugel traf das Bein von Tanais' Stuhl und verwandelte sich in einen Feuerball, dessen Flammen mit erstaunlicher Geschwindigkeit auf den Stuhl und die übrigen Möbel übergriffen. Irgendjemand schrie, und ich machte einen Satz nach vorn, weg von den Flammen, als der riesige Soldat meine Mutter hochhob und in Sicherheit brachte. Andere versuchten sich zu retten und sprangen über Stühle und Sofas, die bereits in Flammen standen, während sich Flammenzungen überall im Raum ausbreiteten. Einer der Wachposten hob sein Schwert, um den Kämmerer niederzuhauen, doch als die Flammen über den Teppich auf ihn zuschossen, verließ ihn der Mut. Er und sein Kamerad schoben sich an der Wand entlang, als die Flammen sich ausbreiteten – binnen Sekunden brannte die gesamte Einrichtung lichterloh und das Feuer loderte an den Wänden empor.

»Cathan!« Ravenna überwand die kurze Entfernung zwischen uns mit zwei, drei schnellen Schritten. »Wir haben keine Zeit. Du musst mir helfen!« Ich sah, wie Tanais meine Mutter absetzte und heftig gestikulierend zu mir herüberschaute, doch ich hatte keine Ahnung, was er wollte.

Ravenna nahm meine Hände, und noch bevor mir richtig klar geworden war, was sie vorhatte, leitete sie den magischen Kontakt zwischen uns ein.

»Hilf mir«, sagte sie in meinem Kopf. »Lass die Magie frei!«

Ich schloss die Augen und ließ mein Bewusstsein entlang der Verbindung zwischen uns dahingleiten, ließ es langsam durch die Schichten des Körpers in die des Geistes absteigen, und weiter bis zum Rand der Sphäre der Seele. Ich trieb in unendlicher Dunkelheit, in der fremdartigen Sphäre des Geistes, die niemand von uns verstand. Doch ich wusste, was ich zu tun hatte.

Ich eilte durch das Nichts auf sie zu, und einen Augenblick lang hatte ich wieder das sonderbare Gefühl einer Vereinigung, das ich gespürt hatte, als wir die Magie im jeweils anderen versiegelt hatten. Doch dieses Mal bewegten wir uns wie eine einzige Entität, um die Barrieren niederzureißen, die die Magie zurückhielt.

Es war wie eine Flut, eine gigantische Woge, die durch uns hindurchbrauste und uns einen Augenblick später wieder auseinander riss. Mein Körper fühlte sich förmlich elektrisiert an von der Macht, die in ihn zurückströmte, diese merkwürdige Mischung aus Schatten und Wasser, die ich meiner Ausbildung und meinem Blut verdankte.

Und dann begriff ich, warum Ravenna so gehandelt hatte, und zog meinen Verstand abrupt in meinen Körper zurück. Der Raum war ein einziges Inferno aus Feuer und Rauch, und aus allen Ecken erklangen Schreie. In der Mitte des Raumes war der Kämmerer zu einer menschlichen Fackel geworden, und sein Mund öffnete und schloss sich in lautlosen Schreien, während er von den Flammen verzehrt wurde.

Ich griff nach meiner Macht, meiner angeborenen Macht über das Wasser, die ich kaum jemals benutzt hatte, und leerte meinen Verstand zum ersten Mal seit Wochen – es war fast genauso schwer, wie es ganz am Anfang gewesen war. Ich tastete mich aus dem brennenden Raum hinaus, hinunter zum ruhigen abendlichen Meer, und dann brachte ich die ganze Kraft einer Tonne Meerwassers in den Raum, während gleichzeitig die Flammen um die Menschen herum von Schatten verschluckt wurden. Ich spürte, wie die Woge mich traf, mich gegen die Wand schleuderte, und ich glitt unter die Wasseroberfläche, denn mir war immer noch vollauf bewusst, was geschah, und daher wusste ich, dass ich es nicht riskieren durfte, gesehen zu werden – nicht wenn ich den heutigen Abend überleben wollte.

Die Flammen waren nicht von Naphtha entzündet worden, wie ich sah, als ich die Augen öffnete, denn das Wasser hatte sie gelöscht, und Naphtha brannte auch im Wasser weiter. Andererseits könnte die gewaltige Woge sie auch regelrecht ausgeblasen haben.

Das Wasser reichte mir fast bis zum Hals, und ich tauchte wieder auf, um mich umzusehen.

Das Feuer war erloschen und der Raum wurde jetzt nur noch von den Aether-Lampen draußen vor den Fenstern erleuchtet; die Vorhänge mussten weggerissen worden sein. Ich konnte Gesichter und Gestalten erkennen – Palatine, die gewaltige Silhouette von Tanais neben meiner Mutter, ein paar der anderen Ratsmitglieder. Doch es fehlten auch einige.

»Sucht euch etwas zum Festhalten«, befahl Tanais; seine Stimme klang in dem von den Wassermassen verkleinerten Raum plötzlich sehr laut. Er ging zum Fenster – für ihn war das Wasser kaum mehr als hüfthoch –, und stützte sich mit einer Hand an der Wand ab, während er mit einem Fuß das Fenster auftrat, so dass das Meerwasser nach draußen auf die Terrasse und weiter in den Garten abfließen konnte. Ich spürte den Sog der Wassermassen, doch ich hielt mich an irgendetwas Schwerem fest, um nicht mitgerissen zu werden. Als der Wasserspiegel sank, sah ich, dass ich mich an einen halben Tisch geklammert hatte.

Dann wurden die Türen geöffnet, und Licht und Menschen strömten in den Raum. Vier oder fünf Leichen lagen auf dem Boden; selbst bei der schlechten Beleuchtung konnte ich erkennen, dass sie schrecklich verbrannt waren. Wir anderen blickten uns gleichermaßen betäubt und verwirrt an. Ich wollte nicht an die Verwüstung denken, die meine Stadt im Gefolge dieses Abends erlitten hatte – und das alles nur wegen des Verrats eines einzigen Mannes, der jetzt nur noch ein verkohlter Kadaver auf dem Fußboden war. Er war einer der Gefolgsleute gewesen, denen wir am meisten vertraut hatten.

Nach den Geschehnissen der letzten Minuten hatte es keinen Sinn mehr, die Angehörigen des Hauses und die Gäste noch weiter warten zu lassen, daher befahl ich den Soldaten, die Tore zu öffnen und allen zu sagen, dass sie nach Hause gehen konnten. Von dem Mobiliar in dem Raum, in dem wir gewesen waren, waren nur noch verbrannte Bruchstücke und Asche übrig. Die Soldaten, von denen einige weinten, hatten die Leichen des Kämmerers, ihrer beiden Kameraden und der beiden Ratsmitglieder, die ebenfalls umgekommen waren, in Decken gewickelt. Einer der Toten war Mezentus. Ich fragte mich, was ich seiner Tochter sagen sollte, einem Mädchen in meinem Alter, die nun beide Elternteile verloren hatte.

Doch noch immer waren die Unannehmlichkeiten dieses Abends nicht vorbei. Zwei Minuten, nachdem wir die Türen geöffnet hatten, erschien Midian mit vier Wachen und einem Gedankenmagier; er kam im wahrsten Sinne des Wortes in den Palast gestürmt und verlangte zu erfahren, was hier vorgefallen war.

Ich war nicht in der richtigen Stimmung für seine halethitische Arroganz, und sein Tonfall war so unverschämt, dass ich nur mit größter Mühe den Wunsch unterdrücken konnte, ihn zu schlagen.

»Hier sind mehrere Menschen einem Verrat zum Opfer gefallen, *Pontifex*. Eine Angelegenheit, die in Abwesenheit meines Vaters nur mich etwas angeht.«

»Da täuscht Ihr Euch gewaltig, Erbgraf.«

»*Graf*, Avarch Midian, bis auf Weiteres.« Es musste immer einen amtierenden Grafen geben, der für den Clan die Verantwortung trug. Während mein Vater krank war, führte ich daher den Titel.

»Das ist nicht von Bedeutung. Irgendjemand hat hier heute Nacht Wassermagie eingesetzt, und das ist Häresie der schlimmsten Sorte. Mein Gedankenmagier wird alle, die hier zugegen waren, einzeln überprüfen, um herauszufinden, wer es getan hat – und sich anschließend mit dieser Person befassen.«

»Das werdet Ihr nicht tun, Midian. Mein Vater ist vergiftet worden, und es ist nicht sicher, ob er überleben wird; fünf Menschen aus meinem Clan sind tot; mein Palast wurde beinahe von Feuermagie zerstört und nur von diesem Wassermagier gerettet, wer immer es auch sein mag. Wir alle verdanken diesem Magier unser Leben, Midian.«

»Erweist mir den gebührenden Respekt, Cathan, und tretet beiseite – oder ich werde Euch der Häresie anklagen, weil Ihr diesen Ketzer beschützt.«

»Wenn ich das täte, würde ich den Codex verletzen.« Verzweiflung stieg in mir auf. Der Codex war eine Sammlung alter thetianischer Gesetze, die man uns in der Zitadelle gelehrt hatte; sie verlangten ein weit stärkeres Maß an Solidarität zum Clan, als die meisten Menschen jemals empfanden. Nur einige wenige der thetianischen Clans, die noch den alten Traditionen anhingen – darunter auch Palatines – richteten sich jetzt noch nach ihm.

»Wenn Ihr Euch wirklich nach dem Codex richten würdet, vielleicht. Aber wir sind hier nicht in Thetia, und ich lasse mich nicht auf diese Weise zum Narren halten.«

»Er hat vollkommen Recht«, mischte Tanais sich mit grollender Stimme ein. Sein Gesichtsausdruck machte selbst mir Angst, obwohl er gar nicht mir galt. »*Ich* bin derjenige, der für die Wassermagie, die hier angewandt wurde, verantwortlich ist, und ich würde vorschlagen, Ihr vergesst einfach, dass es überhaupt geschehen ist.

Gegen mich könnt Ihr ohnehin nichts ausrichten.« Er bedeutete mir mit einer Geste, nichts zu sagen, und das wollte ich auch gar nicht – zumindest jetzt noch nicht. Er konnte sich selbst besser verteidigen, als ich es jemals gekonnt hätte. Wenn er wirklich Tanais Lathien war.

»Ihr seid ein Häretiker, und ich verhafte Euch im Namen der Domäne.«

»Schleudert mir ruhig Eure erbärmlichen kleinen Worte entgegen, Priester, doch seid vorsichtig, denn ich würde keinen Augenblick zögern, Euch oder jeden anderen, der sich mir in den Weg stellt, zu beseitigen. Das gilt auch für Eure Männer, Cathan. Ich würde vorschlagen, dass Ihr jetzt den Palast verlasst, Priester.«

Midian starrte erst Tanais und dann mich an, und in seinem Blick lag ein solcher Hass, dass mir ganz kalt wurde.

»Ich werde dafür sorgen, dass Ihr brennt«, sagte er, bevor er auf dem Absatz kehrt machte und hinausmarschierte. Die Priester folgten ihm stumm und mit versteinerten Gesichtern.

Ich war mir nicht sicher, wem seine letzten Worte gegolten hatten.

Ich war zwar todmüde, konnte jedoch immer noch nicht ins Bett gehen. Vorher musste ich noch zwei weitere Dinge erledigen, von denen ich nur eines auf morgen aufschieben konnte, wenn ich es überhaupt tun sollte. Ich bat Palatine und Hamilcar, mich ins Arbeitszimmer meines Vaters zu begleiten, das nun einmal mehr wieder das meine war. Zum hundertsten Mal an diesem Abend wünschte ich mir, es wäre nicht so. Ravenna war nirgends zu sehen.

»Hamilcar«, begann ich, nachdem sie Platz genommen hatten. Der tanethanische Kaufmann sah erschöpft aus, doch Palatine schien überhaupt nicht müde zu sein, nur melancholisch. »Glaubt Ihr, dass Foryth hinter diesem Anschlag steckt?«

»Es könnte sein«, erwiderte Hamilcar vorsichtig, »aber ich habe meine Zweifel. Wenn er wirklich dahinter steckt, kann er das nicht allein durchgeführt haben. Große Häuser werden zerstört, wenn sie Clans so etwas zufügen, also muss Foryth von irgendjemandem unterstützt werden.«

»In noch nicht einmal einem Monat haben wir einen Piratenangriff, einen Überfall der Stammeskrieger, einen versuchten Sabotageanschlag im Hafen, die Ermordung des Königs und nun das Giftattentat auf Cathans Vater erlebt«, zählte Palatine auf. »All diese Dinge, die so kurz nacheinander geschehen sind, müssen irgendwie miteinander zusammenhängen. Alles, was geschehen ist, war zumindest lästig oder noch schlimmer für Lepidor, selbst der Tod des Königs.«

»So etwas hätte Foryth niemals getan. Das war ein politisches Attentat auf höchster Ebene, und ein Großes Haus würde die Auswirkungen niemals verkraften.«

»Aber selbst in diesem Fall scheint es eine Verbindung zu geben«, erklärte ich ihm. »Die Fehde mit dem Haus Canadrath, die ungefähr zum gleichen Zeitpunkt begonnen hat, Moritan, der bei dem Anschlag verletzt wurde, der fehlgeschlagene Angriff auf Arcadius.«

»Wenn sie Arcadius wirklich getötet hätten, würden wir jetzt auf einen allgemeinen Krieg zusteuern«, sagte Palatine. »Orosius wäre vor Wut übergeschnappt. Ich glaube, sie hatten gar nicht vor, ihn zu töten; der Angriff auf Arcadius war nur dazu gedacht, die Thetianer wütend zu machen.«

»Wenn Foryth wirklich dabei seine Hand im Spiel hatte, dann wurden sie von jemand anderem als Marionetten benutzt.«

»Und von wem? Wer hat einen Grund, das Kaiserreich auf diese Weise anzugreifen?«

»Die Halethiter.«

»Das ist doch Unsinn.« Palatine tat die Idee in Bausch und Bogen ab. »Die Halethiter haben keine Flotte, die Thetianer haben keine ausreichend große Armee.«

»Die Halethiter könnten hoffen, dass die Thetianer Foryth die Schuld geben und Taneth für sie zerstören.«

»Aber so dumm wäre doch wohl noch nicht einmal Orosius, oder?«, gab ich zu bedenken.

»Er ist ein Tar'Conantur«, entgegnete Hamilcar und breitete die Arme aus. »Wer weiß, was er tut, wenn seine Familie direkt betroffen ist.«

»Wir sind nicht alle verrückt.« Ich bemerkte es gar nicht richtig, doch es war das erste Mal, dass ich mich zu ihnen zählte.

»Die meisten von Euch schon. Immer anmaßend, genau das seid Ihr. Ich neige eher zur Skepsis, was das betrifft.«

»Frag Tanais«, sagte Palatine.

»Nur die Elemente wissen, wer er wirklich ist. Wie vielen Zweihundertfünfzigjährigen bist du bisher in deinem Leben begegnet?«, gab Hamilcar zurück.

»Darum geht es doch gar nicht«, erwiderte sie. »Was glaubst du, was Foryth als Nächstes tun wird?«

Hamilcars Gesicht war sehr ernst. »Er hat Graf Elnibal nicht einfach zum Spaß vergiftet. Ganz offensichtlich hat er versucht, ihn zu töten, aber das muss ihm irgendeinen Vorteil bringen. Ich nehme an, er verspricht sich etwas davon, dass Ihr noch jung seid und wenig Erfahrung habt, Cathan. Innerhalb der nächsten paar Tage oder Wochen wird noch etwas geschehen. Wer auch immer hinter diesem Anschlag steckt, der Zeitpunkt war alles andere als ein Zufall. In wenigen Tagen – höchstens in zwei oder drei Wochen – wird dieser verborgene Feind, wer auch immer es sein mag, erneut zuschlagen. Und ich glaube, dieses Mal wird er den seiner Meinung nach entscheidenden Schlag führen.«

Kapitel XXVIII

Der nächste Morgen war schrecklich.

Ich hatte unruhig geschlafen und war von einem Albtraum in den nächsten geglitten, und als ich aufwachte, fiel mir sofort wieder ein, was am Abend zuvor geschehen war. Es gab keine Möglichkeit, in Erfahrung zu bringen, ob Elnibal noch am Leben war; die *Marduk* hatte wahrscheinlich noch nicht einmal Kula erreicht.

Ich hatte keinen Hunger, daher ging ich hinunter zum Strand, um ein bisschen zu schwimmen, doch auch das half nicht. Die Erinnerungen an den Vorabend verfolgten mich, wohin ich auch schaute, und als ich tauchte, war mir plötzlich, als sei ich wieder im Großen Saal.

Als ich in den Palast zurückkehrte, begegnete ich Tanais in der Eingangshalle; er war gerade im Begriff, zum Hafen hinunterzugehen, um die *Parasur* noch zu erwischen, die zurück nach Pharassa segelte.

»Ihr reist schon ab?«, fragte ich ihn.

»Ich kann nicht bleiben. Nicht nach dem, was ich gestern Abend zu Midian gesagt habe. Wieso musstest du auch deine Magie einsetzen? Ich hätte auch so alles in den Griff bekommen, und dann hätte es den ganzen Ärger nicht gegeben.«

»Ihr seid kein Magier – was hättet Ihr also tun können?« Ich war immer noch wütend und ziemlich aufsässig.

Seine Geduld war aufreizend; er schien meinen Tonfall gar nicht bemerkt zu haben. »Mein Medaillon ist mit Wassermagie aufgeladen. Carausius hat das getan, bevor er gestorben ist. Es ist nicht mehr viel davon übrig, aber ich wäre mit dem Feuer fertig geworden, und da die Magie durch das Medaillon freigesetzt worden wäre, hätte der Gedankenmagier sie niemals aufspüren können.«

»Und woher hätte ich das wissen sollen?«

»Ich habe es dir zugerufen, und du hast mich auch angesehen, aber dann warst du zu beschäftigt damit, dieses merkwürdige Ritual mit Ravenna durchzuführen, um zu begreifen, was ich von dir wollte. Was war das überhaupt?«

»Als der Gedankenmagier hier eingetroffen ist, haben wir die Magie bei uns gegenseitig versiegelt, so dass er sie nicht aufspüren konnte. Ravenna war diejenige, die sich gestern Abend entschlossen hat, sie wieder freizusetzen.«

»Sie konnte es nicht wissen, aber sie hat dich in größere Gefahr gebracht, als Midian es jemals hätte tun können. Ich glaube nicht, dass du mehr als eine Woche Zeit hast, dann wird ihm klar werden, was wirklich geschehen ist. Danach musst du entweder eine Möglichkeit finden, ihn auszuschalten, oder von hier fortgehen.«

»Vielen Dank«, sagte ich voll Bitterkeit. Ein weiterer grober Schnitzer – was kam als Nächstes? »Wann kommt Ihr zurück? Vorausgesetzt, dass wir dann immer noch hier sind und nicht von der Inquisition verhaftet worden sind?«

»Ich werde innerhalb eines Monats zurückkehren. Pass auf dich auf und denk daran, dass niemand hier das ist, was er oder sie zu sein scheint.« Er drehte sich um und schritt zur Tür hinaus. Ich machte mir nicht die Mühe, ihm zu folgen.

»Was sollte das denn bedeuten?«, rief ich hinter ihm her, doch ich bekam keine Antwort.

Dank Ravennas und meiner eigenen blinden Dummheit war die Domäne jetzt also im Begriff herauszufinden, dass ich ein Magier war. Ein paar Augenblicke später, als mir Tanais' Worte wieder einfielen, dass ich fortgehen müsste, wurde mir klar, was das bedeutete. Fortgehen? Lepidor verlassen? Wie könnte ich? Es gab niemanden, der das Amt des Grafen übernehmen könnte. Und außerdem – wo sollte ich denn hin? Ich wäre als Ketzer gebrandmarkt und würde über alle Meere hinweg gejagt werden. Qalathar könnte ein sicherer Hafen sein … bis die Armeen des Kreuzzugs ankommen würden, um zu beenden, was sie vor dreiundzwanzig Jahren begonnen hatten. Verdammte Ravenna!

Um diese Zeit waren erst wenige Menschen auf, und außerdem klaffte eine schreckliche Lücke im Zentrum dieses Haushalts, dort, wo mein Vater hätte sein müssen. Ich erinnerte mich daran, wie es gewesen war, wenn ich sonst so früh aufgewesen war – er war immer da gewesen. Selbst als er auf der Konferenz gewesen war, hatte ich immer die Gewissheit gehabt, dass er in Sicherheit war. Nun wusste ich noch nicht einmal, ob er überhaupt jemals zurückkommen würde, und ich war der Einzige, der jetzt noch zwischen Lord Foryth und Lepidor stand.

Ich ging zum Arbeitszimmer meines Vaters hinauf, zog die Tür hinter mir zu, setzte mich hinter seinen Schreibtisch und starrte mit leerem Blick die Papiere und Dokumente an, die darauf lagen. Er hatte sich eine Notiz gemacht, sich um einen Streit zwischen zwei Häusern zu kümmern. Jetzt würde ich mich der Sache annehmen müssen. In der Hoffnung, mich ablenken zu können, zog ich den Papierstapel zu mir heran, der noch von gestern übrig geblieben war. Tanais' unerwartete Ankunft hatte dafür gesorgt, dass einiges unerledigt liegen geblieben war. Es war wie immer eine langweilige, ermüdende Arbeit, doch sie sorgte zumindest für ein wenig Ablenkung von meinen Problemen.

Ich arbeitete verbissen vor mich hin, bis es an der Tür klopfte. Einen Augenblick blieb ich ganz still sitzen. Ich wusste, wer da geklopft hatte, und ich wollte sie jetzt ganz bestimmt nicht sehen, doch ich konnte die Angelegenheit auch nicht aufschieben.

»Herein.«

»Die Soldaten haben die Unterkunft des Mannes durchsucht, aber sie haben nichts gefunden«, sagte Ravenna.

»Das war zu erwarten.«

Gespanntes Schweigen senkte sich über den Raum, als sie die Tür schloss und sich hinsetzte. »Ist Tanais fort?«, wollte sie wissen.

»Vor ungefähr einer halben Stunde. Er meint, es wird ungefähr eine Woche dauern, bis Midian herausfindet, wer gestern Abend die Magie gewirkt hat. Er braucht nur in seinem Exemplar der *Geschichte* nachzusehen, um zu erfahren, dass Tanais keinerlei magische Fähigkeiten besitzt.«

»Was hätte ich denn sonst tun sollen? Dastehen und mich verbrennen lassen?«

»Du musst doch Tanais' Zeichen gesehen haben. Ich habe sie bemerkt, aber du hast mich gepackt, bevor ich Zeit zum Nachdenken hatte.«

»Und wenn schon. Er hat keine magischen Fähigkeiten.«

»Oh doch. Durch das Medaillon.«

»Cathan, du kannst mir für das, was ich getan habe, keine Vorwürfe machen. Nach allem, was ich wusste, warst du der Einzige in ganz Lepidor, der das Feuer löschen konnte. Die Flammen waren nicht natürlich, das musst du doch auch gespürt haben.«

»Nein, ich vermute, ich kann dir wirklich keine Vorwürfe machen. Aber innerhalb einer Woche muss ich von hier fort. Es sei denn, uns fällt etwas ein, wie wir mit Midian fertig werden können.«

»Ist das etwa auch meine Schuld?«

»Ich habe meine Magie eingesetzt, genau wie du. Wir sind beide in Gefahr.«

»*Du* bist vielleicht in Gefahr. Ich habe nicht so viel Magie eingesetzt, dass sie es hätten bemerken können.«

Warum sagte sie so etwas? Vielleicht dachte sie, dass sie sich jetzt, wo sie mich in den Schlamassel hineingeritten hatte, nicht mehr damit zu befassen brauchte.

»Nun, du könntest zumindest versuchen, mir zu helfen, selbst wenn deine Haut nicht in Gefahr ist. Ich kann den Clan nicht verlassen, Ravenna. Bis mein Vater zurückkehrt, bin ich der Graf, und es gibt niemanden, der an meine Stelle treten könnte. Wenn ich gehe, wird mein Haus die Macht verlieren, und der Kontrakt mit Hamilcar wird nichtig. Dann hätte Foryth gewonnen. Und es wird niemand hier sein, um Midian aufzuhalten.«

»Ich habe nie gesagt, dass ich dir nicht helfen würde.«

»Du hast es aber angedeutet. Hast du irgendwelche brauchbaren Vorschläge, wie wir dieses kleine Problem vielleicht lösen könnten?«

»Außer Midian umzubringen fällt mir nichts ein, was du tun könntest. Wir haben nicht genug Zeit, um herauszufinden, ob wir ihn erpressen können, und wir können auch nicht mal eben einen Sturm heraufbeschwören, um ihn die ganze Woche in seinem Tempel festzuhalten.«

»Soll das eine Hilfe oder ein Rat der Verzweiflung sein?«

Ihre Augen blitzten. »Ich tue, was ich kann, um Thetis' willen. Palatine ist die Meisterin in Sachen Strategie, nicht ich. Frag sie doch.«

»Palatine hat keine magischen Fähigkeiten, Ravenna. Du dagegen schon.«

»Genau wie du, auch wenn sie bei dir angeboren sind und du nur mit den Fingern zu schnippen brauchst, um über mehr Macht zu gebieten als die meisten Menschen sich je träumen lassen würden.«

»Was hat denn das damit zu tun?«, wollte ich wissen. »Hier geht es doch gar nicht darum, woher wir unsere magischen Kräfte haben; wir versuchen, irgendwie mit der Domäne fertig zu werden.«

Sie stand von ihrem Stuhl auf und trat an den Schreibtisch heran; ihr Gesicht war eine kalte Maske. »Du kannst sie doch bestimmt einfach auslöschen, oder nicht? Und jeden, der kommt, um die Angelegenheit zu untersuchen. Es gibt keinen Grund, herablassend zu sein.«

»Wovon redest du überhaupt? Ich war nicht herablassend. Was habe ich denn gesagt?« Ihre plötzliche Feindseligkeit verblüffte mich. Ich war mir sicher, dass ich nichts gesagt hatte, was sie hätte kränken können; warum ging sie also auf mich los?

»*Was habe ich denn gesagt?*«, äffte sie mich nach. In ihrem kühlen Tonfall klang es wie eine groteske Parodie meiner Worte. »Schenkst du uns unbedeutenderen Sterblichen so wenig Beachtung, dass du dir noch nicht einmal die Mühe machst, darauf zu achten, was du sagst? Oh, natürlich habe ich magische Fähigkeiten, darum könnte ich dir vielleicht eine Hilfe sein. Ich könnte dich aus dieser Situation befreien, in die du dich selbst gebracht hast, weil du zu arrogant warst, um nachzudenken, bevor du gestern all diese Magie eingesetzt hast.«

Sie schrie jetzt beinahe, und ihre Stimme verlor etwas von ihrem emotionslosen, beherrschten Tonfall. Sie beugte sich über den Schreibtisch, schaute auf mich herunter, und ich stand auf. Dieser letzte Vorwurf, so haltlos er auch war, hatte meine Wut neu entfacht.

»Du hast selbst gesagt, dass du letzte Nacht im Eifer des Gefechts gehandelt hast. Darfst du das dann also, und ich nicht?«

»Wir einfachen Sterblichen, deren Macht begrenzt ist, müssen von Zeit zu Zeit lernen, diese Macht zu kontrollieren. Ich habe nicht so viel Magie freigesetzt, dass es wahrscheinlich jeder Magier in ganz Ozeanus gespürt hat. Du hast einen Vorschlaghammer benutzt, um eine Nuss zu knacken, und jetzt willst du die Konsequenzen nicht akzeptieren.«

»Ich habe dir das Leben gerettet, oder hast du das schon wieder vergessen?«

»Du hast mein Leben gerettet, damit du dich meiner wieder bedienen kannst, wenn du das nächste Mal so tun willst, als ob du dich mit dem Rest von uns berätst, bevor du deine Pläne schmiedest. Natürlich gibt es ja immer noch Palatine, die genauso eine verdammte Tar'Conantur ist wie du. Sie ist es wert, sich mit ihr zu beraten, auch wenn in ihrem Blut nicht Ranthas allein weiß was fließt.«

Ich versuchte etwas zu sagen, sie zu unterbrechen, doch sie achtete nicht darauf, sondern fuhr wütend fort. »Hast du dich nie gefragt, warum ich zusammengebrochen bin, nachdem wir uns das erste Mal geistig verbunden hatten? *Mich* hast du natürlich nie gefragt, denn du wolltest es gar nicht wissen. Du warst fürs Erste sicher vor Midians Scheiterhaufen, bis dir etwas einfallen würde, wie du auf deine Weise mit ihm fertig werden könntest. Ich war nur ein Werkzeug, das gelegentlich die eine oder andere gute Idee hat.«

»Das ist nicht wahr!«, protestierte ich. Ihre Worte verletzten mich zutiefst. Aber sie wurde einfach noch lauter, um mich zu übertönen, und ihre Augen funkelten vor Wut.

»Du bist noch nicht einmal auf die Idee gekommen, dass mein Zusammenbruch etwas mit dir, mit deinem Verstand zu tun gehabt haben könnte. Deinem bizarren Verstand – so verdreht, dass ich immer wieder erstaunt bin, dass du überhaupt geradeaus laufen kannst. Ich musste in die Sphäre deiner Seele schauen, du gottverfluchtes Monster, das einer verderbten, bösen Familie entstammt. Du unterscheidest dich kein bisschen von den anderen – von Ragnar, dem Verräter; Valdur, dem wahnsinnigen Brudermörder; Landressa, dieser intriganten, mordenden Hure, die niemals Kaiserin hätte werden dürfen. Deine Familie zerstört alles, was sie berührt, selbst die Menschen, die sie lieben. Wie viele ihrer Ehemänner und Ehefrauen haben überlebt – und haben nicht den Verstand verloren? Du bist verfault bis ins Mark, Cathan – selbst das Blut, das durch deine Adern strömt, ist befleckt.«

Es war, als hätte sie mir einen Hammerschlag versetzt. Ich stolperte rückwärts und packte die Lehnen des Stuhls fest mit beiden Händen. Ich versuchte, etwas zu sagen, doch das, was sie da gerade vorgebracht hatte, betäubte mich regelrecht; ich konnte nicht verstehen, warum sie solche Dinge sagte. Am schrecklichsten jedoch war, dass ein Teil meines Verstandes – jener Teil, der nicht unter ihrem heftigen Angriff und dem, was ich als Verrat betrachtete, zurücktaumelte – wusste, dass nicht alles, was sie gesagt hatte, Lügen waren.

»Na, jetzt habe ich dich im Innersten getroffen, was?«, fauchte sie. Ihr Gesicht war vor Wut verzerrt, doch ansonsten war ihre eisige Selbstbeherrschung immer noch intakt. »Irgendjemand hat es schließlich doch gewagt, dir die Wahrheit über die Tar'Conanturs« – sie sprach das Wort so aus, dass es wie eine Beleidigung klang – »zu sagen, ohne sich über deine Stimmung Gedanken zu machen. Du und Palatine und alle eure Vorfahren – ihr seid alle gleich. Lasst uns die armen Sterblichen in Stücke reißen, wenn sie uns in die Quere kommen. Vielleicht ist sie ein bisschen weniger schlimm, aber sie ist immer noch genauso. Du brauchst dir wegen des Gedankenmagiers keine Sorgen zu machen, denn wenn er mehr als ein paar Sekunden mit dir Kontakt hat, wird er wahnsinnig werden, wie schon so viele andere. Dein gesegneter Vetter, Kaiser Orosius zum Beispiel. Du bist ihm viel ähnlicher, als du es dir jemals klar gemacht hast oder zugeben könntest, und du bist in der Lage, genauso viel Tod und Zerstörung zu bringen.«

Ich sackte auf den Stuhl zurück, unfähig, ihrem Blick standzuhalten oder sie auch nur anzusehen. »Ich wollte doch nur ein bisschen Hilfe«, sagte ich. Meine Stimme klang wie die eines Fremden.

»Ein bisschen Hilfe! Bestimmt nicht. Denn die bekommst du von Palatine und gelegentlich auch noch von Leuten mit dem entsprechenden Rang, nicht von Waisen aus Tehama, Günstlingen, die keinen Tropfen deines erhabenen Bluts in sich tragen. Du hast mich nur aus einem einzigen Grund hier behalten: Weil du mich hübsch findest und glaubst, dass ich eventuell eine gute Konkubine abgeben würde.«

Jetzt schaute ich sie doch an. Das Blut wich mir aus dem Gesicht. »Nein!«, flüsterte ich. »Niemals!«

»Ich habe genug von deinen Lügen, Cathan. Ich liebe dich nicht, wie du es dir insgeheim vielleicht vorgemacht hast. Ich mag dich noch nicht einmal. Ersäufe Midian und alle seine Priester, wenn du willst – aber von mir wirst du keine Hilfe bekommen.«

Damit drehte sie sich um und rannte fast zur Tür, achtete nicht auf meinen verzweifelten Schrei. Sie schlug die Tür hinter sich zu, und ich hörte, wie sie den Korridor entlangrannte. Das Geräusch ihrer Schritte entfernte sich schnell.

Noch eine ganze Weile, nachdem sie gegangen war, schaute ich nicht auf. Ich fühlte mich unsagbar verzweifelt und allein – und außerdem betrogen. Ich war doch nicht wirklich so, wie sie gesagt hatte – oder etwa doch?

Ich wusste nicht mehr, was ich glauben sollte, barg mein Gesicht in den Händen und weinte.

Ein paar Minuten später hörte ich, wie sich die Tür öffnete und jemand leise ins Zimmer kam. Langsam hob ich den Kopf, für den Fall, dass Ravenna zurückgekehrt war, doch es war jemand anderes.

»Cathan?«, sagte Elassel.

»Lass mich allein.«

»Das war alles nicht wahr.«

»Woher willst du das wissen?«, fragte ich und sah sie erneut an. Sie kam um die Seite des Schreibtischs herum und hockte sich neben meinen Stuhl. »Du kennst mich doch kaum, und du bist keine von uns.« Sie hatte mein Gespräch mit Ravenna mitangehört, oder zumindest einen Teil davon. Sie wusste, wer ich war.

»Keine Ketzerin? Cathan, Religion bedeutet mir nichts mehr. Und all diese Dinge über die Tar'Conanturs …«

»Stehen genau so in der *Geschichte*.«

»Und trotzdem sind sie nicht wahr. Denk doch nur einmal daran, wie viel sie weggelassen hat. All diejenigen, die deiner Familie Ehre gemacht haben. Aetius, Carausius. Tiberius. Sogar Landressa hat dabei geholfen, die Tuonetar zu besiegen.«

»Aber es hat in dieser Familie so viele Verrückte gegeben, Elassel, so viel Böses.«

»Das ist in jeder Familie so. Der einzige Unterschied ist, dass die Tar'Conanturs berühmt sind. Ich bin keine Magierin, aber sogar ich kann sehen, dass du nicht wie einer von denen bist.«

»Warum hat sie dann all das gesagt? Warum hat sie sich gegen mich gewandt?«

»Das kann ich dir nicht sagen, Cathan. Das kann nur sie selbst. Aber als sie wütend wurde, hat sie alles ausgegraben, was ihr eingefallen ist. Wie viel von all diesen Dingen haben wir anderen bemerkt? Sie verwendet die Geschichte deiner Familie gegen dich, während wir anderen noch nicht einmal auf die Idee kämen, dass du ein Tar'Conantur sein könntest – abgesehen von deinem Aussehen natürlich.«

»Ist das denn so offensichtlich?«

»Für mich schon. Für die anderen vermutlich nicht. Aber ich habe ein sehr gutes Gedächtnis für Gesichter, und ich habe Porträts der Tar'Conanturs gesehen.«

»Ich habe sie geliebt, Elassel. Ich habe ihr nicht immer vertraut, aber ich habe sie geliebt. Ich habe sogar geglaubt, sie würde mich auch lieben, oder dass sie zumindest etwas für mich empfindet. Aber jetzt sehe ich, wie sehr ich mich getäuscht habe.«

»Jemand, der solche Dinge sagt, wie sie sie gerade eben gesagt hat, und noch dazu zu solch einem Zeitpunkt, ist es nicht wert, geliebt zu werden.«

»Seit letzter Nacht ist einfach alles schief gegangen.«

»Cathan, du bist der Graf von Lepidor. Ich weiß, dass du dich schrecklich fühlen musst, aber dazu hast du jetzt keine Zeit.« Sie stand auf, ging zur Tür und blieb, die Hand schon an der Klinke, noch einmal stehen. »Ich bin gekommen, um dir etwas zu erzählen, was ich zufällig gehört habe. Ich gehe jetzt und suche Palatine und bringe sie dann mit hierher, denn ich glaube, sie sollte es auch hören.«

Elassel ging hinaus, und ich blieb eine Weile reglos auf meinem

Stuhl sitzen. Nach ein paar Augenblicken wischte ich mir mit einem Ärmel das Gesicht ab und setzte mich aufrecht hin, machte mich wieder präsentabel. Es ging nicht an, dass der Graf von Lepidor einen völlig verwirrten Eindruck machte. Andererseits – was spielte das jetzt noch für eine Rolle? Was nützte es, respektabel auszusehen, wenn mir die kürzeste Amtszeit als Graf in der gesamten Geschichte bevorstand? Ehe weitere sieben Tage vergangen sein würden, würde Midian verlangen, mich als Häretiker einzusperren, und das Einzige, was mir dann noch übrig bliebe, wäre, ihn zu töten und zu fliehen. Doch ich sah nicht ein, was es für einen Sinn haben sollte, weiter davonzulaufen. Es gab auf der ganzen Welt keinen Ort, wo ich mich für längere Zeit vor der Domäne hätte verstecken können, und außerdem müsste ich dann auch die Freunde im Stich lassen, die ich noch hatte. Warum sich also aufregen? Warum nicht einfach zulassen, dass er mich ergriff, und sich damit abfinden?

Ich hörte, wie sich draußen Schritte näherten, dann waren leise Stimmen vor der Tür zu vernehmen. Fast ohne es zu bemerken, benutzte ich meine Schattensicht, um zu verstehen, was sie sagten.

»… nicht zu entschuldigen. Sag Atek, sie soll unverzüglich aus dem Palast und in Unterkünfte in der Stadt gebracht werden. Nach dem, was sie getan hat, kann sie nicht hier bleiben.«

»Nun gut. Ich werde es als einen Befehl des Grafen betrachten.« Diese Stimme gehörte dem Cousin meines Vaters, unserem neuen Oberkämmerer.

Die Tür ging auf, und Palatine kam mit Elassel herein. Ich wartete, bis sie die Tür wieder zugemacht und sich hingesetzt hatten; sie erwarteten ganz offensichtlich, dass ich etwas sagte.

»Elassel, hattest du nicht eine Nachricht für uns?«

»Ja«, sagte sie, während sie sich eine Haarsträhne aus dem Gesicht schob und hinter ein Ohr strich. »Midian hat wieder einmal seine üblichen Tricks angewendet; ich sollte eigentlich Hausarrest im Tempel haben, als Buße für mein ordnungswidriges Benehmen.

Er wird es nie lernen. Gestern habe ich mich in sein Arbeitszimmer geschlichen. Ich wollte etwas zusammenbasteln, das die nächste Zeremonie ernsthaft durcheinander bringen würde. In einem Schrank in diesem Zimmer werden seine Roben aufbewahrt, aber das ist jetzt nicht so wichtig. Wie auch immer … plötzlich habe ich ihn kommen gehört und mich in dem Kleiderschrank versteckt. Er kam mit seinem Stellvertreter herein, diesem ernsten alten Priester. Der Priester hatte gerade eine Botschaft von einem Besatzungsmitglied dieses Handelsschiffs erhalten, und sie haben sie geöffnet.«

»Weißt du, was darin stand?«, fragte Palatine.

»Dazu komme ich gleich«, erwiderte Elassel. »Also warte es ab. Sie haben es nicht laut gelesen, aber sie haben sich ziemlich lange darüber unterhalten. Es war eine Botschaft von jemandem aus Pharassa an Midian, und es ging um die Frage, ob er seine Vorgesetzten – wer immer das auch sein mag – bitten könnte, etwas gegen Haus Canadrath zu unternehmen, wenn sie ankämen. Midian schien ziemlich ärgerlich zu sein, aber der andere Priester sagte, Haus Canadrath hätte zu spät eingegriffen, um irgendjemand anderem als Lijah Foryth zu schaden. Er sagte auch, dass der König sich um sie kümmern würde – und um das Haus Canadrath, nehme ich an. Das war alles.«

»… etwas gegen Haus Canadrath unternehmen«, wiederholte Palatine. »Das ist doch das Große Haus, das Foryth die Fehde erklärt hat.«

Würde er sich an seine Vorgesetzten wenden? Ich ging in Gedanken die Botschaft noch einmal durch. Midians Vorgesetzte konnten nur Würdenträger der Domäne sein, doch sie hatten sich nicht die Mühe gemacht, Midian zu warnen, da nur Lijah leiden würde.

Palatine begriff schneller als ich. »Warum habe ich das nicht schon früher gesehen? Jetzt ist mir alles klar – außer, *warum* sie es tun. Was haben sie davon?«

»Wer sind *sie*?«, wollte ich wissen.

»Die Domäne, Haus Foryth und Ranthas weiß wer noch alles. Sie stecken alle da mit drin, Cathan. Nicht das Haus Foryth ist hinter dem Eisentransport-Kontrakt her, sondern die Domäne hinter dem Eisen … und noch hinter etwas anderem. Das Haus Foryth ist nur ein Werkzeug, nichts weiter.«

»Aber warum einen König ermorden, warum so weit gehen, wie sie gegangen sind, nur um an eine Eisenmine zu kommen?«, grübelte Elassel laut. »Die Domäne mag ja aus üblen, selbstsüchtigen Bastarden bestehen, aber die sind doch nicht dumm.«

»Das ist genau das, was nicht ins Bild passt«, meinte Palatine. »Da steckt noch etwas anderes dahinter, aber ich komme nicht darauf, was. Es muss mit dem Kaiserreich zu tun haben.«

Wenn es tatsächlich die Domäne war, die uns zu vernichten versuchte, war wirklich alles schief gegangen. Die Bewohner des Archipels hatten herausgefunden, dass man nichts gegen sie ausrichten konnte – und bitter dafür bezahlt.

»Es gibt noch genau zwei Orte, wo wir um Hilfe bitten können«, sagte ich resigniert. »Courtières und das Haus Canadrath.«

»Das Haus Canadrath wird uns nur helfen, wenn sie dabei etwas gewinnen können.«

»Und was ist, wenn wir eine Nachricht an das Haus Canadrath schicken, in der ein bisschen von dem steht, was wir herausgefunden haben, und um ein zeitweiliges Bündnis ersuchen? Schließlich haben sie eine Fehde mit Haus Foryth.«

»Würden sie uns denn glauben?«, gab Elassel zu bedenken. »Wenn du ihnen irgendeine Geschichte über die Intrigen der Domäne auftischst – selbst wir hatten Schwierigkeiten, das alles zu glauben. Warum sollten sie es dann tun?«

»Vielleicht sollten wir ihnen einen Beweis liefern«, sagte Palatine. Ihre Augen leuchteten. »Elassel, meinst du, du könntest die besagte Nachricht stehlen?«

»Und ob.«

Nachdem Elassel zum Tempel zurückgekehrt war, verbrachte ich fast den ganzen restlichen Tag im Arbeitszimmer meines Vaters und arbeitete an den Dokumenten, die mir zuvor so langweilig vorgekommen waren. Sie waren immer noch langweilig, aber sie waren trotzdem eine willkommene Ablenkung, weil sie nichts mit Foryth, der Domäne, Ravenna und all dem anderen zu tun hatten. Ich verließ das Zimmer erst zum Abendessen und machte dann einen Rundgang durch die Stadt, um die Wachen zu überprüfen, blieb aber ansonsten im Palast. Ich war viel zu niedergeschlagen, um viel Energie aufzubringen.

Am nächsten Tag gab es bessere Neuigkeiten, als Elassel mitsamt der Botschaft wieder im Palast auftauchte. Die Möglichkeit, dass Midian die Botschaft vernichtet haben könnte, hatten wir gar nicht erst in Betracht gezogen, doch dankenswerterweise hatte er es auch nicht getan.

Ich wies Dalriadis' Stellvertreter an, drei unserer fünf Seerochen bemannen zu lassen. Einen schickte ich mit einer Erklärung zu Courtières nach Kula.

Das Ziel der beiden anderen war die Agentur des Hauses Canadrath in Pharassa. Es bestand die gar nicht so unwahrscheinliche Möglichkeit, dass jemand die Botschaft abfangen könnte, also heckte Palatine einen Plan aus, um unsere Gegner abzulenken. Der erste Seerochen würde mit einer vorgeblichen Botschaft in Pharassa eintreffen, und die Besatzung würde ein bisschen in der Stadt herumschleichen und versuchen, ein geheimes Treffen mit den Vertretern Canadraths zu arrangieren. Der zweite Rochen würde mit der echten Botschaft nur ein paar Stunden nach dem ersten in den Hafen einlaufen, und seine Mannschaft würde auf kürzestem Weg zur Agentur des Hauses Canadrath gehen, um die Botschaft zu übergeben.

Bevor die Schiffe aufbrachen, benutzten wir eine Aether-Konsole, um ein paar Kopien der ursprünglichen Botschaft zu machen, die wir behalten wollten, falls der Ursprungstext irgendwie verloren gehen sollte. Ich wollte das Original eigentlich nicht verschicken, aber Palatine überzeugte mich davon, dass Kopien nicht authentisch genug wären.

Vom Palastfenster aus schaute ich zu, wie die Seerochen den Hafen verließen, sah die schwache Kielwasserspur, die sie zurückließen, als sie aus der Bucht von Lepidor hinaus ins offene Meer glitten. Das bisschen Hoffnung, das wir noch hatten, ruhte jetzt auf den Schultern der Männer an Bord dieser Schiffe. Elassel hatte uns berichtet, eine Menge Leute hätten unter vier Augen mit Midian gesprochen, der für diesen Teil der Operation das Kommando zu haben schien. Ich konnte nur annehmen, dass es mittlerweile in Lepidor von Spionen nur so wimmelte und dass die Clanehre anscheinend nichts mehr wert war.

Mit Bomars Handelsschiff waren noch mehr Fremde eingetroffen. Außer Tanais waren auch noch zwei Thetianer, drei Tanethaner und ein paar andere von Bord gegangen. Keiner von ihnen war ein normaler Besucher, und es war auch ungewöhnlich, dass so viele Fremde auf einmal ankamen, daher setzte Palatine ein paar Mitglieder meines Clans ein, um sie beobachten zu lassen. Wahrscheinlich hoffte sie, dass zumindest einer der Männer sich dieses Mal dem Clan gegenüber als loyal erweisen und alles berichten würde, was er sah.

Zwei Tage verstrichen. Ein Seerochen aus Kula kam an und brachte eine Entschuldigung von Dalriadis. Die *Marduk* wurde zurzeit repariert, daher konnte er noch nicht zurückkehren. Doch was viel wichtiger war: Die Heiler hatten bestätigt, dass mein Vater den Anschlag überleben würde, auch wenn es noch einige Zeit dauern würde, bis er sich wieder erholt hatte. Sie sagten nicht, wie lange, und ich fragte mich, ob er wohl noch einen Clan haben würde, zu dem er zurückkehren könnte, wenn er wieder gesund war.

Die Männer, die an der *Smaragd* arbeiteten, dem Manta aus dem

Archipel, der nun schon seit mehr als einem Monat an der oberen Landungsbrücke angedockt hatte, verkündeten, dass sie die Reparaturen in den nächsten zwei Tagen beenden würden. Die Gesandten aus dem Archipel waren inzwischen unruhig geworden; ich spürte, dass sie ungeduldig darauf warteten, weiterreisen zu können. Sagantha war ein höchst interessanter Gesprächspartner gewesen, doch auch er wollte aufbrechen, zweifellos, um seinen besonderen Passagier zu beschützen, wenn es ihn – oder besser sie – denn wirklich gab. Überraschenderweise hatte Midian noch immer nichts gegen die jungen Leute aus dem Archipel unternommen. Ich fragte mich, ob er wohl den Befehl erhalten hatte, nichts zu tun – vielleicht, weil etwas anderes vorbereitet wurde? Die Domäne würde sie doch sicher nicht einfach ziehen lassen?

»Daran ist irgendetwas faul«, meinte Palatine, als ich dies ihr gegenüber erwähnte. »Entweder werden sie in der letzten Minute mit einem Grund ankommen, warum sie die Archipelbewohner doch noch hier behalten müssen, oder sie planen etwas, das die Abfahrt an sich verhindert.«

»Und was ist, wenn sie sie auf dem offenen Meer überfallen?«

»Eure Gewässer hier unterstehen der Aufsicht des Grafen, aber Sagantha würde dich sicher nicht dafür verantwortlich machen. Auf offener See wäre es ein kriegerischer Akt. Und die Domäne hat nicht genug Schiffe für so etwas«, sagte Palatine.

»Aber sie könnten sich bestimmt welche besorgen«, warnte sie mich gleich darauf. »Sag Sagantha, er soll mitten in der Nacht auslaufen und wachsam sein, falls er wirklich überraschend angegriffen wird.«

Am letzten Abend, bevor die Gesandten aus dem Archipel aufbrechen wollten, bat ich Sagantha ins Arbeitszimmer meines Vaters.

»Der Aufenthalt hier war überaus angenehm«, sagte er. »Im Namen des Archipels danke ich Euch für Eure Gastfreundschaft.«

»Es war mir ein Vergnügen, Euch und Eure Leute als Gäste hier zu haben«, erwiderte ich. Nachdem die Formalitäten hinter uns lagen, schenkte ich ihm etwas zu trinken ein und wir setzten uns in die Sessel in der Empfangsecke.

»Nach all dem Ärger, den es gegeben hat, dürfte ich vielleicht vorschlagen, dass Ihr zu einem anderen Zeitpunkt ablegt?« Ich erzählte ihm, was Palatine gesagt hatte, und er nickte.

»Das scheint mir eine gute Idee zu sein. Traue niemals der Domäne. Es wird niemandem gefallen, zu einer so ungastlichen Stunde aus dem Bett gerissen zu werden, aber sie können sich auf dem Manta ja wieder hinlegen.« Es war klar, dass Sagantha wusste, dass ich ein Häretiker war.

»Darf ich fragen, was Euer nächstes Ziel ist?«

»Wir waren zu den Nördlichen Inseln unterwegs, um noch ein paar Leute an Bord zu nehmen. Doch jetzt, nachdem wir so lange aufgehalten worden sind, werden wir wohl direkt nach Mons Ferranis weiterfahren. Ich würde Euch gern um einen Gefallen bitten – wobei ich mir vorstellen könnte, dass Ihr ihn vielleicht unangenehm finden werdet.«

»Sprecht weiter«, sagte ich wachsam.

»Ich hätte es gern, dass Ravenna mit uns kommt. Bei allem Respekt, aber im Augenblick ist Lepidor alles andere als ein sicherer Ort, und Ravenna ist für den Archipel wichtiger, als sie selbst ahnt.«

»Ich kann sie nicht dazu zwingen.«

»Natürlich nicht. Ich werde sie fragen, bevor wir aufbrechen. Ich wollte mich nur vergewissern, dass Ihr nichts dagegen habt.«

»Natürlich.« Ravennas Worte waren noch immer in mein Gedächtnis eingebrannt. Ich wollte sie nie wiedersehen. Das Summen des Kommunikators auf dem Tisch unterbrach unser Gespräch. Ich stand auf und ging hinüber. Es war der Dienst habende Hafenmeister, der von seinem Büro in der Nabe aus anrief.

»Ein Manta nähert sich, Graf, und bittet, andocken zu dürfen.«

Irgendetwas in seinem Tonfall machte mich stutzig.

»Wer befindet sich an Bord dieses Mantas?«

»Mehrere Priester der Domäne und eine Primarchin des Elements …«

»Etlae?«

»Ja, das ist ihr Name. Sie sind auf einem Manta des Königs.«

Ich fragte mich, was Etlae hier wollte – noch dazu mit weiteren Priestern im Schlepptau. Das mussten die Inquisitoren sein, die wegen der Qalatharis kamen, doch wenn dem so war – wieso war dann Etlae dabei? Sie war doch auf unserer Seite.

»Sagt ihnen, wir hätten Probleme mit den Landungsbrücken und sie könnten im Moment noch nicht andocken. Wenn sie trotzdem darauf drängen, sagt ihnen, in einer halben Stunde wäre es so weit.«

»Ihr wollt, dass ich eine Primarchin anlüge?«

»Sie könnte eine Schwindlerin sein – ich muss das erst herausfinden.«

»Nun gut, Graf. Aber *Ihr* habt die Befehle gegeben.«

Ich brach die Verbindung ab und warf Sagantha einen Blick zu. »Können Eure Leute in einer halben Stunde fertig sein?«

»Ich werde dafür sorgen, dass sie es sind«, antwortete er und stellte sein Glas ab. »Ich gehe unterwegs bei Ravennas Unterkunft vorbei. Lebt wohl – und viel Glück.«

»Das wünsche ich Euch auch.«

Er stürmte aus der Tür und den Korridor entlang. Ich rief Palatine über den internen Kommunikator zu mir ins Arbeitszimmer. Kaum hatte ich ihn wieder ausgeschaltet, da kam ein weiterer Anruf vom Hafen.

»Graf, sie haben nicht angehalten. Sie kommen mit Höchstgeschwindigkeit auf den Hafen zu, und sie haben gesagt, Ihr seid wegen Häresie verhaftet.«

»Dann ist sie eine Schwindlerin! Blockiert den Hafen!«

»Das kann ich nicht machen, Graf. Nicht, wenn eine Primarchin an Bord des Schiffes ist.« Er brach die Verbindung ab, und ich konnte sie nicht wiederherstellen.

Das war es dann also. Sogar Etlae hatte sich gegen mich gewandt.

Als ich die Amtsbrosche von meiner Tunika abnahm und auf den Tisch legte, war ich überrascht, wie ruhig und gefasst ich war.

Kapitel XXIX

Ein paar Minuten später kam Palatine hereingerannt, blieb jedoch wie angewurzelt in der Tür stehen, als sie mich am Schreibtisch stehen sah.

»Es ist ein Angriff, stimmt's? Sie sind hier.«

»Ja. Etlae und ihre Handlanger. Ich habe den Hauptmann der Wache herbeigerufen, und er wird seine Männer zum Hafen schicken, um sie ein Weilchen aufzuhalten. Das wird ihm genug Zeit geben, ein Versteck für dich zu finden.«

Palatine kniff die Augen zusammen. »Nur für mich?«

»Nur für dich. Ich habe nicht den Wunsch, so weiterzumachen.«

»Womit weiterzumachen? Mit dem Leben?«

»Ich bin von einer Primarchin zum Ketzer erklärt worden. Ich könnte von hier fliehen, na klar – aber wohin? Es hat keinen Sinn davonzulaufen, wenn es keinen Ort gibt, wo man hin kann.«

»Der Archipel wird dir helfen.«

Ich wurde ihrer Einwände allmählich müde. »Sicher, sie würden mir helfen – bis der Kreuzzug über sie hereinbricht. Ich würde der Domäne die Entschuldigung liefern, die sie sich so sehnlichst wünscht. Nein, es hat keinen Sinn, sich zu verstecken.«

»Dann wirst du also deinen Clan einfach so im Stich lassen, ihn der Kontrolle der Domäne überlassen?«

»Was soll ich denn tun, Palatine?« Ich hörte Schritte auf dem Korridor. »Selbst meine eigenen Leute lassen mich jetzt im Stich, und zweifellos wimmelt es an Bord von Etlaes Schiff von Sacri. Was können wir beide gegen sie ausrichten?«

»Vielleicht dabei helfen, den Archipel zu retten? Sagantha kann es unmöglich schaffen, noch rechtzeitig wegzukommen. Selbst wenn ihm selbst nichts geschehen sollte, wird sie die anderen und die Besatzung einsperren lassen. Komm wenigstens mit mir, um ihretwillen.«

Jemand klopfte an die Tür.

»Einen Augenblick, bitte«, rief ich. Dann wandte ich mich wieder an Palatine. »Ich würde jeden Respekt verlieren, wenn ich mich verstecke.«

»Du wirst ihnen Hoffnung geben. Herein!«

Ein Soldat trat zögernd ins Zimmer. »Man hat mir aufgetragen, Euch beide an einen sicheren Ort zu geleiten.«

Palatine warf mir einen Blick zu; auf ihrem Gesicht lag ein gequältes Lächeln. Es sah so aus, als wäre noch jemand ihrer Meinung. Ich schaute mich ein letztes Mal in dem Raum um, im Arbeitszimmer meines Vaters. Mein Blick fiel auf die Brosche auf dem Schreibtisch, und im letzten Augenblick nahm ich sie und steckte sie mir wieder an.

»Geh voraus«, befahl ich dem Soldaten. »Durch den Hinterausgang, dann können uns nicht so viele Leute sehen.«

Es war schon spät am Abend, und die Nachricht von den heranrückenden Truppen hatte sich noch nicht verbreitet, daher waren die Korridore, die wir entlangrannten, leer, bis wir ins erste Obergeschoss kamen. Wir waren nicht mehr sehr weit von der Tür entfernt, als Messalus, einer meiner Cousins, der ein paar Jahre jünger als ich war, aus seiner Unterkunft trat, an der wir gerade vorbeirannten.

»Was ist denn los?«, fragte er.

»Die Domäne besetzt die Stadt«, erklärte ich ihm. »Es sind zu viele, um Widerstand zu leisten, und sie haben mich zum Häretiker erklärt.«

»Bist du denn einer?«

»Glaubst du das?«

»Nein«, sagte er langsam. »Das glaube ich nicht.«

»Dann verbreite im Haus die Botschaft, dass ich immer noch hier bin, selbst wenn im Augenblick die Domäne herrscht, und dass sie nicht gewinnen wird. Aber erzähl niemandem, mit wem du mich gesehen hast oder wo ich hingegangen bin.«

»Versprochen.« Mein Vetter kehrte in sein Zimmer zurück, und wir schlüpften durch das Gartentor auf die Straße hinaus.

»Wo bringst du uns hin?«, fragte ich den Soldaten.

»Ins Haus von Mezentus.«

»Bist du verrückt? Auch wenn ich die Erinnerung an ihn nicht gern beschmutzen möchte – Mezentus wurde von Foryth bezahlt.«

»Das wurde er, Graf, aber seine Tochter war niemals damit einverstanden. Es gibt ein geheimes Zimmer in dem Haus, das man auch leicht wieder verlassen kann. Außerdem wird die Domäne niemals auf die Idee kommen, dort nach Euch zu suchen.«

»Da ist was dran«, meinte Palatine. Ich fand, dass der Hauptmann der Wache überaus tüchtig gewesen war – und dann überkam mich plötzlich schreckliche Furcht. Woher sollte ich wissen, dass er wirklich loyal war? Was, wenn auch er vorhatte, mich zu verraten? Er hatte meinem Vater zwanzig Jahre lang treu und zuverlässig gedient; doch das Gleiche galt für den Kämmerer – und zweifellos auch für den Hafenmeister, der Etlae vor ein paar Minuten in den Hafen gelassen hatte.

Aber hatte ich denn überhaupt eine andere Wahl?

Wir rannten die Straße entlang, bis wir an der Hintertür des Hauses Kuzawa ankamen; die Tür öffnete sich vor uns, und wir traten ein. Der Soldat kehrte in seine Unterkünfte zurück, um auf weitere Befehle zu warten. Mir fiel auf, dass keine Menschenseele zu sehen war – mit einer Ausnahme.

Nachdem die Tür wieder zugefallen war, drehte sich Ilda, Mezentus' Tochter, zu uns um und kniete zu meiner Verlegenheit vor mir nieder.

»Graf, ich hoffe, mein Haus kann Euch Schutz bieten, und ich schwöre bei Ranthas, dass *ich* Euch die Treue halten werde.«

Ich wusste nicht recht, was ich sagen sollte, daher nahm ich ihre Hand und zog sie sanft in die Höhe.

»Ich danke Euch, Ilda.« Sie hatte lockiges, braunes Haar und ein lebhaftes, intelligentes Gesicht.

»Ich zeige Euch das Geheimzimmer.«

Sie führte uns drei Treppen mit schmalen Stufen hinauf, dann noch einmal eine halbe Treppe, und drückte dann gegen eine Stelle der Zedernholztäfelung auf dem Absatz. Die Täfelung glitt zur Seite, und dahinter wurde ein kleiner Raum sichtbar, ausgestattet mit zwei schmalen Betten, einer Waschschüssel und einem Stuhl. An den Wänden befanden sich Aether-Lampen, und an der hinteren Wand war ein kleines Fenster.

»Wozu ist dieser Raum da?« Ich war neugierig, zu welchen Zwecken er wohl ursprünglich gedient haben mochte.

»Mein Großvater hat ihn einbauen lassen, als er das Haus gebaut hat, um hier drin sein Geld aufzubewahren. Später hat mein Onkel ihn benutzt, wenn er sich mit seinen Mätressen amüsieren wollte. Und mein Vater hat schließlich diese Betten aufstellen lassen, für den Fall, dass er einmal Besucher haben sollte, die nicht gesehen werden sollten. In meinem Haus weiß sonst niemand mehr davon. Das hier ist die Hintertreppe, die nur sehr selten benutzt wird, darum könnt Ihr auch herauskommen, ohne allzu sehr Gefahr zu laufen, gesehen zu werden. Ich werde dafür sorgen, dass sich niemand hierher verirrt. Es tut mir Leid, dass Ihr Euch das Zimmer teilen müsst, aber dagegen kann ich leider nichts machen.«

Sie erklärte uns, wo alles war, dann verließ sie uns, um dem neuen Oberhaupt ihres Hauses Bericht zu erstatten, das zweifellos noch wach war und wissen wollte, was los war.

Ich warf einen Blick aus dem kleinen Fenster und entdeckte, dass es auf die Hauptstraße hinausging. Es stellte einen perfekten Aussichtspunkt dar, als die Truppen der Domäne in die Stadt marschiert kamen.

Sie kamen ungefähr zwanzig Minuten später, zwei Züge schwer gerüsteter, behelmter Krieger. Die eine Gruppe trug Karmesinrot und Weiß – die Farben der Sacri –, die andere Schwarz und Grün – die Farben Khalamans. Lexans Männer. Es mussten sich noch mehr von ihnen in anderen Teilen der Stadt aufhalten; für eine kurze Reise konnte man weit mehr als zwei Züge Bewaffneter an Bord eines Mantas unterbringen, und zwei waren in jedem Fall zu wenig, falls die Domäne auf Widerstand stoßen sollte.

Die Aether-Straßenlaternen verströmten nur ein schwaches, kaltes Licht, so dass ich keine Gesichter erkennen konnte, bis eine weitere Gruppe vorbeiging, die Fackeln bei sich trug. Zehn oder zwölf Sacri umringten zu Fuß eine Gruppe in Schwarz und Weiß gekleideter Priester der Domäne, deren Gesichter im Schatten ihrer Kapuzen verborgen lagen. Ich spürte, wie meine Haut kribbelte, als sie stumm vorbeizogen, und plötzlich war ich froh, dass ich nicht im Palast geblieben war. Das waren Inquisitoren.

Ein Stück hinter den Inquisitoren kamen Lepidors entwaffnete Soldaten. Sie wurden von Lexans grölenden Männern in ihre Quartiere geführt. Sie sahen niedergeschlagen und mutlos aus, doch keiner von ihnen war verwundet. Die Macht der Domäne war so groß, dass sie Hunderte bewaffneter Männer dazu bringen konnte, ihren Treueeid dem Clan gegenüber zu brechen, ohne dass es zu einem Kampf gekommen wäre.

Die Letzten, die vorbeigingen, waren noch einmal ein paar Sacri, die vier Priestern das Geleit gaben. Der eine davon trug das Gewand eines Mönchsordens, doch ich konnte nicht erkennen, welcher Orden es war. Ein anderer war ein Feuermagier. Die dritte Gestalt war in eine rote Robe mit Kapuze gehüllt. Ich konnte ihr Gesicht nicht sehen, doch sie hatte irgendetwas Vertrautes an sich, auch wenn ich nicht genau sagen konnte, was es war.

Die vierte Person war Etlae. Ich hörte, wie Palatine scharf die Luft einsog, als sie vorbeiging.

»Verräterin!«, stieß sie hervor. »Soviel also dazu, dass sie auf unserer Seite ist.«

Ich sagte nichts, schaute nur einfach stumm und voller Angst zu, wie sie vorbeiritt. Noch ein Verrat. Tanais hatte Recht gehabt: Niemand war, was er oder sie zu sein vorgab. Einen Augenblick lang fragte ich mich, auf wessen Seite Tanais wohl stand, auf wessen Seite jeder Einzelne stehen mochte. Zumindest schien es nicht meine zu sein.

»Können wir noch irgendjemandem trauen?«, fragte ich Palatine. In ihren Adern floss zumindest das gleiche Blut wie in meinen, und ich hatte ihr in jener Nacht im Befragungszimmer das Leben gerettet.

»Wir dürfen niemandem hundertprozentig vertrauen. Hamilcar können wir vertrauen, weil seine Gewinne auf dem Spiel stehen. Du bist Elassel zum ersten Mal in Pharassa begegnet, noch bevor alles das hier angefangen hat. Ich glaube, auf sie können wir uns auch verlassen. Außerdem kann sie Schlösser und Türen öffnen; das könnte sich noch als nützlich erweisen. Was Sagantha angeht, hm, da bin ich mir nicht ganz sicher. Ich glaube nicht, dass er uns hintergehen würde, während die Pharaonin in Gefahr ist. Was ist mit Tetricus?«

»Dem können wir meiner Meinung nach schon trauen.« Er war seit vielen Jahren mein Freund, hatte mich noch nie im Stich gelassen, doch noch nicht einmal seiner Loyalität war ich mir absolut si-

537

cher. »Die Ozeanografen würden mir wahrscheinlich helfen, weil sie eigentlich schon von Berufs wegen halbe Ketzer sind.«

»Wir müssen alle diese Leute zusammenrufen, um zu entscheiden, was zu tun ist.«

»Das dürfte schwierig werden. Hier können wir uns nicht treffen, und es gibt in der ganzen Stadt keinen anderen Ort, wo wir hinkönnten.«

»Wenn Ilda das nächste Mal kommt, fragen wir sie, was geschehen ist, wer verhaftet worden ist. Sagantha dürfte eigentlich nichts passiert sein – es sei denn, diese ganze Geschichte geht noch viel tiefer als ich gedacht hatte.«

»Etlae hat ganz am Anfang den cambressianischen Exarchen vergiftet«, gab ich zu bedenken, als ich mich plötzlich wieder an das Gespräch erinnerte, das ich mit Sarhaddon in Pharassa im Park geführt hatte. »Vielleicht glaubt sie, sie könnte auch damit durchkommen.«

»Das sehe ich nicht so. Einen Exarchen zu vergiften ist eine Sache, aber öffentlich einen Admiral zu verhaften? Das kann ich mir zumindest im Augenblick eigentlich nicht vorstellen. Ich glaube, Sagantha ist immer noch auf freiem Fuß, aber sie werden ihn beschatten lassen. Was Hamilcar angeht – nun, das wissen wir nicht.«

Ilda kam ungefähr eine halbe Stunde später wieder zu uns; sie schwang die als Tür dienende Vertäfelung plötzlich beiseite und jagte uns beiden einen gehörigen Schrecken ein.

»Oh, das tut mir Leid«, sagte sie. Sie trug einen Korb in der Hand, den sie auf einem der Betten abstellte. »Ich habe Euch etwas zu essen gebracht, falls Ihr Hunger habt.«

»Was ist geschehen?«, wollte Palatine wissen.

»Diese Hexe Etlae und ihre Gefolgsleute haben den Palast, den Hafen und die Truppenunterkünfte in ihre Gewalt gebracht. Sie haben aber auf den Wällen keine Wachen aufgestellt; anscheinend haben sie keine Angst, dass sie von den Stammeskriegern angegriffen werden könnten. Sie haben Atek verhaftet, außerdem alle Leute aus dem Archipel außer Sagantha, sowie den Kommandanten der Garde und den Stadtrat.«

»Hamilcar nicht?«

»Hamilcar? Ach, Ihr meint Lord Barca. Nein. Er ist frei und kann gehen, wohin er will. Etlae soll sehr freundlich zu ihm gewesen sein.«

Während sie uns alles erzählte, was sie hatte herausfinden können – was nicht besonders viel war, denn Etlae hatte eine Ausgangssperre verhängt –, dachte ich über das nach, was sie über Hamilcar gesagt hatte. Gut, er war ein Handelsfürst, allerdings ein ziemlich unbedeutender, den diese Geschichte hier wahrscheinlich ruinieren würde. Warum hatte Etlae ihn also gehen lassen – und war auch noch besonders freundlich zu ihm gewesen? Und dann fiel es mir wieder ein. Hamilcar hatte erwähnt, dass sein ehemaliger Vormund in der Hierarchie der Domäne ziemlich weit oben angesiedelt war – und Etlae stand fast schon an der Spitze und verfügte über gewaltige Macht. Hamilcars Vormund musste in der Tat jemand sehr Wichtiges sein. Konnten wir ihm dann überhaupt trauen?

»Oh, fast hätte ich es vergessen, eines noch«, fügte Ilda hinzu, als sie sich bereits zum Gehen wandte. »Lexan ist bei ihnen, dieser widerliche Schleimer.«

Also war Lexan persönlich hierher gekommen, um seinen Triumph auszukosten? Dann waren also alle Urheber des Plans – mit Ausnahme von Lord Foryth – in Lepidor?

»Du hast Recht«, sagte Palatine, als ich diese Frage ansprach. »Sie sind alle hier auf einem Haufen. Das bedeutet, dass wir immer noch eine Chance haben.«

»Eine Chance, was genau zu tun?«

»Das Blatt zu wenden. Sie in ihrem eigenen Spiel zu schlagen. Also, wo können wir Kriegsrat halten?«

»Erst einmal müssen wir alle benachrichtigen, ganz zu schweigen davon, dass wir sie alle irgendwo zusammenbringen müssen. Und Ilda können wir nicht die ganze Zeit durch die Gegend schicken, das wäre viel zu gefährlich. Vor allem, wenn sie mit Leuten wie Elassel Kontakt aufnehmen müsste.«

»Du bist viel zu pessimistisch.« Palatine erhob sich von dem Bett, auf dem sie gesessen hatte, und trat ans Fenster, um hinauszusehen. »Die Domäne hält den Palast, den Hafen und die Truppenunterkünfte. Ich glaube nicht, dass wir irgendwo in der Stadt sicher wären. Und ich bin mir außerdem sicher, dass Hamilcar beschattet wird, auch wenn Etlae und ihre Leute freundlich zu ihm waren.«

»Gibt es einen Ort, wo seine Beschatter nicht hinkönnen?«, fragte ich. »Einen Ort, von dem sie vermuten, dass dort ganz sicher niemand Kontakt mit ihm aufnimmt?«

Palatine schwieg einen Moment, dann drehte sie sich um und grinste mich an.

»Cathan, wie wäre es, wenn wir ein bisschen schwimmen gehen würden?«

Ich stöhnte auf.

Als am nächsten Abend die Dunkelheit hereinbrach, kauerte ich auf der windabgewandten Seite eines kleinen Lagerhauses und wartete darauf, dass eine umherstreifende Sacri-Patrouille endlich weiterzog. Obwohl die meisten Sacri die drei kritischen Bereiche Palast, Hafen und Truppenunterkünfte schützten – und dann noch die Gebäude, in denen die Wachen und die Leute aus dem Archipel gefangen gehalten wurden –, streiften noch immer genug von ihnen durch die Stadt, um uns das Leben schwer zu machen. Ich hatte zehn Minuten gebraucht, um vom Tor des Palastviertels zum Hafenviertel zu gelangen, weil zwei von Lexans Soldaten jeden, der vorbeikam, überprüften und mit Beschreibungen von mir verglichen, die an den Wänden befestigt waren. Überall in der Stadt hingen Anschläge, die demjenigen eine fürstliche Summe versprachen, der »den Häretiker und verderbten Magier, früher bekannt als Cathan, Graf von Lepidor, jetzt von seiner Majestät dem König im Namen des Kaiserreiches zum Gesetzlosen erklärt« dingfest machte. Außerdem stand da noch, dass jeder, der mir oder meiner sündhaften Gefährtin »Palatine von Silvernia« Zuflucht gewährte, selbst als Häretiker betrachtet würde. Ich fragte mich, wo sie ihre Informationen herhatten. Zumindest einige der Verräter waren ziemlich unfähig.

Ich hatte den Tag in noch schwärzeren Depressionen verbracht als den vorangegangenen, eingepfercht in dem kleinen Geheimzimmer, während Palatine, die längst nicht so bekannt war wie ich, hinausgeschlüpft war und mit den paar Leuten, die Ilda gefunden hatte und die uns noch immer unterstützten, Kontakt aufgenommen hatte. Mit etwas Glück würden Tetricus, Elassel und Hamilcar es zum Treffpunkt schaffen. Sagantha wurde zu streng bewacht, daher hatten wir ihm keine Nachricht zukommen lassen können.

Ich drückte mich noch tiefer in die Schatten unter einem Steinsims, als die drei Sacri vorbeigingen; sie bewegten sich mit der gleitenden Anmut geübter Meuchelmörder und wandten ihre maskierten Gesichter hierhin und dorthin. Doch sie entdeckten mich nicht.

Ich ließ ihnen genügend Zeit, um die nächste Straße ein gutes Stück hinunterzugehen, ehe ich über die freie Fläche zwischen meinem derzeitigen Standort und der Mondteichhütte huschte, die sich auf der anderen Seite der Straße an die Mauer schmiegte. Die Tür der Hütte war verschlossen, doch den Schlüssel zu den Mondteichen trug ich immer bei mir, zusammen mit den Schlüsseln für den Palast und – in Abwesenheit meines Vaters – denen für ein paar weitere wichtige Gebäude. Niemand war zu sehen, als ich in die Hütte schlüpfte und die Tür hinter mir zuzog. Dies hier war nicht die gleiche Hütte wie die, in der ich bei meinem letzten Unternehmen aufgetaucht war, doch sie war ihr sehr ähnlich.

Ich nahm mir eine wasserfeste Tasche, Tauchkleidung aus

Feuchtseide und zwei Ausrüstungsgegenstände aus dem Lager und kletterte dann die Leiter hinunter, die in den tiefer gelegenen Raum führte. Ich zog die Tauchkleidung an; sie war schwarz und würde nicht nur dafür sorgen, dass ich weniger gut zu sehen war, sondern mich auch ein bisschen warm halten. Dann stopfte ich meine Kleider in die wasserfeste Tasche, die ich mir anschließend auf den Rücken schnallte, und befestigte die Ausrüstungsgegenstände an meinem Tauchgürtel. Jetzt konnte ich die Leiter in den Mondteich hinunterklettern.

Das Wasser war nicht annähernd so kalt, wie es damals gewesen war, als ich in den Strom gesprungen war, doch ich wusste, dass es kälter werden würde, wenn ich zu Hamilcars Manta hinuntertauchte, der an der dritten Landungsbrücke angedockt hatte. Als ich unter dem Felsvorsprung herauskam, wurde es plötzlich viel dunkler; meine Augen brauchten einen Augenblick, bis sie sich darauf eingestellt hatten. Zu meiner Linken zeichneten sich die gewaltigen Umrisse der Nabe ab. Das Licht, das aus ihren Fenstern fiel, beleuchtete das Wasser um sie herum. Die Wasseroberfläche war ziemlich glatt, nicht jener sich hebende und senkende Mahlstrom wie bei meinem letzten nächtlichen Ausflug. Und Ravenna hatte einmal gesagt, dass es so friedlich aussah.

Als ich am großen dunklen Schatten der *Smaragd* vorbeischwamm, deren Kabinen im Augenblick dunkel und verlassen waren, begannen meine Gedanken plötzlich wieder um Ravenna zu kreisen, obwohl ich mir selbst befohlen hatte, sie zu vergessen, um nicht noch trübsinniger zu werden. Ich hatte keine Ahnung, ob sie Etlae in die Hände gefallen war oder sich immer noch auf freiem Fuß befand. Ich hoffte, dass sie noch frei war – ich wünschte es keinem Magier, in die Klauen der Inquisition zu geraten. Noch nicht einmal einem Menschen, der mich so sehr verletzt hatte wie sie. Verdammt, warum hatte sie das getan? Was war nur in sie gefahren?

Nicht weit von mir bewegte sich etwas, und ich konzentrierte mich wieder auf die Aufgabe, die vor mir lag. Ich schaute mich um und sah ein paar Fische davonschießen. Ich war jetzt unterhalb der ersten Ebene und schwamm so schnell wie möglich von der Nabe weg, für den Fall, dass zufällig jemand aus dem Fenster schaute, wenn ich mich in der Nähe eines Schweinwerfers befand.

Ich glitt an der zweiten Landungsbrücke vorbei. Ein Stück voraus lag Hamilcars *Eryx* an der dritten Landungsbrücke; aus mehreren Kabinenfenstern fiel Licht. Ich war ein wenig vom Kurs abgekommen, wie ich feststellte, als ich näher heranschwamm, und ich hielt mich etwas weiter rechts, um direkt vor dem Backbord-Flügel anzukommen, in dem keine beleuchteten Fenster zu sehen waren.

Als ich dem Manta so nahe war, dass ich ihn hätte berühren können, tauchte ich schräg nach unten und schwamm direkt unter der bauchigen Wölbung des Rumpfes entlang. Es schien Jahrhunderte zu dauern, bis ich das Heck erreicht hatte, schließlich jedoch wich der Rumpf doch wieder über mir zurück, und ich tastete mich weiter, bis ich neben den äußeren Schleusentüren der Backbord-Flucht-Unterwasser-Zelle Wasser trat. Ich schwamm noch ein paar Fuß weiter, bis ich den Pfeil fand, der den Riegel der Luke kennzeichnete, dann löste ich den Drucköffner von meinem Gürtel – wobei ich sorgsam darauf achtete, ihn nicht fallen zu lassen – und befestigte ihn oberhalb der Fuge am Rumpf des Mantas.

Einen Augenblick später war ein Knacken zu hören, dem ein Rumpeln folgte, als die Tür anfing, zur Seite zu gleiten, und den Blick in eine schwach beleuchtete Zelle freigab, die sich der Form der Unterwasserbucht anpasste. Ein Beinschlag genügte, um mich an die Oberfläche zu bringen, und dann atmete ich im Innern der *Eryx* wieder Luft. Ich schwang mich an einer Seite aus dem Wasser, zog die Taucherkleidung aus, trocknete mich mit einem Tuch ab, das ich mir von Ilda ausgeborgt hatte, und zog meine Kleider wieder an.

Bisher war alles gut gegangen, und die anderen drei sollten inzwi-

543

schen eigentlich unterwegs sein. Vorausgesetzt, unsere Botschaft hatte Hamilcar erreicht und er hatte sie verstanden.

Ich verstaute meine Tasche und die nasse Tauchkleidung in einer Ecke, dann öffnete ich die Tür und trat ins Innere des Schiffes. Dies hier war das Frachtdeck, unter dem Maschinenraum, daher hielt sich hier niemand auf. Die Besatzung befand sich vollzählig an Bord, doch um diese Zeit würden die meisten in der Messe sein und nicht durch die Gänge laufen.

Falls die *Eryx* nach den gleichen Bauplänen konstruiert worden war wie die *Fenicia* und alle anderen Mantas, auf denen ich bisher gewesen war, musste sich Hamilcars Kajüte auf dem oberen Deck befinden, die zweite Tür auf der Backbordseite. Das bedeutete, dass ich von hier aus zwei Decks nach oben steigen musste, was nicht besonders schwierig war. Ich folgte dem Gang bis zu seinem Ende, wo sich in einer Nische eine Leiter befand, die zwei Stockwerke nach oben führte. Als ich am Maschinenraum vorbeikletterte, sah ich, dass auch dort keine Menschenseele war.

Die Besatzungsmitglieder mussten sich alle anderswo aufhalten, denn auf dem ganzen Weg zu Hamilcars Kabine begegnete mir niemand. Nicht, dass sie mich gemeldet hätten, sie waren Hamilcar ergeben, nicht Etlae. Zumindest hoffte ich das. Ich klopfte an die Tür.

»Wer ist da?«, ertönte eine Stimme aus dem Innern der Kabine. Ich stieß einen Seufzer der Erleichterung aus.

»Derjenige, der Euch die Botschaft hat übermitteln lassen.«

Ich hörte, wie ein Stuhl zurückgeschoben wurde und Schritte sich der Tür näherten. Dann wurde die Tür aufgerissen.

»Cathan!«, stieß Hamilcar hervor. »Wie seid Ihr an Bord gekommen? Aber kommt doch herein.«

»Ich habe Eure Backbord-Fluchtbucht aufgemacht und bin dort an Bord geklettert. Die anderen werden demnächst auf dem gleichen Weg eintreffen.«

»Dann hat Eure Botschaft also tatsächlich bedeutet, dass ich an

Bord meines Schiffes sein sollte. Das habe ich nämlich aus ihr herausgelesen.«

»*Erinnert Euch an das Kap.* Ich hatte mir schon Sorgen gemacht, ob es vielleicht nicht doch etwas zu kryptisch war, aber offensichtlich war es das nicht.«

»Nun, es hat nicht bedeutet, dass ich mich vor Piraten in Acht nehmen soll oder dass mir in Zukunft schwarze Schlachtkreuzer beistehen würden, also habe ich vermutet, dass Ihr mir mitteilen wolltet, dass Ihr an Bord kommt. Ich glaube, wir sollten lieber in die Bucht hinuntergehen und die anderen abholen.«

Eine Viertelstunde später saßen wir alle fünf in Hamilcars Kabine. Palatine schien es nichts ausgemacht zu haben, einen ganzen Tag lang herumzuschleichen und sich in allen möglichen Ecken versteckt zu halten, Tetricus wirkte genauso bekümmert wie sonst, Hamilcar machte sein übliches, sorgenvolles Gesicht und Elassel massierte sich die Handgelenke mit einem feuchten Tuch.

»Bevor wir anfangen«, sagte sie, »möchte ich eines klarstellen. Wenn wir gewinnen, darf ich mich hinterher um Midian kümmern.«

»In Ordnung«, sagte ich; dies war vermutlich sowieso nur ein rein theoretischer Punkt. Aber Elassel hatte es verdient. Als die Sacri gelandet waren, hatte Midian sie in einer der Zellen unter dem Tempel einsperren und anketten lassen; sie war beschuldigt worden, mich unterstützt und meinen Taten Vorschub geleistet zu haben. Sie hatte Stunden gebraucht, um sich zu befreien, denn sie hatte nur ein Nachthemd getragen, und die meisten ihrer Fluchtwerkzeuge waren in ihrer Tageskleidung versteckt. Jetzt trug sie Kleider, die sie sich von Ildas Kusine geliehen hatte und die ihr ein wenig zu groß waren.

»Ich bin sehr beeindruckt, dass Ihr es alle geschafft habt, hierher zu kommen«, sagte Hamilcar. »Habt Ihr denn irgendwelche Pläne, oder seid Ihr einfach nur auf der Flucht?«

Palatine wirkte gekränkt, fast schon zornig. »Auf der Flucht? Natürlich nicht.« Sie erläuterte ihnen unsere Idee.

Die anderen machten zweifelnde Gesichter.

»Wir sind nur zu fünft«, wies Tetricus auf das Offensichtliche hin. »Und es sind mehr als hundert Sacri und feindliche Soldaten.«

»Wir brauchen uns nur um den Palast zu kümmern. Dort halten sich Etlae und Lexan auf.«

»Der Palast wird von ungefähr vierzig Mann bewacht. Bei einem Verhältnis von eins zu acht würde ich nicht unbedingt auf uns wetten.«

»Ihr seid heute wieder einmal ein richtiger Sonnenstrahl, was?«, sagte Elassel zu Tetricus. Ihre offene, fröhliche Art war dahin. Ich bemerkte, dass Hamilcars Blicke immer wieder zu ihr hinüberwanderten.

»Es ist besser, realistisch zu sein.«

»Und sich daran zu erinnern, dass sie jederzeit Verstärkung anfordern können, etwa aus dem Hafen, wenn sie sich einer ernsthaften Bedrohung gegenübersehen«, fügte Hamilcar hinzu. Was die Gründe betraf, aus denen er uns half, machte ich mir keine Illusionen. Sobald Etlae sich sicher fühlte, würde sie seinen Kontrakt mit Lepidor brechen und jemanden aus einem anderen Haus als Graf einsetzen; der neue Mann würde den Kontrakt Foryth überlassen. Das würde das Haus Barca wahrscheinlich ruinieren, obwohl es kurz davor stand, sich zu erholen, und andere Kunden bereits warteten. Ein Großes Haus, dessen Name in das Schwarze Buch der Domäne aufgenommen wurde, überlebte nicht sehr lange. Andererseits – irgendetwas stimmte hier nicht.

»Wer ist eigentlich Euer Vormund, Hamilcar?«, fragte ich ihn. »Etlae war sehr höflich zu Euch.«

Der Tanethaner starrte bestimmt eine Minute lang den Fußboden an.

»Ich will nicht, dass jemand von Euch das falsch versteht und glaubt, ich sei auf der anderen Seite. Ich habe Euch schon früher einmal gesagt, dass er mich für einen guten Sohn der Domäne hält, der noch nie auch nur in die Nähe eines häretischen Texts gekommen ist. Ich bin mit dem, was er tut, nicht einverstanden. Mein Vormund ist Lachazzar.«

»Der Primarch? Der alte Höllenkoch höchstpersönlich?«, fuhr Tetricus wütend auf. Ich hatte diesen Beinamen noch nie gehört, aber er klang sehr passend für einen Mann, der nichts lieber tat, als Menschen auf dem Scheiterhaufen zu verbrennen.

»Ja. Mein Vater hat ihm einmal das Leben gerettet, daher fühlt er sich unserer Familie verpflichtet. Mehr ist es nicht.«

»Ich glaube dir«, sagte Palatine. Dann wandte sie sich an uns: »Ich habe drei Monate lang in seinem Haus gelebt, und ich schwöre euch, dass er die Wahrheit sagt.«

»Dann akzeptiere ich es«, sagte Tetricus. Er schien Palatines Bann ebenso verfallen zu sein, wie es uns allen in der Zitadelle ergangen war.

»Aber um zum eigentlichen Problem zurückzukehren – wie wäre es, wenn wir die Chancen etwas ausgleichen würden?«, meinte Palatine.

»Wie denn?«

»Die Truppenunterkünfte liegen zu nahe beim Palast und sind zu schwer bewacht, aber die Seeleute und Soldaten aus dem Archipel sind in einem Lagerhaus eingesperrt und werden nur von ein paar von Lexans Männern bewacht. Sie verlassen sich auf die dicken Mauern und die fest verschlossenen Tore. Außerdem – selbst wenn sie flüchten könnten – wo sollten sie hin?«

»Aber das sind nur ungefähr dreißig Mann«, wandte Tetricus ein. »Sie sind also zahlenmäßig immer noch deutlich unterlegen, und außerdem sind sie nicht so gut wie die Sacri, die den Palast verteidigen.«

»Wir müssen die Waagschale ein wenig zu unseren Gunsten neigen. Und es wird nicht klappen, wenn Etlae auch noch jederzeit Verstärkung herbeirufen kann.«

Es wurde still in der Kabine, und ich sah, dass alle angestrengt nachdachten. Was könnte uns eine Chance verschaffen? Wir konnten unmöglich einen Ablenkungsangriff durchführen, und die Sacri waren so verdammt gut! Die einzigen Soldaten auf der Welt, denen man nachsagte, dass sie den Sacri ebenbürtig wären, war die Neunte Thetianische Legion, die kaiserliche Garde aus den alten Tagen. Und die Sacri verfochten ihre Sache wahrscheinlich mit noch mehr Eifer, als die Neunte es getan hatte. Wie sollten wir die Chancen etwas ausgleichen, wenn wir uns einer Bande von rasenden Fanatikern gegenübersahen, die wie Dämonen kämpften und von Feuermagie unterstützt wurden? Sie waren schon beinahe eine Naturgewalt.

Eine Naturgewalt? *Du kannst die Stürme genauso wenig aufhalten wie die Meeresströmungen ... dazu müssten drei Elemente zusammenarbeiten – Wasser, Wind und Schatten.* Ihre Stimme echote in meinem Verstand. Vielleicht brauchte man wirklich drei Elemente, aber was konnte ich mit zweien tun? Die Sacri hassten Wasser; was wäre, wenn ich mit Hilfe meiner Magie die Macht des Sturms steigern könnte, so dass er zu stark für den Sturmschutz der Domäne wurde und die Stadt überflutet wurde?

»Ich habe vielleicht eine Idee«, verkündete ich, und dann erklärte ich ihnen zögernd, was ich mir gerade überlegt hatte.

»Wir wissen nichts über diese Art von Magie«, sagte Palatine. »Aber gewiss kann doch niemand die Stürme kontrollieren, oder?«

»Ich habe nicht vor, sie zu kontrollieren; ich will mir nur einen Teil ihrer Kraft zunutze machen. Ich bin ein Wassermagier. Ich kann einen Sturm verschlimmern, indem ich mehr Wasser aus dem Himmel stürzen, es stärker regnen lasse. Die Sacri werden sich vor dem Regen fernhalten, und in dem ganzen Chaos werden sie nicht mehr wissen, wo oben und unten ist. Die Leute aus dem Archipel sind seit mehr als einem Monat in der Stadt; sie zumindest wissen, wo sie hinmüssen.«

»Aber selbst *wenn* sie es bis zum Palast schaffen, was dann? Die Sacri werden ausgeruht und trocken sein, und sie können die Gefangenen als Geiseln nehmen.«

»Ich sollte in der Lage sein, den Sturm direkt auf den Palast zu lenken und zumindest einen Teil des Gebäudes zu überfluten.« Ich redete davon, mein eigenes Zuhause zu verwüsten, nur um einen kleinen Vorteil zu erringen – doch blieb mir etwas anderes übrig?

»Der Himmel ist im Augenblick klar«, sagte Elassel. »Ich glaube nicht, dass wir allzu lange warten sollten.«

»Wir können wahrscheinlich einen Teil der Ozeanografie-Instrumente so anpassen, dass wir feststellen können, ob ein neuer Sturm naht. Und in den nächsten paar Stunden wird es einen geben«, meinte Tetricus.

»Wie könnt Ihr da so sicher sein?«, wollte Elassel wissen.

»Draußen ist es ziemlich schwül, viel feuchter als heute Morgen. Das ist ein sicheres Zeichen dafür, dass es einen Sturm geben wird.«

»Gut. Cathan und Tetricus, Ihr geht also zuerst zum Gebäude der Ozeanografen-Gilde, schaut nach, wie es mit diesem Sturm aussieht, und versteckt Euch dann wieder«, ordnete Palatine an. »Elassel und ich bereiten alles vor, damit die Männer aus dem Archipel ausbrechen können. Und Hamilcar … Hamilcar geht zum Palast, isst mit Etlae und geht ihr auf die Nerven. Am besten lässt er auch noch ein paar Türen offen.« Sie machte ein ernstes Gesicht. »Wenn es heute Abend keinen Sturm gibt, kehren wir alle in unsere Schlupfwinkel zurück und warten, bis einer kommt.«

»Ihr werdet nicht zu warten brauchen«, versprach Tetricus.

Das Gebäude der Ozeanografen-Gilde war verlassen, als wir es nach einer langen Schwimmtour und einem Marsch durch die halbe Stadt – diesmal in umgekehrter Richtung – erreichten. Wir hatten beide einen Schlüssel, also war es kein Problem, hineinzugelangen. Die Instrumente, die eigentlich dazu gedacht waren, das Meer zu beobachten, so anzupassen, dass wir mit ihnen einen Sturm vorhersagen konnten, würde wesentlich schwieriger werden.

Wir machten kein Licht in der dunklen Eingangshalle, sondern schlichen im Dunkeln die Treppen hinauf, vorbei an Schränken und Stapeln von Geräten. Ich war seit mehreren Tagen nicht mehr hier gewesen, und zweimal warf ich etwas um. Es schepperte so laut, dass ich sicher war, die ganze Nachbarschaft aufgeweckt zu haben. Doch draußen auf der Straße waren keine Schreie zu vernehmen, und es kamen auch keine Sacri-Patrouillen im Laufschritt auf uns zugerannt.

»Du solltest aufpassen, wo du hintrittst.« Tetricus war wie immer sehr hilfreich.

»Ihr solltet hier nicht so viel Zeug herumliegen lassen. Was ist denn mit dem Gildenmeister?«

»Liegt im Bett. Er hat sich den Knöchel verstaucht.«

»Kein Wunder, dass es hier so aussieht.«

Der Raum mit den Sensoren befand sich im zweiten Stock des Gebäudes, fast genau in der Mitte; er besaß nur zwei kleine Fenster. Wir stapelten alles, was wir finden konnten, davor auf, ehe wir das Licht anmachten und die Konsolen einschalteten. Sie waren in einem nach außen weisenden Kreis aufgestellt, mit einem Aether-Bilder erzeugenden Tank in der Mitte. Wir setzten uns hin, und Tetricus rief ein Bild von Lepidor und seiner Umgebung auf, im größten Maßstab, den wir bekommen konnten. Auf den Gipfeln der Berge, die die Stadt umgaben, befanden sich Beobachtungs- und Aetherbild-Stationen; eine war sogar im Felsen auf dem höchsten Berg verborgen, der den ganzen Kontinent überblickte. Das war die Station, von der die frühzeitigen Sturmwarnungen kamen.

Ich veränderte den Blickwinkel, bis er auch die Wolkenformationen mit einschloss, die zu sehen waren – kleine, schmale Federwölkchen in der oberen Atmosphäre, die sich hellblau vom dunkler werdenden Himmel abhoben. Es waren keinerlei Anzeichen von sich auftürmenden Gewitterwolken im Osten zu erkennen.

»Dann ist er noch nicht so nahe«, war alles, was Tetricus dazu zu sagen hatte.

»Sehen wir uns mal die Luftdruck- und Feuchtigkeitsmesswerte der Stationen an.« Ich ließ die entsprechenden Daten in das Bild einblenden und zoomte ein Stück näher heran.

Die Konsolen der Ozeanografen arbeiteten genauso wie normale Aether-Konsolen; sie wurden vom Verstand des Benutzers kontrolliert, ein paar Befehlsabfolgen waren aus Gründen der Bequemlichkeit jedoch fest in ihnen verankert worden und konnten mittels besonderer Knöpfe an den Seiten aktiviert werden. Tetricus drückte einen dieser Knöpfe, und das Echtfarben-Bild der Stadt veränderte sich, wurde von einer Falschfarben-Darstellung ersetzt, die die Messwerte graphisch umsetzte.

»Da ist er«, verkündete er triumphierend. »Genau wie ich es dir gesagt habe.«

Der Luftdruck war weit niedriger als normal, und die Feuchtigkeitswerte deutlich höher. Zwei sichere Hinweise darauf, dass ein Sturm aufzog.

»Ladung?«, fragte ich.

Es entstand eine kurze Pause, und dann erschien ein anderes Bild, das von einem anderen Teil der Messinstrumente erzeugt wurde.

»Positiv, sehr positiv. Ich schätze«, er zoomte das Bild wieder zurück, »noch ungefähr drei Stunden.«

Drei Stunden. Hoffentlich würde alles so klappen, wie wir es geplant hatten. In drei Stunden würde ich die volle Wucht des Sturms auf meine eigene Stadt loslassen, um mir mein Erbe zurückzuholen, das ich durch meine eigene Unbesonnenheit und Unfähigkeit verloren hatte. Elassel hatte mir erzählt, dass sie Midian einmal mehr belauscht und dabei mitbekommen hatte, dass mein Brief zwar im Haus Canadrath angekommen war, der Feind jedoch irgendwie von seinem Inhalt erfahren und den Angriff früher als geplant durchgeführt hatte. Noch etwas, woran ich die Schuld trug.

Jetzt lag unser Schicksal in den Händen der Stürme.

Kapitel XXX

Wir schalteten die Konsolen und das Licht aus und räumten auch die Sachen wieder weg, die wir vor den Fenstern aufgetürmt hatten, ehe wir die Treppen wieder hinunterschlichen. Dieses Mal stolperte ich nicht über all die herumliegenden Dinge, und wir schafften es bis zur Tür, ohne ein Geräusch zu verursachen.

»Was mache ich jetzt?«, fragte Tetricus, während er durch die Fenster hinaus auf die Straße spähte, um nachzusehen, ob gerade jemand vorbeikam.

»Geh nach Hause und sieh zu, dass du nicht unter die Räder kommst«, sagte ich.

Er sah mich betroffen an. »Kann ich mich nicht irgendwie nützlich machen?«

»Tetricus«, wies ich ihn sanft zurecht, »du bist kein Soldat, du bist dazu nicht ausgebildet. Wir werden uns unter ziemlich schlechten Vorzeichen mit einigen der besten Krieger der Welt anlegen – du würdest dabei nicht eine Minute überleben.«

»Kann ich vielleicht sonst etwas tun?«

»Kämpfen und Magie anzuwenden sind die einzigen Dinge, die uns nun noch zu tun bleiben. Du hast deinen Teil erfüllt, und dafür bin ich dir dankbar.«

Er nickte traurig. »Danke. Ich gehe nach Hause, aber ich wünschte, ich könnte mehr tun. Es wird wohl besser sein, wenn ich die Hintertür nehme. Viel Glück, Cathan. Möge der Gott, den du verehrst – welcher das auch sein mag – mit dir sein.« Er drehte sich um, ging den Korridor hinunter und ließ mich allein in der Vorhalle zurück.

Ich wartete, bis er genug Zeit gehabt hatte, um ein ganzes Stück weit weg zu sein, warf noch einmal einen prüfenden Blick auf die Straße und schlich dann selbst hinaus. Zum Glück war dies nicht eine der Hauptdurchgangsstraßen, sondern eine Seitenstraße, die direkt hinter dem Gebäude der Ozeanografen-Gilde einen scharfen Knick machte, was mir die nötige Deckung verschaffte, um ohne gesehen zu werden wieder in das Labyrinth der Gässchen zwischen den Häusern eintauchen zu können. Jetzt war ich wieder auf dem Rückweg zu unserem Versteck im Palastviertel; ich hoffte nur, dass sie die Wachen an den Toren nicht verstärkt hatten.

Irgendwo zu meiner Linken hörte ich plötzlich Stimmen und verschwand in ein Gässchen, das in die entgegengesetzte Richtung führte, zum Hafen. Dort mussten die Leute aus dem Archipel festgehalten werden, wenn Ildas Informationen zutrafen. Ihre Wachen befanden sich in einem Lagerhaus dreihundert Fuß weiter die Straße entlang.

Ich kam in einer Seitenstraße wieder heraus, die für meinen Geschmack viel zu gerade verlief, überquerte sie rasch und tauchte in die Schatten eines Säulengangs, der zwei Teile eines großzügig angelegten Herrenhauses miteinander verband. Der Himmel war jetzt dunkelblau und wurde allmählich schwarz, und die Aether-Lampen schimmerten nur schwach. Ich war nur einen Häuserblock vom Hafen entfernt; dies war nicht der Weg, den ich hatte nehmen wollen. Im Stillen verfluchte ich meinen Orientierungssinn, der mich ausgerechnet in dem Augenblick verlassen zu haben schien, da ich ihn am dringendsten benötigte.

Ich hörte das Getrampel von Stiefeln und schaute mich nach der nächsten Deckung um. Ein Stück weiter erhob sich eine steinerne

Zisterne auf ein paar Säulen; zwischen ihrer Unterseite und dem Erdboden klaffte eine schmale Lücke. Dieses Mal war ich dankbar dafür, dass ich so klein war. Ich rannte hinüber und zwängte mich so weit unter die Zisterne, wie es nur ging. Es wäre zwar wahrscheinlich nicht ganz einfach, hier wieder rauszukommen, aber zumindest würde die Patrouille mich nicht entdecken, wenn sie vorbeiging. Dazu war es nicht hell genug.

Ich sah ihre Füße, als sie vorbeimarschierten, schwarze Stiefel mit karmesinroten Hosen darüber. Die Patrouille bestand aus Sacri, und sie waren zu viert. Sie schienen eine merkwürdige Kälte hinter sich herzuziehen, und ich verhielt mich noch ein paar Minuten lang vollkommen ruhig, bis ich sicher war, dass sie außer Hörweite waren.

Ich drehte mich ein wenig zur Seite, um wieder hinauskriechen zu können, und einen Moment lang stieg Panik in mir auf, als ich feststellte, dass ich mich nicht bewegen konnte. Meine Beine wurden hart gegen das Mauerwerk gepresst. Ich drehte mich noch ein bisschen weiter, und dieses Mal bekam ich genug Hebelwirkung, um mich unter dem Becken hervorschieben zu können. Als ich wieder auf der Straße stand, klopfte ich mir den Dreck von den Kleidern und beschloss, mir das nächste Mal einen etwas größeren Schlupfwinkel zu suchen.

Ich war so nervös, als ich weiter erst dieses und dann das nächste Gässchen entlangging – beide wurden von nackten Steinmauern begrenzt, die auf der unteren Etage keine Fenster besaßen –, dass ich bei jedem Schatten zusammenfuhr. Eine schwarze Katze sprang von einem Sims herunter und rannte an der Mauer entlang; ich wäre beinahe mit meinem Dolch auf sie losgegangen, ehe ich meinen Irrtum bemerkte.

»Tut mir Leid, Katze.« Wurde ich allmählich verrückt, genau wie Orosius? Ich ging auf Schatten los und entschuldigte mich bei Katzen, während ich die Straße entlangschlich, um den Sacri-Patrouillen aus dem Weg zu gehen. Immerhin, es war eine schwarze Katze gewesen, eine Katze des Schattens. Ich betrachtete das als gutes Omen.

Noch immer bewegte ich mich parallel zum Hafen, als ich die nächste, gerade verlaufende Seitenstraße erreichte. Vorsichtig streckte ich den Kopf um die Ecke und spähte in beide Richtungen. Fast augenblicklich zog ich ihn wieder ein und wich ein paar Schritte in den Schatten zurück. Ein Stück stadteinwärts war eine Straßensperre errichtet worden, und dort standen vier von Lexans Männern und überwachten die Straße in beide Richtungen. Ein paar Augenblicke blieb ich stocksteif stehen und wartete auf das Geräusch sich nähernder Schritte, das verkünden würde, dass sie mich gesehen hatten, doch es geschah nichts. Ich fluchte. Jetzt würde ich den gleichen Weg zurückgehen müssen.

Ich drehte mich um und tappte, immer noch nervös, erneut die Gasse entlang. Eine weitere Patrouille kam vorbei; wieder bestand sie aus vier von Lexans Männern. In diesem Gebiet schienen sich plötzlich schrecklich viele Menschen herumzutreiben. Hatte jemand ihnen einen Hinweis gegeben? Mein Magen hatte sich bereits zu einem Knoten zusammengezogen, und der Gedanke, dass einer meiner Mitverschwörer ein Verräter sein könnte, machte alles nur noch schlimmer.

Plötzlich wurde mir schwindlig, und ich streckte eine Hand aus, um mich an einer Wand abzustützen. Ich hatte den ganzen Tag über kaum etwas gegessen, und jetzt bekam ich die Quittung dafür. So wenig mir auch danach zumute war, ich würde etwas essen müssen, wenn ich in unseren Schlupfwinkel zurückgekehrt war, sonst würde ich nicht in der Verfassung sein, später den Sturm zu beschwören. Wobei ich mich bei dieser Gelegenheit fragte, von wo aus ich das eigentlich tun wollte. War das etwas, das ich in einem geschlossenen Raum tun konnte, oder musste ich dabei draußen sein? Ich hoffte, dass es auch von drinnen aus möglich wäre, ansonsten würde ich völlig durchnässt werden.

Ich erreichte eine Stelle, an der sich vier Seitengässchen kreuzten, und wollte gerade einen Blick in diejenige werfen, die ich überqueren musste, um nachzusehen, ob sie sicher war, als in der Gasse vor mir ein Schatten unter einer Straßenlaterne hindurchhuschte. Ich zog mich in einen leeren Hauseingang auf der im Schatten liegenden Seite zurück, weit weg von der nächsten Straßenlaterne, und spähte erneut nach vorn. Dort war jemand, aber ich hatte keine Ahnung, wer es war.

Die Gestalt bewegte sich, und ich hörte Stoff rascheln. Ich konnte den schwachen Schatten an der Wand erkennen. Er nahm etwas aus seinem Gürtel, das wie eine kleine Armbrust aussah, eines von diesen zweischüssigen Dingern, die zu Beginn eines Kampfes benutzt und dann weggeworfen wurden. Und unter dem Umhang befand sich noch etwas, das wie das Heft eines Schwertes aussah.

Dann drehte die Gestalt sich um, und ich schnappte überrascht nach Luft. Das war kein er, das war eine sie, und es gab nur eine Frau in Lepidor, die wusste, wie man eine Armbrust benutzte, und so umherschleichen konnte. Also war Ravenna doch nicht gefangengenommen worden. Aber was hatte sie vor? Sie bewegte sich in Richtung Hafen und machte eine Armbrust schussbereit. Das konnte nur bedeuten, dass sie kämpfen wollte – aber warum? Sie hatte gegen die Sacri nicht die geringste Chance. Sie schob sich weiter das Gässchen entlang und zog ihr Schwert.

Plötzlich ertönten zu meiner Rechten Schreie und Kampfgeräusche. Stahl klirrte auf Stahl und zerriss die Stille der Nacht mit rauen Tönen.

»Ihr seid verhaftet!«, rief jemand. Noch mehr Lärm, und dann Stille. Ich tastete mich vorsichtig bis zur Ecke, kniete mich hin und riskierte in Kniehöhe einen Blick.

Drei Sacri, möglicherweise die, die vorhin an mir vorbeigekommen waren – sie sahen schon tagsüber alle gleich aus, ganz zu schweigen von nachts –, waren damit beschäftigt, zwei Gefangene zu fesseln, während ein weiterer Sacrus sich an die Mauer lehnte und seinen Arm umklammerte. Ich erkannte die Gefangenen sofort: Palatine und Elassel.

Ich kroch wieder zurück, stand auf und überlegte, was ich tun sollte. Da sie hier waren, hatten sie sich offensichtlich schon auf dem Rückweg vom Gefängnis befunden und ihre Aufgabe somit erledigt, aber ich konnte sie nicht in die Hände der Sacri fallen lassen. Mit Hilfe meiner Wasser- und Schattenmagie konnte ich wahrscheinlich mit den vier Sacri fertig werden und die Mädchen von hier wegbringen, bevor irgendjemand reagieren konnte.

Doch das würde bedeuten, Ravenna ihren Angriff durchführen zu lassen, und das wäre glatter Selbstmord. Nach all dem, was sie zu mir gesagt hatte, war ich eigentlich nicht bereit, ihr zu helfen, aber wenn das hieß, sie sterben zu lassen … Ich hatte nur wenige Sekunden Zeit, zu einer Entscheidung zu kommen. Das wurde mir klar, als einer der Sacri einen Befehl bellte und die ganze Gruppe sich in Richtung Hafen in Bewegung setzte.

Palatine und Elassel würden in den Klauen der Sacri fürs Erste überleben. Ich brauchte Ravennas Tod also nicht auf mein Gewissen zu laden, und mir wurde klar, dass ich nicht so lange überlegt hätte, wenn es Palatine oder Elassel gewesen wären, die gerade ein Selbstmordkommando antreten wollten.

Ich schoss quer über das Gässchen und nutzte dabei jede Deckung, so wie man es mich in der Zitadelle gelehrt hatte, und legte die knapp ein Dutzend Meter von meinem Standort zu Ravenna innerhalb weniger Sekunden zurück. Ich erreichte sie, als sie gerade ihr Schwert hob und sich in Bewegung setzen wollte. Ich legte ihr einen Arm um die Schulter, presste ihr die andere Hand auf den Mund und zog sie so schnell ich konnte in den Schutz einer Nische. Nach dem ersten Schreck begann sie sich zu wehren, doch ich schaffte es, ihr das Schwert aus der Hand zu schlagen, und ihr anderer Arm war so eng an ihren Körper gepresst, dass sie ihre Armbrust nicht auf mich abschießen konnte. Sie kämpfte wie eine Wilde, und ich spürte, dass ich sie nicht mehr lange festhalten konnte; wahrscheinlich war sie fast genauso stark wie ich.

»Ich bin's, du Idiotin«, zischte ich ihr ins Ohr und zog sie so weit wie möglich wieder in die Dunkelheit zurück, ehe ich sie losließ.

Sie wirbelte herum und boxte mich in den Magen, und als ich vornübersackte, packte sie ihre Armbrust und zielte auf mich. Dabei zog sie sich vorsichtig auf die andere Seite der Nische zurück und setzte sich auf den Boden, während ich keuchend nach Luft schnappte.

»Du verdammter Narr, was mischst du dich ein«, flüsterte sie mit wutverzerrtem Gesicht. »Ich habe gedacht, ich hätte mich letztes Mal klar genug ausgedrückt.«

»Ich … konnte nicht … einfach dastehen … und … zusehen … wie du … Selbstmord begehst«, sagte ich zwischen japsenden Atemzügen. Meine Bauchmuskeln waren derart gespannt gewesen, dass ihr Schlag nicht so wehgetan hatte, wie er es hätte tun können.

»Ich wollte versuchen, die Gefangenen zu retten, du Blödmann!«

»Ganz allein … ohne jede Hilfe? Das ist Selbstmord!«

Sie zielte immer noch mit der Armbrust auf mich. »Wenn ich mich umbringen will, dann ist das einzig und allein meine Entscheidung. Ich habe gehört, du sollst das vor kurzem auch schon versucht haben.«

Sie musste irgendwie von meiner närrischen Absicht erfahren haben, an jenem Tag, als Etlae und Lexan angekommen waren, im Palast zu bleiben und mich gefangen nehmen zu lassen.

»Bitte ziel nicht mit dem Ding da auf mich.« Ich schaffte es, mich wieder aufrecht hinzusetzen. »Es hat einen äußerst empfindlichen Abzug, und ich möchte lieber nicht draufgehen, weil du mich aus Versehen erschießt.«

Verdrossen legte sie die Armbrust auf den Boden, starrte mich dabei die ganze Zeit mit hartem Blick an.

»Ich habe das gleiche Recht wie du, bei der Verteidigung meiner Leute zu sterben.« *Meine Leute.* Es war merkwürdig, sie so etwas sagen zu hören. Das klang eher nach den Worten einer Politikerin als einer Magierin.

»Warum?«, entgegnete ich. »Es ist so sinnlos.« Ich fragte mich, warum ich so etwas sagte – ausgerechnet ich, der vor noch nicht einmal vierundzwanzig Stunden bereit gewesen wäre, genau so etwas zu tun.

»Was habe ich denn sonst noch für Alternativen? Soll ich mich in dieser gottverdammten Stadt verkriechen, bis mich irgendein Verräter der Domäne ausliefert? In deinem Clan gibt es so viele Verräter, es ist einfach unglaublich.«

»Ich nehme an, die Mitglieder deines Clans sind allesamt leuchtende Beispiele der Ehrbarkeit«, gab ich scharf zurück. »Wie kommt es dann, dass du noch nicht verhaftet worden bist?«

»Das Haus, das mir Unterkunft gewährt hat, nachdem du mich freundlicherweise aus dem Palast geworfen hast, hat mir geholfen, als niemand anderes es mehr getan hat.«

»Bist du überrascht, dass ich dich hinausgeworfen habe – nach dem, was du zu mir gesagt hast?«

»Ich war dein Gast.«

»Die Gesetze der Gastfreundschaft haben ihre Grenzen. Und ganz offensichtlich gibt es immer noch Leute, die loyal sind.«

»Ich kann nichts erkennen, dem man noch die Treue halten könnte. Wir haben so oder so verloren.«

Wir haben verloren. Zumindest stand sie noch immer auf unserer Seite.

»Diejenigen von uns, die nicht versucht haben, Selbstmord zu begehen, versuchen stattdessen etwas zu tun. Wenn du nicht ganz so schnell aufgegeben hättest, hättest du uns vielleicht sogar helfen können.«

»Oh, und wie sieht diese tolle Idee aus? Ist das auch wieder so ein Meisterwerk von Palatine – wie das letzte, dem wir diesen ganzen Schlamassel zu verdanken haben?«

»Das war mein Fehler, nicht ihrer.«

»Dann nimm die Schuld auf dich. Aber wie genau haben nun drei oder vier Leute vor, mehr als hundert Feinde zu besiegen?«

Ich hörte die stampfenden Schritte einer Patrouille, die die Hauptstraße entlangmarschiert kam, hörte, wie sie stehen blieben um jemanden zu befragen, der verrückt genug war, um diese Zeit noch auf der Straße unterwegs zu sein.

»Das werde ich dir gern erklären. Aber können wir zuerst einen Waffenstillstand schließen und von hier verschwinden? Für meinen Geschmack laufen hier viel zu viele Sacri herum.«

»Einverstanden«, sagte sie. Ihre Stimme klang so kühl wie immer.

Und dann blieb mir beinahe das Herz stehen, als die Patrouille an der Mündung der Gasse kehrt machte und genau auf uns zuhielt.

Ravenna schob das Schwert und die Armbrust in die dunkelste Ecke und zog mich hinterher.

»Tut mir Leid, wenn dich das kränkt«, murmelte sie. »Spiel einfach mit.«

Sie küsste mich. Ich begriff, was sie vorhatte und legte unter ihrem Umhang meine Arme um sie. Ich hoffte sehr, dass das klappen würde, dass ich keine Magie einsetzen musste.

Ich hörte, wie die Männer stehen blieben; nur einer ging noch weiter, aber leiser. Vermutlich hatten sie einen Soldaten vorgeschickt, der das Gässchen überprüfen sollte. Dann gehörten diese Männer also zu Lexans Truppen. Ich stand mit dem Gesicht zur Wand, und außer Ravennas Gesicht konnte ich kaum etwas sehen, daher hatte ich keine Ahnung, was der Mann gerade tat.

»Nur zwei Turteltauben, Korporal.« Dann zischte er uns zu: »Ihr beide solltet lieber reingehen, diese roten Automatenmenschen verstehen so etwas nicht.«

Er ging wieder die Straße entlang, und ich hörte, wie die ganze

Gruppe weitermarschierte. Ich löste meine Arme von Ravenna und starrte sie einen Augenblick unsicher an. »Wir sollten jetzt lieber gehen.«

Sie nickte, steckte das Schwert zurück in die Scheide und hängte sich die Armbrust wieder an den Gürtel, nachdem sie die Sicherung hatte einrasten lassen.

»Wo ist dein Versteck?«

»Im Haus Kuzawa. Mezentus' Tochter hat die Sympathien ihres Vaters nicht geteilt.«

»Du weißt wahrscheinlich, wie wir am schnellsten dahin kommen. Ich habe den Leuten, bei denen ich gewohnt habe, gesagt, dass ich nicht zurückkomme, also wird mich dort auch niemand erwarten.«

Während ich ihr zuhörte, bemerkte ich zum ersten Mal, dass sie genauso bedrückt klang, wie ich es vor einiger Zeit gewesen war, und ich fragte mich, warum. Sie hatte keine Stadt verloren, und sie war schließlich diejenige gewesen, die mich angeschrien hatte.

»Wir kämpfen nur, wenn es unbedingt sein muss.«

»Einverstanden.« Ich hoffte, dass mit Palatine und Elassel alles in Ordnung war.

Wir machten uns auf den Weg durch die Seitengässchen zurück in die Stadt. Dieses Mal entfernte ich mich auf der direktesten Route vom Hafen, genau auf die Mauern des Landviertels zu. Das war die beste Möglichkeit, die geraden Straßen zu umgehen, in denen wir leicht entdeckt werden konnten, trotzdem war es nervenaufreibend. Noch zweimal kamen uns Patrouillen gefährlich nahe, aber beide Male gelang es uns gerade noch rechtzeitig, ein Versteck zu finden.

Mir war klar, dass dies alles bisher nur der einfache Teil gewesen war. Jetzt hatten wir das Ende des letzten Gässchens direkt vor dem Tor erreicht. Die Sperrstunde hatte längst begonnen, und niemand durfte mehr passieren. Sie hatten die Tore geschlossen und so alle drei Torbogen blockiert, die ins Palast-Viertel führten.

»Und was machen wir jetzt?«, wollte Ravenna wissen. Obwohl sie flüsterte, war ihr die Anspannung deutlich anzumerken.

Bestimmt hatten sie auch alle Türme entlang der Mauern geschlossen, also kam diese Möglichkeit auch nicht in Frage. Und wenn die Tore geschlossen waren, würde es die Leute aus dem Archipel wertvolle Zeit kosten, sie zu überwinden, wenn der richtige Moment für ihren Angriff gekommen war. Ich hoffte nur, Palatine hatte ihnen nicht gesagt, dass sie auf sie warten sollten.

Nun gut, es würde den Magier aufschrecken und etliche Sacri würden zum Tor gerannt kommen, aber mir blieb keine andere Wahl: Ich musste Magie einsetzen. Mit etwas Glück würde die Zeit reichen, um in den schmalen Gässchen auf der anderen Seite des Tores untertauchen zu können.

Ich vergewisserte mich noch einmal, dass die Straße verwaist war, dann trat ich an das Tor heran und legte meine Hand auf das Schloss. Dieses Mal war es leichter, meinen Verstand zu leeren, und es dauerte nur wenige Augenblicke, die Bolzen mit Schattenfeuer aufzulösen.

»Sehr raffiniert«, bemerkte Ravenna, die sich zu mir gesellt hatte. Ehe ich den Torbogen betreten konnte, packte sie mich an der Schulter. »Haben diese Tore Abwurf-Verteidigungsanlagen?«

Das hatte ich glatt vergessen. In der Decke des Durchgangs waren Löcher, und darüber lagerten in einem Raum ein paar Tonnen Geröll, die über unachtsamen Feinden ausgeschüttet werden konnten.

»Vielleicht haben sie sie aufgefüllt.« Sie lenkte noch mehr Schattenfeuer auf die Bolzen und Querstangen des Tors auf der anderen Seite, löste auch sie auf. »Und jetzt lauf.«

Wir rannten durch den vielleicht sechs Meter langen Tunnel, stießen das Tor auf und kamen auf dem dreieckigen Platz auf der anderen Seite hinaus. Auch hier waren nirgends Wachen zu entdecken, doch ich konnte Rufe hören, die sich vom Palast her näherten. Wir tauchten in die Mündung der nächsten Seitenstraße und hielten erst an, als wir die erste Kreuzung erreichten.

»Versuch bloß nie, dich in die Heilige Stadt zu schleichen«, keuchte Ravenna. Die Luft war viel wärmer als üblich; auch dies kündigte den heraufziehenden Sturm an. »Zumindest, solange du keine Armee bei dir hast.«

»Das Haus Kuzawa ist gleich da drüben«, sagte ich und deutete nach rechts. »Ilda wird den Schlüssel für uns hinterlegt haben.«

»Wer ist Ilda?«, fragte Ravenna argwöhnisch.

»Mezentus' Tochter.«

Wir hielten nach weiteren Patrouillen Ausschau, bevor wir uns wieder in Bewegung setzten. Doch in diesem Teil der Stadt schienen weit weniger Soldaten und Sacri unterwegs zu sein. Das war merkwürdig, wenn man bedachte, dass hier ihr Hauptquartier war, ihr wichtigster Stützpunkt. Warum trieben sich so viele von ihnen unten am Hafen herum – hatten sie einen Hinweis bekommen?

Wir erreichten Haus Kuzawa ohne weiteren Zwischenfall und begegneten auch auf dem Weg in unser Geheimzimmer niemandem. Ich hatte noch gar nicht bemerkt, wie müde ich nach der ganzen Schwimmerei und Herumschleicherei war. Erleichtert ließ ich mich aufs Bett fallen und lehnte mich gegen die Wand. Ravenna löste ihren Umhang, legte den Waffengürtel ab und setzte sich auf das andere Bett. Die Fenster hatten den ganzen Tag offen gestanden; ich machte sie zu, damit die Männer, die, aufgeschreckt durch den Magieausbruch am Tor, darunter vorbeirannten, nicht zufällig unsere Stimmen hörten.

Einige Augenblicke lang herrschte peinliches Schweigen.

»Ich danke dir«, sagte Ravenna schließlich, »dass du mir das Leben gerettet hast.«

»Bekomme ich eigentlich jemals eine Entschuldigung für das zu hören, was du neulich gesagt hast?« Ich wollte die Angelegenheit nicht einfach so auf sich beruhen lassen.

»Das war nicht allein meine Schuld. Ich habe vielleicht zu heftig reagiert, aber ich werde nicht die ganze Schuld an der Geschichte auf mich nehmen.«

Erneut stieg Ärger in mir auf. »Dann sag mir doch endlich, um Thetis' willen, womit ich dich so gekränkt habe.«

»Ich glaube, das weißt du ganz genau.«

»Nein, das weiß ich nicht. Vielleicht hättest du die Güte, mich endlich aufzuklären.«

»Du hast mir die Schuld daran gegeben, dass du deine Magie eingesetzt hast, und dann hast du auch noch so getan, als wolltest du mich um Hilfe bitten.«

»Ich habe nicht nur so getan. Ich wusste wirklich nicht, was ich tun sollte.« Ich war noch immer verwirrt, denn ich verstand immer noch nicht, woher ihr Groll rührte.

»Du wusstest nicht, was du tun solltest? Jemand mit deinen Fähigkeiten? Während wir übrigen Sterblichen Jahre brauchen, um unsere Magie einsetzen zu können, rauschst du einfach so durch ein Unterrichtsjahr und rufst mit einem Fingerschnippen eine riesige Woge herbei.«

Endlich begriff ich, worum es eigentlich ging, was sie mit ihrer wilden Attacke gegen die Tar'Conanturs wirklich gemeint hatte. Sie war eifersüchtig. Ich war ja so blind gewesen; niemals wäre ich auf die Idee gekommen, dass es etwas gab, worum man mich beneiden könnte.

Sie musste meinem Gesicht angesehen haben, dass ich jetzt erst begriff.

»Du hast es tatsächlich nicht gewusst, nicht wahr? Du hast es nicht begriffen.«

»Du scheinst mich für viel besser zu halten, als ich in Wirklichkeit bin. Ich bin schließlich kein Halbgott oder so was.«

»Seit ich sieben Jahre alt war, habe ich gelernt, mit Magie umzugehen. Ich war in zwei Zitadellen, habe bei den besten Schatten-

und Windmagiern gelernt, die noch am Leben sind. Du kannst Wassermagie einsetzen, obwohl du es nie gelernt hast. So viel davon schwimmt in deinem Blut. Du musst mindestens zur Hälfte ein Element sein, vielleicht auch zu noch mehr. Und um Schatten so gut einsetzen zu können, musst du auch davon etwas in dir tragen. Dinge, an denen ich Jahre gearbeitet habe, kannst du einfach so tun, ohne nachzudenken.«

Wie sehr musste dieser Neid im vergangenen Jahr an ihr genagt haben. Und ich hatte sie immer so sehr dafür bewundert, wie sie ihre Magie handhabe – so viel sanfter und reibungsloser als ich.

Sie hatte mich verletzt, doch jetzt, da ich verstand, warum, verschwand mein Hass auf sie so plötzlich, als hätte es ihn nie gegeben. Ich verbannte das Gefühl und sagte mir, dass es niemals zurückkehren würde.

»Dann sollte ich mich wohl bei dir entschuldigen«, sagte ich leise.

»Nein, das solltest du nicht. Es war ja nicht dein Fehler, und was ich gesagt habe, tut mir schrecklich Leid. Damals habe ich es zwar so gemeint, aber jetzt nicht mehr.«

»Wollen wir es dann einfach vergessen?«

»Ja.« Wir umarmten uns, und zum ersten Mal war es aufrichtig.

»Wie sieht also dein Plan aus?«, fragte sie im Flüsterton.

Einen Augenblick später, nachdem wir uns wieder hingesetzt hatten, erklärte ich ihr den Plan und was bisher geschehen war.

»Es ist alles ziemlich hoffnungslos«, meinte sie. »Werden die Gefangenen überhaupt noch ausbrechen, wenn Palatine und Elassel verhaftet worden sind?«

»Das habe ich mich auch gefragt. Ich glaube, wir müssen einfach davon ausgehen, dass sie es tun werden.«

»Meinst du, wir sollten hingehen und nachsehen?«

Ich überlegte einen Augenblick. »Nein, das ist zu gefährlich. Es gibt keine Möglichkeit, noch einmal durch das Tor zu kommen.

Dieses Mal lassen sie bestimmt Männer im Torhaus zurück. Vielleicht kann ich aber auch die Flut gegen die Tore lenken.«

»Nicht einmal du kannst die Art von Macht, von der du da sprichst, auf diese Weise einsetzen. Du verfügst nicht über genug Windmagie, um mit dem Torhaus fertig zu werden.«

»Du schon, aber du kannst keine Wassermagie einsetzen. Es gibt keine Möglichkeit, unsere Kräfte zu verbinden.«

»Doch, die gibt es.« Sie lächelte. »Wir haben uns schon einmal miteinander verbunden, um unsere Magie zu lenken. Warum sollten wir es nicht noch einmal tun können.«

»Aber damals war es nach innen gerichtet.«

»Es gibt keinen Grund, warum wir es nicht nach außen richten könnten.« Ihre Augen glänzten. »Cathan, wir können etwas tun, was noch niemand in der Geschichte Aquasilvas je geschafft hat. Mit Hilfe von Schatten, Wasser und Wind können wir die Stürme beherrschen.«

»Aber das ganze Wettersystem – werden wir das nicht durcheinander bringen?«

»Nein. Denn wir werden nur eines tun: die Kraft dieses Sturms, wenn er denn kommt, für unsere Zwecke einsetzen. Wir beschwören keinen Sturm herauf oder ändern das Wetter.«

»Aber wenn der Sturm mit seiner ganzen Macht in Lepidor wütet, wird er sich hier verausgaben und nicht über das Meer davonziehen, und das wird das Klima beeinflussen.«

»Willst du jetzt deine Stadt wiederhaben oder nicht?«

»Natürlich will ich sie wiederhaben. Aber wenn die Atmosphäre auch nur ein bisschen den Meeren gleicht, dann könnte alles, was wir hier tun, irgendwo anders Tausende von Menschen töten.«

»Bist du dir da sicher?«

»Wir können nur Vermutungen anstellen.«

»Vermutungen. Andererseits haben wir die Gewissheit, dass wir alle sterben werden – und jede Hoffnung für die Sache der Häretiker mit uns –, wenn wir die Stadt nicht zurückerobern. Und deine Leute werden den Rest ihres Lebens unter der wohlwollenden« – sie spuckte das Wort förmlich aus – »Herrschaft von Midians Marionette verbringen.«

»Schön. In Ordnung. Ich verstehe, was du meinst. Aber lass uns versuchen, nicht zu viel von der Energie des Sturms zu benutzen.«

»In diesen Wolken muss eine solche Kraft stecken, dass man eine ganze Legion von Magiern bräuchte, um sie zu erschöpfen.«

»Du hast selbst gesagt, dass ich eine ganze Legion bin.«

»Das habe ich nicht wörtlich gemeint. Orosius ist vielleicht so mächtig, aber du verfügst nicht über seine Art von Macht. Das hoffe ich zumindest.«

»Er hat wahrscheinlich noch viel mehr von einem Element im Blut als ich.«

»Darauf würde ich nicht wetten. Ich glaube nicht, dass es möglich ist, mehr als einen bestimmten Anteil zu haben, ohne ein echtes Element zu werden, und du hast viel mehr abbekommen, als gut für dich ist.«

»Könnten wir uns vielleicht einfach wieder auf unseren Plan konzentrieren? Wie genau werden wir es tun? Und, wo wir gerade dabei sind, von wo aus?«

»Wie viel Zeit haben wir noch?«

»Nach meiner Schätzung ungefähr zwei Stunden.«

»Ich glaube nicht, dass wir wirklich sagen können, wie wir es tun werden, solange wir es noch nicht versucht haben. Du hast noch nie Wasser aus den Wolken benutzt, oder?«

»Nein, nur Meerwasser.«

»Ich nehme mal an, dass das Prinzip dasselbe ist. Die Wolken bestehen aus Wasser, daher glaube ich, dass du nur so viel wie möglich davon hier herunterrufen musst. Ich werde den Wind benutzen, um es dorthin zu lenken, wo wir es brauchen.«

»Im Palast, im Torhaus, und den ganzen Rest auf die Straßen, um die Sacri zu ersäufen. Und wo genau kommt Schatten ins Spiel? Du kennst dich in der Theorie der Magie viel besser aus als ich.«

»Du brauchst den Schatten, um überhaupt anfangen zu können, etwas mit dem Sturm zu machen. Der Propst der Zitadelle des Windes hat es mir einmal erklärt. Die Atmosphäre ist mit Schattenmagie durchsetzt; sie stammt von den Bannsprüchen, die während des Krieges eingesetzt wurden. So eine Art magischer Geist, doch sie tut seltsame Dinge, wenn man versucht, sie mit irgendeiner anderen Art von Magie zu berühren.«

»Kannst du darauf achten, den Vormarsch der Leute aus dem Archipel nicht allzu sehr zu verlangsamen? Alles hängt davon ab, dass sie es bis zum Palast schaffen, ehe die Sacri Zeit gehabt haben, sich zu erholen und eine Möglichkeit zu finden, trocken zu bleiben.«

»Kümmere du dich um dein Element, und ich kümmere mich um meins«, wies Ravenna mich zurecht, doch sie lächelte dabei.

»Und wo genau werden wir sein?«

»Draußen. Wir müssen uns draußen aufhalten, sonst wird alles noch viel schwieriger. Wir tun so etwas zum ersten Mal, da sollten wir wirklich sehen können, was passiert.«

»Wir können uns nicht einfach auf die Straße stellen, wenn wir es tun. Wir müssen auf ein Dach.«

»Aber nicht hier. Schließlich wollen wir nicht, dass Haus Kuzawa bestraft wird, wenn unser Versuch fehlschlägt. Ich glaube, strategisch gesehen ist das Dach des Palasts am besten geeignet.«

Anderthalb Stunden später war es so weit. Ravennas Schwert ließen wir zurück, nahmen jedoch Dolche und Armbrüste mit, hüllten uns in Regenumhänge und verließen den Schlupfwinkel zum letzten Mal. Entweder hatten wir Erfolg und brachten den Palast wieder in unsere Gewalt, oder wir scheiterten und fielen der Domäne in die Hände. Ich hoffte nur, Midian hatte die Gelegenheit nicht genutzt und sich an Elassel gerächt.

Der Wind wurde stärker, und die Temperatur war spürbar gefallen; dies würde ein kalter Sturm werden, kein warmer. Aber das war eigentlich nicht überraschend; es war mitten im Herbst, und irgendwann in den nächsten paar Monaten würde der Winter über uns hereinbrechen und uns einen oder zwei Monate lang eine eisige Hölle bescheren. Ich war froh, dass es noch nicht so weit war, denn dann hätten wir niemals so in den Straßen herumschleichen können wie jetzt.

Obwohl alle Türen und Tore zum Palast bewacht wurden, fiel es uns nicht schwer, hineinzukommen und in den Garten zu gelangen; niemand patrouillierte auf den Wällen. Auch aus den Straßen waren die Patrouillen verschwunden; wahrscheinlich hatte man sie zurückgerufen, damit sie sich ausruhen und Zuflucht vor dem Sturm suchen konnten. Als wir das Gartentor erreichten, war es schon seit mehreren Stunden völlig dunkel. Die Lampen, die man glücklicherweise angelassen hatte, damit die Wachen besser sehen konnten, zeigten auch mir, wo sich einer meiner Schleichwege in den Garten befand: einen Stützpfeiler an der Innenseite der Stadtmauer hinauf – die Kerben für Hände und Füße waren schon vor Jahren hineingemeißelt worden –, und innen an einem Seil wieder hinunter. Zum Glück befanden wir uns außer Sichtweite der Wachen am Tor.

Wir landeten weich in einem Blumenbeet im hinteren Teil des Gartens. Hier war es stockfinster; es gab auf der Gartenseite des Palastes fast keine Lampen, nur dort, wo Lexans Soldaten Wache standen – eine beim äußeren Tor und jeweils eine bei jeder inneren Tür. Die Männer waren so positioniert, dass sie einander sehen konnten, wie ich feststellte, außer dem einen ganz links, der das Pech hatte, vor einer ungünstig gelegenen Tür zu stehen.

»Der da drüben.« Ich deutete in die entsprechende Richtung. Es war zwar unwahrscheinlich, dass die Wachen uns auf dem Rasen entdeckten, aber ich wollte kein Risiko eingehen. Wir gingen am

Rand der Grasfläche entlang, wobei wir darauf achteten, nicht auf lose Zweige oder in Sträucher zu treten, deren Rascheln uns hätte verraten können.

Kurz vor dem Ende des Gebäudes gab es allerdings keine Deckung mehr, und wir mussten ins Licht treten. Ich wollte niemanden töten, aber die Strecke war zu lang, um sie ungesehen zurückzulegen.

Ich zog mich in den Schatten eines Vorbaus zurück, bevor ich mit meiner Armbrust auf den Kopf des Mannes zielte. Einen Augenblick lang löste ich meinen Finger vom Abzug.

Es war gut, dass ich das getan hatte. Sekunden später flackerte plötzlich kurz ein blendend helles Licht auf, und vom Hafen her war schrecklicher Lärm zu vernehmen. Der Soldat zuckte heftig zusammen.

»Was war das?«, rief einer von den anderen um die Ecke.

»Keine Ahnung!«

Ein weiterer Donnerschlag folgte, und als meine Ohren wieder normal funktionierten, hörte ich Geschrei aus dem Palast.

»Glaubst du, wir werden angegriffen?«, rief der Wachposten, auf den ich zielte. Seine Stimme klang sehr jung; er war womöglich sogar jünger als ich.

»Kommt her, ich kann es sehen!«, rief der Mann am anderen Ende des Gartens. »Unten im Hafen brennt irgendwas.«

Ungläubig sah ich zu, wie die anderen ihre Posten verließen und zu ihm hinüberrannten.

»Scheint, als wäre das Schicksal auf unserer Seite«, bemerkte Ravenna, während wir auf die Tür zueilten, die natürlich verschlossen war. Allerdings nicht mehr lange, nachdem sie mit einem Schattenfeuerblitz Bekanntschaft gemacht hatte.

Die Wendeltreppe dahinter führte in einem eigenen Treppenschacht nach oben, wobei von den Absätzen hier und dort Türen abgingen. Obwohl wir immer wieder Schreie hörten, als wir daran vorbeikamen, und das Trampeln von Stiefeln vernahmen, das zeigte, dass Männer die Korridore entlangrannten, sah uns doch niemand oder hielt uns gar auf.

Als wir oben ankamen, mitten zwischen den Bäumen des Dachgartens, warf ich einen Blick zum Hafen hinüber und sah, was geschehen war. Ein Fischerboot brannte, und dort, wo sich der Unterwasserhafen befand, trieb der unverkennbare Umriss eines Mantas an der Oberfläche, von unten beleuchtet von den Impuls-Sprengsätzen und Aether-Torpedos, die an seinem Rumpf detonierten. Ein Flügel hing tief im Wasser. Der Manta – es musste derjenige sein, mit dem Etlae gekommen war –, sah schwer beschädigt aus. Dann hörte das Feuer auf, und ich sah, wie das dunkle Wasser von etwas gefurcht wurde, das knapp unter der Oberfläche dahinglitt.

Hamilcar würde so etwas niemals tun, dazu war er viel zu vernünftig, und außer ihm war niemand mehr auf freiem Fuß. Ohne dass man es mir zu sagen brauchte, wusste ich irgendwie, dass der Manta, der den Hafen verließ, die *Smaragd* war – und dass Tetricus an Bord war.

Kapitel XXXI

Ich hatte keine Zeit, die Aussicht noch länger zu bewundern. Ein paar Schritt weit entfernt stand ein Sacrus und beobachtete durch seine Maske reglos den Hafen; sein Umhang bauschte sich im Wind. Dieses Mal hatten wir nicht so viel Glück. Der Mann drehte sich um und griff nach seinem Schwert.

Er schaffte es noch nicht einmal, es aus der Scheide zu ziehen. Ravenna hatte die Armbrust in die Hand genommen, bevor wir die

Treppe hinaufgestiegen waren, und als der Sacrus sich bewegte, löste sie die Sicherung und schoss. Ein roter Fleck erblühte auf seinem Gewand, und er starrte auf den Pfeil hinunter, der seine Rüstung durchbohrt hatte. Dann fiel er auf die Knie und stürzte mit zuckenden Gliedern vornüber. Sie musste ihn genau ins Herz getroffen haben, denn er hörte schon Augenblicke später auf zu zucken.

»Das ist für dich, du verdammter Schlächter«, stieß Ravenna mit brüchiger Stimme hervor; ich warf ihr einen Blick zu und sah, dass sie weinte. Sie stand kurz vor einem Zusammenbruch.

»Was ist denn los?« Ich legte ihr den Arm um die Schulter, nahm ihr die Armbrust ab und ließ den Sicherungshebel wieder einrasten.

»Ich hasse sie«, stammelte sie, und ihre sonst so unerschütterliche Selbstbeherrschung war plötzlich dahin. »Mein Bruder. Sie haben meinen Bruder getötet, und er war erst sieben.«

Gütige Thetis, das hatte ich nicht geahnt. Sie klammerte sich einen Augenblick an mir fest und weinte an meiner Schulter. Ich stand einfach nur ganz still da. Was hätte ich auch sagen sollen?

Sie löste sich von mir und wischte sich mit dem Ärmel übers Gesicht.

»Danke.« Sie sagte nicht, wofür.

Ich zog meinen Umhang enger um mich; der Wind wurde stärker, und der Himmel war jetzt vollständig bewölkt. Im Licht der Laternen am Hafen konnte ich mehrere Leute in einer langen Reihe die Hauptstraße heraufkommen sehen.

»Duck dich, schnell. Hier oben kann man uns zu leicht entdecken«, zischte Ravenna.

»Es ist doch stockdunkel«, protestierte ich, kauerte mich aber dennoch hin, so dass ich gerade noch über die Brustwehr schauen konnte. Ich hörte die ersten Regentropfen auf die Schieferplatten der Dachabdeckung hinter uns prasseln. Der Garten war ganz bewusst so angelegt worden, dass sich das Regenwasser unter dem aufgebrachten Mutterboden sammelte und alles, was nicht gebraucht wurde, durch die Sturmdrainagen abfloss. Das sollte nicht zuletzt verhindern, dass das Gebäude bei starkem Regen unter dem zusätzlichen Gewicht zusammenbrach.

Ich warf erneut einen Blick auf die Menschen, die in einer langgezogenen Reihe die Straße heraufkamen. Es war die Delegation aus dem Archipel, die von zehn oder zwölf Sacri begleitet wurde. Man hatte ihnen die Hände auf den Rücken gefesselt, und selbst auf diese Entfernung konnte ich im Licht der Aether-Lampen die Verzweiflung auf ihren Gesichtern erkennen. Ein Trupp von Sacri und Lexans Soldaten rannte an den Gefangenen vorbei; sie waren auf dem Weg zum Hafen.

»Warum will sie sie im Palast haben?«, grübelte Ravenna laut, während sie die Kapuze ihres Regenumhangs hochschlug und die Stoffmaske über dem unteren Teil ihres Gesichts befestigte, so dass nur noch ihre Augen zu sehen waren. Ich tat es ihr nach; zwar schränkte dies die Sicht und die Bewegungsfreiheit ein, doch dafür lief uns wenigstens kein Wasser mehr übers Gesicht und den Hals hinunter, so dass wir nicht völlig durchnässt wurden. Ich nestelte auch die Ärmel auf, schob die Arme hindurch und klappte die Vorderseite hoch. Jetzt sahen wir aus wie zwei silvernianische Yetis. Ein Paar silvernianische Schneemenschen, die im Begriff waren, den schlimmsten Sturm auf Lepidor loszulassen, den die Stadt jemals erlebt hatte.

Ein gedämpfter blauer Schimmer erschien, als die Aetherschilde hochgefahren wurden, die die Stadt vor den schlimmsten Auswirkungen der natürlichen Stürme schützen würden – aber nicht vor unserer Magie.

Da wir keine Möglichkeit zum Eingreifen hatten, beobachteten wir bedrückt, wie die Kolonne die Straße entlangmarschierte und schließlich den Palasthof betrat. Hinter ihnen wurden die Tore geschlossen, und die Sacri zogen sich in den Wachraum zurück, von dem aus sie die Tore beobachten konnten und trotzdem vor dem Sturm geschützt waren. Es hätte auch überhaupt keinen Sinn gehabt, sie draußen zu lassen; während eines Sturms einen Angriff zu beginnen war absolut unsinnig.

Mittlerweile regnete es so stark, dass ich die Tropfen durch meinen Regenumhang hindurch spüren konnte, und gelegentlich zuckten Blitze über den Himmel, gefolgt von lautem Donnergrollen. Ich ging zu der Tür zurück, durch die wir das Dach betreten hatten, und verbarrikadierte sie so gut es ging. Ravenna tat in der Zwischenzeit das Gleiche mit der anderen Tür. Wenn ein paar Sacri hier heraufkommen sollten, um nach ihrem Freund zu suchen, hatten wir ein Problem, doch ich hoffte, dass man ihn in dem Tumult nicht vermissen würde.

Das Licht vom Hafen war jetzt schwächer geworden; das Fischerboot war völlig ausgebrannt und die Flammen hatten die Wasserlinie erreicht. Der Manta, auf den Tetricus – wenn er es denn wirklich gewesen war – gefeuert hatte, war geborgen worden und tauchte jetzt, glitt ins offene Meer hinaus. Ich hoffte, dass die *Smaragd* genügend Vorsprung hatte, um es bis nach Kula zu schaffen.

Der Sturm erreichte jetzt seine volle Stärke; die Blitze über den Bergen wurden häufiger, und es regnete in Strömen. Wir zwängten uns zwischen zwei Bäume und waren von der Tür aus nicht direkt zu sehen, da sich ein Stück der Überdachung – moosbedeckt und von den Elementen gezeichnet – dazwischen befand. Wir mussten uns aneinander festhalten, und unsere Regenumhänge trieften vor Nässe. Es war ziemlich unwahrscheinlich, dass uns jetzt noch jemand aufhalten konnte.

Ravenna errichtete eine Barriere aus Luft um uns herum, um uns vor den schlimmsten Auswirkungen des Unwetters zu schützen. Der Wind flaute so weit ab, dass wir ohne Hilfe aufrecht stehen konnten.

»Das ist alles, was in meiner Macht steht«, sagte sie. »Fertig?«

Ich nickte. »Fertig.«

Wir hielten einander an der Hand und schlugen die Enden der Regenumhänge über uns zusammen, um den Regen abzuhalten. Ich leerte meinen Verstand, spürte, wie mein Bewusstsein in die schwarze Leere davonglitt, während die Wahrnehmung der äußeren Welt verblasste, und dann stellte ich die Verbindung zu Ravenna her.

Dies war etwas, was meines Wissens außer Gedankenmagiern noch nie jemand getan hatte – eine feste Verbindung zu einem anderen aufzubauen, um die Kräfte beider miteinander zu verbinden. Ich spürte, wie mein Geist den ihren berührte, und mit dieser Berührung kehrte auch ein Gefühl von Bewusstsein zurück, als das Nichts verblasste. Plötzlich konnten wir weit über die im Dunkel liegenden Dächer hinausschauen; es war, als schwebten wir über der Stadt und könnten trotz der nächtlichen Dunkelheit und des noch immer strömenden Regens alles in aller Deutlichkeit erkennen.

Jener Teil der verbundenen Entität, der immer noch ich war, hörte den plötzlichen Aufschrei im Thronraum, als der entsetzte Magier spürte, wie sich die Magie zusammenballte. Ich achtete nicht weiter auf seine Bestürzung, sondern griff nach oben, nach den Wolken, die sich hoch über uns auftürmten, Schicht um Schicht um Schicht, viele Meilen hoch, bis in die Atmosphäre. Und aus dem Osten würde ich das Wasser bekommen – Hunderte, Tausende von Meilen geschlossener Wolkendecke, ein ganzer Sturmgürtel voller Wolken, die alle auf uns zukamen.

Die Verteidigungsanlagen der Domäne zuerst, sagte Ravennas Verstand. Im Mittelpunkt des Tempels stand Midians Stellvertreter im Sturm-Schrein, die Hände auf die Rubinkugel über dem Flammholz-Feuerofen gelegt, die die Macht des Feuers bündelte, um die Stürme abwehren zu können. Neben ihm standen wachsam zwei Akolythen und beobachteten alles.

Ich griff nach dem Meer, zog Energie aus seinem grenzenlosen

Potenzial an mich. Hier gab es mehr elementare Macht zu holen als die sämtlicher Feuer, die jemals auf dieser Welt gebrannt hatten. Ich hatte meinen Stab nicht bei mir, der es mir leichter gemacht hätte, doch irgendwie schien er auch gar nicht wirklich notwendig zu sein. Als ich die rohe Kraft direkt aus dem Meer zusammenraffte, schoss ihre belebende Energie durch mich hindurch, bis ich fast mein Blut singen hörte.

Mit meiner geschärften Schattensicht konnte ich die Linien aus Feuermagie sehen, die sich vom Tempel ausbreiteten, um die Schilde zu verstärken: schwache, pulsierende Spuren der Macht. Ich konzentrierte meinen Willen und schickte ihn mit so viel Wucht entlang einer der Linien, wie ich konnte; er raste schneller dahin, als ich ihm in den Tempel hätte folgen können. Der Rubin flackerte kurz rot auf und zerbarst, weil er dieser Belastung nicht standhalten konnte. Ein blaues Licht huschte über das Gesicht des Priesters, er schrie auf und fiel rücklings zu Boden, während die Akolythen mit vor Schreck geweiteten Augen zusahen.

»Was?« Unter uns im Palast hörte ich einen Schrei, einen Wutschrei. Etlae brüllte den Gedankenmagier im Thronsaal an.

»Sie benutzen zu viel Macht, Euer Gnaden.«

Der Regen, der noch immer auf die Stadt herabrauschte, wurde noch stärker, und ich sah, wie die Bäume und Pflanzen des Dachgartens sich im Wind bogen. Ein paar nicht ausreichend befestigte Gegenstände wirbelten davon, wurden in Sekunden Hunderte von Fuß weit über die Stadt getragen.

Toll gemacht.

Komm, zeigen wir's ihnen.

Ich wandte meine Aufmerksamkeit von der Stadt ab und richtete sie erneut auf die Wolken, während Ravenna jetzt ebenfalls ihre Kräfte einsetzte. Von überall um uns herum, von den Berghängen und von draußen über dem Meer, wurde der Regen in einen Wirbel gesogen, der sich über dem Torhaus zwischen dem Palastviertel und dem Hafen bildete. Ich zog gleichermaßen viel Wasser aus den Wolken und aus dem Meer und griff obendrein noch auf die Dunkelheit um uns herum zurück.

Tonnenschwere Wassermassen, angetrieben von einem Wind, der mit hundert Knoten dahinraste, krachten auf den Turm herab. Der oberste Teil löste sich einfach auf, die Ziegel wurden wie Spreu davongewirbelt; nur Sekunden später gaben auch die Torbogen nach und brachen in sich zusammen. Die Trümmer hagelten auf die beiderseits gelegenen Plätze herab. Einige Bruchstücke prallten sogar von den Wänden der nahe gelegenen Häuser zurück oder hüpften die Straße entlang. Wo sich noch Sekunden zuvor ein Torhaus befunden hatte, war jetzt nur noch eine zerborstene Ruine.

Die Macht strömte noch immer durch uns hindurch, als ich plötzlich bemerkte, dass wir die Kontrolle verloren. Blitze zuckten jetzt unaufhörlich, und der Donner war zu einem einzigen, ohrenbetäubenden Grollen verschmolzen. Wir setzten viel zu viel Macht ein, und wenn wir nicht vorsichtig waren …

Begrenze die Magie! Wir benutzen zu viel!

Ich weiß. Ich versuch's ja!, antwortete sie, und ich bemühte mich, den Energiefluss zu bändigen, der durch mich hindurchbrandete. Es war, als würde ich versuchen, die wütende Strömung einzudämmen, die mich damals mitgerissen hatte, oder das Meer zu kanalisieren. Ich stellte fest, dass ich die Energie nicht mehr halten konnte, und die Wände selbst begannen sich aufzulösen.

Und dann schaffte ich es doch noch irgendwie. Der Wirbel befand sich noch immer an seinem Platz; der ganze Regen aus einem Umkreis von vielen Meilen prasselte auf einen Schlag auf die Stadt herab. Ich sah, wie der Sturm das Dach des Lagerhauses abdeckte, in dem die Seeleute und Soldaten aus dem Archipel gefangen gehalten wurden, und eine schützende Luftblase legte sich um die Männer in seinem Innern. Der Kapitän des Schiffes sprang auf, entriss einem betäubten Wächter seine Waffe und rannte hinaus zu der

Waffentruhe, die Palatine und Elassel dort hingeschafft hatten. Ein Aufschrei stieg von den Männern auf, als sie sich von ihrem Erstaunen darüber, vor dem Sturm geschützt zu sein, erholt hatten. Augenblicke später hatten sie sich bewaffnet und rannten in einer weit auseinander gezogenen Reihe auf den Palast zu.

Wir haben es fast geschafft, sagte Ravenna.

Nur noch der Palast.

In der letzten Minute hatten wir so viel Wasser auf den Palast und das Hafenviertel herabrauschen lassen, dass es jetzt mehr als zollhoch auf den Straßen stand. Ich griff nach allen Richtungen aus, zog Wasser an mich und schickte seine Macht dann im gleichen Augenblick gegen die Tore, als ein schwarzer Wirbelwind durch den Garten und um den Palast herumbrauste, so nah an den Mauern vorbei, bei denen wir uns befanden, dass ich fast die Hand hätte ausstrecken und ihn berühren können. Die gläsernen Fensterscheiben des Wachraums und der umliegenden Korridore zerbarsten und bombardierten die Sacri mit durch die Luft wirbelnden Splittern. Und dann folgten der Wind und der Regen, bliesen sie durch die Gänge, als wären sie nichts weiter als Lumpenpuppen. Ich sah, wie sie gegen Wände und Möbelstücke geschleudert wurden; gegen das, was wir auf sie losließen, halfen ihnen ihre Waffen und ihre Ausbildung nichts. Als Windböen in Orkanstärke durch die Gänge meines Heims heulten, wurden die Körper der Sacri wie Strandgut hin und her gewirbelt.

Das Tor barst; die Balken zersplitterten unter dem Ansturm der unbarmherzigen Wellen, die die Straße entlanggetobt kamen.

Wasser überflutete den Palasthof, ertränkte die Bodenfliesen und die Pflanzen, die meine Mutter so liebte. Trauer stieg angesichts der Zerstörung, die wir verursachten, in mir auf, doch es gab keine andere Möglichkeit.

Und dann spürte ich, wie mir die Kontrolle abrupt entglitt, wie der Fluss der Macht austrocknete, wie der Wirbel, der den Regen kanalisiert hatte, verschwand. Die geistige Verbindung war abgerissen, und in der plötzlichen Dunkelheit rief ich nach Ravenna.

Dann öffnete ich die Augen und stellte fest, dass ich im strömenden Regen lag und in das triefende wütende Gesicht des Gedankenmagiers starrte.

Wir waren so ausgepumpt, dass wir von den Sacri, die er mitgebracht hatte, ins Innere des Palasts getragen werden mussten. Am Fußende der Treppe wurden wir wie zwei nasse Katzen auf den Fußboden geworfen. Die Sacri schnitten uns die Regenumhänge und Kapuzen vom Körper – sie gingen dabei nicht besonders sanft zu Werke – und fesselten uns die Hände. Dann zerrten sie uns ohne weitere Umstände die Treppen hinunter, wobei wir auf jeder Stufe schmerzhaft aufschlugen. Jeder Muskel in meinem Körper fühlte sich an, als hätte ihn jegliche Energie verlassen, als hätte ich mich seit Wochen nicht mehr ausgeruht; ich war so schwach, dass ich kaum die Augen offen halten konnte.

Wir kamen an bewaffneten Wachen vorbei, die in sämtlichen Korridoren – abgesehen von denen im Erdgeschoss – aufgestellt waren, und ich sah mit eigenen Augen die Verwüstungen, die wir angerichtet hatten. Selbst die Farbe an den Wänden war von den Miniaturwirbelstürmen, die wir durch die Korridore geschickt hatten, in Mitleidenschaft gezogen worden, und die Teppiche waren tropfnass. Keine einzige Lampe funktionierte mehr, und im Zwielicht sah ich tote oder sterbende Sacri und Soldaten an den Wänden oder mitten in den Korridoren liegen. Bei dem Anblick wurde mir übel. War es das wert gewesen, all diese Toten, diesen Schmerz, die Verwüstung meines Heims – nur, um einen Titel nicht zu verlieren? Und am Ende waren wir doch besiegt worden – gerade so, als hätte ich mich gleich bei ihrer Ankunft von ihnen gefangen nehmen lassen.

Unsere Häscher brachten uns auf dem kürzesten Weg in den Großen Saal, den wir durch eine der Seitentüren betraten, die sich vor dem Podest befanden. Einen Augenblick war ich von dem hellen Licht wie betäubt, und als sich meine Augen an die Helligkeit gewöhnt hatten, sah ich neue Verzweiflung in den Gesichtern der Mitglieder der Delegation aus dem Archipel und der anderen, die, von Soldaten bewacht, auf der rechten Seite des Saals knieten. Unter ihnen befanden sich auch Palatine und Elassel; das Gesicht des Mädchens war von den Spuren frischer Schläge gezeichnet.

Wir wurden vor dem Podest auf den Boden geworfen, und jemand packte mich am Kragen, um mich wieder hochzuzerren, bevor ich zusammenbrach. Etlae saß auf dem Thron meines Vaters, links und rechts flankiert von Midian und der Gestalt im Kapuzenumhang. Auf der rechten Seite des Saals standen drei oder vier Inquisitoren vor den Gefangenen und starrten unbewegt auf sie hinab. Ich sah, dass einer von ihnen eine Peitsche in der schmalen, ästhetischen Hand hielt.

»Haben wir dich schließlich doch erwischt, Häretiker!«, sagte Etlae, und ihre Worte troffen vor Gift. Ihre Kleidung war makellos, und sie sah Zoll für Zoll wie die dritte Primarchin aus, die sie schließlich auch war. »Ihr werdet einen hohen Preis für das Übel bezahlen, das ihr heute hier heraufbeschworen habt.«

Ich fand es schwierig, etwas zu erwidern, solange mir der Kragen die Kehle zuschnürte, doch schließlich brachte ich krächzend über die Lippen: »In Thetis' Namen.«

»Deine Göttin kann dir jetzt nicht mehr helfen, Häretiker.«

»Er ist immer noch der Graf von Lepidor«, begehrte Lexan auf, der ein Stück links von Etlae stand. Er machte einen selbstsicheren, triumphierenden Eindruck. Er war mittelgroß und hatte ein rundliches, täuschend freundlich wirkendes Gesicht und struppige schwarze Haare, die wie ein Ziegenfell aussahen.

»Nicht mehr lange«, entgegnete Midian. Das kalte Lächeln in seinem Gesicht zeigte deutlich, dass er lange auf diese Gelegenheit, sich zu rächen, gewartet hatte.

»Solange er noch nicht offiziell abgesetzt ist, werdet Ihr ihn zumindest mit ein bisschen Respekt behandeln.«

Ich machte mir keine Illusionen, was Lexans Worte betraf; er war nur vorsichtig und wollte vermeiden, dass die Domäne einen Präzedenzfall in Sachen unangemessener Behandlung eines Clanherrschers schuf. Denn er wusste genau, was mir passieren konnte, konnte eines Tages auch ihm passieren.

»Dann sollten wir fortfahren und ihn absetzen.«

»Die Formalitäten müssen eingehalten werden«, verlangte Lexan schnell.

»Sie werden eingehalten werden«, versicherte Etlae, während sie finster auf Ravenna und mich herabstarrte.

»Du hast noch nie viel von den Regeln gehalten, nicht wahr?« Ravenna sprach zum ersten Mal, in ihrer Stimme schwang abgrundtiefe Verachtung mit. »Außer, wenn sie dir gerade genützt haben.«

»Du hast keinerlei Immunität, Mädchen«, schnappte Etlae. »Du wirst auf dem Scheiterhaufen enden, bevor wir diese Stadt verlassen.«

Wahrscheinlich war ich der Einzige, der den leisen Laut der Wut und des Entsetzens hörte, der Ravenna entschlüpfte. Ich schaute zur Seite und sah, dass sie die Augen fest zusammengekniffen hatte und dass eine einzelne Träne ihre Wange hinunterrollte.

»Nach welchen Gesetzen?«, wollte ich wissen, doch dann fiel mir wieder ein, dass ein Primarch oder eine Primarchin berechtigt war, selbst Recht zu sprechen. Ich hatte schreckliche Angst um Ravenna und fluchte in hilfloser Verzweiflung stumm vor mich hin.

»Nach dem Gesetz von Ranthas.«

Ich durfte nicht zulassen, dass sie ihr so etwas antaten – dass sie überhaupt irgendjemandem so etwas antaten. Doch was sollte ich tun?

Aus dem Vorzimmer erklang Geschrei, und dann kam ein Soldat hereingestürmt. »Die Soldaten aus dem Archipel sind ausgebrochen! Sie greifen den Palast an«, rief er.

»Verbarrikadiert die Eingänge«, befahl Etlae sofort. »Schließt alle Türen, die sich abschließen lassen. Haroum, ich will einen Feuervorhang vor allen Türen und Fenstern. Und jemand soll Verstärkung anfordern.«

Als der Magier – er musste derjenige namens Haroum sein – die Hand hob, erstarb das Gefühl der Hoffnung wieder, das kurz in mir aufgeflackert war. Sie würden diesen Saal verteidigen und ausharren, bis Verstärkung eintraf; dann säßen die Leute aus dem Archipel in den Resten des Palasthofs in der Falle. Ich empfand ein schrecklich bitteres Gefühl der Enttäuschung und grenzenlose Verzweiflung. Wir hatten versagt, und jetzt gab es keinen Ausweg mehr.

»Admiral Karao, ich würde es begrüßen, wenn Ihr Eure Leute zur Ordnung rufen könntet«, sagte Midian.

Ich verdrehte den Hals, um den Angesprochenen zu sehen. Gleichzeitig drängten immer mehr Sacri und Soldaten in den Saal; sie trugen Tische und Truhen, die sie vor den Eingängen aufstapelten. Plötzlich wurde es um uns herum heller, als Flammenvorhänge die oberen Fenster bedeckten.

Hamilcar und Sagantha saßen ein wenig abseits auf der linken Seite des Saals. Sie wirkten beide müde und bekümmert; der Admiral schien mit dem Mann, den ich bisher kennen gelernt hatte, nicht mehr viel gemein zu haben.

»Das werde ich nur tun, wenn es notwendig sein sollte, ihr Leben zu retten, Avarch, und keinen Augenblick eher. Es sind Männer aus dem Archipel, die versuchen, Menschen zu befreien, für die sie verantwortlich sind. Ich kann und werde mich da nicht einmischen.«

»Ihr bewegt Euch gefährlich nahe an der Grenze Eurer Neutralität, Admiral«, sagte Etlae in scharfem Tonfall. »Dass Ihr Cambressianer seid, gibt Euch noch längst keine absolute Handlungsfreiheit.«

Nachdem der Tumult sich wieder ein bisschen gelegt hatte, wandte Etlae sich wieder Ravenna und mir zu.

»Schafft sie zu den anderen zum Tode Verurteilten«, befahl sie und zeigte auf Ravenna. »Ein Waisenmädchen hat bei dieser ganzen Angelegenheit keinerlei Bedeutung.«

Zwei Sacri packten Ravenna an den Schultern, zerrten sie über den Fußboden und ließen sie dann neben Palatine und Elassel liegen. Oh gütige Thetis, wollte sie die beiden etwa auch verbrennen? Es musste doch etwas geben, was ich tun konnte. *Bitte,* betete ich, *lass diesen Albtraum endlich aufhören!*

Doch es war kein Albtraum, es war Wirklichkeit.

»Etlae, ich unterschreibe was immer Ihr wollt, wenn Ihr sie gehen lasst«, sagte ich und warf auch den letzten Rest Stolz über Bord, den ich noch besessen hatte; ich wusste sehr wohl, dass mich das selbst auf den Scheiterhaufen bringen konnte. »Sie haben lediglich meine Anweisungen ausgeführt.«

»Also versuchst du jetzt, deine Freunde zu schützen. Wie rührend. Unglücklicherweise macht Ranthas in all Seiner Weisheit bei Häretikern wie ihnen keine Ausnahmen.«

»Etlae, ich bitte Euch. Ich werde Lepidor freiwillig aufgeben und Ihr bekommt Euer Dokument.«

Sie schaute mich schweigend an; vermutlich genoss sie diesen Augenblick, und ich schloss die Augen und versuchte, den Rest des Saales auszublenden.

»Im Interesse einer diplomatischen Lösung und als eine Repräsentantin von Ranthas auf Aquasilva biete ich dir eine Wahlmöglichkeit an. Es ist mehr, als einem Häretiker wie dir zusteht, doch als Graf hast du noch immer Anspruch darauf, auch wenn du ein Verräter bist.«

Noch bevor sie mir sagte, welche Wahlmöglichkeit sie mir anbieten wollte, vermutete ich, dass ich nicht wirklich wählen können würde. Von draußen waren Rufe zu hören; dazu rennende Schritte und der Klang von Stahl, der auf Holz trifft, doch die Barrikaden hielten stand. So nah und doch so fern. Die Rettung war so nah und doch so fern.

»Du kannst Lepidor entweder der Domäne übergeben, die einen Grafen aus deinem Haus ernennen wird, und auf diese Weise dein Leben retten – wenn auch bedauerlicherweise nicht das deiner Freunde. Oder du kannst Lepidor an Graf Lexan übergeben und damit das Recht deines Hauses zu regieren für alle Zeit aufgeben. Doch wofür du dich auch entscheidest – deine Freunde werden sterben. Du bist allerdings von größerem Nutzen für uns, und daher werden wir dich als Büßer nach Äquatoria mitnehmen, um uns in der Heiligen Stadt zu dienen. *Eine andere Möglichkeit gibt es nicht.*«

Lexan grinste hämisch angesichts seines Sieges, den er durch den Sturz unserer Familie errungen hatte, während die anderen mich mit kalt lächelnden Gesichtern anblickten. Ich hatte mich noch nie so elend, so in der Falle und so allein gefühlt wie in diesem Augenblick, da ich in meinem eigenen Großen Saal auf dem Fußboden kniete, in einer Stadt, die vom Feind erobert worden war, und dazu gezwungen war, meinem Geburtsrecht durch eine Unterschrift zu entsagen. Und noch viel schlimmer als die Demütigung war die Scham darüber, verloren zu haben und nichts anderes tun zu können, als mit Etlae und Midian um das Leben der Mitglieder meines Clans zu schachern. Ich erachtete mich nicht einmal mehr für würdig, meinen eigenen Namen zu tragen.

Erneut schloss ich die Augen und überlegte, was wohl schlimmer wäre. Aber wie immer ich mich auch entschied, mein Clan würde schrecklich leiden. Thetis allein mochte wissen, wie viele Menschen die Domäne verbrennen würde, während Lexan als Marionettenherrscher genauso schlimm wäre. Und was konnte ich für Ravenna und die anderen tun? Ich merkte, dass alle im Saal Anwesenden mich anstarrten; die Gesichter der Archipelbewohner waren aschgrau, als ihnen klar wurde, dass es keinerlei Fluchtmöglichkeit mehr gab. Hatte ich sie alle zum Untergang verdammt?

Und dann wurde mir klar, dass ich doch etwas tun konnte, um meine Leute zu retten – wahrscheinlich auf Kosten meines eigenen Lebens. Ich schauderte, als das Bild eines Scheiterhaufens vor meinem geistigen Auge aufstieg. Es hieß, dies sei eine der schrecklichsten Todesarten, die die Menschen sich jemals hatten einfallen lassen. Doch wie viele Mitglieder meines Clans würden diesen Tod erleiden, wenn die Domäne hier herrschte? Wie hätte ich mit dieser Last auf dem Gewissen weiterleben und den Rest meiner Tage als Sklave verbringen können?

Ich öffnete die Augen und sagte mit schwankender, zitternder Stimme: »Vor Ranthas und seinen Dienern übergebe ich das Amt des Grafen von Lepidor an Admiral Karao als Repräsentanten der Thalassokratie von Cambress.« Ich hatte mich selbst zum Tode verurteilt.

Etlae verlor die Beherrschung, und ihr entschlüpfte ein unverständlicher Wutschrei. »Das kannst du nicht! Ich hatte dir die Wahl gelassen. Wenn du keine der beiden Möglichkeiten wählst, wirst du brennen.«

»Wie es Thetis' Wille ist«, erwiderte ich. Beim letzten Wort versagte mir die Stimme.

Und dann sagte Hamilcar: »Ich, Hamilcar, Lord des Hauses Barca, bezeuge es.«

»Er hat das Recht dazu«, bekräftigte Sagantha. »Cathan, ich nehme Euer Angebot und somit das Amt im Namen der Thalassokratie von Cambress an.«

Etlae sah aus, als wollte sie jeden Augenblick explodieren. Dann riss sie sich wieder zusammen und sagte in eisigem Tonfall: »So sei es. Wir werden später einen Weg finden, diesen kleinen Trick rückgängig zu machen. Fürs Erste erkläre ich als Dritte Primarchin des Elements, dass in dieser Stadt das religiöse Recht gilt, bis cambressianische Streitkräfte hier auftauchen und ihren Anspruch anmelden.« Sie wandte sich wieder mir zu. »Cathan Tauro, ich befinde dich der schweren Häresie für schuldig. Du wirst aller deiner Titel, Privilegien und Rechte entkleidet, und ich verurteile dich zum Tod auf dem Scheiterhaufen. Das Urteil wird morgen früh vollstreckt. Bevor du abgeführt wirst, geh zu den Männern aus dem Archipel und sage ihnen, dass sie die Waffen niederlegen sollen. Wir haben keinen Zwist mit ihnen: Sie bekommen ihr Schiff zurück und werden in den Archipel zurückgeschickt.« Sie musste mein Zögern bemerkt haben.

»Sonst werde ich eine der Geiseln Ranthas' Gnade überantworten«, drohte die Gestalt im Kapuzenumhang. Und mit diesen Worten war meine Niederlage besiegelt.

Es war Sarhaddon.

Er gab einem der Inquisitoren ein Zeichen, der ein Messer zog und einen Schritt vorwärts machte, um sich über einem Jungen namens Tekrae aufzubauen. Es war derjenige, der Anstoß daran genommen hatte, dass Palatine darauf bestanden hatte, dass es so etwas wie den Pharao von Qalathar nicht geben sollte.

»Dazu besteht keine Veranlassung«, protestierte Sagantha scharf. »Das ist gegen das Gesetz.«

»Hier bin *ich* das Gesetz«, erklärte Sarhaddon mit sanfter Stimme.

»Macht Euch keine Sorgen«, sagte ich. Zwei Sacri stellten mich auf die Beine und stießen mich zu der Barrikade hinüber, wo der Angriff am heftigsten war.

»Ich bin Graf Cathan«, rief ich, obwohl meine Stimme mehr als nur ein bisschen wackelig klang. »Wenn Ihr versprecht, die Waffen niederzulegen und nicht weiterzukämpfen, wird Euch nichts geschehen.«

»Euch haben sie also auch Sand in die Augen gestreut«, rief einer der Offiziere.

»Ihr habt das Wort einer Primarchin, bezeugt von Admiral Karao und Lord Barca.«

Auf der anderen Seite der Barrikade wurde es still.

»Beweist es.«

»Admiral Karao, geht hin und bestätigt es ihnen«, befahl Etlae. Ich hörte seine Schritte hinter mir, doch es war ihm nicht gestattet, mir zu nahe zu kommen.

»Cathan sagt die Wahrheit. Wenn ihr den Angriff einstellt, wird euch nichts geschehen; sie haben allerdings damit gedroht, Tekrae zu töten, wenn ihr es nicht tut.«

»Dann geben wir auf«, ließ sich die Stimme erneut vernehmen. Als ich in den Saal zurückgezerrt wurde, hörte ich laute Befehle, und auch an den anderen Barrikaden flauten die Kämpfe ab. Das einzige Geräusch, das nun noch von draußen hereindrang, war das Trommeln der Regentropfen auf den Fensterscheiben und das Heulen des Windes.

Ich wurde in den Saal zurückgebracht, nur wurde ich dieses Mal zu den anderen geführt. Hier wurde ich auch Zeuge von Etlaes letztem Verrat.

»Ihr alle seid ebenfalls zum Tode verurteilt. Bevor wir morgen den Scheiterhaufen entzünden, wird mein Gedankenmagier herausfinden, wer von euch die Pharaonin ist. Sie wird verschont; ihr anderen werdet brennen. Wachen, schafft sie fort.«

Kapitel XXXII

Auch am nächsten Morgen, als die Sacri kamen und die Türen aufschlossen, hatte der Sturm noch nicht nachgelassen.

In den Kellern des Palasts gab es ein paar kleine Gewölbe, die früher einmal als Vorratskammern benutzt worden waren und jetzt leer standen. In diese Räume, in die niemals Tageslicht drang, waren wir von den Inquisitoren gebracht worden. Bevor Ravenna und ich aus dem Thronsaal geschleppt worden waren, hatte der Gedankenmagier seine Kräfte benutzt, um unsere Magie zu blockieren, so dass wir ebenso hilflos waren wie alle anderen.

Aus irgendeinem Grund – ich hatte keine Ahnung, aus welchem – waren Ravenna und ich in die gleiche Zelle gesteckt worden, während die anderen zu zweit oder zu dritt auf die übrigen Zellen verteilt worden waren. Dann begannen die Inquisitoren mit ihrer Arbeit; sie hatten ganz offensichtlich ihre sämtlichen Hand- und Fußschellen aus Pharassa mitgebracht und waren entschlossen, sie zu benutzen. Der Raum war kaum groß genug, um sich darin lang auszustrecken, und die Tür war aus massivem Metall und von außen mit Bolzen verschlossen; trotzdem fesselten sie uns mit Ketten an Hand- und Fußgelenken und befestigten jede einzelne Kette mit einem Pflock an der Wand.

Dann waren sie gegangen und hatten uns allein in der Dunkelheit zurückgelassen.

Seit ich jene schicksalhaften Worte ausgesprochen hatte, war ich merkwürdig ruhig gewesen, nachdem sich jedoch die Zellentür mit einem metallischen Klacken geschlossen hatte und die letzten Schritte verklungen waren, verflüchtigte sich diese wie auch immer geartete Gelassenheit, und ich erstarrte vor nacktem Grauen. Warum hatte ich das getan, wo ich doch die Gelegenheit gehabt hätte, mein Leben zu retten? Ich wollte nicht sterben, und schon gar nicht auf dem Scheiterhaufen.

Ravenna brach in lautloses, gequältes Schluchzen aus, und ich hörte ihre Ketten klirren, als sie zu mir herüberkroch. Ich spürte, wie sie meinen Arm streifte, und legte ihn ihr unwillkürlich um die Schultern, hielt sie fest, während sie weinte. Dabei starrte ich in die Dunkelheit und mir war im wahrsten Sinne des Wortes schlecht vor

Angst. Meine Kehle und meine Brust waren wie zugeschnürt, so dass ich keinen Ton herausbringen konnte.

Lange Zeit saßen wir in der schrecklichen Schwärze, und ich fühlte mich immer erbärmlicher; nichts konnte das Entsetzen bannen oder das schreckliche Bild des Scheiterhaufens vor meinem geistigen Auge auslöschen. Ich wollte mich übergeben, doch ich hatte kaum etwas gegessen, und mein ganzer Körper war angespannt, meine Arme und Beine waren völlig steif. Nach einiger Zeit begannen sie sich zu verkrampfen, doch auch dagegen konnte ich nichts tun.

Ich hörte, wie Ravennas Schluchzen verstummte; sie hatte schlicht keine Tränen mehr. Die Wände mussten sehr dick sein, denn ich konnte nichts von dem hören, was draußen geschah – oder von oben, oder von den anderen Zellen; unsere Atemluft kam durch einen Luftschacht in der Decke.

»Warum, Cathan?«, fragte Ravenna mit heiserer Stimme. »Warum tun sie uns das an?«

Ich konnte ihr keine Antwort geben, und ich spürte, wie sie mit einer Hand meine freie Hand ergriff und sie festhielt.

»Was haben wir ihnen denn getan? Wie haben wir ihnen einen Grund gegeben, uns auf Scheiterhaufen zu binden und bei lebendigem Leib zu verbrennen?«

»Bitte«, brachte ich mühsam heraus, »bitte nicht.« Es auch nur zu erwähnen, machte alles nur noch schlimmer, und ich spürte, wie sich meine Bauchmuskeln krampfartig zusammenzogen, obwohl noch immer nichts hochkam.

»Es tut mir Leid.«

Ich stellte fest, dass ich das Innere der Zelle in verschiedenen Grautönen wahrnehmen konnte, obwohl es keinerlei Licht gab. Auch ohne meine Magie schien es einige Dinge zu geben, die mir angeboren waren. Aber morgen würde nichts mehr da sein. Kein Leben, keine Erinnerungen, keine Erfahrungen, die man noch machen konnte. Nur das Nichts, das Vergessen. Häretiker, die im Feuer starben, kehrten nicht als Elementare zu ihrem Element zurück, sondern wurden von den Flammen vollständig verzehrt. Alles was von mir übrig bleiben würde, war ein Aschehäufchen, und alles was ich gewesen war, alles was ich getan hatte, würde vergessen sein, würde weniger sein als ein Schatten im Wind.

»Glaubst du, dass es deswegen so schrecklich ist?«, fragte Ravenna; sie hatte ihren Kopf auf meine Schulter gelegt. »Dass man Stunden um Stunden nichts anderes tun kann als darüber nachzudenken, während dein Verstand bei der Agonie verweilt, bei der Hitze, und alles nur noch schlimmer macht?«

»Was können wir denn sonst tun?«

Nach einem kurzen Augenblick sprach sie weiter. »Cathan, für uns kann es gar nicht so schrecklich sein. Sie haben uns unsere Magie genommen, aber wir können uns noch immer in unser Innerstes zurückziehen.« Sie schluckte. »In der Leere werden wir zumindest kaum Schmerzen spüren.«

»Nein. Wir werden nur fühlen, wie das Leben erlischt.«

Erneut senkte sich Stille auf den kleinen Raum herab.

»Es hilft nichts – sich darüber Sorgen zu machen, meine ich. Vergiss bitte den Schmerz. In unserer Trance können wir ihn ignorieren.«

»Das macht es nicht leichter.«

»Würdest du denn nicht lieber schnell sterben als langsam?«

»Ich würde am liebsten überhaupt nicht sterben!«, schrie ich und sah, wie sie zusammenzuckte. Sie rückte ihre Beine ein wenig zurecht, so dass sie sich in einer weniger unangenehmen Position befand; die Handfesseln gaben kreischende Geräusche von sich, als sie über den rauen Steinfußboden schleiften. Ich bemerkte zum ersten Mal, dass es hier unten sehr kalt war. Kalt und feucht.

»Ich will auch nicht sterben. Ich habe noch genauso viel vorgehabt wie du. Aber genauso wollen sie uns jetzt haben: dass wir vor

Angst halb wahnsinnig werden und über ihre Ungerechtigkeit jammern. Wir brauchen ihnen diese Genugtuung nicht zu geben. Du hast ein Opfer gebracht, wie es keiner von uns gebracht hat – bitte verbring deine letzte Nacht jetzt nicht damit, dich zu quälen.«

Ich holte tief Luft und zwang mich, meine Muskeln zu entspannen, einen nach dem anderen. Ich fühlte mich noch immer elend – ohne Zweifel genau wie sie –, doch es war nicht mehr ganz so schlimm. Ich wollte meinen Clan immer noch nicht entehren, schon gar nicht, indem ich mich wie ein Feigling verhielt – selbst wenn ich mir wie einer vorkam.

»Was soll ich denn deiner Meinung nach tun? Schlafen werde ich wohl kaum.«

»Ich auch nicht.« Sie lächelte schwach, doch es war nicht besonders überzeugend; ich sah, wie zerbrechlich ihre Selbstbeherrschung war. »Hör zu. Wenn ich dir etwas erzähle, wirst du mir dann versprechen, dass du es niemandem sagst, selbst wenn wir das alles hier durch irgendeinen Zufall doch noch überleben sollten?«

»Ist es etwas Wichtiges?«

»Etwas sehr Wichtiges.«

»In Ordnung. Ich schwöre bei den Göttern der Elemente, dass ich dein Geheimnis niemals preisgeben werde.« Es war alles andere als ein förmlicher Schwur mit rituellen Worten und Zeugen, doch er war genauso bindend.

»Du musst dein Wort halten, Cathan. Selbst wenn dein Ehrgefühl von dir verlangt, dein Wort zu brechen – tu es nicht, ich bitte dich.«

»Was ist denn nun so ungeheuer wichtig?«

»Seit die *Smaragd* angekommen ist, haben sie nach der Pharaonin von Qalathar gesucht. Sie hatten Recht, sie war in Lepidor. Aber sie haben sich auch getäuscht, denn sie ist nicht mit der *Smaragd* gekommen. Ich bin die Pharaonin.«

»*Du?*« Ich starrte sie entgeistert an.

»Bitte, Cathan, verzeih mir, ich bitte dich. Ich habe es dir nicht gesagt, weil ich es noch nie jemandem gesagt habe. Nachdem ich Tehama verlassen hatte, bin ich zehn Jahre lang von einem Ort zum anderen geschafft worden; ich war eine Schachfigur in den Machtkämpfen der Adligen. Jeder, der sich mit mir anfreunden wollte, hat sich entweder als Spion erwiesen, oder es waren Menschen, die etwas von mir wollten. Alles, was es mir gebracht hat, die Pharaonin zu sein, war Kummer; also habe ich Sagantha gesagt, ich würde auf mein Amt verzichten, und bin weggelaufen. Ich habe mich in der Zitadelle des Schattens versteckt, weit weg von ihren taktischen Winkelzügen und Intrigen.«

»Das heißt, die ganze Zeit, als du versucht hast, die Leute aus dem Archipel von hier wegzubringen …« Meine Stimme erstarb.

»Ich weiß, ich weiß.« Sie hätte fast wieder angefangen zu weinen. »Das hätte ich nicht tun sollen, aber ich habe noch nie jemandem wirklich getraut. Selbst als ich dich kennen gelernt habe, und ich …« Sie hielt einen Moment inne, ehe sie weitersprach: »Ich war immer noch davon besessen, alle Welt daran zu hindern, es jemals herauszufinden. Ich konnte es dir nicht sagen, weil bisher noch nie jemand mein Vertrauen verdient hat. Jetzt weiß ich natürlich, dass du es verdient gehabt hättest, aber jetzt ist es zu spät … viel zu spät.«

»Du hättest da oben dein Leben retten können!«

»Du auch, aber du hast es auch nicht getan, aus dem gleichen Grund.«

Ich hatte nicht vor, ihr lange zu grollen, nicht jetzt, nicht unter diesen Umständen. Ich wollte meine letzte Nacht auf dieser Welt nicht damit verbringen, mich mit dem Menschen, den ich liebte, zu streiten.

»Verstehst du jetzt, warum du es niemandem sagen darfst?«, fragte sie. »Wenn der Gedankenmagier uns morgen prüft, kann ich mich in die Leere zurückziehen; dann wird er mich niemals finden.

Der Archipel mag seine Pharaonin verlieren, aber die Domäne wird mich nicht in die Finger bekommen.«

»Ich habe versprochen, dass ich es niemandem erzählen werde.« Es tat weh, nicht in der Lage zu sein, ihr Leben zu retten, aber ich hatte dieselbe Entscheidung für mich getroffen, und ich hätte auch nicht gewollt, dass sie sie für mich rückgängig machen würde.

»Ich danke dir. Wenigstens kann ich so einen ihrer Pläne vereiteln.«

»Ich hoffe nur, dass Sagantha etwas tun kann, um Lepidor zu schützen«, sagte ich. Ich hob die Hand, die immer noch auf ihrer Schulter lag, und strich ihr übers Haar. Auf den ersten Blick sah es völlig glatt aus, doch als ich jetzt darüber strich, bemerkte ich, dass es eigentlich lockig war und nur von dem Band, das sie trug, und irgendeinem Mittel, das sie daraufgestrichen hatte, geglättet wurde. Es war schon merkwürdig, dass mir jetzt plötzlich diese kleinen Einzelheiten auffielen.

»Die Domäne wird seine Mündel töten. Er ist schon seit vielen Jahren Politiker, und er weiß, wann es an der Zeit ist, die Seiten zu wechseln, aber das wird er ihnen nie verzeihen. Du hast Lepidor in die richtigen Hände gelegt.«

»Aber es sind nicht die meines Vaters. Ich habe versagt. Ich habe den Clan verloren.«

»Das wird nicht das sein, was von dir in seiner Erinnerung fortleben wird, Cathan. Du hättest es nicht verhindern können, und du hast alles versucht, was in deiner Macht stand. Er hätte es auch nicht besser machen können.«

»Er wäre nicht so verzweifelt gewesen, einen Brief an Haus Canadrath zu schicken, mit dem wir eigentlich gar keinen Kontakt haben, und das nach allem, was wir wissen, selbst auf der Seite der Domäne stehen könnte.«

»Diese Invasion war schon lange geplant. Mach dir deswegen keine Vorwürfe.«

»Ich kann mir nicht helfen, aber ich denke immer wieder, dass all das hier vielleicht niemals geschehen wäre, wenn ich irgendwann einmal etwas anderes getan hätte. Damals, vor vielen Monaten, als ich Lepidor verlassen habe, war ich so glücklich, weil wir das Eisen entdeckt hatten und unsere Zukunftsaussichten plötzlich so rosig waren. Ich habe gedacht, Lepidor würde ein wunderbares Fleckchen Erde werden, nachdem wir jetzt das Geld hatten, um es dazu zu machen. Es würden mehr Händler zu uns kommen und alle würden glücklich sein. Da siehst du mal, wie wenig Ahnung ich gehabt habe«, fügte ich voller Bitterkeit hinzu. »Aber alles, was geschehen ist …, nun, du weißt es ja. Dieses Ungeheuer im Kapuzenumhang im Thronraum war Sarhaddon, den du an Bord der *Paklé* kennen gelernt hast. Er fand immer, Lachazzar und seine Schlächter wären lächerliche Figuren – und jetzt schau ihn dir an. Wahrscheinlich wird er morgen die Fackeln anzünden.«

Eine neue Woge der Furcht stieg in mir auf, und obwohl ich mich schämte, konnte ich nichts dagegen tun. Trotz Ravennas beruhigender Worte konnte ich meine Gedanken nicht von den Flammen und den Todesqualen abwenden. Was war, wenn sie Unrecht hatte und der Gedankenmagier meine Fähigkeit, mich in die Leere zurückzuziehen, ebenfalls blockiert hatte? Versuchshalber probierte ich es. Es dauerte zwar länger, bis ich den Trancezustand erreichte, in dem ich meinen Körper nicht mehr spürte, aber ich schaffte es.

»Siehst du? Du kannst es«, sagte Ravenna sanft.

Ich veränderte meine Stellung und spürte, wie das Gewicht der Ketten an mir zerrte, wie die metallenen Handschellen meine Handgelenke wund rieben. Zumindest würde es nicht mehr lange dauern; schon bald würde alles vorbei sein.

»Cathan?«

»Ja?«

»Es tut mir Leid, dass ich so kühl zu dir gewesen bin. Ich hoffe, du verstehst jetzt zumindest, warum.«

»Ich verstehe es, Ravenna. Und bevor du fragst – es gibt nichts zu verzeihen.«

»Wir wären gute Partner gewesen, du und ich. Die Einzigen, die es jemals geschafft haben, die Kraft eines Sturms zu lenken, auch wenn es am Ende nichts genützt hat. Das wäre ein völlig neuer Zweig der Magie geworden, und es hätte auch noch deine Ozeanografie mit eingeschlossen.«

»Irgendjemand wird davon lesen und sich fragen, was wir getan haben. Es muss andere Methoden geben, so etwas zu tun, andere Menschen, die sich auf die gleiche Weise geistig verbinden können, wie wir es getan haben.«

»Ich hoffe es.« Sie legte einen Arm um mich – so weit ihre Ketten das zuließen – und wandte mir ihr Gesicht zu. Und dann küssten wir uns zum ersten Mal ohne irgendeinen Vorwand oder das Bedürfnis, uns zu verstellen, nur weil wir es wollten, und dieser Kuss schien eine Ewigkeit zu dauern.

Einen Augenblick – einen kurzen Augenblick lang – vergaß ich, dass ich am nächsten Morgen sterben würde.

Wir saßen nebeneinander, und den Rest dieser zeitlosen, schrecklichen Nacht redeten wir und versuchten dabei zu vergessen, dass unsere restliche Lebenszeit unerbittlich verrann.

Als sie uns holten, hatte ein schwacher grauer Lichtschimmer einen Weg in die Zelle gefunden. Ich hatte beschlossen, dass ich mit Würde zum Scheiterhaufen gehen und nicht zeigen würde, wie viel Angst ich hatte und wie sehr sich alles in meinem Innern dagegen auflehnte.

Als wir mit Speerspitzen die Treppen hinauf und durch die Überreste des Palasts getrieben wurden, erblickte ich die anderen; einige wirkten stolz oder so, als hätten sie sich mit ihrem Schicksal abgefunden, andere, besonders die jüngeren Mitglieder der Archipel-Delegation, konnten kaum die Tränen zurückhalten. Es regnete noch immer ziemlich stark, und der Himmel war ein einziges, fleckiges Grau, aber offensichtlich hatte Haroum, der Magier, Schilde um den Marktplatz herum errichtet, die den Regen abhielten.

Ich konnte einen Blick mit Palatine wechseln, und sie schenkte mir einen schwachen Schatten ihres alten Lächelns. Sie sah viel schlechter aus als die anderen, und ich fragte mich, warum. Elassel machte ein trotziges Gesicht, obwohl die Tränenspuren auf ihren Wangen nicht zu übersehen waren.

Es war nicht einfach, mit den Ketten um die Fußgelenke zu gehen, doch ich stolperte nicht über die herumliegenden Trümmerstücke, noch nicht einmal, als ich den Scheiterhaufen in der Mitte des Platzes erblickte. Die Domäne hatte alles Holz, was ihre Leute hatten finden können, zu einem niedrigen Hügel aufgeschichtet, aus dem über zwanzig Pfähle von unterschiedlicher Höhe herausragten. Neben jedem Pfahl lag ein Seilknäuel, und eine Menge Reisig und geteertes Tauwerk lagen überall herum, damit die Flammen besser brennen würden. Um den Scheiterhaufen herum waren die Clansleute von Lepidor hinter einer aus Seilen bestehenden Absperrung zusammengetrieben worden, um ihren Grafen sterben zu sehen; sie wurden von Sacri bewacht, die auf allen Straßen aufgereiht standen. Etlae und ihre Mitverschwörer saßen auf bequemen Stühlen auf einer freien Fläche; ganz in der Nähe wurden die Mitglieder meines Hauses von sechs oder sieben von Lexans Soldaten bewacht. Fast die gesamte Besatzungsstreitmacht musste sich hier auf dem Platz befinden.

Ein Stück abseits standen Hamilcar und Sagantha mit ein paar von Hamilcars Männern und den cambressianischen Seeleuten. Auch der Kommandant der Leibwache meines Vaters war bei ihnen; er trug schlecht sitzende Kleider in den Farben des Hauses Barca. War selbst Hamilcar zu dem Entschluss gekommen, das Beste aus der ganzen Sache zu machen und sich ein paar unserer Gefolgsleute auszuleihen?

Wir wurden auf die freie Fläche vor Etlae gestoßen, dann wurde uns befohlen niederzuknien. Die Pflastersteine waren nass, und meine Ketten verhedderten sich immer wieder ineinander.

»Ihr alle seid der Häresie zweiten Grades für schuldig befunden worden, Cathan Tauro und Ravenna Ulfhada sogar der Häresie ersten Grades. Die Strafe für beide Vergehen ist der Tod auf dem Scheiterhaufen, und dieses Urteil ist unwiderruflich. Wer auch immer von euch die Pharaonin von Qalathar ist, ist von Ranthas jedoch zu einem höheren Schicksal auserwählt worden. Wird die Pharaonin vortreten?«

Stille breitete sich aus; niemand rührte sich. Ravenna stand neben mir, den Kopf hoch erhoben.

»Nun gut. Wir haben andere Mittel und Wege, es herauszufinden.«

Der Gedankenmagier hob seinen Hammer, und ein goldenes Licht erglühte an der Spitze. Dann schoss ein Energieblitz davon, ruhte kurz auf den Köpfen der Archipel-Bewohner am Ende der vordersten Reihe und lief dann mit erstaunlicher Geschwindigkeit die Reihe entlang. Eine Sekunde lang verharrte er bei Ravenna, sprang dann jedoch weiter. Nachdem er auch den letzten Gefangenen überprüft hatte, schoss der Lichtblitz zurück zu dem Hammer und erlosch. Der Gedankenmagier wandte sich an Etlae.

»Es sieht so aus, als hätten wir uns getäuscht, Euer Gnaden. Von denen hier ist keine die Pharaonin.«

»Bist du sicher?«

»Ganz sicher. Die hier wissen noch nicht einmal, wer die Pharaonin ist.«

»Nun, es wird immer wieder neue Gelegenheiten geben.« Sie wandte sich uns zu. »Ihr seid alle dazu verdammt, als Häretiker zu sterben, als Menschen, die Ranthas zu Ausgestoßenen erklärt hat. Eure Seelen werden keinen Trost in Seinem Himmel finden oder die Welt als Elementare Seiner Sphäre bereisen. Eure Namen werden in alle Ewigkeit verflucht sein, und Euer Schicksal wird den kommenden Generationen überliefert werden, um als Lehre zu dienen.«

Ich war den Tränen nahe. *Vergiss nicht, wer du bist.*

Die Inquisitoren und ein paar weitere Sacri, die hinter Etlae gestanden hatten, traten jetzt vor; sie schritten zu den Gefangenen in der vordersten Reihe hinüber und lösten ihre Ketten. Dann drängten sie uns mit vorgehaltenen Dolchen die paar Schritte über den Platz und ein paar notdürftig angelegte Stufen an den Seiten des Scheiterhaufens hinauf.

Ein Teil meines Verstandes registrierte, dass er ungefähr die Form einer Pyramide hatte; am höchsten Punkt in der Mitte stand ein einzelner Brandpfahl, ein paar Fuß über der untersten Ebene. Zwei Inquisitoren stießen mich und Ravenna dort hinauf und dann gegen den Pfahl; ich wurde so festgebunden, dass ich Etlae ansehen musste, während Ravenna auf der anderen Seite ihr Gesicht den Toren zuwandte. Ein Sacri-Schwert war die ganze Zeit über auf meinen Bauch gerichtet, daher konnte ich nur reglos dastehen, als die beiden Inquisitoren das Seil um uns herumwickelten und uns an den Pfahl banden. Sie banden uns die Hände an den Seiten fest, nahe genug, dass wir einander berühren konnten, und wir verschränkten die Finger so fest wir konnten.

Bitte, gütige Thetis, betete ich, *wenn du den Tar'Conanturs jemals geholfen hast, dann hilf mir jetzt. Lass mich nicht auf diese Weise sterben.* Doch es kam keine Antwort.

Während Palatine, Elassel und noch ein paar andere um uns herum festgebunden wurden, warf ich ein letztes Mal einen Blick auf den Platz; ich sah die Menge der Menschen, von denen viele weinten, und die Frau, die mir das alles angetan hatte.

Und ich sah, wie Hamilcar den Kopf hob und mir direkt in die Augen blickte – und ein unmissverständliches »Daumen hoch«-Zeichen machte. Was meinte er damit? Würde gleich etwas Unvorhergesehenes geschehen?

Die Inquisitoren gingen überaus geschickt und schnell vor, und während ich noch einmal den Blick über den Platz und den Palast schweifen ließ – noch wagte ich nicht zu hoffen –, banden sie die letzten jungen Leute aus dem Archipel an die Brandpfähle am Fuß des Scheiterhaufens.

Ich bedauerte, dass sie so viele Seile benutzten; die würden alle wieder ersetzt werden müssen.

Blitze zuckten über den Bergen. Es war merkwürdig, draußen auf dem Platz zu sein, dem Sturm ausgeliefert, und trotzdem nicht nass zu werden. Ich fragte mich, ob dies die Rache der Elemente dafür war, dass ich mich erdreistet hatte, sie beherrschen zu wollen. Wollte Thetis mir nicht helfen, weil ich mich versündigt hatte, indem ich die natürliche Balance der Dinge gestört hatte?

Der letzte Inquisitor trat von dem Scheiterhaufen herunter und gesellte sich zu Etlae. Sarhaddon erhob sich, eine noch nicht entzündete Flammholz-Fackel in der Hand. Ich hatte also tatsächlich Recht gehabt: Er würde den Scheiterhaufen persönlich in Brand setzen. Es war alles vorbei.

Sarhaddon verlangte mit einer Geste nach einer Zunderbüchse. In diesem Augenblick sah ich, wie Hamilcar eine winzige Handbewegung machte, und der Kommandant meines Vaters brüllte: *»JETZT!«*

Während Etlae noch erstaunt zu ihm hinüberblickte, brach die Hölle los, und die Zeit schien still zu stehen.

Männer in der Menge zogen Dolche und gingen auf die Sacri los, die die Ausgänge bewachten und sich gerade umdrehten, um zu sehen, was eigentlich los war. Sie waren nicht schnell genug. Ich sah einen mit drei Dolchen in der Brust zu Boden gehen, während einem anderen eine Klinge durch die Augenschlitze seiner Maske gerammt worden war.

Dann zischten Pfeile von den oberen Fensterreihen heran, die den Platz umgaben; auch vom Dach des Palasts kamen Geschos-

599

se, bohrten sich in die Gruppe, die Etlae umgab. Da oben mussten zwanzig oder dreißig Bogenschützen sein, und sie schossen
ihre Pfeile so schnell hintereinander ab, wie sie konnten. Ein Inquisitor fiel zu Boden, von Pfeilen gespickt wie ein Nadelkissen,
dann ein zweiter. Midian schrie auf, als ihn ein Pfeil am Arm traf,
und dann rannte die ganze Gruppe los, um sich in Sicherheit zu
bringen. Doch die Sacri konnten ihren Herren nicht helfen, als
auch sie, genau wie Lexans Soldaten, den Pfeilen zum Opfer fielen. Ein Teil der Menge ging auf diejenigen los, die noch aufrecht
standen, und als sie einzelne Sacri umzingelten, sah ich, wie gut
die Männer zusammenarbeiteten – und begriff, dass es Lepidors
Soldaten waren.

Unfähig mich zu rühren oder gar einzugreifen, packte ich voller
Aufregung Ravennas Hand fester und warf einen Blick zu den
Stühlen hinüber. Etlae war von vier Pfeilen in die Brust und von einem weiteren in den Hals getroffen worden und sank in einer riesigen Blutlache zu Boden. Alle Inquisitoren waren entweder tot
oder lagen im Sterben; nur Midian, Lexan und Sarhaddon hatten es
geschafft, sich unter den Stühlen zu verkriechen.

Im strömenden Regen sah ich, wie die Menge die Seilbarriere
überrannte und die noch übrigen Sacri förmlich in Stücke riss,
während die Soldaten die Waffen der gefallenen Sacri ergriffen
und in Richtung Hafen davonrannten. Als die beiden Magier starben, flackerte der Schild um den Marktplatz und verschwand, und
ich spürte plötzlich, wie der Regen mich durchnässte; ich hieß ihn
einmal mehr wie einen Freund willkommen und jubelte vor Freude. Doch der Donner war so laut, dass ich es selbst kaum hören
konnte.

»Es geschehen doch noch Wunder, Cathan!«, rief Ravenna.

»So eine Überraschung, wir werden schon wieder nass.«

»Na und, wen kümmert's? Lieber nass als allzu trocken.«

Der Pfeilhagel hatte aufgehört, und Soldaten schwärmten über das schlüpfrige, feuchte Holz der Plattform; sie schnitten die Fesseln der jungen Leute aus dem Archipel durch, die einander im strömenden Regen anstarrten und ihr Glück kaum zu fassen vermochten.

Und dann durchtrennte jemand auch unsere Fesseln; ich erkannte den Soldaten, mit dem ich an jenem Morgen, nachdem ich den Fluss heruntergeschwommen war, auf der Stadtmauer gesprochen hatte.

»Schon merkwürdig, wie sich die Dinge manchmal entwickeln, meint Ihr nicht auch, Graf Cathan?«, sagte er.

Kaum hatten wir den Scheiterhaufen verlassen und standen wieder auf dem Platz, hob uns die Menge auch schon auf ihre Schultern; Menschen, die normalerweise keinen Fuß vor die Tür setzten, wenn es regnete, tanzten beinahe vor Freude, als sie uns quer über den Platz dorthin trugen, wo der Kommandant der Soldaten stand.

»Wir verdanken Euch unser Leben«, sagte ich, als die Menschen, die mich begeistert hochgehoben hatten, mich wieder absetzten. »Ich danke Euch.«

»Ich konnte Euch doch nicht noch einmal im Stich lassen.«

»Ihr habt mich auch beim ersten Mal nicht im Stich gelassen.« Dann wandte ich mich an Hamilcar, der bescheiden hinter dem Kommandanten stand. Wahrscheinlich war ich der Einzige gewesen, der seine Handbewegung gesehen hatte und wusste, dass er unsere Rettung organisiert hatte. Seine feine Robe war völlig durchnässt, doch er sah zum ersten Mal, seit ich ihn kannte, glücklich aus – und sehr zufrieden mit sich selbst.

»Ich danke auch Euch«, sagte ich leise.

»Cathan, ich trete das Amt des Grafen von Lepidor an Euch und das Haus Tauro ab«, verkündete Sagantha. »Möge Eure Herrschaft glücklicher sein, als die meine es war.«

»Im Namen des Hauses Tauro nehme ich das Amt des Grafen des Clans Lepidor an«, antwortete ich.

»Und ich, Hamilcar, Lord des Hauses Barca, bin Zeuge.«

Und dann wurden wir – Ravenna und ich – weggezerrt und wieder auf die Schultern der Menge gehievt, die zu jubeln begann und meinen Namen brüllte.

»CATHAN! CATHAN! CATHAN!«

Epilog

Cathan Tauro an Laeas Tigrana.

Ich grüße dich.

Wenn du diesen Brief liest, müsstest du eigentlich schon erfahren haben, was hier geschehen ist, denn Persea hatte vor, auf ihrem Rückweg in die Hauptstadt in Liona Halt zu machen. Zweifellos wirst du auch einige entstellte Berichte – inklusive göttlicher Einmischung, Wundern und allem Drum und Dran – gehört haben. In Wirklichkeit war alles unglücklicherweise etwas anders; ich hätte gegen ein oder zwei Wunder nichts einzuwenden gehabt.

Selbst Persea wird dir nicht die ganze Geschichte erzählen können; sie ist einen Tag, nachdem wir Etlae besiegt hatten, aufgebrochen, während die Dinge immer noch in Bewegung waren. Am gleichen Abend ist Courtières hier eingetroffen, mit den Soldaten von Kula und einer kleinen Flotte des Hauses Canadrath.

Dafür, dass Canadrath eines der mächtigeren Großen Häuser ist, sind seine Leute eigentlich ganz nette Burschen. Vielleicht hat es etwas damit zu tun, dass sie keine echten, »einheimischen« Tanethaner sind. Der Erbe des Hauses Canadrath sieht aus wie ein Räuber aus den Polarwäldern, nichts als blonder Bart und blaue Augen.

Es hat sich herausgestellt, dass das Ganze schon vor vielen Monaten geplant worden war. Lachazzar braucht dringend Reglath Eshar und seine Armee, damit er endlich seinen Kreuzzug beginnen kann, aber die Halethiter bestehen darauf, dass Lachazzar die Armee bezahlt und ausrüstet. Der Eisenfund in unserer Mine kam ihm gerade recht, und er hat Etlae angewiesen, die Mine in ihre Ge-

walt zu bringen. Sie hat die Anschläge des Hauses Foryth auf uns und die Ermordung des Königs mit Geld aus den Schatzkammern der Domäne finanziert. Wenn ihr Plan geklappt hätte, wäre die Domäne über Lepidor an so viel Eisen gekommen, wie sie brauchte, und damit hätten sie auch genügend Waffen gehabt, um ihren Kreuzzug zu beginnen. Ich schätze, so wie es jetzt aussieht, werden sie den Kreuzzug wohl mindestens zwei Jahre verschieben müssen, oder sogar noch mehr.

Es tut mir Leid, wenn dieser Brief ein bisschen schmutzig ist, aber Ravenna und ich haben die Hälfte der Fenster im Palast zertrümmert, als wir unseren kleinen Wirbelwind auf Lepidor losgelassen haben, und die meisten davon sind noch nicht wieder repariert. Hier oben im Norden ist das nicht so witzig, und ich kann keinen Raum finden, der trocken genug wäre, um dort Briefe zu schreiben.

Wie auch immer, zurück zum eigentlichen Thema: Wir haben dafür gesorgt, dass die beiden Priester, die überlebt haben – Midian und Sarhaddon –, den Mund halten werden. Lachazzar wird nicht wollen, dass seine Machenschaften bekannt werden, denn das könnte ein schwerer Schlag für die Domäne sein; Midian und Sarhaddon waren ihrerseits ganz wild darauf, alles Etlae anzulasten. Die offizielle Version wird daher folgendermaßen lauten: Sie war eine Häretikerin, die versucht hat, der Domäne Schaden zuzufügen, und wir waren die loyalen Diener von Ranthas, die versucht haben, sie aufzuhalten.

Das nenne ich ausgleichende Gerechtigkeit. Was Lexan angeht, so wird der zurück nach Khalaman geschickt werden – sein Stolz und der Manta, mit dem er hier aufgekreuzt ist, werden allerdings hier bleiben. Es war eigentlich das Schiff des Königs, aber der hatte es Lexan übergeben. Ich finde, das war wirklich ziemlich kurzsichtig von ihm.

Wir erholen uns alle ganz gut, zumindest oberflächlich. Die roten Striemen um meine Handgelenke sind verblasst, und mittlerweile kann ich mir auch wieder meine Hände anschauen, ohne dass ganz bestimmte Bilder vor meinem geistigen Auge aufsteigen. Aber irgendwie ist es fast noch schlimmer, sich daran zu erinnern, als mittendrin zu stecken. Wir haben alle immer noch Albträume, und ich kann mir nicht vorstellen, dass ich jemals auch nur eine winzige Kleinigkeit vergesse. Mein Vater hat die alten Vorratsgewölbe zuschütten lassen; könnte ich doch nur die Erinnerung auf die gleiche Weise vergraben.

Du kennst Hamilcar noch gar nicht, oder? Palatine hat zwei Jahre lang unter dem Dach seines Hauses gelebt, und selbst sie hätte niemals gedacht, dass er uns retten würde. Er ist als Handelsfürst so überzeugend, dass es schwer fällt, zu glauben, dass er manchmal tatsächlich ein Herz hat. Ravenna hat ihn gefragt, warum er es eigentlich getan hat, und seine Antwort gehört auch zu den Dingen, die ich niemals vergessen werde. Er hat gesagt, nachdem wir alle weggeschleppt worden waren, konnte er nicht verstehen, warum ich mich geopfert hatte. Ihm sei plötzlich klar geworden, dass es nichts gab, wofür er ein solches Opfer bringen würde, nichts, was ihm so wichtig wäre, und dass er deshalb nicht einfach dabeisitzen und zusehen konnte, wie ich starb, denn ich glaubte an etwas, schätzte etwas höher als mein eigenes Leben. Die Domäne hatte zwei weitere Transportkontrakte für ihn arrangiert, es wäre also nicht so gewesen, dass er leer ausgegangen wäre. Soweit ich es beurteilen kann, war es das erste Mal in seinem ganzen Leben, dass er wirklich etwas Uneigennütziges getan hat.

Ganz unter uns kann ich dir noch mitteilen, dass ich nicht glaube, dass Palatine jemals wieder die Alte sein wird. Es war das erste Mal, dass einer ihrer Pläne derart fehlgeschlagen ist, und ich glaube, sie hat das Gefühl, sie hätte uns alle im Stich gelassen. In letzter Zeit ist sie ziemlich still, was natürlich einfach ihre Art sein könnte, damit umzugehen, aber ich glaube das nicht. Sie ist nicht mehr so *selbstbewusst und von sich überzeugt, wie sie uns glauben machen möchte. Ich kann nur hoffen, dass sie immer noch mit der Domäne abrechnen will, dass diese ganze Geschichte ihr nicht den Mumm genommen hat.*

Ich habe ganz gewiss nicht die Absicht, die Dinge so auf sich beruhen zu lassen, wie sie gerade stehen. Ravenna hat sich ein paar Unterlagen meines Vaters angesehen und einen Hinweis entdeckt, der sich als große Hilfe erweisen könnte. Du würdest sie kaum noch wiedererkennen, Laeas. Von der alten Eiskönigin ist nicht mehr viel übrig geblieben, und sie hat aufgehört, sich die Haare künstlich zu glätten, so dass sie jetzt fast noch hübscher ist als früher. Heute hat sie sogar gelacht – das erste Lachen, das ich jemals von ihr gehört habe. Du und die anderen, ihr hattet natürlich Recht – ich habe mich bis über beide Ohren in sie verliebt, und ich glaube – nein, ich hoffe –, dass sie genauso für mich empfindet.

Nachdem wir den Sturm auf Lepidor losgelassen haben – das war so ziemlich der einzige Teil des Plans, der wirklich erfolgreich war –, haben wir beschlossen, als Partner weiterzumachen – als die ersten Magier des Sturms. Bei dem, was Ravenna in den Aufzeichnungen gefunden hat, handelt es sich um einen Hinweis auf ein Schiff, die Aeon. Aetius hat sie im Krieg benutzt, und es heißt, sie wäre wirklich gigantisch gewesen, doch was viel wichtiger ist: Von diesem Schiff aus hat man Zugriff auf das Netz der Himmelsaugen. Mit der Aeon könnten wir die Stürme genauso gut sehen wie die Domäne, könnten den Planeten selbst als Waffe gegen sie einsetzen. Vielleicht bin ich auch allzu optimistisch, aber das könnte wirklich eine Art Durchbruch sein. Erzähl nicht zu vielen Leuten davon, aber wenn irgendjemand von den anderen etwas über dieses Schiff weiß, wäre das natürlich eine große Hilfe.

Gerade eben ist Ravenna hereingekommen – von Kopf bis Fuß in einen dicken Umhang gehüllt, weil es so kalt ist – und hat gesagt, dass das Postschiff gleich abfährt. Ich muss jetzt Schluss machen.